»Ich fürchte, ich habe einen Fehler gemacht.« Am 9. März 1796 findet die Hochzeit von Joséphine und Napoléon in Paris statt. Frisch vermählt, bemerkt Joséphine, dass sie den Mann, den sie soeben geheiratet hat, eigentlich gar nicht kennt. Wer ist dieser Bonaparte, den man überall »den Korsen« nennt und mit dem sie ab sofort Leben und Bett teilen wird?

Als Napoléon immer höher strebt und zu immer mehr Macht gelangt, wird Joséphine Zeugin der politischen Intrigen und persönlichen Ränkespiele, mit deren Hilfe die ihnen Nahestehenden zu Ruhm und Sieg gelangen, die jedoch für andere nicht selten Untergang oder gar Tod bedeuten. Dennoch kann sie sich Bonapartes Charme nicht entziehen, und allmählich entwickelt sich zwischen den beiden eine Beziehung, die von Liebe und Hass gleichermaßen geprägt ist.

Durch Joséphines zutiefst ehrliche Tagebuchaufzeichnungen erleben wir hautnah mit, wie Geschichte gemacht wird: in Ballsälen und Schlafzimmern der großartigen Paläste, aber auch auf blutgetränkten Schlachtfeldern.

›Joséphine und Napoléon‹ ist ein aufregender, in sich abgeschlossener historischer Roman – und gleichzeitig der zweite Band von Sandra Gullands großer Joséphine-Trilogie. Der erste Band, ›Joséphine‹ (Bd. 14880), und der dritte Band, ›Kaiserin Joséphine‹ (Bd. 15298), sind ebenfalls im Fischer Taschenbuch Verlag erschienen.

Sandra Gulland wuchs im kalifornischen Berkeley auf, wo sie auch studierte. 1970 ging sie nach Kanada und arbeitete als Lehrerin und Lektorin. Gleich ihre ersten Romane, der Zyklus um Joséphine, für den sie jahrelang intensive Quellenstudien betrieb, brachten Sandra Gulland weltweiten Erfolg.

Unsere Adresse im Internet: www.fischer-tb.de

Sandra Gulland

Joséphine und Napoléon

Roman

Aus dem Amerikanischen
von Sigrid Gent

Fischer Taschenbuch Verlag

Limitierte Sonderausgabe
Veröffentlicht im Fischer Taschenbuch Verlag,
einem Unternehmen der S. Fischer Verlags GmbH,
Frankfurt am Main, Dezember 2003

Lizenzausgabe mit Genehmigung des
Wolfgang Krüger Verlags, Frankfurt am Main
Die Originalausgabe erschien 1998
unter dem Titel ›Tales of Passion, Tales of Woe‹
im Verlag HarperCollins, Toronto

Druck und Bindung: Clausen & Bosse, Leck
Printed in Germany
ISBN 3-596-50694-8

Für meinen Vater, der Geschichten liebt,
und meine Mutter, die Bücher liebt.

In dunkler Zeit beginnt das Auge zu sehen.

Theodore Roethke

Prolog

Marie Antoinette (Geist)

Er nennt sie Joséphine.

Ich nähere mich ihr mit Bedacht. Ich möchte sie nicht erschrecken, ihr nur zuschauen, wie sie an ihrem Sekretär schreibt. Es ist ein altes Möbelstück von den Inseln – primitiv im Stil, aber von sentimentalem Wert. Sie sieht ihren Vater daran sitzen und über den Rechnungen fluchen, wie sie es selbst oft tut.

Sie hält inne, blickt auf, die Hand schwebt über der Seite ihres Tagebuchs.

Sie ist nicht das, was man eine Schönheit nennt, doch er betet sie mit einer Leidenschaft an, die an Wahnsinn grenzt! Große haselnussbraune Augen, das gebe ich zu, und, nun ja, lange, gebogene Wimpern, schlanke, anmutige Figur, raffiniertes Gewand – aber sind das denn Eigenschaften, die verhexen? Vielleicht ist es die Sanftheit ihrer melodischen Stimme, die ihn verzaubert hat. (Mit Zauberei kenne ich mich aus.) Nein, es ist ihre aufreizende Sanftmut, die ihn zur Verzweiflung treibt. Er möchte sie verschlingen, sie besitzen, sie gefangen halten! Und sie … nun, ich sehe diesen verwunderten Blick in ihren Augen.

Sie späht über die Schulter. Da ist niemand, versichere ich ihr. Sie lauscht und hört: das stete Ticken der Pendeluhr, das Knistern des Feuers im Schlafgemach. Sie taucht die Rabenschwanzfeder in die Tinte.

Ich will doch nur helfen! Die Geschichte war grausam, soweit es mich betraf. Sie machten ein Ungeheuer aus mir, nahmen mir den Gemahl, die Kinder, den Kopf.

Sei auf der Hut! möchte ich sie warnen. Kleine Täuschungen,

eine nach der anderen, zerstören das Vertrauen. Du wirst es erst vermissen, wenn es nicht mehr da ist. Wer verraten wird, wird zum Verräter. Der Teufel weist den Weg. Sag, was du willst, aber es gibt kein Zurück.

Sie legt die Feder nieder. Eine Träne? Solche Gedanken sind bedrückend, kein Zweifel. Loyalität ist ihre hervorstechendste Eigenschaft; sie lebt, um zu gefallen.

Das ist der Luxus der Bürgerlichen – eine Einbildung, wenn man so will.

Sie zieht sich das Tuch um die Schultern; ich weiß, ich habe sie frösteln lassen. Das lässt sich nun mal nicht ändern. Sie kennt die Zukunft nicht. Ich schon.

1

Unsere Siegesgöttin

Wie viele Länder, wie viele Grenzen trennen uns!
Napoléon in einem Brief an Joséphine

Mein Leben beginnt

10. März 1796 – Paris, frühmorgens, grauer Himmel

Ich schreibe dies in meinem nach Jasmin duftenden Ankleidezimmer, wo mich Bonaparte, seit einem Tag mein Gemahl, wohl nicht aufspüren wird.
Gemahl. Das Wort fühlt sich fremd an auf meiner Zunge, so fremd wie die Landkarten, die auf dem Tisch im Speisezimmer ausgebreitet sind, wie das Schwert, das in der Ecke meines Salons lehnt. So fremd wie der Mann selbst.
Mein Gesicht im Spiegel sieht hart aus, ist von Schatten durchzogen, die die düsteren Gedanken in meinem Herzen widerspiegeln.
Melancholisch zu sein ist so gar nicht meine Art. Ich bin versucht, die Worte, die ich gerade geschrieben habe, durchzustreichen und stattdessen zu schreiben: Ich habe geheiratet, ich bin glücklich, alles ist in Ordnung. Doch eines habe ich mir gelobt – auf diesen Seiten aufrichtig zu sein. Wie viel auch immer ich heucheln, schmeicheln und überreden muss, hier darf mein Herz die Wahrheit sagen. Und mein Herz ist wahrlich bekümmert. Ich fürchte, ich habe einen Fehler gemacht.

[Ohne Datum]

Joséphine Rose Beauharnais Bonaparte
Joséphine Rose Bonaparte
Joséphine Tascher Beauharnais Bonaparte

Joséphine Beauharnais Bonaparte
Joséphine Bonaparte
Madame Bonaparte
Madame Joséphine Bonaparte
Joséphine
Joséphine
Joséphine

2 Uhr 30 nachmittags

Wir sind gerade aus Saint-Germain zurückgekehrt. Bonaparte ist in einer Besprechung im Arbeitszimmer, und ich bin wieder in meinem Ankleideraum und suche Trost. Es hat den Anschein, als ob alles verkehrt läuft. Wo soll ich anfangen?

Heute Morgen, als ich mich gerade zum Ausgehen fertig machte und mir das Gesicht mit Reispuder bestäubte, sah ich Bonaparte in der Tür stehen. »Die Kutsche ist bereit.« Er hielt eine Reitgerte in den Händen, die er drehte und bog. Ich wusste, dass er besorgt war, weil ich nach Saint-Germain fahren wollte, um meine Kinder in ihren Schulen zu besuchen. Gewiss, ich war selbst beunruhigt. Denn ich war nicht sicher, wie Hortense und Eugène die Nachricht aufnehmen würden.

»Du trägst deinen neuen Rock nicht?«, fragte ich, während ich ein Paar Ohrgehänge mit Saphiren anlegte. Ich hatte ein langärmeliges violettes Kleid über einem gepunkteten Gazehemd angezogen. Es war ein neues Ensemble, und das Resultat gefiel mir, aber ich konnte mich nicht entscheiden, welche Schuhe ich dazu tragen sollte – meine Schnürstiefel oder meine seidenen Escarpins, die so gut dazu passten. Es regnete zwar nicht mehr, aber draußen war es feucht. Die Stiefel wären praktischer. »Die Stiefel«, sagte ich zu meiner Küchenmagd, die mir den einen ungeschickt über den Fuß schob. Ich notierte mir im Geiste,

nach einer Kammerzofe Ausschau zu halten, sobald Bonaparte in den Süden aufbrach.
Sobald Bonaparte in den Süden aufbrach und das Leben zur Normalität zurückkehrte.
Heute, heute Nacht und dann morgen, dachte ich – achtundzwanzig Stunden. Achtundzwanzig Stunden hektischer Betriebsamkeit, Soldaten, die kommen und gehen, Kuriere, die in den Hof galoppieren. Achtundzwanzig Stunden Chaos. Jede Fläche meines kleinen Hauses ist mit Landkarten, Zeitungen und Papierfetzen, die Proviant, Namen, Zahlen und Zeitpläne auflisten, bedeckt. Bücher stapeln sich auf dem Tisch im Speisezimmer, auf dem Sekretär, neben meinem Bett. Noch einmal achtundzwanzig Stunden mit seinen unbeholfenen Zärtlichkeiten und Umarmungen. Bonaparte arbeitet und liest mit äußerster Konzentration – ohne von mir, ohne von den Bediensteten Notiz zu nehmen – und fällt dann heißhungrig über mich her. Achtundzwanzig Stunden kopfloser Verwirrung? Wer ist dieser Mann, den ich da geheiratet habe? Wird das Leben jemals wieder »normal« sein?
»Was gibt es an diesem Rock auszusetzen?«, wollte er wissen.
»Er muss geflickt werden«, sagte ich und strich die Schulter glatt. Die abgetragene graue Wolle zerrte an den Säumen, die Stulpenkanten waren ausgefranst. Ich hätte ihn längst geflickt, wenn ich ihn nur bewegen könnte, ihn auszuziehen. Wenn mir das jemals gelingen sollte, werde ich ihn wohl verbrennen, dachte ich und küsste ihn auf seine glatte Wange. »Und in dem neuen siehst du so stattlich aus.« Die knielangen Schöße lenkten von seinen dünnen Beinen ab und ließen ihn größer wirken. Er küsste mich und grinste. »Ich ziehe mich nicht um«, sagte er und zupfte mich am Ohr.

Die Reise nach Saint-Germain ging nur langsam voran – der Regen hatte die Straßen aufgeweicht –, sodass es beinahe Nachmittag war, als unsere Kutsche in den Hof von Hortenses Schule einfuhr. Ich erspähte sie auf dem Spielplatz und winkte. Sobald sie uns sah, ließ sie den Fußball fallen, schlug die Hände vors Gesicht und wirbelte auf den Absätzen herum. Weinte sie? Ich berührte Bonapartes Arm, um ihn abzulenken, aber es war zu spät – er hatte die Reaktion meiner Tochter bereits gesehen. Mit einem traurigen Ausdruck in den grauen Augen starrte er über den Spielplatz.

»Irgendetwas stimmt nicht«, sagte ich. Ich ahnte mit Schrecken, worin das Problem liegen könnte.

»Ich warte im Haus auf dich.« Bonaparte zog die Krempe seines neuen Generalshutes nach unten. Der Filz war noch steif, und der Hut thronte auf seinem großen Kopf.

Ich drückte seine Hand, wie Liebende es tun. »Ich bleibe nicht lange«, versprach ich.

Der Boden unter meinen Füßen war weich. Ich spürte, wie die Feuchtigkeit in meine dünn besohlten Stiefel sickerte. Eine Frühlingsbrise trug den Geruch gepflügter Felder heran. Während ich mir meinen Weg um die feuchten Stellen herum bahnte, rief ich mir in Erinnerung, dass Hortense noch jung war. Rief mir in Erinnerung, dass es für ein Mädchen von zwölf (fast dreizehn) normal war, äußerst empfindsam zu sein, vor allem, wenn man bedachte …

Vor allem, wenn man bedachte, was sie durchmachen musste. Seit dem Terror waren fast zwei Jahre vergangen, doch noch heute wachte meine Tochter manchmal nachts schreiend auf. Noch heute konnte sie den Platz nicht überqueren, auf dem ihr Vater gestorben war, ohne in Tränen auszubrechen.*

* Joséphines erster Mann, Alexandre Beauharnais, Vater ihrer beiden Kinder Hortense und Eugène, wurde am 23. Juli 1794 enthauptet, auf dem Höhepunkt der gewalttätigen Phase der Französischen Revolution, des so genannten »Terrors«, bei dem Tausende von Aristokraten unter der Guillotine endeten.

Meine Nichte Émilie lief herbei, um mich zu umarmen. »Hat sich Hortense wehgetan?«, fragte ich. »Was ist los?« Meine Tochter sah so verlassen aus, wie sie da mit dem Rücken zu uns vornüber gebeugt neben dem Torpfosten stand.

»Sie weint, Tante«, sagte Émilie zitternd, die Hände in ihren schlichten Wollkittel gesteckt. »Das ist ein hysterischer Anfall!«

Ein hysterischer Anfall? Man hatte mich gewarnt, dass vierzehnjährige Mädchen für furchtbare Weinkrämpfe anfällig wären, aber Hortense war noch nicht in diesem Alter. Ich raffte den Saum meines Kleides und lief auf meine weinende Tochter zu.

»Hortense?«, rief ich, als ich mich näherte. Ich sah, wie ihre Schultern bebten. »Liebling …« Ich streckte die Hand aus und berührte ihre Schulter. Selbst durch meine Handschuhe hindurch konnte ich ihre Knochen spüren – noch die Knochen eines Mädchens, noch nicht die Knochen einer Frau.

Ich dachte daran, sie zu mir herumzudrehen, aber ich kannte ihre störrische Kraft. Stattdessen trat ich um sie herum und stellte mich ihr gegenüber.

Der gequälte Blick in ihren Augen erschreckte mich. Rosa Flecken überzogen ihre sommersprossigen Wangen und ließen ihre Augen ungewöhnlich blau wirken – die Augen ihres Vaters. Die kritischen Augen ihres Vaters, die mich immer noch verfolgten.

Ich ergriff ihre kalte, bloße Hand und drückte sie an mein Herz. »Was hast du, Liebling?« Und dachte dabei, wie groß sie doch im letzten Jahr geworden war, dass sie groß war für ihr Alter und dass sie bald so groß wäre wie ich, vielleicht größer.

»Ich habe Angst, Maman.« Sie schluchzte auf.

Ein Windstoß rauschte in den Blättern. Der Strohhut flog mir vom Kopf und baumelte an einem Band auf meinem Rücken. Diese Antwort hatte ich nicht erwartet. »Wovor?«

»Dass du ihn heiraten wirst!«

Ihn: Bonaparte. Ich versuchte zu sprechen, konnte es aber

nicht. Die Worte blieben mir in der Kehle stecken. Wie konnte ich ihr erzählen, dass der Akt bereits vollzogen, das Gelübde abgelegt, der Vertrag unterzeichnet war: Bonaparte und ich waren Mann und Frau. Wie konnte ich ihr erzählen, dass dieser Mann nun ihr Vater war – in Freud und Leid, für alle Zeiten.
»Hortense, General Bonaparte ist ein liebenswürdiger Mann«, sagte ich mit sanftem Tadel. »Er hat dich aufrichtig gern.«
»Ich nicht! Ich habe *ihn* nicht gern.« Als sie meinen gequälten Blick sah, ließ sie den Kopf hängen. »Tut mir Leid, Maman!« Sie holte tief Luft und atmete, die Wangen wie ein Ballon aufgeblasen, wieder aus.
Ich schloss sie in die Arme. »Ich muss zurück. Wird jetzt alles wieder gut?« Ich spürte ihr Nicken an meiner Brust. Ich strich ihr über die weichen, goldenen Locken. Sie würde Zeit brauchen. Wir alle. »Ich möchte, dass du und Eugène mich nächstes Wochenende nach Fontainebleau begleitet, um Tante Désirée und den Marquis zu besuchen«, sagte ich und wiegte mich von einer Seite zur anderen, wie eine Mutter, die ihr Baby in den Schlaf lullt. Es schnürte mir die Kehle zu, als ich daran dachte, wie sie sich bei ihrer Geburt angefühlt hatte, wie winzig ihr Kopf gewesen war, wie durchdringend sie geschrien hatte. Es *wird* alles wieder gut, hätte ich am liebsten zu ihr gesagt. (Ich möchte es ja selbst glauben.) »Kannst du nächstes Wochenende kommen?« Bis dahin wäre Bonaparte abgereist.

Die verwitterte Tür zur Schule quietschte in den Angeln und erschreckte eine Magd, die auf einer Trittleiter hockte und den Kristallleuchter putzte. Ich hörte Bonapartes Stimme, seinen dozierenden Ton. Ich klopfte an die Tür zum Arbeitszimmer der Schulleiterin.
Madame Campan saß hinter ihrem riesigen Sockelschreibtisch, der mit Büchern und Papierstapeln bedeckt war. Der kleine Raum war im Stil des Ancien Régime eingerichtet, überladen,

muffig und dunkel. Eine Vase mit Seidenlilien stand unter dem Porträt der Königin Marie Antoinette. Vor zwei Jahren hätte es Madame Campan das Leben gekostet, Anteilnahme für die Königin zu zeigen.*

Die spröde Schulleiterin winkte mich herein, ohne den Blick von ihrem Besucher zu wenden. Bonaparte hockte mit einer Tasse in der Hand auf der Kante eines braunroten Louis-quinze-Armsessels und erläuterte die Nutzlosigkeit des Lateinunterrichts für Mädchen. In seiner Untertasse stand eine Pfütze – Kaffee, schätzte ich, dem Aroma nach zu urteilen.

Als er innehielt um Luft zu holen, erhob sich Madame Campan, um mich zu begrüßen, wobei sie den Rock ihres Kleides glatt strich. Ohne die komplizierte Perlenverzierung an dem Kopftuch, das sie trug, als wäre sie ständig in Trauer, hätte man sie in ihrem schwarzen Kleid für eine Zofe halten können. »Verzeihen Sie, dass ich unterbreche«, sagte ich und nahm den Stuhl neben Bonaparte. Er suchte in meinen Augen nach einem Hinweis. Es war eine peinliche Situation für ihn, das wusste ich, eine schwierige Situation für uns beide. Es lief nicht wie geplant.

»General Bonaparte und ich haben uns über die Erziehung in einer republikanischen Gesellschaft unterhalten«, sagte Madame Campan und zog ihr Kopftuch nach vorn. »Es kommt nicht oft vor, dass man einem Mann begegnet, der sich darüber Gedanken gemacht hat.«

An jeder Fingerspitze einzeln ziehend, streifte ich meine Handschuhe ab. Das Licht fing sich in meinem neuen goldenen Ehering. Ich legte meine Hand darüber und sagte: »General Bonaparte ist im Grunde seines Herzens ein Philosoph, Madame Campan. Er macht sich über alles Gedanken.« Ich lächelte Bonaparte beschwichtigend zu.

* Madame Campan war einst Hofdame der Königin Marie Antoinette gewesen, die man zweieinhalb Jahre zuvor, als man die Monarchie abschaffte und stattdessen die Republik ausrief, enthauptet hatte.

Bonaparte trank seine Tasse aus und stellte sie mit der Untertasse auf den kleinen Tisch zwischen uns. Ich streckte die Hand aus, um zu verhindern, dass der Tisch umkippte. »Es ist schon spät«, sagte er zu mir, nachdem er seine Taschenuhr herausgezogen hatte. »Willst du es ihr nicht sagen?«

»Doch«, sagte ich und errötete, weil ich ihn mit den Augen einer Fremden betrachtet hatte: ein kleinwüchsiger, dünner Mann mit fahlem Teint, strähnigen Haaren, schäbiger Kleidung. Ein Mann mit korsischem Akzent und schlechten Manieren. Ein ernsthafter, humorloser Mann mit feurigen Augen – ein Korse, ein Revolutionär, ein Opportunist. Mein Gemahl.

»Wir möchten Ihnen etwas mitteilen«, sagte ich zu Madame Campan.

Nur meine engsten Freunde wussten, dass wir geheiratet hatten. Ich war nicht erpicht darauf, meine Familie zu informieren – eigentlich auch meine Bekannten nicht, von denen viele, wie ich befürchtete, süffisant reagieren würden, trotz Bonapartes kürzlicher Beförderung zum Oberbefehlshaber der italienischen Armee. Die feine Gesellschaft würde schweigend urteilen, dass ich unter meinem Stand geheiratet hätte. Man würde sagen, dass ich als Witwe mit zwei Kindern, die sie aufziehen und denen sie einen Platz in der Welt verschaffen musste, als Aristokratin ohne Vermögen und, natürlich, als Frau über dreißig verzweifelt war. »Ich – das heißt, General Bonaparte und ich – haben geheiratet.« Ich ergriff die Hand meines Mannes; sie war so feucht wie meine.

Madame Campan lehnte sich so jäh zurück, als hätte man sie gestoßen. »Aber … das ist ja fabelhaft«, sagte sie mit dem äußeren Anschein von Aufrichtigkeit. »Welche Überraschung. Aber das ist ja fabelhaft«, wiederholte sie. »Wann?«

»Zwanzig nach zehn gestern Abend«, sagte Bonaparte und trommelte mit den Fingernägeln auf die Lehne seines Stuhles. »Zweiundzwanzig Minuten nach, um genau zu sein.«

»Nun denn.« Madame Campan hustete kurz und trocken in ihre Faust. »Ihre Kinder haben dieses Geheimnis sehr gut bewahrt, Madame … Bonaparte, so heißt es doch jetzt?« Ich nickte, zutiefst bekümmert darüber, meinen neuen Namen ausgesprochen zu hören, zutiefst bekümmert darüber, den schönen und vornehmen Namen Beauharnais aufgegeben zu haben. »Hortense und Eugène wissen ohne Zweifel …?« Sie streckte die Hände mit den Innenflächen nach oben aus.
Ich spürte, wie mir die Hitze in die Wangen stieg. »Genau das scheint das Problem zu sein. General Bonaparte und ich sind heute mit der Absicht nach Saint-Germain gekommen, um es meinen Kindern zu sagen, aber …« Ich versuchte zu schlucken.
Madame Campan beugte sich über ihren Schreibtisch nach vorn, die Hände fest gefaltet. »Hortense weiß nichts davon?«
»Wir wollten es ihr gerade sagen, aber sie war so durcheinander, dass ich es nicht für klug hielt.«
»Sie weinte«, sagte Bonaparte und verlagerte sein Gewicht.
»Wie seltsam«, sagte Madame Campan. »Heute Morgen beim Frühstück war sie noch so fröhlich. Kennen Sie den Grund?«
Wie konnte ich es erklären, ohne Bonaparte zu kränken. »Vielleicht gefällt es ihr nicht, mich am Arm eines Mannes zu sehen«, sagte ich nicht ganz wahrheitsgemäß. »Sie hängt so sehr an der Erinnerung an ihren Vater, wie Sie ja wissen.«
»O ja, meine Liebe, ich verstehe. Ihre Tochter ist … empfindsam.« Sie sprach das Wort mit bewusster Sorgfalt aus und drückte dabei die Hände in einer Gebetsgeste an die Wange. »Sie empfindet alles so intensiv! Das ist auch der Grund, warum sie in der Schauspielkunst so begabt ist, glaube ich, und in den Künsten im Allgemeinen. Sie ist, wie ich Ihnen schon oft gesagt habe, meine Lieblingsschülerin.« Sie hielt inne. »Darf ich einen Vorschlag machen?«
»Bitte! Ich gestehe, dass ich ratlos bin.«
»Vielleicht, wenn ich es ihr sagte? Manchmal ist diese Art die

bessere. Ich könnte mit Hortense und Eugène gemeinsam sprechen.«
Ich sah kurz zu Bonaparte. Es war eine feige Lösung, das war mir klar, aber nichtsdestoweniger eine Lösung. »Gut«, sagte Bonaparte und erhob sich.

Danach standen Bonaparte und ich schweigend auf der untersten Steinstufe und warteten auf meine Kutsche. »Unter diesen Umständen sollten wir wohl überlegen, ob wir Eugène jetzt besuchen oder nicht«, sagte ich schließlich und schaute über die Felder zu Eugènes Schule nebenan. Einerseits war mir der Gedanke, ihn nicht zu sehen, unerträglich; andererseits schuldete ich für vier Monate das Schulgeld. »Er erwartet uns nicht«, sagte ich, als meine Kutsche knirschend vor uns hielt.
»Zurück nach Paris«, wies Bonaparte meinen Kutscher an und öffnete die Wagentür selbst. »Ich halte Campans Methode für gut«, sagte er, als er hinter mir einstieg. »Sie ist gebildet, aber kein Blaustrumpf. Und stolz ist sie auch nicht. Ich dachte, sie wäre Hofdame der Königin gewesen.«
Die Kutsche fuhr durch die Schultore. Ich nickte der Bettlerin, die mit ihrem Kleinkind an der Brust auf der Erde hockte, bedauernd zu; gewöhnlich hatte ich etwas für sie. »Das war sie auch«, sagte ich und zog meine Hutbänder fester an. Madame Campan war praktisch bei Hofe aufgewachsen. »Sie war in den Tuilerien bei der königlichen Familie, als der Palast geplündert wurde. Ein Mann aus Marseille packte sie und wollte sie umbringen, aber irgendjemand schrie, dass sie keine Frauen umbrächten, und das rettete sie.«
»Da hatte sie Glück. Ich halte es für gut, dass die Mädchen lernen, Suppe zu kochen, und ihre Zimmer selbst aufräumen müssen. Ich werde meine Schwestern anmelden.«
Bonaparte hatte vier Brüder und drei Schwestern – nun auch meine Familie. »Deine Schwestern, die bei deiner Mutter in

Marseille leben?« Mittlerweile in der Stadt angekommen, fuhren wir gerade am Schloss vorüber, eine Ruine wie so vieles.

»Ich werde sie alle nach Paris holen.«

»Das wäre wunderbar«, sagte ich und lächelte dabei trotz der Schmerzen in meiner Seite.

»Wie viel berechnet die Campan?«

»Für das Jahr? Dreitausend Francs.«

»Das ist lächerlich«, sagte er und schlug ein Buch auf, das er auf dem Hinweg gelesen hatte, das Leben Alexanders des Großen.

»Eugènes Schule kostet sogar noch mehr.« Und ich bezahlte auch das Schulgeld für meine Nichte Émilie – oder versuchte es zumindest. Es war schon eine lange Zeit her, seit ich Einkünfte von zu Hause bekommen hatte.* Mein Kutscher knallte mit der Peitsche. Ich lehnte den Kopf gegen das mit Quasten verzierte Polster und schloss die Augen, denn die Erinnerung an Hortenses Tränen stieg wieder in mir auf.

»Fühlst du dich nicht wohl?«

»Mir geht es gut«, log ich.

Nun, in der Stille meines kleinen Ankleidezimmers, lasse ich der Verzweiflung freien Lauf. Was soll ich bloß tun? Vor noch gar nicht langer Zeit hatte ich meiner Tochter versprochen, dass ich Bonaparte nicht heiraten würde. Jetzt wird sie denken, dass ich sie hintergangen habe. Sie ist noch zu jung, um zu begreifen, was wirklich das Beste für sie ist, zu jung, um die Vielschichtigkeit von Liebe und Notwendigkeit zu begreifen. Zu jung, um zu begreifen, dass aus Liebe gegebene Versprechen auch aus Liebe gebrochen werden können.

* Joséphines Mutter, eine Witwe, lebte auf der Zuckerplantage der Familie auf der Karibikinsel Martinique, wo Joséphine geboren und aufgewachsen ist. Ein kleiner Prozentsatz der Plantagengewinne machte Joséphines Haupteinnahmequelle aus – wenn sie ihn erhielt, was selten der Fall war. Früher unter französischer Regierung, wurde die Insel nun von England beherrscht.

Später Abend

Weitere Besprechungen, Besucher. Bonaparte ist unten mit zwei seiner Adjutanten. Der Geruch von Zigarrenrauch schwängert die Luft. Ich bin gebadet und fürs Bett gekleidet, in Erwartung meines Gemahls. Dies ist unsere letzte gemeinsame Nacht, bevor er abreist.

Nach einem hastigen Abendessen (er isst so schnell!) las Bonaparte seinen Brief an die Direktoren vor, in dem er unsere Heirat bekannt gibt. Zufrieden faltete er das Papier zusammen, schob es in einen Umschlag, ließ Wachs darauf tropfen und knallte sein Siegel hinein. Dann legte er den Umschlag zur Seite, durchwühlte die Schublade, in der die Papiere aufbewahrt wurden, und zog ein Blatt Hadernpapier heraus. Er erhob sich und bedeutete mir, den Platz am Sekretär einzunehmen. »Ich brauche von dir einen Brief an meine Mutter.«

Natürlich! Ich legte meine Spitzenarbeit beiseite. Er würde seine Mutter in Marseille besuchen und sie von unserer Verbindung unterrichten – seine Mutter, die nach korsischem Brauch zuerst um Erlaubnis hätte gefragt werden müssen. Seine Mutter, die ihre Erlaubnis verweigert hätte, wäre sie gefragt worden. Seine Mutter, die dagegen war, dass ihr Sohn eine Witwe mit zwei Kindern heiratete, eine Frau ohne Mitgift, eine Frau, die sechs Jahre älter war als ihr Sohn. Bonaparte ging auf und ab und diktierte, was nach seiner Vorstellung in dem Brief stehen sollte: dass sie nun meine verehrte Frau Mutter wäre, dass ich mich darauf freute, sie kennen zu lernen, dass ich sie auf meinem Weg nach Italien zu meinem Mann besuchen würde, dass …

Ein plötzlicher Regenguss setzte ein. Meine Rabenschwanzfeder schwebte in der Luft. Ich sollte nach Italien reisen? »Aber Bonaparte …«

»In sechs Wochen, nachdem ich die Österreicher vertrieben habe.«

Ich lächelte. Scherzte er? Der Ruf eines Mannes aus dem Garten erlöste mich aus meinem Dilemma: »Öffnet die verdammte Tür!«
»War das Direktor Barras?«, fragte ich Bonaparte auf dem Weg zur Gartentür. »Du bist es wirklich!« Ich küsste meinen Freund auf die feuchten Wangen.
»Und Ihnen einen guten Abend, General Bonaparte, Oberbefehlshaber der italienischen Armee«, erklärte Barras in gespielt formellem Ton, während er seinen Spazierstock mit der vergoldeten Spitze an die Wand lehnte. »Meine herzlichsten Glückwünsche zu Ihrer kürzlichen Ernennung.« Bonaparte machte ein mürrisches Gesicht, selbst als der Direktor ihm die Hand schüttelte.*
»Was dir zu verdanken ist, Père Barras«, sagte ich und drapierte seinen Militärmantel über einen Stuhl neben dem Feuer, damit er trocknete. Noch vor weniger als einem Jahr war Bonaparte ohne Beschäftigung gewesen. Barras hatte ihm zu einer Reihe von Beförderungen verholfen, aber diese letzte, die zum Oberbefehlshaber, hatte vonseiten Barras' beträchtliche Überredungskunst erfordert. Die Direktoren waren nur ungern bereit, einem Korsen das Kommando über eine Armee zu übertragen.
»Nicht schlecht, nicht schlecht«, sagte Barras, während er Bonaparte wie eine Gliederpuppe schwenkte, um seine Uniform zu inspizieren. »An den Schultern vielleicht ein wenig ausladend?« Sein eigener Rock schien ihm ein wenig eng zu sitzen, wie ich bemerkte; die Schöße platzten am Rücken auf. »Aber warum diese ausgefransten Epauletten?«
»Was hast du denn da draußen im Garten gemacht, Paul?«, fragte ich, um das Thema zu wechseln. Das Thema Epauletten hat-

* Die Exekutivgewalt der Republik lag in den Händen eines Rates von fünf Direktoren – den »fünf Majestäten«. Direktor Paul Barras wurde für den Mächtigsten der Fünf gehalten und war demzufolge der politisch mächtigste Mann in der französischen Republik.

te ich auch schon angesprochen, aber ohne Erfolg. (Bonaparte ist ja so halsstarrig!)

»Ich habe geklopft, aber niemand hörte. Wie du mit so wenig Personal zurechtkommt, Rose, geht über meinen Verstand«, sagte Barras und fuhr sich mit der Hand durch das schütter werdende Haar. (Schwarz gefärbt?)

»Ich suche tatsächlich gerade nach einer Kammerzofe.« Als sie erfuhr, dass ich im Begriff war, einen Revolutionär zu heiraten, hatte meine frühere Zofe gekündigt. »Wenn du von einer hören solltest …«

»Sie heißt jetzt Joséphine«, sagte Bonaparte.

»Deinen Vornamen hast du auch geändert?« Barras runzelte nachdenklich die Stirn. »*Joséphine* – doch, er gefällt mir, Rose, er steht dir ziemlich gut. Ebenso wie dein Kleid, wie ich nicht verhehlen kann. Wie reizend du aussiehst. Ich habe in der Tat von einer Zofe gehört. Meine Tante hat mir von einem Mädchen erzählt. Aber nur eine? Du brauchst mindestens drei. Schluss mit dieser republikanischen Anspruchslosigkeit! Republikanische Romantik, wie ich es nenne. Und da wir gerade von Romantik sprechen, wie geht es denn meinen Turteltauben an diesem grässlichen Abend?«

»Sehr gut«, sagte ich mit mehr Begeisterung, als ich empfand.

»Das Direktorium kann mir nur achttausend Francs zur Verfügung stellen«, sagte Bonaparte.

Barras warf seine Rockschöße nach hinten und setzte sich. (Trug er ein Korsett? Barras, mittlerweile vierzig, wurde eitel.) »Ich weiß, es reicht nicht, aber wenigstens ist es nicht dieses Falschgeld, mit dem uns England in dem Bemühen, unsere Wirtschaft zu ruinieren, überflutet.« Er hob die Hände, als flehte er den Himmel an. »Als wäre unsere Wirtschaft nicht schon längst ruiniert.«

Bonaparte fand das nicht lustig. »Wie soll ich mit nur achttausend eine ganze Armee verpflegen und ausrüsten?« Er trommel-

te mit den Fingern auf das Schachbrett, was zwei Figuren zu Boden schickte.
»Gebet?« Barras fing meinen Blick auf und lächelte, sein betörendes schiefes Grinsen. »Immerhin ist es jetzt gesetzlich – na ja, beinahe.«
»Barras, du machst dich lustig«, sagte ich und bot ihm ein Glas des Clos-Vougeot an, den er, wie ich wusste, bevorzugte.
»Nein, danke – ich kam nur vorbei, um die Liste abzuliefern, um die Sie gebeten haben, General«, sagte er und reichte Bonaparte ein zusammengefaltetes Blatt Papier.
»Aber das sind ja nur die Namen der Generäle«, sagte Bonaparte, als er die Liste überflog. »Ich hatte um die Namen aller Offiziere der italienischen Armee gebeten.«
»Selbst die Hauptleute?« Barras erhob sich und griff nach seinem Spazierstock.
»Selbst ihre Adjutanten.«
»Sie reisen morgen Abend ab? Ich werde meinen Sekretär anweisen, sie Ihnen morgen Vormittag vorbeizubringen.« Er schlug Bonaparte in Soldatenmanier auf die Schulter. »Viel Glück bei der Befreiung der Italiener von den Österreichern, General, wie Sie es so heldenhaft nennen. Und wenn Sie schon einmal dabei sind, versäumen Sie nicht, auch ihre Gemälde und Skulpturen zu befreien sowie all das Gold in den Kirchenschatullen. Darin werden Sie das Geld finden, um Ihre Soldaten zu verpflegen.« Er warf seinen Spazierstock in die Luft, fing ihn wieder auf und schaute, ob ich es auch bemerkt hatte.
Muss gehen – ich höre Bonapartes Schritte auf der Treppe.

11. März, morgens

Schläfrig heute Morgen, aber lächelnd. Bonaparte geht die ehelichen Beziehungen mit der Inbrunst eines religiösen Konvertiten und der Neugier eines Wissenschaftlers an. Er ist fest entschlossen, jede Stellung auszuprobieren, die in einem Buch beschrieben ist, das er an einem Stand am Fluss gefunden hat. Es sind über einhundert, behauptet er, und wir sind erst bei der neunten.

In der Tat lerne ich, niemals vorherzusagen, was mich bei ihm wohl erwarten könnte. In einer Minute kann er herrisch und gefühllos sein und in der nächsten zärtlich und ergeben. In der vergangenen Nacht haben wir geredet und geredet …

»Wie Schaum auf einer Welle«, sagte er zu mir und streichelte meine Brust.

»Ich mag das«, sagte ich, während ich die Wellenbewegungen betrachtete, die das Kaminfeuer an die Wand malte, und dabei an das Meer dachte.

»Das Gedicht oder das hier…?«

»Das war ein Gedicht? *Und* das hier.« Seine Hände sind weich, seine Berührung erstaunlich sanft.

»Das ist eine Zeile aus *Carthon* von Ossian. *Ihre Brüste waren wie Schaum auf einer Welle und ihre Augen wie leuchtende Sterne*.«

Es dauerte einen Moment, bis mir klar wurde, was er meinte. Bonaparte sprach den Namen des schottischen Barden wie »Ozean« aus.

»Alexander der Große wählte Homer als seinen Dichter, Julius Cäsar wählte Virgil – und ich habe Ossian gewählt.«

»Bonaparte, du beunruhigst mich, wenn du so redest.«

»Warum? Gefällt dir diese Reihenfolge nicht: Alexander, Cäsar, *Napoléon?*«

»Ich meine es ernst. Kannst du denn kein normaler Mann sein?«

»Bin ich denn kein ›normaler‹ Mann?« Er drückte sich an mich.

»Nun ja, in dieser Beziehung schon.« In dieser Beziehung durchaus. Außer, dass Bonaparte unersättlich war.

»Kann ich dir etwas verraten?«

»Natürlich!« Ich genoss die heimliche Intimität unseres Gesprächs, dieses nächtliche Bettbekenntnis.
»Manchmal denke ich, dass ich die Reinkarnation von Alexander dem Großen bin.« Er starrte mich an. »Nun wirst du mich für verrückt halten.«
»Es fällt mir auf, dass du viel über Alexander den Großen liest«, sagte ich, da ich nicht wusste, wie ich auf eine derartige Erklärung reagieren sollte. Es stimmte – Bonaparte hatte einiges an sich, das mir seltsam vorkam.
»Du glaubst nicht an so etwas?«
»Manchmal. Aber nicht immer. Als junges Mädchen prophezeite mir eine Wahrsagerin, ich würde erst unglücklich verheiratet und dann verwitwet sein.«
»Na, siehst du? Die Prophezeiung hat sich erfüllt.«
»Ja.« Meine erste Ehe war sicherlich unglücklich. »Aber sie hat auch prophezeit, dass ich eine Königin werden würde.«
Er stützte sich auf einen Ellbogen. »Das ist interessant.«
»Mehr als eine Königin, sagte sie.« Aber für nicht sehr lange Zeit. »Nun siehst *du*, dass Prophezeiungen oftmals einfach töricht sind.«
»Dann wollen wir jetzt auch töricht sein.«
»Schon wieder?« Ich lächelte und schlang meine Beine um ihn.
»Du weißt ja gar nicht, wie schön du bist. Du bist die schönste Frau von Paris.«
»Bonaparte, sei nicht albern.«
»Das ist mein Ernst! Alles an dir entzückt mich. Lach nicht! Manchmal, wenn ich dich betrachte, denke ich, dass ein Engel bei mir ist, der auf die Erde heruntergekommen ist.«
Ich streichelte seine feinen, dünnen Haare und blickte in seine großen, grauen Augen. Noch nie zuvor war ich so geliebt worden. Mein erster Ehemann verachtete mich; Bonaparte betet mich an. Am liebsten würde ich weinen. Die Wahrheit, die schreckliche Wahrheit ist, dass ich mich in den Armen meines

Ehemannes einsam fühle. Wenn ich ein Engel bin, warum öffnet sich dann nicht mein Herz?

Die ganze Nacht hindurch hörte ich die Uhr schlagen: eins, zwei, drei. Als es vier schlug, war Bonaparte nicht mehr da. Ich lauschte nach dem Geräusch seiner Schritte, hielt nach einem Flackern von Kerzenlicht Ausschau, aber das Haus war dunkel und still. Ich versuchte, wieder einzuschlafen, doch es gelang mir nicht, weil mich nächtliche Gedanken quälten. Nächtliche Zweifel, nächtliche Ängste. Schließlich streifte ich meinen Morgenmantel und meine Pantoffeln über und wanderte mit einer Kerze durch die Zimmer. Vom Treppenabsatz auf der Hälfte des Stockwerks sah ich unten ein Licht. Ich lief die Treppe hinunter und zur offenen Tür des Arbeitszimmers. Bonaparte lehnte über dem achteckigen Tisch und hielt eine Laterne über eine Landkarte. Ich beobachtete ihn wie ein Dieb. Was sah er beim Anblick dieser Landkarte? Er wirkte so konzentriert. Was dachte, wovon träumte er?

»Bonaparte?«, rief ich schließlich.

Er blickte erschrocken auf. »Joséphine«, flüsterte er verwundert, als hätte er mich gefunden.

Früher Nachmittag

Welche Aufregung! Ich habe nur eine Minute Zeit. Heute Abend bricht Bonaparte gen Süden auf, um das Kommando über die italienische Armee zu übernehmen. Im gesamten Haushalt herrscht hektische Aktivität. Meine Küchenmagd näht seine Reithosen enger (er schreckte vor den Kosten eines Schneiders zurück). Ich bat meinen Diener, seine Reitstiefel ordentlich zu polieren, und die Köchin, einen Korb mit Reiseproviant zu packen – Schiffszwieback, harte Eier, eingelegte Schweinesülze, Rüben. Meinen Kutscher schickte ich zum Weinhändler, um eine Kiste Chambertin zu holen – ein untrinkbarer Wein, wie ich finde, aber Bonaparte besteht darauf (er ist billig) –, und zu einer Parfümerie, um das Mandelmehl und die Rosenseife zu kaufen, die er gerne für sein Gesicht benutzt. Ich darf nicht vergessen, für seinen Ausschlag Helenenkrautwurzel in Quellwasser zu kochen. Und was noch? Was habe ich vergessen?

Eine halbe Stunde später

Bonaparte platzte in den oberen Salon und setzte sich. Ich wusste, was sein kleines Lächeln zu bedeuten hatte. Ich sagte zu meiner Küchenmagd: »Agathe, vielleicht könnte ich mit meinem Mann sprechen – allein.«

Bonapartes verknittertes Leinenhemd war ausgezogen, bevor wir noch mein Schlafzimmer erreichten. »Junot und Murat werden in fünfzehn Minuten eintreffen.«

»Da bleibt nicht viel Zeit.«

»Ich kann schnell sein«, sagte er, als wäre dies eine Leistung.

Ich drehte ihm den Rücken zu, damit er die Knöpfe an meinem Kleid öffnen konnte. Er fuhr mit seinen kalten Händen über meine Brüste, presste sich an mich. Ich drehte mich zu ihm um und küsste ihn. Er ist ein kleiner Mann, aber kräftig. Und schnell, wie er gesagt hatte.

»Ich möchte, dass du dich wäschst«, sagte er, als er sich aus seinen Pantalons schälte.

»Das hatte ich gerade vor.« Seine soldatische Unverblümtheit überraschte mich.

Nackt (kleiner Körper, großer Kopf) stieg er ins Bett, zog das Bettlaken über sich und sah mich erwartungsvoll an. Ich ging in meinen Ankleideraum und kam in einem mit violetten Bändern verzierten Gazenachthemd wieder heraus. »Zieh das aus«, befahl er.

Ich gehorchte widerwillig (Bonaparte ist sechs Jahre jünger als

ich) und legte mich neben ihn. »Stellung Nummer zehn?«, neckte ich.
»Dreiundzwanzig.« Er ließ seine Hand über meine Brust, meinen Bauch gleiten. »Ich habe einen Sprung nach vorn gemacht.«
Ich lächelte. Scherzte er? (Es ist so schwer, ihn zu durchschauen.)
Dann setzte er sich auf und sagte: »Schließ die Augen. Lieg einfach nur so da.« Ich tat, wie mir geheißen. Ich spürte, wie er ans Bettende kroch, spürte, wie seine Hände meine Beine öffneten, spürte die Wärme seines Atems, seine …
Mon *Dieu*. Ich schluckte, zog scharf die Luft ein.
Bonaparte hatte es seltsamerweise nicht eilig. Eine sinnliche Wärme überkam mich. Ich krallte meine Finger in seine Haare, als Wellen der Lust in meinem Blut aufwallten.
Danach lag ich einen Augenblick da, rang nach Atem und trocknete meine Wangen an der Bettdecke. Bonaparte saß in der Hocke und betrachtete mich ehrfürchtig. Dann grinste er. »Nun denn, das ist die bisher Beste«, sagte er und schwang die Füße auf den Boden.
»Komm wieder her«, sagte ich und griff nach seiner Hand.

21 Uhr

Ein Kuss, und fort war er.
Ich höre das Knistern des Feuers, meine Küchenmagd, die unmelodisch im Schlafzimmer singt, die schweren Schritte der Holzschuhe meines alten Dieners auf der schmalen Treppe, der Eimer mit heißem Wasser für mein Bad hinaufträgt. Mein Mops Fortuné schnüffelt in allen Ecken auf der Suche nach »dem Eindringling«. Ich lausche dem geschäftigen Klicken seiner kleinen Zehennägel auf dem Parkettboden.
Geräusche eines normalen Lebens, wie ich feststelle. Wäre da

nicht die auf dem Fensterbrett vergessene Schnupftabakdose aus Blech, die eselsohrige Ausgabe von Ossians *Carthon* auf dem Kaminsims, wüsste man nicht, dass Bonaparte jemals hier gewesen ist. Dieser Mann, der wie ein Wirbelwind in mein Leben trat, ist ebenso plötzlich wieder verschwunden und lässt mich atemlos zurück, benommen … und verwirrt, wie ich gestehe.

Ich teile meiner Familie und meinen Freunden die Neuigkeit mit

17. März 1796 – Paris

Ich habe eine neue Zofe. Sie knickste an der Tür, wobei sie den Saum ihres Hemdkleides aus Leinen anhob. Ihre langen kastanienbraunen Locken waren zu einem festen Zopf geflochten, der ihr über den Rücken fiel. Sie ist jung, noch nicht in dem Alter, um ihre Haare aufzustecken. »Louise Compoint, Madame«, sagte sie, während ihr Blick über das Mobiliar schweifte. »Aber ich werde Lisette genannt.«

Ich steckte einen Finger durch Fortunés Halsband und bat sie, näher zu kommen. Ihre Mutter war Kammerzofe gewesen, berichtete sie mir, ihr Vater ist unbekannt. Sie war von der adligen Familie, für die ihre Mutter arbeitete, »adoptiert« und in einem Kloster erzogen worden. Nun war ihre Mutter tot und die Aristokraten hatten während der Revolution fliehen müssen. »Ich kann Lampendochte putzen, Madame, und auch Haare frisieren. Ich weiß, wie man Stärke auflöst, und kann gut mir der Nadel umgehen. Meine Mutter hat mir vieles beigebracht.«

»Dies ist ein kleiner Haushalt«, sagte ich ihr. »Meine Kammerzofe muss auch als Dienstmädchen und sogar als Küchenmagd dienen, wenn es nötig ist.«

»Ja, Madame. Ich habe Sahne gebuttert und Gitter geschwärzt. Ich kann auch zur Ader lassen. Meine Herrin kränkelte oft«, erklärte sie als Antwort auf meinen erstaunten Blick.

Sie ist erst siebzehn, aber mir gefällt ihr aufgewecktes Wesen.

Sie besitzt eine natürliche Anmut. »Wir sind eine republikanische Familie, Lisette. Ich werde dich mit Respekt behandeln und erwarte das Gleiche von dir. Ich erlaube keine Verehrer, und wenn irgendein Mann Annäherungsversuche machen sollte, erwarte ich, dass du mich informierst. Einmal in der Woche steht dir ein halber Tag zur freien Verfügung zu. Dein Zimmer liegt im Untergeschoss. Es ist klein, aber es hat ein Fenster und gehört dir allein.«
»Ja, Madame!« Ihre Zähne sind hervorragend.

20. März – noch in Paris

Es war früh, noch nicht zehn Uhr morgens, als ich die Kinder in der Halle hörte. Ich stand auf und bereitete mich darauf vor, ihnen gegenüberzutreten, die Hände gefaltet, um meinen Ehering zu verstecken. Nichts hatte sich geändert, ich musste es ihnen mitteilen; Bonaparte zu heiraten bedeutete nicht, dass ich sie weniger liebte.
»... und dann *sprang* mein Pferd über den Karren.« Eugène trabte mit der Anmut einer Färse ins Zimmer. Hortense folgte mit finsterem Gesicht, während sie an ihren Hutbändern zerrte.
Meine Tochter begrüßte mich zurückhaltend und versteifte sich, als ich sie umarmte. »Mein Hut, Maman«, sagte sie, setzte ihre Crèpehaube ab und behielt die weiße Spitzenkappe darunter auf. Ihr Verhalten, ihre abgewandten Augen sagten, dass sie mir böse war.
»Ich ließ die graue Stute springen.« Eugène roch nach Seife und Schweiß. Ich schob ihm eine Locke aus den Augen. Mir war klar, dass er mit seinen vierzehn Jahren bald die Berührung seiner Mutter für unter seiner Würde halten würde.
»Aber was hat das zu bedeuten, dass du einen Karren übersprungen hast?«, fragte ich ihn vorwurfsvoll.

Meine neue Zofe kam an die Tür. Mein abgelegtes Kleid aus pfirsichfarbenem Chintz kleidete sie trefflich. »Sie haben geläutet, Madame Bonaparte?«

Bonaparte. Hortense und Eugène tauschten Blicke. Ich bedeutete Lisette näher zu kommen, damit ich sie vorstellen konnte. Sie machte vor beiden einen Knicks. Meinem Sohn stieg die Röte in die Wangen. Hortense neigte den Kopf, aber es war offensichtlich, das sie mit den Gedanken woanders war, denn ihre Augen schweiften durch das Zimmer – auf der Suche nach einer Spur von Bonaparte, wie mir klar wurde.

»Danke, Lisette. Wenn du uns etwas heiße Schokolade bringen könntest? Und das Konfekt.« Hortense hatte eine Schwäche für Süßigkeiten.

»Maman, das war ganz ungefährlich. Die Stute kann mit Leichtigkeit über einen Meter fünfzig springen«, sagte Eugène und ließ sich in einen Armsessel fallen, die Beine von sich gestreckt. Hortense ließ sich auf dem Stuhl mit dem Roßhaarsitz nieder, die Schulter straff, die Haltung tadellos (ausnahmsweise einmal). Ich nahm neben der Harfe Platz. »Soviel ich weiß, hat Madame Campan mit euch beiden über meine Vermählung mit General Bonaparte gesprochen«, sagte ich – zu direkt, fürchte ich. Nicht so, wie ich diese Rede in Gedanken geprobt hatte!

»Vor vier Tagen«, antwortete Hortense, jedes Wort deutlich aussprechend.

»Ja, sie hat es uns mitgeteilt. Wir wissen über alles Bescheid«, sagte Eugène und rutschte unbehaglich hin und her.

»Ich möchte euch wissen lassen, dass General Bonaparte euch beide von Herzen gern hat.« Ich merkte, dass ich die Sache schlecht angepackt, dass ich sie im Stich gelassen hatte. Ich wollte sie beruhigen.

»Maman?«

Ich lehnte mich erwartungsvoll vor. »Ja, Eugène?«

»Kann ich heute Morgen zum Luxembourg gehen, bevor wir nach Fontainebleau aufbrechen? Direktor Barras hat mir gesagt, dass ich seine Pferde reiten kann, wann immer ich Lust dazu habe.«
Ich lehnte mich verblüfft zurück. Pferde? War das alles, woran mein Sohn denken konnte? Wie verwirrend diese Situation doch war! »Nein, Eugène«, sagte ich um einen ruhigen Ton bemüht. »Ich habe etwas anderes vor. Heute ist Palmsonntag. Ich dachte, dass wir gemeinsam zur Messe gehen sollten.«
Hortense sah überrascht aus. (Und erfreut, wie ich mit Erleichterung feststellte.)
»Kirche?«, stöhnte Eugène und ließ sich in die Tiefen seines Sessels gleiten.
»Wir gehen zu Fuß«, betonte ich mit Nachdruck und erhob mich.

Ich war überrascht von der Anzahl der Leute, die vor der Église Saint-Pierre stand und die Frühlingssonne genoss, bevor sie hineinging. Es war ja nicht nur Décadi* und Sonntag (ein seltenes Zusammentreffen), sondern auch noch Palmsonntag. Ausnahmsweise einmal konnten alle einen Feiertag gemeinsam genießen – Katholiken und Atheisten, Royalisten und Republikaner gleichermaßen. Ich legte die Arme um meine Kinder, als wir die Stufen hinaufschritten. Wenn im Volk Frieden herrschen konnte, dann konnte sicherlich auch in meiner kleinen Familie Frieden herrschen.

* Während der Revolution war ein neuer Kalender eingeführt worden. Die Zehn-Tage-Woche endete mit dem Décadi, dem gesetzlichen Ruhetag. Auch die Monate waren geändert worden: Vendémiaire (der Monat der Weinlese), Brumaire (der Monat des Nebels), Frimaire (der Monat des Frostes) und so weiter. Trotzdem richteten sich viele auch weiterhin nach dem alten Kalender, was beträchtliche Verwirrung stiftete.

Fontainebleau

Wir konnten erst kurz nach zwei Uhr nachmittags nach Fontainebleau aufbrechen, daher war es bereits ziemlich spät, als wir in den Hof des Hauses Beauharnais in Fontainebleau einfuhren. »Ich hatte euch früher erwartet, Rose«, sagte Tante Désirée und drückte an ihren gepuderten Haare herum, die zu dicken Wurstrollen frisiert waren. Ihr untadeliges Haus roch nach Bienenwachs und Terpentin.

»Wir sind erst spät weggekommen«, erklärte ich, während ich darauf achtete, dass meine Kinder ihre schmutzigen Stiefel auszogen, bevor sie auf den Teppich traten. »Wir waren in der Kirche.« Ich wusste, dass diese Erklärung sie zufrieden stellen würde.

»Ist Großpapa wach?«, fragte Hortense.

»Lauft! Lauft, meine Süßen! Er hat schon auf euch beide gewartet.« Sich gegenseitig schubsend und ziehend rannten die Kinder die Treppe hinauf. Ich versuchte erst gar nicht, sie zur Ruhe zu ermahnen; ich war froh, sie lachen zu hören.

»Ich habe äußerst ungeduldig auf deine Ankunft gewartet, Rose«, sagte meine Tante und bedeutete mir, Platz zu nehmen. »Ich habe großartige Neuigkeiten« Sie setzte sich auf die Kante des grünen Brokatsofas und rüttelte nervös an einem gewaltigen Schlüsselring.

»Oh?« Ein mulmiges Gefühl erfasste mich. Ich war selbst mit einer Neuigkeit hergekommen und fürchtete, dass meine Tante sie nicht im Geringsten für großartig halten würde.

»Mein Mann ist gestorben!«, sagte sie und bekreuzigte sich.

»Monsieur Renaudin?« Ich hatte keinen Grund, das Ableben dieses Mannes zu bedauern. Er und meine Tante hatten sich schon vor meiner Geburt getrennt. Geschichten über den bösen Monsieur Renaudin hatten als Kind meine Phantasie angestachelt – Geschichten über den Mann, der nicht nur versucht hatte, meine Tante zu vergiften, sondern ebenfalls seinen eigenen Vater, weshalb man ihn eingesperrt hatte.

»Und daher hat der Marquis um meine Hand angehalten.« Tante Désirée verkündete dies mit einem mädchenhaften Lidflattern.

»Das ist ja wunderbar!«, sagte ich und unterdrückte ein Lächeln. Der Marquis war über achtzig Jahre alt – meine Tante ein Vierteljahrhundert jünger –, und ich bezweifelte, dass ihn der Gedanke an eine Ehe sehr beschäftigte. »Und darf ich annehmen, dass du eingewilligt hast?« Ich wusste, dass meine religiöse, tugendhafte und gesellschaftlich empfindliche Tante darunter gelitten hatte, all diese Jahre ohne kirchlichen Segen mit dem Marquis leben zu müssen.

»Aber Pater Renard besteht darauf, dass wir ein Jahr warten – aus Rücksicht. Ich habe schreckliche Angst, dass der Marquis stirbt, bevor er eine ehrbare Frau aus mir gemacht hat«, sagte sie, während sie nacheinander die losen Sofakissen hochhob, als suchte sie etwas. Unter einem der Kissen fand sie eine Münze und legte sie stirnrunzelnd zurück. (Damit sollte ihre Dienerschaft auf die Probe gestellt werden, wie mir klar wurde.) »Daher habe ich Pater Renard gesagt, dass ich der Kirche einen neuen Kandelaber spenden würde, und schließlich hat er sich mit sechs Monaten einverstanden erklärt. Ich weiß, woher ich einen gebrauchten für einen Bruchteil dessen bekommen kann, was ich in Paris zahlen müsste. Tüchtig mit Essig gereinigt, wird er so gut wie neu aussehen.« Nachdem die Kissen wieder an ihrem Platz waren, zog sie ein Knäuel zerknitterter Taschentücher aus den Tiefen ihres Busens und machte sich daran, eines nach dem anderen auf ihrem Schoß zu glätten. »Und nun, Rose, sag mir: Wie geht es dir?«

»Gut! Ich habe auch eine Neuigkeit.« Die Worte kamen lauter heraus, als ich beabsichtigt hatte, und weit mutiger, als mir zumute war.

»Hat deine Kuh gekalbt, Liebes?« Sie legte ein pastellgrünes

Taschentuch zur Seite und stopfte die restlichen wieder in die Spalte ihres üppigen Busens.
»Nein«, sagte ich verblüfft. »Zumindest noch nicht. Nein, ich habe …« Das Herz hämmerte mir gegen die Rippen. »Ich habe geheiratet, Tante Désirée«, sagte ich schließlich.
Tante Désirée hielt das grüne Taschentuch gegen das Licht und untersuchte es nach Flecken. »Hast du *geheiratet* gesagt, Rose?«, fragte sie und wandte sich zu mir um.
Ich nickte besorgt über ihre Gelassenheit.
»Nun … das ist ja wunderbar«, sagte sie und bekreuzigte sich, »aber wen?«
»Einen Militär mit Namen Napoléon Bonaparte. Er ist …«
»Was ist denn das für ein Name?«, wollte meine Tante mit einem misstrauischen Stirnrunzeln wissen.
»Ein korsischer Name, Tante Désirée, und …«
»Du hast einen *Korsen* geheiratet?« Sie griff nach einer Messingglocke und schüttelte sie heftig. »Aber Rose, Korsen sind … sie sind Barbaren, sie leben wie die Zigeuner. Sie stehlen, morden, *lügen* – sie haben absolut keine Moral! Und sie sprechen keine ordentliche Sprache, du verstehst kein Wort von dem, was sie sagen.«
Glücklicherweise erschien genau in diesem Moment eine Dienstmagd mit Rüschenhaube an der Tür. »Riechsalz!«, forderte meine Tante gebieterisch.
»Wir haben kein Riechsalz mehr, Madame«, stammelte die Magd und wischte sich die Handflächen an ihrer weißen Latzschürze ab. »Aber wir haben Hysteriewasser, Madame.« Tante Désirée schnaubte ungeduldig.
»Tante Désirée, so ist er überhaupt nicht«, sagte ich, sobald die Magd verschwunden war. »Seine Familie ist von altem Adel, und er wurde in den besten Militärschulen Frankreichs erzogen. Er hat mich sehr gern und *besonders* die Kinder«, fügte ich gefühlvoll hinzu.

»Begüterter Adel?« Mit schiefem Blick.
»Er hat eine gute Stellung als kommandierender General«, sagte ich, ohne auf ihre Frage einzugehen. Bonaparte hatte nicht nur kein Geld, sondern unser Ehevertrag verlangte auch, dass wir zu gleichen Teilen unsere gesamten Haushaltskosten bestritten. »Er wird Eugène bei seiner Militärlaufbahn helfen können.« Das war meine Trumpfkarte. Ich verließ mich darauf.
»Sie haben einen Korsen zum General gemacht?«, fragte Tante Désirée, während sie versuchte, sich mit dem schlaffen grünen Taschentuch Luft zuzufächeln. »General *wovon?*«
»Monsieur Bonaparte ist Oberbefehlshaber der italienischen Armee«, sagte ich und gebrauchte das »Monsieur« in dem schamlosen Bemühen, die Wogen zu glätten.
»Ich habe noch nie von einer italienischen Armee gehört. Ist sie der französischen ebenbürtig?«
»Ja, natürlich!«, rief ich aus – obwohl mich alles, was mir bisher über die italienische Armee zu Ohren gekommen war, zu der Überzeugung gebracht hatte, dass sie nur schwerlich überhaupt als eine Armee bezeichnet werden konnte, eher als ein zusammengewürfelter Haufen von Herumlungerern und kleinen Ganoven, hungrig und ohne Uniformen, geschweige denn Musketen. »Er ist zwei Tage nach der Trauung abgereist, um das Kommando zu übernehmen.« Die Hochzeit kam mir jetzt wie ein Traum vor, wie etwas, das nicht hätte passieren dürfen.
»Eine kirchliche Trauung, Rose?«, fragte sie, während sie an dem grünen Taschentuch zerrte, es zwirbelte und knetete.
»Nein«, gab ich zu. Bonaparte war gegen die Kirche, aber ich hatte nicht vor, es ihr zu verraten.
Ich hörte ein Schniefen. Ach du meine Güte! Weinte sie etwa? Bestürzt streckte ich die Hand aus, um sie zu trösten, aber sie griff mich wie ein Habicht an. »Rose, wie konntest du nur?«, weinte sie und betupfte ihre Wangen. »Wie konntest du nur einen Mann mit einem derart schrecklichen Namen heiraten?«

Ich schreibe dies jetzt in Tante Désirées Gästezimmer in Fontainebleau. Ich sprach ausführlich mit ihr, versuchte, sie zu beruhigen. Schließlich überredete ich sie, ein Glas Hysteriewasser zu trinken und sich niederzulegen. (Ich trank auch ein Glas.) Ich bedauere mein Verhalten, doch indem ich Bonaparte verteidige, indem ich mich bemühe, meine Tante von der Klugheit meines Schrittes zu überzeugen, beginne ich gleichzeitig, mich selbst zu überzeugen. Bonaparte hatte die Worte »Auf das Schicksal« in die Innenseite meines Eheringes gravieren lassen, denn er glaubt an das Schicksal, glaubt, dass wir füreinander bestimmt sind. Sind wir das wirklich? frage ich mich. Ich kann nur hoffen, dass das Schicksal irgendwie, irgendwann den Beweis dafür erbringen wird, dass ich das Richtige getan habe. Um meiner Familie willen hoffe ich es von ganzem Herzen.

21. März – Paris

Heute Morgen erhielt ich meinen ersten Brief von Bonaparte. So bald! Es hat mich viel Zeit gekostet, die Worte zu entziffern, manches kann ich immer noch nicht lesen. Bonapartes Handschrift ist so ungestüm wie seine glühenden und zärtlichen Worte.
Der Brief war an Bürgerin Bonaparte bei Bürgerin Beauharnais adressiert, als wäre die Bürgerin Bonaparte Gast in meinem Hause, jemand, der nichts mit mir zu tun hat – und so ist mir auch noch zumute.

25. März

Eine wohl tuende (und produktive) Plauderei mit Thérèse, gefolgt von ein paar amüsanten Stunden mit meinen herrlich exzentrischen Freundinnen.

Thérèse kam früh in ihrem eleganten kleinen Landauer an, den sie *eigenhändig* lenkte (zur Übung, wie sie erklärte, um sich zu den Rennen melden zu können, die wieder im Bois de Boulogne stattfinden sollten). »Und wie geht es Madame Bonaparte an diesem schönen Nachmittag?«, war das Erste, was sie sagte. Der exotische Duft von Neroliöl erfüllte mein Vorzimmer. Sie ging in die Knie, damit Lisette ihr leichter das pelzgefütterte Cape abnehmen konnte.

»Du trägst eine Perücke?«, fragte ich und betrachtete meine Freundin mit Erstaunen. Unter einem kecken Hut mit Reiherfeder ringelte sich eine Flut blonder Locken.

»Nur zwanzig Francs.« Sie drehte den Kopf von einer Seite zur anderen, um die Locken wippen zu lassen. »Deswegen habe ich siebenundzwanzig gekauft – und alle blond.« Sie zog sowohl den Hut als auch die Perücke vom Kopf und grub die Nägel in ihre Kopfhaut. Ihre eigenen schwarzen Haare waren fest geflochten und hoch gesteckt. »Du hast meine Frage noch nicht beantwortet«, sagte sie und hielt einen Finger hoch.

»Madame *Bonaparte* geht es wirklich gut, danke. Ich habe doch wahrhaftig schon einen Brief von meinem Mann erhalten«, erzählte ich ihr. »Aber manches kann ich nicht entziffern.« Ich holte den Brief aus einem Schreibtischfach, zeigte ihn ihr und deutete dabei auf die unleserlichen Stellen.

»Mon Dieu, ich verstehe, was du meinst. Was für ein Gekritzel«, sagte sie blinzelnd. »Ich glaube, das hier heißt ›fortwährend‹. ›Meine Gedanken kreisen fortwährend um dich.‹ Er unterzeichnet mit B. P.?«

»Für Bona Parte … glaube ich.«

»Oh, là là!«, sagte sie, als sie weiterlas. »Er ist ja *wahnsinnig* in dich verliebt.«

»So sind die Korsen eben«, sagte ich (errötend) und nahm den Brief wieder an mich.

»Zweifellos«, sagte Thérèse mit spöttischem Blick. »Und deine

Kinder?«, fragte sie und nahm sich ein Lakritzkonfekt mit Anisgeschmack. »Was halten sie denn von ihrem neuen Papa?«
Ich verzog das Gesicht. »Hortense brach in Tränen aus.«
»Weil du geheiratet hast?«
»Bloß, weil sie mich mit Bonaparte gesehen hat!«
»Wenn du möchtest, könnte ich mal mit deiner Tochter sprechen.«
»Das hat Madame Campan bereits getan«, versicherte ich ihr rasch. Meine ach-so-tugendhafte Tochter lehnte meine Freundin Thérèse ab. *Und* den Mann von Thérèse. *Und* Barras. *Und* überhaupt beliebig viele andere, einschließlich ihrer Patin!*
»Da wir gerade von deiner Tochter sprechen, ich hatte da eine großartige Idee. Wie wäre es mit Direktor Reubells ältestem Sohn?«
Ich sah sie verdutzt an.
»Als Ehemann – für Hortense.«
»Aber sie ist doch noch nicht einmal dreizehn, Thérèse. Und seit wann bist du eine Kupplerin?«
»Seit ich dich dem Korsen vorschlug. Aber mal im Ernst«, sagte sie, »die Reubells mögen zwar eine Kaufmannsfamilie sein, aber sie sind reich. Und natürlich Reubells Stellung als Direktor ... das bedeutet doch schon etwas, oder nicht? Es käme ihnen wahrscheinlich nicht ungelegen. Schließlich stammt Hortense aus adligem Hause.«
»Direktor Reubell ist ein radikaler Jakobiner«, sagte ich, während ich überprüfte, ob wir alles hatten, was wir brauchten – Schreibfedern, Tinte, Papier, die Akten. »Ein aristokratischer Stammbaum wäre ihm einerlei, so oder so ...«
Thérèse lachte. »Machst du Witze?«
»Nun ja, auf alle Fälle wird sie eine Mitgift brauchen.«

* Fanny Beauharnais, eine unkonventionelle Dichterin, ist mit Joséphine über deren ersten Mann verwandt und Hortenses Patin. Zu dieser Zeit wird sie gerade von einer jungen Frau verklagt, die behauptet, ihre uneheliche Tochter zu sein.

»Wie viel hast du?«
»Fünf.«
»Fünftausend? Das ist *alles?*«
Fünftausend Francs Schulden kam der Sache schon näher.
»Aber was ist mit dem Inselbesitz?«
Ich zuckte mit den Schultern. »Da Martinique jetzt in britischer Hand ist, werde ich wohl keinen einzigen Sou erben.«
Thérèse kniff die Wangen zusammen, überlegte. »Heutzutage kann doch eigentlich jeder eine Million verdienen. Warum steigst du nicht in die Heeresbelieferung ein? Wenn mein Mann das kann, kann das jeder.« Sie sah mich an. »Was ist daran so lustig?«
»Hin und wieder ein kleines Geschäft zu machen ist eine Sache; die Armee zu beliefern ist eine ganz und gar andere Größenordnung.«
»Das Konzept ist das Gleiche – du brauchst nichts weiter als Nerven. Mir ist nicht entgangen, dass du neulich abends diese beiden Bankiers beim Billard geschlagen hast – die reichsten Männer der französischen Republik, und du hast sie gedemütigt. *Das* heißt Nerven haben, wenn du mich fragst.«
Ich lächelte. Nun ja.
»Und schau dir deine Kontakte zu den Freimaurern an, deine Kontakte zur Regierung, deine finanziellen Kontakte.«
»Das sind *gesellschaftliche* Kontakte.«
»Ich glaube, dass du dich unterschätzt. Du bist in einer idealen Position, um ein kleines Vermögen zu verdienen, wenn nicht gar ein großes. Und mache dir doch nichts vor, ein Vermögen ist keine so schreckliche Sache. Frag mal die Revolutionäre. Die scheffeln es, so schnell sie nur können. Sie glauben, nach so langer Hungersnot sei es Zeit für ein Festessen, und du musst zugeben, dass sie Recht haben. Barras sagt, jeder, der nicht in die Heeresbelieferung einsteigt, ist ein Narr. Es ist schnelles Geld, es ist großes Geld, und es ist praktisch kein Risiko damit verbunden.«
»Solange man die Kontakte hat und das Geld, um zu investieren.«

»Also, wirklich, Rose – Joséphine! Verzeihung! –, ich bezweifele sehr, dass das ein Problem wäre. Schließlich hast du ja den lieben Père Barras, nicht wahr? Den König der Profitmacher.«
Ich zog die Augenbrauen hoch. König der Korrupten, so nannten ihn die meisten Leute. »Na schön, Mama Tallita, ich werde darüber nachdenken.« Ich öffnete die Akte mit der Aufschrift »Laufendes« und schaute auf die Uhr. »Wir haben nur noch eine Stunde Zeit.«
Ein Rückblick auf unsere Projekte erwies sich als entmutigend. Wir hatten immer noch nicht erreicht, dass Bürger Mérode gelöscht wurde, obwohl er wegen der Emigration seines Vetters auf der Liste* stand. Wenigstens *hatten* wir erreicht, dass die Bürgerin Daco und ihr Sohn aus dem Gefängnis entlassen wurden, aber die Bürger Mercier und Pacout saßen noch ein. Bürger Pinson starb bedauerlicherweise. Wir werden sehen, was wir tun können, um seiner Witwe und seinen fünf Kindern zu helfen. Zusätzlich zu unserer karitativen Arbeit sind elf Männer und Frauen an uns herangetreten, um ihnen dabei behilflich zu sein, dass ihre Namen aus der Liste gestrichen werden, dass sie Arbeit bekommen, dass sie aus dem Gefängnis entlassen werden. In Anbetracht der wachsenden Zahl von Gesuchen beschlossen wir, uns jede Woche zu treffen, bevor die Damen sich zum Kartenspiel zusammenfanden.
»Wenn man davon spricht …«, sagte ich, als ich eine Kutsche in den Hof fahren hörte.

* Die »Liste« war eine Aufstellung von Emigranten und Verwandten von Emigranten, die Frankreich nicht betreten durften. Da sie wegen der Revolution das Land verlassen hatten, wurden Emigranten und sogar ihre Familien als Feinde der Republik betrachtet. Diese in der Liste Aufgeführten verloren alle bürgerlichen Rechte, ihr Besitz wurde beschlagnahmt und sie riskierten die Hinrichtung, wenn sie auf französischem Boden entdeckt wurden. Die Anzahl der Namen belief sich auf über einhunderttausend. »Gelöscht« zu werden bedeutete, dass der Name aus der Liste gestrichen wurde.

»Ah, da sind ja die Ehrenjungfrauen.« Die Ehrenjungfrauen? »Hast du das etwa noch nie gehört? Barras nennt uns so«, erklärte Thérèse. »Weil wir uns zu Ehren Gottes kleiden.«
Die Ehrenjungfrauen, das konnte man wohl sagen!* Bevor ich Lisette bitten konnte, sie hereinzuführen, waren sie bereits eingetreten und füllten das Speisezimmer mit ihren exotischen Düften, ihren wedelnden Fächern, ihren wippenden Federn und ihren mit aller erotischen Sinnlichkeit eines Harems wirbelnden Seidenrüschen.
»Oh, wie es scheint, haben wir eine Wohltätigkeitssitzung unterbrochen«, sagte die kleine Madame de Crény, über deren Augen die Enden einer gewaltigen rot und gelb gestreiften Schleife wie Kaninchenohren baumelten.
»Wir waren gerade fertig«, sagte ich und sammelte die Papiere ein.
»Stimmt es, dass du den Korsen geheiratet hast?«, fragte Minerva, während sie versuchte, ihren Mops davon abzuhalten, an meinem Mops zu schnüffeln, der drohend knurrte.
Ich sah Thérèse anklagend an. »Ich habe es ihnen nicht erzählt«, wehrte sie ab. »Ich bin unschuldig.«
»Wohl kaum!« Fortunée Hamlin war trotz des kühlen Frühlingstages halb nackt; ihr Gewand aus indischer, mit Silber durchwirkter Gaze enthüllte mehr, als es verhüllte. (Sie brüstete sich damit, dass ihr gesamtes Ensemble in ihre bestickte Tasche aus irischem Leinen passen könnte.

* Außer Joséphine und Thérèse gehörten zu der Gruppe Fortunée Hamelin, Madame Châteaurenaud (Minerva genannt) und Madame Crény. Fortunée Hamelin (neunzehn) ist Kreolin wie Joséphine. Sie ist berühmt für ihren Witz, ihre gewagte (Nicht)Bekleidung und ihr Tanzen. Minerva (sechsunddreißig) ist eine sinnliche Frau, bekannt für ihre sanfte, liebe Art und ein Interesse am Okkulten. Madame de Crény (fünfunddreißig) lernte Joséphine kennen, als Joséphines erster Mann, Alexandre, sie zwang, in einem Kloster zu leben. Thérèse Tallien (dreiundzwanzig) ist eine der berühmten Schönheiten der Zeit. Sie ist eine wunderbare Geschichtenerzählerin und beschreibt sich selbst als Komödiantin.

»Sie dürfen Thérèse nicht die Schuld geben«, sagte Madame de Crény, als sie mir in den Salon folgte, wo der Spieltisch aufgebaut worden war. »Direktor Barras ist der Schuldige.«

»Wie gewöhnlich.« Fortunée stützte ihre Escarpins mit den hohen geschweiften Absätzen auf einem Fußschemel ab, wobei sie vorteilhaft zur Schau stellte, was gemeinhin als wohlgeformte Fesseln gilt. (Sie trug knöchellange Unterhosen!*)

»Er hat keine Willenskraft, der Arme«, lispelte Minerva leise.

»Und wenn man bedenkt, dass er dieses Land regiert.«

»Er *regiert* dieses Land.« Madame de Crény setzte sich mit baumelnden Füßen auf einen Stuhl.

»Meint ihr, dass er sich die Haare färbt?«

»Es muss diese Opernsängerin sein, die ich auf seinen Empfängen gesehen habe.«

»Eher schon ihr jüngerer Bruder.« (Gelächter.)

»Und er trägt ein Korsett.«

»Wo wir Damen doch unsere gerade ausgezogen haben.«

»*Das* ist die wahre Befreiung.«

»Also, Rose, wo genau ist denn nun dieser Ehemann von dir?«, fragte Minerva und spähte in die Bibliothek.

»Ihr Ehemann, der sie wahnsinnig liebt.«

»Thérèse!«

»Wie romantisch.«

»Wie lästig.«

»Er ist in Nizza und übernimmt das Kommando der italienischen Armee«, sagte ich stolz.

»Dann befinden wir uns also in anderen Umständen?«

»Dazu ist es wohl noch ein wenig zu früh, meint ihr nicht? Er reiste zwei Tage nach unserer Hochzeit ab.«

»Ich brauche dazu nur eine Minute«, stöhnte Thérèse.

* Knöchellange Unterhosen – oder Pantalettes – wurden als Männerbekleidung angesehen, die nur von Frauen mit schlechtem Ruf getragen wurden.

»Und seht mich an, zwölf Kinderchen«, brüstete sich Minerva. »Mein Mann braucht mich nur anzulächeln, und schon bin ich in anderen Umständen.«
»Es ist uns nicht entgangen.«
»Und *mir* ist nicht entgangen, dass die meisten Frauen von Paris in diesen Zeiten in anderen Umständen sind.«
»Das ist Mode – selbst Jungfrauen stopfen sich Kissen in ihre Gewänder.«
»Habt ihr schon gehört? Sogar Madame hat es erwischt.«
»Nein.«
»Doch. *Endlich*. Nach fünf Jahren Ehe ist sie zu einem deutschen Arzt gegangen. Er sagte ihr, dass Unfruchtbarkeit bei einer Frau durch das Vorhandensein von übermäßiger Hitze begleitet von einem Anschwellen geheilt wird.«
»Wie bitte?«
»Ich glaube, das bedeutet, dass eine Frau … ihr wisst schon, *Spasmen* kriegen muss.«
»Um ein Kind zu bekommen?«
»Offensichtlich ist das eine allgemeine deutsche Überzeugung.«
»Ich habe bei meinem Mann nie Spasmen gekriegt, und glaubt mir, ich habe ein paar Kinder von ihm bekommen.«
»Was sind Spasmen?«
»Der Arzt sagte Madame Lebon, wenn sie, ihr wisst schon, wäre …« Sie rieb die Finger aneinander. »Dann wäre das der Beweis, dass Spasmen stattgefunden hätten.«
»Wohl kaum!«
»Was ist denn das, Rose? Eine Perücke?« Minerva hob das Gewirr von Ringellocken hoch.
»Rose ist jetzt Joséphine«, sagte Thérèse und streifte die goldenen Locken über.
»Du hast deinen Vornamen geändert?«
»Bonaparte wollte es so.«
»Ich dachte, sein Name ist *Buona*parte.«

»Er hat ihn geändert.« Alles änderte sich!
»Oh, eine Perücke könnte praktisch sein. Niemand würde dich erkennen«, sagte Fortunée.
»Ich habe siebenundzwanzig Stück davon gekauft. Nur zwanzig Francs jede, also sollte ich wohl einen hübschen Gewinn damit machen können.«
»Echtes Haar. Hübsch! Aber warum so billig?«
»Na ja …« Thérèse verzog das Gesicht. »Das ist eben das Problem.«
»O nein«, flüsterte Minerva.
»Die … Guillotine?«, piepste Madame Grény.
»Haar ist Haar, oder etwa nicht?«, sagte Fortunée mit einem Schulterzucken. »Ich werde drei nehmen.«
Lisette betrat das Zimmer mit einem Tablett klirrender Gläser und einer geöffneten Flasche Champagner. Sie stellte es auf den Beistelltisch, und danach stand sie da und glättete die Falten ihrer gerüschten Tüllschürze.
»Spekulation? Pfänderspiel?« Wir einigten uns auf Spekulation, wobei Fortunée auf einem anfänglichen Einsatz von fünfzig Francs bestand, »damit das Blut in Wallung kommt.«
»Oh, heute habe ich Glück!«, sagte Madame Crény und wackelte mit ihren silbern bemalten Fingernägeln, bevor sie die Karten mischte.
Thérèse hob ihr Glas, ihre Ringellocken hüpften. »Auf Joséphine Bonaparte!«

Die Vergangenheit holt mich immer wieder ein

29. März 1796

Eine gute Nachricht: Dank Barras ist die Beschlagnahmung von Alexandres Besitz aufgehoben worden.*

31. März

Die Abteilung für konfiszierte Güter SW 24 ist in einem ehemaligen Frauenkloster in der Rue de Grenelle, nicht weit vom Invalidendom, untergebracht. Ich zeigte dem Mann an der Pforte mein Ermächtigungsschreiben und dann noch einmal einem Mann, der an einem Schreibtisch saß und Solitär spielte. Er hielt mein Dokument an die acht brennenden Kerzen in einem silbernen Kandelaber und warf einen kurzen Blick auf Siegel und Stempel, bevor er aus einer Schreibtischschublade einen Schlüsselring zog (der neben einer Pistole lag) und einen Mann mit einem verfilzten Bart anherrschte, der auf einem Sofa schnarchte: »Gaspard, du Dummkopf!« Der gähnende Gaspard griff nach einer Blechlaterne und winkte mir, ihm eine enge, dunkle Treppe hinauf und durch eine Reihe von Zimmern zu folgen, die alle vom Boden bis zur Decke mit Comte Diesunddas, Marquise Soundso beschrifteten Kisten voll gestopft waren – die verpackten Überreste verlorener Leben, gestohlener Leben.

* Joséphines erster Mann war (irrtümlich) wegen einer Verschwörung verurteilt worden. Er wurde hingerichtet, sein Besitz konfisziert.

Im letzten Raum entriegelte Gaspard ungestrichene Holzläden vor einem kleinen Fenster, und das Licht fiel auf ein Cembalo und einige (wunderschöne) Harfen, auf Statuen und große Ölporträts von Männern zu Pferde, von Frauen mit ihren Kindern … ich wandte mich von ihren starren Blicken ab. Dass ich überlebt hatte, war nur Zufall.
»316, 317, 318 … 322.« Gaspard deutete auf eine Reihe rohgezimmerter Holzkisten auf dem Fußboden, alle mit der Aufschrift Vicomte A. de Beauharnais versehen.
»Ist das alles?«, fragte ich. Sieben Kisten.

1. April

Schwermut hat mich übermannt. Ich bat Lisette, Dr. Cucé zu holen, damit er mich zur Ader ließ, aber sie erbot sich, es selbst zu tun, aus meinem Fuß. Ich schuldete dem Arzt Geld, und daher nutzte ich die Gelegenheit. Lisette setzte den Schnitt rasch und sicher; das helle Blut floß in die angeschlagene Porzellanschale. Ich fühle mich schwach, aber rein.

Später Nachmittag

Fühle mich schon kräftiger. Folgendes hat sich ereignet:
Ich war früh aufgestanden, um dabei zu helfen, in der Bibliothek Platz für die Kisten zu schaffen. Doch kurz nach elf Uhr meldete Lisette einen Besucher: Louis Bonaparte.
»Ein junger Mann mit schweren Augenlidern, Italiener, glaube ich.« Lisette beschrieb die Leute inzwischen freiheraus.
Ich war verdutzt. Von einem Louis Bonaparte hatte ich noch nie gehört.
Ich fuhr mir mit der Hand über die Haare. Ich hatte ein Kleid aus verwaschener Gaze angezogen, dessen Volant geflickt werden musste – angemessen für einen Tag, an dem ich die muffi-

gen Kisten durchsehen wollte, deren Anlieferung ich jeden Augenblick erwartete. »Sag ihm, dass ich gleich komme«, sagte ich und streifte ein Paar Seidenstrümpfe über. Über meine Chemise zog ich ein Mantelkleid und legte Rouge auf. Ein bestickter Musselinschleier, den ich mir über die struppigen Haare warf, verlieh mir den römischen Schliff, der gerade in Mode war. *Bien*.

Der junge Mann erhob sich, um mich zu begrüßen, und schob ein in grünes Leder gebundenes Buch in die Innentasche seines Gehrocks. Es war Luigi, Bonapartes jüngerer Bruder, jener Bruder, den er als seinen Sohn betrachtete! »Napoléon hat mir aufgetragen, meinen Namen in Louis zu ändern«, erklärte er. Er scheint in Eugènes Alter zu sein, obwohl er meines Wissens ein oder zwei Jahre älter ist. »Ich bitte Sie, mir meinen Besuch zu so früher Stunde nachzusehen, Bürgerin Bonaparte«, sagte er ehrerbietig und mit melancholischer Miene. Er wäre in einem Kurort in Châtillon gewesen, erklärte er, und sei nun auf dem Weg nach Nizza, um als Adjutant zum Stab seines Bruders zu stoßen.

Ich hieß ihn herzlich willkommen und fragte ihn, ob er gerne einen Kaffee, Tee oder ein kleines Bier hätte. Er gestand, dass er sich nach meinem Inselkaffee sehnte, von dem ihm sein Bruder erzählt hatte. »Leider sind meine letzten Bohnen aus Martinique aufgebraucht – aber mein Koch, der selbst von den Inseln stammt, hat als Ersatz eine ausgezeichnete Bohne aus Südamerika entdeckt.« Ich läutete nach Lisette und bat um Kaffee, Schokoladenlikör und eine Schale Biskuits, die mein Koch heute Morgen gebacken hatte.

Wir sprachen über den Kurort, in dem er sich aufgehalten hatte, über seine bevorstehende Reise, die Gefahr von Straßenräubern, die Aufführung von Voltaires *Brutus*, die er am Abend zuvor im Théâtre de la Republique gesehen hatte. Wir waren uns einig, dass der große Schauspieler Talma »über alle Maßen unterhaltsam« (seine Worte) war. Ich erzählte ihm, dass Talma ein Bekannter von mir wäre und dass er sogar einmal in eben diesem Haus gelebt hätte, was ihn erstaunte – vielleicht, weil es ein so bescheidener Wohnsitz ist. Kurz gesagt, eine angenehme Unterhaltung.

Gerade als Lisette mit dem Kaffee erschien, hörte ich Fortuné draußen auf der Veranda bellen. »Ich bekomme ein paar Dinge geliefert«, erklärte ich, als ich aufstand. »Nein, bitte, bleiben Sie doch und trinken in Ruhe Ihren Kaffee aus.«

Louis kippte seinen Kaffee hinunter und nahm sich ein Biskuit, als er sich erhob. »Ich muss so oder so gehen«, sagte er, als er mich zur Eingangstreppe begleitete. Zwei Fuhrleute luden gerade eine der Kisten ab – eine schwere, nach ihren angestrengten Mienen zu urteilen.

»Haben Sie ein Nationalgut erworben?«, fragte Louis, als er die Siegel betrachtete.

»Gewissermaßen«, sagte ich, da ich nicht erklären wollte, dass diese Kisten die persönliche Habe meines ersten Mannes enthielten.

Die Kisten füllten praktisch die winzige Bibliothek aus. Mein Diener verrückte ein paar, damit ich mich zwischen sie zwängen konnte. Dann holte er ein Brecheisen und machte sich daran, die Deckel aufzustemmen.

Die erste Kiste enthielt Haushaltsgegenstände: Porzellan, Wäsche, muffige Bettvorhänge. Es fanden sich erstaunlich wenige persönliche Dinge: ein Tintenfass, ein Eichenkästchen mit Perlmuttintarsien, ein Glasgefäß mit metallenen Militärknöpfen. Ein Paar Reitstiefel, die Eugène vielleicht gebrauchen konnte. Vier Reitgerten, eine mit einem Goldgriff. Aber keine Pistolen und Schwerter – zweifellos gestohlen. Und auch kein Silber. Eine Ledermappe mit finanziellen Aufzeichnungen, Briefe. Ich legte alles für Tante Désirée und den Marquis zur Seite. (Ich wollte sie nicht lesen.) Und, wie ich befürchtet hatte, ein Samtbeutel mit kleinen Dessous, Strumpfbändern, einem perlmutternen Haarschmuck: Alexandres »Trophäen«. Ich warf alles fort, doch dann holte ich den Haarschmuck, der es mir angetan hatte, wieder heraus.

Und dann die Bücher: vier große Kisten. Eine war durch Wasser zerstört worden: Die Buchseiten waren verquollen und staubig vor Schimmel. Ich wies meinen Diener an, diese Bücher im Garten zu verbrennen.

In den restlichen Kisten waren eine Anzahl wertvoller Texte:

- eine komplette Ausgabe von Diderots Enzyklopädie, die Seiten noch unbeschnitten
- das Gesamtwerk von Voltaire
- eine wunderschöne Ausgabe von Ciceros *De legibus* mit geprägtem Maroquineinband und handgenähtem Rücken
- ein Bibelfoliant, sehr abgegriffen (überraschenderweise)
- Rousseaus *Discours sur l'origine et les fondements de l'inégalité parmi les hommes*

Es gab zahlreiche Bücher über Freimaurertum, die Natur, Kunst und Architektur. Auf dem Boden der letzten Kiste fanden sich ein paar Romane (einschließlich, noch verpackt, *Das Leben von Frétillon, dem Zappler*). Und zuletzt ein Notenbündel und ein Eichenkasten mit Malutensilien. Das alles sollte Hortense bekommen.

Doch ansonsten wenig von Wert. Die Erbschaft meiner Kinder.

Liebe Rose,

ich werde am 4. April nach Paris kommen, um Stoff für mein Hochzeitskleid zu kaufen. Bist du zu Hause? Vielleicht kann ich die Briefe mitnehmen, die du erwähntest. Es brach mir das Herz zu erfahren, dass all das wunderschöne Silber fehlt. Banditen! Es war seit sechs Generationen in der Familie Beauharnais.

Deine dich liebende Tante Désirée

4. April

Tante Désirée hatte noch nicht einmal ihre Handschuhe ausgezogen, als sie mir auch schon eine Strafpredigt hielt: »Deine Küchenmagd hätte verschwinden müssen, als ich ins Zimmer kam«, sagte sie und fuhr mit den Fingern über meine Regale, um festzustellen, ob sie ordentlich abgestaubt waren. »Sie sollte ihren Blick abwenden. Und deine Kammerzofe trägt Seide. Seide raschelt und wirkt anzüglich auf Männer. Das wird ganz sicher noch Ärger geben. Dienstboten sollten nur Leinengewänder in gedeckten Farben tragen und sich schon gar nicht pudern. Mein Priester hat mir ein ausgezeichnetes Buch über den Dienst im Haus gegeben. Ich habe es meinen Dienstboten nach unseren Abendgebeten vorgelesen. Sprichst du mit ihnen ein Gebet am Ende des Tages?«

»Es hat sich einiges geändert, Tante Désirée«, wandte ich schwach ein.

Sie warf mir einen vernichtenden Blick zu. »Rose, mein liebes Kind, ich hatte gehofft, dir wäre mittlerweile klar geworden, dass dieser Unsinn über Gleichheit überhaupt nichts mit Dienstboten zu tun hat. Es ist Gottes Wille, dass sie uns dienen.«

Sie blieb eine Stunde. Ich war völlig erschöpft hinterher. Wenigstens hatte sie sich nicht schon wieder zum Thema meines korsischen Ehemannes, »des Barbaren«, ausgelassen.

Nizza, 10. Germinal

Ich habe keinen Tag verbracht, ohne dich zu lieben; keine Nacht ist vergangen, ohne dass ich dich in die Arme genommen habe. Ich habe nicht einmal eine Tasse Tee getrunken, ohne den Ruhm und Ehrgeiz zu verfluchen, der mich von der Seele meines Lebens trennt. Wenn ich mich der Arbeit widme, an der Spitze der Truppe, auf der Runde durch die Lager, bist nur du allein in meinem Herzen.

Und trotzdem redest du mich förmlich an! Wie konntest du einen solchen Brief schreiben? Und vom 23. bis 26. sind vier Tage vergangen. Womit bist du beschäftigt, dass du deinem Mann nicht schreiben kannst? Mein Gemüt ist traurig; mein Herz ist versklavt; meine Phantasie erschreckt mich.
Verzeih mir! Mein Kopf ist mit großen Plänen beschäftigt, doch mein Herz wird von Ängsten gequält. – B. P.

9. April

»Ich kann euch gar nicht sagen, wie ich leide, wenn ich eine Feder in die Hand nehme«, gestand ich den Ehrenjungfrauen. »Schon mein erster Mann verabscheute meine Briefe und nun auch Bonaparte.« Es schien mein Schicksal zu sein – mein Fluch.
»Er ist böse, weil du ihn förmlich anredest, mit *vous*?«
»Aber so muss eine Frau doch ihren Ehemann anreden.« Die Krone von Madame Crénys Hut war mit Tulpen bekränzt, die von einer breiten Schleife aus schwarz und weiß gestreiftem Satin gehalten wurden.
»Es sei denn, du bist die Bäckersfrau.«
»Wie egalitär müssen wir denn noch werden?«
»Er ist eben leidenschaftlich«, sagte ich und seufzte entmutigt. Fortunée Hamelin lachte verächtlich auf. »Gewöhnlich bedeutet das schnell.«

10. April

Ich bin neunzehn Tage im Verzug.

11. April

Ich bin erschöpft und spüre einen Schmerz in der Seite, den die Bewegung einer Kutsche zu entfachen scheint. Beunruhigende

Gespräche in beiden Schulen über die Kinder. Zu müde, um es zu erklären. Für heute fünfzehn Tropfen Laudanum und ins Bett.

12. April, ein Uhr mittags. Noch in meinem Nachtgewand.

Ich fühle mich erholt, wiederhergestellt (obwohl diese Schmerzen anhalten). Folgendes ereignete sich:
Als wir Hortense an ihrer Schule absetzten, sagte man mir, dass Madame Campan mit mir zu sprechen wünschte. Ich bat Eugène zu warten und ging hinein.
»Meine Absicht, Sie rufen zu lassen, Madame Bonaparte, ist«, sagte Madame Campan, »mit Ihnen über das mögliche Einsetzen der Periode zu sprechen. Nun, da Ihre Tochter dreizehn geworden ist, wird alles sehr schnell gehen. Es ist das Beste, vorauszudenken.«
Ich brauchte einen Augenblick, um zu verstehen, worauf sie sich bezog. »In meiner Familie nannten wir es Monatsfluss«, sagte ich und kam mir ein wenig albern dabei vor.
»Das tun viele.« Der Lederstuhl der Schulleiterin knarrte, als sie sich zurücklehnte. »Oder die normalen Leute. Unsere verstorbene Königin nannte es das *Übliche*. Das Übliche ist eingetreten, sagte sie immer, oder das Übliche hat sich verspätet oder ist zu früh, je nach seiner Laune.« Ihre Stimme verriet ein Zittern. Die sonst so stoische Schulleiterin war jedes Mal aufgewühlt, wenn sie sich an ihre Jahre als Hofdame von Königin Marie Antoinette erinnerte. Sie räusperte sich. »Was ich Sie fragen möchte, ist Folgendes: Möchten Sie, dass ich einen Boten schicke, wenn es soweit ist? Ich bilde mir etwas ein auf die Bedeutung meiner Rolle in den Herzen und Köpfen meiner Schützlinge, aber wenn das Übliche ruft, um ein Mädchen ins Reich der Frau zu begleiten, dann ist es ihre Mutter, die ihr zur Seite stehen sollte.«
»Na … Natürlich«, stotterte ich.

Madame Campan lächelte und beugte sich vor. »Zweifellos haben Sie bereits über das Thema Korsett nachgedacht.«
Ich nickte, doch diesmal runzelte die Schulleiterin die Stirn. »Ich muss Ihnen davon abraten, Ihre Tochter zu schnüren. Diese Praxis könnte ihre Organe verletzen. Ihre Tochter nähert sich dem Alter von Gebärmuttererkrankungen – man kann nicht vorsichtig genug sein. Madame Bonaparte, Sie sehen besorgt aus. Habe ich Sie erschreckt?«
In Eugènes Schule wiederholte sich das Schema: Bürger Muestro, der Schulleiter, wünschte mein Erscheinen. Eugène stöhnte, was mich leise warnte, dass die Nachricht vermutlich nicht erfreulich war – und sie war es auch nicht. Eugène versagte in allen seinen Fächern, teilte man mir mit – außer im Reitunterricht. Und darüber hinaus hatte er sich an einem Streich gegen den Koch beteiligt, bei dem ein »Geist« im Hühnerhaus erschienen war, was den Mann an den Rande eines Schlaganfalls gebracht hatte. Erschüttert verließ ich das Büro des Schulleiters, und seine Drohung klingelte mir in den Ohren: »Wenn Ihr Sohn nicht anfängt, sich Mühe zu geben, werden wir Sie bitten müssen, ihn aus dieser Institution zu nehmen.«
Eugène reckte das Kinn vor. »Das ist mir egal! Ich hasse die Schule!«, sagte er und legte das Sammelalbum weg, an dem er gerade arbeitete.
»Du bist erst vierzehn, Eugène. Du musst zur Schule gehen.« Ich schaffte mir auf seinem schmalen Bett Platz. »Ohne Ausbildung wirst du niemals Offizier werden.«
»Und was ist mit General Hoche? Er ist Oberbefehlshaber und er ist nie zur Schule gegangen.«
Hoche? Es erschreckte mich, Lazares Namen aus dem Munde meines Sohnes zu hören. Es erschreckte und entwaffnete mich. Eugène war erst zwölf Jahre alt gewesen, als sein Vater starb. Dieses ganze schreckliche erste Jahr hindurch war er mürrisch, launisch, wütend gewesen. Es mussten Engel gewesen sein, die

uns Lazare Hoche geschickt hatten, einen Mann mit einem so großmütigen Herzen, dass er selbst die erschüttertsten Seelen heilen konnte – meine eigene, Eugènes. Er hatte Eugène unter seine Fittiche genommen, ihn als seinen Adjutanten und Lehrling in die Armee gebracht, sich um ihn gekümmert, als wäre er sein Sohn. Doch General Hoche hatte eine Frau und ein eigenes Kind – und Eugène jetzt einen Vater.

13. April

Schon den ganzen Morgen verbringe ich damit, ein Buch durchzusehen, das mir Madame Campan geliehen hat, *Eine Abhandlung über alle Krankheiten, die mit Frauen verbunden sind*. Der Leibarzt von König Ludwig XV. hat es geschrieben. Madame Campan erzählte mir, dass auch die Königin Marie Antoinette ihn konsultierte. Es steht eine Menge über alle Arten von Beschwerden darin. Zum Beispiel über das Thema Monatsfluss (krankhafter Fluss, wie es der Autor nennt):
Die menstruelle Reinigung ist ein Blutfluss, der monatlich aus dem Uterus strömt. In seinem Buch von der Blutung *führt Galen den Ursprung der Menses auf eine Überfülle zurück. Denn, so sagt er, verursacht nicht die Natur selbst eine Entleerung in allen Frauen, indem sie jeden Monat das überflüssige Blut ausschüttet? Ich vermute, dass das weibliche Geschlecht, weil es durch das ständige Leben im Hause und das nicht an harte Arbeit oder Sonnenbestrahlung Gewöhntsein eine große Menge von Körpersäften anhäuft, einen Ausfluss dieser Überfülle als ein von der Natur geschenktes Heilmittel erhalten sollte.*
1. Die erste Tatsache dieses krankhaften Flusses ist, dass er zu einer festgesetzten Zeit auftritt und das gewöhnlich im Alter zwischen dreizehn und sechzehn Jahren.
2. Die Erfahrung hat gelehrt, dass die Menses normalerweise zwischen dem fünfundvierzigsten und fünfzigsten Lebensjahr versiegt.

Demnach ist es in der Tat möglich, dass Hortense, die gerade dreizehn geworden ist, bald mit ihrem regelmäßigen Unwohlsein beginnen könnte. Der Autor warnt davor, Mädchen in diesem Alter scharf gewürzten Speisen oder einer Musik unsittlicher Tonart auszusetzen. Wenn ich nur wüsste, welche musikalischen Tonarten unsittlich sind!

14. April

Ein anhaltender Schmerz in meiner Seite und ein Fiebergefühl. Und immer noch keine Anzeichen des Monatsflusses.

17. April

Die Pendeluhr hatte gerade zwei geschlagen, als ich ein Pferd die Gasse entlang galoppieren hörte. Ich ging zur Eingangstreppe. Es war Eugène, der von einem schweißbedeckten grauen Wallach abstieg. Er warf die Zügel um die steinerne Löwenstatue und sprang die Treppe, zwei Stufen auf einmal nehmend, hinauf. »Du reitest allein?«, fragte ich, als ich ihn umarmte. Die Straße zwischen Paris und Saint-Germain war abgelegen und für ihre Gefährlichkeit bekannt.

»Solltest du nicht in der Schule sein?« Seine Augen waren rot umrändert. »Ist etwas vorgefallen?«

»Maman, es geht um General Hoche«, sagte er nach Atem ringend. Er zog ein zerrissenes Blatt aus seiner Rocktasche, eine Seite aus *Les Nouvelles*. Die Zeitung bebte in seiner Hand. Ich kniff die Augen zusammen, um die kleine Schrift entziffern zu können: *General Lazare Hoche wurde in der Vendée getötet.*

»Eugène, das kann nicht wahr sein.« Barras hätte mich sofort unterrichtet. Aber mein Sohn war nicht davon überzeugt. »Wenn du möchtest, fahre ich zum Palais«, beruhigte ich ihn. »Direktor Barras wird es sicher wissen.«

Trotz der riesigen Kaminfeuer, die brannten, den Teppichen, den Wandbehängen, den Vorhängen aus purpurrotem Damast, war es kalt im Palais Luxembourg. Und seltsam still, außer dem rhythmischen Besenwischen der Pförtner, die nach dem täglichen Gedränge der Bittsteller sauber machten. In Gedanken bei diesem Zeitungsfetzen, der zusammengefaltet in der Innenfläche meines Handschuhs steckte, folgte ich dem Lakai durch die hohltönenden Empfangsräume.

Vier Arbeiter, die die Täfelung in der Grande Galérie neu vergoldeten, verstummten, als ich vorüberging. Noch vor fünf Monaten hatte das einst elegante Palais nur Ungeziefer und Fledermäuse beherbergt. Nach und nach ließ Barras es vollständig renovieren. Nach und nach sah es wieder wie ein Palais aus – und jedes Stück genauso einschüchternd. Ich blickte kurz in einen Spiegel und zog meinen Hut schräger. Ich suchte den mächtigsten Mann in der französischen Republik auf, rief ich mir ins Gedächtnis. Es war kaum zu glauben. Mein lieber, exzentrischer Freund Paul Barras herrschte nun über das Land. »Père Barras«, wie Thérèse und ich ihn wegen seiner Großherzigkeit nannten.

»Empfängt Direktor Barras Besucher?«, fragte der Lakai Barras' ältlichen Türsteher, der mich mit einer schwungvollen Geste hereinwinkte.

»Entrez!« Von drinnen hörte ich einen schrillen Schrei.

»Bruno, war das ein Papagei?«

Der Türsteher grinste, ihm fehlten drei Vorderzähne. Ich betrat den Raum. Es dauerte einen Augenblick, bis sich meine Augen an die Beleuchtung gewöhnt hatten. Barras bevorzugte dunkle, in Samt gehüllte Räume – eine Spielsalonatmosphäre.

»Schöne Dame!«

Barras saß ausgestreckt in seinem Lieblingssessel, auf seiner weiß behandschuhten Hand hockte ein farbenprächtiger Vogel.

»Darf ich dich mit Igor bekannt machen, ein Geschenk des Sul-

tans der Türkei – zusammen mit einem Tiger. Den Tiger habe ich hinüber in den Jardin des Plantes geschickt und diesen klugen Burschen behalten. Es ist ein wenig erschreckend, wie rasch er lernt.«
»Ha, ha, ha.« Der Papagei ahmte Barras' leises Lachen perfekt nach.
»Schau mal – Toto hat sich versteckt«, sagte Barras grinsend. Nur noch die Nase des Zwergwindspiels guckte unter seinem Schreibtisch hervor.
»In Martinique hatte ich auch einen Papagei.« Ein abscheuliches Geschöpf. Vorsichtig, ein Auge auf den Vogel gerichtet, küsste ich meinen Freund auf die Wange. Barras trug ein florentinisches purpurnes Taftjackett, das ich noch nicht kannte. Es war auf Taille geschnitten; er sah aus, als würde er gleich platzen. Ja, vermutlich doch ein Korsett, dachte ich. Und es stimmte, entschied ich: Er hatte seine Haare wirklich schwarz gefärbt. Barras erhob sich gemächlich und stupste den Vogel auf die Stange eines Käfigs im Fensteralkoven, während er eine Klaue aus seinen Spitzenmanschetten löste.
»Zur Hölle mit den Royalisten«, kreischte der Vogel.
Barras warf eine Samtdecke mit goldenen Fransen über den Käfig. »Brandy?«, bot er an und schenkte sich selbst ein Glas ein. Ich lehnte ab und setzte mich auf den Sessel, auf den er mit seinem Glas deutete. Er setzte sich mir gegenüber und schlug die Knöchel übereinander. Toto raste wie wahnsinnig durch den Raum und sprang auf den Schoß seines Herrn. »Und welchem Grund verdanke ich das Vergnügen dieses Besuches?«, fragte er und streichelte den Kopf des Hundes. »Ich habe dich eigentlich erst heute Abend in meinem Salon erwartet. Wirst du noch einmal kommen? Der Sultan wird da sein, und ich möchte den Eindruck eines Harems erwecken.« Ein spitzbübisches Grinsen. Ich zog den Artikel aus der Innenseite meines Handschuhs, entfaltete ihn und reichte ihn ihm. »Eugène sah einen Bericht in

Les Nouvelles, der ihn beunruhigte.« Meine Stimme klang nicht so ruhig, wie ich gehofft hatte.
Barras klopfte auf die Taschen seiner Weste, zog ein goldgefasstes Lorgnon hervor und schob es in die Augenhöhle. »Lazare … getötet?« Er stieß ein Lachen aus.
Ich spürte ein Kribbeln in der Brust. »Dann stimmt es also nicht?«, fragte ich und beugte mich vor. Eugène würde besorgt auf meine Rückkehr warten.
»Natürlich nicht. Wunschdenken vonseiten einiger Royalisten, kein Zweifel. Journalisten kannst du nichts glauben. Habe ich dir nicht etwas beigebracht? Lazare ist nicht umzubringen – das weißt du doch.«
Er setzte Toto auf den Boden und begleitete mich zur Tür. »Aber eine Frage, bevor du gehst, meine Liebe.« Und setzte sein charmant schiefes Grinsen auf. »Warum diese Besorgnis um Lazare Hoche?« Zwickte mich in die Wange. »Madame *Bonaparte*.«

Ich erfahre die Tatsachen des Lebens

20. April 1796

Ich habe einen Arzt wegen des Stillstands meines monatlichen Unwohlseins aufgesucht. »Haben Sie kürzlich geheiratet, Madame?«, fragte er.
»Mein Mann ist jetzt in Italien.«
»Er reiste ab …?«
»Am einundzwanzigsten Ventôse.«
Dann stellte er mir eine Reihe von Fragen. Sind meine Brüste knotig? (Nein!) Habe ich Ängstlichkeit empfunden? Besorgnis? (Ja, ja.) Habe ich Zahnschmerzen? (Seit ich erwachsen bin.) Habe ich Appetit auf abscheuliche und ungesunde Nahrungsmittel wie zum Beispiel Karotten, rohe Rüben, Schweinebraten? (Ich gab zu, Karotten sehr zu mögen.) Habe ich Angst vor dem Sterben? Habe ich Vorahnungen und Depressionen? Werde ich von einer Angst vor undefinierbarem Unheil heimgesucht? Leide ich an Sodbrennen?
»Ausgezeichnet, Sie werden zur rechten Zeit erwarten«, sagte er offensichtlich zufrieden mit meinen Antworten.
»Meinen Sie damit, Dr. Cucé, dass ich ein Kind erwarte?«
»Das bestätige ich.«
»Aber Dr. Cucé …«
»Kein Grund, Angst zu haben, Madame«, sagte er und polierte sein Stethoskop mit dem Zipfel seiner Jacke. »Obwohl es für eine Frau nach dem dreißigsten Lebensjahr nicht ratsam ist, sich fortzupflanzen, brauchen Sie sich keine Sorgen über verhäng-

nisvolle Auswirkungen zu machen. Sie haben, wie Sie mir mitteilten, von Ihrem ersten Mann bereits zwei Kinder zur Welt gebracht, ein Vorgang, der die Kanäle wirkungsvoll geöffnet hat.«

»Dr. Cucé, ich meine nur, dass ich nicht das Gefühl habe, dass ich ...« Meine Brüste sind in keiner Weise empfindlich, und mein Bauch ist nicht aufgebläht. »Und was ist mit den Schmerzen, unter denen ich leide? Dem Fieber?«

»Die Schmerzen sind ...?« Er bohrte mir seinen manikürten Finger in die Seite.

»Manchmal ziemlich schlimm«, sagte ich, »und dann wieder nur ein Ziehen.« In diesem Augenblick ein stetes, klopfendes, schmerzhaftes Ziehen.

»Eine geringfügige Magenentzündung.« Er schrieb ein Rezept für einen abführenden Diättrank und einen Kräutertee für Fußbäder.

Zwanzig Livres – als Anzahlung.

Thérèse küsste mich auf beide Wangen und die Stirn, als wollte sie mich segnen. »Das ist eine wunderbare Nachricht! Bonaparte ist ja so leistungsfähig.«

»Ich wünschte nur, ich könnte es glauben. Ich bin kein bisschen empfindlich, und diese Schmerzen sind so ...« Beunruhigend.

»Hast du das Hirschhorn-, Muskat- und Zimtpulver genommen, das ich dir geschickt habe? Und hast du es in Quellwasser gekocht, wie ich dir sagte?«

Ich nickte. »Und dann probierte ich ein Heilmittel, das mir Tante Désirée schickte, zusammen mit ihrem speziellen Gebet. Und dann noch eines, von dem meine Küchenmagd beim Kopfe des Brutus schwor, dass es einen Krankheitszustand eindämmen würde.«

»Und nichts hat geholfen?«

Ich schüttelte den Kopf. Irgendetwas stimmte nicht.

21. April

Heute Nachmittag hatte ich amüsanten Besuch – er trug dazu bei, meine Schwermut zu vertreiben.

»Hauptmann Charles.« Er stellte sich mit einer theatralischen Verbeugung vor. Er ist jung, Anfang zwanzig, würde ich schätzen, mit einem aufgeweckten Koboldblick. Ein hübscher Mann, außergewöhnlich gut gebaut mit angenehmen Gesichtszügen und ausgezeichneten Zähnen. Sein dichtes schwarzes Haar war nach hinten zu einem Zopf gebunden. Seine himmelblaue Husarenuniform hob die außergewöhnliche Farbe seiner Augen hervor – ein helles Aquamarin. (An *wen* erinnert er mich nur?) »Ich komme gerade aus Marseille«, erklärte er, »wo mir ein Brief an Sie anvertraut wurde. »Wie durch Zauberei zog er ein Dokument hinter der Marmorbüste von Sokrates hervor. Ich lächelte hinter meinem Fächer.* Ein Trickkünstler!

Der Brief war von einer Frau geschrieben, die Handschrift ungelenk, wie die eines Kindes. »Er ist von General Bonapartes Mutter?« *Mein Sohn hat mir von seiner glücklichen Heirat erzählt, und fortan haben Sie meine Wertschätzung und Zustimmung.*

»Wie nett von ihr zu schreiben«, sagte ich, vermutete allerdings, dass Bonaparte auch ihr den Brief diktiert hatte.

»Ja, die Mutter des Generals ist sehr nett«, echote er, jedoch mit einem seltsamen leidgeprüften Ausdruck, der mir die Frage nahe legte, ob er vielleicht das Gegenteil meinte.

Ich hörte das geschäftige Klicken der Krallen meines Mopses auf dem Parkettboden. Fortuné kam mit herrischem Gehabe ins Zimmer. »Was für ein reizender kleiner Hund!« Hauptmann Charles beugte sich hinunter und streckte die Hand aus.

Reizend? Die meisten Leute finden meinen mürrischen Mops

* Joséphine hatte schlechte Zähne und die Angewohnheit, mit geschlossenen Lippen oder hinter einem Fächer zu lächeln.

hässlich. »Bitte seien Sie vorsichtig, Hauptmann. Mein Hund ist berüchtigt dafür, dass er beißt.«
Fortuné näherte sich der Hand des Hauptmanns und schnüffelte daran. Der Hauptmann hob Fortuné hoch und rieb das Gesicht mit spielerischem Knurren in Fortunés Fell. »Er hat noch nie einem Fremden gestattet, ihn zu berühren«, sagte ich ebenso erstaunt über Fortunés Reaktion wie über die des Hauptmanns.

27. April

»Mein Schützling hat es geschafft!« Barras glitt von seinem Pferd. Ich kam ans Gartentor und wischte mir dabei die Hände an meiner Schürze ab. Er stieg über den niedrigen Zaun, nahm mich in die Arme und wirbelte mich herum. »Ich habe ihnen ja gesagt, dass er es schaffen könnte, aber das hier – das ist ein Wunder.« Er trug noch seine Direktorenrobe; ein Zipfel des scharlachroten Capes verfing sich in einem Rosenbusch.
»Paul, warte.« Ich löste ihn von dem Dorn. Meine Küchenmagd, die gerade einen Teppich über die Steinmauer hängte, erstarrte mitten in der Bewegung, die Hand über die Schulter gereckt.
»Es ist unglaublich. Selbst ich habe nie erwartet …!« Er war noch ganz außer Atem von dieser Demonstration jugendlichen Elans und gefährlich gerötet.
»Nun, Père Barras«, sagte ich und winkte ihn zu der Gartenbank, »könnte ich dich vielleicht überreden, Platz zu nehmen? Und wenn du mir dann – lass dir ruhig Zeit! Ich möchte dich auf keinen Fall hetzen! – erzählen könntest, was das für ein Wunder ist?« Ich legte meine Schürze ab und benutzte sie, um die Steinbank abzuwischen. »Und welcher Schützling?« Denn Barras hatte viele.
Er ging auf dem schmalen Pfad auf und ab und kickte Steine weg. »Dein Mann. Wer sonst?«

»Bonaparte?« Ich lehnte mich zurück und zog meinen Strohhut nach vorn, damit er meine Augen gegen die Sonne schützte. Barras klatschte in die Hände. »Er hat einen Sieg errungen!« Ich lächelte ungläubig. »Schon?«

»Ja – in Montenotte.« Er wedelte mit den Händen in der Luft herum, als wäre er geistesgestört. »Und das mit dieser verhungerten, jämmerlichen, kleinen italienischen Armee, die ihm die Direktoren nur so widerwillig zugestehen wollten.« Ging wieder auf und ab, schleuderte sein Cape über die Schulter. »Habe ich nicht immer gesagt, dass ich einen Blick für Talente habe? Ich habe ihnen gesagt, dass er es schaffen könnte. Und nun werden sie zugeben müssen, dass ich Recht hatte. *Ha!*«

29. April

Noch ein Sieg! Diesmal in Millesimo. Ich habe eine Landkarte an die Wand in der Bibliothek geheftet und kleine Fähnchen hineingesteckt, genauso wie Bonaparte es bei der Planung seines Feldzuges getan hatte.

30. April

Und noch einer in Dego! »Ich halte diese ganze Feierei nicht mehr aus!«, stöhnte Barras und hielt sich den schmerzenden Kopf.

17. Floréal, Palais du Luxembourg

Meine Freundin,
bitte verzeihe diesen Brief – ich bin den ganzen Tag in Sitzungen mit den Direktoren eingespannt. Ich möchte, dass du die Erste bist, die es erfährt: Dein Mann hat vier weitere Siege errungen, und das in nur vier Tagen! Einundzwanzig österreichische Flaggen erobert! Ich bestelle ein Feuerwerk

über dem Fluss – zum Teufel mit den Kosten. Bei diesem Tempo wird Bonaparte bald die Schatztruhe des Papstes öffnen.
Ich rate dir, den Journalisten, die dich – ich warne dich – bedrängen werden, keinerlei Interviews zu geben. Alle Informationen dürfen nur vom Direktorium kommen.
Geht es dir nicht gut? Thérèse erwähnte, dass du mit Fieber zu Bett gelegen hast. Diese Nachricht wird sicherlich heilsam sein. Komme wieder zu Kräften – es werden Feierlichkeiten ohne Ende stattfinden.

Père Barras

Anmerkung: Ich verhandele über den Kauf von Grosbois. Stell dir vor, vorher wohnte dort die königliche Familie.
Mit Glück und ein wenig Überzeugungskraft (von der goldenen Art) wird der königliche Besitz für ein Butterbrot mir gehören. Allerdings wird es Millionen kosten, ihn wieder bewohnbar zu machen.

4. Mai

Fieber, wieder Schmerzen, ziemlich heftig heute Morgen. Dr. Cucé kommt bald.

3 Uhr nachmittags

Dr. Cucé hat sich tatsächlich vor mir verbeugt. »Madame Bonaparte!«, rief er aus, wobei er den Namen wie »Bonne à Pare Té« aussprach. »Ganz Paris ist im Freudentaumel! Vier weitere Siege in nur vier Tagen. Meine Gattin war außer sich, als ich ihr mitteilte, dass meine verehrte Patientin unsere Siegesgöttin ist. Und als sie erfuhr, dass ich Sie heute aufsuchen würde, um mich Ihrer Gesundheit zu widmen, ist sie praktisch auf der Stelle in Ohnmacht gefallen. Wenn ich mich erkühnen darf, ob Sie vielleicht ein kleines Zeichen hätten, etwas, das der Held von Italien berührt hat? Ein Taschentuch wäre ausgezeichnet, besser noch – vielleicht eines von General Bonne à Parte Tés Haaren? Ich würde mit Vergnügen auf mein Honorar verzichten. Nein! Stehen Sie nicht auf, ich bestehe darauf. Ich werde selbst nachsehen. In dieser Schublade? Diese Bürste?« Ich nickte, zu erschöpft, um zu widersprechen, und verärgert darüber, dass die Bürste nicht gereinigt worden war. »O ja!«, rief der Arzt aus, als er ein langes schwarzes Haar herauszog und es ans Licht hielt. Er drehte sich mit funkelnden Augen zu mir um. »Für meine Gattin, versteht sich. Sie wissen ja, wie Frauen sind.«

5. Mai

Immer noch ans Bett gefesselt. Thérèse war gerade mit Kräutern und aufmunternden Worten hier. Sie zeigte mir einen Bericht in der Zeitschrift *Ami des Lois*. Offensichtlich hatte jemand zu meinen Ehren geschriebene Verse eingesandt – unsigniert allerdings.
»Aber ich glaube zu wissen, wer sie geschrieben hat«, sagte sie. »Hellwach.«
Hauptmann Charles? (Thérèse hatte den amüsanten Trickkünstler Hellwach getauft, weil er immer so fröhlich ist.) »Sei nicht albern, Thérèse«, sagte ich und zog mir die Bettdecke unter das Kinn. »Er ist zehn Jahre jünger.« Und ich vermutete sowieso, dass der hübsche Hauptmann der Typ Mann war, der nur mit Frauen kokettierte – nichts weiter.
»Junge Männer bewundern dich. Schau Bonaparte an – er ist sechs Jahre jünger als du. Und was ist mit Lazare? Wie viele Jahre ist er jünger?«
»Fünf«, sagte ich errötend.

[Ohne Datum]

Allmählich geht es mir besser. Ich hasse es, krank zu sein.

6. Mai

Es war spätmorgens – ich hatte gerade gebadet –, als man mir mitteilte, dass unten zwei Männer warteten, die mir ihre Aufwartung zu machen wünschten. Ich erwog, ihnen zu sagen, dass ich nicht empfinge, da ich noch nicht gänzlich wiederhergestellt sei. »Ich glaube, einer könnte der Bruder Ihres Mannes sein«, sagte Lisette zu mir.

Bonapartes älterer Bruder Giuseppe tippte an seinen Zweispitz und verbeugte sich aus der Taille. »Ich werde jetzt Joseph genannt«, teilte er mir mit und enthüllte dabei die Spitzen seiner ebenmäßigen Zähne. »Entzückt, Sie endlich kennen zu lernen.« Er ist sowohl größer als auch älter als Bonaparte, ein leise sprechender Mann mit trägem Blick. Er war teuer, wenngleich ausgefallen in einen gelben Frackrock mit passenden Bundhosen gewandet, ein kleiner, mit Juwelen besetzter Fechtsäbel baumelte an seiner Hüfte. Oberst Junot, einer von Bonapartes Adjutanten, stand neben ihm und ließ die Fingergelenke knacken.

»Was für eine Überraschung!« Ich begrüßte meinen Schwager. »Ich kann Ihnen gar nicht sagen, welches Vergnügen mir dies bereitet«, sagte ich nochmals und war mir bewusst, dass ich zu laut und zu überschwänglich sprach. Sollte ich Bonapartes Bruder mit seinem Vornamen anreden? Sollte ich meine Anteilnahme zur Entbindung seiner Frau von einer Totgeburt aussprechen? Welche Bräuche herrschten auf Korsika?

Joseph zog meine Hand an seine Lippen und küsste sie theatralisch mit geschlossenen Augen, als wäre er von Gefühlen übermannt. Ich wartete, bis er fertig war. »Mein Bruder bittet mich, Ihnen von seiner überwältigenden Liebe zu erzählen«, sagte er.

»Bonaparte hat mir oft von seiner Liebe zu *Ihnen* erzählt«, antwortete ich, während ich überlegte, wie ich seinen Speichel von meiner Hand abwischen könnte. Als ich Lisette ein Zeichen gab, Fruchtlikör zu servieren, schlug ich mit der Hand an meinen Rock und durch die Luft, als wäre ich eine temperamentvolle Frau. »Wann sind Sie in Paris eingetroffen? Ich sehne mich nach Neuigkeiten von Bonaparte. Vier Siege in vier Tagen – es ist unvorstellbar!«

»General Bonaparte hat fünf Pferde zu Tode geritten«, sagte Oberst Junot und ließ wieder die Fingergelenke knacken.

Mon Dieu, dachte ich. »Wie war Ihre Reise?«, fragte ich mit schwacher Stimme.

»Wir haben den langen Weg genommen, über das Meer«, sagte Joseph. »Aber Sie werden mit Vergnügen hören, liebe Schwester, dass die Rückkehr nicht länger als eine Woche beanspruchen dürfte, da ja nun die Überquerung der Alpen vertraglich gesichert ist. Bequeme Unterkünfte wurden für Sie vorbereitet.«

Unterkünfte? Ich schloss meinen Fächer. Ich verstand nicht.

»Sie sollen zu meinem Bruder nach Italien reisen, liebe Schwester.«

Ich raffte meine Schleppe zur Seite und setzte mich auf den Stuhl neben der Harfe. »Verzeihen Sie, aber ich bin nicht sicher, ob ich in der Lage bin, zu …« Wäre es unschicklich, ihm mitzuteilen, dass ich in anderen Umständen bin?

»Sie verstehen nicht, liebe Schwester«, sagte Joseph leise, die Muskeln in seinem Kiefer zuckten. »Mein Bruder, der General, er …«

»Man darf dem General nicht den Gehorsam verweigern«, sagte Junot und drehte an seinen Fingern, schaffte es diesmal jedoch nicht, die Gelenke knacken zu lassen.

Bald darauf gingen sie. Ich habe meinen Kutscher angewiesen, die Pferde anzuspannen – ich muss mit Barras sprechen.

5 Uhr nachmittags

Barras runzelte die Stirn. »Aber das ist unmöglich. Die Direktoren müssen zuerst ihre Einwilligung geben.«
»Das scheint ihnen nicht klar zu sein.«
»Tatsache ist, dass dir die Direktoren die Reise nicht erlauben, dass wir dir keinen Reisepass bewilligen würden. Es ist einfach noch nicht sicher. Und außerdem …« Er stützte das Kinn in die Hand und betrachtete mich mit seinen Hundeaugen. »Ehrlich gesagt, bezweifele ich, dass es in unserem Interesse läge. Ihr würdet den Befreier Italiens von seinen militärischen Aufgaben ablenken.« Er grinste lüstern.
»Dann würden mir die Direktoren also nicht erlauben, nach Italien zu reisen?«
Er schüttelte den Kopf, dass die Feder an seiner Mütze wippte. Kurz darauf ging ich, doch erst, nachdem ich Barras versprach, am ersten Wochenendtreffen in seinem neuen Landschloss teilzunehmen. »Es wird wundervoll erholsam«, versprach er mir.

19. Mai – Grosbois

Ich sitze auf einem Stuhl, auf dem wahrscheinlich schon Ludwig XIV., der Sonnenkönig, gesessen hat. Ich schreibe an einem Tisch, an dem Verträge entworfen worden sind, wohne in einem Schloss, in dem die großen Männer der Geschichte übernachtet haben.
Ehrlich gesagt bin ich sprachlos, wie groß Grosbois, nun Barras' Landbesitz, ist. Das ist wirklich ein Schloss.
»Es ist ein Problem, das ist es«, sagte Barras und wies auf all die notwendigen Reparaturen am Dach, am Fundament, an den Fenstern hin. Denn dass man es vernachlässigt hatte, war nicht zu übersehen. Zwei Diener hatten acht volle Tage damit zugebracht, nur das Ungeziefer zu fangen und zu vernichten, erzählte er uns.

Wir sind eine kleine Gesellschaft: Thérèse und Tallien (die sich leider ständig zanken), Julie und Talma* (wieder zusammen, zweifellos vorübergehend), ein Deputierter Dolivier (der auch Bankier ist), Fortunée Hamelin (zum Glück blieb ihr wichtigtuerischer Mann zu Hause), Ouvrard und seine Frau, Lucile Beaucarnot, eine Sängerin an der Oper (Barras' gegenwärtige Favoritin) und deren wohlgestalteter junger Bruder. Sie machen gerade alle einen Besichtigungsspaziergang. Da ich mich nicht wohl fühlte, ging ich nicht mit.
Auf jeden Fall war es eine Entschuldigung, um ein kurzes, aber erquickendes Schläfchen unter Seidenlaken zu halten. Bald werde ich nach Lisette läuten und mich zum Abendessen ankleiden. Das Wasser in der Schüssel ist mit Rosenblütenblättern parfümiert worden; eine Kristallflasche feinsten Bordeauxweins steht auf dem Tisch vor einem mit Blumen gefüllten Kamin. Ich kann den Duft von gebackenem Brot riechen. Drei Köche sind dabei, etwas vorzubereiten, was zweifellos wieder eines von Barras' üppigen Festmahlen wird. (Das Menü liegt jetzt vor mir.) Barras hat für ein Streichensemble gesorgt, das während des Essens spielen wird. Und danach, zweifellos übersättigt, werden wir uns in einen goldenen Salon zurückziehen, wo Talma lesen wird und ich die Harfe spiele, während Lucile Beaucarnot singt, und wir uns – zum Schluss, unausweichlich! – über die urkomischen Imitationen von Thérèse vor Lachen krümmen werden. »Und *danach* der Spielsalon«, warnte uns Barras mit einem boshaften Grinsen und schleuderte sein scharlachrotes Cape über die Schulter. Er fühlt sich offenkundig sehr wohl in dieser Rolle, der Großmeister, der unser Amüsement orchestriert. Ich bin nur allzu gern bereit, dem Folge zu leisten.

* Julie Careau und der große Schauspieler François Talma hatten in Joséphines Haus gelebt, als sie noch verheiratet waren.

Spät (ich weiß die Uhrzeit nicht genau)

Um fünf Uhr versammelten wir uns in Festgarderobe zum Abendessen. (Mein neues cremefarbenes, mit Goldfäden besticktes Musselinkleid war genau richtig für den Anlass.) »Darf ich bitten?« Barras bot mir seinen Arm. Wir schritten an der Spitze der kleinen Prozession in den alten Speiseraum.
»Ein Fresko von Abraham Bosse?«, fragte Thérèse. Die Wände waren mit einer mittelalterlichen Szene bemalt.
Barras zuckte mit den Schultern. »Ich wohne hier nur.«
»Wie alt ist dieses Haus eigentlich?«, sagte Ouvrard, während er den wuchtigen Kamin betrachtete, der das eine Ende des Raumes beherrschte. Ouvrard ist ein groß gewachsener Mann, jung (Mitte zwanzig), außergewöhnlich gut gebaut. Der reichste Mann in der Französischen Republik, wie es heißt.
»Es ist schon seit dem dreizehnten Jahrhundert eine königliche Domäne. Le Monsieur war der letzte Bewohner«, sagte Barras. Le Monsieur, der Thronprätendent, der Bruder von König Ludwig XVI. – und, wenn es nach den Royalisten ginge, der König. »Wir wandeln in den Fußstapfen der Geschichte.«
»*Sie* wandeln«, verbesserte ich ihn.
Wir nahmen Platz und aßen, jeder von einem schweigsamen Diener umsorgt. Wir tranken, wir lärmten: Ich ließ die Neuigkeiten auf mich wirken. Das Staatsdefizit war Besorgnis erregend: zweihundertfünfzig Millionen. In dem Bemühen, Geld aufzutreiben, plante die Regierung, eine Reihe von Nationalgütern zu verkaufen.* Die Direktoren zogen in Erwägung, neue Steuern einzuführen: eine Patentsteuer, eine Briefmarkensteuer, eine Grundsteuer. Es wurde sogar von einer Steuer auf

* Im Verlauf der Revolution hatte die Regierung Kircheneigentum wie auch die Besitztümer von Emigranten und verhafteten Aristokraten beschlagnahmt. Um Geld aufzutreiben, bot die Republik von Zeit zu Zeit diese Besitztümer zum Verkauf an – gewöhnlich zu einem sehr guten Preis.

Abendmenü

FÜR DEN TISCH DES BÜRGERS DIREKTOR UND GENERAL BARRAS
DÉCADI, 30. FLORÉAL
12 PERSONEN

1 Suppe
1 Vorspeise
6 Hauptgerichte
2 Bratengerichte
6 Beilagen
1 Salat
24 Nachspeisen

Suppe

Mönchs kleine Zwiebelsuppe

Vorspeise

Am Spieß gegrillter Stör

Hauptgerichte

Kurzgebratene Steinbuttfilets
Aaltartar
Mit Mark gefüllte Gurken
Hähnchenbrust in einer Blätterteigmuschel mit Sauce Béchamel
John-Dory-Fisch in Kapernsauce
Rebhuhnfilets in Ringen

Bratengerichte

Hiesiger Gründling
Karpfen in doppelter Kraftbrühe

Beilagen

Schnee-Eier
Weiße Rüben mit Schinken gebraten
Madeiraweingelee
Schmalzgebackenes mit Orangenblütensahne
Marie-Antoinette-Linsen in einer Creme aus konzentrierter Kalbsbrühe
Artischockenherzen in einer Schalottenvinaigrette

Salate

Geraspelter Sellerie in einer Kräuter-Senf-Mayonnaise

24 Nachspeisen

Türen und Fenster gesprochen, was zu einer hitzigen Debatte führte.

»Die Bauern werden gezwungen sein, im Dunkeln zu leben«, wandte Thérèse ein.

»Wie die Engländer«, bemerkte Ouvrard. »Die tun das schon seit Jahren.«

»Und seht euch an, was aus ihren Bauern geworden ist.«

»Die Engländer werden dafür besteuert, dass sie leben«, sagte Tallien. »Dass sie atmen.«

»Aber sie haben kein Defizit«, sagte der Deputierte Dolivier.

»Und ihnen wird nicht von jedem royalistischen Land Europas Krieg angedroht, weil sie es wagen, sich demokratische Ideale zu Eigen zu machen. Tatsache ist«, sagte Barras mit seiner Direktorenstimme, »dass es uns sehr viel kostet, unsere Soldaten zu unterhalten. Über die Hälfte unserer Staatseinkünfte gehen an das Kriegsministerium. Eine stehende Armee von fünfhunderttausend erfordert ... Auf wie viel würdet ihr einen Tag schätzen, einfach in Weizensäcken gerechnet? Über sechshundert«, sagte er, ohne unsere Schätzung abzuwarten.

»Sechshundertfünfzig«, korrigierte Ouvrard. »Siebenhundert Stück Vieh, siebzigtausend Säcke Hafer – pro Tag. Allein die Pferde brauchen täglich zwei Millionen Ballen.«

»Da spricht der Heereslieferant«, sagte ich.

»Ja, und ich bin stolz darauf«, sagte Ouvrard ernsthaft. »Obwohl ich befürchte, dass dieser Titel in den meisten Kreisen nicht als ehrenwert erachtet wird.«

»Jeder ist schnell bei der Hand, Heereslieferanten der Korruption zu bezichtigen«, sagte Barras, »doch Tatsache ist, dass die französische Republik ohne sie schon lange zusammengebrochen wäre.« Barras gab mit der Hand ein Zeichen; die zwölf Diener setzten sich gleichzeitig in Bewegung, füllten unsere Gläser mit Madeira und räumten das Geschirr ab. Dann nahm er aus dem Beistelltisch ein Kartenspiel und warf einen Sack

Münzen auf den Tisch. »Wollen wir vor dem Dessert ein schnelles Spiel machen? Wie wär's mit fünfhundert für den Anfang?« Er beugte sich zu mir. »Ich werde dir Kredit geben«, flüsterte er und warf einen zweiten Sack auf den Tisch. »Das ist für Madame Bonaparte, Jungs, aber nehmt euch in Acht.« Er zwinkerte seinen Gästen zu. »Sie spielt, um zu gewinnen.«
(Und ich gewann: fünfzehnhundert.)

21. Mai – wieder zu Hause in Paris

Wieder einmal bin ich indisponiert – Fieber, schreckliche Schmerzen. Es war ein Fehler, nach Grosbois zu reisen. Ich habe kaum die Kraft, die Feder zu halten! Ich wurde schon von drei Ärzten untersucht – dem von Thérèse, dem von Barras und von meinem eigenen, Dr. Cucé. Sie standen um mein Bett herum und kratzten sich am Kopf. Vergangene Nacht waren die Schmerzen so heftig, dass ich befürchtete, den Morgen nicht mehr zu erleben.

24. Mai

Die Blutung setzte plötzlich und furchtbar ein. Und mit derartigen Schmerzen! Ich hatte Angst, sterben zu müssen. Ich fühlte mich leicht, als könnte ich schweben. Es kam mir vor, als flöge ich. Lisette deckte mich mit einem Laken zu. »Es tut mir Leid, was ich da angerichtet habe«, sagte ich und schloss die Augen.

Später

»Madame Bonaparte, Sie werden wieder gesund, der Krankheitszustand der Gebärmutter hat sich gebessert, aber ich bedauere, Ihnen mitteilen zu müssen, dass Sie nicht …«
Nicht schwanger, leider. »War ich es vorher, Dr. Cucé?«

Er kratzte sich am Kinn. »Vielleicht ein Windei?«
Ein Windei?

[Ohne Datum]

Aus Madame Campans Buch:
»Ein Windei ist eine sich in der Gebärmutter entwickelnde Masse, die mit einem Kind im Mutterleib verwechselt werden kann. Ärzte bestätigen, dass alle Windeier richtige Empfängnisse sind, die nur dann stattfinden können, wenn ein Verkehr zwischen den beiden Geschlechtern vorausgegangen ist. Auch sind sie nicht davon überzeugt, dass eine Frau aufgrund einer Einbildung schwanger werden kann. Daher können wir, sooft wir auf Windeier stoßen, sicher sein, dass ein Beischlaf mit einem Mann vorausgegangen ist.«

28. Mai

Ich habe einen Brief an Bonaparte begonnen, um ihm davon zu berichten, doch ich konnte es nicht.

Hauptquartier in Mailand, 20. Prairial

Jeden Tag springt der Tod um mich herum: Ist das Leben soviel Aufhebens wert? Lebwohl, Joséphine. Bleibe in Paris, schreibe nicht; respektiere wenigstens meine Einsamkeit. Tausend Messer dringen in mein Herz; stoße sie nicht noch tiefer hinein. – B. P.

23. Prairial

Joséphine, wo wirst du sein, wenn du diesen Brief erhältst? Falls in Paris, werde ich mit Gewissheit Qualen leiden! Mir bleibt nur der Tod. – B. P.

Später Nachmittag

Thérèse sah die Verzweiflung in meinen Augen. »Was ist los?«
Ich gestand ihr meine Ängste ein. Ich erzählte ihr, wie beunruhigend Bonapartes Briefe wären. »Ich weiß nicht, was ich denken soll. Er sagt Dinge, die mich erschrecken. Es ist, als wäre er von einem Fieber befallen. Ich erhalte einen Brief, der mir mitteilt, dass ich vorsichtig sein soll, auf meine Gesundheit achten soll, nicht nach Italien kommen soll – und dann ein paar Tage später erhalte ich einen Brief, in dem steht, dass er sich umbringen wird, weil ich nicht gekommen bin!«
»Meinst du, er könnte ein bisschen …?« Sie machte eine Drehbewegung an der Schläfe.
Tränen strömten mir über die Wagen. »Nein, natürlich nicht.« Obwohl dies tatsächlich meine schlimmste Befürchtung war. »Er gerät nur immer so aus der Fassung, dass ich befürchte, er könnte …«
»Sich vor eine Kanone stellen?«
Ich starrte auf meine Hände hinunter und nickte. Es waren die Hände einer älteren Frau – meine Hände bestimmt nicht. »Er will mich bei sich haben.«
»Dann solltest du vielleicht zu ihm reisen.«
»Thérèse! Ein Schlachtfeld ist kein Ort für eine Frau. Und was ist mit Hortense und Eugène?«
»Deine Tante Désirée wird sich um sie kümmern.«
»Aber meine Gesundheit …«
»Bessert sich.«
Ich lehnte mich zurück. »Meinst du wirklich, dass ich hinfahren sollte?« Mir war zumute, als wäre ich verurteilt worden.
Sie nahm meine Hand. »Erinnerst du dich, wie es während des Terrors war, wie wir um etwas kämpften, was stärker war als wir?«
Ich nickte ungeduldig. Was hatte das damit zu tun?

»Es ist noch nicht vorüber«, sagte sie. »Ich weiß, dass wir das gerne *denken*. Wir tanzen, wir spielen Karten, wir gehen ins Theater. Ich gebe es zu! Ich bin die Erste auf einem Fest und die Letzte, die geht. Aber warum auch nicht? Wir sind die Überlebenden. Der Tod hat uns auf die Schulter geklopft, und wir sind davongekommen. Das Leben ist kurz, warum es also nicht genießen? Doch wir halten uns selbst zum Narren. Die Republik schwankt. Alles, wofür unsere Lieben gestorben sind, steht auf dem Spiel. Unsere geliebte Republik zerfällt, doch wir tanzen weiter und versuchen, es nicht zu beachten.«

»Aber Thérèse, was hat das denn damit zu tun, ob ich nun nach Italien fahren sollte oder nicht? Die Rettung der Republik hat doch nichts mit mir zu tun«, sagte ich und spürte, wie Zorn in mir aufwallte.

»Würdest du vielleicht zugeben, dass sie etwas mit deinem Mann zu tun hat?«

Ja, das hielt ich für möglich, es hing soviel von Bonaparte ab – *warum*, das konnte ich nicht sagen. Im Innersten meines Herzens war ich überzeugt, dass er uns retten könnte – und schlimmer noch, dass wir gerettet werden mussten.

Mittags, 27. Prairial

Mein Leben ist ein nicht endender Albtraum. Eine tödliche Vorahnung raubt mir den Atem. Ich lebe nicht mehr. Ich habe mehr als das Leben verloren, mehr als die Zufriedenheit, mehr als die Ruhe. Ich habe kaum noch Hoffnung. Ich warne dich, wenn deine Krankheit bedrohlich ist, werde ich sofort nach Paris aufbrechen. – B. P.

Ich reise endlich ab

19. Juni 1796

Zunächst widersetzte sich Barras. »Das ist Siegesnervosität, nichts weiter«, sagte er beharrlich.
»Paul, dies ist ernst. Das ist mehr als Nervosität.« Ich wagte nicht, ihm das ganze Ausmaß meiner Befürchtungen mitzuteilen, dass Bonaparte wahnsinnig sein könnte, *selbstmordgefährdet*.
»Schau, es ist einfach unvernünftig von ihm zu erwarten, dass du zu ihm kommst.«
»Bitte, hör mir zu!« Barras sah mich verblüfft an. Ich hatte ihm gegenüber noch nie die Stimme erhoben. »Wenn ... wenn ich nicht nach Italien reise«, sagte ich, dieses Mal ruhiger, »wird Bonaparte herkommen.« Ich wusste, dass dies das einzige Argument war, das ihn möglicherweise überzeugte.
»Nach Paris? Er würde seine Truppen mitten in einem Feldzug verlassen?«
Ja, nickte ich. Er würde. Er *wird*.
»Das brächte ihn vor ein Kriegsgericht.«
Ich nickte. Ruiniert! Erschossen!
»Seltsam. In seinem letzten Brief an mich hat er davon kein Wort erwähnt.« Er sah die Papierstapel, die seinen Schreibtisch bedeckten, durch. »Hier ist er«, sagte er, hielt einen Brief hoch und warf einen Blick darauf. »Nur das Übliche – seine Bedingungen für das Waffenstillstandsabkommen mit dem Papst.«
»Bonaparte verhandelt mit dem Papst?«

Barras grinste. »Ein bisschen überheblich, könnte man sagen?«
»Die Republik, die er repräsentiert, ist überheblich.«
»Das ist ja das Problem – genau das regt die Direktoren ja so auf. Bonaparte repräsentiert die Republik nicht, und doch handelt er so. Ah ja, hier ist die Stelle.« Barras räusperte sich und las vor: »›Ich hasse Frauen. Ich bin verzweifelt. Meine Frau kommt nicht – sie muss einen Liebhaber haben, der sie in Paris hält.‹«
Barras sah mich amüsiert an. »Also, wer ist der Liebhaber?«
»Der einzige Mann, der in letzter Zeit mein Schlafzimmer betreten durfte, ist mein Arzt, fürchte ich. Fieberanfälle sind einer Liebschaft nicht gerade zuträglich.«
»Ich muss sagen, dass du wirklich geschwächt aussiehst. Geht es dir überhaupt gut genug, um eine Reise zu unternehmen?«

Früher Abend – Fontainebleau

»Oh!«, rief Tante Désirée aus, als sie uns sah. »Ich hatte euch nicht erwartet. Hortense, schau mal an, eine richtige kleine Dame mit dieser Haube. Und du, Eugène, so ein stattlicher Bursche. Du wächst wie ein Krautkopf.«
Hortense stieß ihren Bruder in die Rippen. Eugène packte ihr Handgelenk und versuchte, ihr den Arm hinter den Rücken zu pressen.
»Kinder!« Ich beugte mich vor, um meiner Tante einen Kuss zu geben, und warf dabei Eugène einen zornigen Blick zu. »Warum geht ihr beiden nicht zum Stall und vergewissert euch, dass die Pferde versorgt werden?«
»Mein Stallbursche wird sich um eure Pferde kümmern«, sagte Tante Désirée und zog die Schärpe ihres mit Eichhörnchenfell gesäumten Morgenrocks enger.
»Die Kinder brauchen frische Luft«, flüsterte ich, als sie zur Tür rannten. »Die Fahrt von Saint-Germain ist lang.« Die Wände wackelten, als die Haustür zuschlug. »Und außerdem muss ich

mit dir über etwas sprechen, Tante Désirée – unter vier Augen.«
Ich ließ mich auf dem Armsessel neben dem Sofa nieder.
Meine Tante warf mir über den Rand ihrer dicken Brille einen unheilvollen Blick zu. »Ich warne dich, Rose. Ich habe kein Riechsalz mehr.«
»Immer noch nicht?« Ich hielt inne. »Ich muss nach Mailand fahren.«
»Nach Italien? Aber ist das denn nicht dort, wo gerade gekämpft wird?«
»Ich weiß, Tante Désirée, es ist nur so …«
»Wie willst du denn dort hinkommen? Die Straßen sind doch so gefährlich. Selbst zwischen Fontainebleau und Paris läuft man Gefahr, ausgeraubt zu werden. Und was ist mit deiner Gesundheit? Sieh doch bloß, wie blass du bist!«
»Ich werde dort gebraucht, Tante Désirée, mein Mann …«
»Eine Frau gehört zu ihren Kindern. Und was ist mit unserer Hochzeit? Der Marquis und ich können ohne dich nicht heiraten.« Schniefen.
Ich war bestürzt. Meine Tante weinte sonst nie, und nun schien sie fortwährend zu weinen. »Ich möchte einen Vorschlag machen. Vielleicht könnte der Priester dich und den Marquis trauen, bevor ich abreise.«
»Wann wäre das?«
»Wahrscheinlich nächste Woche«, sagte ich mit schwacher Stimme.
»Nächste Woche!«, schrie meine Tante auf. »Pater Renard wollte uns ja nicht einmal nächsten Monat trauen.«
»Vielleicht könnte ich ihm das Problem erklären.« Ihm eine ansehnliche Summe zahlen. Oder zumindest versprechen.
»Aber, Rose, mein Kleid ist doch noch nicht fertig. Sie haben noch nicht einmal damit begonnen.«
Ich hörte die Stimmen der Kinder in der Diele. Ich legte die Finger auf den Mund, *schscht*!

»Die Kinder wissen noch nichts davon?«
»Was wissen wir noch nicht?«, fragte Hortense und setzte ihren Hut ab.
Eugène grinste seine Schwester an. »Ein Geheimnis«, raunte er.
»Irgendwann wirst du es ihnen erzählen müssen«, sagte Tante Désirée verärgert, nahm einen Stickrahmen in die Hand und stieß eine Nadel in den straff gespannten Stoff.
Nicht jetzt! Aber ich schien keine Wahl zu haben. »Ich werde eine Reise machen«, sagte ich ihnen widerwillig.
»Oh?« Hortense machte ein besorgtes Gesicht.
»Nach Mailand«, sagte ich und senkte reumütig den Kopf.
»Wo liegt Mailand?«, fragte Hortense Eugène.
»In den Krieg?« Eugène sprach das Wort ehrfürchtig aus.
»Du verlässt uns, Maman?« Hortenses Strohhut fiel zu Boden und rollte einige Zentimeter, bevor er mit einem leisen *Puff* umkippte. Sie ging rückwärts zur Tür hinaus.
»Hortense!«

Als ich den Park erreichte, war ich außer Atem. »Hortense!« Ich blieb stehen, um zu verschnaufen, eine Hand gegen die Schmerzen in die Seite gepresst. Es wurde dunkel, die Schatten wichen.
Hinter einer Steinmauer hörte ich ein Schluchzen. Hortense sah so klein aus, wie sie da auf der Erde kauerte. Ich schloss sie in die Arme. »Liebling.« Ich strich ihr über die Haare. Sie zitterte. »O mein großes Mädchen«, flüsterte ich und schluckte schwer.
Ich hörte das Knirschen von Wagenrädern, das träge Klipp-Klapp von Pferdehufen auf dem Kopfsteinpflaster jenseits der Mauer. Hortense atmete stoßweise. Und dann, zwischen Schluchzern, brach alles aus ihr heraus. Ich würde sie nicht in der Theateraufführung zum Jahresende sehen. Alle anderen Eltern kämen, aber wer wäre da, um sie zu besuchen? Und am

Jahresende, wenn alle Mädchen nach Hause führen, wo sollte sie dann hin?
»Aber ich komme doch zurück«, versprach ich ihr.
»Das glaube ich dir nicht!«, schluchzte sie.

20. Juni – wieder zu Hause

Tante Désirée und der Marquis sind endlich verheiratet. (»Jetzt küss mich«, schrie sie und schlug das Kreuz über ihm. »Ich bin deine Frau!«) Jetzt muss ich mich um die Pässe, die Finanzierung, eine Garderobe kümmern. Heute werde ich versuchen, meinen Arzt und den Apotheker aufzusuchen. Meinem Diener werde ich Anweisungen hinterlassen, sich um die Bettlerfamilien zu kümmern, die zu uns ans Tor kommen. Ich sollte mit meinem Anwalt sprechen und mich vergewissern, dass mein Testament in Ordnung ist. Außerdem muss ich mit Joseph Bonaparte sprechen – möglichst noch heute. Er und Junot werden mit uns reisen. Ich muss jemanden finden, der meine Pferde nimmt; sie sollten jeden Tag bewegt werden. Und – was soll ich nur mit der Kuh anfangen?
Oh – die Postbotin kam gerade mit der Post. Bitte, lass nicht schon wieder einen schrecklichen Brief von Bonaparte dabei sein!

4. Mai 1796, La Pagerie, Martinique

Madame Bonaparte,
Ihre Mutter hat mich gebeten, in ihrem Auftrag zu schreiben. Sie kann keine Feder mehr halten, denn der Rheumatismus hat ihre Gelenke stark entzündet.
Ihre Mutter wünscht Ihnen alles Gute in Ihrer Ehe. Sie betet, dass Ihr Mann ein Christ ist und dass er auf der Seite des Königs steht.
Trotzdem lehnt sie Ihr Angebot, nach Frankreich zu kommen und dort bei Ihnen zu leben, ab. Ihren Weisungen gemäß hat sie das Geld, das Sie

ihr geschickt haben, dazu verwandt, die Sklavin Mimi freizukaufen. Wir werden sie zu Ihnen schicken, sobald wir das Geld für die Überfahrt erhalten haben.
Ich bedauere, Ihnen mitteilen zu müssen, dass es im vergangenen Jahr keine Einnahmen aus der Plantage gegeben hat.
Ihre Mutter hat mich gebeten, für Sie und Ihre Kinder zu beten.
Im Dienste des Ewigen Herrn, Pater Droppet

Ich habe Pater Droppets Brief mehrmals gelesen. Es ist schon sehr lange her, seit ich Nachrichten von zu Hause erhielt, und dieses kleine Zeichen macht mich nur unglücklich. Ich werde eine Nachricht senden, dass sie Mimi erst herschicken, wenn ich aus Italien zurückgekehrt bin. Welch ein Segen wäre es, sie wieder bei mir zu haben! Ich bin so erleichtert, dass sie bereit ist zu kommen.

21. Juni

»Dann stimmt es also, Schätzchen?«, fragte Madame de Crény und spielte eine Karte aus. »Fährst du wirklich nach Italien?«
»Über die Alpen«, informierte Thérèse die Ehrenjungfrauen und verdrehte dabei die Augen. (Anfangs war sie fassungslos gewesen – sie hatte nicht gedacht, dass ich es wahr mache.)
»Die Alpen? Mon Dieu.«
»Es geht schneller als unten herum«, erklärte ich.
»Ich hätte nicht gedacht, dass es überhaupt möglich ist.«
»Bonaparte hat die Strecke erschlossen.«
»*Route de Joséphine* wird sie genannt«, sagte Thérèse.
»Mein Mann sagt, er würde für mich Berge versetzen, aber deiner hat es tatsächlich getan.« Minerva schien sich über ihren Scherz zu freuen.
»Mir wird schon bei dem Gedanken an diese tiefen Schluchten übel.«

»Ganz zu schweigen von den Banditti.«
»Hast du gehört von …«
»Erzähl es ihr nicht!«
»Was?«
»Nichts, Schätzchen. *Nichts!* Es wird alles gut gehen.«

Abends

»Bonapartes Bruder Joseph kann erst in sechs Tagen abreisen«, teilte ich Barras mit.
»Hat er dir auch gesagt warum?«, fragte er spöttisch, während er in seinen Papieren herumwühlte. »Er macht eine Quecksilberkur.«
Ich zog die Augenbrauen hoch. Mit Quecksilber wurde Syphilis kuriert.
»Hat sich wohl ein wenig zu viel in der Stadt amüsiert – zweifellos Recherchen für den Liebesroman, den er angeblich gerade schreibt. Aber kannst *du* es denn in sechs Tagen schaffen? Du wirst eine Garderobe zusammenstellen müssen – Reifröcke und so weiter. Die Italiener sind reichlich provinziell.«
»Reifröcke? Das kann nicht dein Ernst sein.«
»Unterwürfig, traditionsverhaftet, ungebildet, abergläubisch. Kram deine alten Korsetts hervor. *Und* eine Turnüre.«
Ich stöhnte. Aus meinen Turnüren hatte ich schon vor langer Zeit Kissen machen lassen.
»Und vergiss nicht, Madame Bonaparte, meine schöne Merveilleuse*«, dozierte er und zeigte dabei mit einem Brieföffner auf mich, »steck immer dein Taschentuch in dein Weinglas – nur Saft für die Damen.« Ich verzog das Gesicht. »Und auch kein Billardspiel mit den Männern, kein Gespräche mit ihnen über

* Merveilleuse: extravagant gekleidete Frau dieser Zeit, typisch für die Klasse der neureichen Profitmacher, Bankiers und Finanziers

Finanzen und Politik.« Er öffnete eine Schublade, kramte darin herum und lehnte sich dann mit verwunderter Miene zurück. »Wonach suche ich eigentlich?«

»Etwas, das mit Italien zu tun hat?«

»Ah, ja!« Er zog eine Akte heraus. »Ich muss Reisepässe besorgen, für dich, Joseph Bonaparte, Oberst Junot und … für wen noch? O ja, diesen Adjutanten, den drolligen kleinen Burschen, den Thérèse Hellwach nennt. Den Finanzagenten – du weißt schon, wen ich meine. Alle Damen sind verrückt nach ihm.«

»Hauptmann Charles?« Ich hatte gehofft, dass sich der Hauptmann uns anschließen würde. »Er ist ein Finanzagent?«

»Aber meine Liebe, hast du das denn nicht gewusst? Ich frage mich, ob es vertraulich sein soll. Ich kann mich nicht erinnern, wer mir das erzählt hat. Er gehört offensichtlich zur Firma Bodin. Es ist kaum vorstellbar – er ist noch so jung … und so überaus *drôle*.«

Drôle, das konnte man wohl sagen! »Zumindest wird Fortuné ihn nicht beißen. Selbst mein Hund findet ihn amüsant.«

»Du nimmst den Hund mit? Mon Dieu, das kommt aber plötzlich. Warum sause ich eigentlich ständig herum, um irgendetwas für Bonaparte zu erledigen? Ah, *hier* ist es ja, wonach ich gesucht habe. Es ist ein Brief des schönsten Mannes in der französischen Republik, unseres einzigartigen Generals Lazare Hoche. Er bittet um die Erlaubnis, nach Paris kommen zu dürfen.« Barras hielt den Brief mit schadenfroher Miene hoch. »Ein Jammer, dass du nicht in der Stadt sein wirst.«

»Du wirst dich um die Reisepässe kümmern?«, sagte ich und erhob mich.

»Du bist ja rot geworden! Verzeihst du mir?« Er küsste mich auf die Wangen. »Aber ja, du verzeihst mir ja alles, alle meine kleinen Sünden.«

»Da wäre ich nicht so sicher«, sagte ich und band meine Hutbänder zu. Und vergaß auch nicht zu lächeln.

»Madame, es ist … es ist …« Meine Zofe brachte tatsächlich keinen Ton heraus. »Es ist der berühmte General Hoche. Höchstpersönlich!«
»Hier? Das ist unmöglich«, sagte ich und schleuderte die Daunendecke weg. Es war fast Mittag, aber Dr. Cucé hatte darauf bestanden, dass ich mich in Vorbereitung auf die Reise ständig ausruhte. »General Hoche ist im Süden. Er wird nicht vor Monatsende in Paris sein.«
»Dann werde ich ihm sagen, dass er nicht hier ist.« Vor lauter Aufregung war Lisette übermütig geworden.
»Vielleicht hast du dich geirrt.« Bestimmt hatte sie sich geirrt.
»Ist dieser Herr Ende zwanzig, mit einer Narbe?«
»Breite Schultern, dunkle Augen«, sagte sie, die Hände ans Herz gepresst.
»Lisette, bitte!« Ich lachte. »Ist mein Morgenrock gebügelt? Kannst du meinen Spitzenschal finden – den mit den Seidenfransen? O mon Dieu, meine Haare.«

»Rose«, sagte Lazare, als er sich zu mir umdrehte und seinen Hut absetzte. Er war von der Sonne gebräunt, seine Narbe, die sich von der Stirn bis zur rechten Wange herabschlängelte, stach weiß dagegen ab.
»General Hoche.« Ich streckte die Hand aus. Lazare. *Lazarro*. Er wirkte größer, als ich ihn in Erinnerung hatte. Barras nannte ihn Herkules. »Welch angenehme Überraschung.« Freude durchströmte mein Herz. »Ich gratuliere dir zu deinen jüngsten Siegen.« Ein Mann des Friedens, die Leute jubeln ihm zu.*
»Der Ruhm gebührt nur der Republik, für die ich kämpfe.«

* General Lazare Hoche hatte die schwierige Aufgabe übernommen, die Aufstände gegen die Revolution im Süden der Republik (geschürt von Emigranten und England) niederzuschlagen.

»Selbstverständlich.« Ich lächelte. Lazare glaubte an die Revolution, als wäre sie eine Religion – und das aus gutem Grund. Unter dem Ancien Régime war er nichts weiter als ein Hundepfleger gewesen. Unter der Republik war er zu einem der bedeutendsten Generäle des Landes aufgestiegen – *der* bedeutendste General, wie Barras behauptete.
Ich schob einen Stuhl vor. »Wie wäre es mit einem Cognac?« Vom Frühstück stand noch ein Krug Orangensaft da. »Oder einem Pétépié?«
»Ein Pétépié wäre der Stunde angemessen«, sagte er mit einem wissenden Lächeln.
Ich goss ein großes Glas Saft ein und fügte einen ordentlichen Schuss Rum und Absinth hinzu. »Du hast die Genüsse Martiniques nicht vergessen«, sagte ich und reichte ihm das Glas. Meine Hand zitterte leicht; ich fürchtete, einen Tropfen zu vergießen, fürchtete, dass er es bemerken könnte.
»Ganz recht, sie lassen mich nicht los.« Seine Finger berührten meine.
Die Uhr auf dem Kaminsims schlug die Stunde, einen Moment später gefolgt von dem Echo der Uhr in meinem Schlafzimmer.
»Du bist früh nach Paris gekommen«, sagte ich mit leicht bebender Stimme.
»Genau in dem Moment, in dem du, wie ich sehe, abreisen willst.« Er nickte zu dem geöffneten Schiffskoffer neben der Tür zu meinem Schlafzimmer.
»Ja, ich breche in drei Tagen nach Mailand auf.«
»*Du* fährst nach Norditalien?« Er lehnte sich zurück. »Ist das nicht riskant?«
»Ich habe Vertrauen in meinen Gemahl, General Hoche.«
»So gehört es sich auch«, sagte er, und unsere Blicke trafen sich. O Lazare, mein kostbarer Lazarro. Erinnerungen durchströmten mein Herz – Erinnerungen an die Fieberhitze der Leidenschaft, der Liebe. Ich erhob mich, trat ans Fenster links neben

dem Kamin, stieß es auf. Ich liebte ihn immer noch, wurde mir klar. Liebte und achtete ihn, für die Ehre, von der er lebte, seinen republikanischen Eifer, seine leidenschaftliche Hingabe an *la liberté*.

»Du hast heute Geburtstag«, hörte ich ihn sagen.

»Und du morgen, wenn ich mich richtig erinnere.« Ich erinnerte mich genau.

Lazare trat hinter mich. Ich spürte die Wärme seiner Hand auf meiner bloßen Schulter. »Mein Arzt wird in Kürze einen Besuch machen«, sagte ich und wandte mich mit wild pochendem Herzen um.

»Geht es dir nicht gut?«, fragte er mit jener vertrauten Zärtlichkeit, die mich schwach werden ließ.

»Es geht mir schon besser«, flüsterte ich und schluckte. Konnte er denn mein Herz nicht hören?

»Meinst du, dass General Bonaparte etwas dagegen hätte, wenn ich seiner Gemahlin einen Geburtstagskuss gäbe?«, fragte er mit verwegenem und neckendem Blick.

»Ja, General Hoche«, sagte ich und blickte zu ihm auf. Ich berührte mit der Fingerspitze die Spalte an seinem Kinn. »Ich bin überzeugt, dass er etwas dagegen hätte.«

Lazare beugte sich zu mir. Ich spürte seine Zunge, sein Herz – mein eigenes.

Später, beinahe zehn Uhr am Abend

Heute Abend, nach einer Schale Brühe, ging ich in den Garten hinaus und setzte mich, die Arme wie ein Kind um die Knie geschlungen, auf die Bank unter dem Limonenbaum. Der Mond tauchte die Landschaft in ein gespenstisches Licht. Lazares Besuch hat mich mit Melancholie erfüllt. Ich dachte an meine Mutter, die so weit entfernt war. Blickte sie zu demselben Mond hinauf? Dachte sie überhaupt noch an mich? Ich fragte mich, was aus ihnen allen geworden war, meiner Familie, den Sklaven, mit denen ich aufgewachsen war – meiner Kinderfrau Da Gertrude, und meiner Zofe Mimi. Der gute alte Sylvester war wahrscheinlich längst tot. Ich dachte an die Gräber meines Vaters, meiner beiden Schwestern. Ich dachte an den Erdhügel am Fluss – das Grab der Voodoopriesterin. Ich erinnerte mich an ihre schrecklichen Worte: Du wirst Witwe sein. Du wirst eine Königin sein. Überwältigt von Erinnerungen, von Gefühlen der Sehnsucht und des Verlusts nahm ich die Medaille des Heiligen Michaels, die mir Lazare zum Abschied geschenkt hatte, aus der Tasche. Der Heilige Michael, der Erzengel, das Schwert in der Hand. Der Heilige Michael, der Heilige der Krieger, der die Mächte des Bösen besiegte.

»Ich möchte, dass du sie bekommst«, sagte er zu mir. Sie hätte seiner Mutter gehört, sagte er. Seiner Mutter, die bei seiner Geburt gestorben war. Seiner Mutter, einer armen Bäuerin, die weder lesen noch schreiben konnte. Er sagte, dass sie mir Mut verleihen würde.

»Wirklich?« Ja, sagte er, den Mut, das Richtige zu tun. Ich rätselte über einige Worte auf der Rückseite: *»La liberté ou la mort –«* Ich habe sie eingravieren lassen«, erklärte er irgendwie verschämt. Ich sagte ihm, dass ich die Medaille stets in Ehren halten würde.

Später, als er sich an der Tür herumdrehte, sagte er: »Wir haben nie wirklich Lebewohl gesagt.«

»Ist dies nun ein Lebewohl?«, fragte ich ihn.

Er hat nicht geantwortet.

26. Juni

Lisette berührte mich sanft an der Schulter, um mich zu wecken.

»Draußen im Hof stehen zwei große Kutschen, Madame.«

Ich ging zum Fenster und zog die Vorhänge zurück. Einer der

Männer zu Pferde war Bonapartes Kurier Moustache – so genannt wegen seines gewaltigen Bartes. Er stieg ab und sagte etwas zu Hauptmann Charles und zu Junot. Bonapartes Bruder Joseph stand an einer Seite und schrieb etwas in ein kleines Buch.
Ein Pferd wieherte. Am Tor erschien eine Reihe berittener Gardisten – neun? zehn?
»Wir haben eine Eskorte?«
»Es ist eine Parade!«, sagte Lisette.

Abends – Fontainebleau

»Endlich!«, rief Tante Désirée, als ich eintraf. Sie spähte aus dem Fenster. »Wo sind all die anderen?«
»Sie übernachten im Gasthaus in der Stadt.« Ich fühlte mich sandig von der staubigen Fahrt von Paris.
»Ein Mann wartet schon seit über eine Stunde auf deine Ankunft. Ich habe mich bemüht, ihn zu unterhalten, aber in der Zwischenzeit kam der Mann mit den Spitzen und dann die Wasserträger …« Tante Désirée ging voraus in ihr dunkles Ankleidezimmer, wo die schweren Brokatvorhänge gegen die Nachmittagssonne vorgezogen waren. »Er spielt nicht einmal Trictrac, nur Piquet, und er sagt ›Tyrann‹, wenn er ›König‹ sagen sollte. Ein Herr nach seiner Kleidung, aber mit gewöhnlichen Manieren.« Sie verzog das Gesicht. »Er blinzelt.«
»Heißt er Hamelin?«, fragte ich, als ich meine Handschuhe auszog.
»Du *kennst* ihn?«
»Ich fürchte ja.« Ich hatte gehofft, Fortunée Hamelins Mann würde die Reise nach Italien allein unternehmen.
»Er wartet schon sehr ungeduldig auf deine Ankunft. Nach der Art, wie er mit schräg nach außen gestellten Füßen dasteht, könnte er meiner Meinung nach ein Freimaurer sein.«

»Bürger Hamelin ist der Mann einer Freundin von mir und, ja, ein Mitglied der Olympischen Loge. Er hat um die Erlaubnis gebeten, in Geschäften mit uns nach Italien kommen zu dürfen.« In Geschäften, um Profit zu machen. In Geschäften, um sich von den Verwüstungen durch die Revolution zu erholen. In Geschäften, um sich von einer Schwäche für Pferderennen zu erholen, wie ich nicht grundlos argwöhnte.
»Ich verstehe«, sagte Tante Désirée mit unverhohlener Verachtung, als wäre schon das Wort Geschäfte unter ihrer Würde. »Er hat fünf kleine Biere getrunken«, raunte sie in kreolischem Dialekt, als sie die Tür zum Musikzimmer öffnete.
»Madame Bonaparte!« Bürger Hamelin sprang heftig blinzelnd auf. Er trug einen Rock mit Schößen, die am Rücken wie die Flügel eines Käfers abstanden. Er ergriff meine behandschuhte Hand und küsste sie, wobei er einen schwachen rosafarbenen Rougefleck hinterließ. »Ich habe schon, offen gestanden, begonnen, Zweifel zu hegen und Überlegungen anzustellen. Die Straße ist mühsam, und man kennt ja die Gefahren, auf die man stoßen kann, die Räuber, die *chauffe-pieds**.«
»Bürger Hamelin, Sie werden verstehen, dass in unseren Kutschen kein Platz ist …«
»Ich werde eine Postkutsche mieten.«
Ich ließ mich in einem Sessel nieder. »Welch gute Idee«, sagte ich schwach.

Nachdem Bürger Hamelin *endlich* gegangen war, folgte ich meiner Tante die enge Treppe hinauf, um den lieben alten Marquis zu besuchen.
Auf dem Treppenabsatz des ersten Stockwerks sagte Tante Désirée mit ihrer gedämpften Krankenzimmerstimme: »Warte

* Chauffe-pieds: wörtlich »heiße Füße«, der Ausdruck für die Verbrecher, die erzwingen, was sie wollen, indem sie ihren Opfern die Füße versengen.

hier.« Der Geruch nach Mottenkugeln lag schwer in der Luft. Durch die halb geschlossene Tür hörte ich sie sagen: »Wach auf, Marquis! Rose möchte mit dir sprechen. Sie verreist, nach Italien. Nein, nicht ich, *Rose*.« Dann wurde die Tür weit geöffnet. Eingesunken in das Federbett lag der verwelkte Marquis, eine Allongeperücke saß schief auf seinem Kopf. »Beeile dich«, raunte meine Tante und trat beiseite. »Er schläft vielleicht wieder ein.«

Ich hielt mich an einem Bettpfosten fest und beugte mich vor, um den alten Mann auf die Stirn zu küssen. Seine Perücke roch nach Pomade. »Sie sehen gut aus, Marquis«, sagte ich und staunte über die trockenen Runzeln seiner Haut.

»Lauter«, sagte Tante Désirée. »Er hat dich nicht gehört.« Sie sah die Bücher in den Regalen durch und blies Staub von den Rücken.

»Ich verreise, Marquis«, sagte ich dieses Mal mit lauter Stimme. »Nach Italien.«

Er runzelte die Stirn. »Sind die Buben unten?«

Ich warf Tante Désirée einen kurzen Blick zu: O nein. *Die Buben* – seine beiden Söhne Alexandre und François. Alexandre war schon beinahe zwei Jahre tot, und François war so gut wie tot. Als Emigrant würde man ihn verhaften und hinrichten, wenn er auch nur einen Fuß in die französische Republik setzte.

»Verzeih mir, Rose«, sagte der Marquis mit zitternder Stimme und plötzlich bei klarem Verstand. »In meinem Alter …« Ich nahm seine Hand, Haut und Knochen, Knochen und Haut. Sein neuer Ehering saß ihm locker am Finger; er hatte groß sein müssen, damit er über sein starkes Fingergelenk gleiten konnte. Er schluckte, wobei sein Adamsapfel wie ein mechanischer Hebel auf und nieder hüpfte. »Ich bete jeden Tag für Alexandre«, krächzte er. »Ich habe schon für ihn gebetet, als er noch lebte, aber es hat nicht viel geholfen. Und was François angeht …« Er bedeckte die Augen, fluchte.

Mit zugeschnürter Kehle streichelte ich seine Hand. Tante Désirée warf mir einen warnenden Blick zu.
»Du hast also wieder geheiratet«, sagte er schließlich, als er sich wieder gefangen hatte. »Eugène erzählte mir, dass dein Mann hinter den Österreichern her ist.«
»Ja.« Dieses Gespräch hatten wir schon einige Male geführt.
»Sag ihm ...« Der alte Mann rang nach Atem. »Sag ihm, dass wir Mainz zurückbekommen müssen.«*

27. Juni, 11 Uhr vormittags – noch in Fontainebleau

Um acht Uhr heute Morgen fielen alle in Tante Désirées bescheidenes Stadthaus ein. Ich stand auf der Eingangstreppe und hielt einen zappelnden Fortuné fest. In dem kleinen Hof wimmelte es von Menschen, Kutschen und Pferden, die sich auf die Abfahrt vorbereiteten. Überall wurde gebrüllt, überall herrschte ein heilloses Durcheinander. Junot brüllte einen Postillion an, der versuchte, ein Pferdegeschirr zu entwirren. Hamelin – »der Blinzeler«, wie ich ihn insgeheim nenne – brüllte einen Lakai an, der sich abmühte, um einen riesigen Schiffskoffer in seine kleine Postkutsche zu zwängen. Und überall eilten Diener hin und her und brüllten sich gegenseitig an. Nur Bonapartes Bruder Joseph, der am Tor stand und etwas in ein Buch schrieb, blieb ruhig.
»Ich kann den Hund halten, wenn Sie es wünschen, Madame Bonaparte«, hörte ich eine Stimme hinter mir sagen.
Es war der drollige Hauptmann Charles in seinen mit roten Troddeln geschmückten Stiefeln. Seine Augen strahlten, die Messingknöpfe blinkten. Dankbar übergab ich ihm Fortuné.

* Alexandre, der Sohn des Marquis und Joséphines erster Ehemann, war verhaftet worden, weil er den Österreichern »gestattet« hatte, in Mainz am Westufer des Rheins einzumarschieren. Die Franzosen waren traditionell der Überzeugung, dass der Rhein ihre natürliche Landesgrenze wäre.

Der Hauptmann streichelte Fortunés Ohren, und dann küsste er meinen Hund sogar auf den Kopf! »Dürfte ich um die Ehre bitten, Madame Bonaparte zu ihrer Kutsche zu begleiten?« Er schob den Hund unter einen Arm und bot mir den anderen.

»Aber was ist mit …?« Ich schaute über die Schulter zurück. Hatte man an alles gedacht?

»Ich bestehe darauf, Madame. Wir müssen uns um Sie kümmern.« Er öffnete unsere Kutschentür und zog am Tritt, bis er klappernd herunterfiel. Und dann bedeutete er mir mit einer Drehung seiner weiß behandschuhten Hand einzusteigen.

»Wir?« Meine Reiseausrüstung lag bereits auf dem Sitz: Arzneien, Tarotkarten, der Roman *Clarissa* von einem englischen Autor, mein Tagebuch (in das ich gerade schreibe).

»Die Heiligen und ich.«

Ich lächelte. Er war so reizend. »Wer hat für die Kissen gesorgt?« Auf der Fahrt von Paris waren noch keine Kissen da gewesen.

»Ich. Ich empfehle Ihnen, auf der den Pferden abgewandten Seite zu sitzen.« Hauptmann Charles rüttelte an der Tür, um sie schließen zu können. Ich fasste an die Fensterbank. »Oh, *da* würde ich meine Hand nicht hinlegen«, sagte er. Ich betrachtete meinen weißen Handschuh – er war mit Schmutz beschmiert.

Hauptmann Charles streifte seine Handschuhe ab. »Sie werden Ihnen passen, Madame. Ich habe sehr kleine Hände. Sehen Sie?« Er hielt seine Hände hoch – sie waren so groß wie Kinderhände.

Ich streifte seinen Handschuh über. Er passte wirklich. »Sie sind ein zart fühlender und freundlicher Mann, Hauptmann Charles.« Ich holte einige Male tief Luft, lehnte den Kopf an das harte, rissige Leder. Sei stark, befahl ich mir. Es wäre nicht angemessen, in Ohnmacht zu fallen. Nicht jetzt, nicht am Beginn einer so langen und gefährlichen Reise.

2

La Regina

Ogni talento matta.
(Jeder begabte Mensch ist ein Verrückter.)
Italienisches Sprichwort

Ich treffe mich mit dem Befreier Italiens

29. Juni 1796 – Briare

Erst zwei Tage unterwegs, und schon fühlen wir uns erbärmlich. Bürger Hamelin ist außer sich über die Flöhe in seiner Kutsche. Oberst Junot hat das langsame Tempo mürrisch gemacht. Mein Schwager Joseph ist bei schlechter Gesundheit (wegen der Auswirkungen seiner Quecksilberkur) und nicht willens, schweigend zu leiden. Gott sei Dank ist Hauptmann Charles in unserer Begleitung – nur er ist gut gelaunt.

5. Juli – Roanne

Heute folgten wir der Uferstraße entlang der Loire nach Roanne, einer quirligen Stadt von Kaufleuten und Fuhrmännern. Als wir den Markt überquerten, hörte ich fremde Laute. Schurkische Männer mit langen schwarzen Haaren und rostigen Schwertern beobachteten unser Gefolge mit gierigem Interesse.

Es war dunkel, als wir in den Hof dieses bescheidenen Gasthauses, dem besten in der Umgebung, einfuhren. Der Wirt kam mit einem Hühnerbein winkend herausgelaufen, um uns zu empfangen. Sein Bart glänzte vor Fett. Er warf den Knochen einem Hund zu und erzählte Joseph wild gestikulierend von einem Kurier, der ermordet worden war.

»Es ist nicht weit von hier passiert, Richtung Süden«, erklärte Joseph, als wir die Steintreppe zum Gasthaus hinaufstiegen.

»Der Kurier hatte Schuldscheine bei sich, die für meinen Bruder bestimmt waren.«
»Wie grässlich!« Ich fragte mich, ob es derselbe Kurier war, der mir so oft Bonapartes Briefe gebracht hatte.
»Ja, es war eine stattliche Summe«, sagte Joseph und öffnete mir die Tür zum Gasthaus.
Die Luft drinnen war süß vom Duft von Quitten, die auf ausgeglühter Kohle brieten. Ich setzte mich auf eine Bank neben der Treppe. Ich hatte Fieber, befürchtete ich, und wieder diese Schmerzen. »Ich werde hier auf Lisette warten«, sagte ich zu meinem Schwager, der die Unterkunft zu inspizieren wünschte. Er legte Notizbuch und Schreibzeug auf die Bank und ging nach oben. Das Notizbuch glitt zu Boden, und als ich es aufhob, konnte ich nicht umhin, einen Eintrag zu bemerken, der lautete: »10 Uhr 15 – J und HC spielen Kordelspiel.«
Bürger Hamelin trappelte herein. Rasch legte ich Josephs Notizbuch wieder auf sein Schreibzeug. Joséphine und Hauptmann Charles spielen Kordelspiel. Fadenspiel meinte er – aber warum das notieren? Es war ein Kinderspiel. »Ist Ihnen bewusst, dass der Mörder in eben diesem Gasthaus übernachtet hat?«, fragte Hamelin und blinzelte dabei heftig. »Genau in dem Zimmer, das mir zugeteilt wurde?«
Dann kam Lisette herein, gefolgt von Oberst Junot, dessen Nasenspitze rosa gefärbt war. Mir fiel auf, dass sie ihr Reisekleid ohne den Spitzeneinsatz trug. Die Frau des Wirtes lief herbei, um ihr den Korb abzunehmen.
»*Königin* Lisette heißt es jetzt wohl«, sagte Hauptmann Charles. Sie starrte ihn wütend an. »Wenn es noch heißer wird, sterbe ich«, sagte sie und wedelte mit ihrem Fächer.
»In Mailand wird es noch schlimmer sein«, sagte Oberst Junot und ließ seine Fingergelenke knacken. »Aber es gibt Methoden, um sich abzukühlen. Energische Körperertüchtigung ist empfehlenswert, eine, bei der einem der Schweiß ausbricht.«

»Wie undamenhaft«, sagte Lisette und schaute hoch, um Junots Blick zu erwidern.

»Ist Oberst Junot verheiratet?«, fragte mich Lisette später, als sie gerade meine Halskette bewunderte, ehe sie sie in ihre Schachtel zurücklegte.
»Oberst Junot muss erst noch eine Frau mit einer ausreichend großen Mitgift finden«, sagte ich und fügte dann hinzu: »Mir fiel auf, dass er nicht übel Lust hätte, mit dir zu kokettieren.«
»Sie meinen, ich gefalle ihm?«
Ich hörte einen hoffnungsvollen Ton aus ihrer Stimme heraus.
»Oberst Junot gehört zu jenen Männern, denen eine attraktive junge Frau immer gefällt.« Ich wandte mich vom Spiegel ab und sah sie an. »Lisette, du weißt hoffentlich, dass es unverzeihlich wäre, wenn du einem Offizier gestattest, dir den Hof zu machen.«
»Ich ermutige Oberst Junot nicht, Madame«, sagte sie und half mir in mein Straßenkleid.
»Du vergisst doch nicht, deinen Spitzeneinsatz zu tragen?«
Sie errötete. »Er muss geflickt werden, Madame.«
»Lisette, meine Kleine«, sagte ich, »du bist so jung und so überaus hübsch. Du musst lernen, vorsichtig zu sein. Mehr will ich damit nicht sagen.«

Kurz nach 4 Uhr nachmittags

Wir sind gerade von einem erfrischenden Spaziergang zurückgekehrt. Da ich mich noch schwach fühlte, stützte ich mich auf Hauptmann Charles' Arm, als wir hinter den anderen Mitgliedern unserer Reisegesellschaft am Fluss entlanggingen.
Wir unterhielten uns wie alte Freunde: über Mode (die reizenden hohen Leghorn-Strohhüte, die Frauen heute tragen und die ihnen am besten mit offenen und wallenden Haaren stehen);

über seinen Geburtstag (er ist heute dreiundzwanzig geworden, so jung); meine Kinder (wie sehr ich sie bereits vermisse); über Romane (er empfahl *Die Leiden des jungen Werthers* des deutschen Autors Goethe). Dann sprachen wir über ernsthaftere, finanzielle Angelegenheiten – die erschütternde Abwertung unserer Währung, die unaufhaltsame Inflation.

»Sie sind Finanzagent, soviel ich weiß«, wagte ich zu sagen.

»So etwas würde ein Soldat wohlweislich nicht zugeben, Madame.« Der Hauptmann wischte sich eine schwarze Locke aus den Augen – seinen ach-so-blauen Augen. »Vor allem nicht gegenüber der Gemahlin seines kommandierenden Generals.«

»Ich versichere Ihnen, Hauptmann, dass ich es keinem gegenüber erwähnen werde.« Erst recht nicht gegenüber Bonaparte.

»Nun denn, ja, ich bin Agent – für die Firma Bodin, eine Kapitalanlagegesellschaft mit Sitz in Lyon. Die Brüder Bodin – es gibt zwei – stammen aus Romans. Wir sind zusammen aufgewachsen.«

»Ich habe früher einmal mit einem Spekulanten in Lyon Geschäfte gemacht. Ich erinnere mich, dass er den Namen Bodin erwähnte.« Ich hatte mit einer Schiffsladung Salpeter einen außergewöhnlichen Profit gemacht und dann noch einmal mit einem Auftrag für Spitzen. »Das überrascht Sie?«, fragte ich, als ich sein Erstaunen bemerkte.

»Nun ja, es ist nur …«

»Frauen sind sehr wohl in der Lage, Geschäfte zu tätigen«, wies ich ihn zurecht.

»Ja, Madame, aber Sie erwecken kaum den Eindruck, als …« Er wurde rot.

Ich erwecke kaum den Eindruck, als *benötigte* ich Geld, hatte er sagen wollen. »Ich werde Sie nicht mit Geschichten langweilen, wie es meinen Kindern und mir während des Terrors ohne Brot ergangen ist.«

»Es wäre nicht im Mindesten langweilig.«
»Mittlerweile ist es eigentlich eine ziemlich bekannte Geschichte. Wie so viele haben wir alles verloren. Mein Mann verlor sein Leben; seine Besitztümer wurden beschlagnahmt. Ich musste zwei Kinder unterhalten, ernähren und zur Schule schicken. Unter solchen Umständen tut man das, was man tun muss.« Es klang edelmütig, aber in Wahrheit genoss ich es, Geschäfte zu machen. Die kaufmännischen Gewerbe zu erlernen hatte mir ein erregendes Gefühl der Unabhängigkeit geschenkt.
»Und nun, unsere Siegesgöttin, haben Sie alles.«
»Alles, einschließlich der Schulden.« Als Frau des Befreiers von Italien hatten sich meine Ausgaben mehr als verdoppelt. Als Frau des Befreiers von Italien war ich schon um sehr viele Wohltätigkeiten ersucht worden – Wohltätigkeiten, die abzulehnen nicht meiner Art entsprach.
»Vielleicht könnte ich in dieser Hinsicht behilflich sein, Madame.« Er hielt inne. »Es tut mir Leid, habe ich Sie gekränkt?«
»Nein, nicht im Geringsten«, stammelte ich mit brennenden Wangen, denn plötzlich war mir eingefallen, an wen mich der Hauptmann erinnerte: an William, einer Jugendliebe von mir.

Spät, fast Mitternacht

Das Gespräch bei Tisch heute Abend drehte sich viel um den Mord, den der Wirt, seine Frau, drei Töchter, zwei Söhne, die Schwester des Wirts und ihre beiden Söhne nur allzu freudig in allen Einzelheiten beschrieben. Mit jeder Schilderung wurde der Schurke finsterer. Daher war es der Sache nicht gerade zuträglich, als wir kurz nach zehn plötzlich von einem Mann mit einer Maske überfallen wurden, der mit einem gewaltigen Schrei in den Raum sprang.
Junot sprang hoch, die Hand am Knauf seines Schwertes. Wir schnappten nach Luft, Lisette schrie, aber Junot konnte an-

scheinend sein Schwert nicht aus der Scheide ziehen. Er fluchte derb und war so mit seinem Dilemma beschäftigt, dass er unser Gelächter gar nicht bemerkte – denn der Mann mit der Maske war niemand anderer als Hauptmann Charles.
Junot, dessen blonde Haare wie ein Heuhaufen abstanden, stand wie angewurzelt da. »Was haben Sie mit meinem Schwert gemacht, Hauptmann?«, verlangte er zu wissen und ließ die Fingergelenke knacken.
Hauptmann Charles stieß einen Laut aus, der wie das Quaken einer erschrockenen Ente klang, und setzte sich neben mich. »Wie tragisch, an seinem Geburtstag ermordet zu werden«, flüsterte er und duckte sich, als der Riese Junot näher kam. (Wir retteten ihn!)

10. Juli – Lanslebourg

Der Aufstieg zum Pass war gefährlich. Wir folgten einer schmalen Straße durch dichte Tannenwälder, über uns glitzerten die Gletscher.
Ich wechselte einen besorgten Blick mit Joseph. »Werden wir ihn wirklich überqueren?«
»Für mich ist es auch das erste Mal.« Er hatte den ganzen Morgen geschrieben – Notizen für seinen Roman, behauptete er. »Wie klingt das: ›Die schöne junge Frau warf einen Blick auf den stattlichen Soldaten und erschauerte, als hätte sie das geöffnete Himmelsgewölbe gesehen.‹«
»Das gefällt mir«, log ich.
»Ich bin mir wegen des Wortes ›stattlich‹ nicht sicher«, sagte Joseph. »Vielleicht ist kraftvoll besser.«
Hauptmann Charles senkte das Buch, das er gerade las (Voltaires *Lettres philosophiques*). »Übernachten wir in Lanslebourg?«
»Dort sind unsere Maultiere und Träger«, sagte Joseph.

»Wir überqueren die Berge auf Maultieren?«, fragte ich erschrocken.
»Vielleicht würden Sie ja lieber in einer Sänfte hinübergetragen werden. Jedenfalls wird das meine Heldin tun, in Stroh eingepackt.«
»Ihre Heldin wird die Alpen überqueren?«
»Das arme Mädchen.« Joseph blickte zu einer turmhohen Felswand empor. »Sie ist äußerst ängstlich.«

Als wir in das winzige Dorf Lanslebourg einfuhren, kam es mir vor, als wären wir auf eine neue Spezies Mensch gestoßen. Alle schienen missgestaltet zu sein, denn aus ihren Hälsen wucherten riesige Geschwülste. Wie ich erfuhr, werden diese Wucherungen Kropf genannt, hervorgerufen durch das Wasser.

11. Juli, frühmorgens

Wir fahren in einer halben Stunde ab. Man hat uns Bärenfelldecken gegeben, in die wir uns einwickeln können, Bieberledermasken, die wir über den Kopf ziehen sollen, und Augenschirme aus Taft als Schutz unsrer Augen vor dem gleißenden Licht. Die Berge türmen sich wie Riesen über uns auf. Ein Zittern hat mich ergriffen, das kaum von einem Fieber herrührt. Meine Miniaturen von Hortense und Eugène habe ich in den kleinen, in meinen Unterrock eingenähten Schmuckbeutel aus Samt gelegt, als Seelentröster. Lazares Medaille des Heiligen Michael habe ich in mein Mieder gesteckt, als Mutmacher.

Benediktinerabtei Abbazia di Novalesa

Wir sind drüber. Kleine alte Männer trugen uns in Sesseln über gefährliche Felsen. Es war sogar noch Furcht erregender, als ich gedacht hatte.

12. Juli – Turin

Unsere Abfahrt heute Morgen hatte sich wegen eines Problems beim Zusammenbau unserer Kutsche verspätet. (Sie war in Teilen zerlegt auf dem Rücken von Maultieren, die Nagelschuhe anhatten, über den Pass getragen worden.) Folglich verbot Junot jeglichen Aufenthalt, sodass es mich, als wir in die kleine, aber prächtige Stadt Turin einrollten, recht dringend nach Erleichterung verlangte. Mein Mut sank, als ich ein Regiment französischer Kavaliere sah, das von einem jungen Mann in der Uniform eines Adjutanten angeführt wurde.

»August!« Junot sprang aus unserer Kutsche, obwohl sie noch fuhr. »Was hat das alles zu bedeuten?«

»Der General schickt mich, um Madame Bonaparte nach Mailand zu eskortieren.« Der Adjutant warf mir einen raschen Blick zu und tippte an seinen Hut. »Doch zuvor hat der König von Sardinien um eine Audienz gebeten.«

Grinsend ließ Junot die Fingergelenke knacken. »Der König der Haselmäuse lernt wohl, einen Diener zu machen, was? Vor uns Republikanern? Das ist ein guter Witz. Nun, ich frage mich, ob ich so freundlich sein soll, Seiner Hoheit die Ehre zu erweisen?«

»Vielleicht habe ich mich nicht klar genug ausgedrückt«, stammelte der junge Mann. »Seine Hoheit hat um eine Audienz bei der *Gemahlin* des Generals gebeten.«

Lisette hat die Schleppe an meinem elfenbeinfarbenen Seidengewand geflickt und meine Perlen, die wir zur Sicherheit in den Saum eines Unterrocks genäht hatten, herausgetrennt. Ich habe gebadet, meine Haare sind frisiert worden, ich wurde gerougt und gepudert. »Das wär's«, sagte Lisette, als sie einen perlenbesetzten Schmuck in meinen Haaren befestigte. »Sie sehen wunderschön aus.« Ich betrachtete mein Gesicht im

Spiegel und zog an einer Locke, damit sie nach vorne fiel. Lisette hatte meine Augenbrauen zu einem anmutigen Bogen gezupft. Ja, bei Kerzenschein könnte ich dem König von Sardinien gefallen.

Wenn ich nicht vorher geschmolzen bin, dachte ich, und wischte mir die Schweißperlen von der Stirn. Mein Kleid war bereits feucht. Ich öffnete die doppelten Schiebetüren, die zum Balkon mit Blick auf die Piazza führten. Dahinter konnte ich die Baumwipfel der Festungswälle sehen und jenseits davon am blauen Horizont die vereisten Gipfel des Mont Cenis, der wie ein riesiger Diamant in der Sonne glitzerte.

Kirchenglocken läuteten zur nachmittäglichen Vesper. Ich hatte schon vergessen, wie schön Glocken klingen. Ich beobachtete, wie eine verschleierte Frau in Schwarz, den Blick starr auf den Boden gerichtet, ihre Schritte zur Kirche lenkte. Was werden sie von mir denken, diese Frauen? Von mir, der Pariser Merveilleuse in ihrem offenherzigen Pariser Gewand, die ihre Pariser Vergnügungen genießt … ihre Pariser Freiheit. Allmählich verstand ich.

Fortuné kläffte, als es an der Tür klopfte. »Oh, Sie sind es«, sagte Lisette.

Hauptmann Charles trat ein, hob Fortuné hoch und rieb sein Gesicht am Fell des Hundes. Dann setzte er den entzückten Hund ab und teilte mir mit, dass wir erst in einer Stunde zum Palast aufbrächen.

»In einer Stunde!« Ich wartete schon eine Ewigkeit, wie es schien. Wartete darauf, zum Palast gebracht zu werden, darauf, dem König dieses Reiches vorgestellt zu werden. Darauf, dass das Laudanum, das ich gegen die Schmerzen nahm, seine Wirkung zeigte. »Verzeihen Sie mir, Hauptmann Charles. Ich bin offen gestanden nervös.« Ich hatte noch nie einen König kennen gelernt.

»Warum sollten *Sie* nervös sein?« Der Hauptmann staubte einen Schemel ab, klappte seine Rockschöße hoch und setzte sich. »Ich möchte doch meinen, dass es der König wäre, der Grund zur Beunruhigung hat. Schließlich hat Ihr Gemahl ihm eine ziemlich üble Abfuhr erteilt.«

Wovor hatte ich Angst? Dass ich etwas Törichtes tun könnte. Dass ich in Ohnmacht fallen könnte, vor Schmerzen und vor Fieber. Dass ich Bonaparte, die Republik in Verlegenheit bringen könnte. »Ich hatte nur einfach nicht erwartet …«

»La Gloire?«

La Gloire, das war es! Ruhm war das Letzte, was ich von der Heirat mit Bonaparte erwartet hatte. Der seltsame, ernsthafte kleine Napoléon, der unhöfliche Korse – heute ein Held, der Befreier Italiens. Der Mann, vor dem sich Könige verbeugen.

Lisette hielt mir ein Glas Orangenwasser hin. »Ich habe etwas Äther hineingetan, Madame. Sie sehen blass aus.«

Spät

Ich habe überlebt. Es war grauenvoll. (Der König ist auf seinem Thron eingeschlafen!) Barras hatte Recht – ich hätte einen Reifrock mitnehmen sollen.

13. Juli – Mailand

Als wir uns Mailand näherten, konnte ich Jubelrufe hören – es klang nach vielen Menschen. Bonapartes Bruder streckte den Kopf aus dem Fenster und hielt dabei seinen Dreispitz fest. Eine Kapelle stimmte die *Marseillaise* an. *Amour sacrée de la patrie*, summte ich mit zugeschnürter Kehle vor mich hin. Ich hätte gerne hinaus geschaut, aber ich hielt es nicht für damenhaft, wenn man mich aus einem Kutschenfenster hängend sah. »Wir sollten Oberst Junot wecken«, sagte ich und winkte einer Bande Gassenjungen zu, die neben uns herlief.

»Was?«, schreckte Junot hoch und fuhr sich mit den Fingern durch die Haare. »Wir sind in Mailand? Schon?«
»Sitzt meine Feder gerade?«, fragte Joseph und rückte seinen Hut zurecht. »Wie sehe ich aus?«
»Gut«, sagte ich und steckte mir ein Aniskonfekt in den Mund, um meinen Atem zu reinigen. Wir sahen tatsächlich alle aus, als wären wir zwei Wochen lang unter harten Bedingungen gereist: zerknittert, erschöpft und gereizt. Es war eine äußerst strapaziöse Reise gewesen.
Die Menge rief im Sprechchor *Evviva la Francia! Evviva la Liberta!* Ich erblickte einen riesigen römischen Bogen, der mit leuchtenden Bannern behängt war. »Nervös?«, flüsterte Hauptmann Charles. Als Antwort weitete ich die Augen. Ja!
Und *was* für eine Menschenmenge das war – Männer in gepuderten Perücken und altmodischen höfischen Jacken, Frauen (die wenigen, die ich sehen konnte) in ausladenden Reifröcken, die Köpfe mit schwarzen Tüchern bedeckt. Hinter den Aristokraten standen die Bauern in Lumpen, ziemlich viele, ein Meer von Gesichtern. Eine Kolonne von Gendarmen stand stramm, die Sonne glitzerte auf ihren Musketen. Ich dachte an meine Kinder, an Tante Désirée. Sie wären hingerissen, wenn sie eine solche Menschenmenge sehen könnten.
Ich erkannte Bonapartes jungen Bruder Louis zu Pferd bei den Adjutanten. Aber wo war Bonaparte? Ich spürte eine leichte Übelkeit im Magen. Ich darf mich nicht übergeben, befahl ich mir. Nicht jetzt.
Wir blieben abrupt stehen. »Wir sind da«, sagte Joseph mit seinem lästigen Gekicher.
»Endlich«, sagte Junot und ließ die Fingergelenke knacken.
Ein Lakai in fliederfarbener Livree öffnete die Kutschentür. Eine Brise wehte Staub herein. Ich gab mir größte Mühe, ihn nicht zu beachten – zu blinzeln und zu lächeln –, denn dort, vor mir, stand mein Mann Napoléon Bonaparte.

Sein Gesicht war von der Sonne gebräunt. Im Hintergrund die jubelnde Menge, eingerahmt von seinen strammstehenden Soldaten, hatte er etwas Hoheitsvolles an sich. »Willkommen«, sagte er, ohne zu lächeln. »Warum habt ihr so lange gebraucht?«, fuhr er Junot an und trat zurück, damit der Lakai den Tritt herunterlassen konnte.
Evviva la liberta!, schrie ein Mann. Fortuné in seinem Reisekorb winselte, weil er heraus wollte.
»Deiner Frau ging es nicht gut«, teilte Joseph, die Hände zwischen die Knie gepresst, seinem Bruder zerknirscht mit. »Wir mussten Zwischenstationen einlegen.«
Bonaparte schaute mich an, seine großen grauen Augen blickten düster. Der Lakai hatte Schwierigkeiten, den Tritt herunterzulassen. Ich hatte das Gefühl zu träumen. Der Mann, der vor mir stand, schien ein Fremder zu sein – dieser Mann, mein Gemahl, der Befreier Italiens.
»Darf ich helfen?«, fragte Hauptmann Charles den Lakai, denn der Mechanismus des Tritts hatte sich erneut verklemmt. »Mit diesem Riegel habe ich in den vergangenen Wochen oftmals kämpfen müssen«, fuhr er, sich seiner Überheblichkeit bewusst, eilig fort, »und mir folglich ein intimes Wissen seiner perversen Eigenheiten angeeignet.«
Bonaparte starrte den Hauptmann an. »Sie müssen Charles sein, der Adjutant.«
»General Bonaparte, Sir!« Der Hauptmann salutierte.
Evviva la Francia!, schrie ein Kind.
»Dann beeilen Sie sich, Hauptmann – ich möchte meine Frau umarmen.«
Der Lakai trat zurück. Hauptmann Charles drückte an der linken Seite des Tritts nach unten, und er gab klappernd nach. Bonaparte ergriff meine Hand. »Vorsichtig!«, sagte er – als wäre ich, wie mir (traurigen Sinnes) klar wurde, eine Frau mit einem Kind unter dem Herzen. Ich trat hinunter auf die staubige Stra-

ße. Er legte mir die Hand unters Kinn. »Ich habe nach dir gehungert.«
Ich lächelte, sprachlos, überwältigt von dem Staub, der gleißenden Sonne, der Menschenmenge. Überwältigt von der Intensität von Bonapartes Augen. »Bonaparte, ich …«
Er legte die rechte Hand an meinen Nacken, den Daumen an meinen Schädel gepresst. Dann küsste er mich – ohne Schamgefühl, ohne Zurückhaltung, als wären wir die beiden einzigen Menschen auf Erden. Einen Augenblick lang sträubte ich mich, das Gebrüll der Menge in den Ohren. Und dann gab ich ihm nach.

Mein Hut rutschte herunter. Ich griff danach, dann trat ich zurück und presste Bonapartes Hand an mein Herz. Von fern hörte ich Leute jubeln. Er starrte mich mit glänzenden Augen an. »Wir sind so schnell wie möglich gekommen«, versicherte ich ihm, aber meine Stimme wurde von einem Trompetenstoß übertönt. »Ich fühle mich ein wenig schwach.« Alles sah wie gebleicht aus. Die Menschenmenge schien in der Hitze zu schimmern. Ich hielt mich an seinem Arm fest. Die anderen Kutschen in unserer Karawane kamen in Sicht: Hamelins Trümmerhaufen von einem Mietfiaker, die Kutsche der Diener, der Gepäckwagen.
Ein Mann in gelb gestreiften Lumpen lief durch die Reihe der Soldaten. *»Evviva Napoléone!«*, schrie er, als sie ihn fortzogen. *»Evviva la liberta!«*
Bonaparte führte mich zu einer Kutsche, vor die vier Grauschimmel mit klingelnden Messingglöckchen gespannt waren. Die prunkvolle Berline war mit roten, weißen und blauen Bändern geschmückt; sie sah wie eine Festtagstorte aus. »Um die königlichen Insignien Österreichs zu verdecken«, sagte Bonaparte und hob eine Schleife hoch. Darunter wurde ein königliches Emblem enthüllt.

»Kommen die anderen nicht mit uns?«, fragte ich, als er mir beim Einsteigen behilflich war. Die Polsterung war aus hellem cremefarbenen Brokat. Ich nahm unsicher Platz. Mein monatliches Unwohlsein war unberechenbar geworden. Ich konnte nie sicher sein, was auf mich zukam – oder wann. »Was ist mit deinem Bruder?« Und genau genommen auch Junot?

»Dieser Empfang ist *dir* zu Ehren«, sagte Bonaparte, als er sich neben mir niederließ und meine Hand nahm. Ich wusste, dass er vorhatte, mich erneut zu küssen. Ich öffnete meinen Fächer und wedelte damit, während ich den Kopf an die mit Quasten verzierte Polsterung lehnte. Die Hitze war erdrückend.

»Vielleicht ein wenig Luft«, sagte Bonaparte und ließ die Scheibe herunter. Ein Blumenstrauß kam hindurch geflogen. Er kurbelte die Scheibe wieder hoch. Die Menge rief im Sprechchor *Evviva la Francia! Evviva Napoléone!* Ihre Inbrunst erschreckte mich – erschreckte und erstaunte mich.

Ich hörte den Kutscher etwas auf Italienisch schreien. Unsere Kutsche schaukelte sanft, als das Pferdegespann sie anzog. Ich legte die Hand an die Seite, wieder die Schmerzen.

Menschenmengen jubelten, als wir uns durch die engen, zerfurchten Straßen wanden, entlang an Wasserstraßen und Kanälen voller Lastkähne. Die Luft war geschwängert mit dem beißenden Geruch von Kartoffeln, Kastanien, kochenden Auberginen, bratendem Fisch. »Mailand ist eine wunderschöne Stadt«, sagte Bonaparte und streichelte meine Hand. »Es wird dir hier sehr gefallen.«

»Ja«, sagte ich, obwohl ich in Wahrheit enttäuscht war. Mailand war kleiner, als ich erwartet hatte, und wirkte trotz der Menschenmengen merkwürdigerweise wie ausgestorben. Die wenigen Frauen, die ich auf der Straße sah, waren ganz in Schwarz gekleidet. Die Läden hatten keine Schaufenster; selbst die Fensterläden der Häuser waren geschlossen.

Bonaparte deutete auf ein Schild in der Form eines roten Kardinalshutes: »Ein Hutmacher.« Eine Schere deutete auf einen Schneider hin, eine Schlange auf einen Apotheker, ein blutender Fuß auf Blutegel. »Aber das Wasser ist nicht sauber«, fuhr er fort, als wir einen stinkenden Kanal überquerten. »Wir sind sehr damit beschäftigt, ein neues Kanalisationssystem zu installieren.« Ein Mann mit einem Räuberhut, der am Straßenrand seinen Darm entleerte, hob die Hand zum Gruß. »Und die Einwohner zu unterrichten«, fügte er hinzu.

An einer Kreuzung mussten wir warten, bis ein mit einem riesigen Wasserfass beladener Karren vorbeigefahren war. Dahinter folgten in Ketten gelegte Gefangene, die lange Lederröhren schwangen, aus denen Wasser kam und den Staub anfeuchtete.

Wir gelangten auf einen großen Platz, wo fünf Ziegen grasten. »Das muss die berühmte Kathedrale sein«, sagte ich erstaunt über ihre Ausmaße. Die Kirche sah noch größer aus als Notre Dame und war weitaus prunkvoller.

»Drei Mörder leben dort drin, und ich kann nichts dagegen tun.«*

Steinmetze unterbrachen ihre Arbeit auf einem der Ecktürme, um uns zuzujubeln, als wir vorüberfuhren. Ich lächelte ihnen zu und winkte. (Wie eine Königin, dachte ich.) »An der Fassade wird schon seit fünf Jahrhunderten gebaut«, sagte Bonaparte. »Ich habe vor, sie zu Ende zu bringen.« Seine Aussagen überraschten mich. So sprach kein Soldat – so sprach ein Herrscher.

Wir fuhren durch einen breiten Porticus in den Hof einer Villa aus glitzerndem rosa Granit. In der Mitte war ein Springbrunnen, aus dem braunes Wasser spritzte. Der Lakai öffnete unsere Kutschentür. Sein fliederfarbener Rock hatte Flecken, da er vor unserer Kutsche hergerannt war. Ich trat hinunter und hob mei-

* Kirchen waren offizielle Heiligtümer. Jeder Verbrecher, der in einer Kirche Zuflucht suchte, konnte nicht verhaftet werden.

nen Rock hoch, damit er nicht mit dem Staub in Berührung kam. Eine riesige Anzahl von schwarz gekleideten Dienern verbeugte sich, als wir uns näherten.
Ich hing an Bonapartes Arm, während wir die Treppe hinauf und durch zwei majestätische Kollonaden in eine weite Marmorhalle schritten. Ich blickte rasch über meine Schulter zurück.
Eine Menge lärmender »Hilfskräfte« folgte uns. Wohin ich auch blickte, standen Männer in Uniform stramm. »Dies ist dein Zuhause«, sagte Bonaparte stolz mit einer ausladenden Handbewegung.

Lisette blies sich den Staub von den Händen. »Unsere Schrankkoffer werden bald heraufgebracht, Madame – das sagen sie jedenfalls.« Sie verdrehte die Augen. Die Strapazen der Reise hatten meine Zofe in eine reizbare Stimmung versetzt.
Eine Uhr, die eindeutig verrückt spielte, schlug neun. Neun? »Weißt du, wie viel Uhr es ist?« Für mich war es etwa drei Uhr nachmittags.
»Ich glaube, es *ist* neun, Madame, Aber, wie ich gehört habe, beginnt der Tag eine halbe Stunde nach Sonnenuntergang, daher ändert sich die Uhrzeit je nach Jahreszeit ständig.« Sie blies verzweifelt die Backen auf.
Ich lächelte. Sie erinnerte mich an Hortense, und eine Woge der Sehnsucht überschwemmte mich. »Ich werde ein Bad brauchen«, sagte ich zu ihr. Ich hatte Laudanum genommen und fühlte mich, in eine rosige Wärme eingehüllt, bereits wohler.
»Ich glaube nicht, dass die sich hier mit Bädern auskennen«, sagte sie naserümpfend.
Lisette kam einige Zeit später zurück. »Ich gebe es auf, Madame! Ich habe es mit Französisch versucht. Ich habe es mit Latein versucht, sogar mit Griechisch. Ich sagte Wasser, sie holten einen Spiegel – einen zerbrochenen. Ich sagte ein Bad, sie brachten mir eine Melone, die wie blöd auf einem Tablett herumrollte.«

»Wir brauchen Bonaparte.«
»Der General ist in einer Besprechung mit seinen Offizieren, Madame«, sagte Lisette, als sie zurückkam. »Er sagte, er brauchte nur einen Augenblick.«
Aber es dauerte über eine Stunde, bevor Bonaparte erschien. Ihm folgte ein stirnrunzelndes Kind in einem blauen Kittel und einer Vase mit Blumen in den Händen.
»Ich möchte baden«, sagte ich zu ihm, als ich die feierliche Gabe des Mädchens entgegennahm.
Bonaparte zog abwartend die Augenbrauen hoch.
»Aber wir können uns nicht verständlich machen!« Ich gab dem Mädchen eine Münze, und es lief kichernd davon.

Eine Kupferwanne in der Form eines Sarges wurde in einen kleinen Raum vor meinem Schlafzimmer getragen. Ein endloser Strom von Mägden lief mit dampfenden Kannen ein und aus. Schließlich war die Wanne voll. Ich dankte ihnen (*grazie* – das einzige Wort, das ich kenne), und bedeutete ihnen, dass sie gehen könnten, aber sie rührten sich nicht vom Fleck. »Könntest du sie bitten zu gehen, Bonaparte?« Er bellte etwas auf Italienisch, woraufhin die Mägde wie ein Schwarm Vögel davonstoben und dabei *prego, prego, prego* murmelten.
Lisette half mir aus meinem Kleid. Ich glitt in das seifige Wasser. Die Decke des kleinen Zimmers war mit Cherubinen bemalt. Lisettes Finger waren kräftig. Sie massierte mir den Schädel und den Nacken. Meine Kopfschmerzen ließen nach. Sie half mir in mein bestes Nachtgewand – aus kühler, durchscheinend blauer Seide. Ich würde es ihm bald sagen müssen.
Bonaparte warf das Bettlaken zurück. Ich blies eine der Kerzen aus und streckte mich neben ihm auf dem muffigen Federbett aus. Das Laudanum und das Bad hatten ein zärtliches Gefühl in mir geweckt.
Er küsste mich, als wäre ich ein Kind, sittsam auf die Wange.

Ich konnte die Hitze spüren, die er ausstrahlte. »Ich muss dir etwas sagen, Bonaparte.« Ich nahm seine Hand und drückte sie an meine Wange. »Ich bekomme kein Kind. Nicht mehr – wenigstens sagte das mein Arzt.« Ich brachte es nicht über mich, ihm zu erzählen, dass der Arzt meinte, es könnte nur ein Windei gewesen sein. Es gab Dinge, die Männer lieber nicht wissen wollten.
Bonaparte setzte sich auf, die Arme um die Knie geschlungen. »Wann ist das passiert?«, fragte er und starrte in die Dunkelheit.
»Vor über einem Monat.« Ich legte die Hand an seinen Rücken. Ich konnte spüren, dass er leicht bebte. »Ich wollte eigentlich schreiben, aber dann dachte ich, dass es besser wäre, es dir selbst zu sagen.«
»So etwas kommt vor«, sagte er und wandte sich mir mit Tränen in den Augen wieder zu.
»O Bonaparte!« Ich nahm ihn mit wehem Herzen in die Arme. Wenn ich ihm doch bloß geben könnte, was er sich wünschte, was er brauchte. Wenn ich doch bloß seine Liebe erwidern könnte.

Tag der Bastille, 10 Uhr abends

Wir sind gerade von einem trostlosen Ball zum Tag der Bastille zurückgekehrt. Nun verstehe ich, was der Ausdruck »zu Tode gelangweilt« bedeutet.
Als wir den riesengroßen düsteren Ballsaal betraten, wurde Bonaparte gefeiert. Dann wurden wir zu einem Podest geführt, wo er noch einmal gefeiert wurde. »Was machen wir jetzt?«, fragte ich ihn, als ich versuchte, es mir auf dem wuchtigen Stuhl bequem zu machen. In den Ecken tuschelten Frauen hinter ihren Fächern und betrachteten mich missbilligend. Mein Kleid enthüllte weit mehr als die Kleider der anderen Frauen. Ich bereute, dass ich keinen Schal mitgenommen hatte.

Bonaparte trommelte mit den Fingern. »Wir sind die Ehrengäste. Wir müssen sitzen bleiben.«
Den ganzen Abend? Ich kam mir auf dem Podest wie eingesperrt vor.
Wir hörten stundenlang, wie es schien, hochtrabenden Ansprachen zu, da jeder Adliger von Mailand vorgestellt wurde. (Ein Mann verbeugte sich derart tief, dass er mit der Nase praktisch den Boden berührte.) Meine Wangen schmerzten vom Lächeln. Nach den Vorstellungen wurde Bonaparte zu einer Dringlichkeitssitzung wegen irgendeiner Militärsache weggerufen. Ich saß wie auf einem Präsentierteller da und blickte auf die Tanzfläche. Schmale rote, weiße und blaue Bänder hingen von den Dachsparren herab. Sie boten einen trostlosen Anblick. Die Luft stank nach Pomade, Knoblauch und Schweiß. Ein Dunstschleier aus Reispuder von den dick gepuderten Perücken vernebelte die Luft. Das einzige Gelächter kam von einer Gruppe von Kammerdienern, die neben einem leeren Marmorkamin stand. Es war ein freudloses Ereignis, und ich fürchtete, dass es nichts Gutes für die kommenden Monate ahnen ließ.
»Ist es der *bellissima regina** gestattet, mit einem Bürgerlichen zu tanzen?«, raunte Hauptmann Charles von einer Seite des Podestes. Er trug ein reizendes chinesisches Ensemble aus grüner, mit Gold besetzter Seide und dazu passende grüne Escarpins. »Obwohl es den Musikern an dem mangelt, was ein Pariser Finesse nennen würde, sind sie wenigstens temperamentvoll.« Er löste eine Feder von seinem Samtbarett, um sich damit Luft zuzufächeln.
Ich lächelte hinter meinem Fächer. »Zu allererst, Hauptmann Hellwach, wollen wir eines klarstellen: Ich bin keine Königin.«
»Dann sitzen Sie nur zufällig auf einem Thron?«
»Wo ich leider auch bleiben muss.«

* Bellissima regina: italienisch für »schöne Königin«

»Wie … aufregend.« Er schnitt eine komische Grimasse.
»Bringen Sie mich nicht zum Lachen«, sagte ich lachend.
»Warum nicht?«
»Ich darf mich nicht amüsieren. Ich bekleide eine ernst zu nehmende Stellung.« Ich setzte mich aufrecht hin.
»Dann wollen Sie uns nicht einmal bei einem Kotillon Gesellschaft leisten? Ich dachte, alle Pariserinnen hegten eine Leidenschaft für das Tanzen.«
»In Paris herrscht nur eine wahre Leidenschaft, Hauptmann«, sagte ich, »und das ist, wie ich leider sagen muss, die Jagd nach Reichtum.«
Der Hauptmann streckte die grün behandschuhten Hände in die Luft und setzte eine Miene gespielter Überraschung auf.
»Zynismus bei einer Frau überrascht mich.«
»Verzeihen Sie, Hauptmann, ich wollte nur geistreich sein – ein Fehler meinerseits, denn ich bin keine geistreiche Frau.«
»Dennoch kann ich wohl zu Recht sagen, dass an Ihrer Beobachtung etwas Wahres dran ist. Ich hege selbst eine Leidenschaft für die Jagd nach Reichtum, wie Sie es formulieren – oder eher eine Leidenschaft für schöne Dinge, denn das eine erfordert das andere.«
»Ich leide selbst unter dieser Schwäche«, sagte ich und lächelte reumütig.
»Ich betrachte sie lieber als ein tugendhaftes Laster, denn ist die Verehrung schöner Dinge nicht so etwas Ähnliches wie eine Religion?«
»Sie sprechen über Heiligkeit und machen sich zur gleichen Zeit darüber lustig, Hauptmann. Sie sind kühn.«
»Ich glaube, dass alles eins ist: das Heilige, das Schöne und das Kühne – auf Männer bezogen jedenfalls. Für Frauen kann ich nicht sprechen, die nach meiner Beobachtung Kühnheit mit Sorge, aber gewiss nicht mit Ehrfurcht betrachten.«
»Kühnheit, Hauptmann, bereitet uns allen Vergnügen, Män-

nern gleichermaßen wie Frauen. Männer werden zum Beispiel dazu getrieben, kühn zu Pferde zu sein oder auf den Schlachtfeldern. An Frauen werden dagegen nur wenige Joker ausgeteilt. Und die wenigen, die wir bekommen, spielen wir gewöhnlich etwas unbedarft aus, bei der Schneiderin oder der Hutmacherin.«

»Oder vielleicht bei …?« Er neigte den Kopf in Richtung des Spielsaals.

»Ich liebe Glücksspiele, Hauptmann Charles, aber mein Verhalten wäre auf keinen Fall kühn zu nennen. Ich bin von Natur aus vorsichtig.«

»Dennoch sagt man Ihnen nach, dass Sie eine Gewinnerin sind.«

»Ich verliere höchst ungern«, gab ich zu.

»In diesem Fall habe ich Ihnen einen Joker vorzuschlagen«, sagte er. »*Spekulation*. Es ist alles in allem das spannendste Glücksspiel, aber …«, er hielt inne und betrachtete mich mit ernster Miene –, »in den richtigen Händen mit wenig Risiko verbunden. Genau das Richtige für eine Frau, die von Natur aus vorsichtig ist.«

Ein korpulenter Mann in einer altmodischen langen Samtjacke steuerte in meine Richtung. »Verzeihen Sie, Hauptmann, aber ich glaube, man will mir zu nahe treten.«

»Benötigen Sie meinen Schutz, Madame? Ich könnte Ihr *cavaliere servente* sein.«

»Und was bitte, Hauptmann Charles, wäre das?« Erleichtert sah ich, dass der Mann in der langen Samtjacke von einem anderen aufgehalten wurde.

»Der *cavaliere servente* ist einer der wenigen charmanten Bräuche dieses Landes. Wenn der Ehemann einer Frau nicht anwesend ist, bedarf sie der Aufmerksamkeit eines Ersatzes: ihres *cavaliere,* der sie von vorne bis hinten bedient, der jeden ihrer Ansprüche erfüllt.«

»*Jeden* ihrer Ansprüche?« Ich sah den Hauptmann schelmisch an. Er war der Typ Mann, mit dem man gefahrlos kokettieren konnte.
»Nun ja, die ehelichen Pflichten selbstverständlich ausgenommen, zu denen ist nur der Ehemann berechtigt. Dank dieser strengen Übereinkunft kommt zwischen dem Ehemann und dem *cavaliere servente* seiner Frau nur selten Eifersucht auf.«
»Interessant.« Nun kamen beide Männer auf mich zu. »Da wir gerade von Ehemännern sprechen, Hauptmann Charles, wissen Sie vielleicht, wo General Bonaparte ist?«
»Ich glaube, er berät sich mit seinen Offizieren im Vorzimmer, Madame.«
»Würden Sie mir einen Gefallen tun, Hauptmann?«
Er klappte wie ein Taschenmesser in der Taille zusammen.
»Würden Sie ihm sagen, dass er herkommen möchte?«
Der Hauptmann machte ein entgeistertes Gesicht. »Moi?«
»Ja, bitte.«
»Sie möchten, dass *ich* General Bonaparte sage, was er zu tun hat?« Er mimte den Angsthasen.
»Ja, mein *cavaliere servente*, ich möchte gerne, dass Sie meinem Mann mitteilen, dass seine Frau ihn braucht – *sofort*.«

»Ich fürchte, ich bin dafür nicht sehr talentiert«, sagte ich später zu Bonaparte, als wir in unserem Zimmer allein waren. Vom Kanal wehte eine kühlende Brise herein und brachte den durchdringenden Geruch von Abwasser mit. »Worum ging es in allen deinen Sitzungen?«, fragte ich und schloss die Läden.
»Die Österreicher rücken wieder vor.« Er zog sein Schwert aus der Scheide und fuhr prüfend mit dem Finger an der Klinge entlang. »Ich denke, dass ich dein Pferd mitnehmen werde, wenn ich aufbreche.«
»Du gehst fort, Bonaparte?« *Schon?*
»In ein paar Tagen.«

Mir wurde bang ums Herz. Kam ich ohne ihn in Mailand zurecht? »Aber warum nimmst du mein Pferd mit?«
»Du wirst nachkommen und mir Gesellschaft leisten.«
»Während eines Feldzuges? Aber Bonaparte, wird das nicht …?«
»Du glaubst doch nicht, dass ich ohne dich leben kann, oder?«, grinste er und zog mich am Ohr.

16. Juli, frühmorgens

Es scheint, dass Bonaparte und ich ständig voneinander Abschied nehmen. Die Soldaten pfiffen, als wir uns umarmten. »Als Glücksbringer«, sagte er und küsste mich. Er löste ein Band aus meinen Haaren und steckte es in die Tasche neben seinem Herzen. »Ich lasse nach dir schicken«, sagte er, als er sich auf sein Pferd schwang. Dann galoppierte er aus dem Tor, während seine Männer sich drängelten, um ihn einzuholen.

Ich erfahre, was Krieg heißt

Kurz nach 5 Uhr morgens – immer noch sehr heiß

Heute Nachmittag ein kleines geselliges Beisammensein. Es war unmöglich! Die Männer standen an einem Ende des höhlenartigen Salons um den Kamin herum, um über Pferde zu sprechen und sich Kriegsgeschichten zu erzählen, während die Frauen in der Fensternische am anderen Ende saßen und sich über Mode, Kinder und Hunde unterhielten. Ich war erleichtert, als sich Hauptmann Charles dazu gesellte, doch kurz darauf kam ein Lakai und teilte dem Hauptmann mit, dass sein Pferd bereitstünde.

»Sie verlassen uns?«, fragte ich bestürzt. Er war, ehrlich gesagt, der einzige Lichtblick in der Unterhaltung.

»General Leclerc erwartet mich heute Abend in Verona, Madame.«

Ich entschuldigte mich bei meinen Gästen und begleitete den Hauptmann zum Eingang. »Ich dachte, Sie wären mein *cavaliere servente*«, neckte ich ihn, »und trotzdem lassen Sie mich bereits allein.«

Er verbeugte sich, eine anmutige, weiche Bewegung, wie sie vielleicht einem Mädchen anstand. »Werden Sie mir vergeben?« Er nahm meine Hand und küsste sie, sein Atem war warm. »Zweifellos werden Sie einen Beweis für meine Zuneigung wünschen. Vielleicht gibt es ja andere Möglichkeiten, wie ich von Diensten sein könnte?«

Ach, was war er doch für ein garstiger Junge, dachte ich, und

ach, wie mich diese Charade amüsierte. »Was hätte mein *cavaliere* denn vorzuschlagen?«
Er holte eine Münze aus der Tasche; vor meinen Augen wurde daraus eine Hand voll! »Mein Talent, wenn man es denn so nennen darf, ist ein Gespür für Wertsteigerung. Ich garantiere einen Gewinn von dreißig Prozent.« Er nahm der Magd seinen Umhang und seinen Hut ab und schenkte ihr die Münzen.
»Das ist ein kühnes Versprechen, Hauptmann.« Meinte er es ernst?
»Ich bin für meine Kühnheit bekannt«, erwiderte er, während er seinen Hut im Spiegel überprüfte und einen Kniff in die Krempe machte.
Kühn, das konnte man wohl sagen. Ich rückte seine Feder zurecht, sodass sie senkrecht nach oben stand. »Das wär's«, sagte ich und kam mir reichlich gluckenhaft vor.
»Zusätzlich zu all den anderen Erfordernissen, darf ich hinzufügen«, sagte er und schloss seine Schwertscheide.
»Welche zum Beispiel?«, fragte ich und trat nach draußen, wo ein Knecht mit seinem Pferd am Zügel wartete.
»Diskretion.« Hauptmann Charles packte eine Faust voll Mähne und schwang sich anmutig in den Sattel. »Zehntausend, Madame, für den Anfang?« Sein Pferd warf den Kopf hoch und scharrte auf dem Kopfsteinpflaster.
Ich reckte zwei Finger in die Höhe, zwanzig. Doppelt oder nichts: mein Spiel.

23. Juli

Unter einem riesigen schwarzen Schultertuch verborgen (wie alle Frauen hier) ging ich heute Morgen zur Kirche, um für Alexandre eine Kerze anzuzünden. Heute vor zwei Jahren ist er gestorben.
Wenn ich eines gelernt habe, dann, dass das Leben kostbar und

vergänglich ist. Ich weine, weil ich von meinen Kindern getrennt bin. Und ich bin auch nicht gern von Bonaparte getrennt. Ich betete zum Heiligen Michael für seinen Sieg. Ich möchte schon wieder nach Hause.

17. Juli, Saint-Germain

Chère Maman,
gestern sandte mir General Hoche einen Brief. Da er dich darin erwähnt, schreibe ich einen Teil davon hier ab:
»Mit dem größten Vergnügen gebe ich deiner Bitte nach einer Beurlaubung deiner Freunde statt. Vielleicht werden sie dir helfen, die Verluste, die du erlitten hast, zu vergessen. Ich werde Paris nicht verlassen, ohne meinen lieben Eugène zu besuchen. Es wäre besser gewesen, wenn seine Mutter ihn mir nicht weggenommen hätte; ich hätte jede Anstrengung unternommen, meine Pflicht gegenüber einem unglücklichen Freund zu erfüllen.«
Und nun, gerade heute Nachmittag, hat General Hoche sein Versprechen eingelöst und kam mich besuchen. Alle in der Schule waren begeistert, selbst die Lehrer! Ich zeigte ihm mein Sammelalbum, welches ihm gefiel. Dann haben wir gefochten. Er brachte mir einige hervorragende neue Schritte bei. Er war auch der Meinung, dass es Zeit für mich wäre, ein eigenes Pferd zu haben.
Ich lerne besser. Der Direktor sieht mich nicht mehr ganz so häufig finster an. Ich bin jeden Tag reiten gewesen. Hortense habe ich diese Woche zweimal gesehen – sie ist mit ihren Projekten beschäftigt.

Dein dich liebender Sohn Eugène.

H.Q., Castiglione, 4. Thermidor

Meine Brüder Louis und Joseph sind eingetroffen und haben mir versichert, dass deine Gesundheit wiederhergestellt ist. Es ist furchtbar heiß; meine Seele brennt für dich. – B.P.

24. Juli

Plötzlich herrscht hektische Aktivität. Ich soll Bonaparte in Brescia treffen. Von dort werden wir zusammen nach Verona reisen. Mitten in all dem Packen und Vorbereiten erschien der glücklose Bürger Hamelin (»der Zwinkerer«) zu einem Besuch. »Bitte verzeihen Sie, Bürger, dass ich abgelenkt bin«, sagte ich zu ihm, »aber ich bereite mich darauf vor, meinen Mann in Brescia zu treffen.« Ich versuchte zu entscheiden, ob ich meinen Mops mitnehmen sollte. Und was war mit meinen Arzneien? Hatte ich genügend Laudanum? Wie lange würden wir fort sein? »Wir brechen heute Abend auf, und wir haben erst zu guter Letzt festgestellt ...«
Hamelin zwinkerte mehrmals, bevor er ausrief: »Brescia! Madame, die Straße nach Brescia ist verseucht mit Halunken. Ich werde Sie begleiten. Es wäre mir eine Ehre, mein Leben zu riskieren, damit die Gemahlin des Generals sich einer sicheren Reise erfreuen kann.« Augenblicklich stürzte er zur Tür. »Verzeihen Sie mir, aber ich muss davoneilen! Ich muss meine Musketen reinigen lassen, Fett für die Wagenräder beschaffen. Für einen Schurken ist nichts verlockender als ein zusammengebrochenes Fahrzeug. Nein, nein, Madame – ich *bestehe* darauf!«

Abends – Brescia

Bonaparte empfing uns auf der Straße. Ich stieg zu ihm in die Kutsche. »Geht es dir gut? Du siehst gut aus«, sagte er und betrachtete mich hungrig. »Schließe die Vorhänge.«

29. Juli – Peschiera

Der Tag brach an, als unsere Kutsche in den Hof einer Villa am Stadtrand von Verona fuhr.

»Hat hier der Prätendent gewohnt?«, fragte ich Bonaparte gähnend. Ich war erschöpft. Wir waren nachts von Brescia hergereist, aber die Straße war holprig und der Schlaf, den ich bekommen konnte, unruhig gewesen, gestört von Bonapartes leidenschaftlichen Liebkosungen.
»Es ist nicht so prachtvoll, wie ich erwartet hatte«, sagte Bonaparte und sprang aus unserer Kutsche, bevor sie gänzlich zum Stillstand gekommen war.
Wir saßen draußen auf der Veranda, die über eine hügelige, mit Maulbeerbäumen gesprenkelte Landschaft blickte, tranken Kaffee und aßen frische Feigen von einem Baum im Garten. Die Luft roch süß nach Heu. Bonaparte wurde lebhaft, als er uns Geschichten über den Prätendenten erzählte. »Er führte ein einfaches Leben. Die Leute hier kannten ihn als Comte de Lille. Niemand merkte, dass er der Bruder von König Ludwig XVI. war. Nur seinen Dienern war bekannt, dass er der Prätendent auf den Thron Frankreichs war.«
»Woher weißt du das alles, Bonaparte?« Ich hatte drei Tassen starken Kaffee getrunken und wurde allmählich munter.
»Ich habe Spione, die ihm folgen. Er ist jetzt im Norden, in Deutschland – meine Männer lassen ihn keine Minute aus den Augen. Sein Alltag verläuft sehr geregelt. Bis acht Uhr jeden Morgen ist er angekleidet, ein schlichtes Ensemble, das mit einer Insignie, einem Kurzschwert, geschmückt ist. Dann sucht er den Kanzler auf. Und dann sitzt er in seinem Arbeitszimmer und schreibt. Mittags unterbricht er für eine Mahlzeit – er führt einen kärglichen Tisch. Dann schließt er sich in sein Studierzimmer ein und läuft knapp eine Stunde lang in erregtem Zustand auf und ab. Dieser Ablauf wiederholt sich jeden Tag.«
»Wenn man bedenkt, dass er auf eben diesem Stuhl saß«, sagte Bürger Hamelin zwinkernd. Er wackelte an der Lehne. »Sie muss befestigt werden.«

»Das muss ein einsames Leben sein«, sagte ich und blickte über die Berge. Ich glaubte, eine Bewegung in einer dunklen Spalte zu sehen. Gab es in diesem Land Bergziegen?, fragte ich mich. Ich stand auf und ging zur Steinbalustrade. »Was hat diese Bewegung auf dem Berg zu bedeuten?«

Aber Bonaparte war damit beschäftigt, Hamelin von dem letzten Bericht zu erzählen, den er über den Prätendenten erhalten hatte, von dem Buch, das der Prätendent gelesen hatte. »Es steht immer noch in der Bibliothek«, sagte er, »mit einem Lesezeichen auf Seite 231. Einige Monate zuvor war er auf Seite 204, daher kann er kein sehr schneller Leser sein.«

»Vielleicht hat er nicht jeden Tag darin gelesen«, sagte Hamelin zwinkernd. »Vielleicht nur an ein paar Tagen in der Woche. Wenn das so ist, dann könnte man sagen, dass er …«

Ich wandte mich zu Bonaparte um. »Österreichische Soldaten tragen doch weiße Uniformen, nicht wahr?«

Er kam an meine Seite. »Ich sehe nichts.«

»Da drüben auf der linken Seite – siehst du diese Reihe weißer Punkte?«

Bonaparte zog ein zusammengeschobenes Fernrohr aus der Tasche, schüttelte es, damit es sich öffnete, und hielt es an ein Auge. »Ihr müsst auf der Stelle fort«, sagte er und ließ das Fernrohr fallen.

Wir waren Stunden unterwegs, Lisette, Hamelin und ich in der Kutsche, vier Dragoner zu Pferd im Gefolge. An der Festung in Peschiera kam ein beleibter General mit Backenbart, der wie ein Würstchen aussah, nach draußen geeilt, um uns abzufangen. »Sie können hier nicht bleiben – die Österreicher sind bedrohlich nahe gekommen.«

Hamelin und Lisette sahen mich erschrocken an. »Mein Mann hat uns Anweisung erteilt, hier zu bleiben«, sagte ich dem General. Die Luft roch streng nach Fisch.

»Aber Madame, was wenn …?«, rief Hamelin.
»Madame Bonaparte«, stotterte der General, »ich bitte Sie, es sich zu überlegen. Falls Ihnen irgendetwas zustoßen sollte, dann bin ich …«
»Ich weiß Ihre Besorgnis zu würdigen, General, aber wir werden uns nicht von der Stelle rühren, bis wir von meinem Mann den Befehl dazu erhalten haben«, wiederholte ich mit einer Entschlossenheit, die selbst mich erstaunte. Bonaparte war der einzige Fels, an den ich mich klammern konnte.

Ich schreibe dies jetzt in einer kleinen Zelle aus Stein im Keller der Festung. Wenigstens ist sie kühl. Vor einer Stunde haben wir eine Mahlzeit aus Seeforelle mit verdünntem Montferrat hinuntergespült. Wir aßen schweigend. »Lass die Pferde angespannt«, wies ich den Stallknecht an. Lisette und ich werden uns ein Zimmer teilen. Da unsere Koffer verladen sind, werden wir in unseren Kleidern schlafen. Wenn wir schlafen.
Eine betäubende Angst hat mich eingehüllt. Angst und Wut, wie ich gestehe. Wie konnte Bonaparte uns nur in diese Lage bringen? *Mich*. Um seiner Wollust willen gefährdete er mein Leben.

31. Juli, Sonntag – Parma

Im Morgengrauen wurden wir von Pferdegetrappel im Hof und dem Geräusch von Metall, das gegen Steine klirrt, geweckt. Ich berührte Lisettes Arm. »Ich glaube, da ist jemand gekommen«, flüsterte ich. Sie stöhnte und drehte sich wieder in ihr Kissen. »Vielleicht müssen wir bald aufbrechen. Wir stehen besser auf«, sagte ich, während ich das Pedal des angestoßenen Waschbeckens löste und mein Gesicht bespritzte.
Da kein Spiegel da war, band ich mir blind ein rotes Tuch nach

Kreolenart um den Kopf und rieb mir die Wangen mit Rouge ein. Ich hörte eine Stimme. »Es ist Junot, glaube ich.«
Lisette öffnete die Augen. »Oberst Junot?«

»Es sieht nicht gut aus«, hörte ich zufällig Junot zu General Guillaume sagen, als ich die Steintreppe in den Hof hinunterkam. »Die Österreicher sind uns zahlenmäßig dreifach überlegen.«
»Oberst Junot, was ist geschehen?«, fragte ich besorgt.
»Wir hatten eine ziemliche Schlacht vergangene Nacht.« Sein Atem roch nach Alkohol. »General Bonaparte hat in Castelnuovo einen Kommandoposten eingerichtet. Ich soll Sie dort hinbringen, aber wir müssen sofort aufbrechen.«
Ein gegen die Morgensonne zwinkernder Hamelin erschien am Eingang der Festung, gefolgt von einem Diener, der seinen schweren Koffer schleppte. Und dann tauchte Lisette mit einem Weidenkorb auf.
Junot sprang zu unserer Kutschentür. »Wenn Sie gestatten«, sagte er und bedeutete uns, einzusteigen.
»Ich bin noch so müde!«, gähnte Lisette, als sie hinter Hamelin hineinkletterte. »Haben Sie geschlafen, Madame?«, fragte sie, während ihre Augen Junot anlächelten.
»Ein wenig.« Obwohl ich es eilig hatte, zu Bonaparte zu kommen, hatte ich es doch auch wieder nicht eilig, den Schutz der Festung zu verlassen. Nirgendwo schien es sicher zu sein.
Junot ritt vorneweg aus dem offenen Tor, die Dragoner reihten sich hinter ihm ein. Ein junger Dragoner mit gerötetem Gesicht sprang auf sein Pferd und trabte los, um sie einzuholen. Er lächelte und tippte an seinen Hut, als er an mir vorüberritt.
»Immer haben die jungen Männer *Sie* gern, Madame«, neckte Lisette und reichte mir ein mit einer Bratwurst gefülltes Brötchen.
»Habe ich etwas versäumt?«, fragte Hamelin und blickte von seinem Buch mit italienischen Redewendungen auf.
»Ich erinnere sie an ihre Mütter«, sagte ich zu meiner Zofe. Das

frisch gebackene Brot hob meine Stimmung, gab mir mein Vertrauen zurück.
»Wären Sie gekränkt, wenn ich Ihnen sage, dass Sie mich an meine Mutter erinnern?«, fragte sie.
»Ganz und gar nicht. Tatsächlich erinnerst du mich an meine Tochter.« Wir wechselten einen liebevollen Blick.
Unsere Kutsche setzte sich ruckelnd in Bewegung. Ich winkte General Guillaume zu, als wir durch das Tor fuhren. Die Hand auf dem Herzen wandte er sich ab. Er hat Angst um uns, wurde mir klar, und es überlief mich kalt vor Furcht.

An den Ufern des Gardasees war es kühler, das ausgedehnte Gewässer war ruhig, das blaue Gebirge in der Ferne dunstig. Ich war froh, kein Heckenschützenfeuer zu hören.
Lisette und ich spielten gerade das Fadenspiel, als wir von dem bedrohlichen Donnern einer Kanone aufgeschreckt wurden. Die Kutsche hielt abrupt an; ich streckte eine Hand aus, um nicht nach vorne zu fallen. Ich sah ein Licht aufblitzen, hörte Musketenfeuer, wieder eine Kanone. Aber es war der Schrei eines Pferdes, der mich frösteln ließ – dieser Laut und das heftige Rütteln unserer Kutsche. Mir wurde klar, dass wir Gefahr liefen, umzukippen. Ich hörte Junot brüllen: »Runter da, runter da, steig ab, du Idiot!«
»Was ist los?«, hickste Hamelin und zog seinen Hut nach unten.
Die Kutschentür wurde aufgerissen. »Springt!« Junot packte Hamelin und zog ihn mit einem Ruck hinaus. Das Krachen von Geschützfeuer ließ ihn auf allen Vieren kriechen.
Lisette sprang in Junots Arme. Er setzte sie ab und schob sie in Richtung des Grabens. Ich raffte die Röcke. Ich war seltsam ruhig; trotzdem schmeckte ich Tränen. Ein plötzlicher Ruck warf mich aus dem Gleichgewicht. Ich hörte einen Donnerschlag. »Raus da!«, brüllte Junot.
Ich sprang und kroch hinter Hamelin und Lisette her, mein

Unterrock riss. Ich rollte eine Böschung hinunter und kam in sumpfigem Schilfgras zum Stillstand. Ich kroch durch den Schlamm zu den anderen. Lisette sah totenbleich aus. Ich legte die Arme um sie. Sie zitterte. Oder war ich es?

»Mein Schluckauf ist weg«, sagte Hamelin zwinkernd.

Ich hörte den Aufschrei eines Mannes. »Das muss einer der Männer sein.« Ich kletterte die Böschung wieder hinauf.

»Madame, nicht! Seien Sie vorsichtig«, zischte Lisette. »Kommen Sie zurück!«

Ich spähte durch das hohe Gras. Junot kauerte neben einem gestürzten Pferd, einem großen Braunen. Es schlug um sich, blutete aus einer Wunde am Hals. Die anderen Pferde bäumten sich auf und traten um sich, um sich aus dem verhedderten Geschirr zu befreien. Der Kutscher konnte nichts anderes tun, als sie festzuhalten, während ein Dragoner die Zügel kappte. Und dann sah ich den jungen Dragoner …

Ich duckte mich, mein Atem zitterte. Meine Hand war voller Schlamm. Ich wischte sie langsam, wie im Traum, im Gras ab, dann rutschte ich zitternd wieder die Böschung hinunter.

»Was ist los?«, fragte Hamelin, der eine schlaffe Lisette in den Armen hielt. War sie in Ohnmacht gefallen? Ich versuchte zu antworten, aber ich konnte es nicht, denn ich hatte den jungen Dragoner gesehen, der von seinem Pferd gefallen war, den Fuß im Steigbügel verfangen, das Gesicht …

»Was ist mit Lisette los?«, sagte ich schließlich keuchend.

Hamelin schüttelte sie. »Ich bekomme sie nicht wach.«

»Haben Sie einen Flakon dabei?«

»Oh!« Er tastete in seiner Tasche herum, zog eine mit Leder bezogene Flasche heraus und reichte sie mir. »Whisky. Es ist noch ein kleiner Rest übrig.«

Ich öffnete sie und hielt sie Lisette unter die Nase. Ihre Augenlider flatterten. Ich goss mir etwas von dem Alkohol über die Finger und strich ihn ihr auf die Stirn, die Lippen, die Nasen-

löcher. Sie stöhnte. »Setzen Sie sie aufrechter hin.« Ich hatte Angst, sie könnte würgen.
Hamelin ließ sie nach vorn fallen. Lisette schüttelte den Kopf, schaute zu mir auf. »Mir ist übel, Madame.«
»Trink einen Schluck«, sagte ich und reichte ihr den Flakon. »Aber nur einen kleinen«, warnte ich sie, als ich sah, wie sie ihren Kopf nach hinten neigte. Wenn es zu laufen galt, mussten wir bereit sein.
Ich hörte Junot brüllen, das Knallen einer Peitsche, das Klappern der Kutsche, Pferde. Lose Steine prasselten auf uns nieder. Dann kam Junot die Böschung hinunter getaumelt. Er fluchte, als er in den Schlamm fiel. Er kroch zu uns herüber, sein Gesicht war eine Fratze aus Schlamm und Blut. Lisette reichte ihm ihr Taschentuch aus ihrem Mieder. »Sind Sie in Ordnung?«, fragte er und presste ihr Taschentuch an die Lippen.
»Es ist unbequem hier«, sagte Hamelin und schlug nach einer Mücke. Sie waren jetzt überall. »Diese abscheuliche Luft …«
»Oberst Junot, wir hörten die Kutsche.«
»Ich habe sie auf die Räder gestellt.« Er ließ die Fingergelenke knacken.
»Wir sitzen fest?«, rief Hamelin aus.
»Die Österreicher werden annehmen, dass wir in der Kutsche sind, und das Feuer einstellen. Aber wir müssen in den Wald kommen, ohne dass sie uns sehen.« Junot begann, den Graben entlangzukriechen. »Können Sie folgen?« Ich nickte. »Bleiben Sie unten«, zischte er.
Einmal, nicht weit entfernt, in einem weniger einsehbaren Gebiet, konnten wir aus dem Schlamm aufstehen. Lisettes Zähne klapperten trotz der Hitze. »Wissen Sie, wo wir sind?«, fragte ich Junot. Ich legte den Arm um Lisette, um sie zu stützen, mich selbst zu stützen.
»In der Nähe von Desenzano«, sagte Junot und schlug nach einer Mücke.

Ich erinnerte mich an Desenzano, ein Dorf mit engen Gassen, die zum See führten. Bonaparte und ich hatten es zwei Abende zuvor auf dem Weg nach Verona passiert.
Ich spürte den Hufschlag eines Pferdes. Junot spannte den Hahn seiner Muskete und ging zum Rand des Waldes. »Ein Fuhrmann«, sagte er, als er zurückkam. »Er hat angehalten, um nach dem toten Pferd zu sehen.«
Ein quietschender, von einem dicken roten Pferd gezogener Karren kam in Sicht. Er hatte Hühnerkäfige geladen. Der Fuhrmann trug ein schwarzes Tuch wie eine Bäuerin um den Kopf. Er hielt an, als er uns sah, und sagte etwas auf Italienisch. »Können Sie ihn verstehen?«, fragte ich Junot.
»Steigen sie einfach ein«, sagte Junot und richtete die Muskete auf den Bauern. Wir kletterten auf den Karren und setzten uns mit einem unguten Gefühl auf die Hühnerkäfige. »Los!«, sagte Junot zu dem Kutscher und kletterte neben ihn, aber der Kutscher rührte sich nicht.
»Haben Sie Ihr kleines Buch dabei?«, fragte ich Hamelin.
Hamelin kramte in seinen Taschen, setzte die Brille auf, blätterte rasch die Seiten seines Buches mit italienischen Redewendungen durch. »Nohn sahp-pii-AH-mon DOH-veh chii troh-vii-AH-moh«, sagte er (oder etwas Ähnliches).
»Was haben Sie gesagt?«, wollte Junot wissen.
»Wir haben uns verlaufen«, sagte Hamelin zwinkernd. »Das habe ich wohl gesagt.«
»Wir haben uns nicht verlaufen!« Junot packte die Peitsche des Kutschers, ließ sie knallen und versetzte dem Pferd einen leichten Schlag auf die Hinterbacken. Die Stute machte einen Satz nach vorn, was ein aufgeregtes Gackern der Hühner auslöste.
Wir rochen Desenzano, bevor wir es sahen. Die Stute scheute, warf den großen Kopf hoch, weigerte sich vorwärtszugehen.
»Das ist der Geruch«, sagte ich. Ich hielt mir ein Taschentuch an die Nase, meine Augen tränten.

»Hier hat vergangene Nacht eine Schlacht stattgefunden«, sagte Junot und ließ erneut die Peitsche knallen. Aber die Stute bewegte sich nicht von der Stelle. Dann brüllte der Kutscher dem Pferd etwas zu, und schließlich zog es mit dem geflochtenen Schwanz wedelnd los.

»Er sagte *stupido*, nicht wahr? Ich glaube, er hat dem Pferd gesagt, es wäre dumm.« Hamelin blätterte in seinem Buch mit Redewendungen.

»Stuffato, meine ich verstanden zu haben.« Ein Schwächegefühl hatte mich ergriffen.

»Schmorfleisch?«, las Hamelin.

Junot schaute kurz zu mir nach hinten. »Bedecken Sie ihr die Augen.«

Ich versuchte, die Augen geschlossen zu halten, als wir durch die Stadt fuhren, aber den Geruch nach Schießpulver und verbranntem Fleisch, die schwachen Spuren eines süßlichen Gestanks konnte ich nicht abwehren. Das weiche Rumpeln des Karrens über eine Leiche. Die Wimmerlaute wie die eines Kindes. »Ich habe jemanden rufen hören. Können wir nicht anhalten?« Und dann machte ich den Fehler, die Augen zu öffnen. Überall lagen aufgedunsene Leichen. Das Kopfsteinpflaster war überspült mit Blut, das in der Morgensonne trocknete. Zwei Bäuerinnen zogen einem toten Soldaten, einem Buben mit fahler grauer Haut und leerem Blick, den Mantel vom Leib. Die Diebinnen blickten zu uns auf, und eine von ihnen grinste zahnlos wie ein Kleinkind. Ich drückte Lisette an mich, meine zitternden Finger in ihren süßfeuchten Haaren verwickelt.

Als wir uns Castelnuovo näherten, waren Herden von angebundenen Kavalleriepferden, beladene Munitionskarren, aufgeschlagene Zelte und überall Soldaten zu sehen. Der Rauch zahlreicher Lagerfeuer tauchte die Landschaft in ein diesiges Licht. Tränen traten mir in die Augen, als ich die Flagge der französischen Republik vom Strohdach einer Bauernkate hängen sah – das vorübergehende Hauptquartier der italienischen Armee.

»Warum habt ihr so lange gebraucht?«, wollte Bonaparte wissen, als er herauskam. »Eure Eskorte ist schon vor gut über einer Stunde zurückgekehrt.«

»Wir sind nur mühsam vorangekommen«, sagte Junot und salutierte mit rotem Kopf. Er spähte zu Lisette. Sie starrte über die Maisfelder.

»Es war gut, dass ich dabei war«, sagte Hamelin zu Bonaparte, als er mich vom Karren hob.

Ich unterdrückte die Tränen. »Ich glaube, ich sollte mich hinsetzen.« Und dann brachen die Schluchzer unaufhaltsam aus mir heraus.

»Holt Äther«, befahl Bonaparte einem Sanitäter. Er packte mich an der Schulter. »Kämpfe dagegen an, gib nicht nach.« Aber ich hatte zu lange dagegen angekämpft. »Das werden die Österreicher teuer bezahlen«, hörte ich ihn vor sich hin murmeln, als er mich in die Arme nahm.

Ich trank das Ätherwasser, das der Helfer brachte, hustete. Es schmeckte brackig. Ich hatte den Geruch immer noch in der Nase. »Gib Lisette etwas davon.« Sie saß noch im Karren und betrachtete uns mit verschleiertem Blick. Selbst die Hühner in den Käfigen waren still.

»Der Kutscher möchte eine Belohnung«, sagte Junot zu Bonaparte und ließ die Fingergelenke knacken. »Zumindest glaube ich das. Vielleicht sollten Sie mit ihm sprechen.«

»Geben Sie ihm, was er will«, sagte Bonaparte und drückte meine Hand.

»Sind unsere Koffer hier? Können wir uns umziehen?«, fragte Lisette und erhob sich.

Junot streckte die Hand aus, um ihr herunter zu helfen. »Vorsichtig, sie könnte fallen«, sagte ich zu ihm mit bebender Stimme.
»Ihr solltet etwas essen – das wird euch stärken.« Bonaparte führte mich in die kleine Kate mit dem Strohdach.
Im Innern war es dunkel. Der Boden bestand nur aus Erde. Die Hütte war heiß, stickig und roch nach Ziegen. Ein von einer Blechlaterne beleuchteter Tisch vor dem leeren Kamin war mit Berichten übersät. Eine riesige Landkarte war an die grobe Bretterwand genagelt. Bonaparte führte mich zu einer Strohpritsche. Er sagte etwas auf Italienisch zu einem Bauernjungen mit schmutzigem Gesicht. »Salami?«, fragte Bonaparte, als er sich zu mir umsah. Ich schüttelte den Kopf. Ich glaubte nicht, dass ich etwas essen konnte.
»Die Kutsche wird in dreißig Minuten bereit sein, General«, sagte Junot, als er den Kopf hineinsteckte.
»Das Geschirr ist geflickt?«
Junot nickte und knackte mit den Fingerngelenken.
Ich begann zu zittern.

Als wir uns der Toskana näherten, wurden wir von einem Kurier erwartet, der auf einem schweißnassen Rappen saß. »Kehren Sie um!«, schrie er. »Die Österreicher sind da vorne zugange. Sie haben Brescia eingenommen.«
Mon Dieu, dachte ich, Brescia? Brescia lag so nahe bei Mailand.
»Was sollen wir denn jetzt machen?«, fragte Hamelin und zog sein Reisebuch heraus. »Wir können weder nach Norden noch nach Osten oder Westen.«

»Süden«, sagte Bonaparte, während er unruhig auf und ab ging.
»Ich möchte bei dir bleiben!«
Er betrachtete mich mit einem Gesichtsausdruck, aus dem ich

nicht schlau wurde. Dieser Mann, mein Gemahl, war nicht mehr der Mann, den ich Paris gekannt hatte. Hier, in der rauen Atmosphäre des Lagers, umgeben von Männern, die ihn mit ergebener Loyalität betrachteten, wirkte er wie verwandelt. Selbstsicher und aufgeschlossen wie er jetzt war, lag in allem, was er tat, eine gewisse Würde. Wie seine Männer glaubte auch ich an ihn, spürte eine Aura der Sicherheit, wenn ich in seiner Gegenwart war. »*Bitte*, Bonaparte.«

Er kniete sich neben mich und nahm meine Hände in seine. Seine Berührung beruhigte mich. »Sieh es doch ein – die Österreicher kommen bedrohlich nahe. Wir erwarten eine ziemlich heftige Schlacht. Im Süden wirst du in Sicherheit sein.«

Seine Augen verrieten mir, dass mir nichts anderes übrig blieb, dass es zu meinem Besten war. Ich schniefte und nickte. Er küsste mich mit großer Zärtlichkeit. »Du warst tapfer heute Morgen«, sagte er lächelnd.

»Ach, Bonaparte!« Ich presste seine Finger an meine Lippen. Er strahlte Stärke aus. Ich konnte begreifen, warum seine Leute ihm mit solch bedingungsloser Ergebenheit folgten – er adelte sie, genau wie er mich adelte.

Er erhob sich und wandte sich an seinen Kurier, der in der Tür stand und die Enden seines gewaltigen Backenbartes zwirbelte. »Überquert den Po bei Cremona«, sagte er zu ihm und fuhr mit einem Papiermesser auf der Landkarte die Route entlang. »Da ist es weniger gefährlich.« Er kritzelte etwas auf ein Stück Papier. »Mein Onkel Fesch ist in Parma. Er wird euch für die Nacht Unterkunft gewähren. Dann nehmt ihn mit nach Süden. Sagt ihm, das ist ein Befehl. Fahrt hinunter in die Provinz Lucca – das sind friedliche Leute. Ich schicke eine Nachricht, wenn eine Rückkehr sicher ist.«

»Einen Kuss?«, fragte ich und erhob mich.

»Als Glücksbringer«, lächelte er und nahm mich in die Arme.

Es ist jetzt nach Mitternacht. Wir sind in Parma, im Haus von Bonapartes Onkel Fesch, ein fröhlicher Mann mit gesunder Gesichtsfarbe. Gerade kam eine Magd, um mein Tablett mit dem unberührten Gebäck abzuholen. »Ich kann nichts essen«, sagte ich langsam in einfachem Französisch zu ihr. *Scusatemi*. »Ich bin krank«, fügte ich wahrheitsgemäß hinzu.

Und immer noch voller Angst.

Und ruhelos: Das Bild eines Bubengesichts, seines mageren Körpers auf der staubigen Straße verfolgt mich, der Gestank von Desenzano, die Schreie der zum Sterben zurückgelassenen Verwundeten.

Tränen, Tränen. Ich beginne zu zittern. Mon Dieu. Ich bin die Tochter eines Soldaten, die Witwe eines Soldaten, die Frau eines Soldaten. Doch bis heute hatte ich nicht gewusst, was Krieg bedeutet.

Ich bin von Bonapartes umzingelt

2. Oktober 1797 – Mailand, ein glühend heißer Nachmittag

Wie ich sehe, ist schon einige Zeit seit meinem letzten Eintrag vergangen. So vieles ist geschehen, und doch bleibt so vieles das Gleiche. Bonaparte ist wider Erwarten siegreich. Doch der Feind ist eine mehrköpfige Hydra. Wie viele Armeen können die Österreicher noch aufstellen? Jedes Mal, wenn Bonaparte eine bezwingt, erhebt sich eine andere an ihrer Stelle. Ich fürchte, es wird niemals Frieden geben.
Ein Unwohlsein hat mich ergriffen. Ich spüre, dass ein weiterer Anfall naht. Migräne, hatte mir der Arzt gesagt, als er das letzte Mal auftrat, ein krampfhafter Schmerz in der Schläfe. Selbst Laudanum konnte nichts dagegen ausrichten. Als ich das letzte Mal einen Anfall hatte, blieb ich drei Tage in einem abgedunkelten Raum und wagte nicht, mich zu bewegen oder gar zu sprechen. Dieses Land wird mein Grab sein, fürchte ich.

23. November

Sieg – endlich! Die Österreicher haben sich wieder einmal hinter die Mauern von Mantua zurückgezogen.

9. Dezember

Bonaparte ist zurück. Seine Gesundheit ist durch einen Sturz in einen Sumpf angegriffen. (Ich bete, dass es nicht Malaria ist.)

Das ruhige, häusliche Leben, das wir nun führen, wird hoffentlich helfen. Wie wenig Zeit wir zusammen verbracht haben! Er hat sein Porträt malen lassen, wir planen einen Ball – und nachts, muss ich wohl hinzufügen, widmen wir uns dem, was Bonaparte als »unser Projekt« bezeichnet. Vielleicht wird es uns jetzt, da wir Zeit füreinander haben, gelingen.

24. Dezember, Heiligabend

»Madame?« Lisette knickste, als sie bemerkte, dass Bonaparte im Alkoven am Fenster saß. »Ihre Schwester, General, sie ist …«
»Maria-Paola? Meine Schwester ist hier?« Bonaparte sprang auf. »Schon?«
Lisette warf mir einen kurzen Blick zu. Oh, là, là!, sagten ihre Augen.

»Uff. Das Schiff war widerlich!« Bonapartes sechzehnjährige Schwester ist ein eindrucksvolles Mädchen mit lockigen schwarzen Haaren und saphirblauen Augen – sogar noch hübscher, als ich nach allem, was mir zu Ohren gekommen war, erwartet hatte. »Ich habe mich auf das Deck übergeben, über die Wand, im Speisesaal, in meiner Koje.« Sie hatte ihre Augenbrauen wie die Dienstmädchen zu einer dünnen Linie gezupft. »Du bringst meine Frisur durcheinander«, protestierte sie in schlechtem Französisch, als Bonaparte sie umarmte. Sie hatte eine schrille Stimme. »*Hier* wohnst du? Magnifico!«
Bonaparte, den Arm um seine kleine Schwester gelegt, wandte sich zu mir. »Paganetta«, sagte er stolz.
Ich nickte und lächelte dümmlich. Sie ist erst sechzehn und doch schon so fraulich. Und, wie leicht zu erkennen war, ein temperamentvolles Mädchen, das sich ihrer Reize wohl be-

wusst war – *la beauté du diable.** »Willkommen, Maria-Paola, in …«

»Ich bin nicht mehr Maria-Paola, ich bin Pauline.«

»Willkommen, Pauline, in …«

Ohne zuzuhören, rauschte sie an mir vorbei. »Denke dran, Napoléone, du hast es versprochen! Ich bekomme meine eigene Suite.«

27. Dezember

Ein unaufhörlicher Strom von Mägden und Lakaien ist in der Halle auf und ab gelaufen, um Paulines Befehle auszuführen. Die Bettlaken sind nicht weich genug, der Spiegel nicht prunkvoll genug, die Porzellanzuckerdose passt nicht zu dem silbernen Teegeschirr, und die Tapeten an ihren Wänden sind verschlissen. Ich beobachte diese Hektik mit Verärgerung. Ich gebe einen Empfang, der vorbereitet werden muss, und nichts wird getan.

29. Dezember

Ich ertappte Pauline in meinem Ankleideraum, wo sie sich in meinen Ballgewändern versteckte. »Ich spiele!«, behauptete sie steif und fest. (Spielen? Sie ist sechzehn!) Im Spiegelbild sah ich, wie sie mir die Zunge herausstreckte.

»Es wäre mir lieber, wenn du nicht in meiner Suite spielen würdest, Pauline«, sagte ich und lächelte mit aller Liebenswürdigkeit, deren ich fähig war.

* La beauté du diable: die Schönheit des Teufels oder die Blüte der Jugend, die sexuelle Anziehungskraft eines Mädchens

7. Januar 1797

Gestern Abend in der Oper erschienen vier junge Männer in unserer Loge und behaupteten beharrlich, dass sie eingeladen worden wären. Wie sich herausstellte, hatte Pauline jeden von ihnen mit dem langen Ende ihres Opernglases angeschaut (was in diesem Land bedeutet: *Komm mich besuchen*).

30. Ventôse, Palais Luxembourg

Chère amie,
eine schreckliche Nachricht – Thérèse hat gestern gegen Tallien die Scheidung eingereicht. Sie, das Baby, das Kindermädchen und drei Hausdiener sind nun bei mir. Offensichtlich hat Tallien sie mit einer Pistole bedroht. Ich sagte ihr, dass ich alles in meiner Macht Stehende täte, um es aus den Zeitungen herauszuhalten.
Und da wir gerade von Zeitungen sprechen: Dem Républican *zufolge bin ich nicht einmal in der Lage, diesen Brief zu schreiben, da man mich wegen der Herstellung falscher Banknoten ins Gefängnis geworfen hat. Ha!*
Ich mache mir Sorgen um die bevorstehende Wahl. Die Fraktion der Royalisten wird immer stärker. Unser Polizeiminister behauptet, dass einhundert Deputierte dem Prätendenten den Treueeid geschworen haben. Ein Deputierter hatte sogar die Frechheit, in Stiefeln mit roten Absätzen in den Gärten der Tuilerien herumzuspazieren.*
Direktor Letourneur versichert uns, dass wir nichts befürchten müssten, dass alles unter Kontrolle sein wird, weil er die Straßen von Paris zu Pferde bewachen wird. (Dieser Tölpel!) Und was Direktor La Réveillère angeht, der ist von Dingen, die eine von ihm gegründete Sekte betreffen, in Anspruch genommen. Ich gab ihm den Rat, dass jede gute Religion einen Märtyrer brauchte und dass er, um aus seiner einen Erfolg zu machen, sich hängen lassen sollte. Er verstand den Witz nicht.

Père Barras

* Vor der Revolution trugen Adlige Stiefel mit roten Absätzen.

9. Mai – Mailand

Nach einer schwierigen Reise von drei Monaten sind wir wieder in Mailand. Im Januar schlug Bonaparte noch eine österreichische Armee – die fünfte – und wandte dann seine Aufmerksamkeit nach Süden, nach Rom, wo er die päpstlichen Staaten zwang, sich zu ergeben. Dann, nachdem der Süden gesichert war, jagte er die Österreicher in den Norden, bis sie endlich vor zwei Wochen einem vorläufigen Frieden zustimmten.

Und so sind die Österreicher endlich geschlagen, und Bonaparte ist siegreich. Seine Frau dagegen nicht. Ich führe einen aussichtslosen Kampf gegen seine temperamentvolle Schwester Pauline. Heute Morgen entdeckte ich sie in der Speisekammer mit einem Lakaien. »Ich glaube, du solltest daran denken, deine Schwester zu verheiraten«, sagte ich zu Bonaparte. *Rasch.* »General Leclerc ist in sie verliebt«, schlug ich vor. Victor Leclerc war vollkommen verrückt nach dem Mädchen. »Jeder nennt ihn den blonden Bonaparte, weil er dich nachahmt.« Klein, ernsthaft, mit schmalen Lippen und großen Augen sah Victor Leclerc Bonaparte sogar ähnlich, abgesehen von seinem hellen Teint.

»Sein Vater ist ein Kaufmann.« Bonaparte erhob sich und ging, die Hände hinter dem Rücken verschränkt, zum Fenster. »Allerdings wohlhabend.«

Pauline gähnte. »Vielleicht möchtest du dich setzen.« Bonaparte, plötzlich unsicher geworden, warf mir einen kurzen Blick zu. Angelegenheiten, die mit seiner Familie zu tun hatten, brachten ihn völlig aus dem Konzept.

»Vielleicht sollte ich gehen«, sagte ich und erhob mich.

»Du bleibst!«

»Was soll das alles?«, wollte Pauline wissen.

»Du brauchst unbedingt einen Ehemann«, sagte Bonaparte.
»Ich bin bereits verlobt.« Pauline blickte zornig. (Zu mir!) »Wie du dich vielleicht erinnerst.«
»Der Deputierte Fréron ist ein Trunkenbold mittleren Alters mit drei unehelichen Kindern von einer Schauspielerin – einer schlechten.«
»Er wird sie verlassen!«
»Sie behauptet, er hätte sie geheiratet!«
»Bonaparte?« Ich berührte seine Hand. Er und seine Schwester würden sich letztlich nur lautstark streiten. Und wenn sich jemand mit Bonaparte messen konnte, dann war es Pauline.
Bonaparte setzte sich missmutig hin. »Wie wäre es mit General Leclerc?«
Pauline sah von mir zu ihrem Bruder und wieder zurück. »Der kleine Victor?«
»Die Ehe bringt viele Vorteile, Pauline«, sagte ich. »General Leclerc stammt aus einer wohlhabenden Familie.«
»Mehlhändler!«
»Er ging in Paris zur Schule«, fuhr ich unbeirrt fort. »Die Familie besitzt einen Landsitz – das Schloss Montgobert.« Soweit ich wusste, war es ein Steinhaufen.
»Wie steht's mit einer Aussteuer?«, wollte sie wissen.
»Was immer du möchtest.«
»Die Kleider müssen von Signora Tandello sein.«
Bonaparte hustete. Signora Tandello war die teuerste Schneiderin in Mailand. Ja, nickte ich, selbstverständlich, *alles*.
»Wie viel Mitgift bekäme ich?«
»Darüber werden Joseph und ich uns unterhalten müssen«, sagte Bonaparte.
»Zweifellos eine Menge«, fügte ich hinzu.
Pauline schürzte die Lippen. »Bien.«

15. Mai, La Chaumière

Schätzchen,
nur gut, dass du im Land der Antike bist, denn die Situation in Paris ist Besorgnis erregend geworden. Die Wahl war ein Fiasko. Die Royalisten haben die Kontrolle über die gesetzgebenden Räte übernommen! Sogar General Pichgru, der, wie jeder weiß, im Sold des Prätendenten steht, wurde zum Präsidenten *der Fünfhundert gewählt. Gestern Abend war ich zu einem Essen, wo die Gäste ganz offen darüber sprachen, den Prätendenten auf den Thron zu setzen. Die Mittelsmänner der Royalisten – von denen es, wie man munkelt, eine Menge in Paris gibt – werfen ganz ungeniert mit Gold um sich.*
Mein Familienleben ist ebenfalls Besorgnis erregend – ein Fiasko, könnte man sagen. Ich war verrückt, dass ich mich mit Tallien versöhnt habe. Ich liebe ihn leidenschaftlich, wie du ja weißt, aber mit seiner Trinkerei, seinen Weibergeschichten und seinen rasenden Eifersuchtsanfällen kann ich nicht leben. Und nun ist es leider zu spät. Jede Frau in Paris ist, wie es scheint, in anderen Umständen, mich selbst nun eingeschlossen.

Deine dich liebende und liebste
(und unglückliche) Freundin Thérèse

Anmerkung – Ich hörte, dass deine Freundin Aimée gestorben ist. Mein Beileid, Schatz.*

*22. Mai – Mombello***

Es ist ein herrlicher Frühlingsabend. Vor den geöffneten Fenstern tanzen Glühwürmchen. Ich schreibe bei Mondschein. Wie spät ist es? Ich weiß es nicht genau. Der Brief von Thérèse hat mich schrecklich beunruhigt. Ich bin von Sorge, Kummer

* Aimée Hosten, eine kreolische Freundin von Joséphine, mit der sie inhaftiert war.

** Eine Villa auf dem Lande nördlich von Mailand, die Josephine und Bonaparte für die Sommermonate gemietet hatten.

erfüllt. Wie viele Menschenleben waren schon für unsere Revolution, unsere kostbare *liberté* geopfert worden. Ich denke an Aimée, alle meine Lieben, die gestorben sind. Ich denke an Alexandre. *La liberté ou la mort*. Wird ihr Opfer umsonst sein? Werden die Royalisten siegen, wieder einen König auf den Thron setzen, alles abschaffen, wofür so viele gestorben sind? Schon den ganzen Tag trage ich Lazares Medaille des Heiligen Michael ganz dicht an meinem Herzen – der Heilige Michael mit seinem Schwert, der Heilige Michael, der unermüdlich gegen die Kräfte des Bösen kämpft. Ich denke an Bonaparte, wie er dem Feind gegenübertritt, immer und immer wieder. Ich denke mit Bewunderung und Stolz an seine erstaunlichen Siege. Doch wozu, muss ich mich fragen, jagt er die Royalisten aus Italien fort und baut hier eine Demokratie auf? Welche Rolle spielte es noch, wenn Paris an die Royalisten fallen sollte?

30. Mai

Leutnant Lavalette brauchte einen Augenblick, um zu Atem zu kommen. Er ist kein junger Mann mehr. Er nahm seinen Hut ab und rückte seine Perücke zurecht, die seine kahle Stelle nicht verbergen konnte. »Ich kam am frühen Nachmittag in Genua an, General«, begann er und stand stramm. »Nachdem ich mich in einem Gasthaus erfrischt hatte, machte ich mich sofort auf den Weg zur Botschaft, und als …«
»Kommen Sie zur Sache.« Bonaparte trommelte mit den Fingern.
»Mir wurde mitgeteilt, dass sich Ihre Mutter auf einem Schiff im Hafen befand, General.«
»Und wo ist sie jetzt?«
»In Genua, General, ich …«
»Sie haben sie dort zurückgelassen? Leutnant, Genua steht kurz vor einem Aufstand!«

»Sie bestand darauf«, stammelte Lavette. »Sie sagte: ›Mein Sohn ist hier, ich habe nichts zu befürchten.‹« (Bonaparte lächelte.) »Ich stellte ein Sonderkommando der Kavallerie zu ihrer Begleitung ab, General. Sie werden morgen eintreffen.«
»Sie?«
»Ihre Mutter und ein Mann – seinen Namen hat sie mir nicht gesagt. Und ein Knabe – ihr Sohn, sagte sie, glaube ich. Ihr Bruder, General?«
»Girolamo?«
»Und zwei Töchter.«
»Mon Dieu, Bonaparte«, sagte ich und erhob mich abrupt. »Das ist ja fast deine ganze Familie!«

1. Juni

Wir brachen auf, um sie auf der Straße zu begrüßen, Bonaparte und ich und die beiden »Kinder« – Pauline und Louis. Südlich von Mailand kam eine von berittenen Soldaten eskortierte Kutsche in Sicht. Bonaparte senkte das Fernrohr. »Das sind sie.«
»Nimm das Fernrohr hoch«, protestierte Pauline.
»Kreisch nicht so.« Louis hielt sich die Ohren zu. Er war zwei Jahre älter als Pauline, und die beiden zankten sich ständig.
»Oh, ich fühle mich nicht wohl«, sagte ich zu Bonaparte. Ich war erschöpft von der Hitze und ausgedörrt vor Durst.
Bonaparte fuhr sich mit den Fingern durch die Haare. »Maria-Anna hat ihren Namen in Elisa geändert, und Maria-Anunziata heißt jetzt Caroline. Aber Girolamo ist erst dreizehn. Ihn kann ich immer noch Fifi nennen.«
»Wie soll ich deine Mutter anreden?« Ich spürte schlimme Kopfschmerzen nahen. Warum hatte ich nicht daran gedacht, Laudanum zu nehmen?
»Als Signora Letizia.« Bonaparte verschränkte die Hände und öffnete sie wieder, dann wischte er sich die Handflächen an den

Oberschenkeln ab. »Sie hat dreizehn Kinder zur Welt gebracht; acht haben überlebt.«
»Bemerkenswert.« Ich wusste nicht, was ich sonst sagen sollte.
»Sie ist berühmt für ihre kleinen Hände und Füße«, sagte Pauline.
»Sie stammt aus dem korsischen Gebiet Sartène, das für Banditen und Blutrache berüchtigt ist.« Bonaparte rückte seine Schärpe zurecht. »Als Kind hielt ich meine Mutter für einen Krieger.«
Eines unserer Pferde wieherte. Bonaparte hämmerte gegen die Decke. Ich fiel nach vorn, als die Kutsche plötzlich anhielt. Bonaparte stieß die Tür auf und sprang auf den Boden.
»Aspetti un momento«, schrie Pauline und band ihre Hutbänder zu. »Napoléone, aspetti!«
Der Lakai ließ den Tritt herunter und half Pauline aus der Kutsche. Ich hörte Schreie: meine korsische Familie. Ich zog den Schal züchtig um die Schultern.
»Madame?« Louis streckte eine weiß behandschuhte Hand aus. »Darf ich meinen Schutz anbieten? Die Bonapartes sind für ihr rüpelhaftes Benehmen berüchtigt.«
»Wieso sind Sie dann so sanftmütig, Louis? Sind Sie sicher, dass Sie ein Bonaparte sind?« Ich war erleichtert, ihn lächeln zu sehen. Keine gewagten Bemerkungen mehr, nahm ich mir vor.
Wir näherten uns der lärmenden Gruppe. Ein Knabe fiel auf die Erde, lachte. Ohne Zweifel Girolamo. Bonaparte schlug ihm auf die Schulter, und der Knabe schlug wie ein Boxer zurück.
»Ich wüsste gerne, wer dieser dicke Mann ist«, sagte Louis.
Ein älterer Mann mit einem Puddinggesicht stand neben der Kutsche und sah mit aufgesperrtem Mund zu, wie der Befreier von Italien seinen kleinen Bruder in eine Kopfzange nahm, während der Knabe wie ein Matrose fluchte. »Sie kennen ihn nicht?«
Ein pummeliges Mädchen um die vierzehn – ohne Zweifel

Bonapartes jüngste Schwester Caroline – hüpfte aufgeregt vor Pauline herum. Eine hagere, männlich wirkende Frau mit groben Gesichtszügen betrachtete alle mit missbilligendem Blick: Elisa. Und im Mittelpunkt des Aufruhrs war Signora Letizia, eine kleine Frau in einem schwarzen Leinenkleid mit bogenförmigen gelben Halsrüschen, die einen ziemlich unpassenden Kontrast dazu bildeten. »Du bringst dich um, Napoléone.« Zumindest glaubte ich, dass sie das sagte, denn durch ihren starken korsischen Akzent war sie schwer zu verstehen.

»Ah, da bist du ja.« Bonaparte ließ den jungen Girolamo los, der hinfiel. Er nahm meinen Arm und wandte sich seiner Mutter zu. »Maman, erlaube mir, dir meine Frau Joséphine vorzustellen.«

Ich knickste respektvoll. »Endlich lerne ich meine verehrte Frau Mutter kennen«, sagte ich und küsste sie auf beide Wangen. Sie war kleiner, als ich erwartet hatte, aber wesentlich furchteinflößender.

Sie musterte mich mit gerunzelter Stirn und sagte etwas auf Italienisch zu Bonaparte. Dann wandte sie sich an ihre älteste Tochter. »Hol deinen Mann.«

»Sofort?« Elisa stieß einen Hickser aus.

Bonaparte sah von Elisa zu dem Mann neben der Kutsche. »Elisa hat geheiratet? Aber ich habe meine Einwilligung nicht gegeben!«

»Du bist nicht das Oberhaupt dieser Familie«, teilte Signora Letizia ihrem Sohn mit.

»Félix!«, schrie Elisa. »Komm her.«

»Ich werde auch heiraten!« Pauline führte ihren Ring vor.

Bonapartes Mutter durchbohrte mich mit einem bösen Blick, als wäre ich daran schuld. Eine Staubböe stach mir wie mit Nadeln in die Augen. Ich drückte Bonapartes Arm. »Es ist zu heiß in der Sonne.«

»Er ist ein Idiot«, schäumte Bonaparte, als wir in unserem Zimmer allein waren. »Wie kann Elisa ihn nur ertragen?«
»Ich glaube nicht, dass sie sich auch nur das Geringste aus ihm macht.« Elisa machte sich anscheinend aus niemandem etwas.
»Sie wird keinen Sou bekommen.«
Keine Mitgift? Ich konnte mir lebhaft vorstellen, welchen Aufruhr diese Erklärung auslösen würde. Bei den Bonapartes, das wurde mir allmählich klar, löste schon die kleinste Kränkung einen Kampf aus. »Meinst du, dass deine Mutter Pauline erlauben wird, General Leclerc zu heiraten, wenn du Elisa keine Mitgift gewährst?«
Bonaparte machte ein finsteres Gesicht.
Ich legte meine Hand auf seine. »Ich glaube, du hast Recht, Bonaparte. Ich glaube, deine Mutter ist ein Krieger.«

3. Juni

Bonapartes Onkel Fesch, sein Bruder Joseph und Josephs schüchterne Frau Julie sind eingetroffen, sodass nun alle Bonapartes hier sind – das heißt, alle außer Bonapartes Bruder Lucciano, der sich, wie ich erfuhr, meinetwegen weigerte, nach Italien zu kommen. (Oder *Lucien*, wie ich besser sagen sollte, denn offenbar hat auch er seinen Namen geändert.)
»Seine Frau hatte eine Fehlgeburt«, erzählte mir Lisette, »und er behauptet, dass Sie daran schuld sind.«
»Wieso sollte ich denn etwas damit zu tun haben?«
»Weil Sie Pauline daran gehindert haben, den Deputierten Fréron zu heiraten.«
»Ich war doch nicht diejenige, die das verbieten konnte! Und überhaupt, was hat das denn mit der Fehlgeburt von Luciens Frau zu tun?«
»Lucien Bonaparte und der Deputierte Fréron sind Freunde.«
»Ach wirklich?«

»Und deswegen hat General Bonaparte seinen Bruder Lucien zur Nordarmee beordern lassen – um ihn von dem Deputierten Fréron fern zu halten. Oder besser, Sie haben den General dazu angestiftet.«
»Bonaparte sollte etwas tun, nur weil ich ihn darum bitte?« Ich lächelte bei dem Gedanken.
»Und darum mussten Lucien Bonaparte und seine Frau in den Norden umziehen, und daraufhin hatte sie eine Fehlgeburt ...«
»Ich habe es mit Bedauern gehört.«
»Und darum waren Sie an dem Malheur schuld.«
Ich runzelte verblüfft die Stirn.
»Ihretwegen mussten sie umziehen. Als sie umzogen, passierte es.« Lisette zuckte mit den Schultern. »Bonapartesche Logik.«

4. Juni (Pfingstsonntag)

Unser erstes großes Familientreffen. Mit Verdruss habe ich festgestellt, dass sich die Bonapartes bei Tisch am liebsten über Unfruchtbarkeit und Geld unterhalten.
»Warum gibt's kein Bambino, Napoléone?«, wollte Signora Letizia wissen und klopfte zur Betonung ihrer Worte mit dem Messer auf den Tisch. Sie hatte den Ehrenplatz am Kopf des Tisches eingenommen.
Bonaparte ignorierte den anzüglichen, starren Blick seiner Mutter. Er saß mit verschränkten Armen und finsterer Miene da. Sein Bruder Joseph hatte als Ältester den Stuhl rechts von seiner Mutter beansprucht, und das ärgerte meinen Mann, wie ich wusste. (Die Bonapartes nehmen jedes Statussymbol sehr ernst.)
»Als französischer Botschafter in Rom werde ich im Jahr sechzigtausend Francs verdienen«, erzählte Joseph Onkel Fesch. »Als Oberbefehlshaber der italienischen Armee bekommt Napoléone nur vierzigtausend.« Er nahm eine Gabel in die Hand, begutachtete sie interessiert und reichte sie an seine Frau wei-

ter, die sie ebenfalls begutachtete und umdrehte, um die Gravur zu lesen.
»*Magnifico!*«, sagte Elisas Mann Félix und wischte sich den Schweiß von der Stirn.
»Joseph, in Rom kannst du mit Skulpturen sehr gute Geschäfte machen«, sagte Onkel Fesch und lehnte sich in seinem Stuhl zurück.
»Lei e troppo vecchio, Napoléone«, sagte Signora Letizia zu Bonaparte.
Ich hustete wegen eines Wurststückchens im Reis. *Troppo vecchio*: zu alt. Ich bin zu alt, hatte sie zu ihm gesagt – zu alt, um Kinder zu bekommen.
»O primavera, gioventù dell'anno. O gioventù, primavera della vita!«*, sang Pauline unmelodisch.
»Vielleicht ist sie ja unfruchtbar«, sagte Elisa. (Hickser.)
»Plombières ist ein ausgezeichneter Badeort für dieses Problem«, raunte mir Josephs Frau über den Tisch hinweg zu. »Allerdings teuer.« Als Tochter eines Seidenhändlers hatte Julie Bonaparte eine klare Weltanschauung: Gewinn, Verlust, Angebot, Nachfrage. Handelsspanne. Und von Zeit zu Zeit: Qualitätsware.
»Was bedeutet unfruchtbar?« Girolamo hatte das Brot zu einem Teig gedrückt und formte daraus einen Backenbart.
»Das erkläre ich dir, wenn du älter bist, Girolamo«, sagte Elisa zu ihm.
»Ich bin dreizehn. Und ich ändere meinen Namen in Jérôme.«
»Lügner. Du bist erst zwölf.« Caroline schnappte sich ein Stück von seinem Teigbart und warf es quer über den Tisch.
»Maman hatte dreizehn Kinder, fünf sind gestorben«, sagte Pauline.
»*Magnifico*!«, sagte Félix feierlich.

* O Frühling, Jugend des Jahres! O Jugend, Frühling des Lebens!

»Alla salute. Auf Maman!«
»Cin-cin!« (Hickser.)
»Cin-cin, cin-cin.« Onkel Fesch hob sein Glas, ohne Notiz von dem Stück Brotteig in seinem Glas zu nehmen.
»Salute.« Ich hob mein Glas auf meine neue Familie.

[Ohne Datum]

Joseph, Elisa, Lucien (nicht hier), Louis, Pauline, Caroline, Jérôme.
Joseph, Elisa, Lucien, Louis, Pauline, Caroline, Jérôme.
Allmählich lerne ich es.

8. Juni

»Vierzigtausend Franc«, verkündete Bonaparte Elisa. »Jede.« Bonaparte und Joseph sind gerade von einer Besprechung mit einem Notar in Mailand zurückgekehrt, um die Mitgift für Elisa und Pauline zu regeln.
»Ich bekomme vierzigtausend?« Einen Augenblick lang dachte ich, Elisa könnte sogar lächeln.
»Nun, für dich genau genommen fünfunddreißigtausend zuzüglich drei korsischer Liegenschaften – Vecchia und die beiden Weinberge.« Bonaparte zuckte mit den Schultern. »Das läuft aufs Gleiche hinaus.«
»Vecchia ist feucht.« Elisa verzog das Gesicht. »Was hat Pauline bekommen?«
»Vierzigtausend – in Gold.« Pauline streckte die Zunge heraus.

5 Uhr 15 nachmittags

»Napoléone!«
Bonaparte hob den Kopf. »War das meine Mutter?«

»Napoléone!«
Es hörte sich an, als stünde Signora Letizia vor der Tür zu unserer Suite. »Sie möchte mit dir sprechen, glaube ich.«
Bonaparte ging zur Tür. »Dein Lakai schläft«, hörte ich seine Mutter sagen. »Ist *la anziana* drin?«
La anziana: die alte Frau. Mich packte der Zorn. Heute Morgen hatte Lisette gehört, wie meine Schwiegermutter mich als *la puttana* bezeichnete. Italienisch für Hure! Ich habe schon alles in meiner Macht Stehende unternommen, um die Gunst meiner Schwiegermutter zu erlangen, aber nichts schien sie zu befriedigen. Sogar meine Freundlichkeit wurde als Affront angesehen. Ich ließe sie wie eine Bäuerin aussehen, sagte sie zu Bonaparte. Wenn ich beim Reversi gewann, ließ ich sie dumm aussehen. (Ich hatte absichtlich nur eines von vier Spielen gewonnen.) Ich wäre meinen Dienstboten gegenüber zu vertrauensselig – ich sollte mit dem Silber am Fußende meines Bettes schlafen. Ich sollte den Bettlern nicht so viel geben. Ich lachte zu viel – ich sollte schweigen wie Josephs Frau Julie. Und ob ich nicht merkte, dass ich zu alt wäre, um Blumen im Haar zu tragen? Kurz gesagt, sie war fest entschlossen, mich zu hassen.
Bonaparte ging hinaus. Ich konnte hören, wie seine Mutter italienisch mit ihm sprach. Dann stürzte er zurück in unser Zimmer, seine Mutter dicht hinter ihm. *»Zitto! Basta!«* Bonaparte stampfte mit dem Fuß auf.
Signora Letizia faltete die Hände über der Brust. »Dann verweigere ich die Einwilligung. Pauline wird nicht heiraten.«
Bonaparte ließ sich auf einem Sessel nieder, die Beine von sich gestreckt. Er schlug mit der Faust auf die Armlehne. »Du sagst *mir* – dem Mann, der einen Feldzug gegen den Papst geführt und gewonnen hat! – du sagst mir, dass ich eine katholische Trauung für meine Schwestern arrangieren soll?«
»Bitte, Signora Letizia, setzen Sie sich doch.« Ich zog einen Sessel für sie heran. Sie blieb stocksteif stehen. Ich suchte nach

einem möglichen Kompromiss. »Könnte ein Gottesdienst vollzogen werden, ohne dass jemand davon erfährt?«, fragte ich Bonaparte.
Bonaparte schnaubte verächtlich. »Aufgebote müssen verlesen werden …« Er machte eine kreisende Bewegung mit der Hand, was wohl »und so weiter und so weiter« heißen sollte.
Signora Letizia ging auf die Tür zu.
»Un momento, Signora Letizia. Per piacere.« Ich wandte mich an Bonaparte. »Von der Verlesung der Aufgebote könnte man gewiss einen Dispens erwirken.« Was seinen Preis hätte. »Und die Trauung könnte hier vollzogen werden, in der kleinen Kapelle.« Wir könnten sie auslüften, die Fledermäuse vertreiben. »Niemand braucht etwas davon zu wissen. Und die Ziviltrauung könnte folgen.«
Schweigen.
»Die Ziviltrauung muss zuerst kommen«, sagte Bonaparte schließlich.
»Würde Sie das zufrieden stellen, Signora Letizia?«, fragte ich so liebenswürdig wie nur möglich.
Ihre Unterlippe war zu einem Flunsch vorgeschoben. »Elisa auch.«
»Elisa ist bereits verheiratet!«
»Nicht durch die Kirche.«
Ich berührte Bonapartes Arm. Was spielte es schon für eine Rolle, eine Trauung oder zwei? »Sie könnten zur gleichen Zeit stattfinden.« Ich wagte nicht vorzuschlagen, dass auch unsere Ehe gesegnet werden könnte.
Er grunzte. Ich sah zu Signora Letizia hinüber. Sie neigte leicht den Kopf. Bedeutete das ja? Ich war nicht sicher. »Also gut«, sagte ich mit mehr Selbstvertrauen, als ich hatte. Ich öffnete die Tür für Signora Letizia. »Heute Nachmittag werden wir die Einzelheiten besprechen«, flüsterte ich ihr zu. Sie stapfte steif aus dem Zimmer.

Ich schloss die Tür hinter mir, wurde jedoch von einem Lachanfall überrascht.
»Gut gemacht!« Bonaparte umarmte mich.

14. Juni

»Da ist ein seltsamer kleiner Mann, der Sie besuchen möchte.«
Zur Feier des Tages hatte Lisette ihr bestes Kleid angezogen – eine von ihr selbst genähte Chemise aus Musselin, das von einem violetten Kräuselband zusammengehalten wurde.
»Der Priester aus dem Dorf?«
»Ich … ich glaube *nicht*.«
Ein kleiner Mann betrat das Zimmer, seine Stiefel in der Hand. Seine Strümpfe waren schmutzig und voller Löcher. Er verbeugte sich vor mir. »Signora Bonaparte?«
»Pater Brioschi?« Es *war* der Priester. Aber seine Kleider! »Lisette, frage ihn, ob er seine Gewänder mitgebracht hat.«
»Habetisne vestimenta?«, fragte sie ihn auf Latein.
»Si.« Aber er stand einfach nur da.
»Ich hole jemanden, der italienisch spricht«, sagte Lisette, und eilte aus der Tür.
Ich schob Pater Brioschi einen Holzstuhl zu. »Peccato«, sagte er. Wie schade? Ich fragte mich, was er wohl meinte.
Ich wurde von diesem quälenden »Dialog« durch Lisettes Rückkehr mit Caroline Bonaparte erlöst, die ihren pummeligen jungen Körper in ein rosafarbenes Taftkleid gezwängt hatte, das mit einem Schwall Rüschen besetzt war.
»Caroline, das ist Pater Brioschi. Könntest du …?«
»*Das* ist der Priester?«
»Könntest du ihn fragen, ob er seine Roben mitgebracht hat?«
»Ha portato i suoi abiti?« Der kleine Mann sagte etwas auf Italienisch und zuckte mit den Schultern. »Er hat gar nichts mitgebracht«, sagte Caroline.

»Vielleicht hat dein Onkel etwas, das er ausleihen kann.« Onkel Fesch reiste mit einer umfangreichen Garderobe, von der vieles aus den Truhen besiegter italienischer Adliger und Kirchenmänner zusammengetragen war.
Kurz darauf kehrte Lisette, unter dem Gewicht eines juwelenbesetzten weißen Capes schwankend, zurück. Ich breitete es für den bescheidenen Priester aus. »Per voi.«
Er strich über die glitzernde Oberfläche und flüsterte etwas Ehrfürchtiges auf Italienisch. »Er sagte, es sei so schwer wie eine kranke Sau«, sagte Caroline.

Trotz aller Blumenbouquets roch die Kapelle modrig. Pauline erschien in einem Kleid, das so offenherzig war, dass es Pater Brioschi die Sprache verschlug. Den Hut schräg auf den Kopf gesetzt, mit einem grauen Überzieher, der dem von Bonaparte sehr ähnlich war, sah Victor Leclerc selig lächelnd zu. Er konnte einfach nicht den Blick vom Wunder dieser Schönheit, seiner Braut, lassen. (Und seine Braut konnte den Blick nicht von ihrem Spiegelbild in dem polierten Messing lassen.) Dann traten eine stirnrunzelnde Elisa und ein zitternder Félix zu ihnen an den Altar – zum Glück kein Schluckauf –, und Pater Brioschi konnte endlich den Text herausquieksen.
Nun, da die Trauungen beendet sind, ist es an der Zeit, ein Festmahl, einen Empfang und einen Ball vorzubereiten. Die Bonapartes zanken sich bereits über die Tischordnung heute Abend. Und ich bin jetzt schon erschöpft.

[Ohne Datum]

»Ist etwas los?«, fragte Lisette und biss einen Faden ab. »Signora Letizia hat ihr Kleid gewechselt.«
»Wahrscheinlich hat es mit der heutigen Besichtigung zu tun.«

»Besichtigung?« Lisette leckte an dem Faden, um ihn zu verknoten.

»Während des Ancien Régime strömten die Menschen an jedem Wochenende nach Versailles, um zuzuschauen, wie König Ludwig V. ein Ei aß. Daher meinen die Bonapartes, dass man der Öffentlichkeit gestatten sollte, den Bonapartes beim Essen zuzuschauen.«

Sie machte ein erstauntes Gesicht. Ich hob die Hände, als wollte ich sagen: Frag mich nicht. Ich habe nichts damit zu tun!

19. Juni

»Sie sind weg, Madame!« Lisette schenkte mir ein Glas Champagner ein.

»Schenk dir auch ein Glas ein, Lisette«, schlug ich vor. Ich war in Feierstimmung. Jérôme war zurück in die Schule nach Paris geschickt worden. Joseph, seine Frau Julie und die junge Caroline Bonaparte waren nach Rom abgereist. Louis war mit Depeschen nach Brescia geschickt worden. Und nun, gerade an diesem Morgen, waren Signora Letizia, Elisa und ihr glückloser Ehemann nach Korsika aufgebrochen.

Nur Pauline blieb zurück.

Ich hörte eine Tür zuschlagen, eine schrille Stimme.

Ich stieß mit Lisette an und lächelte wehmütig. *Nur* Pauline?

Ich erhalte erschütternde Nachrichten

21. Juni 1797 – Mombello

»Ist das die ganze Post aus Paris?« Ich legte den kleinen Stapel weg.

»Das sagt jedenfalls Moustache«, sagte Lisette, während sie aus dem Fenster starrte.

»Nichts von meiner Tochter?« Auch nichts von Eugène.

»Nur, was da liegt.« Sie brach in Gelächter aus. »Der Lakai ist betrunken! Den sollten Sie sich mal ansehen.«

Zum dritten Mal, diesmal langsamer, ging ich den Stapel durch: ein Brief von meinem Bankier; zwei Briefe von Barras; zwei von Tante Désirée; zwei von Thérèse; etliche von Leuten, deren Namen ich nicht kannte, die üblichen Bittbriefe. Und Rechnungen natürlich. Ziemlich viele.

Ich riss eine Benachrichtigung von Madame Campan auf. Es war nur die Ankündigung eines bevorstehenden Konzerts – ein Konzert, dass ich versäumen würde. Beigefügt war ein Briefchen: »Ich dachte, es interessiert Sie vielleicht, dass ›der General‹ Ihre Tochter besucht hat. Alles ist in Ordnung. Sie ist zu einer schönen jungen Frau herangewachsen. In der Rolle der Kassandra in *Agamemnon* war sie großartig.«

Lisette lachte erneut über die Szene vor dem Fenster. »Madame, kommen Sie her – rasch.« Verblüfft über mein Schweigen drehte sie sich um. »Madame, was ist los? Schlechte Nachrichten?«

»Oh – nein.« Ich strich Madame Campans Nachricht glatt. Der Schweiß von meiner Hand hatte die Tinte verschmiert.

Lisette erhob sich. »Soll ich Ihnen ein Orangenwasser holen?«
Ich schüttelte den Kopf. Wie sollte ich es erklären? Ich reichte ihr das Briefchen. Ich kam mir töricht vor, so überrumpelt. Irgendwie war es mir nicht bewusst gewesen – war ich nicht darauf vorbereitet.
»Das ist nett.« Lisette drehte das Briefchen verwirrt in den Händen.
Eine schöne junge Frau. »Ja«, sagte ich und blinzelte die Tränen zurück.

22. Juni

»Madame Bonaparte ist im Garten«, hörte ich unseren Lakaien sagen. Ich sah eine weiße Feder über der Buchsbaumhecke wippen, hörte die Stimme eines jungen Mannes. Eine vertraute Stimme! Ich raffte die Röcke, eilte mit jagendem Herzen den schmalen Weg entlang.
Beinahe wären wir zusammengestoßen. Eugène hob mich in seine Arme und wirbelte mich unbeholfen herum. »Ich kann es nicht glauben, du bist es wirklich«, rief ich mit brennenden Augen.
Er wackelte mit den Händen hinter den Ohren. »Ja, Maman, ich bin's – wahrhaftig. Genau rechtzeitig zu deinem Geburtstag.«
Blinzelnd und schniefend umschloss ich seine Hände. Er hatte daran gedacht! »Du hast nicht geschrieben. Ich habe dich erst in einem Monat erwartet.« Es war eine solche Freude, ihn zu sehen.
Verlegen zog er seine Hände weg. »Ich weiß, ich trage meine Reithandschuhe nicht. Ich schneide meine Nägel nicht.« Grinsend ahmte er meine Stimme nach.
»Das habe ich gar nicht gedacht«, widersprach ich lachend. »Wann bist du so groß geworden?« Trotzdem immer noch die-

ses Knabengesicht: Grübchen, Sommersprossen auf der Nase.
»Wie war deine Reise?«
Doch bevor er antworten konnte, wurde er von meinem neuen Hund überrascht, der an seinen Stiefeln schnüffelte. »Was ist denn das?«, rief er aus und sprang zurück.
»Er heißt Mops.« Hechelnd wie ein alter Hund, das lahme Bein zur Seite gestreckt, setzte sich das kleine schwarze Geschöpf an die Kante des Wegs.
»Was sagt Fortuné denn dazu?« Eugène beugte sich nach unten und strich Mops über den Kopf.
Ich machte ein trauriges Gesicht. »Fortuné wurde getötet, Eugène.«
»Fortuné!«
»Erst vor kurzem. Er forderte den Mastiff des Kochs heraus und …« Bei der Erinnerung quollen meine Augen über.
»Fortuné hat sich mit einem Mastiff angelegt?« Der Gedanke belustigte ihn.
»Komm«, sagte ich und zog ihn am Arm, »Bonaparte ist im Stall.«
Mein Sohn blieb abrupt auf dem Weg stehen. »General Bonaparte?«, stammelte er.
»Er wird sich so freuen, dass du eingetroffen bist.« Ich zerrte an ihm, aber er war zu groß, um ihn von der Stelle zu bewegen. Und dann begriff ich. Der Stiefvater, den er kaum kannte, war jetzt ein Held, bejubelter Befreier Italiens. Der Stiefvater, den er kaum kannte, war jetzt sein kommandierender General.

23. Juni

Mit Eugènes Ausbildung wurde sofort begonnen. »Ein souveräner Krieg wird ohne Kampf gewonnen«, hörte ich zufällig, als Bonaparte ihn heute Abend nach dem Essen unterwies. »Um wirkungsvoll zu sein, kann man zwar die Kräfte der Natur nutzen, aber Wissen ist der Schlüssel. Schlachten werden hier

gewonnen.« Bonaparte tippte sich auf die Stirn. »Nicht hier.« Er legte die Hand auf den Knauf seines Schwertes. »Habe ich mich klar ausgedrückt?«
»Jawohl, General!«, sagte Eugène eifrig.
Bonaparte suchte meinen Blick und grinste.

29. Juni, etwa 8 Uhr abends

Eugène, Junot und Hauptmann Charles gaben ihren Pferden die Sporen und jagten voraus. Lisette gab sich alle Mühe mitzuhalten (sie ist eine kühne Reiterin). Ich war froh, in einem gemächlicheren Tempo folgen zu können, nahm einen Weg, der sich an einem Teich entlangschlängelte, und genoss die Einsamkeit, die Ausblicke. Es war ein herrlicher Sommertag.
Bald merkte ich, dass ich mich verirrt hatte. Ich fing gerade an, mir Sorgen zu machen, als ich am Horizont einen Mann zu Pferde sah: Hauptmann Charles. Ich spornte mein Pferd zu einem Galopp an. »Ich habe mich verirrt!« Lachend kam ich neben ihm zum Stehen und legte die Zügel zusammen, um mein Pferd im Zaum zu halten. Die plötzliche Freiheit hatte es erregt. Hauptmann Charles warf sich in Heldenpose: »Ich bin zurückgekehrt, um eine Seejungfrau in Not zu retten.«
»Das ist also Ostwind«, sagte ich, als ich das Pferd des Hauptmanns betrachtete. Über das Pferd, das Hauptmann Charles kürzlich gekauft hatte, hatte es Gerede gegeben, haarsträubende Spekulationen über den Preis, den er für die Stute bezahlt hatte. (Der Einhundert-Louis-Ritt, wie Pauline die Stute nannte.) Gut gebaut, von schimmerndem Schwarz strahlte sie sowohl Kraft als auch Schönheit aus.
»Gefällt sie Ihnen?« Er strich seinem Pferd über den Hals. Die Silberverzierungen auf ihrem Stirnriemen glitzerten im Licht. Es war ein prachtvolles Pferd, ohne Zweifel. Und der Hauptmann gab eine außerordentlich stattliche Figur ab, dachte ich, als

ich die ungewöhnliche Stickerei um die Manschette seines Reitrockes, die quadratischen beinernen Knöpfe bemerkte. »Mein Vater hatte auch einmal das Glück, ein solches Pferd zu besitzen«, sagte ich. »Ein Spielgewinn. Lady Luck, hat er sie genannt.«

»Ich hatte ein etwas anderes Glück.«

Unsere Pferde gingen nun im Schritt nebeneinander her. »Oh?«

»Ich war recht erfolgreich bei einem Geschäftsvertrag.« Er schlug eine Fliege von Ostwinds Ohr.

»Durch die Gebrüder Bodin?«

»Ja, und daraufhin haben sie mich aufgefordert, in ihre Firma einzutreten. Sie haben mit großem Erfolg Nationalgüter gekauft und verkauft, doch jetzt möchten sie in die Sparte der Heeresbelieferung expandieren, sich auf Pferde spezialisieren.«

»Für die italienische Armee?«

»Es ist vermutlich dumm von mir, so etwas zu verraten.«

Oder einfach nur sehr vertrauensvoll, dachte ich. »Darf ich Ihnen etwas anvertrauen, Madame? Sobald der Frieden besiegelt ist, habe ich vor, aus der Armee auszuscheiden. Nicht jeder Mann ist zum Soldaten bestimmt.«

Es war in der Tat schwer, sich den Hauptmann mit einem Säbel in der Hand vorzustellen – und ebenso schwer der Gedanke, dass er ihn benutzte. »Heereslieferanten sind sehr erfolgreich.« Heereslieferanten wurden über Nacht maßlos reich.

»Mit den richtigen Verbindungen, ja, aber ohne …« Er schnalzte mit der Zunge, und seine Stute fiel in einen schnelleren Schritt. »Bisher hatten die Bodins keinen Erfolg bei ihren Bemühungen, einen Regierungsvertrag zu erhalten.«

»Sie haben sich beim Kriegsminister beworben?«

»Ja, aber ohne die Zustimmung eines gewissen Direktors ist das zwecklos.« Er warf mir einen raschen Blick zu.

»Direktor Barras vielleicht?«

»Wie ich höre, stehen Sie mit ihm auf vertraulichem Fuß.«

»Direktor Barras und ich sind befreundet.«

»Das versetzt Sie in eine einflussreiche Position.«
Ich lachte. »Ach wirklich?«
»Madame, darf ich Sie etwas fragen?« Wir ritten einen steilen Abhang hinunter. Ich stützte mich ab, damit mein Damensattel nicht rutschte.
»Gewiss«, sagte ich. Zweifellos wollte er, dass ich Barras die Firma Bodin empfahl. Ich werde so oft um Gefallen gebeten, dass ich die Fingerzeige mittlerweile gleich erkannte.
»Könnten Sie in Erwägung ziehen, in unsere Firma einzutreten? Ich hoffe, ich habe Sie durch diesen Vorschlag nicht brüskiert, Madame.«
Ich presste meinem Pferd die Wade in die Flanke, um es hinüberzulenken. »Im Gegenteil.« Es war sogar ein höchst interessanter Vorschlag.
»Mit den richtigen Verträgen könnte man Millionen verdienen.«
Millionen. Mein Pferd spitzte die Ohren. Ich hörte Hufgetrappel. Lisette (an der Spitze!), gefolgt von Junot und Eugène erschienen am Waldrand. Sie jagten schreiend und lachend im Galopp auf uns zu.
»Offensichtlich hat man uns ertappt, Hauptmann«, sagte ich.
»Und jetzt wird es Gerüchte geben.« Hauptmann Charles gab Ostwind die Sporen. Bockend galoppierte die Stute los. Mein Pferd ruckte an der Gebissstange, wollte unbedingt folgen. Ich packte seine Mähne und ließ ihm mit klopfendem Herzen, den Wind im Gesicht, die Zügel schießen.

3. Juli

Die österreichischen Delegierten werden in einer Woche eintreffen – Repräsentanten des ältesten Königshofes in Europa. Ich bin in Panik! Hätte ich mich doch nur früher um meinen Zahn gekümmert.

4. Juli, später Nachmittag

Dr. Rossi, der Zahnarzt, ist ein kleiner Mann mit einem buschigen roten Schnurrbart, an dem er ständig zieht. Er sagte mir, dass sich ein neuer Zahn erfolgreich einwurzeln ließe – zu einem Preis von neunhundert Francs und das ohne Garantie. Ich erläuterte ihm die Dringlichkeit meiner Situation; morgen früh soll ich wiederkommen.

5. Juli

Ich bin krank! Es war *entsetzlich*.

Abends, fast Mitternacht (kann vor Schmerzen nicht schlafen)

Folgendes ereignete sich:
Als ich eintraf, saß in Dr. Rossis Wartezimmer ein Bauernmädchen. Sie grinste und entblößte dabei gelbe Zähne. Dr. Rossis Magd führte mich in ein kleines Zimmer, in dessen Mitte ein Lederstuhl stand. Ich wurde gebeten, Platz zu nehmen und meinen Hut abzusetzen, was ich auch tat. Einen Augenblick später kam der Arzt herein. Wie üblich zog er an seinem Schnurrbart. Er spähte mir in den Mund und stocherte mit einem Metallgegenstand an meinem schlechten Zahn herum. Die Schmerzen, die er mir verursachte, schienen ihn zu befriedigen: »Ausgezeichnet, ausgezeichnet.«
Nachdem mir seine Magd Morphium für die Nerven gegeben hatte, entschuldigte er sich und erklärte, dass er gleich wiederkäme. Ich hörte Schreie – das Bauernmädchen? –, und dann stürzte er mit einem blutigen Zahn, der in ein schraubstockähnliches Werkzeug eingeklemmt war, ins Zimmer, zwei Helfer rannten hinter ihm her. Unwillkürlich wich ich zurück, aber die Helfer hielten mich fest, und der Arzt zog mit einem

Ruck meinen Zahn heraus und drückte den neuen Zahn an seine Stelle. Dann hielt einer der Helfer meinen Kiefer geschlossen, während der andere mir den Kopf mit einem starken Leinenstreifen umwickelte, damit ich den Mund nicht öffnen konnte.

Und hier bin ich nun, stumm und benommen, bandagiert und ruhig gestellt, mit dem Zahn eines Bauernmädchens im Mund. Ich muss mich beherrschen, damit mir nicht übel wird.

7. Juli

Mein Zahn ist ausgefallen – eine Entzündung ist aufgetreten. Ich nehme großzügige Dosen Laudanum. Es war wohl Gottes Wille, dass ich schlechte Zähne habe und so die österreichischen Diplomaten empfange. Oder so ähnlich, rede ich mir ein.

9. Juli

Die österreichischen Delegierten werden morgen hier sein. Den ganzen Tag bin ich in den Händen von Kosmetikerinnen gewesen: Man hat mich eingewachst, massiert, geklopft und poliert. Lisette lackierte mir die Nägel, während Eugène mich die Namen und Titel jedes einzelnen Diplomaten herunterbeten ließ (Cobenzl, Gallo, Merfeld, Ficquelmont), die ihrer Kinder, Eltern, sogar ihrer Tanten und Onkel, ihr Geburtsjahr, ihren Geburtsort. »Du weißt das doch schon alles, Maman«, sagte Eugène und warf die Listen hin.

10. Juli, etwa 4 Uhr nachmittags

Sie werden in einer Stunde eintreffen. »Du hast nie schöner ausgesehen«, sagte Bonaparte ehrfürchtig zu mir, während er die Feinheiten meines Kleides, ein im Stil des alten Roms dra-

pierter Musselin, auf sich wirken ließ. Ein filigranes Lorbeerblatt aus Gold bändigte meine offenen Locken.
»Ist es nicht zu modern?« Ich betrachtete die Wirkung im Spiegel.
»Das ist doch gerade der Sinn. Die alte Welt begegnet der neuen. Die alte Welt *verbeugt* sich vor der neuen.«
Die neue Welt, das konnte man wohl sagen. Ich lächelte, denn Bonaparte weigerte sich, seine Stiefel mit Seidenbändern zu schnüren. Ich kannte mich mit Aristokraten aus und befürchtete, dass sie sich über seine Schuhbänder und seinen runden Hut lustig machten.
»Uff! Sie werden noch früh genug plebejische Schnürsenkel tragen«, sagte Bonaparte und gab mir einen behutsamen Kuss, bevor er in sein Arbeitszimmer zu seinen Landkarten und Dokumenten, Texten und Korrespondenzen verschwand – die Arbeit, die ihn den ganzen Tag und die ganze Nacht, Tag für Tag, auf Trab hielt. Schlachten zu gewinnen war nur ein Schritt gewesen; die wichtigste Arbeit war, eine Demokratie in Italien aufzubauen.
»Könige arbeiten nie so schwer«, sagte ich zu Lisette und drehte mich, um mich von der Seite zu betrachten. Wegen meiner schlechten Gesundheit war ich in Italien schlank geworden. Die Wirkung befriedigte mich – ich sah jünger aus.
Hauptmann Charles und Eugène erschienen an der Tür, bekleidet mit Tischdecken als Capes und Lampenschirmen als Hüte.
»Aan Friedn müssmer hoam!«, brüllten sie unisono mit imitiertem österreichischem Akzent.
»Bringt mich nicht zum Lachen«, bat ich. »Sonst ruiniere ich mir meine Kosmetik!«

11 Uhr 20 abends

Es lief gut! Ich bin zufrieden, nicht jedoch Bonaparte. Ich habe ein Bad vorbereiten lassen, um ihn zu beruhigen.

Alles in allem fand ich die Diplomaten sympathisch – insbesondere den Grafen von Cobenzl, den Leiter der Delegation, der ein geschliffenes Französisch spricht. »Ich freue mich auf viele angenehme Abende«, sagte ich zu ihnen, als sie aufbrachen, und fügte kühn hinzu: »Bürger.« Der Graf von Cobenzl, der mich deutlich hörte, lächelte und umarmte mich brüderlich.

Er ist ein hässlicher, aber freundlicher alter Herr mit dem Talent des Adels, jedem die Befangenheit zu nehmen. Wir unterhielten uns über Corneilles *Le Cid* (den Bonaparte, wie ich zu meiner Überraschung feststellte, teilweise auswendig gelernt hat), über Goethes neues Epos *Hermann und Dorothea*, die korrespondierenden Theorien über Elektrizität und körperliche Anziehungskraft, Mozarts Oper *Die Hochzeit des Figaro*. Bonaparte rühmte seinen geliebten Ossian, was die Österreicher, wie ich sehen konnte, überraschte und beeindruckte – sie hatten nicht erwartet, dass ein republikanischer General Gedichte las.

»Diese charmanten Hundesöhne«, fluchte Bonaparte, sobald sich die Tür hinter ihnen schloss. »Sie denken gar nicht daran, über ein Friedensabkommen zu verhandeln.«

14. Juli

Heute Abend, als ich mich gerade aufs Schlafengehen vorbereitete, stürmte Bonaparte in mein Ankleidezimmer. »Sie sträuben sich«, sagte er und schritt, die Hände auf dem Rücken verschränkt, vor dem Schrank auf und ab. »Sie weigern sich, zu einer Einigung zu kommen.« Er setzte sich auf einen kleinen Schemel. »Und warum sollten sie auch? Solange die Royalisten in Paris stärker werden …« Er ballte die Fäuste.

16. Juli

Der Ärger begann vor dem Mittagessen. Lisette und ich saßen mit zweien der Köche zusammen, um das Menü für einen Empfang zu Ehren der österreichischen Delegation zu besprechen.

»Solo …« Ich wandte mich an Lisette. »Wie heißt das Wort für Huhn?«

»Pollo.«

»Solo pollo.« Nur Huhn. Die Worte rollten von meiner Zunge wie ein Lied, als wäre ich in einer Oper. Einer komischen Oper. Die Köche konnten das nicht begreifen. Keine Pasta? Keine Salami?

»Lisette, erkläre ihnen, dass der General eben dies wünscht!« Ich wurde von jemandem, der etwas rief, unterbrochen. Es war Bonaparte, der auf Italienisch schrie. Er sprach nur italienisch, wenn er zornig war. Oder wollüstig.

Die beiden Köche brachen in Gelächter aus.

»Was hat er gesagt?«, fragte ich Lisette. Bonaparte war in letzter Zeit ziemlich aufbrausend gewesen. Die Friedensgespräche hatten keine Fortschritte gemacht. Die Österreicher nahmen ihn nicht ernst. Sie warteten den rechten Augenblick ab in der Überzeugung, dass die Royalisten in Frankreich bald wieder an der Macht wären.

»Er sagte Arschloch, Madame.« Lisette wurde rot.

Arschloch? Vulgäre Ausdrücke waren nicht Bonapartes Art. »Bist du sicher?« Lisette hatte zwar Italienisch gelernt, aber woher sollte sie ein derartiges Wort kennen?

»Und zur Hölle. Und Teufel.«

»Der General ist gefährlich wie …« Der Chefkoch hielt grinsend ein Fleischbeil hoch. »Fleisch. Beil.« Stolz und langsam artikulierend auf Französisch.

Noch ein Wutausbruch. »Diese aufgeblasene, anmaßende

Sau!«, schrie Napoléon, diesmal auf Französisch. Meine Wangen brannten.
Der Koch mit dem Geschwulst am Hals schnaubte. Dieses Wort kannte er.
Ich erhob mich. »Nein, du bleibst«, befahl ich Lisette.

Bonaparte stand mit dem Rücken zur Tür da. Seine graue Wollweste hatte Schweißflecken. Der Schauplatz war in Unordnung geraten, der Teppich mit Zeitungen aus Paris übersät. Eine erkannte ich – den *Mémorial*, ein Blatt der Royalisten. Berthier, Bonapartes Stabschef, saß mit einer Feder in der Hand am Schreibtisch in der Ecke und starrte den General an. Sie sahen aus, als wären sie in einem antiken Tableau erstarrt, Silhouetten gegen das Licht. Selbst die Luft schien gefährlich zu sein, als könnte sie gleich wie Schießpulver explodieren. »Die Leben braver Männer wurden geopfert«, brüllte Bonaparte und brach damit den Bann. »Und wofür? Was haben wir ohne ein Friedensabkommen erreicht? Nichts!«
»Un momento«, flüsterte ich dem Türsteher zu und baute mich außer Sichtweite entschlossen neben der Tür auf, als wäre es das Natürlichste auf der Welt, seinen Ehemann zu belauschen.
»Der Feind ist nicht hier, der Feind ist in Paris! Die Royalisten haben die Macht an sich gerissen. Die Verräter sollten eingesperrt, verbannt werden! Alle! *Veni, vidi, fugi*, dass ich nicht lache.* Die Zeitungen sollten unterbunden werden! Sie stehen im Sold von England, von Österreich, von jeder verdammten Royalistennation in Europa – warum sollte man sie tolerieren? Und wieder schürt die Kirche den Ärger. *Basta!* Berthier, notieren Sie das. Richten Sie das an den Kaiser. Ja, natürlich, den Kaiser von Österreich. Teilen Sie ihm Folgendes mit. Teilen Sie ihm

* *Veni, vidi, fugi* – Lateinisch für »Ich kam, ich sah, ich floh« – wurde in einer Pariser Zeitung der Royalisten Napoléon zugeschrieben. Es spielt auf den berühmten Ausspruch von Cäsar an: »*Veni, vidi, vici,* was bedeutet: Ich kam, ich sah, ich siegte.«

mit, wenn das Friedensabkommen nicht bis zum ersten September unterzeichnet ist – Nein, schreiben Sie das nicht. Schreiben Sie … was noch gleich? Ja. Schreiben Sie fünfzehnter Fructidor. Das soll er selbst herausfinden. Wenn die Friedensverhandlungen nicht bis zum fünfzehnten Fructidor abgeschlossen sind, erklären wir den Krieg. Haben Sie verstanden: Krieg!«

Ich trat in die Tür. Bonaparte drehte sich mit hervorquellenden Augen zu mir um. Er sah aus, als fieberte er, strahlte eine manische Energie aus.

»Ist etwas geschehen?« Ich durchquerte das Zimmer und nahm seine Hand. Er ist kurzsichtig; ihn aus der Ferne anzusprechen ist ein Fehler. »Was hat es mit dieser ganzen Schreierei auf sich?«

»Schreierei?«

»Wir konnten dich bis in die Küche hören.«

Bonaparte warf seinem Stabschef einen verblüfften Blick zu. »Wir haben nicht geschrien.«

La Chaumière

Schätzchen!

Ein paar Zeilen in Eile: Ich habe Gerüchte gehört, dass Lazare als Kriegsminister in Erwägung gezogen wird. Dein Mann soll Befehle von deinem ehemaligen Liebhaber entgegennehmen? Nom de Dieu!

In allergrößter Liebe, Thérèse

18. Juli, nach Mitternacht

»Darf ich dich etwas fragen?« Bonapartes Hand auf meiner Schulter war kalt.

»Natürlich.« Ich küsste seine Hand, als wollte ich sie wärmen – ihn wärmen.

»Wie … wie nahe hast du General Hoche gestanden?«

»Wir waren Freunde.«

Er schnaubte. »Ihr wart ein Liebespaar. Das weiß jeder.«
Ich zog das Bettlaken über mich. »Im Gefängnis, ja.« Ein Teil der Wahrheit.
»General Hoche wird nachgesagt, dass er große Anziehungskraft auf Frauen hat. Er ist ein Schlafzimmerkavalier, heißt es.«
»Bonaparte, bitte, sei nicht so.« Ich drückte mich in seine Arme, schob mich durch das Dickicht von Ellbogen und Händen, die er als Hindernisse aufbaute, drückte mich an ihn, wusste, was er brauchte.

1. August

»Was bedeutet *res non verba?*«, fragte Eugène und blickte von der Lektüre des *Moniteur* auf.
Res non verba war Lazares Motto. Ich sah meinem Sohn über die Schulter. Der Artikel zitierte aus einer Rede, die Lazare vor seinen Truppen gehalten hatte. »Es bedeutet: die Sache, nicht das Wort – was du tust, ist wichtiger als das, was du sagst«, erklärte ich Eugène, beunruhigt über die Unfähigkeit meines Sohnes, einen einfachen lateinischen Satz zu übersetzen. Vor der Tür hörte ich das Klirren von Sporen. Hastig faltete ich die Zeitung zusammen. »Eugène, sprich in Gegenwart von Bonaparte nicht von General Hoche«, raunte ich, als ich mich erhob, um meinen Mann zu begrüßen.

22. Juli – Palais Luxembourg, Paris

Chère amie,
es ist fast Mitternacht, während ich dies schreibe. Ich bin durcheinander, wie ich gestehen muss. Vergib mir meine eilige Feder. Bedauerlicherweise hat es, was Lazare betrifft, nicht funktioniert. Die Sache ist zu komplex, um sie hier zu erklären. Großmütig ist er zurückgetreten. Was auch immer du hören magst, er tat es aus freien Stücken.

Direktor Reubell ist vor Angst wahnsinnig geworden. Sein Delirium brachte mir ein altes orientalisches Sprichwort in Erinnerung: dass man das Schlagen seines eigenen Herzens nicht mit dem Hufschlag nahender Pferde verwechseln sollte. Was mir Kummer bereitet, ist mein eigener Herzschlag. Allmählich wird mir klar, dass ich mein Leben nicht als siegreicher Ritter verbracht habe, sondern als ziemlich jämmerlicher Höfling, der stets hoffnungsvoll im Vorzimmer zum Boudoir der Liebesgöttin saß. War es nicht einfach nur Liebe, die ich bei all meinen tölpelhaften Begegnungen suchte? (Ich erinnere mich an einen kleinen Vortrag diesen Inhalts, den du mir, meine Freundin, gehalten hast.) Und obwohl ich nun endlich gesegnet worden bin, unterwerfe ich mich nicht dem Licht, sondern der Dunkelheit im Innern.
Ich höre den Hufschlag nahender Pferde. Bis du dies erhältst, wird alles vorüber sein. Man sagt, dass der Schuldige siegt. Wenn das so ist, dann brauche ich mich nicht zu fürchten.

Père Barras

23. Juli, Fontainebleau

Liebe Rose,
wenn man sich vorstellt, dass General Hoche sich derart schändlich benimmt! Er hatte neuntausend Soldaten in La Ferte-Alais einquartiert, und er gibt so gut wie zu, dass er mit Gewalt die Macht ergreifen wolle. Und wenn man daran denkt, dass Eugène in seinem Stab gedient hat.

Deine Patin, Tante Désirée

Anmerkung – heute Morgen habe ich Marie-Adélaïde d'Antigny gesehen, als ich kurz mit dem Geld für ihre Erziehung und ihren Unterhalt vorbeischaute. Sie ist gerade elf geworden, ein hübsches kleines Ding. Ich*

* Joséphines Mann Alexandre hatte mindestens drei bekannte uneheliche Kinder, eines davon war Marie-Adélaïde d'Antigny. Joséphine und Désirée trugen gemeinsam zu ihrem Unterhalt bei.

hätte beinahe geweint, als ich sie sah – sie sieht genau wie Alexandre aus! Bitte vergiss nicht, Geld zu senden.

27. Juli, La Chaumière

Schätzchen,

Lazare musste unter dem Verdacht, ein Verräter zu sein, Paris verlassen. Ich bin krank vor Sorge. Barras will nicht darüber sprechen. Wenn du diese rätselhafte Angelegenheit in irgendeiner Weise erhellen kannst, lasse es mich bitte wissen.

In Liebe, deine beste Freundin Thérèse

Wetzlar

Rose,

verzeih, dass ich dir schreibe. Ich habe einen Kurier, dem ich vertrauen kann – sonst würde ich dich nicht auf diese Weise gefährden.

Du wirst in den Zeitungen gelesen haben, dass ich in Ungnade gefallen bin. Ich bitte dich, mir zu glauben, dass ich nicht unehrenhaft gehandelt habe. Obwohl ich ein reines Gewissen habe, trage ich die Last der Schande. Es ist kein Umhang, den ich bereitwillig trage. Versichere deinem Sohn, dass ich meinen Schwur auf die Republik nicht gebrochen habe.

Sollte mir irgendetwas zustoßen, bitte ich dich inständig, meiner Frau und meinem Kind beizustehen.

Ich liebe dich immer noch.

Verbrenne diesen Brief.

Dein Soldat, für immer, Lazare

[Ohne Datum]

O Lazare, Lazarro …

4. August

Irgendetwas ist in Paris geschehen – aber was? Heute, als sich Bonaparte mit den österreichischen Delegierten traf, habe ich die Zeitungen in seinem Arbeitszimmer durchgesehen. Offensichtlich war Lazare zum Kriegsminister ernannt worden, und dann gab es einen Aufschrei wegen seiner Jugend, und er trat zurück. Und dann wurden seine Truppen in der Nähe von Paris, innerhalb eines Sperrgebiets, entdeckt. (Soweit ich daraus schlau werde, verbietet die Verfassung, dass sich im Umkreis von zwölf Wegstunden zu dem Gebäude, in dem die Gesetzgebenden Räte tagen, Truppen aufhalten.) Und dann wurde er öffentlich beschuldigt, ein Verräter an der Republik zu sein.

Ich kann das nicht verstehen. Es gibt keinen überzeugteren Patrioten als Lazare, keinen ehrenwerteren Mann. Es macht mich krank, wenn ich daran denke, dass er öffentlich geschmäht wird mit jenem Wort, das er zutiefst verabscheut, dass er gebrandmarkt wurde: *Verräter*.

*8. September – Passariano**

Wir sind endlich in Passariano eingetroffen. Wir sind im Palast des letzten Dogen von Venedig untergebracht. Der Innenhof ist so groß wie ein Truppenübungsplatz, und der Palast selbst ist riesig, protzig, überladen. Unter den Blicken der Diener wandere ich von einem goldenen Zimmer zum nächsten. Sie halten uns für Schwindler, republikanische Hochstapler.

Ich hoffe, dass wir nicht lange hier sein werden.

* Das Hauptquartier wurde nach Passariano, nordöstlich von Venedig, verlegt, um die Friedensgespräche zu erleichtern.

10. September

Post aus Paris. Wieder Ärger. Ich bin noch verwirrter als zuvor.

18. Fructidor, Palais Luxembourg, Paris

Chère amie,
es ist vorüber; ich lebe noch. Und die Republik, wie man meinen könnte, ebenfalls.
Bei Morgengrauen gab ich den Befehl, das Alarmgeschütz abzufeuern. Über sechzig royalistische Deputierte wurden verhaftet. Bald werden sie alle deportiert. So also wurde die Republik gerettet.
Wieder.
Wieder und immer wieder.
Die Direktoren Carnot und Barthélemy sind geflohen – in die Schweiz vermutlich.
Mein Sekretär Botot ist mit Anweisungen für Bonaparte nach Italien unterwegs. Bitte halte mich auf dem Laufenden.
Dein Vorschlag, dass wir verschlüsselt korrespondieren sollten, ist berechtigt. Das nächste Mal.

Père Barras, Direktor – noch

Anmerkung – Bitte nimm meinen letzten Brief nicht ernst. Ich hatte, wie man so sagt, »zu tief ins Glas geschaut«. Ich erinnere mich dunkel, dass ich etwas über Pferde schrieb.

9. September, Fontainebleau

Liebe Rose,
unsere Regierung hat sich selbst verhaftet – und das ausgerechnet in dem Augenblick, als ich unseren Umzug nach Saint Germain vorbereitete. Ich musste den Fuhrleuten sagen, dass sie in der folgenden Woche wiederkommen sollten – leider auf meine Kosten. Aber bei diesem Aufruhr auf den

Straßen war eine sichere Reise unmöglich. Überall waren Soldaten, rumpelten die Räder von Karren, die Kanonen zogen, über das Kopfsteinpflaster. Fast zweihundert unserer gewählten – jawohl, gewählten! – Vertreter wurden wie wilde Tiere in Eisenkäfigen fortgeschafft. Auch dieser reizende General Pichegru, Präsident der Fünfhundert. * *Und sogar zwei Direktoren! Und das alles nur, weil sie den Décadi nicht behalten wollten? Der König war gerechter.*

Deine Patin, Tante Désirée

[Ohne Datum]

»Ausgezeichnet, die Royalisten sind verjagt worden«, sagte Bonaparte und warf den *Moniteur* auf den Boden. »*Jetzt* wird Österreich verhandeln.«

20. September

Eine überraschende Ankündigung von Bonaparte. Kurz nach zwei kam er in meine Gemächer und setzte sich mir gegenüber. »Du hast gesagt, du würdest gerne Venedig besichtigen«, sagte er.
Ich blickte von meiner Stickerei auf. »Wir fahren nach Venedig?« Ich war erstaunt, dass er überhaupt einen Gedanken daran verschwendete. Seit sich die Venezianer gegen französische Soldaten erhoben und sie in ihren Lazarettbetten massakriert hatten, hegte Bonaparte einen lodernden Hass gegen sie. Eine weibische, tückische Rasse! wütete er jedes Mal. »Eine Stadt der Schurken!«
Er trommelte mit den Fingern auf die Armlehne. »Nein, *du* fährst.«
Und dann klärte er mich auf: Die venezianische Regierung, be-

* General Pichegru war ein Mittelsmann der Royalisten.

sorgt um ihr Schicksal in den Verhandlungen, hatte ihn zu einem Besuch nach Venedig eingeladen, um ihre Loyalität gegenüber der französischen Republik unter Beweis zu stellen. Er lachte höhnisch. »Stinkende Lügner. Natürlich werde ich nicht hinfahren, aber eine glatte Weigerung würde alles nur komplizieren. Daher schicke ich dich an meiner Stelle.«

»Aber Bonaparte …« Ich hielt inne, bemühte mich, seine Worte zu begreifen. »Das ist eine Aufgabe für einen Diplomaten. Ich kann doch nicht …«

»Ich werde meinen Sekretär anweisen, alle Vorbereitungen zu treffen«, sagte er und erhob sich. »Du wirst ein Kleid brauchen, etwas angemessen Beeindruckendes.« Er zögerte einen Augenblick. »Dreihundert Francs? Vierhundert müssten reichen. Keine Sorge, das zahlt die italienische Armee.«

»Was ist passiert?«, rief Lisette, als sie mich im Ankleideraum vorfand, wo überall Kleider und Schals herumlagen. Es sah wie auf einem Schlachtfeld aus.

»Ich habe gerade erfahren, dass ich nach Venedig reise …«

»Das ist ja wunderbar!«

»… in einer *diplomatischen* Mission.« Ich stöhnte. Sie sah mich verständnislos an. »Und das Problem ist, dass ich mich der Rolle entsprechend kostümieren muss … aber in traditionellem Stil.«

»Dann werden Sie sich also Kleider nähen lassen?«

Ich seufzte. Fünfhundert Francs für jedes Kleid, dreihundert für ein Cape, einhundertfünfzig für Reifröcke, sechshundert für … Bonaparte ist nicht davon abzubringen, dass ich in einem Vierhundert-Francs-Kleid ausreichend elegant aussehen werde. Als ob ein Kleid ausreichte! Ich soll mich drei Tage lang Tag und Nacht in nur einem Ensemble feiern lassen? »Meine Mutter trägt manchmal ein Kleid wochenlang«, machte er mir klar. Wohlweislich hielt ich meinen Mund.

Venedig

Nach Venedig zu kommen war, als fiele man in einen köstlichen Traum der Sinnesfreuden. Alles verschwört sich, um einem das Gefühl zu geben, nicht auf dieser Erde, sondern in einem märchenhaften Wasserreich zu sein.
Meine Begrüßung war überwältigend. Eine »Parade« – in Booten! – den Canal Grande entlang, die Einwohner lehnten aus den Fenstern, winkten mit Fahnen, überschütteten mich mit Blumen. Ich bin überwältigt. Und offen gestanden ein wenig krank von zu viel schwerem Essen.

24. September

Ich bin nach Passariano zurückgekehrt, ins Land der Wirklichkeit. Auf meinen Vorschlag hin hat mich der Präsident der Venezianischen Republik begleitet, um die Argumente für Venedig mit Nachdruck zu vertreten. Jetzt bedauere ich es, denn Bonaparte benahm sich abweisend, unfreundlich. Beim Abendessen erhob ich das Glas, um auf Venedig zu trinken, sprach herzlich von den Venezianern, dem revolutionären Eifer, den ich bei den Bürgern dieser neu gegründeten Republik erlebt hatte. In Bonapartes Antwort lag keine Herzlichkeit.
»Mörder«, fluchte er, als die Kutsche des venezianischen Präsidenten heute Morgen davonfuhr.
Ich bin betrübt und niedergeschlagen. Eine Diplomatin bin ich nicht. Ich bin zu schnell mit dem Herzen dabei.

29. September

Ich war mit offiziellen Aufgaben beschäftigt. Im Anschluss an meine »diplomatische« Mission in Venedig wurde ich aufgefordert, an die Kammer des Kaisers von Österreich zu schreiben und um die Freilassung französischer Gefangener zu ersuchen. (Ich kann diese neuen Aufgaben selbst kaum glauben.) Wenn ich doch nur etwas tun könnte, um die Verhandlungen zu beschleunigen. Sie kommen so langsam voran, und Bonapartes schlechte Laune ist dabei, wie ich befürchte, überhaupt nicht hilfreich. Es ist nicht einfach, mit ihm zu leben, und er wird noch schwieriger, wenn nicht alles nach seinem Kopf geht. »Je le veux!« ist sein Lieblingsausdruck. Ich will das!

30. September

Barras Sekretär traf staubbedeckt ein. »Zum Reisen bin ich zu alt«, sagte Butot und bürstete sich mit seiner Hutfeder ab.
»Ich hätte nie gedacht, dass die Straßen so holprig sind.«
»Wurden Sie von Banditen belästigt?«
»Mein Kammerdiener hat sie in die Flucht geschlagen.« Ein selbstgefälliges Lächeln.
»Bonaparte ist heute Nachmittag in Udine im Hauptquartier der österreichischen Delegation«, informierte ich ihn. Die Sitzungsorte wechseln sich ab. An einem Tag begibt sich Bonaparte nach Udine, am nächsten Tag kommen die Österreicher nach Passariano. »Er hatte sich schon auf Ihr Eintreffen gefreut.« Eine Lüge. Bonaparte ist überzeugt, dass Barras' Sekretär geschickt worden war, um ihn auszuspionieren.
Lisette kam die breite Steintreppe heruntergesprungen, ihre Röcke bauschten sich hinter ihr. »Ein Besucher aus Paris! Gibt es Neuigkeiten? Post?« Sie blieb abrupt vor uns stehen, errötete.
Ich lächelte über ihren jugendlichen Überschwang. »Zuerst müssen wir unserem Gast eine Erfrischung anbieten, und erst *dann* werden wir ihn bestürmen, uns das Neueste mitzuteilen.«

Eine Neuigkeit: Lazare ist tot.

Ich entschuldigte mich und durchquerte allein den Innenhof. Eugène war in der Reithalle, wie ich wusste, und nahm Unterricht. In den Ställen war es dunkel, kühl, und es roch nach Mist. Zwei Pferde in Boxen beobachteten mich kauend. Der Stallbursche sprang aus einem Heuhaufen. »Signora!«

»Mi dispiace.« Es tut mir Leid. »Non importa.« Keine Ursache.

In der Halle hörte ich jemanden schreien. Ich drückte die schwere Tür auf. Eugène ritt auf einem Rappen um die Bahn. Sein Gesicht glänzte, sein Pferd schäumte vor Schweiß. Der Reitlehrer stand in der Mitte und brüllte: »Lass die Beine an ihm. Daumen nach oben. Außenzügel!«

Ich nahm auf der Tribüne Platz. Eugène hatte sein Pferd zur Hallenmitte gewendet und sprach mit seinem Reitlehrer. Dann blickte er hoch, sah mich und grinste. Der Reitlehrer drehte sich um und verbeugte sich tief. »Wir sind fertig, Madame la Générale!«

»Ich schaue gerne zu, Bürger.« Ich fürchtete mich davor, Eugène die Nachricht zu überbringen.

Eugène warf sich neben mir nieder. »Hast du diese Kehre auf der Vorhand gesehen?« Sein Gesicht war gerötet, sein Haare feucht vor Schweiß.

»Sehr präzise.« Ich erhob mich. »Lass uns in den Garten gehen.« Er zog mich am Arm. »Maman, was ist los?«

Ich ließ den Blick durch die Halle wandern. Sie war jetzt leer. »Es ist keine gute Nachricht«, sagte ich und setzte mich wieder. »Deiner Schwester geht es gut, ebenso Tante Désirée und dem Marquis«, versicherte ich ihm, als ich die Besorgnis in seinen Augen sah. »Es geht um General Hoche, Eugène.« Ich faltete die Hände. »Er ist … Er ist verschieden.« Obwohl ich fest entschlossen war, mich zu beherrschen, begann mein Kinn zu zittern.

Eugène starrte mich verständnislos an. »Tot, meinst du? Im Kampf gefallen?« Mit einem kaum merklichen Stammeln.

»Nein, in seinem Bett. An einer Lungenentzündung.« Ich fand ein Taschentuch. »Schwindsucht.« Meine Stimme schwankte noch immer. Ich holte tief Luft. Es gehörte sich nicht, dass *ich* weinte.

Eugène beugte sich auf die Knie gestützt vor, blinzelte und schlug mit der Reitgerte auf die Bank vor ihm. »Er starb in seinem *Bett*?« Er warf die Gerte zu Boden und stand auf, sein Gesicht war fleckig.

»Eugène, ich wollte, dass du …«

Seine Schritte die Holztreppe hinunter hallten durch die Arena. Ich machte Anstalten aufzustehen, ihm zu folgen, ihm nachzueilen, aber ich hielt mich zurück. Er wollte auch allein sein.

Es ist spät, dunkel bis auf eine einzige Kerze, die das Zimmer nach und nach erhellt. In eine Flickendecke eingehüllt sitze ich an einem Marmortisch im Salon. Ich kann den Türsteher vor der Schlafzimmertür schnarchen hören, höre jemanden betrunken im Hof singen.

Das Quaken der Frösche klingt wie ein Pulsschlag, ein nächtlicher Pulsschlag. Ich kann meine Gedanken nicht daran hindern umherzuschweifen, nach Lazare zu greifen. Ich kann nicht fassen, was ich gehört habe: dass er tot ist, dass er in seinem Bett starb, des heldenhaften Soldatentods im Kampf beraubt.

Tränen schießen mir in die Augen, quellen über. Wann darf ich trauern? Wo? Ich wage es nicht. Bonaparte hat mich den ganzen Abend beobachtet, meine rot geränderten Augen, mein trauriges Lächeln wahrgenommen.

Die wahren Gefühle und Gedanken einer Frau, wie geheim sie sein müssen. Verborgen, begraben, dürfen sie nur in der Nacht zum Vorschein kommen.

Ich erinnere mich an die raue Oberfläche der kalten Steinmauern, als ich die Stufen zu Lazares feuchter Gefängniszelle hochstieg. Ich erinnere mich an den Geschmack von Whiskey auf seiner Zunge, an das Zischen einer schmutzigen, brennenden Kerze, an seine seidige Haut. Ich erinnere mich mit Verwunderung – und Dankbarkeit – an die Glut seiner Liebe … und an meine eigene, aus Asche entfacht.
Ich habe die Medaille des Heiligen Michael gefunden, die Lazare mir geschenkt hat, versenkt auf den Boden meiner Juwelenschachtel. *La liberté ou la mort*, hatte er auf die Rückseite gravieren lassen. *Ou la mort.*
Sollte mir irgendetwas zustoßen, hatte er geschrieben.
Er starb an der galoppierenden Schwindsucht, erklärte Botot noch einmal beim Abendessen, ohne den Blick von seinem kristallenen Weinglas zu lösen. In Wetzlar. Dort wurde er auch begraben.
Sollte mir irgendetwas zustoßen …
Irgendetwas ist mir in der Kehle stecken geblieben. Es schmeckt bitter, faulig, lässt mich würgen. Es ist ein plötzlicher Gedanke: Wurde Lazare ermordet?

1. Oktober

Heute Abend ein langes Gespräch mit Botot. Soviel weiß ich nun:
Die Royalisten hatten ihre Taktik geändert. Anstatt die Republik mit Gewalt anzugreifen, beschlossen sie, sie lieber von innen auszuhöhlen, und zu diesem Zweck ist es ihnen gelungen, etliche Royalisten in die Gesetzgebenden Räte wählen zu lassen. Ziel war natürlich, die Republik zu Fall zu bringen und die Monarchie wieder einzusetzen.
Zusammen mit den Direktoren Reubell und La Réveillière entschloss sich Barras zu handeln. Da sie die Mehrheit im Rat der

fünf Direktoren bildeten, beschlossen sie, die royalistischen Minister durch loyale Republikaner zu ersetzen (Lazare als Kriegsminister gehörte dazu). Aus Furcht, diese Veränderungen könnten einen Aufstand der Royalisten auslösen, überredete Barras Lazare, seine Truppen in die Nähe von Paris zu verlegen. Doch hier wird die Geschichte ungenau. Irgendwie schlug der Plan fehl, die Truppen wurden entdeckt, Lazare fiel in Ungnade und musste als Verräter, als Feind der Republik gebrandmarkt, Paris schließlich verlassen.

Und dann, ein paar Wochen später, unternahm Barras einen zweiten Versuch, die Royalisten auszubooten, und diesmal hatte er Erfolg. Und dann starb Lazare.

Das ist nicht die ganze Geschichte, fürchte ich.

3. Oktober

Lisette stellte ein Tablett neben mein Bett. Ich konnte Eugène im Treppenhaus hören, der nach seinem Kammerdiener rief, damit er ihm den Reitrock herunterbrachte. Ich war froh, dass er reiten ging; er war missmutig, still gewesen. »Madame, erinnern Sie sich, wie General Hoche Sie in Paris besuchte?«, fragte sie und reichte mir einen Becher mit schaumiger heißer Schokolade. »Kurz bevor wir nach Italien aufbrachen. Das war an Ihrem Geburtstag, er brachte Ihnen Rosen mit.«

»An Rosen kann ich mich nicht erinnern«, sagte ich und blies auf die dampfende Schokolade, bevor ich vorsichtig einen Schluck trank. »Warum?«, fragte ich und wusste im gleichen Augenblick, dass ich die Frage noch bedauern würde.

»Es ist schrecklich, Madame. Am liebsten würde ich weinen. Jeder sagt, dass er ermordet wurde!«

1. Oktober, La Chaumière

Schätzchen,
gerade bin ich von der Trauerfeier für Lazare zurückgekehrt und bin überwältigt vor Kummer. Die ganze Nation trauert, ist fassungslos über den Verlust des Goldjungen der Republik. Er starb unter der Anklage seiner Feinde, aber das Volk hat in ihm einen Heiligen gesehen – einen Heiligen der Revolution. Es gab eine schöne Prozession von Hirten, die Kronen aus Zypressen trugen und um ihre Stäbe schwarze Bänder gebunden hatten.
Lazares junge Frau war da. Sie schien einer Ohnmacht nahe zu sein, tragisch. Ich vermute, dass sie ein Kind bekommt. Lazares Vater stützte sie, so gut er konnte, aber dann wurde er selbst von herzzerreißendem Schluchzen übermannt, ein schreckliches Wehklagen. Ich brauche jetzt nur daran zu denken, und schon weine ich.
Die Erinnerung an einen Abend in meinem Salon lässt mich nicht mehr los. Bonaparte las jedem aus der Hand, und als er Lazare ansah, sagte er ihm voraus, dass er jung in seinem Bett sterben würde. Erinnerst du dich an diesen Abend?
Natürlich laufen hässliche Gerüchte um. Alle sind überzeugt, dass Lazare vergiftet wurde – und zwar von Barras, versteht sich. (Sie geben ihm für jedes Verbrechen die Schuld!) Es ist fürchterlich, vor allem, wenn man bedenkt, dass Barras selbst außer sich vor Kummer ist. Er verbringt ganze Tage in einem abgedunkelten Raum und weigert sich zu sprechen.
Zärtliche Liebkosungen von Thermidor. Und natürlich alles Liebe von den Ehrenjungfrauen. Wirst du jemals zurückkommen? Hier ist alles so traurig.

Deine dich liebende und liebste Freundin Thérèse

Anmerkung – Ich hörte, dass du Vautier beauftragt hast, dein Haus zu renovieren. Eine ausgezeichnete Wahl!

13. Oktober

Die österreichischen Delegierten aßen heute hier zu Abend. Bonaparte zuversichtlich.

[Ohne Datum]

Heute ist es feucht. Ich habe befohlen, das Feuer in den Kaminen anzumachen. Ich bin in einer melancholischen Stimmung. Wie gestaltet man einen entsprechenden Rahmen für den Frieden? Ich arrangiere Schnittblumen, bitte die Haushälterin, das silberne Teeservice polieren und auf das Buffet stellen zu lassen, überprüfe die Likörkaraffen, gehe mit dem Chefkoch das Tagesmenü durch. Doch trotz meiner größten Bemühungen, trotz der Kaminfeuer, der Blumen, des saftigen Essens ist alles von einem düsteren Schauder durchdrungen. Heute wird es keinen Frieden geben, das weiß ich.

15. Oktober

»Der Leiter der österreichischen Delegation wünscht Sie zu sprechen, Madame.« Lisette riss die Augen weit auf.

»Graf von Cobenzl? Führe ihn herein, bitte!« Einen so bedeutenden Mann ließ man nicht warten.

Als der Graf von Cobenzl eintrat, verspürte ich den Drang, mich zu verbeugen, aber ich unterließ es. Als Gemahlin von General Bonaparte, dem Sieger, sollte sich Graf Ludwig von Cobenzl eigentlich vor mir verbeugen. Wir lösten das Dilemma, indem wir uns genau im selben Augenblick verbeugten und mit dem gleichen Maß an Hochachtung.

»Ich werde nicht lange bleiben, Madame Bonaparte«, sagte er, als er den von mir angebotenen Stuhl ablehnte. »Ich bat um eine private Audienz bei Ihnen, weil ich ernsthaft um die Zukunft der Verhandlungen besorgt bin. General Bonaparte hat uns … um ehrlich zu sein … *rüde* behandelt. Bei der geringsten Bitte von uns geht sein jähzorniges Temperament mit ihm durch. Sie wissen ja sicherlich, dass er mein wertvolles Teeservice aus Porzellan zertrümmert hat.«

Am Tag zuvor hatte Bonaparte in einem Wutanfall Cobenzls Teeservice zu Boden geworfen – das Teeservice, auf das der Graf so stolz war, das ihm von Katharina der Großen persönlich geschenkt worden war – und dabei ausgerufen: »Ich werde Eure Monarchie zerschmettern wie dieses Porzellan!«

»Graf von Cobenzl, bitte glauben Sie mir«, sagte ich, »ich war bestürzt, als ich …«

Der Graf hob die Hand. »Es steht viel mehr auf dem Spiel als ein Teeservice, Madame. Wenn der General auf diese Weise weitermacht, dann wird sich Österreich, wie ich befürchte, von den Verhandlungen zurückziehen.«

»Graf von Cobenzl …« Mir fehlten die Worte. Wenn sich die österreichischen Unterhändler zurückzogen, würde es wieder Krieg geben.

»Meine Frage an Sie ist folgende: Würden Sie mit dem General sprechen?«

Mit Bonaparte sprechen? War das überhaupt möglich?

»Wir sehen dem Ergebnis entgegen.« Graf von Cobenzl verbeugte sich, ich verbeugte mich tiefer, er verbeugte sich noch tiefer.

16. Oktober

»Du hast dich da nicht einzumischen!« In seinem Zorn spuckte Bonaparte.

»Ich mische mich nicht ein!«

Bonaparte war wütend aus Udine zurückgekehrt; die Verhandlungen waren abgebrochen worden. In vierundzwanzig Stunden würde der Krieg wieder beginnen, hatte er gedroht. »Wie kannst du das sagen? Gestern hast du dich mit Graf von Cobenzl unter vier Augen getroffen. Das nennst du nicht einmischen?«

»Hast du mich bespitzelt, Bonaparte?«

»Der Palast ist durchlöchert von Spitzeln. Wir werden alle bespitzelt. Selbst die Spitzel werden bespitzelt.«

Ich wandte mich um und sah meinen Mann an. »Graf von Cobenzl kam aus freien Stücken zu mir. Er brauchte ... einen Rat.« War es klug, den direkten Weg zu gehen? Es stand so viel auf dem Spiel. »Er meint, du wärst rüde gewesen, Bonaparte, und ist der Ansicht, dass du den Frieden gar nicht schließen willst.«

Bonaparte lachte. »Er kann sich glücklich schätzen, dass er noch am Leben ist, und beklagt sich über Details. Wie ... wie *aristokratisch*. Cobenzl benimmt sich, als wäre er in einem Salon beim Nachmittagstee. Und dann fordert er Mantua. *Mantua!* Mantua ist der Schlüssel. Wenn ich zuließe, dass die Österreicher Mantua zurückbekämen, dann würden sie Italien in kurzer Zeit wieder beherrschen. Und angesichts einer derartigen Forderung wünscht er, dass ich *höflich* bin?«

»Bonaparte ...« Ich nahm seine Hand in meine. Es überrascht mich immer wieder, wie weich seine Haut ist, wie zart seine Knochen. Ich sah ihm in die Augen. Wie überzeugte man einen Mann wie diesen? »Da gibt es etwas, was ich sagen muss.«

»Ich hindere dich nicht daran.«

»Wenn du Cobenzl höflicher behandeln würdest, würde er vielleicht auf deine Wünsche eingehen.«

Er machte ein skeptisches Gesicht. »Du schlägst vor, dass ich *freundlich* bin?«

»Bonaparte, im Ernst, du bist so charmant, wenn du lächelst. Wer könnte dir da widerstehen?«

17. Oktober

Bonapartes Kutsche fuhr reichlich spät, fast um Mitternacht, in den Hof ein. Ich sah, wie er gefolgt von Eugène und Louis aus der Kutsche sprang. Ich öffnete das Fenster. »Der Frieden ist unterzeichnet«, rief Eugène und hielt eine Fackel hoch. »Packe für Paris!«*

* Historisch wird der Vertrag von Campo-Formio als spektakulär und schändlich zugleich beurteilt. Spektakulär, weil die Französische Republik unter anderem Belgien und das Rheinland (einschließlich Mainz) gewann und damit ihre »natürliche Grenze« zurückbekam, und schändlich, weil den Österreichern die gerade flügge gewordene Republik Venedig geopfert wurde.

3

Profitjäger

Die Geißel und Pest der Streitkräfte!
Dreister Diebstahl!
Napoléon über die Heereslieferanten

Zu Hause erwarten mich Probleme

16. Dezember 1797 – Frankreich!

»Ich kann verstehen, was die Leute sagen!« Lisette warf die Arme in die Luft und drehte sich im Kreis.
Ich verstand ihre Freude. Die Wirtin des Gasthauses mit ihrer gestärkten weißen Haube hatte ein vertrautes Gesicht. Kannte ich sie nicht irgendwoher? Selbst der Postillion schien auf eine Art sein Pferd zu besteigen, die unerklärlicherweise *richtig* wirkte.
»Sehen Sie nur!« Lisette hüpfte auf dem Kopfsteinpflaster herum. »Der Himmel ist französisch, die Berge sind französisch, die Luft ist französisch. Ich wette, dass die Pferde Französisch sprechen.« Die alte Mähre wandte den Kopf. »Sehen Sie?«

17. Dezember

»Wo haben Sie gelernt, wie man eine Pistole lädt, Madame?« Lisette sah von ihrer Flickarbeit an der Schleppe eines meiner Kleider auf.
»In Paris, während des Terrors. Ein Freund hat es mir beigebracht.« Ein Freund, der jetzt, wie so viele andere auch, tot war. Ich ließ die Kammer zuschnappen, steckte das Sicherheitsschloss auf. Wir reisten mit nur zwei berittenen Eskorten; bei Nacht, in den Gasthäusern, fühlte ich mich nicht sicher.* Mei-

* Napoléon war über Rastatt in Deutschland nach Italien zurückgekehrt, wo die Gespräche über das Friedensabkommen fortgesetzt wurden.

nen Schmuck hatte ich in einen kleinen Samtbeutel genäht, der unter meinem Kleid hing. »Ich höre so gerne Geschichten über die Revolution, über all die Kämpfe und Aufstände. Verzeihen Sie, Madame«, sagte sie, als sie meinen gequälten Gesichtsausdruck sah.

Ich reichte ihr die Pistole. »Ziele nie auf eine Person, selbst wenn sie nicht geladen ist.«

»Ich weiß!«

Ich lächelte. »Habe ich dir schon einmal gesagt, dass du mich an meine Tochter erinnerst?«

»Schon oft, Madame.«

»Abgesehen davon natürlich, dass du jetzt eine junge Frau bist. Hast du schon einmal ans Heiraten gedacht, Lisette?« Sie war neunzehn. Es war Zeit. Es war schon über die Zeit, um ehrlich zu sein.

»Ich möchte lieber Ihnen dienen, Madame«, sagte sie und versteckte die Pistole auf dem Boden ihres Nähkorbes.

»Du kannst heiraten und mir weiterhin dienen.«

»Das würden Sie erlauben, Madame?«* Sie nahm ihre Flickarbeit wieder auf.

»Denkst du wirklich, ich würde ein solches Opfer von dir erwarten?«

»Andere Damen tun das.« Sie zuckte mit den Schultern. »Und überhaupt, wer würde mich schon heiraten wollen?«

»Du bist bildhübsch!« Aber ohne Mitgift, richtig. »Ich werde dich gerne mit einer Mitgift ausstatten.«

»Wirklich?«, fragte sie mit ungläubigem Gesicht.

»Mein Ehrenwort.«

* Es war üblich, Dienstboten zu entlassen, die heirateten oder schwanger wurden.

19. Dezember – Lyon

In unserem Gasthaus in Lyon erwartete mich ein Brief mit Goldprägung: Er kam von Bürger Louis Bodin von der Firma Bodin und lud mich zu einem Besuch ein.

20. Dezember

Ich war offen gestanden erstaunt über den Besitz der Bodins. Dass er so stattlich war, hatte ich nicht erwartet. Eine breite Einfahrt wand sich durch einen wundervoll gepflegten Park, der entzückende Ausblicke bot, bevor man das Schloss erreichte.
Ich wurde von einem Lakaien mit weißem Halstuch durch eine Reihe eleganter Räume und schließlich in ein Spielzimmer geführt, wo Louis Bodin (rund wie ein Kürbis und ganz rosig) Billard spielte. Eine schläfrige, einäugige Magd mit krausen Haaren stand neben dem hohen Tisch zur Bedienung bereit. Trotz der Uhrzeit brannten alle Kerzen in den Bronzekandelabern.
»Willkommen, Madame Bonaparte.« Louis Bodin verbeugte sich aus der Taille. Er war herzlich, von aufrichtiger Natur und doch würdevoll trotz seines Teints und seiner Jugend. Alter Geldadel, dachte ich, als ich die Geweihe über dem Kamin auf mich wirken ließ, die abgenutzten, eleganten Möbel, die Familienporträts, den Jagdhund, der mit der Schnauze auf den Hinterpfoten zusammengerollt neben dem Feuer lag.
Nach dem Austausch von Höflichkeiten unterhielten wir uns über unseren gemeinsamen Bekannten, den unverzagten Hauptmann Charles, unsere Freimaurerverbindungen, Spiritismus (wobei wir sorgfältig eine Diskussion über Religion vermieden), den Vertrag von Campo-Formio (wobei wir eine Diskussion über Politik vermieden), seinen Bruder Hugo, der die Pariser Filiale des Unternehmens leitet. Und dann, als wir uns in ein mit Büchern gesäumtes Arbeitszimmer zurückzogen, wo ein

leichter Imbiss bereitgestellt worden war (Orangen aus Sevilla, kleine Weißwürste, Pistazien), begannen wir uns schließlich darüber zu unterhalten, was uns zusammengeführt hatte: die Jagd nach Reichtum.
Louis Bodin erklärte, dass die Firma Bodin durch den Kauf und Verkauf von Nationalgütern einen hübschen Profit gemacht hätte, dass das Unternehmen aber wegen des wachsenden Mangels an solchen »Gelegenheiten« in die lukrativere Sparte der Heeresbelieferungen – speziell in die Lieferung von Reitpferden an die italienische Armee – zu expandieren wünschte. »Wir haben alles geregelt, um aus diesem Projekt einen Erfolg zu machen«, sagte er. »Alles, das heißt bis auf ein entscheidendes Element – die Zustimmung durch die Direktoren.« Er sprach leise, während eine riesige orangefarbene Katze auf seinem Schoß schnurrte. »Wie Sie ja zweifellos wissen, herrscht ein scharfer Wettbewerb um diese Verträge. Es ist vielleicht kein Zufall, dass diejenigen, die erfolgreich sind, persönliche Bekannte eines bestimmten Direktors sind.« Er lächelte und zeigte dabei ein weiß schimmerndes falsches Gebiss. »Direktor Barras natürlich, bei dem Sie, wie mir zu verstehen gegeben wurde, Einfluss haben.«
Ich überlegte, wie ich auf eine derartige Feststellung antworten sollte. »Direktor Barras ist ein Freund von mir«, sagte ich, eine einfache Feststellung der Tatsachen.
Louis Bodin schob die Katze von seinem Schoß herunter und lehnte sich vor, die Hände auf den pummeligen Knien.
»Madame Bonaparte, wären Sie … das heißt, könnten Sie darüber nachdenken …« Er kratzte sich an der Nasenspitze.
Ich wusste, was er fragen wollte. Ich wartete.
Er zupfte an seinen Hemdmanschetten, wobei riesige Manschettenknöpfe aus Smaragden zum Vorschein kamen. »Könnten Sie darüber nachdenken, im Interesse der Firma Bodin tätig zu werden? Das heißt, mit Direktor Barras über die Vorzüge

unseres Unternehmens zu sprechen?« Er lehnte sich zurück, die Hände auf den Armlehnen seines Sessels. »Wir wären bereit, uns über einen Partnerschaftsvertrag zu unterhalten.«

»Das hinge davon ab …«

»Von den Bedingungen, selbstverständlich. Ich verstehe vollkommen. Aus diesem Grund habe ich mir erlaubt, einen Vertragsentwurf vorzubereiten, den Sie sich durchlesen können.« Er holte eine Mappe von einem Beistelltisch und reichte sie mir. »Bitte, Madame, nehmen Sie ihn zumindest mit. Sie können ihn in Ruhe prüfen.«

Ich hielt den Vertrag in der Hand, ohne ihn durchzulesen. Nach meiner Rückkehr nach Paris würde ich ihn mit meinem Anwalt durchgehen und dann entscheiden. Ich wusste, dass meine Antwort – ob sie nun ja oder nein lautete – bedeutsame Konsequenzen hätte. Wenn sie nein lautete, müsste ich einen Weg finden, mit meinen sich häufenden Schulden fertig zu werden. Wenn sie ja lautete, würde ich mit Sicherheit davon profitieren – enorm –, aber nicht ohne Risiko. »Könnte ich davon ausgehen, Bürger Bodin, dass meine Beteiligung vertraulich bliebe?«

»Ich kann Ihnen versichern, dass wir uns über den heiklen Charakter Ihrer Lage vollkommen im Klaren sind.«

»Nun denn, ja«, sagte ich. »Dann bin ich bereit, darüber nachzudenken.«

28. Dezember – eine Zwischenstation hinter Nevers

Heute Nachmittag, als Lisette und ich die Wäsche auslüfteten, wurden wir von vier rhythmischen Klopfzeichen überrascht.

»Klopft so nicht Hauptmann Charles?«, fragte Lisette.

»Wusste ich doch, dass Sie es sind«, sagte sie, als sie die Tür öffnete.

Denn da stand er wirklich, Hauptmann Charles, durchnässt und mit Schlamm bespritzt, die am Kiel umgeknickte Hutfeder baumelte ihm wie der Schwanz einer unglückseligen Kreatur über den Rücken. Mops richtete sich auf seinem Kissen auf und wackelte mit dem Stummelschwanz.

»Hauptmann Charles!« Ich war erstaunt, ihn zu sehen. »Was haben Sie mit sich angestellt?«

»Ich bin wie ein Wahnsinniger geritten«, sagte er und zog galant seinen ruinierten Hut, »in der Hoffnung, Sie einzuholen.«

Ich bedeutete ihm, den zerschlissenen Sessel am Kamin zu nehmen. »Welch unerwartetes Vergnügen.«

»Ich hatte befürchtet, Sie könnten Paris möglicherweise schon erreicht haben«, sagte er und wischte den Staub von seinen ledernen Reithosen, bevor er sich in dem Armsessel niederließ. Er langte nach unten, um Mops spielerisch am Schwanz zu ziehen.

»Wir hatten ein paar Pannen«, sagte ich.

»Und in jeder Stadt Feierlichkeiten«, sagte Lisette. »Madame hat Reden gehalten.«

Ich öffnete meinen Fächer. Ich wollte mit dem Hauptmann über mein Treffen mit Bürger Bodin sprechen – aber unter vier Augen. »Lisette, bring uns doch bitte einen Mittagsimbiss. Und eine Flasche von diesem guten hiesigen Wein.« Nachdem sie gegangen war, sagte ich: »Hauptmann Charles, wir haben nur einen Augenblick Zeit. Ich möchte Sie davon unterrichten, dass ich in Lyon mit Ihrem Partner, Bürger Louis Bodin, zusammengetroffen bin.«

»Er hat es mir erzählt. Soviel ich weiß, werden Sie sich mit seinem Bruder in Paris treffen. Ich muss Ihnen sagen, Madame, dass wir …«

Ich hob die Hand. »Ich habe ihm lediglich gesagt, dass ich darüber nachdenken würde.« In der Tat kamen mir allmählich Bedenken. »Sie verstehen hoffentlich, wie wichtig es ist, dass über unsere Gespräche in dieser Angelegenheit nichts bekannt werden darf.«

»Selbstverständlich, ich würde doch niemals …« Er hielt jäh inne und starrte über meine Schulter.
Ich wandte mich um. Lisette stand mit einem Tablett in der Hand in der offenen Tür. »Ah, da bist du ja«, sagte ich.

Neujahrstag 1798, 1 Uhr morgens

Ein Tag der überraschenden Wendungen. Es war dumm von mir, mich als Ehestifterin zu versuchen. Während mir Lisette heute Morgen bei der Toilette half, machte ich ihr einen Vorschlag. »Mir ist aufgefallen, dass du und Hauptmann Charles ein freundschaftliches Verhältnis habt, Lisette. Hast du schon einmal an die Möglichkeit einer Heirat gedacht?«
»Ist das Ihr Ernst, Madame?«, lautete ihre spontane Antwort. »Ich und Hellwach?« Sie kicherte.
»Der Hauptmann mag zwar nicht reich sein, Lisette, aber eines nicht fernen Tages wird er ein vermögender Mann sein. Habe ich deine Erlaubnis, mit ihm darüber zu sprechen?«

Wir aßen zusammen zu Abend: Lisette, Hauptmann Charles und ich. Der Koch dachte sich ein einfaches, aber ansprechendes Mahl aus: eine grüne Erbsensuppe (er bewahrt die Erbsen in Hammelfett über den Winter im Keller auf), Karpfen, eingelegte Champignons und kleine Zwiebeln, gefolgt von Käse und süßen Kastanien.
»Hauptmann Charles«, verkündete Lisette, nachdem unsere Teller abgeräumt worden waren, »vielleicht könnten Sie heute Abend meinen Platz am Trictracbrett einnehmen. Madame hat mir den Abend freigegeben, damit ich in die Kirche gehen kann.« (Genau genommen hatte *Madame* ihr gesagt, dass sie mit dem Hauptmann unter vier Augen sprechen müsste, und Lisette hätte vielleicht nichts dagegen, am Abend auszugehen.)

Hauptmann Charles sah erst Lisette, dann mich und dann wieder Lisette an. »*Sie* gehen in die Kirche?«

»Es gibt vieles, was Sie über Lisette vielleicht noch nicht wissen, Hauptmann Charles«, sagte ich und tunkte ein Stück Roquefort in den Rotweinpunsch (von dem wir alle reichlich getrunken hatten). »Hinter ihrem lebhaften und fröhlichen Benehmen verbirgt sich ein ernster Charakter.«

Hauptmann Charles brach in schallendes Gelächter aus und duckte sich, als Lisette eine harte Brotkugel nach ihm warf. War das ein gutes Zeichen? Ich war nicht sicher.

Nachdem Lisette zur Kirche aufgebrochen war (ein wenig betrunken, fürchte ich), begaben sich der Hauptmann und ich in den vorderen Salon. Der Raum war klein, aber warm und bot einen Ausblick auf den Platz. »Sie können die Tür hinter sich schließen, Hauptmann«, sagte ich und zündete feierlich drei Kerzen an.

Hauptmann Charles stand mit gefalteten Händen da wie ein Diener, der auf Anweisungen wartete. Seine Bekleidung – weite venezianische Samtpantalons und eine silberbestickte Weste – verliehen ihm das Aussehen eines königlichen Kuriers, eines Wesens aus einer anderen Zeit, fehl am Platze in unserer Welt des gleichmachenden Leinens und der groben Wolle. »Bitte, machen Sie es sich bequem.« Ich schenkte uns aus einer geöffneten Flasche nicht moussierenden Champagner ein. Das einzige gute Glas reichte ich dem Hauptmann. »Auf das neue Jahr.«

Er setzte sich auf einen Holzstuhl. Ich setzte mich auf das Sofa ihm gegenüber. (Die Daunenkissen rochen nach Enten.) Warum diese Befangenheit? Wir kamen uns gegenseitig wie Fremde vor. »Bis zum Jahr 1800 sind es nur noch zwei Jahre«, sagte ich, als ich dem Hauptmann einen Teller mit Blätterteigwürstchen anbot und mich anschließend selbst bediente.

»Die Wahrsager geben bereits Prophezeiungen von sich. Haben Sie sie gelesen?«

Ah, die Prophezeiungen – wie gut, dass er davon anfing. »Ich lese die Prophezeiungen *immer*, Hauptmann«, sagte ich. »Und ich glaube an sie, wie ich gestehe.«
Hauptmann Charles beugte sich vor. »Die Anzeichen sprechen dafür, dass es ein ausgezeichnetes Jahr für geschäftliche Vorhaben wird.«
»Ausgezeichnet.« Ich öffnete meinen Elfenbeinfächer und ließ ihn wieder zuschnappen. Das Thema Heirat ist nicht leicht anzuschneiden. Ich hatte gehofft, dass Hauptmann Charles' übliche Unbeschwertheit es leichter machen würde. Ich räusperte mich; Hauptmann Charles tat das Gleiche. Wir lächelten über diese zufällige Übereinstimmung. »Es gibt da etwas, worüber ich gerne mit Ihnen sprechen möchte, Hauptmann«, sagte ich schließlich.
»Die Firma Bodin betreffend, Madame?«
»Nein – es hat etwas mit Herzensangelegenheiten zu tun. Haben Sie jemals daran gedacht, sich eine Frau zu nehmen?«
Ein Lacher entfuhr ihm, eher ein Schnauben. Ich wusste nicht genau, wie ich diese Reaktion interpretieren sollte. Sie hörte sich irgendwie ironisch an. War es möglich, dass mein Verdacht bezüglich des Hauptmanns zutraf? »Ich belustige Sie?«, fragte ich.
»Im Gegenteil, Madame, Sie entzücken mich.«
Er redete Unsinn. »Hauptmann Charles, keine Scherze, ich bitte Sie.« Ich hob die Hände, die Handflächen ihm zugekehrt. »Im Ernst, als eine Freundin, als jemand, dem Ihr Wohl am Herzen liegt, empfehle ich Ihnen zu heiraten, eine Familie zu gründen. Sie sind jung, doch bevor Sie es bemerken, ist Ihre Jugend dahingeschwunden. Kinder sind eine einzige unermessliche Freude.«
Hauptmann Charles schob die Spitze seines Stiefels an die ausgefranste Teppichkante. »Vielleicht haben Sie ja schon jemanden im Sinn, Madame?«

Ich nickte und lächelte mit den Augen. »Raten Sie.«
Er schürzte die Lippen zu einer perfekten Rosette. »Ihre Tochter?«
Ich lachte vor Erstaunen, wie ich gestehe. Obwohl ich Hauptmann Charles für einen charmanten Begleiter hielt, zog ich ihn nicht als eine geeignete Partie für Hortense in Betracht. »Verzeihen Sie«, sagte ich und wischte einen Krümel von meinem Schoß –, denn seine äußerst betretene Miene machte deutlich, dass ich ihn beleidigt hatte. »Es ist nur, dass sie noch so jung ist, Hauptmann, erst vierzehn. Ich muss mir noch einen Ehemann für sie ausdenken.«
»Sie brauchen sich nicht zu verstellen, mia belissima regina. Ich weiß, welchen Rang ich in dieser Welt einnehme.«
Ich achtete nicht auf diese Bemerkung; er hatte eindeutig zu viel getrunken. »Ich werde Ihnen sagen, wer nach meiner Meinung eine perfekte Ehefrau für Sie wäre«, fuhr ich unbeirrt fort und schlug mit meinem Fächer gegen die Handfläche. Die Glocken fingen zu läuten an, begrüßten das neue christliche Jahr.
»Sie.«
Ich lehnte mich zurück. »Hauptmann Charles, seien Sie doch ernsthaft!« Mittlerweile läuteten viele Glocken, ein fröhlicher Tumult. Woher kamen sie, diese Glocken?
»Der Clown, Madame, ist immer ernsthaft.« Er nahm den gefiederten Jockeyhut vom Kopf, vollführte eine lässige Verbeugung, küsste mich leicht und schwankte zur Tür hinaus.
Vom Fenster aus beobachtete ich, wie er auf dem Kopfsteinpflaster hin und her torkelte. Sein Hut fiel hinunter; er achtete nicht darauf.

Später Nachmittag

Lisette sah erleichtert aus, als ich ihr erzählte, dass Hauptmann Charles nicht geneigt gewesen wäre, über das Thema Ehe zu

diskutieren. Und zu meiner großen Erleichterung konnte sich der Hauptmann an nichts mehr erinnern. Mein Gelübde für das neue Jahr: keine Ehen mehr zu stiften.
Morgen Paris!

2. Januar – Paris

»Warum hast du so lange gebraucht?« Bonaparte zerknüllte ein Stück Papier und warf es an die Wand. Die Haare hingen ihm über die Ohren, wodurch er wie ein Indianer aussah. Seine fahle Haut und sein hageres, fast ausgezehrtes Gesicht erschreckten mich. Seine Gesundheit hatte sich in den sechs Wochen, seit ich ihn zuletzt gesehen hatte, eindeutig verschlechtert. Seine Laune ebenfalls.
Sein Zorn hatte mit Geld zu tun. Der Innenarchitekt, den ich beauftragt hatte, das Haus umzugestalten, hatte die Bezahlung der Renovierungen gefordert – einhunderttausend Francs! Ich setzte mich sprachlos hin. Das war eine unfassbare Summe.
»Einhundertdreißig, um genau zu sein«, tobte Bonaparte und trat gegen die lodernden Holzscheite, dass die Funken flogen.
»Das Haus selbst ist nur vierzig wert, und es gehört dir noch nicht einmal. Der Fries im Speisezimmer ist nicht einmal von David gemalt, sondern von einem seiner Studenten.«
Im Speisezimmer war ein Fries? »Der größte Teil des Geldes steckt in der Einrichtung«, verteidigte ich mich.
»Der größte? Selbst siebzigtausend für Möbel wäre unfassbar – es ist mir egal, wer die Möbel gemacht hat. Die Gebrüder Jacob oder nicht! Auf gar keinen Fall werde ich die Hälfte davon bezahlen. Ich steuere dreißigtausend bei und keinen Sou mehr.«
Und überließ *mir* eine Rechnung über hunderttausend? »Da ist bestimmt ein Fehler unterlaufen. Ich werde mit Vautier sprechen.« Die Renovierungen waren allerdings das Letzte, womit

ich mich nach einer Abwesenheit von fast zwei Jahren befassen wollte. Zuerst musste ich Hortense besuchen. Und dann natürlich Tante Désirée und den guten alten Marquis. Und dann Thérèse – hatte sie ihr Kind schon bekommen? Und wie ging es Père Barras? *Und* den Ehrenjungfrauen natürlich? Ganz zu schweigen von der geschäftlichen Angelegenheit, um die ich mich kümmern, deretwegen ich meinen Anwalt aufsuchen musste.

»Wie kann da ein Fehler unterlaufen sein? Vautier hat zum Beweis deine Briefe vorgelegt. Du hast ihm uneingeschränkte Handlungsfreiheit erteilt! Man erteilt niemals uneingeschränkte Handlungsfreiheit!«

Ich zog meine Handschuhe aus und ließ die Veränderungen auf mich wirken: die pompejischen Fresken, die Militärtrophäen, die mit gestreiftem Stoff bezogenen Sessel. Die Renovierung war schlicht, aber elegant. Ich strich über die Oberfläche des neuen Mahagonischreibtisches. Die Maserung schien unter meinen Fingerspitzen zu glänzen. Ich hatte das Gefühl, tief ins Innere des Holzes sehen zu können. »Gefällt dir denn *nichts* davon, Bonaparte?«

»Komm und schau dir unsere Betten an«, sagte er mit einem kleinen Grinsen.

Unser Schlafzimmer war so gestaltet worden, dass es wie ein Armeezelt aussah. »Schau dir das an.« Bonaparte löste einen Riegel, und unsere beiden Betten sprangen laut klappernd zusammen.

»Schlau!« Ich setzte mich auf einen der Schemel, die mit Gamsleder bezogen waren, damit sie wie eine Trommel aussahen. Die Betten waren mit einem Baldachin aus weißen und blauen Streifen drapiert, die Bettpfosten aus Kanonen geschmiedet. Bonaparte zog mich am Arm.

»Nicht jetzt, Bonaparte«, bat ich, jedoch lächelnd. »Es ist noch nicht einmal Mittag, und ich brauche dringend ein Bad.«
»Wir werden zusammen baden«, sagte er und zerrte an meinem Ärmel, »hinterher.«

11 Uhr nachts

Ich hatte gebadet und ein Nachmittagskleid angezogen, als ich im Hof Pferde hörte. Eine schlanke junge Frau in einem weißen Reitrock stieg aus einem Landauer. Eine Flut goldener Locken fiel ihr über die Schultern. Ich schlug die Hände vor den Mund. Mon Dieu, war das Hortense?
»Maman!«, rief sie, als sie mich erblickte, ganz das Auftreten einer eleganten Pariserin, die das Jungmädchengehabe abgelegt hatte. Ihre Augen waren außergewöhnlich blau, wieso überraschte mich das? Plappernd legte sie ihren Umhang ab. »Wo ist Eugène? Ich habe sein gesatteltes Pferd neben dem Stall gesehen. Ist das Louis Bonapartes Pferd? Der Bruder des Generals wohnt hier? Aber warum ist Eugène noch nicht zurück? Ich habe allen meinen Freundinnen erzählt, dass er mit dir zurückkäme.«
Die langen Fingernägel meiner Tochter waren rot lackiert. Und Busen – sie hatte einen Busen! »Eugène ist in Rom«, stammelte ich. »Er wird …«
»Warum hast du so lange gebraucht? Wo warst du? Jeden Tag wurde in den Zeitungen deine bevorstehende Ankunft angekündigt. Maman, was ist los? Ist etwas los?«
»Nein, nichts«, krächzte ich und betrachtete sie, diese schöne junge Frau.

Tante Désirée traf kurz darauf ein und herrschte zwei Kammerdiener an, die den alten Marquis durch den Garteneingang ins Haus trugen. Sie lagerten ihn auf einem Armsessel mit Daunen-

kissen, wo er sich mit verwirrter Miene umschaute. Ich bat meinen Diener, Feuer zu machen, und Lisette, die Geschenke auszubreiten, die ich aus Italien mitgebracht hatte.
»Modern«, sagte Tante Désirée, als sie sich im Salon umsah und die Veränderungen begutachtete.
»Griechisch ist modern?« Ich beugte mich vor, um den alten Marquis zu küssen. Sein Bart roch nach Brillantine.
»Bon à Parté!«, sagte er mit kräftiger Stimme.
Hortense lachte. Tante Désirée bedeutete ihr, aufrecht zu sitzen, die Knie geschlossen zu halten, die Hände im Schoß zu falten und nicht so laut zu lachen – und das alles mit einer einzigen stummen Geste, die alle Frauen und Mädchen kannten. Hortense verzog affektiert das Gesicht, tat jedoch, wie ihr geheißen. Tante Désirée warf mir einen triumphierenden Blick zu. »Hortense, dieser Schal sieht entzückend aus – hat dir den deine Mutter aus Italien mitgebracht? Wo ist unser berühmter General, Rose? Ich habe eine Blumenvase gekauft, nur weil sein Bild darauf war.«
»Bonaparte ist gerade im Palais Luxembourg, zu einem Gespräch mit den Direktoren.« Ich bedeutete Louis Bonaparte, sich zu uns zu gesellen. »Aber ich möchte euch gerne mit Louis bekannt machen, Bonapartes Bruder.« In der Hoffnung, dass vielleicht die Anwesenheit wenigstens eines Bonapartes die Neugier stillte.
Tante Désirée musterte Louis mit dem mir vertrauten abschätzenden Blick einer Frau, die nach einem Ehemann für ihre Nichte Ausschau hielt. »Entzückt! Wie viele Brüder hat General Bonaparte denn? Und Schwestern natürlich.«
»Wir sind sehr zahlreich, und bald werden es noch mehr sein«, sagte Louis und zupfte an seinem sprießenden Backenbart. Seine Wangen färbten sich rot, als er zu Hortense spähte. Meine Tochter senkte den Blick. »Mein ältester Bruder Joseph ist in Rom mit meiner Schwester Caroline …«

»Und Eugène«, warf ich ein, während ich die Geschenke auf dem Tisch anordnete – eine römische Vase, eine Glasschale aus Venedig, eine Bahn bestickten Seidenbrokats aus Genua sowie eine Anzahl hübscher Schmuckstücke.
»Meine Schwester Pauline ist in Mailand«, fuhr Louis fort. »Sie ist verheiratet und in anderen Umständen. Und meine andere verheiratete Schwester, die in Korsika lebt, ist ebenfalls in anderen Umständen. Und mein Bruder Lucien ist im Norden, und *seine* Frau ist auch in anderen Umständen. Und da ist noch Jérôme, der hier in Paris zur Schule geht.«
»Jérôme ist erst dreizehn«, sagte ich verdrossen über die Parade fruchtbarer Bonapartefrauen – zu denen ich, das war klar, nicht gehörte.
»Wie nett für Hortense und Eugène, so viele neue Geschwister zu haben«, rief Tante Désirée mit übertriebener Begeisterung, vielleicht, weil sie ihre christliche Nächstenliebe gegenüber so vielen korsischen Verwandten beweisen wollte.
»Ich meine Tanten und Onkel. Und so viele zukünftige Cousins und Cousinen«, fügte sie in Anerkennung der Fruchtbarkeit der Bonapartesippe hinzu.
Louis ging rückwärts auf die Tür zu. Er müsste an einer Englischstunde teilnehmen, erklärte er, und sich deshalb verabschieden.
»Es war ein Vergnügen, Sie kennen zu lernen«, sagte Hortense zu ihm in sorgfältigem Englisch.
»Danke, mein Fräulein. Auf Wiedersehen«, erwiderte Louis mit der gleichen Liebenswürdigkeit und tippte auf englische Art an seinen Hut.
»Was für ein reizender Bursche«, sagte Tante Désirée, sobald er aus der Tür war, und drehte die römische Vase in den Händen. Ich erklärte ihr, dass die Vase nicht »modern« wäre, sondern eigentlich sehr alt. Und dann sprachen wir über dies und das – den außerordentlichen Empfang, den Paris Bonaparte bei seiner

Rückkehr bereitet hatte, Hortenses Auszeichnungen in der Schule, wie gut sich Eugène als Adjutant machte – und dann natürlich über den Klatsch.

»Du hast ja sicher die Neuigkeit General Hoche betreffend gehört.« Tante Désirée sah wie eine Katze aus, die ihrem Herrn eine tote Maus zu Füßen legte. »Seine *Ermordung* betreffend.«

Ich schloss meinen Fächer. Ich öffnete meinen Fächer.

Tante Désirée beugte sich vor. »Weißt du, was ich gehört habe? Dass es dein Freund, Direktor Barras, war, der es getan hat.«

»Tante Désirée«, unterbrach ich sie. Ich wollte nicht, dass Hortense unwahre Gerüchte hörte.

»Meine Theorie ist«, fuhr Tante Désirée unbeirrt fort, »dass Direktor Barras, dessen Habgier ja bekannt ist, hinter der einen Million Francs her war, die General Hoche veruntreut hat.«

»Tante Désirée, ich glaube nicht ...«

»Es waren achthunderttausend.«

Ich sah den Marquis erstaunt an. Er war so tief in seinen Sessel gesunken, dass er praktisch zusammengeklappt war, einen verträumten Ausdruck in seinen halb geschlossenen Augen. »Hat da eben der Marquis gesprochen?«, fragte ich.

»Er weiß nicht, wovon er redet«, sagte Tante Désirée. »Es war gut über eine Million.«

Sie blieben zu einem leichten Imbiss und mussten dann aufbrechen, um den Marquis nicht übermäßig zu ermüden. Hortense übernachtet bei ihnen in der Stadt, weil es sich, wie mir Tante Désirée mitteilte, für eine unverheiratete junge Dame nicht schickte, im selben Haus wie ein unverheirateter junger Mann zu übernachten, auch wenn es sich bei diesem jungen Mann eigentlich um ihren Onkel handelte. Unter Tränen sagte ich ihnen allen Adieu und gab Anweisung, meine Pferde anzuspannen: Ich konnte es kaum erwarten, meinen Anwalt wegen des Vertrages mit der Firma Bodin aufzusuchen und danach Thérèse und *danach* Barras.

»Thérèse ist noch im Wochenbett«, teilte mir Tallien mit. Das Kind war dreizehn Tage früher geboren worden, zur Sonnenwende. »Ein Mädchen«, er zuckte mit den Schultern. »Es starb bei der Geburt.«
»Es tut mir so Leid, Lambert!« Ich legte das Päckchen mit Kinderkleidern, das ich aus Italien mitgebracht hatte, ab und umarmte ihn. Wie oft hatte ich dies in der Vergangenheit schon getan und ihn mir dabei als jungen Mann vorgestellt, der weniger verwundbar als beeinflussbar wäre, der jemanden brauchte, der ihn führte. Doch nun besaß er die müde Gebrechlichkeit des Alters. Irgendetwas in ihm war zerbrochen, war nicht verheilt. »Wie nimmt Thérèse es auf?«
»Keine Ahnung.«

Thérèse thronte auf der Chaiselongue in ihrem Schlafzimmer. Ich beugte mich vor, um sie auf die Wange zu küssen. »Hat dir Tallien erzählt, dass ich ihn ausgesperrt habe? Hat er dir erzählt, warum? Natürlich nicht. Er weigerte sich, einen Priester zu rufen! Mein Kind ist ungetauft gestorben. Und dann, ein paar Tage später, erwartet er ›Bedienung‹. Mit diesen Männern des Volkes bin ich restlos fertig.«
Ihre Hand war eiskalt. Ich drückte sie zwischen meiner, um sie zu wärmen. Mir war absolut erbärmlich zumute. Ich liebte sie von ganzem Herzen, aber Tallien liebte ich auch. Ich hatte ihn schon als idealistischen jungen Mann gekannt.
Die Zofe erschien mit einer Flasche Portwein und kristallenen Stielgläsern. Peinlich berührt, weil sie beim Weinen ertappt worden war, trocknete sich Thérèse die Wangen. »Anweisung meiner Hebamme«, sagte sie fröhlich und stieß mit mir an. »Ich kann dir gar nicht sagen, wie erleichtert ich bin, dich zu sehen. Wir stehen immer noch unter Schock wegen Lazares Tod. Du hättest seine Trauerfeier erleben sollen. Auf den Straßen wimmelte es vor Menschen – so etwas habe ich noch nie gesehen.

Und nun erzählt mir meine Hebamme, dass seine Witwe eine Fehlgeburt hatte, das arme Ding. Sie ist erst neunzehn. Allerdings nicht ganz bei Trost, wie es heißt.« Thérèse leerte ihr Glas. »Gehst du heute Abend zu Talleyrands Ball?«

»Ich bedauere, dass du nicht da sein wirst.«

»Ich wurde nicht eingeladen. Anscheinend bin ich auf Veranstaltungen, an denen tugendhafte Frauen teilnehmen, nicht mehr erwünscht«, sagte sie mit unüberhörbarer Ironie. »Hast du gehört, was auf dem Ball, den Pulchérie de Valence gab, passiert ist? Sobald ich eintraf, gingen alle Frauen.«

»Das ist ja unglaublich!« Während des Terrors hatte Thérèse vielen dieser so genannten tugendhaften Frauen das Leben gerettet, oft unter Einsatz ihres eigenen Lebens.

»Offensichtlich habe ich es allzu publik gemacht, dass ich Tallien mit der Scheidung gedroht habe. Frauen haben im stillen Kämmerlein zu leiden, weißt du noch? Und dann beging ich den Fehler, einen jungen Mann zu beherbergen, der mich eines nachts vor Banditen gerettet hatte. Er war leicht verletzt, aber eine tugendhafte Frau hätte ihn trotzdem fortgeschickt. Und *dann* gab es auch noch einen entsetzlichen Skandal wegen eines Porträts von mir, das im jährlichen Salon ausgehängt wurde. Die Gebieter über den guten Geschmack verlangten, dass man es entfernen sollte.«

Ich lächelte. »Warst du auf diesem Porträt bekleidet?«

»Ich habe nie züchtiger ausgesehen! Nein, sie missbilligten, dass mich der Maler in meiner Gefängniszelle porträtierte. Alles, was mit dem Terror zu tun hat, darf in der feinen Gesellschaft nicht erwähnt werden, nehme ich an. Ehrlich gesagt bin ich nicht sicher, ob es mir etwas ausmacht.«

Aber es machte ihr etwas aus. Ihre Stimme verriet es mir.

Die Tür wurde von einem Kind in gerüschtem Musselin aufgestoßen. »Maman?« Es war die kleine Thermidor – sie lief und sprach!

»Schätzchen, erinnerst du dich noch an Joséphine, deine Patin?«
»Ja«, sagte die Zweijährige unsicher, die pummeligen Finger in den Mund gestopft.
Ich breitete die Arme aus. Würde sie zu mir kommen? Sie lief durchs Zimmer und sprang auf meinen Schoß. Ich spürte, wie ihre kleinen Finger auf meinen Nacken klopften, tapp, tapp. Ich schaute Thérèse an. *Sie ist so schön*, formte ich unhörbar mit den Lippen. Doch offen gestanden dachte ich dabei auch daran, wie die Zukunft dieses kleinen Mädchens zerstört werden würde, wenn Thérèse und Tallien sich scheiden lassen sollten.

Nach meinem Besuch bei Thérèse wies ich meinen Kutscher an, mich zum Palais Luxembourg zu bringen. Die Fahrt schien ewig zu dauern, die Straßen waren in derart schlechtem Zustand. Und überall Spuren von Elend. In Lumpen gekleidete Kinder liefen neben meiner Kutsche her und quengelten nach Almosen. Ich warf ihnen alle Münzen zu, die ich hatte. Ein Junge, der eine mottenzerfressene englische Reisekappe auf dem Kopf hatte und bei dem man die Rippen sehen konnte, schlug die anderen mit einem Stock in die Flucht. Erschüttert wandte ich den Blick ab, als wir durch die Tore und ins Reich der Privilegierten fuhren.

»Zur Hölle mit den Royalisten«, krächzte Barras' Papagei, als ich in den Salon geführt wurde. Barras saß in einem Lehnsessel neben einem prasselnden Feuer und streichelte seinen Zwergwindhund. »Bleib sitzen«, sagte ich zu ihm und beugte mich vor, um ihn zu küssen.
»Nein, nein, ein Kavalier muss immer für eine Dame aufstehen«, sagte er, setzte Toto auf einem mit Troddeln verzierten Kissen ab, tätschelte dem Hund entschuldigend den Kopf und hievte sich dann aus dem Sessel. »Grand Dieu, meine Freun-

din, du siehst aber wirklich reizend aus«, sagte er mit seinem lakonischen, sanften provenzalischen Akzent. »Wie immer.«
»Oh, ich habe dich beschmutzt«, sagte ich und wedelte Puder von seiner samtenen Hausjacke. Er roch angenehm nach Zigarren und Ambra.
»Setz dich, setz dich«, drängte er.
Ein Netz aus Sorgenfalten zog sich um seine Augen. In den eineinhalb Jahren, seit ich ihn zuletzt gesehen hatte, schien er gealtert zu sein – oder hatte ich es vorher einfach nur nicht bemerkt?
»Wie geht es dir?«, fragte ich und ließ mich auf dem angebotenen Sessel nieder. Er sieht müde aus, dachte ich. Der Welt müde. Eher des Kämpfens müde.
»Oh …« Er machte eine wegwerfende Handbewegung und ließ dann die Hand fallen. »Das Übliche. In Grosbois, meiner bescheidenen Behausung, wird ein neues Dach gedeckt – also, *das* ist vielleicht eine Arbeit.« Er räusperte sich. »Und nun dieser ganze Wirbel um Talleyrands Ball. Zu sehr Ancien Régime, laut meinen Direktorenkollegen, die nur widerwillig ihre Teilnahme zugesagt haben, aber in schlichtem Habit kommen wollen. Wir werden so deplatziert aussehen wie Quäker bei einer Schlägerei.«
Der Name Lazare Hoche lauerte zwischen uns, unmöglich, ihn zu vermeiden. »In Saint-Roch sind mir Trauerkränze aufgefallen«, sagte ich schließlich. »Mein Kutscher erzählte mir, dass erst kürzlich eine Trauerfeier zu Ehren von Lazare stattgefunden hätte.«
»Die offizielle Trauerfeier war schon vor drei Monaten, aber die Leute wollen einfach nicht damit aufhören! Jedes Mal, wenn ich mich umdrehe, laufe ich in irgendeine verdammte Prozession, die mit seinem Bild herumzieht.« Er wandte den Blick ab, rang um Beherrschung, wie ich vermutete.
Ich betrachtete meine Hände, drehte und drehte an meinem Ehering. »Du weißt doch, dass ihm Bonaparte, als er Lazare das

letzte Mal sah, ironischerweise prophezeit hat, dass er jung in seinem Bett sterben würde. An diesem Abend, vor unserer Hochzeit, waren wir bei Thérèse und Tallien, und Bonaparte las jedem aus der Hand. Habe ich dir diese Geschichte nie erzählt?«

Barras, die Hand vor dem Mund, schüttelte den Kopf.

»Der Gedanke, dass es vielleicht Bestimmung war, tröstet mich offen gestanden«, sagte ich mit gefährlich schwankender Stimme. »Wenn der Tod dich haben will, dann findet er dich: das Credo eines jeden Soldaten.«

»*Merde*.« Barras verbarg das Gesicht in den Händen.

3. Januar

Oh, was für ein Tag, was für ein Abend! Es begann mit meinem Koch, der außer sich war – Bonaparte wollte nur hart gekochte Eier essen, behauptete er. Callyot beugte sich vertraulich zu mir: »Weil man damit nichts verkehrt machen kann, Madame.«

Dann erschien der Innenarchitekt; es war unmöglich, ihn hinzuhalten. »Ich hoffe, die Arbeit ist zufrieden stellend?«, fragte Vautier und reichte mir einen Fetzen Papier, auf dem in winziger Schrift die horrende Zahl stand: 130.000 Francs.

Oh, außerordentlich zufrieden stellend. Ausgezeichnet. Aber vielleicht etwas … teurer, als ich veranschlagt hatte. (Um das Zehnfache!)

»Wie Sie geschrieben haben, nur das Beste für den Befreier Italiens.« Er verbeugte sich.

Das hatte ich ihm geschrieben? »Ich werde veranlassen, dass mein Bankier mit Ihnen Kontakt aufnimmt.« Und dachte dabei: Wo sollte ich bloß das Geld hernehmen?

Lisette erschien an der Tür, eine Hand auf dem Elfenbeinknauf. »Die Schneiderin, Madame.«

Ich fertigte den Innenarchitekten mit übertriebenem Lob und

ebenso übertriebenen Versprechungen ab. Höflich machte er meiner hektischen Schneiderin Platz. Jede Frau in Paris bestellte ein neues Kleid für den Ball, ihre vierundzwanzig Näherinnen hätten Tag und Nacht gearbeitet, ereiferte sie sich und wies ihren Lakaien an, unsere Kreationen vorzuführen. Das Kleid für Hortense war exquisit, dachte ich, aber mein Kleid – eine schlichte gelbe Tunika im griechischen Stil – hatte ein Unterkleid aus Musselin. »Englischer Musselin ist doch ausdrücklich verboten«, sagte ich bestürzt. Es hatte sogar auf den Einladungen gestanden.

Die Augen traten ihr aus dem Kopf; ich fürchtete schon, es könnte sie der Schlag treffen. »Aber Madame«, sagte sie, die Stimme zu einem Flüstern gesenkt, »Madame de Chevalleys Unterkleid ist aus Musselin ebenso wie das von Madame de la Pinel.«

»Weder Madame de Chevalley noch Madame de la Pinel ist die Frau von General Bonaparte«, erinnerte ich sie liebenswürdig. Außerdem – obwohl ich es mir verkniff, ihr das zu sagen – fehlte es dem Modell an Eleganz. (Sie hatte den Saum gekräuselt!) Ich wiederholte meinen Wunsch nach Schlichtheit.

»Madame Bonaparte – wenn ich so kühn sein darf –, sind Sie sicher, dass Sie eine derart schlichte Tunika wünschen? Ich habe drei Mädchen beschäftigt, die sich ausschließlich der Applikation von Pailletten widmen.«

Keine Verzierungen, beharrte ich. Und kein Unterkleid aus Musselin.

»Auf Rechnung, Madame Bonaparte?«

Ja, natürlich – auf Rechnung.

Und dann der Juwelier, der darauf bestand, samt seiner Schatulle mit (wie ich gestehe) unwiderstehlichen Stücken hereingeführt zu werden. Ich wählte eine bildschöne Kette aus ineinander greifenden Goldblättern aus. Was sonst sollte zu einer griechischen Tunika passen? »Auf Rechnung, Madame?«

Und so ging es weiter. Lisette ist gerade mit einem Krug Glüh-

wein hereingekommen. Die Kutschen sind für neun Uhr bestellt worden, informiert sie mich.
»So früh!«
Es ist Zeit für mein Bad.
Und vielleicht ein wenig Laudanum.

Bonaparte saß auf einem Hocker neben meiner Frisierkommode und sah zu, wie mir Lisette die Haare frisierte. Er wäre mit der Schlichtheit meines Kleides zufrieden, sagte er. »Wir müssen den Anschein geben, als lebten wir meinen Verhältnissen entsprechend.«
Ich verkniff mir ein Lachen. Selbst den unverheirateten Generälen gelang es nicht, von einem jährlichen Generalsgehalt von vierzigtausend Francs zu leben, und was meine »schlichte« Tunika anging ...
»Wie sieht das aus?« Louis erschien in der Tür und zupfte an den Ärmeln eines Rockes aus Nankingstoff. Früher am Tag war er krank gewesen und sah immer noch blass aus. (Schon seit Italien war seine Gesundheit nicht stabil.)
»Hässlich!«, rief Jérôme hinter seinem Bruder, eifersüchtig, weil er noch zu jung war, um an dem Ball teilzunehmen.
Bonaparte sprang hoch. »Wer hat diesen Rock für dich gemacht?« Der Kragen war aus schwarzem Samt, die Insignien der Royalisten.
»Wie wäre es mit deinem blauen?«, schlug ich vor.
»Nicht bewegen, Madame!« Lisette sprühte Lack über meine Haare. »Sie sehen wunderschön aus«, sagte sie und reichte mir den Spiegel.
Ich sah grauenvoll aus! Die Locken waren mit einer Substanz auf meinem Kopf festgesteckt worden, die den Eindruck erweckte, als wäre ich gerade in einen Regenguss geraten.
Bonaparte zog seinen Chronometer aus der Tasche. »Wir kommen zu spät.«

Wir brachen bei leichtem Schneefall auf, Bonaparte, Louis, Hortense und ich. Das Klingeln der Messingglöckchen am Geschirr der Pferde klang festlich. An der Rue de Grenell mussten wir anhalten. Auf der gesamten Strecke zur Seine stauten sich die Equipagen. Hortense wischte ein Guckloch in das beschlagene Fenster. Woher kamen all diese Kutschen? Jahrelang hatte man auf den Straßen von Paris nur schäbige Mietdroschken gesehen, und nun waren die Fahrbahnen auf einmal mit eleganten Landauern, Phaetons, Kaleschen und Karriolen voll gestopft.

Bis wir in den Hof des Hôtel Gallifet einfuhren, war es halb zehn. Am Eingang war eine Biwakszene nachgestellt worden – Männer in Uniform und Zelte rund um ein Lagerfeuer. »Die Schlachtfelder von Italien«, erklärte Louis Hortense, als er ihr den Arm bot. »Abgesehen von dem Schnee natürlich«, fügte er hinzu, und meine Tochter lachte.

Als wir die Treppe hinaufgingen, flogen die Doppeltüren auf. Vier Pagen sprangen herbei, um uns die Umhänge abzunehmen. Ein Diener kündigte uns mit Opernstimme an. Die Musiker hörten auf zu spielen, und alle drehten sich um und starrten uns an. Dann brach ein Hurrageschrei aus, und Hörner bliesen einen Willkommensgruß.

Die Szene, die ich sich mir bot, überwältigte mich. Eine verschwenderische Fülle von Kerzen in riesigen Kronleuchtern beleuchtete eine Menschenmenge in glitzernder Pracht. Ein Mann mit glänzender Stirn bahnte sich mit Hilfe eines Ebenholzstockes seinen Weg zu uns. Er glitt mehr, als dass er ging, weil er, wie ich bemerkte, einen Klumpfuß hinter sich herschleifte. Es war Talleyrand, der berühmte (berüchtigte) Außenminister.

Er verbeugte sich tief vor Bonaparte und dann vor mir, wobei er zwei Finger der rechten Hand ausstreckte, als segnete er uns. (Er war einmal Bischof gewesen, erinnerte ich mich.)

»Wir haben Ihre Ankunft erwartet, Madame la Générale.« Nur seine Augen verrieten eine Spur von Leben. Sie füllten sich mit kriecherischer Ehrfurcht, wann immer sein Blick zufällig auf meinen Mann fiel. Mein Mann, der uns allerdings nicht beachtete, sondern mit hinter dem Rücken verschränkten Händen wie ein Habicht auf die Menge blickte.
»Ich bin erstaunt über die schöne Dekoration«, sagte ich zu Minister Talleyrand und stellte ihm Hortense vor, die knickste, und dann Louis, der sich verbeugte.
»Erfreut«, sagte Talleyrand mit monotoner Stimme.
Der Dramatiker Arnault erschien und begrüßte uns schüchtern. Bonaparte ergriff seinen Arm. »Führen Sie mich im Saal herum, Arnault. Wir werden uns in ein Gespräch vertiefen; dann wird mich niemand ansprechen.« Louis erbot sich, Hortense zum Ballsaal zu begleiten.
Wodurch ich ganz plötzlich mit unserem Gastgeber allein zurückblieb. »Diesen ganzen Abend über«, teilte er mir mit, »werde ich Ihr *cavaliere servante* sein. Ist das in Italien nicht so üblich?« Er lächelte, ein Gesichtsausdruck, der ihn furchteinflößend aussehen ließ. Ich hörte, wie die Musiker sich einstimmten. »Kommen Sie«, sagte er, »Sie müssen meine streitsüchtigen Tänzer sehen. In einem fehlgeleiteten Bewusstsein für Gleichheit bestanden sie darauf, dass sie, wenn sie schon für uns auftreten müssen, auch die Ehre haben sollten, mit uns zu speisen.«
Die Menge teilte sich für uns, als wir uns näherten. Ich trat etwas zur Seite, um jedem Schwung seines großen Fußes Platz zu machen. »Und wer ging als Sieger aus dieser Debatte hervor?«
»Ich bin immer der Sieger, Madame.«
Das Orchester blies einen Tusch. »Ah. Sie wollen einen neuen Tanz aus Deutschland vorführen. Walzer nennen sie ihn, glaube ich.« Ein Winkel der schmalen Lippen des Ministers kräuselte sich. »Er erfordert, dass sich Mann und Frau aneinander fest-

halten, und deswegen versuchen die Priester natürlich, ihn für sündhaft erklären zu lassen.«

Der Ballsaal war voll mit Musikern, Tänzern und Männern, die hinter sitzenden Frauen standen und zuschauten. Der Walzer war ein Tanz, bei dem sich die Paare in den Armen hielten und im Kreis drehten. Ich sah Hortense mit Louis in einem Alkoven, wo sie ihm zeigte, wie man das machte.

»Ah, da ist ja Bonaparte.« Ich erspähte ihn in einer Ecke am anderen Ende.

»Meiner bescheidenen Einschätzung nach sind alle fünf Direktoren nicht den kleinen Finger des Generals wert. Zwanzig Siege stehen einem so jungen Mann sehr gut an. General Bonaparte *ist* die Republik.« Die tonlose Stimme des Ministers passte nicht zu der Leidenschaftlichkeit seiner Worte.

Ja, nickte ich zerstreut. Bonaparte kam Arm in Arm mit Arnault auf uns zu. Ein Schwarm von Männern und Frauen folgte ihnen – wie das Gefolge eines Königs, dachte ich, und ein Gefühl der Benommenheit überkam mich.

Ich werde in Intrigen verwickelt

4. Januar 1798

»Wohin, Madame?«, fragte mein Kutscher und tippte an seine Schaffellmütze. Er fühlte sich elend, vermutete ich. Die Kutscher und Postillione hatten in der vergangenen Nacht zusammengesessen und die Gläser klingen lassen, während ihre Herrschaft den Ball genoss.

»Rue Honoré einhundert«, wies ich Antoine an, während ich die Karte, auf der die Pariser Adresse der Firma Bodin stand, las. Bonaparte hatte ich gesagt, dass ich Thérèse einen Besuch abstatten wollte – was zum Teil der Wahrheit entsprach. Nachdem ich in der Rue Honoré einhundert vorbeigeschaut hatte.

Ein Diener im Frack öffnete die Eichentür. Ich wurde in einen Salon geführt, der so groß war, dass er zwei Kamine brauchte. In einem Fensteralkoven stand ein mit Akten und einem Rechengerät bedeckter Schreibtisch.

Ich hörte das gleichmäßige Wumm, Wumm, Wumm eines Holzbeines. »Madame Bonaparte?« Hugo Bodin war jünger als sein Bruder, aber genauso rundlich, und sein Teint war sogar noch rosiger. Er zog an der Klingelschnur. »Hauptmann Charles«, wies er den Diener an und schob einen hohen Lehnstuhl für mich nach vorn. »Ich habe Ihren Besuch schon erwartet, Madame. Wir fühlen uns geehrt. Die Leidenschaft der Leute für Ihren Gemahl ist elektrisierend, um ein modernes Wort zu gebrauchen.« Er ließ sich auf einem purpurroten Sofa nieder, den Stumpf zu einer Seite ausgestreckt wie das Ruder eines

Bootes. »Wie ich höre, war das gestern Abend ein tolles Fest zu seinen Ehren. Selbst wir Plebejer, die wir nicht eingeladen wurden, waren ›ganz aus dem Häuschen‹, wie die Engländer sagen.«
»Es war eine außergewöhnliche Darbietung.« Ein Ball im Stil des Ancien Régime: ein großes Orchester, Tänzer, ein Festmahl. »Und recht raffiniert gemacht. Der Außenminister ließ seine Residenz so umwandeln, dass man meinte, hinter den Kulissen der Oper zu sein.«
»Wie ich hörte, wurde dieser Tanz, den der Klerus auf den Index setzen lassen möchte, vorgeführt. Wallace? Nein, *valse*.«
Irgendwo im Gebäude bellte ein Hund. »Der Hauptmann lässt Ihnen ausrichten, dass er gleich da sein wird«, verkündete der Butler.
Wie aufs Stichwort erschien der Hauptmann, während er noch den obersten Knopf einer weißen Rippenweste mit Goldmuster zuknöpfte. »Madame Bonaparte! Ich hoffe, dies bedeutet …?«
»Ich bin mir nicht sicher«, sagte ich zu beiden. »Mein Anwalt und ich haben den Vertrag sorgfältig geprüft, und wenn man die Höhe der Investition bedenkt, dann fürchte ich, dass …«
Hugo hob die Hände. »Bevor Sie irgendetwas sagen, Madame, sollten Sie wissen, dass wir bereit wären, Ihren Anteil auf zwölf Prozent zu erhöhen.«
Sie hatten ihn verdoppelt. »Ich weiß Ihr Angebot zu schätzen, Bürger Bodin, aber ich fürchte, dass ich mindestens fünfzehn fordern muss.«
»Abgemacht«, sagte Hugo.
Abgemacht. Ich schaute von einem Mann zum anderen. Dann lächelte ich dem Hauptmann zu und sagte: »Hauptmann Charles, wie es aussieht, sind wir jetzt wohl Geschäftspartner.«
»Hurra!«, rief Hugo in einem Ausbruch unwürdiger Begeisterung. Wir tranken mit Chartreuse aus Fingerhutgläsern auf unsere Partnerschaft.

Danach, als ich allein in der Kutsche saß, lachte ich über meine Dreistigkeit. Fünfzehn Prozent: ein kleines Vermögen. Ein Vermögen, das ich dringend brauchte.

Thérèse war hingerissen. »Du wirst es also wirklich tun? Du wirst Partnerin in einer Firma für die Belieferung des Heeres? Das ist gewagt! Du bist die einzige Frau, die ich kenne, die sich auf so etwas einlässt.«
»Aber du warst es doch, die mir dazu geraten hat.«
»Ich kann es einfach nicht glauben. Du wirst *Millionen* verdienen.«
»Wohl eher Millionen borgen.«

6. Januar

»Das ist eine große Summe«, warnte Barras. Der Ledersessel knarrte, als ich mein Gewicht verlagerte. »Vierhunderttausend.« Ich bemerkte, dass ich zwinkerte – einmal, zweimal, dreimal.
Barras lehnte sich zurück und betrachtete seine Fingernägel. Dann grinste er. »Willkommen in der Welt der Hochfinanz.«
Hochfinanz, hohe Verschuldung: hoher Profit.

8. Januar

»Draußen ist eine Negerin, die Sie zu sehen verlangt«, teilte mir Lisette heute Nachmittag mit. »Ich sagte ihr, sie solle zum Hintereingang gehen, aber sie rührt sich nicht von der Stelle.«
Ich fummelte am Fensterriegel herum und schaute hinaus. Eine schwarze Frau stand im Hof – eine hoch gewachsene, ältere Frau, die in einem abgetragenen Wollumhang über einem Kattunkleid fröstelte. »Mimi?« Sie blickte hoch, blinzelte gegen die Sonne. »Mimi!«

Ich wusste nicht, wie ich sie begrüßen sollte. Es war schon über sieben Jahre her. Wir hatten uns in einer schwierigen Zeit getrennt, in einer von der Revolution zerrissenen Welt, einer geteilten Welt. Es schien eine Ewigkeit her zu sein. »Ich dachte, ich würde dich nie wiedersehen«, sagte ich, und meine Augen füllten sich mit Tränen. In meiner Jugend war sie wie eine Schwester für mich gewesen – eine Schwester, eine Mutter, eine Freundin. Mimi war es, die mir das Tanzen, das Kartenlesen, das Amulettbasteln beibrachte, Mimi, die mich pflegte, wenn ich als Kind Fieber hatte, die half, meine Kinder auf die Welt zu bringen, Mimi, die ihr Kindermädchen gewesen war.

»Yeyette«, nannte sie mich bei meinem Kindernamen mit ihrem warmen Inselakzent, der wie Musik in meinen Ohren klang, »weint noch immer.« Und dann lächelte sie, dieses großzähnige, großherzige Lächeln.

Wir haben stundenlang geredet. Ich *hungere* nach Neuigkeiten von zu Hause. »Und wie geht es Maman?«, war eine meiner ersten Fragen.

Mimi schob ihre große Unterlippe vor, die Innenseite rosa wie eine Auster. »Sie kann nicht mehr gehen und auch ihre Hände nicht mehr benutzen.«

»Wie schrecklich!« Meine Mutter ist eine stolze Frau, unabhängig. Sie hatte die Zuckerplantage der Familie ohne jede Hilfe meines glücklosen Vaters geführt. Nach seinem Tod hat sie hart gearbeitet, um seine Schulden zu begleichen.

»Sie sagt, du hast einen Jakobiner geheiratet, den Teufel persönlich.«

Ich lächelte. Es überraschte mich nicht. Meine Mutter glaubt an Gott und den König. »Ich vermisse sie!«

Mimi berührte meine Hand. »Sie hat mir aufgetragen, mich an ihrer Stelle um dich zu kümmern.«

Meine Kehle war wie zugeschnürt. O *Maman*.

9. Januar

Ich besprach mit Mimi gerade die täglichen Abläufe, als Hortense den Kopf ins Zimmer steckte. Überrascht über die Anwesenheit einer dunkelhäutigen Frau fuhr sie zusammen.
»Hortense, erinnerst du dich noch an Mimi?«
»Mein Kindermädchen, meinst du?«, fragte Hortense und legte ihre Mappe ab.
»O mein Gott.« Mimi schlug die Hände an die Wangen.

[Ohne Datum]

Nachricht über einen Aufstand in Rom. Leutnant Duphot, Eugènes Freund, der gerade heiraten wollte, wurde in der Nacht vor seiner Hochzeit getötet. Wie schrecklich! Noch keine Silbe von Eugène. Ich kann nicht schlafen.

22. Januar

Es war nach Mitternacht, als ich von einem Klopfen an der Tür, dem Geräusch einer sich knarrend öffnenden Tür, geweckt wurde. »Madame?« Lisettes Kerze warf gespenstische Schatten an die Wände.
Ich glitt mit flatterndem Herzen aus dem Bett. Bonaparte, der schlief, regte sich nicht. »Was ist los?« Mit klappernden Zähnen zog ich einen Morgenmantel über.
»Ihr Sohn, Madame.«
Ich schlug die Hand über den Mund, denn ich befürchtete das Schlimmste.
»Er ist unten!«
»Maman!« Eugène zog einen Stiefel aus und stand schwerfällig auf.
»Du bist zurück!« Ich weinte. »Ich war außer mir vor Sorge.«

Er hielt seine Laterne hoch und stieß einen anerkennenden Pfiff aus. »Ist das hier das richtige Haus, Maman? Selbst der Straßenname ist nicht mehr der Gleiche.* Und ein Pförtner am Tor! Er hätte mich beinahe nicht hereingelassen.«
Bis spät in die Nacht unterhielten wir uns flüsternd am Kamin. So viele Abenteuer!
Vierundzwanzig Stunden Sturm auf See ...
»Mir war so übel, dass ich glaubte sterben zu müssen.«
»So ergeht es mir auch immer.«
Mörder, die ihn nachts in Neapel aus dem Schlaf rissen ...
»Mörder?«
»Mit diesen kleinen, rostigen Dolchen.« Jetzt lachte er darüber.
Ein mit Edelsteinen besetztes Schwert, das ihm die Gemeinde von Korfu geschenkt hatte und das er jetzt stolz für mich aus der Scheide zog ...
»Sind das echte Rubine? Es muss ein Vermögen wert sein.«
»Ich hatte überlegt, es zu verkaufen und dafür ein Pferd zu erwerben, aber Onkel Joseph sagt, das darf ich nicht – dass es eigentlich als Geschenk für den General gedacht war und daher der Familie Bonaparte gehört.«
»Das hat er gesagt?«
Und dann, zum Schluss, was in Rom geschah, der Aufstand ...
»Ist es wahr – ist Leutnant Duphot ...?«
»In der Nacht vor seiner Hochzeit, Maman! Wir gaben gerade ein Abendessen für ihn, als der Ärger begann. Er griff nach seinem Schwert und stürzte sich in den Pöbel draußen auf der Straße. Ich habe versucht, ihn aufzuhalten. Er hielt sich für einen Helden, und nun ...« Einen gequälten Ausdruck in den Augen hielt Eugène inne.

* Die Rue de la Chantereine war zu Ehren von Napoléons Siegen in Rue de la Victoire umbenannt worden.

9. Februar

Ich hatte eigentlich vorgehabt, mich heute mit Hugo Bodin und Hauptmann Charles zu treffen, aber es erwies sich als schwierig. Bonaparte will unbedingt über jeden meiner Schritte unterrichtet werden.

10. Februar

Bonaparte brach heute Morgen mit Eugène und Louis zu einer Inspektionsreise an der Küste auf. Ich winkte, bis die Kutsche außer Sicht war. Bonaparte wird für drei Wochen fort sein – Zeit genug.

[Ohne Datum]

Barras ist mit einem Prozent einverstanden, aber der Kriegsminister wird mehr erwarten, warnte er mich. »Und was ist mit General Berthier?« Bonapartes früherer Stabschef war jetzt Oberbefehlshaber der italienischen Armee.
»Er auch«, sagte er.
Jeder erwartet ein Stück von dem Kuchen. *Bien*. Solange ein Stück für mich übrig bleibt.

18. Februar

Ich bereitete mich gerade darauf vor, zu einem Treffen mit Barras ins Palais Luxembourg zu fahren, als ich Bonapartes Kutsche die enge Auffahrt hinaufrollen hörte. Die Pferde dampften in der frostigen Luft. Er sprang heraus, obwohl die Kutsche noch rollte.
»Du bist früh zurück«, sagte ich, als ich ihn umarmte – dachte jedoch offen gestanden an mein Treffen, zu dem ich unbedingt musste, und jetzt …

»Ich habe gesehen, was ich sehen musste.«
»War es denn keine gute Reise?« Er roch nach Seeluft.
»Die Direktoren träumen. Wir sind keineswegs in der Lage, England anzugreifen.«
Sein neuer Sekretär, Fauvelet Bourrienne, stolperte, als er aus der Kutsche stieg. Dann kam, gähnend und blinzelnd, der junge Louis Bonaparte zum Vorschein, gefolgt von Eugène, dessen Haare wie ein Heuhaufen abstanden.
»Willkommen zu Hause!«, sagte ich, als ich meinen Sohn auf die Wange küsste (waren da Stoppeln?), mir jedoch gleichzeitig Sorgen machte, wie ich Barras benachrichtigen sollte. Die Angelegenheit mit der Firma Bodin würde warten müssen.

23. Februar

Jeden Nachmittag kommt Bürger Talleyrand, der Außenminister mit der undurchdringlichen Miene, vorbei, und er und Bonaparte verschwinden im Arbeitszimmer. Dann verschwinde auch ich – um in die Reitschule zu fahren, sage ich meinem Mann. Oder zur Schneiderin. Oder um Thérèse zu besuchen.
Alles gelogen. Ich fahre »zur Arbeit« – ins Kontor der Firma Bodin in der Rue Honoré. Dort, an einem mit Pergament und Rechenmaschinen übersäten Tisch, arbeiten wir – Hauptmann Charles, Hugo Bodin und ich – die letzten Einzelheiten des Antrags aus: Lieferanten, Transport, Liefertermine, aber vor allem die Finanzen.
Ich gebe zu, dass ich trotz meines Geschlechts diese Beschäftigung genieße. Ich verspüre eine gewisse Erregung dabei, als besuchte ich einen Liebhaber. Aber es ist Geld, um das ich buhle, Geld, das mich betört, und der berauschende Ansporn, sehr viel zu verdienen.

24. Februar

Ich ließ den Antragsentwurf sinken. Im Schein der Lampe wirkten Hauptmann Charles' Augen riesig, wie schwarze Tintenkleckse. »Er ist klar und gut belegt. Ich glaube, er ist fertig.«
Er stand hinter mir, blätterte bis zur dritten Seite. Er roch nach Rosenwasser. »Was ist damit?« Er deutete auf einen Paragraphen.
»Das ist in Ordnung.« Seine Hände waren nur Zentimeter von meiner Brust entfernt. Er sammelte die Papiere mit übertriebenen, geschäftigen Bewegungen ein und legte sie in seinen Löschpapierblock.
Mein Herz flatterte wie ein Blatt im Sturm, als ich meine Handschuhe überstreifte.

Später Nachmittag

Endlich ist der Antrag der Firma Bodin fertig gestellt. Hauptmann Charles fertigte zwei Kopien in seiner sauberen und winzigen Schrift davon an. Ich soll ihn morgen früh bei Barras abliefern. »Warten Sie«, rief der Hauptmann, als ich aufbrach. Er machte einen Handstandüberschlag und landete vor mir auf den Füßen.
»Ja?«, fragte ich belustigt.
Er wackelte mit den Fingern über dem Umschlag, als wolle er ihn verzaubern.

25. Februar

»Voilà, der Antrag der Firma Bodin«, sagte ich zu Barras und legte ihm die Mappe vor.
Barras deutete mit seinem goldbetressten Hut auf Papierstapel

auf einem Beistelltisch. »Leg ihn dort hin, zu all den anderen.« Mit müdem, geduldig leidendem Blick.

Ich legte ihn auf den Stapel und lächelte so gewinnend, wie ich nur konnte. »Der Erste, der in Erwägung gezogen wird, Père Barras?«

Nun können wir nur noch warten. Alles hängt von der Zustimmung Schérers ab, des Kriegsministers.

Nachmittag

»Hat der Kriegsminister jemals deinen Salon besucht, Fortunée?«, fragte ich, als ich die Karten austeilte.

»Bürger Schérer? Jede Woche.«

»Oh, sie kann diese Angeberei einfach nicht lassen«, sagte Thérèse.

»Ich dachte, du kennst ihn, Joséphine.«

»Ich habe mich bei Barras mit ihm unterhalten, und ich kenne seine Frau, aber zu meinem Salon muss er erst noch kommen.«

»Der Innenminister ist vergangene Woche zu meinem Salon gekommen. *Und* vier Deputierte«, sagte Madame de Crény und baumelte mit den Füßen.

»Deputierte gehen überall hin.«

»Ich habe monatelang versucht, den Außenminister zu meinem zu locken, und schließlich ist es mir gelungen.«

»Das habe ich schon gehört.«

»Du meinst, dass du tatsächlich Talleyrand von Joséphines Salon weggelockt hast?«

»Alle wichtigen Männer gehen zu *ihrem* Salon.«

Alle außer Schérer, der Kriegsminister, dachte ich – der einzige Mann, der zählte.

»Lade mal Geneviève Payan ein«, sagte mir Fortunée später, als sie aufbrach.

Die Opernsängerin? »Ich stehe in deiner Schuld«, sagte ich und umarmte sie.

26. Februar

Mittags brachte mir Lisette die Visitenkarten, die im Laufe des Vormittags abgegeben worden waren. Ich sah die Namen durch und verteilte sie auf drei Stapel – diejenigen, denen ich eine Karte schicken würde, diejenigen, die einen Gegenbesuch erforderten, diejenigen, die ich zu einem neuerlichen Besuch einladen würde.

Die letzte Karte stimmte mich nachdenklich. Sie war schwarz umrandet und nach üblichem Muster gestaltet. *La veuve Hoche*. Lazares Witwe.

Nach 10 Uhr abends

Es war dunkel, die engen Straßen waren matschig. »Sind Sie sicher, Madame?« Mein Kutscher ließ den Tritt herunter und reichte mir die Hand. Das Haus war klein, ohne Hof. Ich nickte. »Es wird nicht lange dauern.«

»Bürgerin Beauharnais.« Die Witwe Hoche redete mich mit dem Namen meines ersten Mannes an, dem Namen, mit dem Lazare mich angeredet hätte. Ihre dunklen Augen, verborgen unter der bogenförmigen Rüsche einer schlichten Leinenhaube, blickten ängstlich. Ganz wie ein Schulmädchen, das eine Lehrerin begrüßte, hob sie den Saum ihrer fleckigen weißen Schürze an beiden Ecken hoch und machte einen gehorsamen Knicks. Mit ihren qualvoll dünnen Schultern wirkte sie wie ein verletzter Vogel, ein Findelkind. Ich konnte sie mir nicht in Lazares Armen vorstellen, konnte mir nicht vorstellen, dass *dies* die Frau war, die er geliebt, die Ehefrau, die er betrogen hatte. Ich hatte mir Lazares Frau als gut gebautes, sittsames und dralles Bauernmädchen mit Apfelbäckchen und einem herzhaften Lachen vorgestellt. Nicht als dieses ätherische Wesen mit seinen dünnen Fingern, die mehr daran gewöhnt waren, Spitzen zu häkeln, als eine Kuh zu melken.

»Meine tiefe Anteilnahme«, sagte ich.

Blinzelnd schob sie eine Haarsträhne unter ihre Haube. Ich folgte ihr nach oben in ein kleines Wohnzimmer am Ende eines dunklen und engen Ganges. Über einem Kohlekamin hing ein Porträt von Lazare – er sah streng darauf aus. Zu meiner Überraschung hing an der Wand daneben ein Kruzifix. Ich akzeptierte den angebotenen Sessel, eindeutig der beste Sessel im Raum, der Ehrenplatz. Seine junge Witwe nahm mir gegenüber Platz, die Hände im Schoß gefaltet. Ich hörte ein Kinderlachen, dann kleine Schritte, harte Lederschuhe auf einem blanken Holzfußboden. »Ihre Tochter?«, fragte ich.

Die Tür quietschte in den Angeln. »Diese Dame war eine Freundin deines Vaters.« Adélaïdes Hoches Stimme bebte.

Die Kleine bohrte einen Finger ins Ohr und deutete dann auf das Porträt. Sie war noch keine drei, schätzte ich, aber groß für ihr Alter. »Sie hat die Augen ihres Vaters«, sagte ich. Und seinen Mund.

Eine alte Frau erschien und hob das Kind hoch. Die Tür schlug mit einem Knall zu, der die dünnen Wände erzittern ließ. Ich fragte mich, ob sie die Tante war, die Lazare aufgezogen hatte, die Gemüsehändlerin, die von Haus zu Haus zog und so fest entschlossen war, dass Lazare lesen und schreiben lernte, dass sie selbst kein Gemüse aß, um jeden Sou zu sparen.

Einen Augenblick saßen wir schweigend da, Adélaïde Hoche auf ihren Händen und den Blick starr auf den Fußboden gerichtet. Von irgendwoher konnte ich das klagende Miauen einer Katze hören. Ich wollte gerade eine Bemerkung über das nicht sonderlich gute Wetter machen, als sie mit den Worten heraus-

platzte: »Er hat gesagt, dass Sie mir helfen würden, wenn ich jemals Hilfe brauchte.«
»General Hoche?« *Sollte mir irgendetwas zustoßen, dann bitte ich dich inständig, meiner Frau und meinem Kind beizustehen.*
»Er hat gesagt, dass ich Ihnen vertrauen kann.«
Ich nickte, ja!
In dem anderen Zimmer fing das Kind zu weinen an; die Witwe neigte den Kopf, um abzuschätzen, wie groß der Kummer war. Das Weinen versiegte und ging in Geplapper über. »Es hat mit Père Hoche zu tun…« Die Knöchel ihrer gefalteten Hände waren weiß.
»General Hoches Vater?«
»Er ist zurück nach Thionville, um sich um alles Mögliche zu kümmern, daher habe ich die Gelegenheit genutzt, mit Ihnen zu sprechen. Ich bin froh, dass Sie gekommen sind. Morgen kehrt er zurück.« Sie starrte auf eine blaue, tönerne Urne auf dem Kaminsims. »Er ist in schlechter Verfassung«, sagte sie schließlich mit bebendem Kinn.
Ich wandte den Blick ab. Ich fürchtete, sie könnte zu weinen anfangen, und dann würden wir, das wusste ich, beide weinen.
»Es muss schrecklich schwer sein. Gibt es irgendetwas, was ich tun kann?«
Sie zögerte, bevor sie sagte: »Wenn Sie nur den Bericht bekommen könnten. Père Hoche hat es versucht, aber sie wollten ihn ihm nicht zeigen.«
»Ich verstehe nicht.« Den Autopsiebericht?
»Père Hoche ist …« Sie schlang die Finger ineinander. »Wenn er nur den Bericht sehen könnte, vielleicht würde ihm das ja helfen.«
»Aber besteht denn irgendein Zweifel? Waren Sie denn nicht bei Ihrem Mann?«
»Er starb in meinen Armen«, sagte sie stolz.
Ein Schluchzer brach aus mir heraus. »Verzeihen Sie«, sagte ich

und wischte mir über die Wangen. Ich hatte mir geschworen, es nicht soweit kommen zu lassen.

Gleich darauf suchte ich Barras auf. Ich war erleichtert, als ich ihn allein antraf. »Ich komme gerade von einem Besuch bei der Witwe Hoche«, sagte ich, um einen beiläufigen Ton bemüht.
Er zog sein Lorgnon hervor und sah mich überrascht an. »*Du* hast ihr einen Besuch abgestattet?«
»Sie hat den Anstoß dazu gegeben. Sie macht sich Sorgen um ihren Schwiegervater.«
»Hoches Vater? Er ist bei der Trauerfeier zusammengebrochen, wusstest du das? Es war grässlich.«
Ja, ich hatte davon gehört. »Die Witwe meint, dass Père Hoche vom Tod seines Sohnes besessen ist, wie man wohl sagen würde, besessen herauszufinden, woran er starb.«
»Er weiß ganz genau, woran Lazare starb – an Schwindsucht. Das hat die Autopsie eindeutig ergeben. Es stand in allen Zeitungen. Ich verstehe nicht, wo da das Problem liegt.«
»Wenn er vielleicht nur den Bericht sehen könnte.«
»Das ist Geheimsache.«
»Paul, du kennst doch die Gerüchte«, sagte ich sanft. »Wenn der Autopsiebericht feststellt, dass Lazare an Schwindsucht starb, warum macht man ihn dann nicht öffentlich bekannt? Es würde dazu beitragen …«
»Ich werde dir sagen warum!«, sagte er, die Hände um die Lehnen seines Stuhles geklammert. »Weil es nichts zu verbergen gibt. Ich habe sie *satt*, diese ignoranten, misstrauischen …«, ereiferte er sich, suchte nach weiteren Schimpfworten.

27. Februar

Die Tür zum Hause Hoche war angelehnt. Ich zog an dem Klingelzug, wartete. Ich hörte ein Kind plappern. Ein großer weißhaariger Mann in einer schweren Wolljacke und gerippten Strümpfen kam zur Tür. Lazares Vater, Père Hoche – es war leicht an seinen buschigen Augenbrauen, seinem vorstehenden Kiefer, seiner stolzen Haltung zu erkennen. Das Kind spähte zwischen seinen Beinen hindurch. Ich stellte mich vor und reichte ihm meine Karte. »Bürgerin Bonaparte.«

»Die Frau von General Bonaparte?«, fragte Père Hoche mit Respekt in der Stimme.

»Ich kannte Ihren Sohn, im Carmes-Gefängnis.«

»Ja, er hat mir davon erzählt.« Mit prüfendem Blick.

Ich wurde rot. »Meine tiefe Anteilnahme, Bürger Hoche.«

»Hoche ist *mein* Name«, sagte das Kind zwischen den Beinen seines Großvaters hindurch.

»Ja, ich glaube, wir wurden einander schon vorgestellt.« Ich lächelte.

Kreischend lief sie in die Tiefen des Hauses zurück.

Der alte Mann winkte mich ins Haus. »Sind Sie hier, um Adélaïde zu besuchen?«

»Sie erwartet mich, glaube ich.«

»Sie sagte mir zwar, dass sie jemanden erwartet, aber sie hat mir nicht verraten, dass es die Frau dieses Halunken Bonaparte ist«, sagte er und zündete eine in Ölpapier gewickelte Kerze an.

Ich folgte ihm, als er langsam die enge Treppe zu dem dunklen Wohnzimmer hinaufstieg. »Nehmen Sie Platz. Ich werde ihr sagen, dass Sie hier sind.« Ich wartete in dem kargen Zimmer, spürte Lazares Augen auf mich herabstarren. Eine Seidenblume war unter das Porträt gestellt worden, neben die blaue Urne. Ich hörte eine Tür, Schritte. Adélaïde Hoche kam herein, ganz in Schwarz gekleidet, einen Witwenschleier um die Schultern drapiert. »Père Hoche, bitte setz dich zu uns. Ich glaube, es betrifft Lazare«, sagte sie über die Schulter. Sie berührte die Urne auf dem Kaminsims, bekreuzigte sich und nahm Platz.

Der alte Mann erschien in der Tür, füllte den Türrahmen aus.
»Ach ja?«
Ich blickte unbehaglich von einem zum anderen. »Es tut mir Leid, aber ich fürchte, es wird mir nicht möglich sein, den Bericht zu bekommen. Man sagte mir, dass das Gesetz verhindert, ihn öffentlich bekannt zu machen …«
»Den Autopsiebericht?«, fragte Père Hoche und trat ins Zimmer.
»Direktor Barras versicherte mir persönlich, dass die Ergebnisse eindeutig sind – Ihr Sohn starb an Schwindsucht.«
Père Hoche schlug mit der Faust gegen die Wand. »Wagen Sie es ja nicht, den Namen Barras in diesem Hause auszusprechen!«
Ich erschrak, mein Herz klopfte wild.
»Père Hoche, bitte«, zischte die junge Witwe, aber ihr Schwiegervater beachtete sie nicht.
»Ja, mein Sohn hatte die Schwindsucht, aber das hat ihn nicht getötet. Von der Schwindsucht bekommt man keine Schüttelkrämpfe. Lazare wurde *vergiftet*.«
Äußerlich ruhig wirkend erhob sich die Witwe und rückte Lazares Porträt zurecht. »Es ist kein gutes Bild«, sagte sie.

Ich werde beschuldigt

28. Februar 1798

Bonaparte ist schon wieder in einer Besprechung mit Talleyrand. Jeden Nachmittag schließen sie sich ins Arbeitszimmer ein. Es ist ein wenig geheimnisvoll geworden, denn nun hat Bonaparte jedem den Zutritt zu diesem Raum verboten. »Auch die Dienstboten, Bonaparte?«, fragte ich verblüfft. Denn im Arbeitszimmer sah es aus wie auf einem Schlachtfeld.
»Selbst du«, sagte er und kniff mich ins Ohrläppchen.

[Ohne Datum]

Neben Bonapartes Bett stapeln sich Bücher – Ossian, Plutarch, der Koran.

[Ohne Datum]

Ich kam mir wie ein Dieb in meinem eigenen Haus vor. Ich zündete eine Kerze an, sah mich um. Bonapartes Arbeitszimmer war in diesem vertrauten unordentlichen Zustand, der nach unbändiger Aktivität aussah. Jede Fläche war mit Papieren, Zeitungen, Schriftrollen übersät. Ich nahm einen Teller mit Hühnerknochen in die Hand, um ihn wegzuräumen, doch dann stellte ich ihn wieder genau dorthin, wo ich ihn gefunden hatte. Ich hielt die Kerze über die Landkarte, die über dem Teppich ausgebreitet war – *Ägypten*.

1. März

Minister Schérer hat den Vorschlag der Firma Bodin noch nicht einmal gelesen. »Warum braucht er so lange?«, fragte ich Barras. Wir standen in einem Alkoven seines prunkvollen Salons, angeblich um ein Gemälde zu bewundern, das vor kurzem dort aufgehängt worden war.
»Weil er jede Minute jeden Tages damit verbringt, sich mit den Vorschlägen deines Herrn Gemahls zu befassen, deswegen.«
Ich schaute zu den Leuten, die am anderen Ende des Salons zusammenstanden. Joseph stand vornüber gebeugt und redete auf Bonaparte ein – hielt ihm eine Standpauke, nach Bonapartes Gesichtsausdruck zu urteilen. Trotz seines zurückhaltenden Wesens nahm Joseph seine Stellung als Familienoberhaupt der Bonapartes ernst. Nach korsischem Brauch standen seine jüngeren Geschwister alle unter seiner Obhut. Dies ging sogar so weit, dass Joseph allen Ruhm, der Bonaparte zukam, für sich in Anspruch nahm; alle Erträge wurden von ihm verwaltet. Wir sind Korsen, pflegte Bonaparte zu mir zu sagen, als ob dies alles erklärte.
»Schläft dein Mann eigentlich nie?«, fuhr Barras fort. »Wir erhalten jeden Tag mindestens eine Mitteilung von ihm, und das zusätzlich zu all den Besprechungen, die er ständig einberuft.«
»Bezüglich Ägypten?«, fragte ich und sah ihm dabei in die Augen, um seine Reaktion zu beobachten.
Barras stieß einen verächtlichen Laut aus. »Das ist Wahnsinn, was er da plant«, schnaubte er und packte mich am Ellenbogen.
»Die Leute haben schon den Italienfeldzug für Wahnsinn gehalten«, verteidigte ich meinen Mann. Nahm jedoch zur Kenntnis, dass Barras einen Ägyptenplan nicht ablehnte.
Er wedelte nach provenzalischer Manier mit den Armen durch die Luft. »Vielleicht hat er ja Recht, wer weiß? Vielleicht ist das

ja wirklich die einzige Möglichkeit, nach England zu kommen, es von Asien abzuschneiden, von der Quelle seines Reichtums.«

England: der Feind. Solange ich zurückdenken konnte, war das schon so gewesen. Wir hätten Frieden, wenn England nicht wäre. Wir hätten Wohlstand, wenn England nicht wäre. Fast jeder Mann, den ich jemals geliebt habe – mein glückloser Vater, mein zügelloser erster Mann, mein ehrenhafter Lazare und nun auch noch mein brillanter und zielstrebiger zweiter Mann – wurde von einem einzigen Gedanken und nur von diesem einen verzehrt: England zu besiegen. »Ich nehme an, dass du nicht zu den Befürwortern zählst.«

Barras fuhr mit den Fingern durch seine sich lichtenden Haare. »Offiziell zähle ich natürlich schon zu den Befürwortern. Aber privat – und das habe ich Bonaparte selbst gesagt – habe ich ernsthafte Bedenken. Sein Vorschlag stützt sich auf drei Voraussetzungen, drei *falschen* Voraussetzungen aus meiner Sicht. Erstens, dass es möglich sei, Ägypten zu erobern, was zweifelhaft ist. Zweitens, dass er dann in der Lage wäre, eine Verbindung zu Indien aufzubauen, was unwahrscheinlich ist. Und drittens, dass sich Indien dann mit uns verbündet, um England zu erobern, was absurd ist.

Aber weißt du, was *wirklich* Wahnsinn ist? Dass meine Direktorenkollegen dem einfach zustimmen könnten. Meine persönliche Meinung ist, dass sie allem zustimmen werden, wenn es nur bedeutet, deinen Mann außer Landes zu bekommen. Seine Popularität beunruhigt sie. Hast du schon die Bonapartepuppen gesehen, die unten an den Kais von den Straßenhändlern verkauft werden?«

»Indien?«, fragte ich verwirrt. Was hatte Indien damit zu tun?

Barras betrachtete mich eine ganze Weile. »Du weißt überhaupt nichts darüber, richtig? Du hast nur Vermutungen angestellt.«

[Ohne Datum]

»Du könntest mir ruhig von Ägypten erzählen«, sagte ich zu Bonaparte und stellte mein Glas mit verdünntem Wein ab.
Er wandte sich mir mit einem rätselhaften Lächeln zu.

2. März

Hauptmann Charles machte drei Handstandüberschläge im Hof der Firma Bodin. »Er ist genehmigt worden!«, jauchzte er. Endlich – die Firma Bodin ist jetzt der offizielle Lieferant für Pferde an die italienische Armee.
»Wir haben es geschafft«, rief Hugo Bodin von der obersten Stufe. Er legte seine pummeligen Fäuste ineinander und reckte sie in Siegespose in die Luft.
Hauptmann Charles wirbelte mich herum. Ich fühlte mich leicht in seinen Händen. Er hob mich tanzend hoch und sang: »Wir werden reich, wir werden reich, wir werden *stinkend* reich!«

5. März

Bonaparte schlug die Tür hinter sich zu. »Die Direktoren haben ihre Einwilligung gegeben.« Er schleuderte seinen Hut auf einen Sessel; er verfehlte sein Ziel und warf eine Lampe um.
»Wozu?«, fragte ich, als ich die Lampe aufrichtete, um nachzusehen, ob Öl herausgelaufen war.
»Zum Einmarsch in Portugal.« *Portugal?* Er grinste wie ein Schuljunge. »Zumindest ist das die offizielle Version.«

10. März

Gestern war unser Hochzeitstag – unser zweiter. Wir hatten einen ruhigen Abend geplant, doch um vier Uhr nachmittags

teilte mir Bonaparte mit, dass Admiral Bruyes und zwei Adjutanten mit uns zu Abend essen würden. »Ich dachte, wir essen allein, Bonaparte. Heute ist unser Hochzeitstag.«
»Ach ja?«
»Wir haben gestern darüber gesprochen.«
»Hast du eigentlich eine Ahnung, was ich in einer Woche tue?«, explodierte er und stürmte aus dem Schlafzimmer.
Später, viel später, kehrte er reumütig zurück. Er hatte getrunken, was ungewöhnlich war. »Ich möchte ein Kind machen«, sagte er und machte sich an der Bettfeder zu schaffen. Unsere Betten flogen krachend zusammen – ein Geräusch, von dem ich wusste, dass es im ganzen Haus gehört werden konnte. Ein Geräusch, bei dem die Dienstboten zweifellos zu kichern anfingen.
»Ich gebe langsam die Hoffnung auf, ob ich jemals noch ein Kind bekommen werde«, gestand ich. Es war schon einige Zeit her, seit ich die monatliche Unpässlichkeit hatte.
»Über die Sterilität einer Frau wird in den ersten drei Jahren des Ehelebens entschieden.« Er setzte sich und zerrte an seinen Stiefeln. »Bei einer Frau über fünfundzwanzig wird der Abstand größer.«
»Du hast dich schlau gemacht?« Bonaparte war überzeugt, dass man durch Wissen alles erreichen konnte – und durch Willen, *seinen* Willen.
Er legte mir demonstrativ die Hand auf die Brust. »Gebärmutter und Brüste stehen im Einklang miteinander. Um die Gebärmutter zu erregen, muss man nur die Brust erregen.«
»Dann hätte ich schon vor langer Zeit ein Kind erwarten müssen«, sagte ich lächelnd.
Er zog an meinem Nachthemd und streifte es mir über den Kopf. »Königin Anna von Österreich hat Ludwig XIV. nach zweiundzwanzig Jahren Sterilität zur Welt gebracht.«
Einundzwanzig Jahre Treue, so verstand ich das. Aber sprach es nicht aus.

[Ohne Datum]

Aus Madame Campans Buch, Kapitel sechsundzwanzig »Über die Sterilität«:
Sterilität ist die mangelnde Empfängnisbereitschaft bei einer Frau entsprechenden Alters, welche den Annäherungsversuch des Mannes gebührend duldet.
Ich weiß nicht, was ich davon halten soll. Ich bin im »entsprechenden Alter«, und ich »dulde gebührend« (!) den Annäherungsversuch des Mannes. Ich begreife nicht, warum ich nicht schwanger werde. Und eigentlich begreife ich auch nicht, warum ich den Monatsfluss nicht mehr habe, trotz des bitteren Rautetees, den zu probieren mich Mimi überredet hat.*

13. März

Ich bin … ja, *am Boden zerstört* ist das richtige Wort. Hintergangen worden. Bitterkeit erfüllt mein Herz. Fassungslosigkeit. Lisette ist fort. Ihre Tränen konnten mich nicht rühren.
Folgendes ist geschehen:
Nach meiner Morgentoilette nahm ich im oberen Salon einen raschen Imbiss ein. Lisette, die behauptete, Depressionen zu haben, war in ihr Zimmer im Untergeschoss gegangen. Bonaparte war mit Fauvelet, Junot und einigen anderen Adjutanten im Arbeitszimmer. Das dachte ich jedenfalls.
Als ich gerade eine Tasse Kaffee austrank, kam Bonaparte nach oben und fragte nach Junot. »Ich dachte, er wäre bei dir«, sagte ich.
»Ich habe ihn schon den ganzen Morgen nicht gesehen.« Verdutzt. »Vielleicht ist er ausgeritten.«

* Ein Tee, der aus Raute, einer immergrünen Pflanze, hergestellt und gewöhnlich von Frauen benutzt wird, die abtreiben wollen.

»Vielleicht«, sagte ich und erhob mich, denn ich war plötzlich beunruhigt.

Die steile Treppe, die zu den Dienstbotenquartieren im Untergeschoss führte, war dunkel. Auf dem Absatz hielt ich inne. Ich meinte, eine Männerstimme gehört zu haben. Vielleicht war es der Koch oder mein Diener. Aber das glaubte ich nicht.

Unten angekommen blieb ich, plötzlich unsicher geworden, stehen. Die Luft war kühler als oben, aber abgestanden, und es roch nach Plätteisen. Ich könnte einfach die Tür zu Lisettes Zimmer öffnen – machte man das nicht so in Theaterstücken? Stattdessen klopfte ich.

»Sag ihr, dass ich gleich oben bin«, hörte ich Lisette in ärgerlichem Ton rufen. Die Tür war dünn; ich konnte es ziemlich deutlich hören.

Ich klopfte noch einmal, diesmal fester, nachdrücklicher.

»Sag ihr, sie soll sich am Riemen reißen!« Eine Männerstimme: Junot!

»Ich werde *dich* gleich am Riemen reißen«, hörte ich Lisette kichernd sagen und dann: »Dieses Weib macht mich noch wahnsinnig.«

Dieses Weib. Ich drehte den Metallknauf. Die Tür schwang mit einem gequälten Quietschen auf. Da, nackt auf einem schmalen Rollbett unter dem hohen, schmutzigen Fenster, waren Lisette und Junot, Lisette rittlings auf ihm. Beide wandten mir in einer seltsam übereinstimmenden Bewegung das Gesicht zu.

»Bonaparte sucht Sie, Oberst Junot«, sagte ich, ging rückwärts aus dem Zimmer und schloss die Tür hinter mir. Haltsuchend an beide Wände gestützt und mit unsicheren Beinen stieg ich wieder die Treppe hinauf.

Mimi war in meinem Schlafzimmer und sammelte Schmutzwäsche ein. »Es geht mir gut«, versicherte ich ihr. »Aber ich wäre gerne allein.« Ich fürchtete, dass mich ihr zärtlich besorgter Blick zum Weinen brächte. Unten hörte ich schwere Schritte, hörte, wie eine Tür geöffnet und wieder zugeschlagen wurde, das gedämpfte Poltern von Männerstimmen. Ich ließ mich auf einem der harten Schemel neben dem Bett nieder. Noch nie zuvor hatte ich einen Mann mit einer Frau gesehen, nicht so, *in flagranti*. Ein Mann mit einem Mädchen.

Ich trank gerade ein zweites Glas Hysteriewasser, als ich hörte, wie die Dielenbretter vor meiner Tür knarrten und dann dreimal leicht geklopft wurde. Ich antwortete nicht.

Wieder wurde dreimal geklopft. Der Knauf drehte sich, die Tür schwang auf. »Verzeihen Sie, Madame«, sagte Lisette mit gesenktem Kopf und vorne verschränkten Händen.

Ich wusste nicht, was ich sagen sollte. Ich war nicht fähig, ihr zu verzeihen. Es war nicht so sehr das, was sie getan, sondern das, was sie gesagt hatte: *dieses Weib*. Bedeutete ich ihr denn nicht mehr? Ich hatte inzwischen geglaubt, dass wir einander sehr gern hätten. Wir hatten doch so viel gemeinsam durchgemacht. Aber ganz offensichtlich hatte ich mich getäuscht. »Pack deine Sachen, Lisette.«

»Madame, bitte!« Sie schlug die Hände vors Gesicht.

Weinte sie? Ich bezweifelte es. Sie streckte die Hand aus, um meine Hand zu berühren, als ich an ihr vorbeiging und aus der Tür eilte. Ich hatte mich nicht getäuscht. Ihre Augen waren klar.

»Es war doch nur einmal, Madame. Ich verspreche …«

Atemlos schloss ich die Tür hinter mir.

»Das wird Ihnen noch Leid tun«, hörte ich sie schreien.

»Du hast deine Zofe entlassen?«, fragte Bonaparte, als er seinen Rock anzog, um sich auf Weg zu einer Besprechung mit den Direktoren im Palais Luxembourg zu machen. »Aber warum denn?«

Junot, der am Kaminsims lehnte, beobachtete mich mit ungerührtem Blick aus seinen kalten blauen Augen.
»Es war eine persönliche Angelegenheit«, teilte ich meinem Mann gelassen mit, wobei ich Junots Blick auswich. Es hatte keinen Zweck, es Bonaparte zu sagen. Junot war einer seiner ältesten Freunde.
»Du hast ihr zu viele Vertraulichkeiten erlaubt. Das verdirbt eine Zofe.«
»Ja«, sagte ich.
»Das nächste Mal wirst du klüger sein.«
Ich hörte, wie Junots Fingergelenke knackten.

14. März, mittags

»Jeder wusste Bescheid«, berichtete mir Mimi.
»Warum hast du mir nichts gesagt?«
»Das ist nicht meine Art.«
»Wirst du meine Zofe?«
»Eine Kammerzofe?« Mimi zögerte, überlegte.
Ich berührte ihre Hand. »Bitte, Mimi – ich brauche jemanden, von dem ich weiß, dass ich ihm vertrauen kann.« Ich fühlte mich wie ein Schiff ohne Ruder. Ich glaubte nicht mehr an mein eigenes Urteilsvermögen.
Sie machte ein zweifelndes Gesicht. »Ich müsste lernen, mich zu benehmen.«
»Aber du wirst es doch tun?«
Sie grinste. »Habe ich deiner Mutter versprochen, dass ich mich um dich kümmern würde, oder nicht?«

16. März

Bonapartes älterer Bruder Joseph hat es sich angewöhnt, jeden Tag zum Mittagessen vorbeizukommen. Heute bat er um eine

Unterredung mit Bonaparte unter vier Augen, daher entschuldigte ich mich. Sie waren einige Zeit allein. Dann erschien Bonapartes Sekretär. »Der General und sein Bruder wünschen mit Ihnen zu sprechen, Madame«, teilte mir Fauvelet Bourienne mit verlegenem Blick mit.
Bonaparte hatte die Füße auf seinen Schreibtisch gelegt und schlug mit einer Reitgerte auf die Tischplatte. »Gehen Sie, Fauvelet«, befahl er seinem Sekretär. »Und schließen Sie die Tür!«
Joseph lümmelte sich auf einem Sessel neben dem Feuer und betrachtete seine Fingernägel. Er schaute zu mir auf und lächelte. In diesem Augenblick wusste ich, dass ich in Schwierigkeiten war.
»Joseph hat mich gerade informiert, dass du Geschäftsbeziehungen zu einer Firma für Heeresbelieferung unterhalten hast.« Bonaparte schaute kurz zu seinem Bruder, der nickte. »Der Firma Bodin, um genau zu sein, der kürzlich ein Vertrag zur Lieferung von Pferden an die italienische Arme bewilligt wurde.«
Ich schaute kurz von Bonaparte zu Joseph und wieder zurück. »Worüber sprichst du?«, wollte ich wissen, mein Herz hämmerte.
»Vielleicht frischt dies Ihr Gedächtnis auf.« Joseph zog ein Blatt Papier aus seiner Westentasche und las vor. »Rue Honoré einundzwanzig.« Er lächelte.
Hugo Bodin wohnte in der Rue Honoré zwanzig, nicht einundzwanzig. »Da bin ich noch nie gewesen.«
»Seltsam«, sagte Joseph immer noch lächelnd. »Sie wurden gesehen, wie Sie am fünfzehnten Ventôse um zwanzig vor elf dort hineingegangen und nicht vor drei an diesem Nachmittag herausgekommen sind. Sie wurden erneut am zweiundzwanzigsten gesehen, und dann noch einmal am dreiundzwanzigsten.«
»Werde ich etwa verfolgt?«

»Gestehe, Joséphine!«, explodierte Bonaparte. »Gehst du dort nicht jeden Tag hin – wenn du mir sagst, dass du zur Reitschule gehst, um deinem Sohn zuzusehen?«
Es war eine heftige Auseinandersetzung. (Ich zittere immer noch.) »Na los, lass dich doch von mir scheiden, wenn es das ist, was du willst!«, schrie ich schließlich. Und Joseph Bonaparte lächelte die ganze Zeit.

17. März

Eine schlaflose Nacht. Joseph weiß alles – die Einzelheiten des Vertrages, die Finanzen! Wie hat er das herausgefunden? Irgendjemand muss ihn informieren. Ich habe Jubié in Verdacht, den Bankier, mit dem Hugo Bodin verhandelt hat. Ich habe einen Brief an Hauptmann Charles gesandt, um ihn und Hugo Bodin zu warnen.
Ich habe das Gefühl, in einer Falle zu sitzen, bin wütend. Mit welchem Recht mischt sich Joseph in meine Geschäfte ein? Mit welchem Recht spioniert er mir nach? Und mit welchem Recht behandelt mich eigentlich Bonaparte mit derartiger Geringschätzung? Selbstgerecht werfen sie mir Verbrechen vor, deren sie sich selbst schuldig machen. Ich bin nicht mit Bonaparte verheiratet, ich bin mit einer korsischen Sippe verheiratet – und ich verachte sie.

11 Uhr 30 nachts

Bonaparte setzte sich auf sein Bett. Ich lag steif ausgestreckt in meinem Nachgewand auf meinem eigenen. »Du weißt, dass ich in dieser Sache Recht habe«, sagte er kalt und von oben herab.
Ich antwortete nicht.
»Antworte mir!« Die Hände zu Fäusten geballt.
»Du hast doch *immer* Recht, Bonaparte«, sagte ich und drehte

an meinem Ehering. Ich könnte ihn einschmelzen, dachte ich, Ohrringe daraus machen.

»Gib es zu – du hast mal so ganz nebenbei als Heereslieferantin herumgepfuscht.«

Herumgepfuscht. Das Wort ärgerte mich. »Pfuschten« Männer herum? Tatsache war, dass ich schon lange bevor wir heirateten, schon lange bevor wir uns kennen lernten, »herumgepfuscht« habe. Und zufälligerweise habe ich meine Sache gut gemacht. Die Gewinne bezahlten mir die Miete, ermöglichten es mir, meine Kinder zur Schule zu schicken – ermöglichten mir zu überleben. »Ja, Bonaparte, ich habe *herumgepfuscht*. Genau wie dein Bruder, genau wie dein Onkel Fesch.« Genau wie er selbst in Italien. Genau wie praktisch alle Offiziere in der Armee. Genau wie eigentlich all die *bon ton,* die feinen Leute von Paris.

»Es gehört sich nicht für eine Frau, sich in geschäftliche Dinge einzumischen.«

Er redete wie ein rückständiger Klosterbruder vom Lande. »Die Zeiten haben sich geändert. Viele Frauen …«

»Nicht meine Frau!«

»Wir haben einen Vertrag, Bonaparte: Du kommst für deine Kosten auf und ich für meine.« Ich ballte die Hände, bohrte die Nägel in die Handflächen. »Ich bin diejenige, die für Hortenses Ausbildung aufkommen muss. Ich bin diejenige, die eine ansehnliche Summe für ihre Mitgift aufbringen muss, die meinen Sohn mit Uniformen versorgen muss. Wie soll ich das, deiner Meinung nach, wohl anstellen, frage ich dich? Wenn meine so genannte Herumpfuscherei nicht wäre, säße ich, ehrlich gesagt, auf der Straße.« (Nun ja, da habe ich wohl ein wenig übertrieben.)

Er stampfte aus dem Zimmer. Heute Nacht schläft er im Arbeitszimmer. *Bien*. Da kann er meinetwegen bleiben.

18. März

Mimi half mir in meinen Wollumhang. »Nicht deinen Pelz?«, fragte sie und drückte mir mütterlich die Schulter. »Es ist kalt draußen.«
»Es wird schon gehen.« Für Mimi war es immer kalt. »Sollte Bonaparte fragen, sag ihm, dass ich zur Korsettmacherin gefahren sei.«
Sie sah mich lange an. »Aber die Korsettmacherin kommt doch morgen hierher.«
»Ich meine die Hutmacherin«, sagte ich mit glühenden Wangen. Ich hatte Mimi noch nie belogen. Ich wandelte mich zu einer Person, die kein Vertrauen mehr hatte – zu einer Person, die nicht mehr vertrauenswürdig war. An der Tür schaute ich zurück. »Verzeihst du mir?«

Mein Kutscher trieb die Pferde mit gefährlichem Getrappel aus dem Tor. Als wir uns dem Monceau-Park näherten, zog ich meinen schwarzen Schal aus der Tasche und drapierte ihn mir über den Kopf. Mein Kutscher half mir beim Aussteigen und warnte mich vor dem Matsch. Glücklicherweise regnete es nicht mehr. Ein Heer von Bettlern schrie auf und streckte die Hände aus. Ich gab ihnen einen Beutel mit Krusten. Wo war Hauptmann Charles?, fragte ich mich und spannte trotz der Wolken meinen Sonnenschirm auf. Ich hatte ihn benachrichtigt, mich um zehn zu treffen. Mir war unbehaglich zumute, den Monceau-Park ohne Begleitung zu betreten. Erleichtert entdeckte ich schließlich einen Mann auf einem Rappen, der sich in raschem Trab auf dem Hauptweg näherte. Er wedelte mit einem weißen Federhut. Ich eilte zu einer Bank neben einigen römischen Säulen.
»Eigentlich wollte ich vor Ihnen hier sein«, sagte Hauptmann Charles, als er anmutig von Ostwind absprang, »aber ich wurde

durch Vorbereitungen für Mailand aufgehalten.« Er schlang die Zügel über einen Ast. »Hier«, sagte er, zog ein Tuch mit Seidenquasten aus seiner Satteltasche und breitete es über die Steinbank.

Ich setzte mich ans andere Ende der Bank, um ihm Platz zu lassen – mehr als er brauchte. Ich zog meinen Umhang eng um mich. Es war ein feuchter und scheußlicher Tag, und ich bedauerte es jetzt, nicht den Pelz übergezogen zu haben.

»Ich habe mit Hugo gesprochen«, sagte er, beugte sich vor und blickte über den Teich. Seine vollen Lippen streiften die Kante seines blauen Halstuches, das so gebunden war, dass es sein Kinn vollkommen bedeckte. Er räusperte sich. »Sie hatten Recht. Es war der Bankier Jubié. Wie sich herausstellte, kennt er den Bruder Ihres Mannes.«

»Aha.« Ich verschränkte die Arme über der Brust. Ich mochte es nicht, wenn ich mich so benahm – so distanziert. »Und Jubié erzählte Joseph, dass ich an der Firma beteiligt bin?« Hauptmann Charles nickte. »Aber woher wusste *er* es denn? Hugo schwor, es vertraulich zu behandeln.«

Hauptmann Charles warf einen Kieselstein in den Teich. »Hugo sagte, er hätte es ihm erzählen müssen. Sonst hätte er uns das Geld nicht vorgeschossen.«

Aber ja doch, natürlich, dachte ich verärgert. Ich sah zu, wie sich die Wasserkreise öffneten. Ich hätte auch gerne etwas in den Teich geworfen, aber ich fühlte mich zu alt für solche Spiele, und dieser Gedanke stimmte mich traurig.

»Jubié und Ihr Schwager sind offensichtlich gemeinsam durch die Stadt gezogen«, grinste Hauptmann Charles. »In drei Tavernen, eine Spielhölle und ein Bordell.«

Ich zuckte mit den Schultern. Mir waren schon vorher Geschichten über Josephs Ausschweifungen zu Ohren gekommen, gewöhnlich von seiner tränenreichen Frau.

»Werden Sie aus der Firma austreten?«, fragte er.

»Nein.« Ich konnte es nicht – auch wenn ich es wollte. Ich hatte mir ein kleines Vermögen geliehen, um eintreten zu können. Wenn ich jetzt ausstieg, wäre ich am Ende. »Eher würde ich die Scheidung einreichen«, log ich.

»Das wäre Ihrem Schwager sehr recht. Offensichtlich hat er Jubié erzählt, dass er keine Ruhe gäbe, bis er seinen Bruder dahin gebracht hätte, sich von Ihnen scheiden zu lassen«, sagte der Hauptmann und schlug mit einem Stock an seine Stiefelspitze.

»Oh?« Das erklärte, warum Joseph mir hatte nachspionieren lassen, sein gehässiges kleines Lächeln. Trotzdem überraschte es mich. Ich wusste, dass Joseph nichts für mich übrig hatte, aber ich hätte nicht geglaubt, dass er so weit gehen würde, Bonaparte zu einer Scheidung von mir zu bewegen.

»Er erzählte dem Bankier, dass Sie seinen Bruder des Geldes wegen geheiratet hätten.«

Ich lachte, wie ich gestehe. Als wir heirateten, hatte Bonaparte keinen Sou. »Das ist amüsant. Was hat er *noch* gesagt?«

»Dass Sie Bonaparte in Ihren Bann gezogen haben.« Ich lächelte. Nun ja …

»Und dass Sie eine Hexe sind.« Er zuckte entschuldigend mit den Schultern.

Eine *Hexe*? Was hatte ich Joseph jemals angetan, dass ich eine so hasserfüllte Verleumdung verdiente?

»Es tut mir Leid, Madame Bonaparte, aber ich meinte, dass Sie das wissen sollten. Es trägt dazu bei zu wissen, wem man vertrauen kann …«

»Und wem nicht«, sagte ich und trat gegen einen Kieselstein. Er schlitterte über den Weg und ins Wasser. Ich sah zu, wie sich die Kreise öffneten, einer nach dem anderen. Wie weit ging sie, diese Hinterlist?

Danach fuhr ich zu Thérèse. Ich war außer mir. »Hör zu«, sagte ich zu ihr, während ich auf und ab ging, »ich kann die Firma

Bodin nicht verlassen, selbst wenn ich es wollte.« Allein Barras schuldete ich fast eine halbe Million Francs. Die einzige Möglichkeit auszusteigen war, so lange dabei zu bleiben, bis ich meine Schulden zurückzahlen konnte.

»Darf ich einen Vorschlag machen?«, sagte Thérèse, bemüht mich zu beruhigen. »Sprich mit Bonaparte. Sag ihm, dass er ein mieser Geizhals gewesen ist – mit dem man unmöglich zusammenleben könnte –, dass er dich in eine untragbare Situation gebracht hätte, dass du nicht die Absicht hättest, ihn durch etwas zu kompromittieren, was *jeder* in Paris tat, einschließlich aller Mitglieder seiner habgierigen Familie, und dann sag ihm, dass du beabsichtigst, dich zurückzuziehen. Vielleicht wird es etwas länger dauern, da herauszukommen, als du zugibst, und vielleicht ist er besser dran, wenn er es nicht weiß. Nach seinen cholerischen Anfällen, die er wegen eines Hutkaufs kriegt, zu urteilen, kann ich dir garantieren, dass er die Höhe deiner Schulden gar nicht wissen will. Ehrlich gesagt, alles, was er hören will, ist, dass du ihn liebst. Warum sagst du es ihm dann nicht einfach?« Sie lachte über meine mürrische Miene. »Doch, das tust du, weißt du. Warum gibst du es denn nicht einfach zu?«

[Ohne Datum]

»Yeyette?« Mimi stellte ein Tablett auf dem Tisch neben meinem Bett ab. »Ich habe den Koch dazu überredet, dir Bananenbrot zu backen.« Sie reichte mir ein Stück.

»O Mimi, ich bin ja so unglücklich«, gestand ich. Seit drei Nächten schlief ich schon allein, warf und drehte mich hin und her.

»Der General ist auch traurig.«

»Oh?« Ich biss in das himmlisch riechende Brot, und im Geiste hüllte mich meine Kindheit wieder ein.

»Ich habe noch nie in meinem Leben einen unglücklicheren Mann gesehen.«
»Gut!«, sagte ich, hielt jedoch blinzelnd die Tränen zurück.
»Ich glaube, es wird Zeit, dass wir miteinander reden«, sagte sie und reichte mir ein Flanelltuch, damit ich mir das Gesicht trocknen konnte.
Und so redeten wir. Ich erzählte ihr, wie verwirrt ich wegen Bonaparte war, wie wütend er mich machte, wie sehr er mich zur Verzweiflung brachte. Und dann erzählte ich ihr, wie brillant er meiner Meinung nach ist, wie unbändig sein Verstand, immer mit Denken beschäftigt und wie mich das manchmal erschreckte, weil ich seine Gedanken, seine Träume kannte. Ich sagte ihr, wie verschieden wir sind, wie schwer es ist, mit ihm zu leben. Und dann sagte ich ihr, wie ähnlich wir uns sind, dass wir beide auf Inseln aufgewachsen waren, fern von Frankreich, dass wir wussten, wie es war, ein Außenseiter zu sein. Und dass er mich mehr liebte als jemals irgendjemand zuvor und dass er mich brauchte, dass ich sein Glücksstern bin und dass ich manchmal meinte, dass wir unter einem ungünstigen Stern stehen.
»Glaubst du, er ist dein Seelenfreund?«
»Das befürchte ich«, sagte ich und weinte erneut.

19. März, Sankt-Josephs-Tag

Ich kämmte mir gerade an meiner Frisierkommode die Haare, als ich im Schlafzimmer Schritte hörte. »Bonaparte?«, rief ich und stand auf.
Er steckte den Kopf in mein Ankleidezimmer, den Hut noch auf dem Kopf. »Da bist du ja.«
»Es …« Tut mir Leid, wollte ich sagen.
Feierlich überreichte er mir eine Kette aus Messing. »Heute ist dein Namenstag.«

Der neunzehnte März, natürlich – Sankt-Josephs-Tag. Ich war überrascht, dass er daran gedacht hatte, überrascht, dass er es überhaupt wusste. »Wie lieb von dir.« Ich legte sie um. »Sie ist wunderschön«, log ich.

»Joséphine, ich ...«

Ich schaute in seine großen grauen Augen, seine melancholischen Augen, die so voller Träume waren. »Ich weiß, Bonaparte.«

»Der Sultan der Türkei hat über hundert Frauen«, erzählte mir Bonaparte, »Schönheiten, die darauf warten, an die Reihe zu kommen, der Befriedigung hingegeben, der Kunst der Befriedigung. Er strich mir über die Brust, die Hüfte. »Wie meine Frau.« Denn ich befriedige diesen Mann, meinen Mann.

»Ich möchte mit dir kommen«, sagte ich zu ihm.

»Nach Ägypten?«, flüsterte er.

»Wo auch immer du hingehst.«

Ich muss zurückbleiben

20. März 1798

Das Schwarze Land – es geht mir nicht aus dem Kopf. Ich habe darüber gelesen und das Buch unter meiner Matratze versteckt. Wir werden im Juni ankommen, nach dem Schirokko, einem erstickenden Wind, der über die Wüste fegt. Es wird heiß sein. »Ich bin Kreolin«, beruhigte ich Bonaparte. »Die Hitze wird mir nichts ausmachen.«

In Ägypten regnet es nicht. Jedes Jahr tritt der Nil über die Ufer und überschwemmt das Land mit einer schleimigen Substanz. Sonst würde nichts wachsen. Ein Land ohne Wasser! Selbst die Namen der Oasen hören sich trocken auf meiner Zunge an: *Khârgeh, Dâkhel, Farâfa, Sîwa, Bahrîyeh.*

In diesem Land gedeihen Krankheiten – Pest, Cholera, Augenentzündung, Ruhr … selbst Furunkel, die so schrecklich sind, dass sie einen Menschen töten können.

Ein Land aus Kristallgestein, das mit Flugsand bedeckt ist.

Ein Land ohne Bäume. Man kann sich einen solchen Ort gar nicht vorstellen. Ich bin gespannt darauf, eine Papyruspflanze zu sehen, aus der das Papier, das man überall im Altertum benutzte, hergestellt wurde. Die Lotusblume ist eine Seerose, die am Nil wächst.

Ochsen, Pferde, Esel, Schafe, Ziegen – vertraute Kreaturen. Aber Kamele! Und Katzen ohne Schwänze. (Krokodile sind glücklicherweise selten zu sehen.) Der Pelikan, der geliebte Vogel meiner Jugend, lebt im Norden.

Die Städte werden von weißen Geiern bevölkert, die verehrt werden – ebenso wie bestimmte Tiere, Reptilien und sogar Gemüsepflanzen. Der Sonnengott ist Ra, ein Mann mit Habichtkopf, der Mondgott ist Thot. Seth ist die Macht des Bösen, ein Geist mit einem freundlichen, verführerischen Namen.
»Ägypten ist die Erste der Menschheit bekannte Nation«, erzählte mir Bonaparte mit ehrfürchtiger Stimme. Er arbeitet bei Kerzenlicht auf dem Fußboden unseres Schlafzimmers, studiert die Landkarten, folgt den Schritten Alexanders des Großen, Julius Cäsars. Er träumt von Wüstensand.

2. April

Den ganzen Tag Besprechungen hier im Haus zur Vorbereitung der »Expedition« – der *geheimnisvollen* Expedition. Eugène lachte mit den Männern, als er aus dem rauchgeschwängerten Arbeitszimmer kam. »Wir ziehen nach Portugal«, teilte er mir im Vertrauen mit.
»Oh?« Mehr, als ihm das wahre Ziel nicht zu verraten, kann ich nicht tun.

3. April

Heute suchte mich die Witwe Hoche auf, ihre Sorge über Père Hoche siegte über die Schüchternheit. Ihr Schwiegervater leidet, Zorn und Kummer verzehren ihn. »Können Sie denn gar nichts tun?«

4. April

»Da will ich dich ein seltsamer Mann besuchen«, sagte Mimi naserümpfend.
Es war mein alter Freund Fouché*, der wie ein Bettler aussah.

»Wie freundlich von Ihnen, so schnell zu kommen.« Denn ich hatte erst heute Morgen nach ihm geschickt. Ich bot ihm ein Glas Orangenwasser an – Fouché nahm keinen Alkohol zu sich, wie ich wusste. Seine Augen mit den schweren Lidern, seine unordentliche Bekleidung, sein muffiger Geruch, alles das weckte ein Gefühl der Zuneigung in mir. Er war ein Exzentriker, dieser verlotterte Mann, dieser glühende Revolutionär mit Mundgeruch. Dieser Mann, der seiner hässlichen, rothaarigen Frau und all ihren hässlichen, rothaarigen Kindern treu ergeben war. Dieser Mann, der als Partner der Firma Ouen, ein Heereslieferant, ein Vermögen verdiente (wie ich gehört hatte). Dieser Mann, der ungewöhnliche Spion. »Es gibt da ein Dokument, dass ich unbedingt beschaffen muss«, wagte ich zu sagen. »Wären Sie möglicherweise verfügbar?«

Er öffnete seine Schnupftabakdose. »Gegen entsprechende Entlohnung«, sagte er und nahm eine Prise. Ich wurde rot. »Sie missverstehen mich, Bürgerin. Ich handele mit Informationen. Ich gebe Ihnen, was Sie wollen, und Sie zahlen es mir in gleicher Münze zurück.«

Was er sagte, klang so harmlos, ein schlichter Tauschhandel. Aber mir war klar, was er in Wahrheit meinte. Im Tausch gegen jedwede Antworten, die er vielleicht lieferte, sollte ich mich als Spionin in seinem Interesse betätigen. »Ich würde niemals einen Freund kompromittieren«, sagte ich.

»Das dürfte auch kaum nötig sein. Sie wissen doch zweifellos, dass Sie eine Anzahl von Feinden haben, die Ihnen zahlreiche Gelegenheiten verschaffen könnten, eine derartige Verpflichtung zu erfüllen.«

»Vielleicht sagen Sie mir erst einmal, wer das sein könnte?« Ich lächelte hinter meinem Fächer.

* Joseph Fouché war ein radikaler Revolutionär, der für Gewalttätigkeiten (selbst Gräueltaten) und seine Vorliebe für Konspiration berüchtigt war.

»Man braucht kein Hellseher zu sein, um zu erkennen, dass die Bonapartes Ihnen den Tod wünschen, aber angesichts der damit verbundenen Unannehmlichkeiten gäben sie sich sicherlich schon damit zufrieden, Sie zugrunde zu richten. Und in ihrer Mitte wurde in letzter Zeit eine recht hübsche junge Dame gesehen – ein Mädchen, das einmal Ihre Kammerzofe war.« Er trank einen kleinen, vorsichtigen Schluck aus seinem Glas Orangenwasser. »Es ist eine von unserem ehemaligen Adel wohlverstandene Weisheit, dass man sich niemals einem Mann oder einer Frau, der oder die für einen arbeitet, offenbaren sollte. Dienstboten, die solchermaßen ins Vertrauen gezogen werden, sammeln mit der Zeit sehr viele Informationen, die sie in die Lage versetzen, von deren Verkauf zu profitieren. Und Profit ist, das wird Ihnen sogar ein Revolutionär bestätigen, eine unwiderstehliche Naturgewalt. Vielleicht ist es ja diese junge Frau, die Ihnen Sorgen bereitet.«
Lisette war mit den Bonapartes gesehen worden? Ich ging mit glühenden Wangen zum Fenster. »Nein, Bürgerin Compoint ist es nicht.«
»Vielleicht hat es ja mit Ihrer gegenwärtigen« – er hielt inne – »Verlegenheit zu tun.«
Meine Schulden meinte er. »Damit hat es nichts zu tun.« Offen gestanden war ich entsetzt darüber, was Fouché alles wusste.
»Dann betrifft es zweifellos die etwas suspekten Praktiken Ihrer Geschäftspartner, der Gebrüder Bodin.«
Suspekte Praktiken? »Der Name Bodin ist mir nicht bekannt, Bürger Fouché«, teilte ich ihm mit großartiger Gelassenheit mit.
Fouché knöpfte seinen Rock auf und enthüllte darunter eine gediegene Weste mit Silberbesatz. »Bürgerin, Sie sind eine eindrucksvolle Lügnerin, ein Talent, das ich von jeher an Ihnen bewundert habe. Dann verraten Sie es mir – was wünschen Sie zu erfahren?«
»General Hoches Witwe hat mich um Hilfe gebeten.« Fouché

lehnte sich überrascht zurück. Es freute mich offen gestanden, einen Mann wie Fouché, einen professionellen Alleswisser, verblüffen zu können. »Ihr Schwiegervater, Père Hoche, der Vater des verstorbenen General Hoche, neigt zu düsteren Träumen, Wutanfällen, die seine Gesundheit geschwächt haben. Er ist davon besessen, den Grund für den Tod seines Sohnes herauszufinden.«

»Fall abgeschlossen, Bürgerin. Es ist allgemein bekannt, dass General Hoche an Schwindsucht starb.«

»Genauer gesagt hat der ältere Hoche vergeblich versucht, eine Kopie des Autopsieberichtes zu bekommen …«

»Der, da Militärsache, natürlich geheim ist.«

Ich nickte. »Dies sagte man mir. Die Tatsache, dass niemand ihn einsehen darf, hat Père Hoches Phantasie weiter angestachelt.«

»Aber Direktor Barras könnte Ihnen doch sicher eine Kopie besorgen.«

»Ich fürchte nein.« Ich hielt inne, da ich nicht sicher war, ob ich Fouché erzählen sollte, wie sehr sich Barras allein schon bei der Erwähnung des Berichts aufgeregt hatte. »Das Problem ist, dass Père Hoche davon überzeugt ist, dass sein Sohn vergiftet wurde.«

»Père Hoche und das übrige Paris.« Fouché machte eine wegwerfende Handbewegung. »Hat er denn Grund dazu? Oder stützt er sich nur auf Gerüchte wie wir anderen auch?«

»Er behauptet, dass sein Sohn vor seinem Tod Schüttelkrämpfe erlitten hätte.« Ich schluckte, denn eine Woge von Tränen drohte in mir aufzusteigen. »Offensichtlich sind Schüttelkrämpfe für Schwindsucht nicht symptomatisch.«

Nachdenklich biss sich Fouché in die Innenseite seiner Wange. »Ich bin der Ansicht, dass der Vater vor lauter Kummer in den Wahnsinn getrieben wird. Wenn er wenigstens den Autopsiebericht einsehen könnte, würde das vielleicht seine fixen Ideen beschwichtigen. Aber nach meinem Gespräch mit Direktor Barras bin ich zu dem Schluss gelangt, dass es nicht einfach sein

wird, eine Kopie des Berichts zu bekommen. Dass dies vielleicht sogar ein gewisses Maß an, nun ja …«
»An Schnüffelei erfordert?«
Ich lächelte reumütig. »Ganz zu schweigen von Diskretion. Denn ich bin sicher, dass Sie verstehen können, Bürger Fouché, wie wichtig es ist, dass mein Engagement in dieser Sache streng vertraulich bleibt.«
»Verschwiegenheit ist meine Leidenschaft, Bürgerin.«

6. April

Gestern Abend in Barras' Salon schlich sich Fouché an mich heran. »Der Autopsiebericht scheint aus den Akten des Kriegsministeriums verschwunden zu sein«, raunte er mit aufgerissenen Augen.
Ich bedeutete ihm, still zu sein. Gerade hatte Talleyrand den Raum betreten.
»Ich habe einen Verbindungsmann in der medizinischen Fakultät«, fuhr er fort. »Er sollte mir den Namen des Chirurgen nennen können, der die Autopsie durchgeführt hat.«
»Wie schön, Sie heute Abend zu sehen, Bürger Talleyrand«, sagte ich und reichte dem Außenminister die Hand.

7. April

»Ich konnte den Chirurgen ausfindig machen, der die Autopsie durchgeführt hat, aber er verlangt einhundert Francs«, teilte mir Fouché heute Abend auf dem Korridor im Palais Luxembourg mit. »Sind Sie bereit?«
»Einhundert Francs zu zahlen? Nur für die Kopie eines Berichts?«
Fouché zuckte mit den Schultern. »Ich war überrascht, dass er nicht mehr wollte.«

8. April, Ostersonntag

»Sie haben ihn?«, fragte ich Fouché mit belegter Stimme. Mir war es gleichgültig, mir war beides gleichgültig, sowohl das Suchen als auch das Finden. Ich wollte nur, dass es vorüberging. Hätte ich nicht versprochen, der Witwe Hoche zu helfen, hätte ich von dieser Sache gänzlich die Finger gelassen.

Fouché, die Hand in seiner Manteltasche, zog die dünnen roten Augenbrauen hoch. »Ja. Aber er wird den Vater nicht beschwichtigen«, warnte er und faltete das einzelne vergilbte Blatt auseinander. »Laut Autopsiebericht ist die Ursache für General Hoches Tod« – er legte eine wirkungsvolle Pause ein – »unbekannt.«

Das hatte ich ganz und gar nicht erwartet. Barras hatte mir selbst gesagt, dass die Autopsie festgestellt hätte, Lazare sei an Schwindsucht gestorben. »Dann ist General Hoche also nicht an Schwindsucht gestorben?« Ich überflog das Dokument und faltete es dann zusammen. Ich wollte es nicht genauer lesen.

»Möglicherweise – denn wenn er an Schwindsucht gestorben wäre, dann hätte der Chirurg, wie mir scheint, dies wohl eindeutig erklärt. Wenn man aber an einer Vergiftung sterben sollte – sagen wir mal, lediglich zu Ermittlungszwecken – und die Auswirkungen heimtückisch und daher mysteriös waren, dann würde die Todesursache im Bericht höchstwahrscheinlich als …«

»Unbekannt?« Père Hoche schüttelte den Bericht in der Luft, als drohe er den Göttern. »Mein Sohn wurde vergiftet. Daran ist nichts unbekannt. Und ich werde Ihnen sagen, wer es getan hat – Direktor Barras.«

Ich spähte bestürzt zu der Witwe. Sie stand am Kamin, die Hand an der blauen Urne auf dem Sims. Ich wollte etwas zu Barras' Verteidigung vorbringen, aber ich wusste, dass es den alten Mann nur noch wütender machen würde.

»Und ich sage Ihnen auch warum«, polterte er weiter. »Direktor Barras hat meinen Sohn ermordet, weil Lazare rechtschaffen war. Sprechen Sie dieses Wort in Gegenwart von Barras aus und sehen Sie, ob er es überhaupt kennt. Rechtschaffen, ehrlich, mutig – das sind alles Fremdwörter für diesen Verräter.«

»Kannst du nicht schlafen?«, fragte Mimi, als sie mich im unteren Salon fand, wo ich zusammengerollt auf dem Sofa lag und in die Glut starrte.

»Wie spät ist es?«, fragte ich.

»Zwei«, sagte sie.

Ich seufzte. Würde ich jemals schlafen? »Ich habe Sorgen, Mimi.«

»Ich weiß.«

Ich lächelte. Mimi wusste alles.

»Willst du reden?«

»Noch nicht«, sagte ich zu ihr und erhob mich.

»Denk immer daran, wir passen auf dich auf«, sagte sie, »deine Mutter und ich.«

Auf dem Treppenabsatz drehte ich mich um. »Danke.«

9. April

Bonaparte und ich sind gerade von einem Abend in Barras' Salon zurückgekehrt. Ich bin in Aufruhr wegen eines Gesprächs mit Fouché. Er berichtete mir, dass der Mann, der die Autopsie durchgeführt hatte, ihn zu Hause aufgesucht und ihm weitere Informationen angeboten hätte – gegen mehr Geld natürlich.

»Ich habe mir erlaubt, in Ihrem Interesse zu bezahlen.«

»Oh«, sagte ich schwach. Ich hatte gedacht, die Sache wäre ausgestanden. Er hatte den Bericht besorgt. Die Aufgabe war erledigt.

»Wie es aussieht, hat General Hoches Arzt nach der Autopsie darum gebeten, das Herz beiseite zu legen.«

Lazares Herz? Warum? Erschüttert setzte ich mich hin. Ich konnte es nicht ertragen, auf diese Weise, als eine Ansammlung so vieler Teile, an Lazares Körper zu denken.
»Außerdem«, sagte Fouché und setzte sich, die Hände auf den Knien, neben mich, »gab es Verfärbungen an der Magenschleimhaut – genug, um einen Verdacht zu wecken, aber nicht genug, um etwas zu beweisen.«
»Verdacht worauf?« Ich hörte eine Glocke läuten, gefolgt von einer anderen und dann noch einer.
»Auf Vergiftung.« Er drehte sich zu mir und lächelte. »Darf ich einen Vorschlag machen, Bürgerin? Im Laufe der Jahre habe ich gelernt, dass Erfolg von einer einzigen Sache und ausschließlich von einer einzigen Sache abhängt – dem Mut, die richtige Frage zu stellen. Und die richtige Frage, bei allem Respekt, wäre nicht, wie General Hoche starb, sondern eigentlich eher, wer ihn umbrachte.
»Bürger Fouché, ich möchte, dass diese Ermittlung eingestellt wird.«
Er machte ein verwundertes Gesicht. »Aber Bürgerin …«
»Ich bestehe darauf!«

10. April

Bonaparte ist außer sich. Es gibt so viel zu tun, und alles wird durch die Notwendigkeit erschwert, die Gelder für die Expedition aufzutreiben – eine Expedition, deren wahres Ziel nicht bekannt werden darf (damit die Engländer es nicht herausfinden). Zu diesem Zweck haben wir jeden Abend Gäste – gestern Abend den Bankier Perrégaus; heute Abend Collot, den Rüstungsfabrikanten. An jenen Abenden, an denen wir keine Gäste haben, suchen Bonaparte und ich Barras' Salon im Palais Luxembourg auf, wo sich das Gespräch ständig nur um das dreht, was alle mittlerweile »Bonapartes Kreuzzug« nennen.

11. April

Jeden Abend empfangen wir Mitglieder der Académie: Ingenieure, Chemiker, Zoologen, Kartographen, Antiquare. Bonaparte ist fest entschlossen, über einhundert Gelehrte mitzunehmen. Er muss seine ganze Überredungskunst aufwenden, denn das Ziel bleibt weiterhin geheim.*

12. April

»*Basta*!« Bonaparte schleuderte seinen Hut auf den Teppich und zog seine Stiefel aus. »Du kennst doch dieses Theater von Louis, dass er zu krank sei, um an der Expedition teilzunehmen, ja?« Er gab einen verächtlichen Laut von sich. »Ich habe gerade den wahren Grund herausgefunden.«

»Louis fährt nach Barèges zur Kur.« Seit unserer Rückkehr aus Italien hatte sich Bonapartes jüngerer Bruder häufig nicht wohl gefühlt. »Oder nicht?«

»Das ist nur eine Ausrede.« Bonaparte schlug mit der Faust auf einen Tisch. Ich konnte die Uhr gerade noch festhalten, bevor sie umfiel. »Nein, der Grund ist, dass er verliebt ist, auch das noch.«

Ich nahm Mops auf den Schoß und streichelte sein seidiges Fell. »Nun, das ist …«

Bonapartes Augen funkelten zornig. »In Émilie.«

»*Meine* Émilie?« Ich war erstaunt.

»Die Tochter eines Emigranten«, sagte er, und seine Wange zuckte. »Und ihre Eltern geschieden. Und ihre Mutter mit

* *Letztlich wurden 167 Gelehrte zur Teilnahme überredet, welche eine Kommission für Kunst und Wissenschaft bildeten, die anschließend »Institut für Ägypten« genannt werden sollte. Als Ergebnis dieser Aktion wurde ein vierundzwanzig Bände umfassendes Werk,* Déscription de l'Égypte, *veröffentlicht, auf dem die Wissenschaft der Ägyptologie begründet ist.*

einem Mulatten verheiratet!« Er zog an der Dienstbotenschnur. Mimi, die gerade ihre Schürzenbänder zusammenband, erschien. »Hole Louis.«
»Was willst du ihm sagen, Bonaparte?«
»Dass er anfangen soll, für Ägypten zu packen.« Bonaparte starrte finster in die Glut. »Und dass er sie nie wiedersehen soll. Und dass sie verlobt ist.«
»Aber Bonaparte …«
»Und dass sie in wenigen Wochen heiraten wird.«
»Heiraten?« Ich hatte Émilie erst vor ein paar Tagen gesehen, und sie hatte kein Wort darüber verloren. »Wen?«
»Diese Entscheidung liegt bei dir.« Er ging mit großen Schritten zur Tür. »Louis!« Ich hörte, wie er die Treppe hinaufstampfte.

13. April

Bonapartes Brüder Lucien und Joseph wurden beide in den Rat der Fünfhundert gewählt. (Lucien ist erst dreiundzwanzig!) Wenn das so weitergeht, wird die Republik von Bonapartes beherrscht werden. *Bien* – solange sie nicht mich beherrschen.

18. April

Eugène, Lavalette dicht hinter ihm, wedelte mit einem Papier in der Luft herum. »Wir brechen in vier Tagen auf!«
In vier Tagen? »Warum so bald?« Bonaparte und ich würden erst in mindestens einem Monat aufbrechen – jedenfalls sagte er mir das.
»Um vier Uhr morgens«, sagte Eugène verdutzt über den Inhalt des Papiers. »Leutnant Lavalette, Louis und ich. Wir müssen in Zivilkleidung reisen. Wir dürfen niemandem verraten,

dass wir Adjutanten sind, und wenn wir nach unserem Reiseziel gefragt werden, müssen wir antworten, dass wir nach Brest wollen.« Er sah Lavalette an. »*Brest*?«

»Das soll wahrscheinlich die Engländer auf Dauer verwirren«, sagte ich.

»Wenn die nur halb so verwirrt sind wie wir, dann werden sie verwirrt sein«, sagte Lavalette.

Ich hörte Schritte auf der Treppe, leichte, eilige Schritte unterbrochen von klirrenden Sporen – Bonaparte.

»Auf ein Wort, bevor du gehst, Bonaparte.« Ich stand in der Tür, um ihn aufzuhalten.

»Ich bin spät dran. Um was geht es?«, wollte er wissen, während er seinen grauen Uniformrock zuknöpfte. Gleich, wie viele modische, neue Röcke ich den Schneider für ihn anfertigen ließ, zog Bonaparte es unweigerlich vor, seinen schlichten grauen mit den ausgefransten Epauletten zu tragen.

»Lavalette könnte der Mann sein, den wir …«

Verwirrt blinzelte er mich an.

»Für Émilie.« Ich nickte zur Haustür. »Er ist im Hof.«

»Leutnant Lavalette? Du willst, dass ich mit ihm spreche? *Jetzt*?«

»Er muss in vier Tagen fort!«

Lavalette stand in der Speisezimmertür, den grünen Filzhut in der Hand.

»Der General hat mit Ihnen gesprochen?«, fragte ich, als ich mich erhob, um ihn zu begrüßen.

»Madame Bonaparte, ich bin … ich muss zugeben, dass sie ein Engel ist, alles, was ich mir jemals … aber« – er fuhr sich mit der Hand über die schütter werdenden Haare – »aber sie ist ein Mädchen, und ich bin schon neunundzwanzig.«

»Neunundzwanzig ist nicht so sehr alt, Leutnant.« Tatsächlich hatte ich gedacht, er wäre älter.

»Der General sagte, dass die Hochzeit in einer Woche stattfinden müsste.«
In einer Woche! Sollte Émilie vielleicht erst am Altar vorgestellt werden? »In diesem Fall sollten wir morgen zur Schule hinausfahren.« Lavalette, Bonaparte, Eugène und ich. »Ich werde Sie vorstellen, und Sie werden Ihren Antrag machen.«
»M-m-morgen?«

19. April

Bonaparte musste dem Direktorium erst einen Bericht senden, daher war es bereits Mittag, als wir an der Schule eintrafen. Caroline (die erst vor kurzem aufgenommen worden war) und Hortense kamen zu uns herausgesprungen, Émilie folgte. »Da es ein so herrlicher Tag ist, dachte ich mir, dass ein Picknick schön wäre«, sagte ich und umarmte sie nacheinander. Émilie sah reizend aus in ihrer breitkrempigen Haube: ein gutes Omen, dachte ich.
»Ich habe schon gegessen«, sagte Caroline.
Ich spähte zu Lavalette. Er stand mit gefalteten Händen, die einen Strauß welkender Veilchen festhielten, da. »Leutnant Lavalette, kennen Sie schon alle hier?« Ich stellte die Mädchen vor, aber sie waren mehr an Eugènes neuer Uniform interessiert. »Vielleicht trägt Eugène den Korb«, schlug ich vor und nahm Bonapartes Arm. Ich kannte ein Plätzchen unter einigen Eichen.
Wir gingen den breiten Kiesweg entlang. Von Zeit zu Zeit warf Caroline einen schnellen Blick auf Lavalette, auf den seltsamen Strauß welkender Blumen, den er umklammerte. Sie flüsterte Hortense etwas zu, die loskicherte. Ich suchte Lavalettes Blick. »Ich kenne ein Mädchen, das zufälligerweise Veilchen liebt«, sagte ich und gab Émilie einen Stups. Wortlos stieß er ihr den Strauß entgegen. Die Mädchen wurden plötzlich still.

Wir erreichten den Platz, den ich im Sinn hatte. Caroline, Émilie und Hortense beeilten sich, mir beim Auspacken des Korbes zu helfen. Eugène beschäftigte sich damit, die Servietten wie einen Zweispitz zu falten. Wir breiteten das Picknicktuch aus Hanf aus und verteilten das Essen darauf: Fladenbrot, milder Käse, Hasenbraten.

Wir aßen rasch und schweigend. Bonaparte warf die Knochen in den Wald. Ich bat Eugène, uns mit seinen Imitationen zu unterhalten. Dann wurde es Zeit, den Korb wieder zu packen. Ich nahm Bonapartes Arm. »Ich würde mir gerne den Teich ansehen, ehe wir aufbrechen.«

Eugène packte Caroline und Hortense bei der Hand und lief den Weg entlang los. Émilie machte ein paar Schritte, um ihnen zu folgen. »Nein!«, rief Eugène zu ihr zurück. »Du bleibst da.«

»Oh, ich halte es nicht aus«, sagte ich zu Bonaparte, während ich mich beeilte, mit ihm Schritt zu halten. Ich spähte über die Schulter. Ich sah, wie Lavalette sich nach unten beugte und Émilie auf den Kopf küsste. »Ich denke, dass wir jetzt zurückgehen können«, sagte ich.

[Ohne Datum]

Louis schien über Émilies Heirat überrascht zu sein, aber darüber hinaus zeigte er keinerlei Gefühlsregung. Trotzdem war er nicht glücklich, dass er an der Expedition teilnehmen musste. Seine Gesundheit macht mir Sorgen.

22. April, Sonntag

Eugène hat bereits gepackt. Als ich ihm etwas in seinen Lederkoffer schob (ein Lied, das ihm Hortense geschrieben hatte), entdeckte ich seine Sammelalben auf dem Regal. Das Haus war

still: keine Gefahr. Ich nahm das Album über Hoche herunter, öffnete die vom Leim steifen Seiten. Es war alles da: Lazares Ruhm, seine Schmach am Ende.
Was folgte, waren die Elogen: der tief empfundene Ausdruck der Trauer eines Volkes über den Tod eines wahren Republikaners, eines leidenschaftlichen Verteidigers der Liberté. Aus den Worten, die nach seinem Tod gesprochen worden waren, konnte ich ein Wehklagen herauslesen, das nicht so sehr Lazare galt, als vielmehr der Freiheit, für die er gekämpft hatte, für die er gestorben war: *la liberté ou la mort*.
War Lazare vergiftet worden? War er in Verteidigung der Liberté gestorben? Ich schlug das Album zu und stellte es genau so ins Regal zurück, wie ich es vorgefunden hatte.

4. Mai

Es war auf dem Heimweg vom Theater, als Bonaparte mir mitteilte: »Wir brechen heute Nacht auf.«
Ich legte die Hand auf sein Handgelenk. »Du meinst doch nicht wirklich heute Nacht … nicht wahr?«
Er hielt seine Taschenuhr ins Mondlicht. »Sobald wir zu Hause sind. Wir werden Louis und Eugène in Lyon abholen.«
»Aber …« Wir hatten noch nicht gepackt. »Aber was ist mit Hortense? Ich kann doch nicht einfach abreisen, ohne …«

9. Mai – Toulon

Trotz eines Zwischenfalls auf der Straße war es noch früh, als wir in den Hafen von Toulon einfuhren.
»Schauen Sie«, rief Bonapartes Sekretär Fauvelet.
Als ich über den Hafen blickte, sah ich die französische Flotte vor Anker liegen, ein Wald von Masten. »Ist das die *Pamone?*«, fragte ich. Vor siebzehn Jahren war ich auf der *Pamone* nach

Frankreich gekommen. »Wie viele Schiffe sind das?« So viele hatte ich noch nie gesehen.
»Dreihundertzehn«, sagte Louis.
»Die größte Flotte in der Geschichte seit den Kreuzzügen«, wisperte Eugène ehrfürchtig.

10 Uhr 30 morgens

Auf dem Markt wird nur über die Flotte gesprochen, wohin sie wohl segelte. »Es gibt sogar einen Stand, wo man Wetten abschließen kann«, sagte Eugène.
»Ich hab da einen Sou auf Portugal gesetzt«, sagte Mimi und schaute von ihrer Näharbeit auf.
»Oh?«
»Und dann wollten plötzlich alle auf Portugal setzen. Jeder dachte, ich wüsste es.«
»Welches Ziel ist der Favorit?«, fragte Bonaparte, als er von dem Gedichtband aufschaute, den er gerade las, seinen geliebten Ossian. (»Eine Geschichte aus alten Zeiten! Die Taten aus Tagen anderer Jahre!«)
»Die Krim«, sagte Mimi.
Eugène und Louis kicherten, weil sie meinten, das wahre Ziel zu kennen.

12. Mai

Bonaparte war die ganze Zeit über in hektischer Betriebsamkeit gewesen, hatte Proviant beschafft, die Listen durchgesehen, die Schiffe, die Artillerie inspiziert. Die Landkarten überprüft. Jetzt ist er fertig und ungeduldig. Er wartet auf Wind.

Abends

Wind ist aufgekommen, aber nicht in die richtige Richtung. Bonaparte beobachtet den Himmel. Vom Witwengang, einer Plattform auf dem Dach, sucht er den Horizont mit einem Fernglas nach Anzeichen für den Feind ab.

14. Mai

Heute Morgen, als er mir persönlich meine Tasse heiße Schokolade brachte, teilte mir Bonaparte mit, dass ich nicht reisen würde.
Eine Brise blähte die Vorhänge und wehte den ranzigen Geruch des Hafens ins Zimmer. »Wohin reisen?«, fragte ich verwirrt und zog die Decke über mich. Ich war nackt, mein Nachthemd hatte sich irgendwo in den Laken verheddert. Seit wir Toulon erreicht hatten, war Bonaparte sogar noch leidenschaftlicher als gewöhnlich. Dass er wieder ein aktives Kommando führte, hatte eine unbändige Energie bei ihm ausgelöst.
Er setzte sich aufs Bett. Ich rückte, um ihm Platz zu machen. Er legte mir die Hand auf die Schulter, als wollte er mich trösten, und in diesem Augenblick wusste ich, was er sagen wollte. »Bonaparte, nein. *Bitte* lass mich nicht zurück.« Ich war den Tränen nahe. Törichte Tränen.
»Es ist zu gefährlich – die Engländer sind da draußen. Wahrscheinlich werden sie angreifen.«
Außer dem Ticken der Uhr war es still im Zimmer. »Das hast du mir nie gesagt.«
Er nahm meine Hand, küsste sie. »Wenn wir in Ägypten sind, werde ich dir ein Schiff zurückschicken. Die *Pamone*, wenn du willst.«
Ich presste den Kopf an seine Schulter. »Ich habe Angst, wenn ich von dir getrennt bin, Bonaparte.«

»Wovor solltest du Angst haben?«
Vor seiner Familie, dachte ich.

15. Mai

Ich sitze untätig herum, während alle hin und her hasten und sich auf den »Kreuzzug« vorbereiten. Sie sind voller Begeisterung, und ich bin voller Traurigkeit … und Angst.

18. Mai

Die Flaggen wehen nach Osten. Eugène kam die Treppe zu meiner Suite heraufgerannt. »Wir brechen bei Morgengrauen auf«, stieß er atemlos und mit rosigen Wangen hervor.

19. Mai

Ich konnte die ganze Nacht nicht schlafen. Beim ersten Dämmerlicht glitt ich aus dem Bett und ging zum Fenster. Die Masten im Hafen bewegten sich in der Brise auf und ab. Die Wetterfahne zeigte nach Osten.
»Wo ist Fauvelet?« Bonaparte sprang hellwach aus dem Bett. Ich half ihm in seine Uniform. Wohlweislich hatte er sich schon am Abend vorher rasiert. Es klopfte, es klopfte dreimal. »Da ist er schon.«
»General, sie sind …«
Bonaparte stürzte schon aus der Tür, während er noch seine langen Leinenhosen zuknöpfte.
Ich setzte mich an meine Frisierkommode und betrachtete mich im Spiegel. Das Morgenlicht war grausam, die Sorgenfalten waren deutlich zu sehen.
Es klopfte erneut. Wieder Fauvelet, mit bedauernder Miene. »Zwanzig Minuten, Madame.«

Zwanzig! Mimi vollbrachte ein kleines Wunder an mir, als sie eine besorgte Frau, die keinen Schlaf gehabt hatte, in die elegante Frau von General Bonaparte verwandelte.
Eugène platzte herein und warf sich in Heldenpositur. »Fertig?«
Von unten wurde gerufen. »Komme schon!« Er sprang die Treppe hinunter, sein Hut flog hinter ihm davon.

Als wir in die Morgensonne hinaustraten, ging ein großes Geschrei los. Leute, in eine bunte Mischung von Festtagsgewändern gekleidet, schwenkten Fahnen. Eine Menschentraube umringte einen Mann mit einem Brett über den Schultern, auf dem »Hier letzte Wetten« stand. Die Zielorte waren zusammen mit den Wettquoten aufgelistet. Ich wagte nicht hinzusehen, aus Angst, meine Miene könnte das wahre Ziel verraten. *Portugal*, redete ich mir ohne Unterlass ein. Sie segeln nach Portugal. Die Menge jubelte und stimmte ein Lied an: »Chant au départ«.

Der Augenblick, vor dem ich mich gefürchtet hatte, kam. Ich nahm Eugènes Hand, studierte sein Gesicht, seine sanften Augen, die Sommersprossen auf seiner Nase und dachte: So werde ich ihn immer in Erinnerung behalten, *falls* …
»Wie sagt man einem Soldaten, dass er auf sich aufpassen soll?«, fragte ich mit erstickender Stimme.
»Maman.« Verlegen, peinlich berührt vor Louis und all seinen Schiffskameraden.
Ich küsste ihn rasch, bevor er entkommen konnte. »Ich werde nachkommen.« *Bald.*

Bonaparte traf sich mit mir an der Reling. Ich presste mein Taschentuch an die Nase. Ich wusste, dass uns alle beobachteten.
»Bleib in Toulon, bis klar ist, dass wir es geschafft haben«, sagte er.

»Besteht die Möglichkeit, dass du umkehrst?«
Er strich mir eine Haarlocke aus den Augen. »Wenn wir dazu gezwungen werden.«
Von den Engländern. »O Bonaparte, ich hasse das.« Ich drückte die Wange an die raue Wolle seines Rocks – derselbe ausgefranste Rock, den er in Italien getragen hatte.
»Wenn du etwas brauchst, wende dich an Joseph«, sagte er mit belegter Stimme. »Ich habe ihn angewiesen, dir vierzigtausend im Jahr zu geben.«
»Aber ich werde doch in wenigen Monaten zu euch stoßen.«
Warum dann dieses Gerede von einem Jahr?
»Wirst du nach Plombières zur Kur reisen?«
Ich nickte. Die Kur für unfruchtbare Frauen.
»Wenn es sicher ist, werde ich dir die *Pamone* schicken.« Er küsste mich leicht auf die Wange. »Und dann werden wir mit unserem Projekt Erfolg haben.«
»General Bonaparte?«
»Einen Augenblick, Fauvelet.« Ein Windstoß blies mir die Haare in die Augen. Ich hielt meinen Hut fest. Bonaparte legte mir die Hand auf die Schulter. »Sollte mir …«
»Nein, Bonaparte!« Die Engel wachten über ihn: Daran musste ich fest glauben.
Er hielt inne, seine Augen glitzerten. Ich presste das Gesicht in seinen Hals. »Pass auf dich auf.« *Bitte*.

Ich wurde zum Balkon des Gebäudes der Marineintendantur begleitet, wo bereits eine Anzahl von Frauen, Offiziersfrauen, saß. Sie rückten beiseite, damit ich den besten Stuhl bekam. Der Zahlmeister kam heraus, in der Hand ein Tablett mit Ferngläsern. »Oh«, riefen wir alle wie aus einem Mund. Und dann lachten wir.
Ich nahm ein Fernglas und suchte die Decks der *Orient* ab. »Ich sehe Ihren Mann«, sagte ich zu Madame Marmont, einer jun-

gen, erst sechzehn Jahre alten Ehefrau. Aber keinen Eugène, keinen Bonaparte. »Am Ruder.« Ich zeigte ihr, wie sie das Glas einstellen musste, damit das Bild scharf wurde.

Sie senkte ihr Glas, blind vor Tränen. »Es ist hoffnungslos.«

Geschützfeuer! Die Menschenmenge am Ufer stimmte die *Marseillaise* an, und wir fielen alle ein. Ich drückte mein Glas an die Augen. Schließlich erspähte ich Bonaparte in einer Menschentraube am Ruder. Ich erkannte ihn an seinem Hut. Mein Herz schwoll an vor Freude, ihn zu sehen. Ich suchte nach den Gesichtern von Louis und Eugène.

»Ich habe mein Geld auf Sizilien gesetzt«, sagte eine der Frauen.

»Ich bin sicher, dass es Afrika ist«, sagte Madame Marmont. »Warum würden sie sonst so viel Wasser mitnehmen?«

Als die Schiffe Anker lichteten, wurden die Kanonen im Fort abgefeuert, und eine Armeekapelle am Ufer begann, eine blecherne Hymne zu schmettern. Die Kriegsschiffe und das Fort schossen gegenseitig Salut. Der Geruch nach Schießpulver lag in der Luft.

»Sie hissen die Segel!« Der Wind trieb die *Orient* vorwärts. Am Ufer brach Jubel aus.

»Oh«, rief ich. Denn das riesige Schiff hatte heftige Schlagseite bekommen.

»Da stimmt etwas nicht.« Madame Marmont war aufgesprungen.

»Sie schleift über den Meeresgrund!«

»Sie wird sich von selbst aufrichten«, beruhigte ich sie. Aber innerlich zitterte ich.

»Jetzt richtet sie sich auf.«

Ja. Das riesige Schiff schaukelte wie ein Spielzeug auf dem Wasser. Die Menge jubelte. Wind füllte seine gigantischen Segel, trieb es vorwärts. Ein einsamer Trompeter schmetterte einen Ton. Ich winkte mit meinem durchnässten Taschentuch, aber ich konnte durch die Tränen nichts mehr sehen.

4

Lobbyist

»… Frauen sind Politiker.«
Talleyrand

Ich entgehe ganz knapp dem Tod

14. Juni 1798 – Plombières-les-Bains

Eine grauenvolle Reise, aber endlich bin ich hier in Plombières-les-Bains, diesem reizenden Badeort in den Bergen – schiefergraue Häuser, eingezwängt in ein enges Tal, als wären sie in eine Spalte gestürzt und zu erschöpft, um sich aufzurichten. Eine wunderschöne Gegend, Felsen, die sich in den Himmel recken, rundherum dichte Wälder, die Luft prickelnd und klar. Aber was für ein kleines Dorf! (Ich habe es in siebzehn Minuten in der Länge durchschritten.) Und so viel abgelegener, als ich erwartet hatte.

15. Juni

Heute Morgen kam ich mit Dr. Martinet, dem Wasserarzt, zusammen. Er ist ein kleiner Mann mit einer ansprechenden Figur und einer sachlichen Art. Er trug eine starke Brille und einen weißen Segeltuchanzug. Seine sich lichtenden Haare waren ungepudert und am Hinterkopf zu einem sehr langen Zopf geflochten, der hoch gesteckt war und mit einer weißen Kordel zusammengehalten wurde. Eine Wand seines Sprechzimmers war voll mit gerahmten Referenzen.
»Briefe von zufriedenen Patienten«, sagte er mit einer ausgreifenden Handbewegung. Mir fiel auf, dass er, wie man es von einem Wasserarzt vielleicht erwarten sollte, feuchte Lippen hatte und obendrein feuchte Augen. »Zunächst möchte ich darauf

hinweisen, dass sich unser Programm einer hohen Erfolgsrate erfreut.« Er schloss die Augen, während er redete. »Es ist wichtig, dass der Patient dies gleich zu Beginn weiß, denn Vertrauen – oder besser der Gehorsam, der auf Vertrauen beruht – ist für den erfolgreichen Abschluss unseres Programms unbedingt erforderlich.« Er öffnete die Augen.

Ich beugte mich auf meinem Stuhl vor. Die Möglichkeit, dass es tatsächlich eine Behandlung geben könnte, ermutigte mich. Ich war mit Gebeten im Herzen hergekommen, aber offen gestanden mit wenig Hoffnung. »Ich habe vor, eine Musterpatientin zu sein, Dr. Martinet.«

Er lehnte sich in seinem rissigen Lederstuhl zurück, die Hände umklammerten ein Brett, auf das Papiere geheftet worden waren. »Das Programm ist für diejenigen, denen es an Mut fehlt, ungeeignet. Es verlangt ein gewisses Maß an sowohl physischer als auch geistiger Kraft, um erfolgreich abgeschlossen zu werden. Aber« – er hob einen Zeigefinger – »die Natur belohnt jene, die durchhalten. Nun, Madame Bonaparte, wenn Sie mir zunächst einmal Ihre Geschichte erzählen wollen.« Er spähte mich über seine Brille hinweg an. Seine Augenbrauen sind dicht, buschig (im Gegensatz zu seinen sich lichtenden Haaren), was ihm ein etwas diabolisches Aussehen verleiht.

Folgendes habe ich ihm erzählt:

Im Alter von sechzehn Jahren, nach nur fünf Monaten Ehe, empfing ich zum ersten Mal, erlitt jedoch eine Fehlgeburt. Anschließend wurde mein Sohn Eugène empfangen und zur rechten Zeit geboren. Knapp zwei Jahre später empfing ich eine Tochter. Es war eine schwierige Schwangerschaft, und sie wurde einige Wochen zu früh geboren.

»Aber ansonsten normal?«

»Ich hatte Schwierigkeiten, Milch zu produzieren.« Ich räusperte mich. »Und dann …« Musste er wissen, dass Alexandre und ich uns getrennt hatten? »Jahre später starb mein Mann …

und zwei Jahre nach seinem Tod heiratete ich General Bonaparte. Das ist jetzt gut zwei Jahre her.«

»Und Sie haben durch diese Vereinigung empfangen, jedoch eine Fehlgeburt erlitten?«

»Mein Arzt meinte, es könnte ein Windei gewesen sein.«

»Interessant! Und setzten anschließend die Blutungen wieder ein?«

»Eine Weile waren sie sporadisch.«

»Und die letzte war …?«

Ich war mir nicht ganz sicher. Ich war damals in Mailand gewesen. »Vor etwa einem Jahr.« Möglicherweise aber auch vor eineinhalb Jahren.

»Haben Sie etwas eingenommen, damit die Blutung wieder einsetzt?«

Ich schob ihm die Liste der Kräuter zu, die ein Arzt in Mailand verschrieben hatte, Lindenblüten, Wermut, Huflattich, Aloetee, Enzianwurzel und Jalape. »Ich suchte auch eine Hebamme auf, die mir Gebärmutterpulver gab.« Ich lehnte es ab, ihm von der Zigeunerin zu erzählen, die ich in Italien aufgesucht hatte –, jener, die einen reichlich gerupften Wacholderbusch in ihrem Gemüsegarten hatte – und von dem Rautetee, den zu trinken mich Mimi überredet hatte.*

»Aber ohne Ergebnisse?«

»Von dem Pulver wurde ich krank.«

»Und Ihre Beziehung zum General ist …?« Er leckte an seiner Oberlippe.

Ich nickte und errötete.

* Dies alles waren beliebte Abtreibungsmittel. Gebärmutterpulver ist dem Mutterkorn ähnlich, ein schwarzer, harter Pilz, der auf Roggenähren wächst, ein Abortivum, das sehr verbreitet war, um »den Monatsfluss herbeizuführen«. Pulver, hergestellt aus den Blättern des Wacholderbusches, den man häufig im Garten der Dorfhebamme sehen konnte, wurde allgemein angewandt. Aus Raute hergestellter Tee wurde für gleichermaßen wirksam, allerdings für zuverlässiger als Wacholder gehalten.

Dr. Martinet klopfte mit seinem Bleistift auf den Schreibtisch. »Madame Bonaparte, während des Terrors wurden Sie festgehalten, nicht wahr?«
Inhaftiert, meinte er. »Ja, ich war vier Monate im Carmes.«
Der Arzt beugte sich vor, die Ellenbogen auf den Schreibtisch gestützt. »Ich darf Ihnen sagen, dass ich eine bedeutende Anzahl von Patientinnen gehabt habe, die während des Terrors ebenfalls ›festgehalten‹ wurden – Frauen, die ebenfalls an einer unerklärlichen Unfruchtbarkeit zu leiden scheinen.«
Ich fühlte, wie sich meine Brust zusammenschnürte. »Es stimmt, dass die Blutung während dieser Zeit unberechenbar wurde.«
»Es ist erwiesen, dass sich Schockeinflüsse störend auf die weibliche Verfassung auswirken. Wenn es an Nahrung mangelt, die Luft drückend, die körperliche Bewegung eingeschränkt ist – jeder dieser Faktoren ist dafür bekannt, dass er die Fähigkeit einer Frau beeinflusst, das zu sein, wozu die Natur sie bestimmt hat: eine Mutter.«
»Wollen Sie damit sagen, dass das Ende meines regelmäßigen Unwohlseins durch meinen Aufenthalt im Gefängnis verursacht worden sein könnte?«
»Ich deute an, dass es eine Möglichkeit sein kann. Nach meinen Beobachtungen haben zahlreiche Frauen, die sich auf diese Weise in Haft befanden, ein Ende der Blutungen erlitten und sind, ungeachtet ihres Alters, in einen Zustand gestürzt, der demjenigen einer Frau ähnelt, die das Fortpflanzungsalter schon lange hinter sich hat. Sie haben Schlafstörungen, sind von einer überwältigenden Angst gepackt, von Melancholie – in manchen Fällen von Wahnsinn. Und natürlich sind sie alle unfruchtbar.«
»Dr. Martinet, meinen Sie die *Wechseljahre*?«

Aus einem Buch, das mir Dr. Martinet geliehen hat:
Zuerst wird man im Nacken füllig, wo sich an der untersten Halswirbelsäule zwei Wölbungen bilden.

Die Brüste werden flach und hart, weniger weich.
Die Beine und Arme trocknen aus, ähneln denen eines Mannes.
Der Bauch vergrößert sich in einem Maße, dass die Frau schwanger wirken kann.
Häufig zeigt sich Bartwuchs.

Ich sitze am Schreibtisch in meinem karg möblierten Zimmer, das auf die Hauptstraße von Plombières blickt. Es ist warm. Ich habe die Doppeltür zum Balkon weit geöffnet. Ich höre die Geräusche von Pferden, Kutschen, Leuten, die sprechen, gehen. Irgendwo spielt irgendjemand wunderschön auf einer Violine. Meine Unterhaltung mit Dr. Martinet hat mich offen gestanden erschüttert. Es war mir noch nie in den Sinn gekommen, dass ich jenseits des Fruchtbarkeitsalters sein könnte. Ich denke an alte Frauen, krumm und verhutzelt, schnurrbärtig und mürrisch, und Verzweiflung packt mich.

16. Juni

Heute Nachmittag lernte ich die Duschen kennen – »die Folterkammer«, wie es die Frauen hier nennen. Jetzt weiß ich warum.
In einer Außenkammer wurde ich von einer Bademeisterin gebeten, meine Kleider abzulegen – alle. In diesem Evaskostüm betrat ich einen kleinen Raum voller Dampf. Eine Frau stand vor einem geschlossenen Vorhang aus weißem Segeltuch.
Ich erschrak, als ich einen Mann sagen hörte: »Madame Bonaparte.« Die Stimme kam von hinter dem Vorhang. »Hier spricht Dr. Martinet. Erschrecken Sie nicht! Ihre Intimsphäre wird respektiert. Sind Sie bereit?«
Der Dampf war bereits so dicht, dass ich meinte, aus Luftnot ersticken zu müssen. Die Bademeisterin, eine dünne Frau mit einer gewaltigen Nase, machte sich an einem Schlauch und einer

Reihe von Ventilen zu schaffen. Vor ihr war eine Grube, auf die sie einen kräftigen Strahl dampfenden Wassers richtete. »Stellen Sie sich auf die Markierung«, sagte sie und hielt den bebenden Schlauch zur Seite. Ich stellte mich auf einen verblassten grünen Kreis in der Mitte der Grube. »Drehen Sie sich um.«

»Meine Helferin wird den Wasserstrahl zunächst auf den unteren Teil des Nackens richten.« Dr. Martinets Stimme klang geisterhaft, losgelöst. »Dann wird sie ihn langsam an der Wirbelsäule entlang nach unten führen. Was Sie empfinden, kann unangenehm sein, aber seien Sie versichert, dass Sie trotz des Brennens in Wirklichkeit nicht verbrannt werden. Es stehen Haltegriffe zur Verfügung, falls Sie sich abstützen wollen.«

Ich klammerte mich an den Griffen fest.

»Das Genick ist das Zentrum Ihres Daseins, das Zentrum des Lebens. Die Schwester wird jetzt mit dem Abwärtsstrahlen beginnen.«

Der kochende Wasserstrahl brannte sich langsam seinen Weg an meiner Wirbelsäule entlang nach unten. *Es war entsetzlich!* Ich würde ihn umbringen, schwor ich, aber nicht schnell. Schnell wäre zu freundlich.

Am Ende dieser Tortur war ich so schwach, dass mir die Bademeisterin in den angrenzenden Raum helfen musste, wo ich auf ein Bett gelegt und allein gelassen wurde, um in großen Mengen zu schwitzen. Eine Kur, hat man mir gesagt. Wenn ich sie überlebe.

2. Prairial, Palais Luxembourg

Chère amie,

in Paris brodelt es schon wieder. Im vergangenen Jahr wurden wir von rechts angegriffen, in diesem Jahr von links. Wie befürchtet, führten die Wahlen dazu, dass eine Anzahl radikaler Revolutionäre Sitze in der Legislativen einnehmen, die alle ein gemeinsames Ziel haben: die Direkto-

ren zu Fall zu bringen. Den Ausschuss, den wir einsetzten um die Wahlergebnisse zu überprüfen, disqualifizierte einen von vier. Du kannst dir die Reaktion ja vorstellen.
Bedauerlicherweise gehört Tallien zu den Disqualifizierten, und ich kann nichts gegen diese Entscheidung unternehmen. Thérèse hat mich gebeten, ihm eine Position bei Bonaparte in Ägypten zu verschaffen. Ehrlich gesagt, glaube ich, dass sie ihn aus dem Land haben will.

Père Barras

4. Juni, Paris

Verehrte Schwester,
als Geschäftsführer der Bonaparte Familienstiftung habe ich von meinem jüngeren Bruder die Anweisung erhalten, Ihnen an jedem Ersten eines Monats dreitausend Francs zukommen zu lassen. Ich habe Bürger Emmery, Ihrem Bankier, eine Banknote gesandt. Ich rate Ihnen, verantwortungsbewusst damit umzugehen.*
Als Antwort auf Ihre Frage: Für die Kosten einer Kur in Plombières ist die Bonaparte Familienstiftung nicht verantwortlich. Die mangelnde Fruchtbarkeit einer Frau ist eine Bürde, welche die Ehefrau tragen muss. Das Familieneigentum des Ehemanns sollte damit nicht belastet werden.

Mit familiären Grüßen, Joseph Bonaparte

23. Mai, Rue de Thrévenot, Paris

Liebe Rose,
Émilie ist jetzt verheiratet; ich war in Tränen aufgelöst. Du wurdest vermisst – unsere kleine Gesellschaft war sehr unvollständig ohne dich. Die Braut sah bildhübsch aus in dem Kleid, das du für sie hast machen lassen, wenngleich sie kein Wort sprach, was ich einer jungfräulichen Vorahnung

* Die Stiftung dürfte sich fast ausschließlich aus den acht Millionen Francs finanziert haben, die Bonaparte aus Italien mitgebracht haben soll.

zuschrieb. Als ich allerdings später die Braut und Hortense weinend im Puderraum entdeckte, erfuhr ich, dass mehr an der Geschichte dran ist. Die Braut hat deiner Tochter offensichtlich gestanden, dass sie einen anderen liebt.
Ich belehrte die Mädchen über Pflichterfüllung und darüber, dass Geschehenes nun mal geschehen ist und dass das Schicksal Émilie dazu bestimmt hätte, Leutnant Lavalette zu heiraten, wie es nun ja auch geschehen wäre – dann ging ich, um mich um meine Gäste zu kümmern. Schließlich erschienen die Mädchen, Émilie mit rotem Gesicht und traurig. Der Bräutigam – ein reizender Mann, wenn auch ein wenig einfältig – hat den Kummer seiner jungen Frau glücklicherweise nicht bemerkt.
Ich habe dich davor gewarnt, den Mädchen die Lektüre von Liebesromanen zu erlauben. Nun siehst du, was dabei herauskommt.

Vergiss nicht zu beten.
Deine Patin, Tante Désirée

Anmerkung – Ich las im Publiciste, *dass die Flotte auf dem Weg nach Spanien ist. Und ich dachte, sie führe nach Afrika! Ich bin erleichtert, wie ich gestehen muss. In Spanien kann Eugène wenigstens zur Kirche gehen. Und noch etwas – Madame Campan bat mich, dich an Hortenses und Émilies Unterricht zu erinnern.**

Chère Maman,
ich muss etwas Schreckliches gestehen. Émilie ist unglücklich, und das ist allein meine Schuld. Es fing zeitig im Frühjahr an. Louis Bonaparte hatte sich angewöhnt, unsere Schule aufzusuchen, und ich sagte Émilie, der Grund wäre, dass er sie gern hätte. Aber die Wahrheit, die schreckliche Wahrheit war, dass ich befürchtete, er hätte mich gern, und ich wollte nicht, dass es irgendjemand merkte! Und dann hat sie sich in ihn verliebt! Und das ist der Grund, warum der arme Louis an dem Kreuzzug

* Für eine junge verheiratete Frau war es nicht ungewöhnlich, ein Internat zu besuchen, wenn ihr Ehemann fort war.

teilnehmen muss und die arme Émilie unglücklich verheiratet ist. Ach, meine liebe Maman, ich möchte vor Scham sterben.

Deine Tochter Hortense

[Ohne Datum]

Ich weiß nicht, was ich von Hortenses Brief halten soll. Der Gedanke, dass Émilie unglücklich ist, bestürzt mich, aber gleichzeitig gebe ich zu, dass ich von dem Eingeständnis, dass Louis meine Tochter gern hat, entzückt bin – meine Tochter, die sich so sehr vor jungen Männern fürchtet! Wie soll ich sie bloß jemals verheiraten?

17. Mai, Korsika

Verehrte Schwester,
mit diesem Brief möchte ich Ihnen mitteilen, dass mein Mann abkömmlich ist, um das Kommando der Festung in Marseille zu übernehmen. Bitte teilen Sie Direktor Barras mit, dass General Bonapartes Schwager der einzige geeignete Kandidat für den Posten ist. Wir werden im Juli nach Marseille umziehen.

Elisa Bonaparte Bacchiocchi

[Ohne Datum]

Nachdem ich meine Briefe aufgegeben hatte, machte ich einen langen Spaziergang den Berg hinauf zu einer kleinen, auf dem Gipfel eines steilen Hügels thronenden Kapelle, ein reizender Steinbau mit Blick über das Tal. Ich musste die Tür aufstemmen. Drinnen war es muffig und feucht. Die Stille war bedrückend, tröstlich. Allein mit meinen Gedanken saß ich eine Weile so da. Aus einem Impuls heraus kniete ich nieder.
So viele Gebete purzelten mir aus dem Herzen! Ich betete für

die Sicherheit der Flotte, für Bonaparte und die Buben. Ich betete, dass Émilie ihren Ehemann lieben lernte und sich das Gemüt meiner Tochter beruhigte. Ich betete für die Gesundheit von Tante Désirée und dem alten Marquis und für den Erfolg meiner Behandlung hier. Ich betete, dass die Firma Bodin gedeihen möge und dass ich bald meine Schulden zurückzahlen und für die Zukunft meiner Kinder sorgen könnte. Aber vor allem betete ich um Geduld im Umgang mit Bonapartes Familie.

18. Juni

Ein Tag in den Bädern – riesige, dampfende Becken mit Köpfen gesprenkelt, Frauen mit hellen Kopftüchern. In der höhlenartigen Kammer hallten die Geräusche von Lachen, geflüstertem Klatsch wider. Schultern tauchten ein, Zehen tauchten auf, ein Knie, zwei. Träge dahintreibend lachte eine Frau, ein andere machte Blasen. Eine Traumwelt ist das.

[Ohne Datum]

Ich hatte einen Unfall.* Hortense ist jetzt bei mir, Gott sei Dank. Große Schmerzen, Verzweiflung.

23. Juni, Rue de Thrévenot, Paris

Liebe Rose,
wenn man sich vorstellt, dass du fast gestorben wärst! Ich füge eine Unze Süßholzwurzel und Koriandersamen bei, aus dem dein Mädchen ein aus-

* Am 20. Juni waren Joséphine und drei Bekannte auf ihrem Balkon, als dieser einstürzte. Joséphines Verletzungen waren kritisch. Sie wurde sofort in das Fell eines frisch geschlachteten Lamms gewickelt. Eine Zeit lang war ungewiss, ob sie überleben würde, und man schickte nach Hortense. Joséphines Kur, über die in einer medizinischen Zeitschrift berichtet wurde, bestand aus einer erbarmungslosen Behandlung mit Klistieren und Duschen.

gezeichnetes Abführmittel herstellen kann. Schabe die Süßholzwurzel und schneide sie dünn, zerquetsche die Samen, gib beides in einen halben Liter Wasser und koche es ein wenig. Seihe dieses Wasser in ein Unze Sennesblätter, und lass es sechs Stunden ziehen. Gieße es von den Sennablättern ab und trinke es, während du fastest.
Vergiss nicht zu beten, jetzt mehr denn je.

Deine Patin Tante Désirée

Anmerkung – Meine Nachbarin teilt mir mit, dass die Flotte auf dem Weg nach Spanien ist. Sie hat es im Messager des Relations Extérieures *gelesen. Aber in einem Artikel im* Postillion de Calais *steht, dass dein Mann beabsichtigt, die Insel Malta einzunehmen. Ist das nicht in der anderen Richtung?*

23. *Juni, La Chaumière*

Schätzchen,
die Ehrenjungfrauen haben geweint, als sie von deinem schrecklichen Sturz hörten. Die Vorstellung, dass so etwas in einem Kurort passieren konnte, ist erschreckend. Barras berichtet mir, dass der Arzt überzeugt ist, dass du wiederhergestellt wirst. Ich sende dir ein Paket mit Heilmitteln. Es tröstet mich zu wissen, dass Hortense bei dir ist.

Deine dich liebende Freundin Thérèse

24. *Juni, Palais Luxembourg*

Chère amie,
Dr. Martinet versichert mir, dass du außer Gefahr bist. Du musst seine einzige Patientin sein; das Abfassen der Mitteilungen, die er schickt, dürfte Stunden dauern, ganz zu schweigen von den Berichten, die er in einer medizinischen Zeitschrift veröffentlicht hat und in denen er übertrieben ausführlich jedes einzelne Heilmittel beschreibt, das er verabreicht. (Weißt du das eigentlich?)

Ich habe deiner Bitte entsprechend an General Brune geschrieben. Ich lasse es dich wissen, sobald ich etwas höre. Das Letzte, worüber du dir gerade jetzt Sorgen machen musst, ist die Firma Bodin. Mache dir keine Gedanken, »Papa bringt das schon in Ordnung«.*

Père Barras

8. Juli

Es ist jetzt schon achtzehn Tage her. Meine Arme, die zwar immer noch schreckliche blaue Flecken haben und bei jeder Bewegung schmerzen, sind aus den Bandagen heraus. Wenigstens kann ich jetzt wieder selbst essen und schreiben, obwohl meine Handschrift noch zittrig ist. Ich werde sowohl getröstet als auch geplagt von einem ständigen Strom von Leuten, die mir gute Besserung wünschen.

An den eigentlichen Sturz kann ich mich kaum noch erinnern. Das Erste, woran ich mich erinnere, ist, dass ich auf der Straße lag und über mir Männer standen, alles wie in einem Traum. Und dann der stechende Schmerz, als man mich herumdrehte – ich soll entsetzlich aufgeschrien haben – und dann die Ekel erregende Labsal von etwas Warmem und Feuchtem auf meiner Haut, der wollene Geruch von Blut (denn ein geistesgegenwärtiger Diener hatte ein Lamm geschlachtet und mich in sein noch warmes Fell gewickelt). Dann begannen die Behandlungen – die Heilmittel und Duschen, die Bäder, die Blutegel, der Aderlass und die Tees. Ich bin entschlossen, wieder gesund zu werden, wenn dadurch nur die »Kur« beendet wird!

Hortense ist aufopferungswürdig und lieb (aber sie langweilt sich, wie ich befürchte). »Ich liebe dich«, sagte ich ihr heute

* Das Kommando über die italienische Armee ging von Napoléon an General Berthier, Napoléons früheren Stabschef, und dann an General Brune über. Berthier hatte die Firma Bodin begünstigt (möglicherweise war er an den finanziellen Gewinnen beteiligt), General Brune tat dies jedoch nicht und drohte, den Vertrag zu lösen.

Morgen, als sie mich in meinem Behindertenstuhl herumschob. »Was auch immer mit mir geschieht, ich möchte dir nicht zur Last fallen.«
Sie beugte sich unter meinen Sonnenschutz und küsste mich auf die Wange. »Du *wirst* wieder gehen, Maman.«
Für diese Zärtlichkeit zwischen uns lohnt es sich beinahe, dass ich so leiden muss.

10. Juli

Wieder schreckliche Schmerzen – gerade, als ich dachte, es ginge mir besser. Ein Gefühl der Hoffnungslosigkeit ergreift mich. Es ist schon zwanzig Tage her, und ich kann immer noch nicht stehen.

9. Messidor, Palais Luxembourg

Chère amie,
ich möchte, dass du die Erste bist, die es erfährt. Bonaparte ist Nelsons Schiffen ausgewichen und hat Malta besetzt – ein unglaublicher Glücksfall.
Père Barras

16. Juli

Ich bin drei Minuten gelaufen. Stechende Schmerzen.

22. Messidor, Palais Luxembourg

Chère amie,
gemessen an dem unablässigen Strom von Petitionen, die du mir schon gesandt hast, bist du zweifellos auf dem Weg der Besserung. Was deine Gesuche angeht, bitte ich dich davon Notiz zu nehmen, was ich bereits getan habe:

1. Eine Beschäftigung für den Neffen der früheren Äbtissin des Klosters von Panthémont gefunden.
2. Dafür gesorgt, dass der Frau von Bonapartes Arzt, Bürgerin Yvan, ihre Gratifikation gesandt wurde. (Sie bat mich, dir mitzuteilen, dass es Mops gut geht und er sogar schon rundlich geworden ist.)
3. Bürger Félix Bacchiocchi, den hoch geschätzten Schwager des Generals, zum Kommandeur der Festung Saint-Nicolas in Marseille ernannt. Ich bete zu Gott, dass die Bürger dieser Stadt niemals seines Schutzes bedürfen.
4. Es erreicht (endlich – es war nicht leicht), dass die Namen von drei der fünf Bürger, um die du ersucht hast, aus der Liste gelöscht wurden.
5. Und nicht zuletzt ist es mir bezüglich dieser feurigen Tänzerin, die wegen ihrer so genannten Überzeugungen (wohl eher wegen Tändelns mit französischen Soldaten) aus Mailand gejagt wurde, gelungen, ihr eine Anstellung bei der Opéra-Comique zu verschaffen (Sie hat mir »Wiedergutmachung« angeboten. Wenn doch nur jeder Akt der Barmherzigkeit so lohnenswert wäre.)
Aber dich, meine Freundin, möchte ich Folgendes fragen: Wie finden eigentlich alle diese seltsamen und ziemlich jammervollen Gestalten ihren Weg zu dir? Du solltest vorsichtig sein, Chérie. Dein letzter Brief hat mich ziemlich erschreckt.

Père Barras

17. Juli, Paris

Verehrte Schwester:
Mir ist klar, dass vierzigtausend pro Jahr sich auf dreitausenddreihundertdreiunddreißig Francs pro Monat belaufen. Man muss allerdings die Verwaltungskosten berücksichtigen.
Ich habe Dr. Martinet die Rechnungen, die er seit Ihrem Sturz vorgelegt hat, zurückgesandt. Ich habe ihm mitgeteilt, dass Sie selbst für alle weiteren Ausgaben im Verlauf einer Behandlung gegen Unfruchtbarkeit, wie unerwartet und ungewöhnlich auch immer, verantwortlich sind. Die Bo-

naparte Familienstiftung kann nicht dafür verantwortlich gemacht werden.

Mit familiären Grüßen Joseph Bonaparte

18. Juli, La Chaumière

Schätzchen,
es hätte dir großen Spaß gemacht, den Umzug, der gestern hier stattgefunden hat, zu sehen: Achtzig mit der prächtigsten Kunst aus Italien beladene Wagen wurden unter großem Beifall zum Louvre transportiert. Ein Transparent über jeder der riesigen Kisten verkündete den Inhalt Rubens, Tizian, Domenichino, Guercino. Es reichte, um selbst die Unkultiviertesten unter uns in Ohnmacht fallen zu lassen. Aber der Triumph waren selbstverständlich die vier Pferde von Sankt Markus aus Venedig. Natürlich versäumten die Direktoren, es deinem Mann als Verdienst anzurechnen, dass er diese ganze wundervolle Beute nach Paris gebracht hat. Oh, entschuldige, ich vergaß mich – dass er »geniale Werke befreit« hat. Zumindest wird man wohl in Paris die Statue des Apollo ohne sein lächerliches Feigenblatt besichtigen können. Wenn das nicht Befreiung heißt, was dann?

Deine dich liebende Freundin Thérèse

4. August, Palais Luxembourg

Chère amie,
Siege in Ägypten! Einer bei El-Ramanyeh, ein anderer bei Chebreis und dann, der Gnadenstoß, ein entscheidender Sieg über die Mamelucken in der Nähe von Kairo. »Die Schlacht bei den Pyramiden« haben wir sie genannt.
Ich weiß, dass du, so ermutigend diese Nachricht auch ist, enttäuscht sein wirst über die fehlenden Briefe aus diesem Land. Bedauerlicherweise entführen die Engländer jedes Schiff, das Bonaparte in unsere Richtung entsendet. Diese Beziehung entbehrt nicht eines gewissen Charmes. Wir brin-

gen ihre Schiffe auf, lesen ihre Post; sie bringen unsere Schiffe auf, lesen unsere Post. Wenn doch nur ihre Briefe interessanter wären.
Bezüglich banalerer Angelegenheiten wird es dich amüsieren zu erfahren, dass General Brune die ganze Strecke von Mailand nach Paris zurücklegte, nur um sich über die Machenschaften gewisser Funktionäre unserer Regierung vor Ort zu beschweren, eingeschlossen die »schamlose Plünderei« deiner reizenden Schwägerin Pauline Bonaparte und ihres Komplizen in Sachen Habgier, ihres Ehemannes General Victor Leclerc.
Bevor General Brune nach Mailand zurückkehrte, gelang es mir jedoch, ihn wegen der Verträge mit Bodin ins »Gebet« zu nehmen. Die kleinste Andeutung einer Belohnung versetzte ihn in eine bereitwillige Stimmung. Ach, diese tugendhaften Republikaner sind am leichtesten zu bestechen.

Père Barras

*Anmerkung – Verzeih mir, meine Liebe, aber ich kann und will mich einfach nicht für Bürger Lahorie einsetzen. Als Direktor dieser Republik muss ich von Zeit zu Zeit verantwortungsbewusst handeln. Ich weiß, dass er ein Freund deines ersten Mannes war und du dem Mann deshalb helfen möchtest, aber ehrlich gesagt, er ist ein Idiot.**

9. August

Ich bin zehn Minuten gelaufen. Ich bin fest entschlossen, zu Bonaparte nach Ägypten zu reisen.

* Lahorie gab Joséphine die Schuld für Barras' Ablehnung. Folglich schloss er sich 1812 einer Verschwörung zum Sturz Napoléons an und wurde wegen Verrats erschossen.

Auf die Siege folgt die Niederlage

16. September 1798 – Paris

Bei meiner Heimkehr erwarteten mich niederschmetternde Neuigkeiten. In einem gewaltigen Stapel von Visitenkarten, Päckchen, Glückwunschbriefen und den üblichen Forderungen von Rechnungseintreibern war eine Briefchen von Barras vergraben: *Such mich auf, sobald du angekommen bist. Dringend.*
Ich setzte meinen Hut wieder auf. »Was ist los, Maman?« Hortense reagierte mittlerweile feinfühlig auf meine Stimmungen.
»Direktor Barras möchte mich sehen.« Zweifellos hatte es mit Nachrichten aus dem Osten, die Bonaparte betrafen, zu tun. Oder vielleicht Eugène! Das Wort *dringend* gefiel mir nicht.
Es dauerte einige Zeit, um zum Palais zu gelangen – die Straßen waren verstopft, und überall waren Festtagszeichen zu sehen, Vorbereitungen auf die Feierlichkeiten zum Republikanischen Jahr VII. In der Rue Honoré hatte man vom Glockenturm einer Kirche ein riesiges Transparent gehängt, das Bonaparte mit Palmen und Pyramiden im Hintergrund zeigte.
»Madame Bonaparte!« Barras' ältlicher Kammerdiener sprang hoch. »Direktor Barras hat schon sehr auf Ihr Eintreffen gewartet.« Bruno zog die großen Eichentüren auf.
Barras spielte Violine, als ich eintrat. Er hörte abrupt auf, als er mich sah. Sein goldgefasstes Lorgnon fiel herunter und baumelte an einem rosafarbenen Band. Sein Blick war zärtlich und bekümmert. »Ich bin ja so erleichtert, dich zu sehen. Hast du

die Reise überlebt? Du siehst dünn aus.« Seine Stimme klang liebevoll, glockenhell.
Ich umarmte ihn, atmete seinen vertrauten Duft ein, Amberöl. Wie es mir ging? Gut, gut, log ich. In Wahrheit war die Reise qualvoll gewesen, aber ich wollte nicht aufzählen, was mir alles wehtat. »Ich habe deine Nachricht erhalten.« Ich nahm behutsam Platz, denn nach zwei Tagen in einer rumpelnden Kutsche war meine Hüfte entzündet. »Ich bin offen gestanden beunruhigt.«
»Sicher! Sicher!« Barras nahm den Sessel in meiner Nähe und rutschte unbehaglich hin und her. »Wir haben … Neuigkeiten erhalten«, sagte er und räusperte sich. Sein Adamsapfel hüpfte auf und ab.
»Paul, bitte, sag es mir – geht es ihnen gut?« Nichts konnte schlimmer sein als das, was ich mir vorstellte.
»Bonaparte, meinst du?«
»Ja – und den Buben.« Eugène, Louis.
»Sicher, doch. Es geht ihnen gut, glaube mir, aber es hat da … Wie soll ich es ausdrücken? Es hat da einen kleinen Rückschlag gegeben. Aber ich versichere dir, Bonaparte und die Buben sind nicht in Gefahr«, wiederholte er und hob dabei die linke Hand, als legte er einen Schwur ab, »so wie die meisten Männer.«
Die *meisten*? Ich neigte den Kopf zur Seite, mein Ohrgehänge klimperte.
»Aber die Flotte ist … gesunken«, flüsterte er.
Gesunken? Ich hörte benommen zu, als Barras es erklärte. Nachdem Admiral Brueys die Flotte in Abukir vor Anker gelegt hatte, griffen die Engländer überraschend an und zerstörten bis auf vier alle unsere Schiffe. Der Kommandant der *Timoléon* steckt sein Schiff lieber in Brand, als sich zu ergeben. Er stand auf Deck, als er starb. Admiral Brueys wurde in zwei Teile gerissen, als er am Ruder der *Orient* stand. Die Explosion des Schießpulvers im Frachtraum konnte man noch in Alexandria, vierzig

Kilometer entfernt, hören. Die Schlacht zog sich über drei Tage hin, die blutigste, die jemals auf See geschlagen wurde. Und trotzdem haben die Engländer kein einziges Schiff verloren.

Überwältigt von dem ungeheuren Ausmaß des Verlusts, presste ich die Faust an die Lippen. Die größte Flotte in der Geschichte seit den Kreuzzügen – *vernichtet*? Über dreitausend Männer getötet oder verwundet. Alle Vorräte – einschließlich des Goldes für den Einkauf von Proviant – *verloren*.

Barras füllte sein Glas auf, wobei er Alkohol auf dem Teppich verschüttete. »Und das Unglückselige daran ist natürlich, dass unsere Truppen jetzt …« Er räusperte sich erneut. »Festsitzen.«

Mein Herz begann zu hämmern. »Aber wir werden sie doch sicherlich befreien«, sagte ich und wrang mein Taschentuch.

»Ich wüsste nicht wie! Die Engländer kontrollieren jetzt das Mittelmeer. Es ist nicht einmal sicher, ob wir ein Postboot durchschleusen können.«

Eine panische Angst ergriff mich. Ich musste nach Hause, bevor sie mich überwältigte.

»Du wirst verstehen, dass wir dies geheim halten«, fuhr er fort.

»Aber Paul, eine ganze Flotte, wie könnt ihr …«

»Morgen eröffnet die Ausstellung! Wir haben das spektakulärste Neujahrsfest geplant, das man sich denken kann, um Bonapartes Siege zu feiern. Und nun *das*. Die Leute lachen uns sowieso schon aus. Man wirft mir bereits jedes Laster vor, jede kriminelle Tat, jeden geringfügigen Diebstahl. Nach dem, was die Leute so reden, bin ich ein viel beschäftigter Mann. Hast du schon von diesem Plakat mit einer Lanze, einem Salatblatt und einer Ratte gehört? Es hängt überall, du wirst es sehen. Ich habe es schließlich begriffen: *Das siebte Jahr wird ihn töten*.* Und, weißt du, allmählich denke ich, dass sie vielleicht …«

* Lancette (Lanze), laitue (Salat), rat (Ratte): ein Spiel mit den Worten *l'an sept le tuera*.

»Paul, bitte, sag es mir. Was hat das zu bedeuten?«
Barras' Glas verfehlte den Kamin und zersplitterte an der Wand. Toto sprang hoch und duckte sich. »Das hat zu bedeuten, dass die *gottverdammten* Engländer die gesamte französische Flotte versenkt haben.« Er ließ sich wieder in seinen Sessel sinken, die Hände über den Augen. »Grand Dieu, ich werde noch wahnsinnig.«

17. September

Hortense hüpfte vor Aufregung auf und nieder. »An allen Pfosten sind Bänder und Blumensträuße.«
»Und bunte Seidentransparente, die im Wind flattern«, sagte Émilie (nun Madame *Lavalette*).
»Das ist wunderbar«, sagte ich, bemüht, ein wenig Begeisterung in meine Stimme zu legen.
Hortense horchte besorgt auf. »Wir gehen doch zu der Ausstellung, Maman – nicht wahr?«
Glückwünsche zu den Siegen meines Mannes entgegennehmen, lächeln, verbeugen, nicken – sich nichts anmerken lassen: Es war einfacher, als ich gedacht hatte. Wie aus weiter Ferne sah ich zu, wie die Menschen im Ruhmesglanz ihres Landes, in der Illusion des Sieges tanzten, sangen, taumelten. Die Erkenntnis der Niederlage würde sich noch früh genug einstellen. Vielleicht ist es ja immer so. Vielleicht sind alle Siege trügerisch, ist die Niederlage die unausweichliche Wirklichkeit.
Oder vielleicht, eher der Wahrheit entsprechend, wollte auch ich nicht darüber nachdenken, was ich mit Sicherheit wusste, dass auf den größten Sieg die größte Niederlage gefolgt war.
Ich spürte eine leichte Berührung an meiner Schulter. Barras, der krank aussah – zweifellos von der Zecherei gestern Abend. »Wie kommst du zurecht?«, fragte er. Seine leise Stimme ging in all dem Tumult fast unter. Er trug die Amtsrobe eines Direk-

tors, einen gewaltigen purpurroten Umhang aus Kaschmir und eine Toque aus Samt mit einer Trikolorefeder.
»Gar nicht so schlecht«, sagte ich, während ich Hortense, Caroline, Émilie und Jérôme im Auge behielt, die drüben bei einem Limonadenverkäufer waren. Eine Enklave von Bonapartes saß in einer von Seilen abgesperrten Gruppe direkt vor der Bühne. »Es ist nicht so schwer, wie ich dachte.« Das heißt, während des Tages. Während der Nacht war es etwas anderes. »Wissen *sie* es?« Ich deutete mit dem Kopf zu den Bonapartes – Joseph und seine Frau Julie, Lucien (zurück aus Korsika), Pauline und Victor Leclerc (vor kurzem aus Mailand eingetroffen). Alle sahen inmitten so großer Feierstimmung merkwürdig missmutig aus.
»Sicher nicht. Dieser hitzköpfige Lucien würde es augenblicklich dem *Moniteur* zuspielen, zusammen mit Beschuldigungen, dass es die Schuld der Direktoren sei – meine Schuld, genauer gesagt. Wusstest du, dass man ihn zum Sekretär der Fünfhundert gemacht hat?«
»Aber er ist doch erst vor drei Monaten zum Deputierten gewählt worden.«
»Er hat sich aufgrund seiner eher großmäuligen Opposition gegenüber den Direktoren – aufgrund seiner Opposition mir gegenüber, sollte ich wohl sagen – recht beliebt gemacht. Und was diesen lächelnden Schakal angeht, diesen sanftmütigen …« Er zog eine Augenbraue hoch. »Ich würde mit Joseph Bonaparte nicht durch eine dunkle Gasse gehen, um es mal so auszudrücken.«
»Aber warum schauen sie alle so verdrießlich drein?«
Barras schnaubte. »Ihre Plätze gefallen ihnen nicht, sie sollten oben auf der Bühne sitzen, auf den Plakaten sollten ihre Köpfe sein, es sollten mehr Plakate sein, die Plakate sind nicht groß genug.« Er warf die Hände in die Luft. »Kurz gesagt, es ist nicht genug. Offensichtlich ist es für einen Bonaparte nie genug. Deinen Mann natürlich ausgenommen.«

»Natürlich«, plapperte ich nach – offen gestanden war ich da nicht so sicher. Eine attraktive junge Frau hatte sich nach vorn gebeugt, um mit Joseph zu sprechen. Sie hatte irgendetwas mir Vertrautes an sich.
»Bereit, Direktor Barras?« Es war Direktor Neufchâteau, das neueste Mitglied im Rat der fünf Direktoren und als Innenminister der führende Kopf hinter der Ausstellung. Ich suchte nach einer Gelegenheit, ihm persönlich für seine Antwort auf meine Bitte, die Gelder für die Gemeinden der Vogesen zu erhöhen, zu danken. Obendrein hatte ich eine Anzahl weiterer Bitten vorzutragen. Doch am wichtigsten war, dass Bonaparte Verbündete brauchen würde – gerade jetzt.
Ich gab Direktor Neufchâteau die Hand. »Eine großartige Vorführung, Direktor, sehr inspirierend. Meinen Glückwunsch.« Die Frau, die mit Joseph sprach, richtete sich auf, drehte sich um – Lisette! Sie schritt auf eine Tür zu, die Edelsteine in ihrem Kopfschmuck glitzerten im Licht der Fackeln. Fouché hatte mich gewarnt, dass sie mit den Bonapartes verkehrte. Warum hatte sie mit Joseph gesprochen?, fragte ich mich mit Besorgnis, denn ich erinnerte mich an ihre Worte: *Das werden Sie noch bereuen!*
Die Militärkapelle spielte sich ein. Ich bemerkte, dass sich in der Menge etwas rührte, Hälse, die sich reckten. »Ah, da ist sie ja«, sagte Barras in provenzalischem Dialekt, »unsere schöne Amazone.« Ich schaute zum Eingang. Es war Thérèse, die in schimmerndem Silber und Mauve die Menge überragte. Ihr folgten mit Abstand ihr Lakai und ihr Kindermädchen, das Thermidor in wippenden Röckchen trug. Thérèse entdeckte mich, machte ein überraschtes Gesicht und winkte heftig.
Direktor Neufchâteau legte Barras die behandschuhte Hand auf die Schulter. »Wir werden gleich aufgerufen, Direktor«, sagte er. Die beiden Männer steuerten auf die Bühne zu.

»Ich wusste ja überhaupt nicht, dass du zurück bist«, rief Thérèse und schloss mich in die Arme.

Ich nahm ihre Hand, und meine Kehle war plötzlich unerklärlicherweise wie zugeschnürt. Es tat so gut, sie zu sehen. Thérèse hielt mich auf Armeslänge fest. »Und wie geht es dir?«

»Ich werde wieder ganz gesund werden.« Glaube ich. »Ich laufe, das ist das Wichtige.«

»Und was hältst du von alledem?«, fragte Thérèse, bevor ich ihr von Lisette erzählen konnte. »Jeder spielt verrückt wegen deines Mannes. Vielleicht stimmt es ja, was er sagt – vielleicht bist du ja wirklich seine Glücksgöttin.«

Ich wandte mich ab. Thérèse konnte man nicht belügen. Glücklicherweise erschien das Kindermädchen mit Thermidor, die den Daumen im Mund hatte und mit ihren großen Augen vor sich hin stierte. »Die Kleine ist schläfrig«, sagte Thérèse.

»Ich bin nicht klein«, sagte Thermidor und nahm den Daumen aus dem Mund. »Ich bin schon …«

»Drei! Ich weiß.« Ich nahm sie in die Arme. »Nein so was, du bist ja wirklich ein großes Mädchen.« Sie roch nach Seife. Ich drückte ihre seidige Wange an meine.

»Du wirst eine wunderbare Großmutter abgeben«, sagte Thérèse.

Sie hatte nicht gesagt *eine wundervolle Mutter*.

19. September

Eine schlaflose Nacht. Vor einem Jahr starb Lazare, doch ich denke immer noch oft an ihn. Ich bin keine Glücksgöttin. Jeder Mann, den ich jemals geliebt habe, ist tot. Der Gedanke, dass Bonaparte und Eugène etwas zustoßen könnte, macht mich krank. Ich habe schon zu viele geliebte Menschen betrauert. Ich bitte meine Schutzengel: Fliegt, fliegt! Fliegt zu ihnen. Bewahrt sie davor, dass ihnen etwas zustößt.

21. September

Ach, meine Ehrenjungfrauen …

»Schätzchen, wir sind ja so *erleichtert*, dich zu sehen. Was hast du mit deinen Haaren gemacht?«

»Ich liebe dieses Kleid. Dreh dich, dreh dich, lass dich anschauen.«

»Oh, das ist mal etwas anderes, mir gefällt, wie die Schärpe nach oben über die Schultern läuft.«

»Ganz Paris hat ein Loblied auf deinen Mann gesungen.«

»Der französische Cäsar, nennt ihn mein Koch.«

»Jeder.«

»Heil, Cäsar!« Fortunée Hamelin trug eine blaue Perücke. Sie hatte eine von Thérèses blonden gefärbt. »Oh, dieser Champagner ist aber ausgezeichnet«, sagte sie und ruckelte mit den Schultern, damit ihr Mieder nach unten rutschte. »Du solltest dein Mädchen besser noch ein paar Flaschen heraufbringen lassen, Joséphine. Na, siehst du? Ich habe es nicht vergessen.«

»Stimmt es? Bürgerin Marmont erzählte mir, dass du mit ihr nach Ägypten reist, dass der General die *Pamone* von Malta zurückschickt, nur um dich abzuholen.«

»Das ist ja so romantisch. Ich hätte auch gerne, dass man mir ein Schiff schickt.«

»Aber geht es dir denn gut genug für eine Reise, Schätzchen? Mir fiel auf, dass du beim Laufen ein wenig hinkst.«

»Wir haben *alles* über deine Behandlung in dieser medizinischen Zeitschrift gelesen – wie grässlich.«

»Es ist ein Wunder, dass du die Kur überlebt hast.«

»All diese Klistiere.« Die hellen Seidenblumen, die sich auf Madame de Crénys Rüschenhaube türmten, ließen sie noch kleiner wirken, als sie sowieso schon war.

»Das ist etwas, was ich einfach nicht ausstehen kann.«

»Klistiere? Manche Frauen haben sie gern.« Minerva kicherte.

»Und manche Männer machen sie gern.«
»Parbleu!« Fortunée Hamelin lachte schallend.
»Es stimmt. Madame Mercier beklagt sich ständig, dass ihr Mann ihr zu viel Abführmittel gibt.«
»Na, so ein Schlingel.«
»Ich möchte ja *wirklich* nicht das Thema wechseln, Joséphine, aber dieses große Haus weiter unten an der Straße, das an der Ecke der Rue du Mont Blanc – ist das jenes, das deine Schwägerin und ihr Mann gekauft haben?«
»Die Leclercs?« Ich nickte und spielte eine Karte aus. Bei ihrer Rückkehr aus Mailand hatten Pauline und Victor das Anwesen drei Häuser weiter gekauft (mit Bargeld, wie gemunkelt wurde). Jedes Mal, wenn ich dort vorbeikam, sah ich Paulines Gesicht am Fenster. Mein Privatspion, wie ich sie inzwischen insgeheim nannte.
»Ich finde es nett, Familie in der Nähe zu haben«, sagte Madame de Crény.
Thérèse suchte meinen Blick. »Nicht immer«, gab ich zu.
»Oh?« Sie sahen mich gespannt an.
»Du weißt doch, dass du einer Ehrenjungfrau immer vertrauen kannst«, sagte Minerva, die mein Zögern gespürt hatte.
Und dann brach ich zusammen, erzählte alles: dass Joseph geschworen hatte, meine Ehe zu zerstören; dass Bonapartes Mutter mich »die alte Frau« nannte (und Schlimmeres!); dass Pauline mich ausspionierte; dass ich inzwischen endlich begriffen hätte, dass eine Ehefrau für Korsen gar nichts wert war, dass es die Familie des Ehemannes war, die wirklich zählte und dass die Liebe meines Mannes zu mir und meinen Kindern einen tiefen eifersüchtigen Hass in ihnen hervorgerufen hatte.
»Mon Dieu, ich habe ja schon von Vendetten gehört, aber … ich hatte ja keine Ahnung«, rief Madame de Crény.
»Ich bin ziemlich überrascht über den Wirbel wegen deiner ge-

schäftlichen Aktionen. Ich dachte, der Onkel deines Mannes wäre ein Heereslieferant.«

Fesch? Ich nickte. Ebenso wie Joseph. *Und* Lucien.

»Und Pauline und Victor Leclerc nicht?«

Ich verdrehte die Augen, nun ja, schon … sie auch.

»Stimmt es, dass sie von Mailand *zurückgerufen* wurden?«

»Weil sie sich die Taschen gefüllt hatten, wie ich hörte.«

»Man sagt, dass sie einen Landsitz in Italien gekauft haben.«

»Und sich nach einem Besitz in der Nähe von Senlis umsehen.«

»Ich dachte, es wäre der andere Bruder, der sich nach einem Besitz in der Nähe von Senlis umsieht. Wie heißt er noch gleich? Lucien. Der junge Mann mit den dicken Brillengläsern.«

»Aber hat der denn nicht gerade dieses große Stadthaus in der Grand-Rue Vert gekauft?«

»Vom Gehalt eines Deputierten?«

Fortunée Hamelin pfiff. »Ich *liebe* diesen Champagner.«

»Hast du schon von Fortunées Abenteuer gehört, Joséphine?«

»Sie lief die Champs-Élysées entlang – *nackt* bis zur Taille.«

»Sie haben mich herausgefordert.« Fortunée Hamelin machte ein selbstgefälliges Gesicht.

»Sie hat praktisch einen Aufstand ausgelöst.«

»Ich verstehe immer noch nicht, warum«, sagte Fortunée. »Es ist doch nicht so, als hätten die Leute noch nie eine Frau gesehen.«

»Du hättest mal all die Artikel in den Zeitungen lesen sollen.«

»Da wir gerade von Zeitungen sprechen.« Minerva legte ihre Karten ab. »Hat eine von euch den Artikel in *La Révélateur* gelesen? Irgendetwas darüber, dass die Direktoren schon seit einer Woche von der Niederlage unserer Flotte wüssten?«

»*Welche* Niederlage?«

»Das möchte ich ja gerade wissen.«

Sie wandten sich zu mir. Meine Augen füllten sich mit Tränen.

Bitte, nein. Ich möchte nicht diejenige sein, die es ihnen erzählt.

4. November

Gerüchte, dass Alexandria niedergebrannt wurde, dass sich Bonaparte auf dem Rückzug befindet.

16. November

Gerüchte, dass Bonapartes Armee schwankt, dass er umzingelt ist.

12. Dezember

Mein Diener kam in Tränen aufgelöst vom Markt zurück. »General Bonaparte wurde in Kairo getötet!«
Ich brach sofort zum Palais auf, um Barras aufzusuchen. Ich hatte beschlossen, die Zeitungen nicht mehr zu lesen, geschweige denn ihnen zu glauben, aber diesen Bericht konnte ich nicht einfach ignorieren – ich *musste* es wissen.
Die Fahrt zum Palais ging nur langsam voran. Es gab Anzeichen von Unruhe, die sich verstärkten, als ich mich dem Markt näherte. Mehrmals erkannte man meine Kutsche. Ein Mann zog seinen Hut wie bei einem Trauerzug. Ich lehnte mich außer Sichtweite zurück.
Was, wenn Bonaparte tatsächlich getötet worden war?
In dem Moment, als ich Barras sah, brach ich – trotz der Anwesenheit seiner Gäste – in Tränen aus, denn ich las die Antwort in seinen Augen. Meine Knie gaben nach.

Wie aus weiter Ferne konnte ich hören, wie Barras Befehle nach kalten Lappen und Riechsalz erteilte. Er fühlte meinen Puls, schob meine Augenlider zurück. »Bitte«, sagte ich und versuchte mühsam, mich aufzusetzen. Ich spürte Galle in meiner Kehle. Ein Kreis von Gesichtern blickte auf mich herab, männliche Gesichter.

»Helft mir, sie im Nebenraum aufs Bett zu legen«, hörte ich Barras sagen. Er zog mich hoch. Komischerweise gehorchten mir meine Füße nicht, meine Beine waren wie die einer Lumpenpuppe. Unerklärlicherweise fing ich zu kichern an.

»Sie wird gleich wieder in Ordnung sein«, sagte Barras. »Sie ist kräftiger, als sie aussieht.«

Man legte mich aufs Bett, lockerte meine Bänder, zog eine Wolldecke über mich.

Ich schloss die Augen, wandte den Kopf ab. »Sprich«, sagte ich. »Sag mir, was du weißt.«

Sein Name bedeutete »Wüstenlöwe«, hatte er seinen Männern gesagt.

»Das wusste ich nicht«, sagte ich. Bonaparte hatte davon geträumt, auf einem Elefanten zu reiten, einen Turban zu tragen. »Sprich weiter.«

Soldaten! hatte er gerufen. *Von diesen Pyramiden blicken viertausend Jahre Geschichte auf euch herab!*

»Das ist wunderschön. Er versteht es, sich auszudrücken.«

Er war in Kairo eingezogen mit dem Koran in der einen Hand und Thomas Paines *Menschenrechte* in der anderen. Triumphierend.

»Er hatte viel Sinn fürs Theater«, sagte ich und schloss die Augen, stellte mir den Triumph vor, den er in diesem Augenblick empfunden hatte, wie er sich vorgekommen sein musste, als seine Seele vom Geist des Schicksals durchdrungen wurde, als er auf den Spuren von Alexander dem Großen, von Cäsar wandelte.

Er hielt sich für auserwählt. Ich öffnete die Augen. »Barras, er kann nicht tot sein.«

[Ohne Datum]

Jeden Tag Gerüchte – Bonaparte lebt, Bonaparte ist umgekommen. Ich trauere, ich jauchze, ich trauere wieder. Ich beginne jeden Tag mit einem Gebet und der Überzeugung, dass Bonaparte überleben wird, dass er durchhalten wird, dass er siegen wird – doch wenn die Nacht hereinbricht, ziehen Zweifel und Angst wie böse Dämonen in mein Herz ein.
Ich habe die Briefe durchgelesen, die mir Bonaparte zu Beginn unserer Ehe schickte. Ich lese seine glühenden Worte der Liebe und mochte weinen. Ich habe ihn nicht geliebt, wie ich ihn hätte lieben müssen, habe ihm nicht mein Herz geschenkt. Es gibt so vieles, was ich ihm sagen möchte – und nun fürchte ich, dass es zu spät sein könnte.

[Ohne Datum]

Die Leute beobachten mich, suchen nach Hinweisen. »Sie lächelt nicht. Er muss tot sein«, hörte ich zufällig eine Marktfrau sagen.

23. Dezember

Ich bin schon seit zwei Wochen nicht mehr vor die Tür gegangen, unfähig, mich den trauernden Blicken, den frohlockenden Blicken zu stellen. Wohin ich auch gehe, spüre ich Augen.

1. Januar 1799, Neujahrstag

Das Tintenfass in meinem Sekretär war leer. Ich ging nach unten. Im Gästezimmer waren Schreibutensilien.
Es kostete einige Mühe, die Tür aufzustoßen. Ich stand einen Augenblick da, wartete darauf, dass irgendetwas in der Dunkel-

heit Formen annahm. Draußen war es noch hell, aber durch die geschlossenen Vorhänge drang kein Licht. Ich zog die Vorhänge zurück, öffnete die Fenster.

Was soll aus ihm werden?, dachte ich. Und was aus meinem Sohn?

Eine Brise fegte in den Raum, ließ Papiere zu Boden flattern. Die Uhr unter der Glasglocke schlug. Bonaparte wollte aus dem Zimmer einen zweiten Arbeitsraum machen – aber am Schluss hatte die Zeit gefehlt, über solche Sachen auch nur zu diskutieren. Ein Schreibtisch, erinnerte ich mich, Regale und in der Ecke ein Schreibtisch für seinen Sekretär.

Ja, dachte ich, es wird gemacht. Ich werde gleich an die Arbeit gehen, die Architekten rufen lassen, die Möbeltischler, die Stoffhändler – alles für seine Rückkehr vorbereiten. Denn er *wird* zurückkehren.

Ich habe überall Feinde

3. Januar 1799

»Es ist wieder dieser verdammte Schüttelfrost«, sagte Barras unter einem Berg von Decken hervor. »Eine Familientradition.« Sein mit Cambric-Binden umwickeltes Gesicht ähnelte dem einer alten Frau.

Ich verdrängte Toto von seinem kleinen Sessel neben Barras' gewaltigem Bett und nahm Platz. Es erschreckte mich, Barras so geschwächt zu sehen.

»Er kommt, er geht. Schau nicht so besorgt drein.« Er nahm einen Schluck von dem Chininwasser, das ihm sein Zimmermädchen gebracht hatte, dann spuckte er es aus. »Du könntest wenigstens ein bisschen Brandy untermischen.« Sie schlug die Tür hinter sich zu.

»Mein Vater schwor auf Rum«, sagte ich. Das Zimmer roch unangenehm nach Papagei.

»Und *er* ist tot.« Barras schlug auf die Kante der Matratze. Toto sprang neben ihn und schnüffelte herum, bevor er sich neben seinem Herrn zusammenrollte.

»Nun sag schon, gibt es Neuigkeiten?« Ich war immer besorgt, wenn man mich rufen ließ.

»Ich wollte dich nur beruhigen, dass alle diese Gerüchte über Bonapartes Niederlage falsch sind. Wir haben einen Bericht erhalten, dass er eine einhunderttausend Mann starke Armee aufgestellt hat und im Begriff ist, in Syrien einzuziehen.«

»Das ist eine wunderbare Neuigkeit!«, sagte ich und fragte

mich gleichzeitig, wo Syrien liegen mochte. Ich würde auf meiner Landkarte nachsehen, sobald ich zu Hause war.

»In England feuern sie Kanonen vom Londoner Tower ab in der Meinung, er wäre getötet worden. Wie man mir erzählte, wird in London sogar ein Stück mit dem Titel *Bonapartes Tod* aufgeführt. Nun werden sie Kanonen abfeuern müssen, um seine Auferstehung zu verkünden.« Er lachte. »Aber heute Morgen stand etwas im *London Morning Chronicle*, das ich dir, wie ich meinte, zeigen sollte.«

»In der englischen Zeitung?«

Er nickte und kramte in einem Stapel Zeitungen auf seinem Nachttisch herum. »Mein Sekretär arbeitet gerade an einer Übersetzung. Wo ist meine Brille? Verdammt, ich kann überhaupt nichts mehr finden.«

»Betrifft es Bonaparte?« Ich fand seine Brille auf dem Nachttisch und reichte sie ihm. Wann immer es Neuigkeiten gab, ging ich davon aus, dass es schlechte waren.

»Ich wünschte, ich könnte Englisch lesen.« Mit ausgestrecktem Arm blinzelte Barras auf die Zeitung. »Ich wünschte, ich könnte *sehen*.«

»Da steht der Name Beauharnais«, sagte ich, während ich ihm über die Schulter blickte. Etwas über Eugène?

»Ah, da ist ja Botot.«

»Es wird Ihnen nicht gefallen«, warnte uns Barras' Sekretär, der ein Blatt Papier in der Hand hielt. Er las vor: »*Die Veröffentlichung der Briefe, die vertraulich geschrieben werden sollen …*«

»*Geschrieben werden sollen*? Oder *geschrieben wurden*?«

»Geschrieben wurden. Verzeihung. Ja … *der Briefe, die vertraulich geschrieben wurden von Bonaparte und seinen Männern an Freunde und Familie in Frankreich (von unserer Marine abgefangene Briefe) gereicht der Moral unseres Kabinetts wenig zur Ehre. So ein Skandal kann nicht dazu dienen, unsere überregionale Zeitung gut zu machen, um zu adeln …*«

»Warten Sie eine Minute, langsamer, Botot. Das ergibt doch keinen Sinn.«

»Vielleicht liegt es an meiner Übersetzung.«*

»Fahren Sie fort.« Ich lehnte mich auf meinem Sessel vor. Etwas über die Veröffentlichung von Briefen?

»Einer dieser beschlagnahmten Briefe ist von Bonaparte an seinen Bruder, ein Lied über die Ausschweifungen seiner Frau …«

Meine *Ausschweifungen*?

Botot zuckte mit den Schultern. *»Ein anderer vom jungen Beauharnais …«*

Eugène? »Einer der Briefe ist von meinem Sohn?«

»… die Hoffnung ausdrückt, das seine chère *Maman weniger schlecht ist, als sie dargestellt wurde.«*

»Ich begreife das nicht.« Schlecht? Die Luft im Raum war stickig, das Feuer loderte.

»Die Engländer haben vor, diese Briefe zu veröffentlichen?«, wollte Barras mit klappernden Zähnen wissen. »Aber das ist unsittlich. Diesbezüglich gibt es internationale Abkommen.«

»Zum Teufel mit den Royalisten«, krächzte plötzlich der Papagei.

28. Nivôse, Palais Luxembourg

Chère amie,

wir haben endlich Abschriften der beiden Briefe erhalten, auf die sich der London Morning Chronicle *bezieht. Ich halte es nicht für klug, sie dir*

* Der Artikel im *London Morning Chronicle* lautete: »Es ist nicht sehr ehrenvoll … dass die Privatbriefe … die abgefangen wurden, veröffentlicht werden sollen. Es bringt den Charakter eines Volkes in Verruf, wenn es sich zu solcher Schwatzhaftigkeit herabwürdigt. Einer dieser Briefe ist von Bonaparte an seinen Bruder, in dem er sich über die Lasterhaftigkeit seiner Frau beklagt; der andere vom jungen Beauharnais, in der er seiner Hoffnung Ausdruck gibt, dass seine liebe Mama nicht so schlecht ist, wie sie dargestellt wird! Dies sind die kostbaren Geheimnisse, die, um Unfrieden in privaten Familien zu stiften, in Französisch und Englisch veröffentlicht werden sollen.«

per Boten zu schicken. Ich werde heute Nachmittag zu Hause sein, falls du vorbeikommen möchtest.

Père Barras

17. Januar

»Es wird dich trösten zu erfahren, dass ich vorhabe, sie auf den Index zu setzen«, sagte Barras, während er die Stapel auf einem Schreibtisch durchstöberte.

»Sind sie denn so schlimm?«

»Ah, da ist ja der eine.« Er reichte ihn mir. »Es ist eine Abschrift des Briefes, den Bonaparte an seinen Bruder Joseph schrieb. Aber wo ist dieser andere, der von deinem Sohn?«

Ich warf einen Blick auf die Worte: *Ich mache heftigen privaten Kummer durch, denn der Schleier ist nun endgültig zerrissen.* »Ich verstehe das nicht.«

»Der von Eugène wird es erklären.«

Chère Maman,

ich habe dir so viel zu erzählen, dass ich nicht weiß, wo ich anfangen soll. Vor fünf Tagen, nach einem Gespräch mit Junot, hat Bonaparte sehr traurig ausgesehen. Nach dem wenigen, das ich zufällig mitanhören konnte, hatte es mit Hauptmann Charles zu tun – dass er in deiner Kutsche aus Italien zurückkehrte, dass er dir dein Hündchen schenkte, dass er jetzt sogar bei dir ist.

Du weißt, Maman, dass ich kein Wort davon glaube. Ich bin sicher, dass alles nur Klatsch ist, den sich deine Feinde ausgedacht haben. Ich liebe dich nicht weniger und sehne mich nicht weniger danach, dich zu umarmen.

Eine Million Küsse, Eugène

»Dieser Brief soll in England veröffentlicht werden?«, fragte ich.

»*Und* offensichtlich auch der von Bonaparte an Joseph. Diese Hurensöhne – die Engländer sind durch und durch unmoralisch. Wir haben eine stillschweigende Übereinkunft mit ihnen getroffen, private Korrespondenz zu respektieren. Wir werden natürlich versuchen, sie davon abzuhalten, die Briefe öffentlich zu machen. Meine Liebe, geht es dir gut?«

Ich versuchte zu schlucken. »Ich denke schon.« Ich kam mir so entblößt vor, wie mein Leben da zur Schau gestellt wurde. Ich fühlte mich gedemütigt – aber ich war auch zornig. Was hatte ich denn getan, dessen ich mich schämen sollte? Ja, Hauptmann Charles hat mir Mops geschenkt; ja, er begleitete mich auf der Rückreise von Italien; und *ja*, er ist ein Freund, und ich genieße seine Gesellschaft – warum auch nicht? »Paul, du weißt doch, dass der Hauptmann nur ein Freund ist, nicht wahr?«

»Aber natürlich! Interessiert sich unser hübscher Hauptmann überhaupt für Frauen? Aber sorge dich nicht um Gerüchte, mein Schatz, niemand wird etwas erfahren.« Stirnrunzelnd ließ er die Daumen kreisen. »Ich kann nur nicht verstehen, warum sich Junot so große Mühe gibt, Bonaparte aufzuregen.«

»Ich glaube, ich weiß warum«, flüsterte ich in Erinnerung an Lisettes Worte: Das wird Ihnen noch Leid tun.

24. Januar

Die Schneiderin erschien um elf mit ihren drei Helferinnen, die riesige Ballen mit Stoffmustern, Kästen mit Spitzen und Bändern, Bücher mit Zeichnungen heranschleppten. »Dieses empfehle ich nicht«, sagte Henriette. »Ihre Schwägerin, Madame Leclerc, hat ein sehr Ähnliches.«

»Pauline Leclerc ist eine Ihrer Kundinnen?«

»Und so ein neugieriges Dingelchen. Jedes Mal, wenn wir eine Anprobe haben – ziemlich häufig, denn sie verlangt jede Woche ein neues Kleid –, will sie nur Neuigkeiten von Ihnen wissen.«

»Sie fragt Sie über *mich* aus?«

»Ganz recht, Madame. Sie will alles über Sie wissen.«

25. Januar

Meine Hutmacherin erschien um drei. Ich zeigte ihr den Entwurf des Kleides, das ich ausgesucht hatte, das Stoffmuster.
»Lola, wir kennen uns doch schon lange.«
»*Sehr* lange, Madame.«
»Wenn ich Ihnen eine Frage stellte, würden Sie mir dann die Wahrheit sagen?«
»Madame, wenn ich Sie nicht besser kennen würde, müsste ich mich jetzt eigentlich beleidigt fühlen«, sagte sie, und die Augen quollen ihr fast aus dem Kopf.
»Sie müssen mir verzeihen, ich fühle mich nicht ganz wohl.« Ich wusste nicht recht, wie ich meine Frage formulieren sollte. Aber ich musste es wissen. »Haben Sie Hüte für Madame Leclerc gemacht?«
»Aber ja, Madame, sie hat meine Mädchen ziemlich in Trab gehalten – jede Woche einen neuen Hut, manchmal zwei«, sagte sie, eine Form aus Stroh in der Hand.
»Hat sie sich jemals … nach mir *erkundigt*? Ich bin nur neugierig, mehr nicht.«
»Sie redet wie ein Wasserfall.« Lola wickelte ein Stück Gaze um den Kopf der Strohform und gestaltete daraus einen Turban im östlichen Stil.
»Sie *redet* über mich?«, fragte ich, während ich in den Spiegel schaute und die Feder zurechtrückte. Der Hut stand mir nicht.
»Ich glaube natürlich kein Wort davon.« Lola zog mir den Hut vom Kopf. »Wenn ich meine Mädchen nicht hätte, auf die ich aufpassen muss, hätte ich ihr schon vor langer Zeit gesagt, dass ich keine Hüte mehr für sie machen möchte. Sie ist pedantisch und außerdem nie pünktlich, lässt mich und die Mädchen ständig warten. Und *drei* Liebhaber hat sie.«
»Oh?« Es war allgemein bekannt, dass Pauline, seit ihr Mann

nach Lyon versetzt worden war, Affären mit den Generälen Moreau, Macdonald und Beurnonville hatte.
»Und einen Diener hat sie, der sie aus dem Bad hebt und sie ins Bett trägt. Es sei keine Sünde, weil er Neger ist und kein richtiger Mensch, sagt sie, aber trotzdem kann man sich nur wundern. Wirklich, Madame, sie macht dem General keine Ehre, möge Gott ihm bei seiner Schicksalsprüfung beistehen. Und was Sie angeht, so hat sie meinem Mädchen Doré erzählt, dass sie alle Ihre Liebhaber verführt hätte, einen nach dem anderen, und jeden gefragt hätte, wer besser wäre, Sie oder sie, und was Ihre …« Sie verstummte errötend.
»Weiter, Lola. Ich finde das amüsant.«
»Was Ihre *Tricks* wären, wie sie es ausdrückt.« Lola grinste. Ihr fehlten die beiden Vorderzähne. »Sie wissen schon, Madame – was Frauen so mit einem Mann anstellen, besondere Dinge, die man macht, wenn er erregt ist, Dinge, die ihn verrückt machen. Ich kenne selbst ein paar. Bringen meinen Logger um den Verstand …« Der Gedanke, wie Lola ihren verkrüppelten Ehemann mit Vergnügen verrückt machte, gefiel mir. »Aber *dann* sagt sie, dass Ihre Liebhaber sagen, dass sie genauso gut ist, dass der einzige Unterschied die Erfahrung ist. Was ich nicht einen Moment glaube, Madame.«
Ich war mir nicht ganz sicher, was Lola nicht glaubte. »Bitte sagen Sie Ihren Mädchen, Lola, dass ich keine Liebhaber habe.«
Lola sah mich ungläubig an. »Aber Madame, selbst *ich* habe Liebhaber.«

[Ohne Datum]

Ich habe von den Bodins drei Banknoten erhalten, sie jedoch umgehend an Barras gesandt, um diese Schuld zu begleichen. Andere werden warten müssen. Joseph Bonaparte lässt mir gar nichts mehr zukommen.

1. Februar

Die Seine ist über die Ufer getreten. Arme Thérèse – ihr wunderschönes Haus steht hüfthoch im Schlamm. Barras hat sie aufgenommen – Thérèse, das kleine Mädchen, das Kindermädchen und elf Dienstboten. Ich vermute, er wird rasch eine Unterkunft für sie finden.

6. Februar

Die Ehrenjungfrauen trafen sich in Thérèses (wunderschönem) neuem Haus in der Rue de Babylone – ein »Geschenk« von Barras. Nachdem wir die Einrichtung bewundert und darüber diskutiert hatten, ob wir Handel, Kasino oder Pfandhaus spielen sollten, und nachdem wir Neuigkeiten über unsere Kinder und Enkelkinder ausgetauscht hatten, widmeten wir uns dem Thema, über das wir uns in letzter Zeit am meisten unterhielten – dem Klatsch über die Bonapartesippe.

»Ich habe endlich die Hickserin kennen gelernt«, verkündete Madame de Crény.

»Elisa Bonaparte?«

»Sie stellte sich mir als *femme savante* vor.«

»Sie ist hier in Paris?«, fragte ich und spielte eine Karte aus. »Ich dachte, sie und ihr Mann wären in Marseille.« Wie ich wusste, war vor kurzem traurigerweise ihr Kind gestorben.

»Sie hat ihren Mann in Marseille zurückgelassen und lebt jetzt in Paris bei ihrem Bruder Lucien.«

»Soviel ich weiß, hat sie einen Salon eröffnet.«

»Ich war schon da. Die ganze Zeit ruhte sie auf einem Sofa und fächelte sich.« Thérèse wedelte mit ihrem Schal wie eine Frau, die vornehm tut. »Pauline Leclerc war auch da – *allein*, sollte ich wohl hinzufügen.«

»Geschieht ihr recht. Ich hörte, dass sich ihre drei Liebhaber gegenseitig entdeckt haben …«

»… und alle beschlossen, sie zu verlassen!«

Aber die große Neuigkeit war, dass Joseph gerade Mortefontaine gekauft hatte, eines der prächtigsten Güter im Land.

»Soviel ich weiß, steckt er Millionen hinein – ein See, eine Orangerie, ein Theater.«

»Woher hat er denn das Geld?«

»Die Mitgift seiner Frau?«

Ich zuckte mit den Schultern und kassierte meine Gewinne ein (elf Francs). Julies Mitgift von 100.000 Francs war zwar stattlich, aber nicht ausreichend, um ein Anwesen wie Mortefontaine zu kaufen und zu renovieren. Das rechnete sich einfach nicht.

»Jeder Mann von Stand braucht einen Landsitz, erzählte mir Joseph.«

»Und jede Frau von Stand, würde ich meinen«, sagte Minerva und stupste mich an.

»Arme Joséphine. Sie ist die einzige Bonaparte ohne einen Landsitz.«

Ich verdrehte die Augen. *Arme* Joséphine, wie wahr.

»Ich dachte, du und Bonaparte machten ein Angebot für ein Schloss auf dem Land?«

Ich nickte. »Das haben wir schon, für ein Haus an der Straße nach Saint-Germain.« Malmaison – ein Anwesen, in das ich mich über beide Ohren verliebt hatte. »Aber das Angebot wurde abgelehnt. Und dann ist Bonaparte nach Ägypten aufgebrochen.« Ich hatte einen Grundstücksmakler gebeten, das Kaufobjekt noch einmal zu prüfen, wartete aber noch auf eine Antwort.

»Jetzt ist der richtige Zeitpunkt, um zu kaufen.«

»Die Preise werden nicht mehr sehr viel weiter sinken.«

8. Februar – in dem kleinen, aber reizenden neuen Haus von Tante Désirée und dem Marquis in Saint-Germain

Der Marquis ist heute fünfundachtzig geworden. »Ich könnte jederzeit gehen«, sagte er zu mir und versuchte dabei, mit den Fingern zu schnippen. Tante Désirée hatte ihn mit seiner blauen Hausjacke aus Samt herausgeputzt.
Ich lächelte. »Ich glaube, Sie werden hundert Jahre alt.«
»Ich bin bereit, gleich zu sterben, wenn da nicht noch etwas wäre.«
Ich stopfte die Decke um seine Beine und schob seinen Behindertenstuhl näher ans Feuer. Ich wusste, was dieses »Etwas« war. Er hielt meine Hand fest. »Bevor ich sterbe, muss ich François sehen«, sagte er, und seine kleinen wässrigen Augen füllten sich mit Tränen. François, seinen emigrierten Sohn.
»Marquis, ich habe es versucht, aber ich …« *Kann es nicht*, wollte ich sagen, aber stattdessen entschlüpften mir die Worte: »Ich werde es weiter versuchen.«

11. Ventôse – Croissy

Chère Madame Bonaparte,
heute Morgen habe ich vier Stunden in Malmaison verbracht. Wenn Sie so wohlhabend wären, wie allgemein angenommen wird, würde ich Ihnen nur den Reiz dieses Anwesens beschreiben – aber Sie wünschen einen Besitz, der Ertrag bringt, und ich freue mich, Ihnen mitteilen zu können, dass Malmaison eben dies ist.
Die Eigentümerin schlägt 300.000 Francs für Grund und Boden vor (was ihr angeblich letzten Sommer von General Bonaparte angeboten wurde) und zusätzlich 25.000 für das Mobiliar. Hinzu kämen 15.000 für die landwirtschaftlichen Geräte und rund 15.000 an Steuern, was bedeuten würde, dass Sie ungefähr 360.000 Francs zahlen müssten. Wenn Immobilien nicht

im Wert gesunken wären, wäre Malmaison normalerweise für 500.000 Francs zu verkaufen.
Das Land war in den letzten dreißig Jahren in der Obhut eines Verwalters. Er erzählte mir, dass es 387 Morgen Getreidefelder, Weinstöcke und offenes Weideland gibt. Der Park, der hervorragend ist, umfasst fünfundsiebzig Morgen samt 312 Morgen, die zusätzlich verpachtet werden können. Wenn man diese für nur dreißig Francs verpachtet, so bringt das über 9.000 Francs ein, was zuzüglich der Einnahmen aus dem Park in Höhe von 3.000 die Gesamtsumme von 12.000 erbringt. Dies dürfte Sie beruhigen. Allein in diesem Jahr haben sie hundertzwanzig Fässer Wein gekeltert und zum Stückpreis von fünfzig Francs verkauft. Die fünfundzwanzig Gutsleute, die auf dem Gelände wohnen, können sich gänzlich selbst versorgen.
Das Anwesen, das den Vorteil hat, sowohl praktisch als auch angenehm zu sein, ist das schönste, das ich bisher gesehen habe.

Bürger Chanorier

3. März

Ich habe Chanorier angewiesen, für Malmaison ein Angebot von 325.000 Francs zu machen – ein hervorragender Preis, wenn ich es bekomme.

4. März

Angebot angenommen! Jetzt muss ich nur noch das Geld vorweisen.

7. März, Paris

Verehrte Schwester,
was den Kauf eines Landbesitzes betrifft, lehne ich es ab, ohne direkte Anweisung meines Bruders irgendwelche Gelder aus der Bonaparte Familien-

stiftung vorzuschießen. Sollten Sie Ihren Plan weiter verfolgen wollen, werden Sie dies daher ausschließlich unter Ihrem eigenen Namen tun müssen.

Mit familiären Grüßen, Joseph Bonaparte

9. März

Bürger l'Huillier, der Gutsverwalter, hat eingewilligt, gegen eine Garantie für seinen Arbeitsplatz fünfzehntausend zu leihen.

10. März

Zweiundzwanzigtausend von Ouvrard (dank Thérèse, die Ouvrard »Gesellschaft leistet«), aber es reicht immer noch nicht.

16. März

Ich habe gerade herausgefunden, dass Louis Bonaparte (offensichtlich krank) vor fünf Tagen mit Signora Letizia nach Paris zurückgekehrt ist. Warum haben sie sich nicht mit mir in Verbindung gesetzt? Louis wird Nachrichten von Bonaparte, von Eugène haben – ich muss unbedingt mit ihm sprechen.

17. März

Ich habe alle Bonapartes für den kommenden Décadi zu einer Abendgesellschaft zu Ehren von Madame Mère eingeladen. Mein Kutscher ist vor wenigen Augenblicken aufgebrochen, um die Einladungen zu überbringen. Ich bete, dass es klappt.

Kurz nach 4 Uhr

»Wenn man beunruhigende Neuigkeiten über den Mann einer Freundin hat, meint ihr, dass man sie der Freundin mitteilen sollte?« Minerva fächelte sich so heftig, dass die Federn auf ihrem Hut flatterten.

»Es käme auf den Inhalt der Neuigkeiten an, würde ich meinen«, sagte Madame Crény und spielte eine Karte aus.

»Freundschaft verlangt Ehrlichkeit, wie schmerzlich auch immer«, sagte Thérèse.

»Hast du denn Neuigkeiten, die den Ehemann einer Freundin betreffen?«, fragte ich Minerva und nahm meine Karten auf.

»O nein.«

Wir spielten in beklemmendem Schweigen. Als die Glocken vier schlugen, legte ich meine Karten nieder. »Minerva, bitte …«

»Es ist nicht wahr. Nur ein Gerücht.«

»Von wem hast du es?«

Sie zuckte zusammen. »Von deiner Schwägerin Pauline Leclerc.«

»Oh?« Ich klatschte eine Karte auf den Tisch. »Du kannst es mir ruhig erzählen. Da ich es mir letztlich ja doch anhören muss, würde ich es lieber von Freunden hören.«

»Es ist nur die übliche Art von Gerücht, weißt du, dass sich der General eine Geliebte genommen hat, so was in der Art.«

Der General: mein *Mann*. Ich blickte um den Tisch herum. Das war noch nicht alles, wie ich merkte. »Und?«

»Und die Sache ist …«, stammelte Madame Crény.

»Offenbar hat er ihr gesagt, dass er sie *heiraten* wird …«

»… wenn sie schwanger wird.«

Ich warf meine Karten auf den Tisch.

19. März

Die Bonapartes übermittelten ihr Bedauern – jeder Einzelne.

24. März, Ostern

Ich liege schon drei Tage im Bett. »Melancholie«, sagte der Arzt und bestand darauf, dass ich zwei Mal am Tag vom Fuß aus zur Ader gelassen werde.

9. April

Heute Nachmittag, kurz nach dem Mittagessen, meldete Mimi einen Besucher. »Hauptmann Charles?« Aus Mailand zurückgekehrt!

Doch bevor ich auch nur meinen Stickreifen niederlegen konnte, war er schon wie ein Tänzer ins Zimmer gewirbelt. »Buon giorno, Signorina.« Er machte einen Knicks, wobei er seine weiten venezianischen Hosen schürzte, als trüge er einen Rock.

»Wenn du uns etwas Portwein bringen könntest, Mimi«, sagte ich lachend, »und etwas zu essen. Sind Sie hungrig, Hauptmann?« Ich stellte meinen Stickereikorb von einem Stuhl herunter.

»Wie ein Bär. Sie haben eine neue Zofe?«

»Lisette ist nicht mehr bei mir, Hauptmann.«

»Oh!« Er lächelte mich verschmitzt an. »Könnte das etwas mit Oberst Junot zu tun haben?«

»Das war einer der Gründe«, sagte ich, und vor Zorn stieg mir die Röte ins Gesicht. Hatte es denn jeder gewusst, nur ich nicht?

»Ah, da ist ja mein Ungeheuer!« Mops erschien mit gespitzten Ohren an der Tür. »Waren wir denn auch brav?«, fragte der Hauptmann und streichelte dem Hund den Kopf. »Haben wir die Diebe abgeschreckt?«

»Er war richtig krank.« Ich bedeutete Mimi, den Imbiss auf den Tisch neben mir zu stellen.

»Nun, mein braver Bursche«, sagte Hauptmann Charles zu

dem Hund, als wäre er ein Mann, »du bist in den Händen der liebenswürdigsten Frau in ganz Europa. Viele Männer würden dich beneiden.«

»Leider muss ich sagen, dass sich seinetwegen ein internationaler Zwischenfall ereignet hat.«

»Oh?«, sagte er und zuckte zurück, als der aufgeregte Hund an seinem Kinn lecken wollte.

Ich erklärte ihm, was geschehen war, von den Briefen, die von den Briten abgefangen worden waren. Ich erzählte ihm, was Eugène in seinem Brief geschrieben hatte und einiges von dem, was Junot Bonaparte erzählt hatte.

»Aber woher wusste Junot denn, dass ich Ihnen den Hund geschenkt habe?«

»Lisette muss es ihm erzählt haben, kein Zweifel.«

»Aha, sie hat es also Junot erzählt, der es wiederum Ihrem Mann erzählte.«

»Und ihm gegenüber andeutete, dass Sie und ich …« Ich errötete.

»Ich muss gestehen, dass mir die Anschuldigung, dem großen General Bonaparte Hörner aufgesetzt zu haben, schmeichelt.« Er grinste. »Dafür könnte ich in die Geschichte eingehen.«

Wie jung er doch war, wie wenig er doch über den Lauf der Welt wusste! »Ich wünschte, ich könnte Ihre Heiterkeit teilen, Hauptmann, aber ich fürchte, dass mein Mann die Scheidung verlangen wird.«

»Wegen eines geschenkten Hundes?«

»Bitte verstehen Sie doch, Bonaparte ist ein äußerst eifersüchtiger Mann. Seine Gefühlsregungen sind heftig. Schon der leiseste Verdacht verstärkt sich in seiner Einbildung derart, bis er über seine Vernunft herrscht.«

»Dann vermute ich, dass ein Abend in der Opéra Comique mit Ihrem *Cavaliere servante* nicht infrage kommt?«

»Ich gehe nirgendwo hin. Ich lebe wie eine Gefangene. Pauline

Leclerc ist jetzt meine Nachbarin, und sie unterrichtet ihren Bruder über jeden meiner Schritte. Zweifellos wird er bald über Ihren Besuch informiert sein. Ehrlich gesagt, wenn ich nicht bald aus Paris herauskomme, werde ich noch wahnsinnig. Ich habe mit dem Kauf eines Landsitzes an der Straße nach Saint-Germain geliebäugelt, aber alle Hoffnung aufgegeben, auch nur die Anzahlung aufbringen zu können.«

»Das hier dürfte helfen.« Hauptmann Charles zog ein dickes Päckchen aus der Innentasche. Er warf es in die Luft, fing es wieder auf und überreichte es mir förmlich. »Wir haben bei der letzten Lieferung einen recht ordentlichen Profit gemacht.«

Ich spürte sein beträchtliches Gewicht. *Fünfzig*tausend Livres, sagte er.

21. April

Ich habe unterschrieben. Malmaison ist mein.

Ich ziehe mich zurück

23. April 1799 – Malmaison

Es ist später Nachmittag. Ich schreibe dies an meinem kleinen Schreibtisch im Boudoir meines Landschlosses. Eine rebellische Stimmung hat mich erfasst. Ich habe mich nicht frisiert, nicht geschminkt, trage alte »Lumpen« – ein bequemes Hauskleid. Ein Gefühl des Friedens erfüllt mich, wenn ich nach draußen über die Hügel schaue, über meine vierhundert Morgen Wald und Felder, gesprenkelt mit weidenden Schafen, Kühen und ein paar Pferden. Ein Bulle mit Nasenring muht kläglich neben dem Kuhstall. Morgen früh werde ich die braune Stute durch jedes Wäldchen und jedes Tal reiten, und am Nachmittag werden der Gärtner und ich einen Kräutergarten anlegen.
Und heute Abend? Heute Abend werde ich der nächtlichen Stille lauschen. Heute Abend werde ich zufrieden schlafen.

24. April

Mein Verwalter hat mir gerade Bericht erstattet. Mit einem Gesicht, das puterrot anlief, und einem verbeulten Strohhut, den er mit den Händen umklammerte, teilte er mir mit, dass die Hühner nicht gelegt hätten, der Klee am anderen Ende des Feldes von Schierling überwuchert sei und die Worfschaufel ein Ersatzteil benötigte (vierzig Francs). Solche »Probleme« sind Balsam auf meine wunde Seele.

27. April

Ich ziehe mich immer mehr von der zivilisierten Welt zurück. Ich stehe mit der Sonne auf, verbringe den Tag in Gesellschaft der Dienstboten, der Bauern, der Tiere. Am frühen Morgen arbeite ich im Küchengarten, jäte Unkraut, dünne aus. An Paris, an die dort ständig herrschende Unruhe, das prunkvolle und geistreiche Leben denke ich mit einer Art von Abscheu.

[Ohne Datum]

Zweimal habe ich mich auf den Weg nach Paris gemacht; zweimal bin ich umgekehrt. Aus mir ist eine Landpomeranze geworden.

20. Mai

Deprimiert durch meine Abwesenheit haben sich die Ehrenjungfrauen hier heraus bemüht!
»Ach, Schätzchen, jetzt hast du alles: eine Harfe, eine Kutsche und ein Schloss. Was gibt es noch?«
»Meiner Harfe fehlen drei Saiten, meine Kutsche braucht eine neue Deichsel, und was das Schloss angeht …!« Ich lachte.
»Gib die Hoffnung nicht auf, du kannst es reparieren lassen«, tröstete mich Minerva.
»Ich gebe zu, dass ich es genau so liebe, wie es ist«, sagte ich und vergewisserte mich mit einem Blick unter den Tisch, dass Mops sich mit den Hunden meiner Gäste vertrug. Wir waren fünf Frauen, vier Möpse – ein Zoo.
»Die Anlagen sind wirklich wunderschön.«
»Es ist perfekt«, sagte Thérèse und umarmte mich. Sie sah etwas rundlich aus, dachte ich. »Ihr könnt es ruhig wissen. Ich bekomme ein Kind«, teilte sie der Gruppe verlegen mit.

»Oh!«
»Oh?« Und Tallien, ihr Mann, in Ägypten. Und Ouvrard, ihr Liebhaber, verheiratet.
»Schaut mich doch nicht so an!«
Wir spielten Karten und unterhielten uns den ganzen Nachmittag, holten nach, was es an Neuem gab: die Ermordung der französischen Unterhändler in Deutschland; die niederschmetternden Armeeverluste in Italien; dass einer der Direktoren Fesch, Lucien und Joseph Bonaparte beschuldigte, öffentliche Gelder zu stehlen. Aber am wichtigsten: die wundervolle Nachricht, dass ein Rettungsversuch in Ägypten unternommen werden sollte.

24. Mai

Der Rettungsversuch ist fehlgeschlagen. Unsere Schiffe konnten die englische Blockade nicht durchbrechen. Ich liege schon den ganzen Tag im Bett.

16. Juni

Heute kam ein Bote in den Hof galoppiert. Ein Brief von Bonaparte?, dachte ich hoffnungsvoll in Erinnerung an die ersten Tage des Italienfeldzuges. Der Umschlag enthielt eine aktuelle Ausgabe der Zeitung *La Feuille du Jour*. Daran hing eine Notiz, nicht unterschrieben, aber in Hauptmann Charles' winziger Handschrift – *Seite 4, oben links. Ich muss Sie sehen.* Auf Seite vier stand ein Artikel über die Lieferung schlechter Pferde an die italienische Armee – durch die Firma Bodin. Offensichtlich hatten die Soldaten die Alpen auf lahmen und schwachen Reitpferden überqueren müssen und deswegen den Namen Bodin verflucht.
Die Zimmer von Hauptmann Charles im Untergeschoss der

Rue Honoré einhundert sind dunkel. Der Diener kniff die Augen zusammen, um die Aufschrift auf meiner Karte lesen zu können. »Madame Tascher?«

Ich nickte und reichte ihm meinen Umhang. Ich wurde gebeten, in einem kleinen Salon zu warten. (Ich erinnere mich, dass ich überlegte, ob ich ein Bellen hörte.) Ich machte es mir bequem und ließ die geschmackvolle Schlichtheit der Einrichtung auf mich wirken – die Gemälde an den Wänden, die Blumenarrangements, einen Beistelltisch voller Bücher (Montesquieus *Persische Briefe,* mit der aufgeschlagenen Seite nach unten), die Bronzeskulptur eines Pferdes – das angenehme Durcheinander eines Raumes, der viel benutzt wird.

»Er empfängt«, teilte mir der Diener mit und führte mich anschließend einen dunklen Flur entlang. Wir blieben vor einer antiken Eichentür mit einem Messingknauf stehen. Wieder hörte ich einen Hund bellen. Der Diener klopfte dreimal.

»Kommen Sie herein, Claude«, hörte ich eine Stimme rufen – Hauptmann Charles.

Der Diener stieß die Tür auf. Inmitten einer Horde von Hunden stand Hauptmann Charles in einem Künstlerkittel aus grobem Leinen. Auf den Armen hielt er einen Beagle, dem ein Ohr fehlte. »Madame …«

»*Tascher.*«

Sanft setzte er den Beagle auf den Boden, wischte sich die Hände an seinem Kittel ab und trat über einen langhaarigen Köter. Seine Zöpfe waren mit einem scharlachrot und schwarz gestreiften Band nach hinten gebunden. »Sie haben mein geheimes Leben entdeckt«, sagte er schüchtern und blickte hinunter auf sein Rudel.

»Woher kommen sie alle?« Wie viele waren es? Acht? Zehn?

»Ich sammele sie auf der Straße auf«, sagte er, zog seinen Kittel aus und komplimentierte mich aus dem Zimmer. Darunter trug er einen scharlachroten, wollenen Rock mit Schößen und wei-

ßen Satinaufschlägen. Er schloss die Tür hinter sich, um das Gejaule zu dämpfen.
»Und was machen Sie dann mit ihnen?«, fragte ich, als ich ihm zurück in den Salon folgte.
»Und dann bringe ich es nicht übers Herz, mich von ihnen zu trennen!«, sagte er und schob einen gepolsterten Stuhl heran. »Sie sind wegen des Artikels in *La Feuille du Jour* gekommen?«
»Er hat mich beunruhigt.«
»Die Pferde, die von Bodin gekauft wurden, waren einwandfrei, das versichere ich Ihnen. Aber die Pferde, die verschifft wurden, waren offensichtlich Schlachthaustiere. Das Problem scheint beim Händler zu liegen.«
»Louis und Hugo Bodin sind beide in Lyon?«
Der Hauptmann nickte. »Ich habe gerade einen Brief von ihnen erhalten. Es ist von einer Ermittlung die Rede.«
Das könnte für uns das Ende bedeuten, dachte ich – für *mich* das Ende. »Es gibt nur eine Person, die uns helfen kann.«

»Grand Dieu«, rief Barras aus, als er mich sah. »Ich dachte allmählich, dass wir dich nie wieder in Paris sehen werden. Du kommst gerade rechtzeitig zum Feiern.« Er vollführte ein Tänzchen und zuckte dann, die Hand am Kreuz, zusammen.
»Endlich ist Direktor Treilhard, dieser Angeber, draußen – seine Wahl zum Direktor wurde für ungültig erklärt.«
»Ha, ha.« Der Papagei kicherte wie Barras.
»Oh?« Ich versuchte mich zu erinnern, wer Direktor Treilhard war. Ich lebte schon in einer anderen Welt. »Warum?«
»Er ist vier Tage zu jung, um wählbar zu sein.«
»Nur vier Tage?«
»Vier oder vierhundert, was bedeutet das schon? Gesetz ist Gesetz«, intonierte Barras mit verstellt tiefer Stimme. »Die Ironie dabei ist, dass es dein Schwager Lucien Bonaparte war, der die

Diskrepanz entdeckte und Gerechtigkeit forderte. Ihm fehlen selbst vierhundert Tage, um als Deputierter wählbar zu sein, und er regt sich über Treilhards vier Tage auf. Und das Ganze heute Morgen um ein Uhr. Gut, dass ich Sinn für Humor habe.«

»Barras, bitte, hast du diesen Artikel über die Firma Bodin gelesen, in …«

»*La Feuille du Jour*? Ach ja, das jüngste Skandälchen. Die Gesetzgebenden Räte sind außer sich, schreien natürlich nach einer Ermittlung.« Er hob die Hände wie bei einer Festnahme. »Und sie brennen darauf, es mir anzuhängen. Dieser Platz ist so explosiv wie ein Pulverfass.«

Barras' Sekretär Botot erschien an der Tür. »Noch eine Abordnung, die Sie sprechen will, Direktor.«

»Das ist heute schon die dritte Gruppe.« Barras nahm mich am Ellenbogen und komplimentierte mich hinaus.

»Paul, was geht da vor?«

Er küsste mich auf beide Wangen. »Nur ein weiterer Coup d'État, eine kleine Wischi-Waschi-Revolution.« Er winkte fröhlich und verschwand aus dem Blickfeld, während seine Worte in dem riesigen Raum widerhallten – *Coup d'État, Coup d'État, Coup d'État*.

»Dann kann er also gar nichts tun?«, fragte Hauptmann Charles, ohne den Blick von den sechs Bällen, die er gerade jonglierte, zu lassen.

»Ich hatte gar keine Gelegenheit, ihn zu fragen. Die Lage ist … gespannt. Das Letzte, worauf er sich jetzt einlassen will, ist die Firma Bodin. Vielleicht später.«

»Später wird zu spät sein«, sagte der Hauptmann und ließ die Bälle fallen.

21. Juni

Schweren Herzens habe ich an Barras geschrieben und ihn gebeten, die Interessen der Firma Bodin zu verteidigen.

29. Juni

Ich arbeitete gerade mit Mimi im Kräutergarten, als eine Mietdroschke durch die Tore fuhr. Ich kniff die Augen zusammen, um erkennen zu können, wer das sein mochte. »Ich glaube, es ist dieser ulkige Mann«, sagte Mimi, denn sie sieht besser als ich.
Hauptmann Charles? Ich band meine Schürze ab.
»Und eine Unmenge Hunde, wie sich's anhört«, sagte sie.

»Man hat mich auf die Straße gesetzt«, erklärte der Hauptmann, während ihm sein Diener die Hundehaare von seinem roten Jagdrock zupfte. Der Beagle und ein gefleckter Hund drückten ihre feuchten, schwarzen Nasen durch das Droschkenfenster und schnüffelten. Dem unterschiedlichen Gekläffe nach zu urteilen vermutete ich, dass er sie alle mitgebracht hatte.
»Wegen der Ermittlungen?« Die Zahlungen der Regierung an die Firma Bodin waren eingestellt worden, bis die Ermittlungen abgeschlossen waren.
Er nickte. »Ich habe alle Büroakten in Sicherheit gebracht, aber was die Hunde angeht – ich weiß, es ist eine große Bitte, aber ...«
Ich wollte ihn schon abweisen, weil ich daran dachte, was die Leute sagen würden, weil ich die Konsequenzen fürchtete. Aber dann dachte ich: Wie kann ich einen Freund, der in so großer Bedrängnis ist, im Stich lassen? Wenn Hauptmann Charles nicht gewesen wäre, besäße ich nicht einmal Malmaison. Und wer sollte schon davon erfahren, dass er hier war? Ich lebte ja so zurückgezogen. »Im Gutshaus steht eine Zimmerflucht leer«,

sagte ich zu ihm und fragte mich im gleichen Augenblick, ob ich das Richtige tat. »Meine Tochter kommt nur an den Wochenenden. Den Dienstboten werde ich sagen, dass Sie mein Buchhalter sind.« Ich konnte seine Hilfe tatsächlich gebrauchen.
»Ich werde nicht lange bleiben«, versicherte er mir, öffnete die Droschkentür und trat zurück, als all die kläffenden, drängelnden Hunde heraussprangen.

7. Juli – Paris

Obwohl der Vertrag mit der Firma Bodin immer noch geprüft wird, werden wir wenigstens nicht beschuldigt. »Mehr kann ich nicht tun«, sagte mir Barras. Er machte einen reservierten, abgespannten Eindruck. Eigentlich hatte ich vorgehabt, ihn um ein weiteres Darlehen zu bitten, aber ich wagte es nicht.

10. Juli

Was für eine Nacht! Jetzt ist alles auf den Kopf gestellt. Wo soll ich beginnen? Es war vermutlich unausweichlich, dass aus dem Hauptmann und mir … nun ja, vielleicht irre ich mich auch.
Es begann damit, dass ich den Hauptmann einlud, mir bei der Verkostung der ersten Flasche unseres Malmaison-Weines Gesellschaft zu leisten. Das war immerhin ein Anlass. Wir hatten erfahren, dass die Ermittlungen eingestellt worden waren. Die Firma Bodin würde überleben. Und außerdem waren die Fasane, die mir ein Nachbar so freundlicherweise geschenkt hatte, von meinem Koch vorzüglich zubereitet worden und verlangten nach einem »vollmundigen« (die Worte des Hauptmanns) Roten.
Die erste Flasche ließ erkennen, dass der Wein tatsächlich fertig war. Der Hauptmann und ich ließen uns im Spielzimmer nie-

der, wo wir, nachdem ich ihn lautstark bei Backgammon* geschlagen hatte (dreimal!), unsere bestrumpften Füße auf das große lederne Kniekissen stützten und redeten: über seine Familie und ihre Not; von seinem Ziel (ein Gestüt zu besitzen, Pferde zu züchten). Ich fragte ihn wieder einmal, warum er nie geheiratet hatte.

»Die Frau, die ich liebe, ist bereits vergeben«, gestand er.

»Sie wollen mir wohl nicht verraten, wer sie ist?«, fragte ich und überlegte gleichzeitig, ob er die Wahrheit sagte. Überlegte, ob die Gerüchte über den Hauptmann stimmten. Ich nahm mein Weinglas am Stiel in die Hand, sah den Hauptmann an und hielt seinen Blick fest, während ich mein Glas hob und es leerte. Dieses »Glasleeren« ist ein altmodisches Ritual; ich bezweifelte, ob er es überhaupt kannte, so jung wie er noch war. Aber mutig folgte er meinem Beispiel, hielt meinen Blick fest und leerte sein Glas ebenfalls. Ich beugte mich vor und schenkte ihm erneut ein. Dass der Schnitt meines Kleides einiges enthüllte, war mir bewusst.

»Ich werde Ihnen einen Hinweis geben«, sagte er, stand abrupt auf und stützte die Hände auf die Lehnen meines Sessels. Sein Atem duftete süß nach Pistazien. Bevor ich Einspruch erheben konnte, lagen seine Lippen auf meinen, und seine Zunge forschte sanft. Ich wich zurück. »Warum haben Sie das getan?« (Offen gestanden schockiert über seine Leidenschaft. Ich hatte den Hauptmann immer für »ungefährlich« gehalten.)

Hauptmann Charles sank in die Hocke zurück. »*Warum* ist eigentlich nicht die Frage, die eine Dame stellt, wenn sie geküsst wird«, sagte er, erhob sich und zog an seinem Jackett, um die

* Der Backgammonwürfel wurde ursprünglich in einem lauten Eisenbehälter geworfen. Das Spiel wurde von einem Mann erfunden, der nach einer Gelegenheit suchte, sich unter vier Augen mit einer verheirateten Frau zu unterhalten, ohne den Verdacht des Ehemanns zu erregen. Während des lautstarken Spiels für zwei konnte man sie nicht belauschen.

unübersehbare Tatsache zu verbergen, dass er erregt war. Mit glühenden Wangen wandte ich den Blick ab. Vielleicht sollte ich mir einen Liebhaber nehmen, dachte ich, als ich an meinen Mann in den Armen einer anderen dachte. Aber war dieser Liebhaber der ulkige kleine Hauptmann Charles?

Die Nacht war neblig. Auf Hauptmann Charles' Arm gestützt, tastete ich mich behutsam vorwärts. Wie Schulkinder kichernd stolperten wir durch die Dunkelheit, erschraken bei dem kleinsten Geräusch. Ein Schnarchen und ein tiefes Knurren ließen mich zusammenfahren. »Das ist nur mein Diener, der schnarcht«, flüsterte er, als er mich den schmalen Weg zum alten Gutshaus hinauf führte. Im Haus fingen zwei Hunde zu bellen an. »Ruhig«, zischte Hauptmann Charles durch das geöffnete Fenster.

Ich legt ihm die Hand auf die Schulter, um nicht zu schwanken. Daraufhin hickste er, und ich sank gegen die Wand und versuchte, nicht zu lachen. Ich erinnere mich noch, dass ich dachte: Ich bin nicht bei Sinnen, das werde ich noch bereuen.

Hauptmann Charles öffnete die knarrende Tür zu seinem Schlafgemach. Der Raum roch nach Hunden. Er entzündete eine Lampe und stolperte im Zimmer herum, um aufzuräumen, eine Wolldecke über das Bett zu werfen. »So, das wär's.« Dann zog er mich an sich und küsste mich. »Bitte, überlegen Sie es sich nicht anders«, flüsterte er, denn er spürte, dass es möglich wäre. Er zerrte an meinen Miederbändern, seine Fingerspitzen waren auf meiner Brust, seine Lippen, seine Zunge. Ich stöhnte, die Hände in seinen Haaren vergraben. Wir fielen aufs Bett. Küsse ihn, dachte ich – bevor du es dir anders überlegst.

Er erhob sich und löste seine Pantalons, zog seine Kniehosen herunter, seine Unterhosen. Sittsam schaute ich weg. Er trat auf das Bett zu, und ich glaube, dass er das Gleichgewicht verloren haben musste, denn plötzlich hüpfte er im Raum herum. Seine

Fußknöchel hatten sich in den Kniehosen verheddert, und das Licht der einsamen Laterne spiegelte sich auf seinem entblößten Hintern, seinem ziemlich großen und wippenden Gemächt. Und dann, ich konnte mir nicht helfen – fing ich zu lachen an. Und dann fingen die Hund zu bellen an. Hauptmann Charles zog seine Kniehosen hoch und lief nach unten, um sie zum Schweigen zu bringen. Als er zurückkehrte, saß ich immer noch, aber nur noch verhalten lachend mit gekreuzten Beinen und schmerzenden Seiten auf seinem Bett und trocknete mir die Wangen. Verwirrt und schüchtern setzte er sich neben mich.
»Mein Diener schnarcht immer noch«, sagte er.
»Ach, Hauptmann Charles!« Ich legte ihm eine Hand auf die Schulter. Ich spürte, dass er nun selbst zu lachen anfing. Und dann bogen wir uns beide vor Lachen.
Er küsste mich zärtlich und half mir auf die Beine. Der Augenblick der Gefahr war vorüber.

11. Juli

Heute Morgen kam der Hauptmann mit einem Strauß wilder Blumen an meine Tür. Ich sah ihn an, eine kleine Ewigkeit, wie es mir vorkam, aber vermutlich nur ein oder zwei Herzschläge lang. Ich küsste ihn auf die glatte Wange. »Es tut mir Leid, Hauptmann Charles, ich weiß nicht, was ich sagen soll«, sagte ich und nahm seine liebenswürdige Gabe entgegen.

13. Juli

Ich wurde von einem Kurier geweckt, der die Auffahrt hinauf galoppierte. Bonaparte war in Ägypten verwundet worden, wurde mir mit ernster Miene mitgeteilt, bei einem Angriff in Saint-Jean-d'Acre.
»Die Frau eines Generals gewöhnt sich allmählich an Falsch-

meldungen«, versicherte ich den Dienstboten, ließ aber trotzdem die Kutsche anspannen.
»Ich begleite dich«, sagte Mimi und lief ins Haus zurück, um ihren Hut zu holen.
Ich stand da und wartete, während mein Kutscher das zweite Pferd anschirrte, einen grauen Wallach, der die Ohren gegen den Braunen anlegte und mit dem Schwanz schlug.
»Joséphine?« Es war Hauptmann Charles, der am Tor stand. »Ich habe die schlechte Nachricht gehört.«
Meine Augen begannen zu brennen. »Sicherlich ist es wieder nur eine Falschmeldung. Ich fahre nach Paris zum Palais Luxembourg. Direktor Barras wird Bescheid wissen.« Der plötzliche Lärm von Musketenfeuer ließ mich zusammenfahren. Richtig – morgen war ja der Tag der Bastille.
Mimi kam mit flatternden blauen Hutbändern angerannt. Die Kutsche neigte sich zur Seite, als der Kutscher auf den Kutschbock kletterte.

Direktor Barras empfinge nicht, teilte mir sein Assistent mit. »Sein Arzt hat alle Besuche untersagt.«
»Aber mich wird er sicherlich empfangen.«
»Keine Ausnahmen.« Er war noch jung, neu in dieser Stellung, hatte Angst, Fehler zu machen.
»Dann können Sie mir vielleicht helfen«, sagte ich, das Beben in meiner Stimme verriet mich.

»Es ist wahr. Sie wurden verwundet«, sagte ich zu Mimi. Ich war wie betäubt. Erst jetzt begriff ich das ungeheure Ausmaß der Nachricht. »Bonaparte und auch Eugène.«
»Schlimm?«
»Ich befürchte es!« Mit zittrigem Atem erzählte ich ihr, was ich erfahren hatte. Während eines Angriffs auf Saint-Jean-d'Acre, war mitten im Hauptquartier eine Granate explodiert. Ein

Splitter traf Eugène am Kopf. Bonaparte, selbst verwundet, setzte sein Leben aufs Spiel, um Eugène zu Hilfe zu kommen. Ein Feldwebel hatte sich auf Bonaparte geworfen, um ihn zu schützen, wurde jedoch getroffen und starb.
Mimi legte den Arm um mich. Ich brach in Tränen aus.

Auf dem Heimweg nach Malmaison senkten die Pferde die Köpfe gegen den Wind. Mein Herz sehnte sich nach Ägypten, nach einem heißen Wüstenland. Angst entfachte meine Phantasie.
Hauptmann Charles saß im Spielzimmer am Kamin, die Pantoffeln auf dem ledernen Kniekissen, und las eine Ausgabe von Voltaires Tragödien. Er legte das Buch nieder, als er mich sah. Ich nahm den Hut ab, zog die Handschuhe aus. In wenigen Stunden träfe Hortense ein. Sie würde fröhlich sein und aufgeregt wegen der morgigen Feiern zum Tag der Bastille in unserem kleinen Dorf Reuil. Und dann würde ich ihr sagen müssen – dass ihr geliebter Bruder eine Kopfverletzung hatte, noch nicht wieder erwacht war. »Ich werde Sie bitten müssen zu gehen«, sagte ich zu Hauptmann Charles.
»Ich weiß, Ihre Tochter wird bald eintreffen. Ich wollte sowieso gerade ins Gutshaus zurück.« Sein Ton war zärtlich. »Die Nachricht ist nicht …?«
»Nein. Ich meine, das ist es nicht.«
»Was ist geschehen?«, fragte er. »Wurde General Bonaparte verwundet?«
Hauptmann Charles sprach den Namen meine Mannes ehrfürchtig aus. »Ja. Sie wissen nicht, wie schwer. Und auch Eugène. Er hat durch eine Kopfverletzung das Bewusstsein verloren, daher besteht die Möglichkeit, dass er vielleicht …« Ich dachte an den Dorftrottel.
Ich spürte Hauptmann Charles' Hand auf meiner Schulter. »Es tut mir so Leid.«

Ich wich zurück, weg aus seiner Reichweite.
»Sie möchten nicht, dass ich Sie tröste?«
Ich schüttelte den Kopf. Er kam mir wie ein Junge vor, nicht sehr viel älter als mein Sohn. Meine Beziehung zu ihm war nicht sündhaft, aber sie war auch nicht harmlos. Die Götter hatten mich bestraft, ganz sicher! »Hauptmann Charles, ich muss … ich muss Sie bitten, Malmaison zu verlassen.«
»Auf der Stelle?« Er machte ein verwirrtes Gesicht.
»Ja bitte.« Wie konnte ich für meinen Mann und meinen Sohn beten, wenn der Hauptmann an meiner Seite war? »Es tut mir Leid!« Ich floh aus dem Zimmer, bevor ich noch mehr Schaden anrichten konnte.

14. Juli, Tag der Bastille

Feuerwerksraketen, Trompeten, monotoner Trommelschlag. Ich befestigte den Riegel an dem Bleiglasfenster und zog die Brokatvorhänge vor, um die Festgeräusche zu dämpfen. Ich behalte Hortense für ein paar Tage bei mir.

15. Juli

Zweimal sind Hortense und ich heute die staubige Straße nach Reuil gegangen, um in der Dorfkirche Kerzen anzuzünden. Wir haben beide in unseren Schlafzimmern einen Betstuhl aufgestellt. Mimi geht im Mondschein spazieren und ruft die Voodoogeister an. Wir sind alle zu den Göttern unserer Jugend zurückgekehrt.

22. Juli – Malmaison

Erfreuliche Nachricht – Bonaparte ist genesen. Aber noch keine Nachricht über Eugène – ich bin krank vor Sorge.

Kurz vor Mitternacht – Paris

»Direktor Barras erwartet mich«, belog ich den Assistenten.
Der junge Mann schaute auf die Uhr auf dem Kaminsims. »Nun gut«, sagte er immer noch unsicher.
Ich folgte ihm die große Wendeltreppe hinauf und durch eine Reihe eleganter Räume bis zum letzten, dem kleinsten und intimsten – dem Schlafgemach von Direktor Barras. Dort fand ich Barras in einem erschreckenden Zustand vor – bleich, zu schwach, um aufzustehen. »Es tut mir Leid, dass ich dich neulich nicht hereingelassen habe«, sagte er und wedelte dabei mit der Hand durch die Luft, bevor er sie auf das Bettlaken fallen ließ. »Wenn meine Feinde herausfinden sollten, wie geschwächt ich bin …« Er formte aus Zeigefinger und Daumen eine Pistole und hielt sie sich an die Schläfe. »Ich lasse nicht einmal Talleyrand herein. Du weißt, dass er zurückgetreten ist? Alles zerbricht. Aber wenigstens habe ich erreicht, dass Fouché zum Polizeiminister ernannt wurde. Er dürfte in wenigen Wochen wieder in Paris sein. Je früher, desto besser. Du kannst dir ja gar nicht vorstellen, was da für Komplotte geschmiedet werden. Ich sollte mich eigentlich geschmeichelt fühlen. Jeder will mich absetzen. Selbst dein reizender Schwager verbreitet das Märchen, dass ich Bonaparte nur in die Wüste geschickt habe, um ihn loszuwerden, dass das ganze Fiasko meine Schuld ist.«
Er plapperte unzusammenhängend. Ich legte ihm die Handfläche auf die Stirn. »Du hast Fieber. War dein Arzt schon da? Hat man dich schon zur Ader gelassen?«
»Ja, ja, aber nicht zur Ader gelassen – jedenfalls heute nicht. Ich habe kein Blut mehr.« Er lächelte schwach, seine Augen glänzten vor Fieber. »Das war doch eine erfreuliche Nachricht über Bonaparte. Du musst erleichtert sein.«
»O ja! Aber noch habe ich nichts über Eugène gehört …«

»Mein Assistent hat es dir nicht gesagt? *Merde*. Das ist dermaßen deprimierend. Ich habe ihm aufgetragen, es dich wissen zu lassen. Diese jungen Leute sind dermaßen unfähig.«

»Was denn, sag es mir, Paul!« Mein Herz hämmerte.

»Dass dein Sohn vollständig genesen ist!«

Ich legte die Hand auf die Brust, senkte den Kopf und dankte den Schutzengeln meines Sohnes.

23. Juli

Thérèse unterrichtete mich, dass Hauptmann Charles in der Suite der alten Madame Montaniser im Palais Égalité wohnt. Ich habe ihm eine Nachricht geschickt mit der Bitte, mich morgen um elf im Monceau-Park zu treffen. Ich wage es nicht, ihn hierher einzuladen, nicht, solange Pauline Bonaparte jeden meiner Schritte verfolgt.

24. Juli

Der Hauptmann saß bereits im Monceau-Park auf einer schattigen Bank bei den römischen Säulen, als ich eintraf.

Er lächelte über meine blonden Ringellocken, denn ich trug eine der Perücken von Thérèse.

»Möchten Sie gerne Platz nehmen, Madame Bonaparte?«, fragte er, als wären wir in einem Salon. Er hatte ein Tuch über die Bank gebreitet.

»Danke, dass Sie gekommen sind«, sagte ich und schloss meinen Sonnenschirm. Ich lehnte ihn an die Bank. »Ich möchte mich entschuldigen.« Ich schluckte. Ich wollte keinen falschen Eindruck erwecken. Er sah so überaus hoffnungsvoll aus. »Es tut mir Leid, Hauptmann Charles. Ich habe mich erbärmlich benommen.«

»Ich muss ebenfalls eine Entschuldigung vorbringen, eine Art

Geständnis.« Er warf mir einen schnellen Blick zu, seine Augen hatten die Farbe von seichtem Meerwasser. »Ich habe Ihnen den Hof gemacht, weil Sie mir das geben konnten, was ich brauchte, weil Sie Vorteile boten, Verbindungen.«
Ich wandte den Blick ab, schaute über den Teich. Zwei Enten schwammen in der Mitte. Am anderen Ende drückte ein Mädchen ein Kleinkind in einen Kinderwagen. Die Worte des Hauptmanns taten weh. Ich hatte ihn ausgenutzt – das wusste ich –, aber trotzdem taten sie weh.
»Und dann habe ich mich in Sie verliebt«, sagte er.
Meine Augen füllten sich mit Tränen. Diese kleinen Herzensdramen wirkten irgendwie so pathetisch. Ich dachte an Bonaparte, an Eugène, an ihren Kampf ums Überleben im fernen Wüstensand. »Hauptmann Charles, Sie sind ein lieber Mensch.« Ich liebte ihn wirklich, aber wie einen Freund.
Wir nahmen liebevoll Abschied voneinander. Der Hauptmann erklärte sich bereit, Mops zurückzunehmen. Ich wage es nicht, noch irgendwelche Erinnerungen an meine Torheiten zu besitzen, wenn Bonaparte zurückkehrt, was ich inständig hoffe – *bald*.

27. Juli – Malmaison, ein herrlicher Sommertag.

Émilie und Hortense kommen zum Wochenende. Ich bin den ganzen Morgen mit Callyot in der Küche gewesen und habe ihm beim Backen geholfen – Blätterteiggebäck, Kirschkonfekt und einen köstlichen Apfelkuchen. Ich vermisse Mops. Ständig erwarte ich, ihn zu meinen Füßen zu sehen, wo er gierig auf einen Bissen wartet. Ich bin dankbar, dass er in der Obhut des Hauptmanns ist.

28. Juli

Émilie wurde bei Tisch beinahe ohnmächtig und sank Hortense in die Arme. Eine Tasse fiel zu Boden. »Tut mir Leid«, stöhnte sie mit klappernden Zähnen.

Mimi und ich trugen das zitternde Mädchen hinauf und legten sie aufs Bett. Der Schüttelfrost ging ganz plötzlich in einen Hitzeausbruch über, und sie bat mich, die Fenster zu öffnen, die ich gerade geschlossen hatte.

Ich trug Mimi auf, den Arzt in der Stadt zu holen.

Hortense kam an die Tür. »Geht es Émilie gut?«

»Ich möchte nicht, dass du in die Nähe dieses Zimmers kommst, Hortense.« Als Kind war sie zwar geimpft worden, aber ich wollte kein Risiko eingehen.

»Maman!«

»Das ist mein Ernst.« Ich strich Émilie eine feuchte Haarsträhne aus den Augen. Als Kind hatte ich eine leichte Form von Pocken gehabt und kaum sichtbare Narben davon zurückbehalten, aber jetzt war ich geschützt.

6 Uhr nachmittags

Der Arzt hüllte sich vollständig in einen Kittel ein und streifte Handschuhe und eine Maske über. Émilie bekam es mit der Angst zu tun, als sie ihn sah. Ich suchte in seinem Gesicht nach einem Hinweis. Er räusperte sich, trat zurück, die Hände auf dem Rücken verschränkt. »Ich komme in vier Tagen wieder, wenn das Gift ausgetreten ist.« Er zögerte, die Hand am Türgriff. »Schade«, sagte er.

1. August

Wundersamerweise, teuflischerweise sind auf Émilies Gesicht und Hals Flecken erschienen, genau wie der Arzt es vorausgesagt hatte.
»Gib mir einen Spiegel«, verlangte Émilie. Ich konnte es ihr nicht abschlagen. »Sie sind klein«, sagte sie und berührte sie. »Und spitz.« Beinahe zärtlich.
Das Schlimmste kommt noch.

4. August

Ich habe die Spiegel aus Émilies Zimmer entfernt, aber nichts kann den Ekel erregenden Gestank entfernen, der die Luft verpestet, den Geruch des Giftes, das sie töten will.

[Ohne Datum]

»Ich bin's nur, Émilie.« Ich stellte das Tablett mit den Arzneien ab. Ihre Augen waren von Fieberblasen verkleistert. Ihr Gesicht war nicht mehr wiederzuerkennen, das Gesicht eines Ungeheuers.
»Papa?«, schrie sie auf.
Mir traten die Tränen in die Augen. Sie träumte von ihrem Vater François de Beauharnais – ihrem emigrierten Vater, der während der Revolution aus Frankreich geflohen war, der niemals mehr zurückkehren konnte. Dem Vater, den sie nicht mehr gesehen hatte, seit sie ein zwölfjähriges Mädchen war. Ich setzte mich neben sie aufs Bett. »Nein, Émilie, ich bin's, Tante Rose.«
»Papa!«
Spielte es eine Rolle, für wen sie mich hielt? »Ich werde dir jetzt eine Arznei aufs Gesicht tupfen.« Ich tauchte eine Ecke eines

sauberen Waschlappens in das Glasgefäß. »Es wird vielleicht ein wenig brennen«, warnte ich sie.
Sie zuckte zusammen, dann beruhigte sie sich. »Ich habe auf dich gewartet«, flüsterte sie.

21. Thermidor, Palais Luxembourg

Chère amie,
sehr gut, sehr gut. Ich werde sehen, was ich tun kann, um François de Beauharnais' Namen löschen zu lassen. Trotzdem würde ich mir nicht allzu große Hoffnungen machen. Zur Zeit herrscht eine blutrünstige Stimmung in den Räten.
Apropos Räte: Der Widerstand gegen deinen Mann wächst. Ich würde dir raten, dein zurückgezogenes Leben aufzugeben. Ich kann diese Schlacht nicht alleine schlagen.

Père Barras.

29. August

Heute Morgen ist Émilie von ihrem Krankenlager aufgestanden. Sie hob den Schleier, und einer nach dem anderen umarmten wir sie, wobei wir uns große Mühe gaben, den Kummer in unseren Augen zu verbergen. Ihr Gesicht ist voller Narben. Gott sei Dank ist sie bereits verheiratet.

Mir wird vergeben & ich vergebe

4. September 1799

Émilies Heimsuchungen haben mich aus meinem Selbstmitleid herausgerissen. Wenn dieses zarte Mädchen den Kampf gegen den Tod gewinnen kann, dann kann ich doch gewiss die Kraft aufbringen, gegen die Bonapartesippe anzutreten. Ich ziehe wieder nach Paris und bereite mich auf den Kampf vor.

10. September

Heute Besuche beim Kriegsminister, bei Direktor Gohier (der nun Vorsitzender des Rates der Direktoren ist), bei Barras – in dem Bemühen, das Interesse an einer Rettungsaktion in Ägypten wieder zu beleben. Es ist erschreckend, wie gleichgültig allen das Schicksal Bonapartes, das Schicksal unserer festsitzenden Männer geworden ist.

11. September

Ein Gefühl der Enttäuschung hat mich übermannt. Schon die ganze Woche mache ich Besuche, bemühe mich vergeblich, wie ich befürchte. Der Widerstand gegen Bonaparte ist stärker geworden. Blind für die unübersehbare Tatsache, dass die Republik zerfällt, beschäftigen sich diese selbstzufriedenen Herren an der Macht mit unwichtigen Einzelheiten.
Bonaparte wird zurückkehren (sage ich mir immer und immer

wieder), daran darf ich nicht zweifeln. Ich bin fest entschlossen, nicht aufzugeben. Als Frau hat meine Stimme kein Gewicht. Als Frau liegt meine Stärke darin, Männer zum Handeln zu überreden. Ich werde schlafen, und morgen werde ich aufstehen und von vorn beginnen, werde mich wieder auf den Weg zu den Amtsstuben und Wohnungen der Deputierten, der Minister und Direktoren machen, und mit meinem Frauengemüt – beharrlich und bohrend, überzeugend und schmeichelnd, buhlend und flirtend – werde ich die Männer, die meinem Mann Böses wollen, bedrängen. Mit dem Einsatz aller Waffen in meinem Arsenal werde ich sie auf seine Seite ziehen.

22. September, der erste Tag des Republikanischen Jahres VII

Meine Bemühungen zugunsten von Bonaparte hatten mich bereits erschöpft, doch heute war der schwerste Tag. Heute schluckte ich meinen Stolz herunter und suchte Joseph Bonaparte auf. »Madame«, begrüßte er mich und verbeugte sich tadellos aus der Taille. Ein Lächeln zuckte in den Winkeln seiner schmalen Lippen. »Verzeihen Sie, dass ich Sie warten ließ. Ich war bei meinem Tanzlehrer«, sagte er und stieß die Tür zu einem winzigen Raum auf, der mehr ein Vorzimmer als ein Salon war. »Mein Diener berichtet mir, dass Sie mit mir über Napoléon zu sprechen wünschen«, sagte er, wobei er den Namen seines Bruders französisch aussprach. Mit diesem für ihn typischen, öligen kleinen Grinsen schaute er auf seine Uhr. »Leider habe ich nicht viel Zeit.«

»Ich werde Sie nicht lange behelligen, Joseph. Wie Sie ja wissen, zeigt der Kriegsminister kein Interesse mehr an Bonapartes Misere. Ein neuerlicher Rettungsversuch müsste unternommen werden.« Ich schlang die Finger ineinander. »Wenn wir uns zusammenschlössen, könnten wir vielleicht mehr erreichen. Ihrem Bruder zuliebe …«

Joseph zuckte mit den Schultern. »Es hat keinen Zweck. Ich habe alles getan, was in meinen Kräften stand.«

5. Oktober

Eine *großartige* Neuigkeit: Bonaparte hat in Abukir einen Sieg über die Türken errungen. Vielleicht werden die Herren ja jetzt zuhören, vielleicht werden sie sich ja jetzt für seine Rückkehr einsetzen.

13. Oktober – Abenddämmerung

Die Fenster des Palais schimmerten vom Licht der tausend Kerzen und beschienen die Gesichter der Bettler, die am Tor zum Palais lagerten. »Bürgerin Bonaparte«, riefen sie mir im Chor zu, und dann stimmten sie »Chant au départ« an, was ich, wie sie wussten, mit einem Münzenregen belohnen würde.
Direktor Gohiers Kammerdiener kündigte mich würdevoll an. Ich blieb nur einen Augenblick stehen, war mir der Köpfe, die sich umdrehten, der starrenden Blicke bewusst. Es hatten sich ungefähr zwanzig oder dreißig Personen versammelt, eine auserlesene Gruppe. Barras, den scharlachroten Umhang theatralisch über eine Schulter drapiert, saß auf dem Fensterplatz und unterhielt sich mit einer Frau (einer Opernsängerin), die ihn mit gelangweiltem, wollüstigem Blick ansah. Talleyrand, unverkennbar in Schwarz, stand auf seinen Ebenholzstock gestützt am Kamin. Er blickte auf und verzog das Gesicht, seine breite Stirn glitzerte. In der Nähe saß der stellvertretende Kriegsminister und sprach mit dem Innenminister. Gut, dachte ich, als ich die Anwesenden taxierte. Ein großer Teil der maßgeblichen Leute, mit denen ich sprechen musste, war anwesend.
Direktor Gohiers Frau begrüßte mich mit ausgestreckten Armen. »Ihr Hut gefällt mir sehr gut«, raunte sie. »Eine Kreation

von Lola? Wusste ich's doch. Ich schwärme für diese riesigen Seidenblumen.« Ich mochte die Frau des Direktors, aber trotz des Umgangs, den ich mit ihr pflegte, war ich nicht blind für die bedeutende Rolle, die ihr Mann in meinem Fall spielte. Der mächtige Direktor Gohier hatte heftigen Widerstand gegen Bonaparte geleistet. Nach und nach war es mir gelungen, ihn zu besänftigen.
Nach dem Austausch von Höflichkeiten gesellte ich mich zu der Gruppe am Glücksspieltisch. Der Würfel lag locker und glatt in meiner Hand. Ich hatte bereits über hundert Francs gewonnen, als ich Barras sagen hörte: »Na, schau mal, wer hier ist.«
Ich schaute zu den großen Doppeltüren. Dort stand ohne Ankündigung der Polizeiminister, mein Freund und Spion, Bürger Fouché. Er kam geradewegs auf mich zu.
»Bürger Fouché, wie schön Sie zu sehen.« Aber in seinem Gesichtsausdruck lag etwas Alarmierendes.
»Kann ich Sie unter vier Augen sprechen, Bürgerin?« Aber noch bevor wir das Vorzimmer erreicht hatten, reichte er mir ein Stück Papier.
Ich drehte es unschlüssig in der Hand. »Was ist das? Ich verstehe nicht.«
»Das hat Ihr Sohn geschickt. Es kam über Semaphor.«*
»Eugène?«
Direktor Gohier saß an dem schweigsamen Whisttisch und hatte nur Augen für seine Karten. »Herr Vorsitzender Direktor.« Ich beugte mich vor, um ihm ins Ohr zu flüstern. »Es hat sich etwas ereignet, das Sie wissen sollten. Bonaparte ist zurück; er hält sich im Süden auf.«
Gohier legte seine Karten verdeckt auf den Tisch. »Wenn Sie mich einen Augenblick entschuldigen wollen, Bürger, Bürge-

* Eine Nachricht, die durch Flaggenzeichen von einem Aussichtspunkt zum anderen übermittelt wird.

rin«, sagte er zu seinen Gästen. Er machte Barras ein Zeichen, als er mich schnell aus dem Raum führte.

»Bei allem Respekt, Direktor Barras, aber vom rechtlichen Standpunkt aus hat General Bonaparte seine Armee im Stich gelassen.« Direktor Gohier verschränkte die Arme, als wappnete er sich gegen eine unsichtbare Macht. »Ich frage Sie, ganz ehrlich, wie sollen wir es anstellen, ihn *nicht* zu verhaften?«

»Verhaften Sie Bonaparte, und ich garantiere Ihnen, dass sich das Volk gegen uns erheben wird«, sagte Barras.

Ich stand auf. »Direktor Gohier, Barras – bitte, wenn Sie mich entschuldigen wollen. Ich muss gehen.« Beide Männer sahen mich an, als hätten sie vergessen, dass ich anwesend war. »Ich werde versuchen, Bonaparte auf der Straße zu treffen, bevor er Paris erreicht.« Bevor ihn sein Bruder erreichte.

»Jetzt?«, fragte Direktor Gohier erstaunt.

»Aber die Straßen sind nicht sicher«, rief Gohiers Frau. »Und es ist so schrecklich kalt.«

»Und der Nebel«, wandte Barras ein.

Ich war wie benommen, eine seltsame Mischung aus Freude und Angst. Es stimmte, der Nebel war dicht – zu dicht, um zu reisen, insbesondere bei Nacht. »Ich werde bei Tagesanbruch aufbrechen.«

»In Ihrer kleinen Kutsche?« Direktor Gohier betätigte den Klingelzug. Sein Kammerdiener erschien und kratzte sich am Ohr. »Sagen Sie Philipp, er soll die Reisekutsche der Regierung bereitmachen.« Er hob die Hand. »Ich *bestehe* darauf. Sie kann in ein Schlafabteil umgewandelt werden.« Er grinste Barras an. »Praktisch, so gesehen.«

Mein Diener kam mit einer Laterne zur Tür, die ein gespenstisches Licht warf. »General Bonaparte ist zurück«, rief der Kutscher ihm zu, bevor ich auch nur ein Wort sagen konnte.

Gontier sah mich verständnislos an. Ein kühler Windstoß fegte Laub in die Halle. »Der General ist aus Ägypten zurück?«, fragte er und zog die Tür gegen die Kälte zu.
Ich nickte zitternd. »Er ist im Süden. Eugène hat eine Botschaft geschickt, über Semaphor.«
Hortense erschien im Nachtgewand, einen roten Wollschal um die Schultern drapiert. »Was ist los?« Gähnte und nieste.
»General Bonaparte ist zurück«, rief Gontier.
»Und Eugène ist bei ihm«, schrie ich. Ich konnte mich nicht länger beherrschen.
Hortense stellte ihre Kerze ab. »*Eugène* ist zurück?«
»Sie landeten vor zwei Tagen im Süden. Sie sind nach Paris unterwegs. Ich werde mich mit ihnen treffen.« Ich würde Wäsche brauchen, Proviant, Decken, dachte ich.
»Ich komme auch mit«, sagte Hortense mit klappernden Zähnen. Es war eiskalt, selbst in der Halle.
Ich zögerte, überlegte. »Aber du bist doch erkältet, Schatz.«
»Mir geht's schon besser!«
»Ich werde unterwegs nicht anhalten«, warnte ich sie. »Ich werde sogar in der Kutsche schlafen.«
»Das ist mir egal.«
Ihre goldenen Locken umrahmten ihre großen blauen Augen – ihre unwiderstehlichen blauen Augen. Bonaparte hatte Hortense gern; vielleicht half es, wenn ich sie bei mir hatte. Und ich brauchte dringend Hilfe. »Wirst du auch deine Pelzhaube aufsetzen?«
»Alles!« Sogar das.

Es war noch dunkel, als die riesige Reisekutsche der Regierung, gezogen von vier kräftigen Kutschpferden, die schmale, kleine Auffahrt entlang gerumpelt kam. Es dauerte nicht lange, sie reisefertig zu machen: ein Kohlebecken, Daunenkissen, Pelzdecken, Bettpfannen, Arzneien (Laudanum für meine Nerven

und Rückenschmerzen, Hirschhornöl und Gascoignes Pulver für Hortenses Erkältung). Wir nahmen einen riesigen Korb Proviant mit: Brot, hart gekochte Eier, Konfekt und Bonbons für Hortense, Wein und Brandy für uns beide.
Die Sonne ging gerade auf, als wir endlich aufbrachen. Die große Kutsche streifte zweimal die Gartenmauer. Ich winkte dem Pförtner, der gähnend in der Tür seiner Hütte stand. Der Morgen begann vielversprechend.
Hin und her schaukelnd jagten wir gen Süden. Ich hatte gedacht, dass wir schlafen würden, aber es war unmöglich. Hortense schäumte über vor Aufregung. Ihr geliebter Bruder lebte, er war in Sicherheit, er kam nach Hause. Und ich selbst? Ich war auf dem Weg zu meinem Mann.

15. Oktober – Auxerre

Wir haben kurz an einer Poststation in Auxerre gehalten. Wir baten um einen separaten Raum, während ein Rad repariert wird. Die Reaktion der Leute auf die Nachricht von Bonapartes Rückkehr ist überwältigend gewesen. Entlang der gesamten Strecke werden ihm zu Ehren Triumphbögen gebaut. Männer, Frauen und Kinder säumen die Straße in der Hoffnung, ihn vorbeikommen zu sehen. Die Lichter all der Fackeln gestern Nacht wirkte magisch. »Die Straße in den Himmel«, sagte Hortense ehrfürchtig.
Ein derartiger Ausbruch von Begeisterung grenzt fast schon an Wahnsinn. Wann immer wir anhalten, werden wir von Leuten bestürmt, die rufen: »Stimmt es? Kommt der Erlöser?«
Beim ersten Mal meinte ich, »der Böse« verstanden zu haben. Kommt *der Böse*? »Wie bitte?«
»Der Erlöser!«, schrie ein Schuster. »*Unser* Erlöser.«

16. Oktober – Châlon-sur-Saône

Wir haben ihn verpasst. In Lyon nahm er die Bourbonen-Route, nach Westen durch Nevers, seine Brüder ihm dicht auf den Fersen.
»Ah, sie werden als Erste am Ziel sein«, sagte Hortense, als wäre dies ein Spiel.
»Zurück nach Paris«, wies ich den Kutscher mit wachsender Besorgnis an. »Rasch.«

19. Oktober – Paris

Es war nach Mitternacht, als unsere Kutsche mit dampfenden Pferden vor meinem Tor anhielt. In der Pförtnerloge brannte ein Licht, das die Umrisse der schlafenden Bettler beleuchtete. Der Kutscher sprang ab und hämmerte an die Tür. »Kerzenmacher, wach auf, öffne das Tor.«
Ich stieß Hortense an. Wir waren von der fünftägigen Reise, vom Essen und Schlafen in der Kutsche erschöpft. Mein Rücken, meine Hüfte brannten wie Feuer von dem heftigen Rütteln über die holprigen Straßen. In der Nacht zuvor hatte ich kein Auge zugetan. Eine traumähnliche Benommenheit, ein merkwürdiges Kribbeln auf meiner Haut ließen mich nicht mehr los. Als wir uns den dunklen Straßen von Paris näherten – der Gestank nach Müll, trotz der kalten Herbstluft; der zu Furchen erstarrte Schlamm; der Geschmack von Rauch; die Schatten von Bettlern und Raufbolden, die in den Durchgängen um Feuer herum kauerten –, spürte ich, wie etwas Verhängnisvolles nach mir griff.
»Sind wir da?«, sagte Hortense, nieste und putzte sich die Nase. »Es ist so kalt. Wie spät ist es?«
»Wir sind da.« Ich packte meinen Korb zusammen, ordnete das Durcheinander von der Reise. Ich griff mir an die Haare; ich

hatte es zu Zöpfen geflochten und mit einem Schildplattkamm aufgesteckt, aber ein paar Strähnen hatten sich gelöst. Warum öffnete der Pförtner das Tor nicht? Ich streifte meine Handschuhe ab, damit ich die Schnürsenkel meiner Stiefel zubinden konnte.

Der Kutscher kam zur Kutschentür, eine Fackel in der Hand. »Es gibt ein Problem«, sagte er mit dampfendem Atem. Ein eisiger Luftstoß wehte durch die geöffnete Tür.

Ich zog mir die muffige Pelzdecke um die Schultern. »Ist der General denn nicht hier?« Und Eugène!

Der Kutscher nickte. »Aber der Pförtner …« Er hielt inne.

»Was ist los, Antoine?« Eines unserer Pferde wieherte. Der Pförtner stand in der Tür seiner Hütte und schaute heraus. Die Schatten einer Laterne ließen sein Gesicht diabolisch aussehen.

»Er kann das Tor nicht öffnen«, sagte der Kutscher schließlich.

»Kann es nicht öffnen?« Hortense kicherte, während sie ihre Hutbänder befestigte.

»Was soll das heißen, er *kann nicht*?«

»Befehl des Generals, Bürgerin.«

»Bonaparte hat befohlen, dass das Tor geschlossen bleibt?« Vielleicht war es ja eine Sicherheitsmaßnahme.

»Der Pförtner sagte, dass ich Ihnen mitteilen soll, dass Ihre Sachen in seiner Hütte sind, alles in Schrankkoffern verpackt.«

Hortense sah mich verblüfft an.

»Ich – ich verstehe nicht«, sagte ich. In Schrankkoffern verpackt?

»Der General, er …« Der Kutscher schaute zum Nachthimmel hinauf, trat von einem Fuß auf den anderen. »Er hat Ihre Sachen aus dem Haus geräumt.«

Und dann verstand ich – Bonaparte hatte es gewagt, mich aus meinem eigenen Haus zu werfen, hatte es gewagt, mein eigenes Tor vor mir zu verschließen, hatte es gewagt, meinen Pförtner anzuweisen, mir den Zutritt zu verwehren!

Ich war wütend. Ich schickte mich an, auszusteigen.
»Dann laufen wir?«, fragte Hortense und schloss den obersten Knopf ihres Umhangs. »Von hier?«

Im Vorraum der Veranda war es dunkel. Hortense betätigte den Klingelzug. Keuchend von der Anstrengung, mit meiner Tochter Schritt zu halten, lehnte ich an einem der Pfosten. »Da kommt jemand.« Hortense hüpfte auf und nieder, damit sie durch das kleine Fenster in der Tür hineinsehen konnte. »Oh, es ist Mimi.« Dann stieß sie einen Schrei aus und fing zu kichern an. »Maman, ich sehe Eugène! Ich sehe Eugène!«
»Wirklich?«
»Oh, er ist dunkel wie ein Araber!«, zischte sie und wirbelte herum, die Hände in gespieltem Entsetzen an den Wangen.
Die Tür wurde aufgerissen. »Endlich – ihr seid zurück.« Mimi verdrehte die Augen, als wollte sie sagen: Ihr könnt euch nicht vorstellen, was hier los gewesen ist. »Es sind deine Mutter und deine Schwester«, sagte sie über die Schulter.
Eugène stand mit einer Wolldecke um die Schultern vor dem Speisezimmerkamin. Er stellte die Kerze ab und breitete weit die Arme aus, die Decke fiel herunter.
Schluchzend warf sich Hortense in die Arme ihres Bruders. Er hielt sie verlegen fest, blinzelte. Er war ein richtiger junger Mann geworden – mager, hoch gewachsen … und so dunkel.
»Maman«, sagte er mit brechender Stimme. Seine Stimme verriet mir so viel – dass er mich liebte, dass ich in ernsthaften Schwierigkeiten steckte, dass er alles versucht hatte.
Er beugte sich herab, um mich zu umarmen. Er roch nach Zigarrenrauch, der Geruch eines Mannes, nicht eines Knaben. Der Geruch eines Soldaten, dachte ich nicht ohne Bedauern. Ich legte ihm die Hand an die Wange, überrascht von den Bartstoppeln. Er lächelte, doch irgendetwas stimmte nicht, ein Zittern um seine Augen, ein leichtes, krampfartiges Zucken.

»Ich kann dir gar nicht sagen …« Ich holte scharf Luft. »Ich liebe dich ja so sehr! Wir …« Aber ich konnte nicht sprechen, denn meine Kehle war plötzlich wie zugeschnürt.
»Wir haben dich für tot gehalten!«, schluchzte Hortense. All die Nächte schweißkalter Träume brachen aus ihr heraus. Sie holte schaudernd Luft und lachte über sich selbst und dann über uns drei, denn wir weinten alle.
Schniefend und stoßweise atmend riss ich mich los. Es gab so vieles, was ich ihn fragen wollte – über Ägypten, seine Verletzung, wie es ihnen gelungen war, zurückzukommen* – aber dazu war jetzt keine Zeit. »Bonaparte – ist er …?«
»Er ist im Arbeitszimmer«, sagte Eugène.
»Oben?« In dem Zimmer, das ich für ihn neu eingerichtet hatte. Ich griff nach einer Kerze.
»Maman, du weißt …«
»Ich weiß.«
Als ich um die Ecke der schmalen Treppe auf den Absatz in halber Höhe bog, entfuhr mir ein Schrei. Am oberen Ende der Treppe sprang in der Dunkelheit ein schwarzer Mann vor der Tür zum Arbeitszimmer auf die Füße. Der Schein meiner Kerze erfasste die gebogene Klinge eines Krummschwertes, das Weiß seiner Augen, seiner Zähne. »Sie haben mich erschreckt«, sagte ich nach Luft schnappend. Er war jung, kein Knabe mehr, aber auch noch kein Mann.
Er sagte etwas in einer fremden Sprache zu mir. »Ich kann Sie nicht verstehen«, sagte ich leicht stotternd. »Ich bin Madame Bonaparte. Ich muss mit meinem Mann sprechen. Ist der General da drin?« Ich sprach langsam und in einfachen Worten, damit er mich vielleicht verstand. Aber ich blieb auf Distanz.

* Am 22. August stahlen sich vier Schiffe aus dem Hafen von Alexandria. Indem sie sich nahe an der Küste hielten, gelang es ihnen glücklicherweise, den Briten zu entkommen.

»Bonaparte!« Er umklammerte den Knauf seines Krummschwertes.
Den Namen Bonaparte verstand er. »Ich«, sagte ich und deutete dabei auf meine Brust, »ich *Frau* von Bonaparte.« Effektheischend hielt ich inne, dann sagte ich: »Geh!« mit einer schwungvollen Bewegung meiner freien Hand.
Erleichtert sah ich, dass er verstanden hatte und ganz brav an mir vorbei die Treppe hinunterhuschte. Ich ging zur Tür des Arbeitszimmers und klopfte. Es kam keine Antwort, obwohl ich hörte, wie sich drinnen jemand bewegte. »Bonaparte!« Ich drehte an dem Knauf, drückte. »Ich bin es, Joséphine!« Die Tür war abgeschlossen. »Bitte, öffne die Tür.« Ich klopfte erneut, rief. Ich presste das Ohr ans Holz. Ich schüttelte an dem Knauf, drehte an ihm, rüttelte ihn. »Bonaparte!« Diesmal lauter. »Ich weiß, dass du da drin bist. Bitte!«
Schweigen.
Es war kalt im Flur. Die Erschöpfung ließ mich nicht mehr klar und nur verzögert denken. Und nun war ich mit meiner Weisheit am Ende. Ich schlug mit der Handfläche gegen die Tür. »Bonaparte, lass mich herein! Ich kann alles erklären. Es ist nicht so, wie du denkst.« Ich presste die Stirn an die Tür. »Ich liebe dich«, sagte ich, aber zu leise, als dass er es hören konnte. Dann hämmerte ich an die Tür, heftig, noch heftiger, als ich eigentlich beabsichtigt hatte. »Ich liebe dich«, schrie ich weinend. Du *Hundesohn*.
Nach einer langen und schrecklichen Zeit kamen mir meine Kinder zu Hilfe. Hortense sah verzweifelt aus. Eugène stand hinter ihr mit einem Ausdruck schmerzerfüllter Sorge und zuckender Wange. Ich fühlte mich gedemütigt; wie viel wussten sie? Ich zog den Schal um meine Schultern. Warum war es so kalt? Welche Jahreszeit hatten wir?
Hortense beugte sich neben mir herunter und strich mir zärtlich eine Haarlocke aus den Augen, als wäre ich ihr Kind und

sie meine Mutter. Im Schein der einzigen, flackernden Kerze sah sie ätherisch aus. »O Maman, bitte weine doch nicht«, sagte sie und reichte mir ein Taschentuch.
Ihre Zärtlichkeit ließ mich nur noch heftiger weinen. »Er will die Tür nicht öffnen.«
»Das wissen wir«, sagte Eugène.
Natürlich. Das Haus war klein. »Irgendwo muss ein Schlüssel sein«, sagte ich. Oder eine *Axt*.
»Maman.« Eugène machte ein verlegenes Gesicht. »Du kannst doch nicht einfach …«
»Es ist kein Schlüssel da«, zischte Mimi vom Erdgeschoss nach oben. »Ich habe nachgesehen. Er muss ihn haben.«
Er – General Bonaparte. Mein Mann. Hortense und Eugènes Stiefvater. Auf der anderen Seite der kleinen Eichentür verbarrikadiert. »So ähnlich muss eine Belagerung sein«, sagte ich. Ein gequälter Ausdruck huschte über das Gesicht meines Sohnes.
»Eugène, vielleicht kannst du ja etwas zum General sagen«, sagte Hortense in verschwörerischem Ton.
»Hortense, du solltest etwas wissen.« Ich sah kurz zu Eugène. »Bonaparte glaubt, dass ich …«
»Ist schon gut, Maman.« Hortense warf mir einen wissenden Blick zu, ein Von-Frau-zu-Frau-Ausdruck seltsamerweise.
»Versuche es einfach weiter, Maman«, flüsterte Eugène.
Meine Augen füllten sich mit Tränen. Womit hatte ich solche Kinder verdient? Mir war, als hätte ich sie irgendwie besudelt.
Eugène half mir hoch. Ich presste die Stirn an die Tür. Bonaparte, *bitte*! Hör mir zu!

Wie viel kann ein Mann ertragen? Ich weiß es jetzt: sehr viel. Bonaparte auf jeden Fall.
Als er jedoch endlich den Riegel wegschob, sah ich einen erschreckend gebrechlichen Mann vor mir. Er hatte sich graue Flanellstreifen wie einen Turban um den Kopf geschlungen.

Seine Haut war wie die Eugènes von der Sonne gebräunt. Obwohl sein Gesicht im Dunkeln lag, war klar, dass auch er geweint hatte.
Wir drei, meine Kinder und ich, standen starr vor Überraschung da. Nach stundenlangem Weinen, Betteln, Bitten – *Fluchen* – hatten wir uns mit dieser verriegelten Tür abgefunden.

Ich erinnere mich nicht mehr daran, dass die Kinder gingen, nur an die Stille, die plötzliche Erkenntnis, dass Bonaparte und ich allein waren. Tagelang hatte ich Selbstgespräche geführt, mir diesen Augenblick ausgemalt, mir ausgemalt, was ich sagen würde. Aber nun kamen mir die Worte fremd vor. »Es ist kalt hier draußen im Flur«, sagte ich schließlich, denn ich fröstelte plötzlich.
Ich folgte ihm ins Arbeitszimmer und nahm auf dem Ledersessel am Kamin Platz. Der Raum roch nach Zimt und Ingwer. Eine mit einem ägyptischen Motiv verzierte Schnupftabakdose lag geöffnet auf einem Beistelltisch. Auf dem Schreibtisch, der bereits mit Papieren und Berichten, Büchern und Landkarten übersät war, brannte eine einzige Lampe.
Bonaparte zog die Tür zu, nicht, um ungestört zu sein, sondern eher wegen der Wärme, nahm ich an. »Nun? Willst du nicht reden?«, sagte er und hielt die Hände über das Feuer. Über ein Leinenhemd hatte er mehrere Westen gezogen und darüber eine schwere wollene Hausjacke. Die Kleiderschichten ließen ihn dünn aussehen. Er griff nach einem Sessel und setzte sich, wobei er sich mit der Miene eines nachsichtigen Monarchen auf eine der Lehnen stützte. »Du hast *gewinselt*, dass man dich hereinlassen sollte, und nun, da ich die Tür geöffnet habe, hast du nichts zu sagen.«
Ich saß da und schaute ihn an, versuchte den Zorn, der in mir aufstieg, zu unterdrücken. »*Du* bist es, der nichts sagt.«
»Ich rede doch.«

»Ohne Aufrichtigkeit – ohne Herz.«
»*Du* besitzt die Frechheit, zu *mir* von Herz zu sprechen?«
Ich konnte mich nicht länger beherrschen. »Du behauptest, mich zu lieben, und trotzdem bist du aufgrund von Soldatenklatsch bereit, dich von mir scheiden zu lassen! *Du* bist derjenige, der hier etwas erklären sollte, Bonaparte.«
»Du *wagst* es anzudeuten, dass du unschuldig bist, dass du nicht ...« Er schlug heftig mit der Faust auf die Lehne seines Stuhles.
Ich holte tief Luft, hielt sie an, hielt sie länger an, hielt sie so lange an, wie ich konnte. »Und was ist mit deiner Mätresse, Bonaparte – deiner ›Kleopatra‹, wie die Soldaten sie nannten? Du hast ihr gesagt, dass du sie heiraten würdest, wenn sie dir ein Kind gebären würde.« Mit brennenden Augen, blinzelnd, versuchte ich, nicht zu schniefen.
»Woher weißt du das?«
»Deine Geschwister haben sich alle Mühe gegeben, dass ich es erfahre.«
Er lehnte sich zurück. Diese Antwort hatte er nicht erwartet.
»Sie sind so fest entschlossen, mich zu vernichten, dass es ihnen gleichgültig ist, was sie dir damit antun könnten.« Vorsicht, befahl ich mir. Ein falsches Wort, und eine Versöhnung wäre nicht mehr möglich. »Sie haben dir gesagt, dass ich dich nicht liebe.«
Der Schein der Lampe schimmerte in seinen Augen. Ich hatte seinen wunden Punkt getroffen, wie ich traurig bemerkte. »Ich liebe dich wirklich«, sagte ich und wusste, dass es die Wahrheit war. Ich liebte diesen Mann wirklich, diese ernsthafte, ruhelose, getriebene Seele. Warum, das konnte ich nicht erklären. »Und ich sehne mich nach dir«, sagte ich – und sah ihm in die Augen, hielt seinen Blick fest. Bonaparte lässt sich nicht leicht täuschen.

Es war fast vier Uhr morgens, als ich die Kerzen ausblies. Wir hatten die Wüste durchquert und waren verwundet, aber auf-

rechten Schrittes zurückgekehrt. Wir hatten uns unsere Schwäche gebeichtet, die Macht des Schmerzes. Wir hatten uns unsere hoffnungslose Einsamkeit gebeichtet. Ich erzählte ihm, dass ich nicht gut zurechtgekommen wäre, dass ich, durch die unablässigen Anfeindungen geschwächt, den Halt verloren hätte.
»Warst du mir untreu?«, fragte er rundheraus.
Ich zögerte. Es war an der Zeit, die Wahrheit zu sagen – aber was war die Wahrheit? »Nicht in dem Sinne, den du meinst.« Ich berührte seine Hand; sie war so kalt. »Nicht körperlich.« Nicht ganz. »Aber beinahe.« Ich holte tief Luft. »Und du?«
»Sie ging mir auf die Nerven.«
Ich hätte am liebsten gelacht – und geweint. Er erzählte mir, wie verzweifelt er in diesem Land gewesen war, überzeugt, dass ich ihn betrog, überzeugt, dass der Glücksengel nicht mehr bei ihm war. »Ohne dich …«
Er schlief mit mir und dann noch einmal. »Jetzt bin ich bei dir«, sagte ich.

5

Der Verschwörer

Heute säen wir mit Tränen und Blut.
Die Freiheit werden wir ernten.
Napoléon an Joséphine.

Eugène wird geheilt

20. Oktober 1799

Ich schreckte aus dem Schlaf hoch. Fauvelet, Bonapartes Sekretär, schüttelte ihn, versuchte ihn zu wecken. Ich streckte die Hand unter der Pelzdecke hervor. Obwohl ein gewaltiges Feuer im Kamin prasselte, konnte ich meinen Atem sehen. »Morgen, Fauvelet.« Erschöpft. »Wie spät ist es?« Durch die geschlossenen Vorhänge war ein Lichtsplitter zu sehen. »Ist etwas nicht in Ordnung?«

»Nein, Madame, der General ist immer schwer zu wecken – wie Sie ja wissen«, fügte er hinzu. In dem schummrigen Licht sah Fauvelets Gesicht dunkel aus, wie das von Eugène, wie das von Bonaparte. »Es ist sieben. Ich habe den General heute Morgen schlafen lassen, aber jetzt ist sein Bruder, Abgeordneter Lucien, hier und will ihn sprechen.« Ein schüchternes Lächeln. »Sie haben uns gefehlt, Madame«, raunte er.

Lucien Bonaparte? Ich legte meinem Mann die Hand auf die Schulter. Er schlief wie ein Toter. Alles, was er tat, tat er mit äußerster Intensität – arbeiten, lieben, sogar schlafen.

Er rührte sich, dann rollte er sich herum und umarmte mich mit fest geschlossenen Augen. Er roch wie ein Säugling, verschwitzt und süß. »Fauvelet, habe ich Sie schon mit meiner wunderschönen Frau bekannt gemacht?« Sprach's in meine Nachthaube.

Fauvelet zog die Vorhänge zurück, und Morgenlicht flutete ins Zimmer. Ich war bestürzt, wie fahl Bonapartes Haut war – sein Gesicht, obwohl von der Sonne dunkel geworden, hatte eine ungesunde Farbe. »Dein Bruder ist hier und will dich sprechen«, sagte ich, küsste meinen Mann und besänftigte seine umherwandernden Hände. »Lucien.« Bonaparte rollte sich auf den Rücken. »Ich weiß, ich habe ihn rufen lassen«, sagte er und gähnte und streckte sich gleichzeitig.

Ihn rufen *lassen* – wann? Ich schickte mich an, aufzustehen, doch Bonaparte legte mir die Hand auf die Schulter. »Bonaparte!« Ich wollte nicht im Zimmer sein, wenn Lucien hereingeführt wurde.

»Weißt du noch, was ich gestern Nacht gesagt habe – über den Übergang zur Offensive?«

Ich fiel wieder in die Kissen zurück. *Der Übergang von der Defensive zur Offensive ist eine heikle Operation, eine der heikelsten im Krieg*. »Das ist kein Krieg.«

»Nein?« Bonaparte lächelte. Ich folgte seinem Blick. Lucien stand in der Tür. Er sah zerknittert und gealtert aus, krumm wie ein Achtzigjähriger und nicht wie der junge Mann von vierundzwanzig, der er ist.* Seine schlaksigen Arme baumelten aus den Rockaufschlägen. Er ist ein begabter junger Mann, hitzig und ehrgeizig. Ich würde ihn bewundern, wenn er nicht einen eklatanten Charakterfehler hätte: Er wünscht mir den Tod.

»Guten Morgen, Lucien«, sagte ich und zog mir die Decke unters Kinn. Ich hätte am liebsten gegrinst – *hämisch*. »Wie schön, dich zu sehen.« Zu dick aufgetragen, das wusste ich.

Er spähte mich durch seine dicken Brillengläser ungläubig an. Dann fiel ihm ein, dass er sich verbeugen musste, tiefer als erforderlich, eine übertriebene Demonstration von Unterwürfigkeit – ein Ausmaß an Unterwürfigkeit, hinter dem meiner Meinung nach Niedertracht steckte. »Ich gehe wieder, Napoléone«,

* Die jungen Männer hielten es für modisch, alt und zerknittert auszusehen: Man schlief in den Hemden, um den richtigen Effekt zu erzielen, neue Bekleidung wurde zuerst den Dienern gegeben, um sie »einzutragen«.

erklärte er. Er sah wie eine missmutige Spinne aus, nur lange Beine und Arme. Sein Bruder, dem er sich eindeutig überlegen fühlte, hatte die Frechheit besessen, seinen Rat zu missachten und seiner Frau zu vergeben.

»Nein, du bleibst.« Bonaparte schwang die Beine auf den Fußboden. Dann drehte er sich mit einem spitzbübischen Lächeln um und gab mir einen Klaps auf den Hintern. Ich vergrub mich unter der Wolldecke, denn ich befürchtete, in Gelächter ausbrechen zu müssen, wenn ich Lucien ansah.

An der Tür erschien plötzlich, ein klapperndes Tablett in der Hand, der schwarzhäutige junge Mann, dem ich in der Nacht zuvor begegnet war. Exotisch in leuchtende Seide und Pelz gekleidet sah er wie eine Phantasiegestalt aus einem Märchenbuch aus. Ein juwelenbesetztes Krummschwert baumelte von einer dicken Seidenschnur an seiner Taille.

»Roustam!«, sagte mein Mann und verknotete die Schärpe seines Wintermorgenmantels. Der junge Mann verbeugte sich und stellte das Tablett auf den Tisch neben dem Bett. »Dies ... ist ... meine ... Frau«, sagte Bonaparte langsam und deutete auf mich. »Er ist ein Mameluck, aber ein braver Junge«, sagte er zu mir. »Jedenfalls sehr beliebt bei den Damen. Ich werde ihn im Auge behalten müssen.«

»Guten Morgen, Roustam«, sagte ich und langte nach einem Becher dampfender Schokolade.

»Und ... das ... ist ... mein ... Bruder ... aber ... er ... ist ... wütend«, sagte Bonaparte und zog Lucien am Ohr.

Der junge Schwarze verbeugte sich und rutschte in seinen scharlachroten Seidenpantoffeln, die ein Gleitgeräusch auf dem Parkettboden machten, rückwärts durch die Tür.

»Es ist so kalt in diesem Land.« Bonaparte warf sich einen meiner Kaschmirschals über und stampfte mit den Füßen. Er stürzte eine kleine Tasse Kaffee herunter. Ein Brötchen verschwand genauso rasch und hinterließ Krümel auf seinem Morgenmantel. Kauend stocherte er mit dem Eisenhaken im Feuer herum und warf dann zwei neue Scheite auf. »Na also«, sagte er und trat zurück, um die Flammen zu beobachten. Er zog einen der kleinen Tabouret-Schemel neben den Kamin und hockte sich darauf.

»Der General stellt sich vor, er wäre im Feldlager«, sagte ich zu dem finster blickenden Lucien in dem Bemühen, die Stimmung aufzuheitern.

Lucien verschränkte die Arme. »Noi dobbiamo parlare, Napoléone.« Wir müssen reden.

»Dann rede.«

»Privatamente.«

»Mein Frau wird in alle Diskussionen einbezogen.«

»Du bist ein Narr!« Das war die Stimme eines Mannes, der zu einem Untergebenen spricht. »Deine Frau hat ein falsches Spiel mit dir getrieben. Sie entehrt unseren guten Namen.« Erleichtert hörte ich Bonaparte lachen. »Unseren guten Namen, sagst du? Und unsere reizende Schwester Pauline mit ihren drei Liebhabern? Und Elisa, die sich einen Monat nach dem Tod ihres Kindes Dichtern zu Füßen wirft? Und Joseph, der schon wieder eine Quecksilberkur macht? Und *du*, Lucien, machst dich wegen Madame Recamier zum Narren, während deine Frau ans Kindbett gefesselt ist?«

Ich betrachtete Bonaparte mit Erstaunen. Er war erst seit kurzem wieder in Paris, und trotzdem hatte er bereits alles herausgefunden.

»Ich bin nicht hergekommen, um über Familienangelegenheiten zu diskutieren«, sagte Lucien mit halb geschlossenen Augen.

»Richtig. Du bist hergekommen, weil ich dich gerufen habe.«

»Bonaparte, ich kann ...« Ich stellte meinen Becher auf das Tischchen.

Bonaparte funkelte mich an, als wollte er sagen: Rühr dich ja

nicht. »Und setz dich, um Gottes willen«, herrschte er seinen Bruder an.
Mit arrogant übertriebenem Gehorsam ließ sich Lucien auf einem der kleinen Schemel nieder und entblößte dabei seine langen, knochigen Fußknöchel und Handgelenke.
»General? Die Zeitungen sind eingetroffen.« Ich war erleichtert, Fauvelet an der Tür zu sehen. »Aber ich kann ein anderes Mal wiederkommen.«
»Gleich, Fauvelet.« Bonaparte bedeutete seinem Sekretär, den anderen Schemel zu nehmen. Resigniert lehnte ich mich an die Kissen zurück. Es gab kein Entrinnen.
Fauvelet blätterte rasch den Stapel Zeitungen auf seinen Knien durch. »Ah ja, das hier sollten Sie wissen. Direktor Moulins behauptet, Sie hätten die Quarantäne durchbrochen, als Sie an Land gingen. Er sagt, dass Sie der Republik die Pest mitgebracht hätten.« Seine Stimme klang nervös, schrill.
»Pah! Du liebe Zeit, wir waren siebenundvierzig Tage auf See und nicht ein einziger Mann krank. Ist das nicht Beweis genug?« (Offen gestanden vernahm ich diesen Einwand mit einer gewissen Erleichterung.) »Was noch?«
»Dieser hier betrifft Bürger Bernadotte.« Fauvelet räusperte sich.
»Ach ja, mein reizender neuer Verwandter.«*
»Er hat den Direktoren einen Brief geschickt, in dem er vorschlägt, dass Sie vor ein Kriegsgericht gestellt werden.«
»Das hört sich nach der Tat eines Verwandten an.« Bonaparte lächelte, aber ich konnte nicht erraten, ob er sich nun darüber amüsierte oder nicht. »Nach der Tat eines *Feiglings*.«
»Er läuft herum und nennt dich einen ›Deserteur‹«, teilte Lucien Bonaparte mit unangemessener Schadenfreude mit. »Weil du deinen Posten verlassen hast.«

* Bernadotte hatte Eugenie-Désirée Clary, die Schwester von Josephs Frau (und frühere Verlobte von Napoléon), geheiratet. Später sollte Bernadotte zum König von Schweden gekrönt werden und sein Sohn eine von Eugènes Töchtern heiraten.

»*Basta!* Als ich dieses Land verließ, herrschte Frieden, und bei meiner Rückkehr herrscht Krieg. Als ich es verließ, war es mit Siegen gekrönt, und bei meiner Rückkehr ist es besiegt, verarmt und in großem Elend. Und wer, würde ich den guten Bernadotte fragen – unseren ehemaligen Kriegsminister für kurze Zeit –, wer ist daran schuld? Genau diese Frage würde ich ihm stellen.« Bonaparte schlug mit der Faust auf den Kaminsims. »Sonst noch etwas?«
Fauvelet und ich wechselten Blicke. Bonaparte war zurück.

22. Oktober, früher Abend

Jeden Tag kehren mehr Soldaten, braun gebrannt und mit Geschenken beladen, zurück. Paris glüht vor Feierfreude, schwirrt vor Geschichten. Ehefrauen und Töchter führen Tücher aus exotischer Seide spazieren, Väter und Söhne tragen stolz mit Juwelen besetzte Krummschwerter. Unsere Mahlzeiten sind auf einmal scharf gewürzt. Der Osten hat uns überrollt – verführt.

23. Oktober

Es ist erst vier Uhr nachmittags, und schon platzt mein kleines Haus vor lauter Soldaten aus den Nähten. »Meine Ägypter« nennt sie Bonaparte. Hortense, aus der Schule zurück, pudert sich die Nase und betrachtet sich im Spiegel, bevor sie die Treppe hinuntergeht.
Laut und wild feiern die Soldaten ihre Rückkehr »in die Zivilisation« und essen und trinken mit großem Genuss, als wären sie fast vor Hunger gestorben. (Was ja auch stimmt.)
Der furchtlose Murat, dunkelhäutig, mit Juwelen und Federn geschmückt, stolziert von Zimmer zu Zimmer und führt jedem Dienstboten seine Kriegsnarben vor, die Wunden immer noch

frisch, kaum verheilt, zwei Löcher, eines in jeder Wange. »Aber nicht in der Zunge«, sagt er und streckt sie zur Begutachtung heraus. Der Pistolenschuss fuhr neben seinem Ohr in die eine Wange und trat aus der anderen wieder aus, »ohne auch nur einen Zahn zu zertrümmern«, berichtete er mir und zupfte an seinen dicken Lippen.

»Da haben Sie aber Glück gehabt«, sagte ich und wich zurück.

»Und Junot?«, fragte ich Fauvelet, um einen beiläufigen Ton bemüht. »Ist er denn nicht mit Bonaparte zurückgekommen?« Etliche mussten noch zurückkehren, Tallien eingeschlossen (worüber Thérèse sehr erleichtert ist).*

»Andoche Junot musste leider in der Wüste zurückgelassen werden« – ein verschmitztes Lächeln –, »bei *Othello*«, flüsterte er, »dem Kind, das er von einer abessinischen Sklavin hat.«

Wenn sie getrunken hatten, begannen die Männer – zunächst nur zögernd – über die mörderische Hitze zu reden, über die Fliegen, die Ruhr. Geschichten über einen Ozean aus Sand und über Durst. Geschichten über Soldaten, die durch das Fieber erblindeten. Geschichten über die Schwarze Pest.

Es sind die geflüsterten Geschichten, auf die ich horche und denen ich zuhöre – Geschichten über ein Meer aus weißen Turbanen, über barbarische Foltern, über französische Soldaten, die in der Wüste zurückgelassen wurden, wo sie verdursteten. Soldaten, die sich wegen eines Bechers Wasser gegenseitig umbrachten.

»Wie entsetzlich!«

»Dort war alles anders, Maman«, sagte Eugène mit zuckender Wange.

* Tallien erblindete in Ägypten auf einem Auge, möglicherweise wegen einer unbehandelten Syphilis. Bei seiner Rückkehr wurde er von den Engländern gefangen genommen. Er sollte erst 1802 wieder nach Frankreich zurückkommen und nur um festzustellen, dass seine Frau Thérèse öffentlich mit Ouvrard zusammenlebte. Sie wurden geschieden, und er beschloss seine Tage in Armut.

»Dann ist der häusliche Streit also beigelegt? Alles ist in Ordnung?« Barras begrüßte mich mit einer knochenbrechenden Umarmung. »Willst du mir nicht bei einer Tasse Schokolade Gesellschaft leisten? Mein Koch hat die phantastischsten Brüsseler Biskuits gebacken. Eugène, das muss ich sagen, wirkt wie ein strammer junger Mann. Aber ein bisschen ruhelos vielleicht? Ich weiß nicht, wie ich es formulieren soll, aber ich sehe das manchmal bei jungen Soldaten.« Er verzog das Gesicht. »Hat er irgendetwas zu dir gesagt? Die herkömmliche Überzeugung ist, dass es das Beste ist, nicht länger über ihre Erlebnisse nachzudenken, aber ich bin da nicht sicher. Manchmal hilft es, wenn man redet. Schimpf mich ein altes Weib! Aber erzähle mir, wie es meinem Schützling geht. Ich sehe Bonaparte ja so gut wie nie.«

»Er arbeitet an einem Referat für das Nationalinstitut.«

»Ach ja, irgendetwas über einen Stein, wie ich hörte.* Wie charmant. Der Soldat kehrt zurück und wirft sich den Deckmantel eines akademischen Eremiten über. Ein kluger Schachzug. Einer, den ich selbst empfohlen hätte, wäre ich zu Rate gezogen worden.«

»Es ist kein Schachzug.« Obwohl Bonaparte tatsächlich beschlossen hatte, dass er sich aus dem Blickpunkt der Öffentlichkeit heraushalten sollte, um Gerüchte über ehrgeizige Pläne zu entkräften. Und um sich seinen nächsten Schritt zu überlegen. *Zu Beginn eines Feldzuges muss sorgfältig überlegt werden, ob man vorrückt oder nicht vorrückt.* »Möchtest du uns nicht besuchen kommen?«, fragte ich. Irgendetwas in Barras' Stimme ließ vermuten, dass er gekränkt worden war.

* Die in der Nähe von Rosetta gefundene Steinplatte lieferte den Schlüssel für die Übersetzung ägyptischer Hieroglyphen. Der Rosette-Stein ist heute im Britischen Museum.

Außerdem war ich beunruhigt. Die Direktoren hatten Bonaparte mit einem deutlichen Mangel an Respekt behandelt. Eifersucht, vermutete ich. Und vielleicht Angst.
»Ist das eine Einladung von dir oder vom General?«
»Von uns beiden natürlich.«
»Natürlich«, sagte Barras und ließ sich mit der Hand am Kreuz auf einem Sessel nieder. Toto sprang auf seinen Schoß. »Hast du gehört, was Direktor Sieyès sagte, als er erfuhr, dass Bonaparte zurück war?«
»Sieyès aß mit Lucien Bonaparte zu Abend, richtig?«
»Ja, die beiden sind ein trautes Pärchen, wie mir nicht entgangen ist. Als Sieyès die Nachricht von Bonapartes Rückkehr überbracht wurde, soll er ausgerufen haben: ›Die Republik ist gerettet.‹ Seltsam, findest du nicht auch? Ich habe hin und her überlegt, was genau er wohl damit meinte.«
»*Sieyès* hat das gesagt? Bist du sicher?« Es heißt, dass Sieyès Bonaparte hasst – was sicherlich auf Gegenseitigkeit beruht. Ich beugte mich auf meinem Sessel vor, den Blick auf die Tür gerichtet. »Meinst du, dass an dem Gerücht, Direktor Sieyès wäre dabei, ein Komplott zu schmieden, etwas Wahres ist?«
»Eine Verschwörung? Jeder Politiker in Paris schmiedet irgendein Komplott.« Barras setzte Toto behutsam auf den Teppich zurück und zog spielerisch am Schwanz des Hundes. »Wenn man töricht genug wäre, eine Republik zu gründen, warnte Rousseau, müsste man aufpassen, dass man sie nicht mit Unzufriedenen füllte. Unzufriedenen! Die französische Republik ist ein einziges Volk von Unzufriedenen. Das habe ich dir schon vor Jahren gesagt – wir sind zum Scheitern verurteilt.«

24. Oktober

»Bonaparte, ich muss dich etwas fragen.« Ich hatte ihm aus *Carthon* vorgelesen, seinem Lieblingsgedicht von Ossian. *Wer*

kommt von seinen Tausenden umgeben aus dem Land der Fremden? In seinem Gesicht wohnt der Krieg. »Es geht um Eugène.«
Bonaparte sah mich mit glasigem Blick an, als träumte er.
»Was ist in Ägypten geschehen? Ich meine, was ist mit Eugène geschehen? Ich habe ihn gefragt, aber er will nicht sprechen.«
Das war noch nicht alles. Sobald ich nachforschte, verschloss sich mein sonst so offenherziger Sohn, seine Stimme wurde argwöhnisch, und er wandte mit zuckender Wange den Blick ab.
»Er hat in Schlachten gekämpft, er hat Menschen getötet, er wurde verwundet.« Bonaparte zuckte mit den Schultern. »Er ist siegreich zurückgekehrt. Was soll denn sonst noch sein?«

Nachmittags

Ich entdeckte Mimi in der Speisekammer, wo sie im Dunkeln auf dem Fliesenboden saß. »Bist du in Ordnung?«, fragte ich erschrocken.
»Ich habe zufällig gehört, was die Soldaten redeten. Ich weiß jetzt, was mit Eugène passiert ist.«
Ich ließ mich neben sie auf den Boden gleiten. »Oh?« Fasanen voller Maden hingen über den Schieferregalen.
Sie betrachtete ihre linke Handfläche, fuhr mit dem Finger die Linien nach. »Ich möchte es dir nicht erzählen.«
Ich legte ihr die Hand auf den Arm. Ihre Haut war glatt und kühl. »Bitte.«
Sie holte tief Luft: Eugène und ein anderer Adjutant, die beiden Jüngsten, hatten eine türkische Stadt eingenommen.
»Eine ganze Stadt?«
Die Männer hatten sich ergeben und um ihr Leben gefleht. Stolz kehrten mein Sohn und sein Kamerad mit ihren Gefangenen zurück. Aber Bonaparte konnte seine eigenen Leute schon nicht ernähren, geschweige denn alle diese Türken. Daher wurden die Gefangenen – Tausende – ins Meer getrieben,

damit sie ertranken. Am nächsten Tag erschoss sich Eugènes Kamerad.

»O nein«, wisperte ich.

»Das ist noch nicht alles«, warnte mich Mimi. Eugène erhielt den Befehl, die Wüste zu durchqueren. »Er sollte dem Pascha ein Paket übergeben – eine Warnung.« Ich lehnte den Kopf an die Wand zurück, schloss die Augen. Mimis Stimme in der dunklen Kammer war tief, melodisch. »Einen Sack mit Köpfen.«

Entsetzt stellte ich mir die flimmernde Hitze vor, den Gestank. Ich stellte mir die Fliegen vor, die Geister. »Aber das ist doch unmöglich!« So etwas Barbarisches würde Bonaparte doch nicht tun – und gewiss hätte er nicht einem Knaben den Befehl erteilt, es für ihn zu tun.

Bonaparte hatte in Sitzungen zu tun. Ich legte mich hin, versuchte zu entscheiden, was ich tun sollte. Schließlich stand ich auf und ging zum Stall hinaus, wo ich Eugène antraf, der dem Kutscher mit einem Pferdegeschirr half. Er sah mich erwartungsvoll an.

»Kann ich dich einen Augenblick sprechen?« Ich führte uns in den Garten zu der Bank unter dem Limonenbaum. »Ich habe erfahren, was mit deinen Gefangenen passiert ist – und von der Warnung, die du dem Pascha übergeben musstest.« Er wandte sich ab, biss sich auf die Lippen. »Ich wünschte, du hättest es mir erzählt!«

»Ich konnte es nicht, Maman.«

»Warum?«

»Du hättest es nicht verstanden! Du hättest mit dem General darüber sprechen wollen.« Er sah mir direkt in die Augen, als wollte er mich herausfordern. »Du hättest es ihm vorgeworfen.«

»Ach, Eugène …« Aber was konnte ich dazu sagen? Er hatte ja Recht.

»Maman, bitte, versprich es mir«, sagte er und hielt blinzelnd seine Tränen zurück. »Der General hat getan, was er tun musste; das haben wir alle getan. Du darfst kein Wort davon zu ihm sagen.«

»Vielleicht würde Eugène ja wieder gesund, wenn seine Kopfgeister besänftigt wären«, schlug mir Mimi später vor. Kopfgeister? Und dann fiel es mir wieder ein. Nach dem Voodooglauben übermitteln die Kopfgeister Weisheiten aus alter Zeit – ohne sie war man dem Leben auf Gedeih und Verderb ausgeliefert, war man ein Boot ohne Ruder.
»Ein rituelles Kopfwaschen – um ihn zu reinigen, die Geister zu beschwichtigen.«
»Ja«, sagte ich. *Alles*.

»Nein«, sagte Eugène, und sein Wangenmuskel zuckte.
»Aber was kann es denn schaden? Es ist genauso, als wenn du dir die Haare waschen lässt.«
»Es ist dumm, deshalb.«
»Vielleicht, aber … ich werde dir dieses Pferd kaufen, das du dir gewünscht hast.«
»Das schwarze Vollblut?« Ihm fiel die Kinnlade herunter. »Wirklich? Aber er kostet viertausend Francs.«
Ich zuckte mit den Schultern. *Irgendwie*. »Heute Abend?« Ein Handel.

Die Zutaten zu sammeln erwies sich als einfacher, als ich gedacht hatte. Der Stand auf dem Markt, den Mimi kannte, hatte alles, was wir benötigten.
Um zwei Uhr nachmittags sperrte ich Eugène ein. »Still«, befahl ich, wann immer er Einspruch erhob. Mimi mischte die Zutaten. Die Worte des Singsangs, den sie dabei anstimmte, fielen ihr nur zögernd wieder ein. Mit ihren kräftigen Fingern

massierte sie seinen Schädel. Ich goss einen Eimer klaren Wassers nach dem anderen über den Kopf meines Sohnes und murmelte dabei: *Ich taufe dich, ich taufe dich, ich taufe dich.*

25. Oktober

Schon ein ganzer Tag und immer noch kein Zucken.

3 Uhr nachmittags

Obwohl Hortense höflich gegenüber Bonaparte ist, betrachtet sie ihn auch weiterhin als einen Fremden. »Mir geht es gut, General Bonaparte«, sagte sie oder: »Guten Morgen, General Bonaparte.« Ob er jemals Papa für sie sein wird?
Auch Eugène nennt Bonaparte »General«, aber mit Wärme in der Stimme. In Ägypten hatten sie ein Zelt geteilt, und es war nicht zu übersehen, dass sie sich inzwischen nahe standen. Er hat ein neues Album angelegt, wie ich bemerkt habe, diesmal über Bonapartes Schlachten – seine Siege. Es ist schon dick. Es steht auf dem Regal neben seinen Kinderbüchern, seinen Alben über seinen Vater und Lazare. »Du brauchst Platz«, sagte ich zu ihm. »Vielleicht solltest du diese hier im Keller lagern.«
Er fuhr mit dem Finger über die alten Alben, dachte nach. »Nein, Maman, es ist Platz für alle«, sagte er und stellte sie ins Regal zurück.
Ich freute mich offen gestanden darüber.

Früher Abend

»Die Direktoren besaßen die *Frechheit*, mich auf halben Sold zu setzen«, explodierte Bonaparte, als er zur Tür hereinkam. Ich saß mit Hortense im Salon und versuchte, mich mit Fouché

und Bonapartes Brüdern Joseph und Lucien zu unterhalten. »Sie behandeln mich wie einen Staatsbeamten.«
Ich schlug Hortense vor, sich zu entfernen.
»Hast du mit Direktor Sieyès gesprochen?«, wollte Lucien wissen.
Ich nahm meinen Stickrahmen, meine Nadeln zur Hand. Warum sollte Bonaparte mit Sieyès sprechen wollen? Und warum sollte Lucien wollen, dass er das tat?
»Uff. Wie man den Mann leiden kann, übersteigt meinen Horizont«, sagte Bonaparte und kratzte sich. Er hatte Furunkel bekommen und war irrsinnig gereizt wegen eines Ausschlags.
Joseph schlürfte geräuschvoll seinen Tee. »Er dürfte trotzdem nützlich sein.«
»Absolut nützlich«, plapperte Lucien nach.
Bonaparte machte ein finsteres Gesicht. In Ägypten war er ein König gewesen. In Paris war er nur ein Staatsbeamter, ein reuiger Sünder, der vor fünf Direktoren – eine Seilschaft alter Narren, wie er sie nannte – auf den Knien um Gefälligkeiten bettelte. »Obwohl er Recht hat, was die Verfassung angeht. Sie ist wirklich unhandlich«, fuhr Bonaparte fort. Er sprach mit sich selbst, dachte laut. »Fünf Direktoren sind zu viel. Eine dreiköpfige Exekutive wäre effektiver, eine Person, die verantwortlich ist, die beiden anderen als Berater.« Bonaparte schritt vor dem Kamin auf und ab, die Hände auf dem Rücken verschränkt. »Und dieser ständige Regierungswechsel schafft nur Chaos. Wir sind nur noch eine parlamentarische Komödie. Man kann es auch übertreiben – jedes Jahr Wahlen abzuhalten hat die Bevölkerung ermüdet. Aber der Trick wird sein, die Verfassung im Rahmen des Gesetzes zu ändern.«
»Dazu«, sagte Fouché gelassen, »brauchen Sie die Unterstützung sowohl der Revolutionäre als auch der Royalisten.« Er hatte sich die Haare gepudert, um ihre hässliche rote Farbe zu überdecken, was ihm jedoch nicht gelungen war.

Die drei Brüder Bonaparte wandten sich Fouché zu, als hätten sie überrascht festgestellt, dass er im Raum war.
»Und habe ich diese Unterstützung, Bürger Fouché, Herr Polizeiminister?«, fragte Bonaparte.
Fouché zog eine zerbeulte Schnupftabakdose aus Blech hervor, beklopfte sie und öffnete sie dann mit dem Daumennagel, der lang, spitz und gelb war. »Ja, General, davon bin ich überzeugt«, sagte er langsam und nahm eine Prise Schnupftabak, ohne welchen anzubieten. »Oder genauer gesagt – ich bin überzeugt, dass Sie die Unterstützung haben *werden*.«

26. Oktober

Bonaparte und ich brachen heute Abend um sieben Uhr auf, um uns Diderots *Le père de famille* anzusehen. Ich freute mich auf einen unterhaltsamen Abend.
Jetzt ist erst eine Stunde vergangen, und wir sind schon wieder zu Hause, enttäuscht und deprimiert – und ein wenig überwältigt, denn sobald die Leute Bonaparte erkannten, brachen sie in Jubel und Schreie aus und übertönten damit die Stimmen der Schauspieler. Wir mussten gehen, damit die Aufführung fortgesetzt werden konnte. Wir sind Gefangene seiner Glorifizierung.

Ich muss eine Wahl treffen

27. Oktober 1799

Leutnant Lavalette sah sich in unserem Salon um. Er machte einen irgendwie hilflosen Eindruck. Er ergriff meine Hand, seine Pausbacken waren von der Kälte gerötet. »Bitte sagen Sie, wie geht es Émilie? Wie geht es meiner Frau? Ich hatte ja keine Ahnung! Aber ich hätte nicht mehr weiterleben können, wenn ich sie verloren hätte.«
»Sie haben sie noch gar nicht gesehen? Sie waren noch gar nicht draußen in Saint-Germain?«
»Soviel ich weiß, fahren Sie und der General morgen früh hinaus.«
»Und Hortense und Eugène. Wollen Sie denn…? Möchten Sie uns gerne begleiten?«
»O ja«, rief er erfreut, denn offensichtlich hatte er schreckliche Angst, allein dorthin zu müssen.

28. Oktober

Wir brachen früh nach Saint-Germain auf, Bonaparte, Lavalette, Hortense und ich in der Kutsche, Eugène neben uns auf Pegasus, seinem herrlichen neuen Pferd. Die Straße war stellenweise etwas schwer passierbar, sodass es Mittag wurde, bis wir in den Schulhof einfuhren.
»General Bonaparte, welche Ehre.« Madame Campan, in einen schwarzen Umhang gewickelt, neigte den Kopf. Wir wurden in

ihr Dienstzimmer geleitet – das heißt, alle außer Hortense, die loslief, um Émilie zu finden (und zu warnen). Eine Glocke läutete; die Decke bebte von dem Geräusch losstürmender Mädchen. »Soll ich Ihre Frau holen, Leutnant Lavalette?«, fragte Madame Campan.
»Madame Campan, wenn es Ihnen recht ist, würde ich es Émilie gerne selbst sagen«, sagte ich und ging auf die Tür zu.

Es war schon ein Jahr her, seit ich im oberen Stockwerk der Schule gewesen war. Es roch stark nach Pomade und Stärke. Zwei Mädchen mit den grünen Hüten der Schülerinnen im zweiten Jahr hatten sich untergehakt und rutschten kichernd auf dem gewachsten Parkett den Korridor entlang.
»Hortense ist in diesem Zimmer«, sagte das Mädchen mit den goldenen Ringellocken und deutete auf die andere Seite des Korridors.
Die Tür ging knarrend auf. »Sie will nicht nach unten gehen«, flüsterte Hortense und trat beiseite. Émilie lag zusammengerollt auf einem schmalen Bett in der Ecke, ihre Narben waren entzündet.
Ich setzte mich ans Fußende des Bettes. »Hast du Angst, Émilie?«
»Nein!«
»Was ist es dann?«
»Ich will nicht verheiratet sein.« (Ich dachte: Wenn du nur wüsstest, du armes Mädchen, wie viel Glück du hast.) Und dann sagte sie mit leiser Stimme: »Mit ihm.«

Leutnant Lavalettes Augen füllten sich mit Tränen, als er das vernarbte Gesicht seiner Frau sah. Ich hatte ihn, so gut es ging, darauf vorbereitet, aber der Anblick konnte nur ein Schock gewesen sein, da sie so schrecklich entstellt ist.
»Ach, dann stimmt es also doch. Du hattest die Pocken«, sagte Bonaparte.

Émilie stand in der Tür, die geröteten Augen auf die Spitzen ihrer Schnürstiefel gesenkt. »Ja, General Bonaparte. Sir.« Sie spähte zu Eugène, nickte ihm zur Begrüßung verstohlen und schüchtern zu. Eugène ging zu ihr und drückte seine Cousine an sein Herz. Die Zärtlichkeit meines Sohnes rührte mich. So hatte er Émilie getröstet, als sie vier Jahre alt war und er nicht viel älter. »Dein Mann hat mir das Leben gerettet«, sagte er zu ihr. »Mehr als einmal.«
Lavalette, den Hut fest in den Händen, errötete verlegen.
Und nun konnte dieser sanftmütige Mann vielleicht das Herz dieses Mädchens retten, dachte ich – wenn sie ihn nur ließe.

29. Oktober, frühmorgens

»Du hast 325.000 dafür bezahlt?« Bonaparte betrachtete Schloss Malmaison, seine bröckelnde Fassade, das reparaturbedürftige Dach, das zerbrochene Glas an einem Fenster im ersten Stock.
»Aber Bonaparte …«, hob ich an, um ihn daran zu erinnern, dass er selbst 300.000 geboten hatte, doch dann überlegte ich es mir anders. »Paris ist weniger als eine Stunde entfernt, und der Grund und Boden ist vorzüglich. Hinzu kommt, dass allein die Weinkellerei achttausend Franc jährlich einbringt.« Nun ja, sieben. »Der Makler meinte, es wäre außergewöhnlich preisgünstig.«
»Der Hühnerstall macht mehr her.«
Doch bis zum Ende des Tages, nachdem wir den Besitz zu Pferd besichtigt, uns die Schafherde angesehen und mit dem Gutsverwalter über den Zuckergehalt der diesjährigen Weinernte gesprochen hatten, war selbst Bonaparte allmählich dem Charme des Ortes erlegen. Bei Einbruch der Dunkelheit saßen wir am prasselnden Kaminfeuer und spielten Backgammon, während Hortense auf dem Klavier eine ihrer neuen Kompositionen vorführte und Eugène Angelgeräte reparierte.

Um neun zogen Bonaparte und ich uns zurück und trugen selbst die Kerzen in unser zugiges, kleines Schlafzimmer hinauf. Wir schlüpften zwischen die kalten Bettlaken. Unsere Zähne klapperten und unsere Füße suchten den heißen, in Flanell eingewickelten Backstein. Und dann redeten wir in unserem kleinen warmen Kokon und liebten uns, redeten und liebten uns.

Abends – Paris

Wir sind wieder in der Stadt. Heute Nachmittag treffe ich mich mit Handwerkern. Bonaparte möchte, dass an Malmaison Arbeiten durchgeführt werden – Renovierungen, Mobiliar, Gartenanlagen! Er findet es herrlich dort.

30. Oktober

»Was denkst du gerade?« Ich stupste Bonaparte mit dem Zeh an. Er saß reglos wie eine Statue auf der Bettkante.
»Dass ich mit Direktor Gohier sprechen sollte«, sagte er schließlich, als erwachte er aus einer Trance.
»Worüber?«
Fauvelet kam zur Tür, einen Stapel Zeitungen unter dem Arm. »Das Bad des Generals wartet«, sagte er feierlich. Bonaparte stand auf, nahm die kleine Tasse türkischen Kaffee, die ihm sein Sekretär reichte, und trank sie mit einem Schluck aus. »Darüber, dass ich zum Direktor gewählt werde.«

3 Uhr nachmittags

»*Basta*.« Bonaparte zerrte an seinen Stiefeln und schleuderte einen weg. Er flog durch die Halle und gegen die Tür.
»Direktor Gohier war nicht hilfsbereit?« Ich folgte ihm und

sammelte seine Stiefel ein. Sie waren schmutzig und mussten geputzt werden.
Bonaparte warf sich in einen Sessel und starrte finster ins Feuer. Er trug die ledernen Bundhosen, die ihm der Schauspieler Talma geliehen hatte, damit er für die Besprechungen mit den Direktoren angemessen angezogen war. Sie hätten längst zurückgegeben werden müssen. Ich zog ihn am Zeh, um seine Aufmerksamkeit zu erlangen.
»Ich teilte ihm mit, dass ich Direktor werden möchte.«
»Und wie hat er reagiert?« Sowohl in Italien als auch in Ägypten hatte Bonaparte sein Talent für Verwaltungsarbeit unter Beweis gestellt. Wenn er einer der fünf Direktoren wäre, dann würde die Republik vielleicht …
»Er lachte mich aus! ›Sie sind zu jung, die Verfassung lässt das nicht zu, es wäre gesetzlich verboten.‹« Bonapartes Tonfall war höhnisch. »Gesetzlich! Die Verfassung stranguliert dieses Land, und sie weigern sich, irgendetwas dagegen zu tun. Sie beten am Altar des Gesetzes, als wäre es das Wort Gottes, dieses Ding, diese Verfassung, der sie dienen. Sie vergessen, dass es genau umgekehrt ist – *wir* machen die Gesetze, *wir* haben die Verfassung geschaffen, und *wir* können sie ändern.« Er marschierte auf und ab, die Hände auf dem Rücken verschränkt. »Und wenn *sie* nicht wollen, *ich* will!«

31. Oktober

Ein hektischer, aber aufregender Tag in Malmaison mit Gartenplanungen, Überwachung der Verschönerungsarbeiten. Hortenses neues Pferd wurde geliefert, eine bildschöne, kleine braune Stute. Sie jagte um die Koppel und wieherte Pegasus zu. »Danke für das Pferd, General Bonaparte«, sagte Hortense zu ihrem Stiefvater, als wäre er ein Gast – ein respektierter Gast zwar, aber eben nur ein Gast.

Am späten Nachmittag machten wir zu viert – Bonaparte, Eugène, Hortense und ich – einen Besichtigungsritt über das Gelände und sprachen mit den Arbeitern. Dann jagten Eugène und Bonaparte ihre Pferde zum Schloss zurück.
»Du weißt, Hortense, dass sich Bonaparte sehr freuen würde, wenn du ihn Papa nennen würdest«, sagte ich zu ihr, als unsere Pferde träge dahinschritten.
»Ja, Maman«, sagte sie, und die Tränen schossen ihr in die Augen.

[Ohne Datum]

Heute Abend sah ich, wie Bonaparte vor dem Cembalo stand und ein Notenblatt studierte – *Partant pour la Syrie*, ein Marschlied, das Hortense geschrieben hatte, als sie wegen ihres Bruders in Ägypten krank vor Sorge war.
»Das ist eine von Hortenses Kompositionen«, sagte ich.
»Sie ist gut«, sagte er nachdenklich und schnippste mit dem Fingernagel gegen eine der Ecken.

1. November – wieder in Paris

»Weißt du, was mir Minister Fouché erzählt hat?«, fragte Fortunée Hamelin und bückte sich, um den Lederriemen ihrer römischen Sandalen zuzubinden. »Er vermutet, dass ein ziemlich hohes Tier in der Regierung mit den Royalisten gemeinsame Sache macht.« Sie richtete sich auf und stopfte gelassen eine Brust in ihr Mieder zurück.
»Wie hoch?«, fragte Madame de Crény und spielte eine Karte aus.
»Ein Direktor.«
»Höher geht's nicht mehr.«
»*Das* ist interessant. Ich habe gehört, dass einer der Direktoren

von allen Protokollen und Korrespondenzen Abschriften nach England geschickt hat.«
»Was für ein schrecklicher Gedanke!«
»Und da verdächtigt natürlich jeder Barras.«
»Ach, der arme Père Barras, jedermanns Lieblingsbösewicht.«
»Meine Waschfrau ist überzeugt, dass die Royalisten Barras fünf Millionen gegeben haben.«
»Ich habe zwei Millionen gehört.«
»Gerüchte!«
»Aber das ist noch nicht das Schlimmste daran.«
»Oh?«
»Das Schlimmste daran ist, dass es heißt, General Hoche hätte es herausgefunden, und Barras hätte ihn deswegen …«
Nein! Sag es *nicht*.
»… vergiftet.«

Ich bin allein in meinem Ankleideraum und bereite mich zum Schlafen vor. Ich habe gebadet, Puder aufgelegt, meine Haare unter eine hübsche Nachthaube aus Spitze gesteckt. Und warte auf Bonaparte, der immer noch in Sitzungen ist. Es ist ein friedliches Bild, das ich im Spiegel sehe, eine Frau, die in ihr Tagebuch schreibt. Der Kerzenschein wirft einen weichen Lichthof. Doch in meinem Innern ist es nicht friedlich, denn einiges, was die Ehrenjungfrauen heute Nachmittag gesagt haben, beunruhigt mich. Klatsch, ich weiß, aber trotzdem wurde mir eine böse Saat des Zweifels ins Herz gepflanzt. Ich denke, ich kenne Barras – aber tue ich das wirklich? Ich dachte auch, Lisette zu kennen.

2. November, spät

Thérèse sah wie eine Fruchtbarkeitsgöttin aus, wie sie da in Ouvrards prunkvoller Loge in der Opéra Comique thronte. Im

sechsten Monat schwanger, der Bauch gewölbt, der Busen üppig, war sie die Verkörperung sinnlicher Weiblichkeit.
»Es kommt mir vor, als hätte ich dich schon ein Jahrzehnt lang nicht mehr gesehen«, sagte ich, als ich sie küsste. »Entschuldige meine Verspätung.« Die drei Hammerschläge waren ertönt, als ich gerade das Foyer betreten hatte, aber dann mussten noch Fortunée Hamelin und Madame de Crény begrüßt werden.
Auf der Bühne waren zwei Schauspieler in eine hitzige Debatte verwickelt, zwei Damen unter einem »Baum«, die mit riesigen Federfächern wedelten, sahen entgeistert zu. »Du hast nichts versäumt.« Thérèse nahm meine Hand und ließ sie nicht mehr los.
Die beiden Männer begannen, die beiden Frauen um einen Busch zu jagen. Die Leute im Parkett standen auf und fingen zu schreien an, schwenkten drohend die Arme. »Ist Ouvrard nicht hier?«, fragte ich.
»Er hasst komische Opern.« Thérèse beugte sich nach vorn in das grelle Licht der Gaslaternen. »Oh, da ist er ja – bei Talleyrand. »Ach, und sieh mal da …« Sie nickte nach links. »Unser neu gewählter Präsident der Fünfhundert.«
Lucien Bonaparte? Ich wich rasch in den Hintergrund zurück, damit er mich nicht sehen konnte. »Ich habe Bonaparte gesagt, ich wäre in der Reitschule. Er hält nichts von der Opéra Comique. Er meint, ich sollte nur ins Théâtre de la République gehen.« Aber die Wahrheit war, dass ich nicht wollte, dass er von meinem Treffen mit Thérèse erfuhr.
»Er entwickelt sich zu einem ausgesprochenen Snob.« Aber sie lächelte dabei. »Wie geht es denn unserem Goldjungen?«
Thérèse hielt Bonaparte für einen Freund, aber ich hatte festgestellt, dass ihre Vorgeschichte als Favoritin und Geliebte in seinen Augen nicht sehr ehrenvoll war – insbesondere nicht in dem Moment, wo ihre außereheliche Schwangerschaft nicht mehr zu übersehen war. »Sehr beschäftigt.«
»Wie ich höre, hast du deine Abende wieder aufgenommen.

Woraus ich schließe, dass ganz Paris zu deinem Salon kommt.«
Sie goss ein Glas Champagner ein und reichte es mir. »Keine Sorge, Schätzchen, ich werde dich nicht in Verlegenheit bringen. Ich bin schon so lange eine Außenseiterin der Gesellschaft, dass es mich nicht einmal stört.«
Ein großer Mann im Parkett stand auf und schüttelte die Faust zur Bühne. Andere zerrten an ihm, damit er sich wieder hinsetzte.
»Aha! Ich wusste doch, dass ich die schönsten Damen in Ouvrards Loge finde.« Barras, den legendären Hut schief auf dem Kopf, erschien mit Toto unterm Arm, der in einen roten Kaschmirschal gewickelt war. »Dann hat Ihnen der General heute Abend wohl frei gegeben, Madame Bonaparte?«
»Du hast Toto ins Theater mitgenommen?« Ich streckte die Hände aus.
»Es geht ihm nicht gut. Genaugenommen uns beiden nicht.«
»Er friert«, sagte ich und zog den Schal enger um den zitternden Hund. Der Zwergwindhund ähnelte eher einer Ratte als einem Hund.
»Willst du uns Gesellschaft leisten, Schatz?«, fragte Thérèse.
»Weilt der General unter uns?« Barras schaute hinter den Vorhang. Ein Stein an seinem kleinen Finger fing das Licht ein – ein riesiger Rubin. »Oder hält er sich immer noch versteckt?«
Barras hatte getrunken, wie ich vermutete. Es lag etwas Gefährliches in seinem Benehmen. »Ich konnte Bonaparte nicht dazu bewegen, sich hinauszuwagen«, sagte ich. Die Begeisterung der Leute für meinen Mann machten öffentliche Auftritte schwierig. Aber das konnte ich Barras nicht sagen.
»Ein weiser Schritt. Wir haben Berichte erhalten, dass seine Armee ihn umbringen will – weil er sie in diesem gottverlassenen Land im Stich gelassen hat.« Er lächelte süffisant. »Weil er sie dem Tod überlassen hat.«
Thérèse warf mir einen warnenden Blick zu.

»Vergebt mir, meine Damen! Wir genießen einen Abend der leichten Oper, habe ich Recht? Gewiss nicht der Tragödie, die der viel beklatschte General ja so gar nicht schätzt.« Im Gegenteil, Bonaparte schätzte Tragödien sehr, liebte klassisches Theater, aber ich hielt es nicht für klug, ihn zu korrigieren. »Natürlich nicht«, geiferte er weiter. »Der General weiß die Pariser zu nehmen. Sie wollen nur Siege, Ruhm, eine glitzernde Schau. Aber aufgepasst, Bürgerinnen – denn sie sind rasch übersättigt. In der Tat muss man sich fragen, ob ein derart launenhaftes Volk die Demokratie überhaupt verdient? Vielleicht spricht ja doch etwas für die Beständigkeit der Monarchie. Die Franzosen sind ein weibisches Volk – sie *sehnen* sich geradezu danach, beherrscht zu werden.« Er lächelte. »Wie kann man nur etwas so Schockierendes sagen! Welch ein Glück, unter Freunden zu sein.«

3. November

Kurz nach elf hörte ich ein Pferd die Auffahrt entlang galoppieren. Nur Bonaparte galoppierte in den Hof – er kannte kein anderes Tempo. Dann hörte ich, wie die Haustür zugeschlagen wurde.

»Wie ist es gelaufen?« Ich hatte auf seine Rückkehr gewartet.

»Wie ist *was* gelaufen?« Und warf seinen Hut auf den Tisch.

»Deine Besprechung mit Barras«, sagte ich, nahm seinen Hut und wischte den Regen von der Krempe.

Bonaparte warf sich in einen Sessel am Kamin. »Nun, in einer Sache hattest du Recht – Barras ist ebenfalls der Meinung, dass ein Wechsel völlig gerechtfertigt ist.« Er sprang wieder auf. »Er hat mir sogar gesagt, dass die Republik jemanden braucht, der das Ruder übernimmt, einen Mann mit Visionen, einen Militär, der das Vertrauen des Volkes genießt.«

Ja, nickte ich, fast furchtsam. Es lag für jeden auf der Hand, wer dieser Mann war.

»Er teilte mir sogar mit, dass er den Mann schon ins Auge gefasst hätte.« Bonaparte hielt effektheischend inne. »General Hedouville.«

Hedouville? Wer war Hedouville?

Bonaparte schlug mit der Faust an die Wand. »Ausgerechnet! Hedouville ist ein Niemand. Mit einem derartigen Vorschlag beleidigt mich Barras. Verschwendet – meine – Zeit.« Er artikulierte jedes Wort mit Verachtung.

Ich holte tief Luft, rührte mich nicht. »Da liegt zweifellos ein Missverständnis vor.«

Bonaparte stampfte aus dem Raum und riss im Vorübergehen eine alte ägyptische Vase zu Boden.

4. November

»Ich habe beschlossen, mich mit Direktor Sieyès zu verbünden«, teilte mir Bonaparte beim Frühstück mit.

»Aber …« Sieyès und Bonaparte hassten sich!

»Das Märchen von der Revolution ist beendet; es ist an der Zeit, ihre Geschichte zu schreiben.« Er stürzte seinen siedend heißen Kaffee mit einem Schluck herunter und wischte sich den Mund mit dem Handrücken ab. »Kann ich auf dich zählen?«

»Was meinst du damit?« Wobei auf mich zählen?

»Mithelfen, mit den Leuten reden, sie überreden. Das kannst du gut. Aber über den Plan musst du Stillschweigen bewahren. Kein Wort zu deinen Ehrenjungfrauen.«

»Es gibt einen Plan?«

»Allem Anschein nach hat Direktor Sieyès vor einiger Zeit einen ausgearbeitet.«

Aha, dachte ich, dann stimmten die Gerüchte also doch – Direktor Sieyès hatte etwas ausgeheckt.

»Erstens, die fünf Direktoren treten zurück. Zweitens, die Direktoren Sieyès und Ducos und ich bilden einen neuen Exekutivrat. Drittens, wir erarbeiten eine umsetzbare Verfassung. Sieyès setzt natürlich voraus, dass es diejenige sein wird, an der er schon gearbeitet hat.« Er spottete. »Aber alles im Rahmen des Gesetzes.«

Es klang so logisch – so einfach. »Und Barras wird dem Rücktritt zustimmen?«

Bonaparte schenkte sich eine zweite Tasse Kaffee ein und schaufelte vier gehäufte Löffel Zucker hinein. »Es wird ihm nichts anderes übrig bleiben.«

Ich zögerte, bevor ich fragte: »Was meinst du damit?«

»Ich meine, dass er keine Macht mehr haben wird, dass wir stärker sind.«

Plötzlich begriff ich, was Bonaparte da sagte. Er war im Begriff, Barras zu Fall zu bringen – mit Gewalt, wenn es sein musste. »Aber Bonaparte, Barras hat dir doch soviel geholfen. Ohne ihn …« Ich hatte sagen wollen: Ohne Barras wären wir nicht verheiratet. Ohne Barras wäre Bonaparte ein Niemand. Aber solche Worte kann man einem Mann wie Bonaparte nicht sagen. »Warum kann Barras nicht dazu gehören? Du hast doch selbst gesagt, dass er meint, es müsste etwas getan werden.«

»Er würde die Verantwortung beanspruchen. Die Leute werden einen neuen Anlauf nicht unterstützen, wenn sie ihn am Ruder sehen. Sie werden es wieder nur für Geldgier seinerseits halten, nur für eine andere Möglichkeit, die Kasse zu seinem persönlichen Vorteil zu plündern.«

»Es gibt keinerlei Beweise, die dieses Gerücht untermauern! Alles, was wir wirklich *sicher* wissen, ist, dass Barras dein loyalster Anhänger gewesen ist.«

»Das spielt keine Rolle mehr. Es geht um Wichtigeres.«

»Das ist herzlos.« Ich warf meine Stickarbeit hin.

»Das würdest du wohl kaum sagen, wenn du wüsstest, dass dein so genannter Freund mit den Royalisten konspiriert.«

»Es ist schrecklich, so etwas zu sagen!«

»Korrektur – es ist schrecklich, so etwas zu tun.«
Ich starrte mit leerem Blick aus dem Fenster. Kriegszeiten sind keine moralischen Zeiten, hatte Barras einmal zu mir gesagt. Aber es gab Dinge, die ich lieber nicht wissen wollte.
»Die Royalisten haben lange nach jemandem im inneren Kreis der französischen Republik gesucht, der ihnen hilft, wieder einen König auf den Thron zu setzen – jemanden ganz da oben, jemanden, der Macht hat, und jemanden, der sich von ihrem Gold umstimmen lässt. Dein Freund …«
»Unser Freund, *dein* Freund, Bonaparte. Das sind nur Vermutungen. Du hast keine Beweise.«
»Schau dir doch Grosbois an, schau dir doch an, wie Barras mit Geld um sich wirft. Meinst du etwa, man kann vom Salär eines Direktors, von Spielgewinnen in diesem Stil leben?«
Ich schluckte mit Mühe. »Nur weil Barras reich ist, heißt das doch noch lange nicht, dass er mit den Royalisten unter einer Decke steckt. Barras hat für den Tod des Königs gestimmt. Er glaubt an die Republik.«
»Barras glaubt an sich selbst! Mach die Augen auf, Joséphine – er wurde gekauft. Das ist keine persönliche Angelegenheit mehr. Es steht zu viel auf dem Spiel. Meinst du vielleicht, ich treffe diese Entscheidung leichten Herzens?« Er zögerte, bevor er beinahe traurig sagte: »Es *gibt* Beweise. Fouché hat General Hoches Papiere durchgesehen.«
Ich fühlte mich merkwürdig losgelöst, als hätte ich diese Geschichte schon einmal gehört. Barras steckte mit den Royalisten unter einer Decke. Wenn das stimmte, was ich befürchtete, was war dann mit all dem anderen? Mit all den anderen Gerüchten – dass Lazare dahinter gekommen war, dass Barras ihn hatte vergiften lassen?
Ich fühlte mich geschwächt, bekümmert. Ich dachte an den Mann, den ich kannte – den großmütigen, großzügigen Père Barras, den engagierten Republikaner, den glühenden Gegner

der Royalisten. Ich dachte an die Tränen, die ich in seinen Augen gesehen hatte, als er von Lazare sprach. *Dies* war der Barras, den ich in meinem Herzen kannte. Der andere Barras schien eine Fiktion zu sein, eine Figur in einem Schauspiel. »Bist du sicher, Bonaparte?«
Bonaparte legte den Arm um mich. Er sah, dass ich erschüttert war, hörte die Bestürzung in meiner Stimme. »Joséphine, mein Engel, wir müssen tapfer sein. Wir können es uns nicht leisten, uns selbst zu betrügen. Die Republik – und alles, wofür sie steht – wird entweder überleben oder sie wird untergehen.«
»Ich weiß, Bonaparte, aber ...«
»Bitte, hör mir zu.« Er hielt mein Gesicht in den Händen. Seine Haut fühlte sich weich und kühl an, wohltuend an meinen heißen Wangen. »Wenn du für mich bist, kannst du nicht für Barras sein. So einfach ist das.«
»Du würdest mich bitten, einen Freund zu hintergehen?«
»Ich bitte dich mitzuhelfen, die Republik zu retten«, sagte Bonaparte sanft und wischte mir mit dem Daumen die Wange ab.
Ich legte den Kopf an seine Schulter. »Was soll ich tun?« Wenn ich mich schon nicht auf mein Herz verlassen konnte, auf was dann?
»Sei einfach so charmant wie immer. Lass dir nichts anmerken. Barras darf keinen Verdacht schöpfen.«
Ich nickte langsam. Also gut. »Kannst du mir eins versprechen?«
Er küsste mich sanft.
»Barras muss verschont werden.«
»Ich sagte dir doch schon, dass es kein Blutvergießen geben wird.«
Es gibt andere Möglichkeiten, einen Mann zu zerstören.

Wir erringen »einen Sieg« (oder zwei)

4. November 1799, abends

Barras begrüßte uns mit offenen Armen. »Ich habe eine Flasche ausgezeichneten Clos-Vougeot geöffnet. Habe ich euch schon von dem Streichquartett erzählt, das ich für später engagiert habe? Ich bin fest entschlossen, diesen deutschen Tanz zu bezwingen – wie heißt er noch gleich? *Valse? Un. Deux. Trois. Un. Deux. Trois.* Seht ihr, es ist ganz und gar nicht kompliziert, nur ein Dreieck, aber irgendwie muss man sich auf diese Weise im Raum hin und her bewegen. Das ist der Trick dabei. *Un. Deux. Trois. Un. Deux. Trois*. Trara! Seht ihr, ich kann's.« Er tanzte vor uns her in einen Salon, wo ein kleiner Tisch für drei Personen gedeckt worden war, das feine Kristall und das goldene Geschirr schimmerten im Kerzenlicht. Auf einem Beistelltisch standen vergoldete Servierplatten. Die Luft roch süß nach Wacholder. »General? Trinken Sie ein Glas?« Barras zog heftig an dem Korken und roch daran.

»Ich habe meinen eigenen, danke«, sagte Bonaparte und gab Roustam ein Zeichen vorzutreten.

Barras blickte erstaunt auf die Flasche Wein, die Roustam entkorkte. »Eine gesundheitliche Maßnahme«, beeilte ich mich zu erklären.

»Sie haben sich nicht wohl gefühlt, General? Sie müssen mit meinem Arzt sprechen. Er wird sich später zu uns gesellen. Er ist ja so niederträchtig, was Klistiere angeht.« Schallendes Gelächter. »Bei Gott! Aber heute Abend strotze ich vor Vitalität. Sicher werde ich krank. Das ist immer das erste Anzeichen.«

Der Diener zog einen Stuhl für mich zurück. Er wollte gerade auch einen für Bonaparte zurückziehen, doch Roustam kam ihm zuvor. Ein Mädchen entfernte drei goldene Deckel: Drosseln in Wacholdersoße, Reis mit Safran, dicker weißer Spargel mit violetten Köpfen.

Zwei Mädchen rollten einen Teewagen herein. Barras hob einen silbernen Deckel hoch. »Ah, ein ganz vorzüglicher Thunfisch, hoch geschätzt wegen seiner wohltuenden Wirkung auf eine gestörte Verdauung, wie Sie sicher mit Freuden hören werden, General. Ihr nehmt es mir doch nicht übel, wenn ich den Gastgeber spiele?« Er schaufelte mir Spargel auf den Teller. »Wir sind hier ja schließlich ganz zwanglos beisammen. Ich bin den ganzen Morgen in der Küche gewesen und habe meinem neuen Küchenchef beigebracht, wie man eine ordentliche doppelte Kraftbrühe herstellt – wie man nachhilft, dass sie so wird«, sagte er, tauchte den Zeigefinger ein und leckte ihn ab. »Grand Dieu, ich glaube, er hat ein Talent dafür. General? Darf ich bitten … Nein?«

Roustam hatte ein hart gekochtes Ei auf Bonapartes Teller gelegt. Es rollte um den Rand herum. Bonaparte schlug es an der Tischkante an.

Meine Hand zuckte und hätte beinahe mein Glas umgeworfen. Was sollte ich sagen? »Barras, hast du dieses Stück schon gesehen, das gerade in diesem kleinen Theater in der Rue du Bac Premiere hatte? *Les femmes politiques*, heißt es, glaube ich.«

»Das Stück, über das Thérèse so aufgebracht ist?* Nein, ich war zu beschäftigt mit den Renovierungen in Grosbois. Dieses neue Dach – was für ein Schlamassel. Ich bin noch gar nicht draußen gewesen. Glücklicherweise ist es ziemlich unterhaltsam, Direk-

* Thérèse glaubte, dass das Stück von ihr handelte.

tor Sieyès hier von meinem Fenster aus dabei zuzusehen, wie er Reitstunden nimmt. Jeden Morgen schafft er es, herunterzufallen. Es ist schon so weit, dass sich eine Menschenmenge versammelt, nur um zuzuschauen. Allmählich glaube ich, wir könnten Eintrittsgeld verlangen. Das letzte Mal habe ich mich so amüsiert, als ich Robespierre beim Reitunterricht zugeschaut habe.«

»Sieyès ist etwas zu alt, um noch reiten zu lernen, nicht wahr?«

Ich spürte die Hitze in meinen Wangen. Ich wusste, dass Direktor Sieyès unbedingt neben Bonaparte reiten wollte – wenn es soweit war.

»Was war das noch gleich, was sie einem in der Militärakademie beibringen: Wenn ein Politiker das Reiten anfängt, bereitet euch auf eine Schlacht vor?«

Bonaparte wischte sich mit seiner Serviette das Ei von den Lippen und reichte Roustam seinen Teller und sein Glas. »Nein. Wenn ein Politiker das Volk hintergeht« – Bonaparte schob seinen Stuhl zurück –, »dann beginnt die Schlacht.«

[Ohne Datum]

»Gerade deswegen behaupten wir ja, dass Direktor Barras von dem Plan weiß, dass er für uns ist.« Bonaparte schlug mit der silbernen Spitze seiner Reitpeitsche auf einen Stapel Briefe.

Ich nickte. Noch ein Täuschungsmanöver.

Aus mir ist eine Person geworden, die ich nicht mag.

5. November

Der Vorsitzende Direktor Gohier erschien wie gewohnt pünktlich um vier mit einem Strauß Rosen. »Für die schönste Dame von Paris«, sagte er und gab mir einen ziemlich feuchten Kuss. Kurz danach traf der Polizeiminister Fouché ein und stahl sich,

nach Knoblauch und Fisch riechend, in ramponiertem Zustand ins Zimmer. Ich saß mit Direktor Gohier auf dem Sofa neben dem Kamin und unterhielt mich angeregt über das Theater. Ich rückte zur Seite, um Fouché Platz zu machen.
»Was gibt es Neues, Bürger Polizeiminister?«, fragte Direktor Gohier.
»Es gibt nichts Neues«, sagte Fouché mit gespielter Verdrossenheit.
»Aber es muss doch etwas geben«, sagte Gohier.
»Nur Gerüchte«, sagte Fouché und suchte meinen Blick.
»Über?«
»Nur das Übliche über eine Verschwörung.«
»Verschwörung«, rief ich entsetzt darüber, dass er so unverfroren die Wahrheit ausplaudern wollte.
Glücklicherweise erweckte mein Entsetzen den Eindruck von Ungläubigkeit, denn Direktor Gohier verschüttete seinen Tee und plapperte nach: »Verschwörung?«
»Ja, Verschwörung«, wiederholte Fouché völlig emotionslos. »Aber glauben Sie mir, Direktor Gohier, ich weiß, was vorgeht. Wenn an dem Gerücht etwas Wahres wäre, würden doch schon längst Köpfe rollen, meinen Sie nicht auch?« Er lachte.
»Bürger Fouché, wie können Sie über so etwas lachen?« Ich presste die Hand ans Herz.
Direktor Gohier legte mir den Arm um die Schulter. »Keine Sorge, meine Liebe«, sagte er, um mich zu beruhigen. »Der Polizeiminister weiß schon, wovon er redet.«
Und die ganze Zeit über lehnte Bonaparte am Kaminsims und sah zu – sah zu und lächelte.

6. November

Bonaparte ist gerade zu dem Bankett zu Ehren der militärischen Siege der Republik aufgebrochen. An seiner Umarmung, seiner feuchten Hand merkte ich, dass er nervös war – auch an dem Proviantkorb, den Roustam trug: eine Flasche Wein aus Malmaison, drei hart gekochte Eier.

21 Uhr 20

Es war fast acht Uhr abends, als Bonaparte nach Hause kam. Ich nahm seinen nassen Hut. »Wo bist du gewesen?«, fragte ich schroff und mit gedämpfter Stimme, damit unsere Gäste nichts mitbekamen. Vor lauter Sorge war ich ganz verkrampft gewesen.

Er spähte über meine Schulter in den Salon, in dem sich Wissenschaftler, Politiker, Militärs drängten, die alle nervös und verschwörerisch über Politik sprachen. »Nach dem Bankett war ich bei Lucien, um die letzten Vorbereitungen zu treffen.«

Die *letzten* Vorbereitungen? »Wie war das Bankett?«

»Ein trübsinnige Veranstaltung.« Ich half ihm aus seinem Überzieher. Einer der Furunkel an seinem Hals war wieder entzündet. »Es war eiskalt«, sagte er.

Der Dramatiker Arnault tauchte hinter mir auf. »General«, wisperte er, »Talleyrand schickt mich, um zu erfahren, wann wir morgen …«

»*Über*morgen«, sagte Bonaparte zu ihm.

»Aber General, eine Verzögerung von einem Tag, ist das nicht …?«

Gefährlich, hatte er sagen wollen.

Unsere Gäste verstummten, als Bonaparte den Salon betrat. Den ganzen Abend beobachteten sie gespannt, wen er in sein Arbeitszimmer bat – für wen die Tür geschlossen, für wen sie offen gelassen wurde. Und die ganze Zeit spielte ich die fröhliche Gastgeberin, als wäre nichts los, als wüsste ich nichts.

Was durchaus auch der Fall sein kann. Ich beruhige und schäkere, ich scherze und besänftige, aber ich habe zunehmend das

Gefühl, dass sehr viel mehr auf dem Spiel steht, als mir klar ist, dass ein anderes Spiel gespielt wird und ich die Regeln nicht kenne.

7. November, morgens

Als ich aufwachte, hörte ich Bonaparte unmelodisch singen. Mir fiel ein, dass Septidi war, der zweite Septidi im Brumaire, und dass sich die Ehrenjungfrauen bei Thérèse zu einem Kaffeeklatsch treffen wollten. Ich beschloss, eine Nachricht zu schicken, dass ich nicht kommen könnte. Weil ich krank wäre. Krank bin ich tatsächlich – im Geist, im Gemüt. Ich kann Thérèse jetzt nicht gegenübertreten, kann mich nicht überwinden, sie zu belügen, zu sagen: Nein, nichts ist los, es gibt keinen Plan, keine Verschwörung, um Père Barras zu stürzen.

Bonaparte hat gerade den Kopf ins Zimmer gesteckt und mir aufgetragen, Hortense und Caroline nach Saint-Germain in die Schule zurückzuschicken – noch *heute*. Ich wandte ein, dass sie sich auf einen Ball freuten, der morgen stattfinden sollte. Könnten sie nicht einen Tag länger bleiben? Seine Antwort beunruhigt mich: »Ich möchte nicht, dass sie sich irgendwo in der Nähe von Paris aufhalten«, sagte er.

Dahinter steckt mehr, als man mir verraten hat, fürchte ich.

Schätzchen,

die Ehrenjungfrauen waren betrübt, als sie hörten, dass es dir nicht gut geht. Vielleicht leidest du ja unter dem gleichen Schüttelfrost, der Barras gerade zuzusetzen scheint – ausgerechnet jetzt, der Arme, wo sein Cousin aus Avignon mit allen fünf Töchtern zu Besuch ist. Im Palais wimmelt es nur so von kleinen Barras – es geht dort zu wie in einer Mädchenschule! Werde wieder gesund. Bald haben wir die Jahrhundertwende. Stell dir das mal vor! Wir planen bereits alle unsere Kleider.

Deine dich liebende und liebste Freundin Thérèse

Anmerkung – Gute Nachricht. Barras hat versprochen, dieses abscheuliche Stück absetzen zu lassen.

8. November

Kurz vor Mittag kam Bonaparte vom Palais zurück. »Hast du Barras gesehen? Wie geht es ihm?«, fragte ich besorgt.
»Er hat keinerlei Verdacht geschöpft. Ich sagte ihm, dass ich ihn gerne heute Abend aufsuchen würde, um elf, damit wir uns unter vier Augen unterhalten könnten.«
»Und wirst du hingehen?«
»Natürlich nicht.«
Lügen, ablenken, ausweichen. So ist das also, wenn man ein Verschwörer ist, dachte ich – wenn man die Miene eines Freundes aufsetzt, aber den Ruin dieses Freundes plant. Ich kann nur beten, dass es bald vorüber ist und dass ich danach wieder eine Person werde, die die Wahrheit sagt.
Ich hörte einen Fluch, das Geräusch eines tänzelnden Pferdes. Ich öffnete das Schiebefenster und beugte mich hinaus. Der Kutscher Antoine hielt einen großen Rappen an den Zügeln fest und hatte große Mühe, mit ihm fertig zu werden. »Wessen Pferd ist das?« Pegasus, Eugènes neues Pferd, war es nicht. Dieses Pferd war größer – und ein Hitzkopf.
Bonaparte trat zu mir ans Fenster. »Admiral Bruix hat mir für morgen seinen Hengst geliehen.«
»*Du* willst dieses Pferd reiten?«
Bonaparte sah mich belustigt an. »Traust du mir das nicht zu?«

[Ohne Datum]

Bonaparte ist glücklich, fleißig, ja sogar fröhlich: schreibt Depeschen, Reden, bereitet sich auf das Kommende vor – auf einen Sieg. »Wie klingt das?«, fragte er und las vor: »*Nichts in*

der Geschichte gleicht dem Ende des achtzehnten Jahrhunderts, und nichts am Ende des achtzehnten Jahrhunderts gleicht dem gegenwärtigen Zeitpunkt.«
»Perfekt«, sagte ich und hatte Angst.

19 Uhr 20

»Dieser Rock steht dir«, sagte ich zu Eugène und zupfte ihm ein Haar vom Revers. Er ist aus einem kleidsamen dunkelgrünen Stoff, vorne ausgeschnitten, hinten Schöße und ein hoher Umlegekragen.
»Er ist zu neu, zu geschniegelt«, klagte er.
»Gehst du aus?«
»Ich gehe zum Recamierball im Bagatelle – das habe ich dir doch schon letzte Woche erzählt. Erinnerst du dich nicht?«
Ich stöhnte. Alles geschah so schnell, dass man unmöglich Schritt halten konnte. Jeden Abend hatten bis spät in die Nacht Sitzungen stattgefunden.
»Warum sind die Mädchen nicht hier? Ich dachte, sie wären ganz aufgeregt wegen des Balls. »Ach ja, wegen morgen«, sagte er, als er zur Tür eilte, »ich werde wohl diesen Jongleur einladen, von dem ich dir erzählt habe – den, den ich im Palais Égalité kennen gelernt habe. Und vielleicht seinen Freund, den Pantomimen.«
Mon Dieu – seine Frühstücksgesellschaft. Ich hatte sie ganz vergessen. »Eugène, es tut mir Leid, aber ich fürchte, dass ich dich werde bitten müssen, ihnen abzusagen«, rief ich hinter ihm her.
»Maman!« Er stöhnte verzweifelt.
»Es ist ja nur, dass ohnehin schon so vieles auf uns zukommt.«
»Das merke ich! Was geht hier eigentlich vor?«

9. November

Als ich aufwachte, roch ich Rauch. Ich schob erschrocken die Bettvorhänge zurück. Das Feuer im Kamin beleuchtete Mimis Gesicht, ihre weiße Morgenhaube. »Oh, du bist es«, flüsterte ich, um Bonaparte nicht zu wecken. »Wie spät ist es?«
»Kurz nach sechs.« Sie zog die schweren Vorhänge zurück.
»Sechs!« Ich schwang die Füße auf den kalten Fußboden. Und dachte: erster Tag, zweiter Tag, und dann wird es vorüber sein. So lautet der Plan. Und dachte: Heute ist der erste Tag. Heute beginnt es.
Mimi legte mir einen Kaschmirschal über mein Nachtgewand. »Der Boden ist gefroren«, sagte sie und drückte mir die Schulter. »Und im Hof sind Männer.«
»Schon?« Ich schob die Füße in ein Paar Pantoffeln und schlurfte zum Alkovenfenster.
»Ich habe sie hereingebeten, aber sie sagten, dass sie lieber draußen bleiben wollten.« Sie verdrehte die Augen. »Soldaten.«
»Wie spät ist es? Ist Fauvelet schon hier?«, fragte Bonaparte und riss die Augen auf. »Wo ist Roustam? Roustam!«
Roustam, der einen dicken Turban gegen die Kälte trug, schaute zur Tür herein. »Herr?« Er verbeugte sich und stellte das Tablett mit dem Rasierzeug und die Steingutschale mit dampfend heißem Wasser auf die Frisierkommode.
»Hol Gontier herauf und den Stallknecht!«, befahl Bonaparte Mimi. Er setzte sich auf den harten Lederstuhl, zog eine Felldecke vom Bett und legte sie sich über die Knie. Er neigte den Kopf nach hinten und entblößte seine Kehle. »Und Antoine!«, befahl er, wodurch Roustams Rasierpinsel mit dickem Schaum sein Ohr erwischte.
Ich ging in die Küche hinunter, um nachzusehen, wie der Koch zurechtkam. An über einhundert Armeeoffiziere waren Einladungen verschickt worden. Hatten wir überhaupt so viel Geschirr?

Leider war Callyot kurz vor einem Schlaganfall. Der Hefeteig für das Brot war wegen des verfrühten Frostes nicht aufgegangen. Wir kamen auf die Idee, die Pfannen mit einer Decke abzudecken und sie in die Nähe der Öfen aufzustellen. Dann kam Eugène die schmale Treppe herunter getaumelt, erschöpft von zu wenig Schlaf und am Verhungern, sagte er. »Warum sind alle in Uniform? Was ist hier los?«
»Ich schlage vor, dass du dir auch deine Uniform anziehst«, sagte ich und reichte ihm ein Brötchen, das er auf einmal verschlang. »Und am besten sattelst du dein Pferd.«

Es war noch dunkel, als Talleyrand eintraf. »Ich hätte nicht gedacht, dass Sie vor Mittag aufstehen«, sagte ich und servierte ihm die Biersuppe, die er, wie ich wusste, sehr gerne aß.
»Ich bin noch gar nicht im Bett gewesen.«
»Wollen Sie keinen Kaffee?« Der Geruch nach gerösteten Bohnen durchzog das ganze Haus.
»Mein Kopf braucht keine Nahrung«, sagte er, ohne die Miene zu verziehen.
»Sie sind so ruhig, Bürger.« Im Gegensatz zu uns anderen!
»Vielleicht haben Sie es vergessen, Madame, ich bin immer der Sieger.«
Unmittelbar darauf kam Bonaparte zu ihm, und die beiden gingen langsam auf die Tür zu. Talleyrands großer Stiefel machte ein schabendes Geräusch auf dem Parkettboden.
»Seien Sie respektvoll«, hörte ich Bonaparte zu ihm sagen, »aber sorgen Sie dafür, dass er begreift, dass er keine andere Wahl hat.«
»Ist Talleyrand auf dem Weg zu Direktor Barras?«, fragte ich Fauvelet mit gedämpfter Stimme, damit mich die Männer im Salon nicht hören konnten. »Um ihn davon zu überzeugen, dass er zurücktreten muss?«
»Mit Hilfe von zwei Millionen Francs«, sagte Fauvelet und kaute an seinem Daumennagel.

Zwei *Millionen*?, formte ich tonlos mit den Lippen und machte Froschaugen. »Das ist wahrlich überzeugend.«

»Ja, wenn Talleyrand sie nicht in die eigene Tasche steckt.«*

Ich ging im Salon reihum und machte höfliche Konversation, aber es war nicht einfach: Alle waren nervös, nippten an ihrem Champagner und behielten dabei ständig die Tür zum Arbeitszimmer im Auge. Ich hörte Trompeten blasen.

Zwei Staatsboten kamen gebückt durch die Tür, damit sie ihre Hutfedern nicht zerdrückten. »Eine amtliche Botschaft für General Bonaparte«, verkündete der eine und schniefte wegen der Kälte. »Vom Rat der Alten.«** Mit seinem pockennarbigen, von der Kälte geröteten Gesicht sah er aus, als hätte er Fieber.

Alle im Salon bildeten eine Gasse, als ich die beiden Männer zum Arbeitszimmer führte. »Holen Sie Eugène«, trug mir Bonapartes Sekretär auf. »Der General braucht ihn.«

Eugène sprang hoch, als ich ihn herbeirief. Aufgeregt verschwand er in Bonapartes Arbeitszimmer, kurz darauf erschien er wieder. Er roch nach Zigarrenrauch. »Ich muss weg«, sagte er zu mir und schnallte sich das Schwert seines Vaters um.

»Den wirst du brauchen«, sagte ich und reichte ihm seinen Hut. »Was ist los?« Nicht, dass eine schlichte Mutter das Recht hätte, es zu erfahren.

»Ich muss etwas ankündigen – dem Rat der Alten! Ich soll ihnen sagen, dass der General kommt.« Er schnitt eine nervöse Grimasse und kaute in gespieltem Entsetzen an seinen Fingernägeln.

Ich lächelte über seine charmanten Mätzchen. Er ist jetzt achtzehn, aber benimmt sich oftmals noch wie ein kleiner Junge. »Du wirst das schon schaffen«, versicherte ich ihm. Obwohl

* Es ist nicht bekannt, ob Barras jemals dieses Geld erhielt; möglicherweise hat Talleyrand es tatsächlich behalten.

** Napoléon wartete auf einen Erlass des Rates der Alten, der ihn zum Kommandanten der Truppen von Paris ernannte.

Eugène, wenn Theater gespielt wurde, stets derjenige gewesen war, der seinen Text vergaß.
Der Hof war mit Männern in Uniform bevölkert, die alle warteten – worauf, das wussten sie nicht. Interessiert schauten sie zu, wie Eugène auf sein Pferd stieg. Er tippte an seinen Hut – stolz darauf, wie ich wusste, dass er in der Uniform eines Adjutanten auf einem so schönen Tier saß – und ritt in kurzem Galopp die Gasse hinunter. Ich ging ins Haus zurück, wo ich Bonaparte im Gespräch mit Fauvelet im Speisezimmer entdeckte. Er gab mir einen flüchtigen Kuss. »Es ist soweit.«
Die Männer im Hof jubelten, als Bonaparte heraustrat. *Der König großer Taten*, dachte ich in Erinnerung an eine Zeile von Ossian. Er sprach zu ihnen von der obersten Stufe, als wäre er auf einem Feldzug. Plötzlich – wundersamerweise – brach die Sonne durch, und die Männer rasselten mit ihren Schwertern und schwenkten triumphierend ihre Hüte. *Der Sonnenstrahl ergoss seine helle Flut vor ihm, ringsherum glitzerten Tausende von Speeren.*
Antoine, der Kutscher, kam mit dem schwarzen Hengst aus dem Stall, der sich trotz der Nasenkette aufbäumte. Jemand hielt den Steigbügel, als Bonaparte aufsaß. Der Hengst scheute und hätte Bonaparte beinahe abgeworfen. Er riss die Zügel zurück und brüllte seinen Männern etwas zu. Das Pferd bäumte sich auf und jagte dann, mit dem Kopf schüttelnd und bockend, die schmale Gasse hinunter, die Männer hinterher.

Auf einmal schien es so still zu sein. Ich wandte mich um und entdeckte zu meiner Überraschung Fauvelet hinter mir. »Sie begleiten ihn nicht?« Abgesehen von den Dienstboten war das Haus jetzt leer. Zum ersten Mal seit Monaten, wie es mir vorkam.
»Madame«, sagte er, als er die Sorge in meinen Augen bemerkte, »seien Sie versichert, dass der Plan gut ist …«

»Ich weiß, Fauvelet.« Heute würden die Direktoren zurücktreten. Morgen würde ein vorläufiger Ausschuss gebildet werden, um eine funktionsfähige Verfassung zu erarbeiten. Alles im Rahmen des Gesetzes – ein Staatsstreich ohne Blutvergießen.
»Ich glaube, ich habe kein großes Talent zum Verschwörer.«
»Madame, ich erlaube mir, da anderer Meinung zu sein. Ich glaube, Sie haben ein sehr großes Talent dazu.«
An einem historischen Tag herrscht kein besonderes Wetter; an seinem Ablauf ist nichts Ungewöhnliches. Die Kuh muss gemolken, die Wäsche aufgefrischt, das Brot gebacken werden. Ohne die Sprünge meines Herzens, meine stillen Gebete, ohne mein ängstliches Lauern am Fenster, mein Lauschen nach Pferdegetrappel in der Gasse wäre es ein Tag wie jeder andere.

Es war kurz nach Mittag, als Bonapartes Kurier Moustache mit der Nachricht in den Hof getrabt kam, dass General Moreau eingewilligt hätte, das Kommando der Truppen zur Bewachung des Palais Luxembourg zu übernehmen.
Fauvelet sprang hoch. »Das ist der Schlüssel!« Er gab zu, dass er doch ein wenig besorgt gewesen wäre – jedenfalls besorgter, als er es sich hatte anmerken lassen.
»Aber warum muss denn das Palais bewacht werden?«, fragte ich.
»Die Direktoren Gohier und Moulins werden dort gefangen gehalten«, sagte Moustache.
Gefangen gehalten! »Was ist mit Direktor Barras?«
»Er ist auf seinen Landsitz gefahren, unter Geleitschutz.«
Unter Bewachung, meinte er. Mon Dieu.

Eine Nacht des Verrats, eine Nacht der Gebete. Mimi half mir ins Bett, gab mir Hysteriewasser und Laudanum, türmte Wolldecken über mir auf. Und doch wollte mir nicht warm werden. Ich wartete, umklammerte Lazares Sankt-Michael-Medaille, er-

schrak bei der geringsten Bewegung, vor den Schatten. Voller Angst, voller Reue. Wartete auf meinen Mann, auf meinen Sohn. Wartete. Und betete. *La liberté ou la mort.*
Es war fast Mitternacht, als ich Pferdegetrappel im Hof hörte. Ich empfing Bonaparte und Eugène an der Tür. »Gott sei Dank ist euch nichts zugestoßen!«, rief ich und umarmte sie beide. Ich war ja so erleichtert, sie zu sehen. Mein Sohn, gleichgültig gegenüber der Gefahr, gähnte und stolperte die Treppe hinauf ins Bett.
»Du hast dir Sorgen gemacht? Warum?«, fragte Bonaparte, als er sein Schwert abschnallte. »Alles lief glatt, genau nach Plan.«
»Ich hatte ... Angst.« *Entsetzliche* Angst. »Ich mache mir Sorgen, dass Barras vielleicht irgendetwas versucht, seine Raufbolde schickt, um ...* Meinst du, dass wir draußen ausreichend bewacht werden?« Wir schienen so ungeschützt zu sein.
»Das ist nicht nötig. Roustam wird vor unserer Tür schlafen«, sagte Bonaparte, holte aber trotzdem ein Paar Pistolen hervor und spannte die Hähne, um festzustellen, ob sie geladen waren. Er kam um das Bett herum auf meine Seite und legte eine auf den Tisch neben mir. »Nur für alle Fälle«, sagte er und zog mich am Ohr.
Bonaparte, kampferprobt und kampfgestählt, liebte mich wie im Fieber und schlief danach sofort ein. Ich lag stundenlang neben ihm und mein Herzblut pochte: *la liberté ou la mort, ou la mort, ou la mort.*

10. November

Zweiter Tag. Ich schreckte aus dem Schlaf hoch, zog an der Klingel. Wie spät war es? Draußen im Hof konnte ich Lärm

* In seinen Memoiren – hundert Jahre später veröffentlicht – gab Barras zu, dass er tatsächlich Mörder angeheuert hätte, die Bonaparte töten sollten, dass er sie aber in letzter Minute zurückgerufen hätte.

hören. Bonaparte war nicht im Bett – warum hatte er mich nicht geweckt?
»Sie sind fast fertig und brechen gleich auf«, sagte Mimi, als sie mit einer Lampe hereineilte. Sie ging zum Fenster, zog die Vorhänge zurück. »Der General ist schon im Hof.«
Im Schein der Fackel konnte ich sehen, wie Bonaparte seinen Sattel nachstellte. »Rasch, sag ihm, dass ich ihn sehen muss.«
»Gleich?«
Ich packte sie am Ellenbogen. »Lass dich nicht abweisen.«

Bonparte lief mit klirrenden Sporen die Treppe hinauf. Ich zog ihn an mich, küsste ihn. »Als Glücksbringer«, sagte ich und die Tränen stiegen mir in die Augen. Die Augen geschlossen, als betete er, presste er die Stirn an meine. Alles hing vom heutigen Tag ab.

6 Uhr abends

Immer noch keine Nachricht. Es ist so still, dass ich die Kerzen tropfen hören kann.

8 Uhr 15 abends

Am Tor hat sich eine Menschenmenge versammelt. Ich schickte meinen Diener, um nachzufragen. Er kehrte mit niedergeschlagener Miene zurück. »Sie denken, es hätte einen Anschlag auf das Leben des Generals gegeben.«
»Einen Anschlag?«, wiederholte ich und dachte an die Worte *verwundet, verletzt, verkrüppelt, verstümmelt*. Dachte an das Wort *getötet*.
Kurz nachdem die Uhren zehn geschlagen hatten – alle gleichzeitig, ein seltenes und beinahe mystisches Ereignis – fuhr eine Kutsche in den Hof. Die Schimmel kannte ich, die prunkvolle

Karosse der Leclercs. Pauline fiel ihrem Diener in die Arme und wurde zum Haus getragen, gefolgt von einer Frau in Schwarz, Signora Letizia. Ich eilte zur Tür, öffnete sie selbst. Pauline schluchzte hysterisch. »Was ist geschehen?«, rief ich mit wachsender Panik.

»Es ist nur eine mütterliche Laune«, sagte Signora Letizia und stampfte ins Haus.

Ich bat Mimi, Hysteriewasser und Whiskey zu holen.

»Brandy«, sagte Pauline zwischen tiefen Atemzügen.

Signora Letizia nahm auf einem Sessel am prasselnden Feuer Platz. »Wir sind ins Theater gegangen«, sagte sie, während sie sich mit unverhohlener Missbilligung im Zimmer umsah. Sie hält meinen Geschmack für zu teuer, hatte man mir berichtet, aber gleichzeitig für zu wenig repräsentativ. »Wir waren gerade im zweiten Akt …«

»Ist doch egal, in welchem Akt!«, rief Pauline und zerrte an ihrem Taschentuch. »Der Komödiant Eleviou brach die Vorführung ab …« Sie wurde von Mimi unterbrochen, die mit einem Tablett, auf dem Gläser und Flaschen mit Hysteriewasser, Laudanum, Riechsalz und Brandy standen, ins Zimmer kam. Pauline schob das Hysteriewasser beiseite, schenkte sich einen Brandy ein, in den sie reichlich Laudanum schüttete, und trank ihn in einem Zug aus. »Er brach die Vorführung ab, um mitzuteilen, dass die Verräter der Republik …«

»Sie machte eine schreckliche Szene.« Signora Letizia ahmte das Geräusch lauten Weinens nach.

»… versucht hätten, meinen Bruder zu ermorden.«

Ich umklammerte die Lehnen meines Sessels. Ermordet? »Bonaparte wurde …?« Ein Schluchzen stieg in meiner Kehle auf.

»Nein. Am Tor sagte mir eine Dame, dass mein Sohn *König* wäre«, sagte Signora Letizia.

Ich erhob mich, ging zum Fenster, zog die Vorhänge zurück. Eisige Luft kam durch das Fensterglas herein. König?

»Der General hat die Republik gerettet!« Bonapartes Kurier Moustache roch nach Alkohol. »Der Geist der Republik hat den General gerettet!«
»Was sagt er?«, wollte Signora Letizia wissen. »Der Geist rettet wen?«
»Er sagte, dass Bonaparte einen Sieg errungen hat«, sagte ich langsam, damit meine Schwiegermutter es verstand.
»Ah, Sieg«, sagte sie und ließ ihre ebenmäßigen Zähne aufblitzen.

Fast Mitternacht

Ein kalter, strömender Regen. Signora Letizia und Pauline sind vor ungefähr einer halben Stunde gegangen, Gott sei Dank. Ich bin wieder allein, allein mit meinen Gedanken, meinen Gebeten – halte Wache. Ich denke an die Männer auf den Pferden im Regen, an Bonaparte, an Eugène. Ich denke an Barras draußen in Grosbois, ebenso allein wie ich. Ich sehe ihn durch die kalten, leeren Säle wandern – betrunken vermutlich, torkelnd und tobend. Hintergangen.
Fouché kam gerade und ging wieder, nachdem er die Nachricht überbracht hatte, dass der Sieg doch nicht so leicht zu erringen gewesen war, wie sie gehofft hatten. Am Ende musste Gewalt angewendet werden.
Gewalt? »Aber es sollte doch alles im Rahmen des Gesetzes geschehen.«
»Sie ist jetzt Gesetz«, sagte er und lächelte süffisant.

Fast 2 Uhr morgens

Eugène ist zu Hause – endlich! –, völlig durchnässt, aber in Hochstimmung wegen der Schlacht, einer gewonnenen Schlacht. »Überall rannten Abgeordnete herum, hatten ihre

Togas wie Damen geschürzt. Ihre roten Umhänge sind überall – in den Büschen, in den Bäumen.«
»Und Bonaparte?«
Er lachte. »Dieser schwarze Hengst hätte ihn beinahe abgeworfen. Er sah zum Fürchten aus. Sein Gesicht war voller Blut ...«
»Blut!«
»... weil er an diesem Furunkel gekratzt hatte«, beruhigte er mich.

Tagesanbruch

Bonaparte und Fauvelet kamen erst um vier Uhr morgens zurück. Ich setzte mich im Dunkeln auf, als sie ins Schlafzimmer kamen. Fauvelet hielt eine Laterne in der Hand und neckte Bonaparte wegen des »Unsinns«, den er geredet hatte.
Ich warf die Arme um meinen Mann. »Was für einen Unsinn?«
Als ich in dem trüben Schein der Laterne sein Gesicht betrachtete, sah ich Spuren von etwas Dunklem. Wie Eugène gesagt hatte, schien Bonaparte an seinem Furunkel gekratzt zu haben. Morgen früh würde ich ihn mit Spitzwegerichsaft behandeln, dachte ich. Ich notierte mir im Geiste, dass ich mit meinem Koch sprechen musste.
Bonaparte warf seinen Rock über einen Stuhl. »Ich habe wohl ein *bisschen* übertrieben«, räumte er ein.
»Erzähle!«
Fauvelet kicherte verhalten. »Der General verkündete den Fünfhundert, dass er der Kriegsgott und die Glücksgöttin wäre«, sagte er und stellte die Laterne auf den Tabouret-Schemel.
Ich sah Bonaparte belustigt an. »Gleich beides?«
»Ich habe nicht gesagt, ich *wäre* Gott«, widersprach Bonaparte und streckte einen Fuß aus, damit ihm Fauvelet den Stiefel ausziehen konnte. »Es hat sich nur so angehört.«
»Nun erzähle schon, was geschah? Wie ist es gelaufen?« Ich

kroch ins Bett zurück und zog mir die Wolldecken bis zum Kinn hinauf wie ein Kind, das darauf brennt, eine Gutenachtgeschichte zu hören. Und das hat man mir erzählt:

Dass Lucien der Held des Tages gewesen war …

»Lucien?«

Bonaparte zuckte mit den Schultern, als wollte er sagen: Wer hätte das vermutet?

Dass Lucien öffentlich gedroht hatte, Bonaparte zu erstechen, wenn er jemals die Freiheit verraten sollte …

»Er hat ihnen gesagt, dass er dich erstechen würde?«

»Mit gezücktem Dolch«, rief Fauvelet und machte es vor.

Dass Lucien seine Toga zu Boden geworfen hatte und darauf herumgehüpft war …

»Im Tribunal?« Ungläubig.

»So.« Fauvelet sprang auf und nieder.

»Aber er hat sie wieder angezogen.« Bonaparte trank Cognac – was ich ihn noch nie hatte tun sehen.

Dass Murat furchtlos die Anklage geführt hatte …

»Es gab eine Anklage?« Erschrocken.

»Sie hatten sich gegen mich erhoben!« Bonaparte zog sich ein Nachtgewand aus Flanell über den Kopf.

Und dass Bonaparte angesichts des großen Gedränges einer Ohnmacht nahe gewesen wäre.

»Wirklich?« Wie schrecklich. Fauvelet verdrehte die Augen, als wollte er sagen: *Ja, wirklich*.

»Ich hasse dieses Gefühl«, sagte Bonaparte.

Und dass es Lucien gewesen war, der in der Dunkelheit hinter den fliehenden Deputierten herjagte und so viele von ihnen einsammelte, damit ein Dekret zur Bildung einer neuen Regierung verabschiedet werden konnte.

»Dann gibt es also keine Direktoren mehr?«

»Weg«, sagte Fauvelet gähnend. »Stattdessen gibt es drei Konsuln, die volle Exekutiv …«

»Drei *vorläufige* Konsuln«, verbesserte ihn Bonaparte.

»Ja. General Bonaparte zusammen mit Sieyès und Ducos, der …«

»Gute Nacht, Fauvelet«, unterbrach ihn Bonaparte, schlüpfte unter die Decken und schmiegte sich eng an mich, um sich zu wärmen. Ich schlang die Arme und Beine um ihn, küsste ihn.

»Und, oh, vergessen Sie nicht …« Bonaparte hob den Kopf, als sein Sekretär gerade die Tür schließen wollte. »Morgen schlafen wir im Palais.«

6

Barmherziger Engel

Die Zeit der Legenden ist vorüber;
die Regentschaft der Geschichte hat begonnen.
Joséphine zu Thérèse Tallien

Ich muss in einem Spukschloss leben

11. November 1799

Hortense und Caroline trafen kurz vor dem Mittagessen ein.
»Maman, es war ja so aufregend!«, rief Hortense.
»Ich möchte es erzählen.« Caroline presste die Hände ans Herz.
»Joachim schickte vier Wachgrenadiere …«
»Kommandant Murat meinst du?«
»Ja … Joachim Murat schickte vier Grenadiere zu unserer Schule, um mir mitzuteilen, dass die Republik von meinem Bruder gerettet worden ist.«
»Nun, sie wurden nicht geschickt, um es nur dir mitzuteilen«, sagte Hortense.
»Doch!«
»Sie kamen mitten in der Nacht zur Schule?«
»Ja, und hämmerten mit dem Knauf ihrer Schwerter an die Tür!«, sagte Hortense.
»Nein – mit ihren Musketen.«
»Madame Campan muss ja entsetzlich erschrocken sein.« Diejenigen von uns, die den Terror überlebt hatten, wussten nur zu gut, wie grauenvoll dieses Geräusch war – das Hämmern an einer Tür mitten in der Nacht.
»Wir alle«, rief Caroline. »Es war ja so romantisch!«

Die Kinder sind entzückt, dass wir ins Palais Luxembourg umziehen werden, dem Wohnsitz von Königen und Königinnen aus der Vergangenheit.

»Ich wüsste gern, ob es da spukt«, sagte Hortense.
»Natürlich spukt es da«, gab Bonaparte zurück.
Wir zwängten uns in unsere kleine Kutsche: Bonaparte und ich, Caroline, Hortense, Eugène und Fauvelet. »Werden wir eine größere Kutsche bekommen?«, fragte ich. Unsere war zu klein und brach leicht zusammen – was mir auf der abgelegenen Straße nach Malmaison Sorgen machte. Es gingen Gerüchte um, dass im Steinbruch Banditen hausten.
Bonaparte machte ein finsteres Gesicht. »Die Karossen im Palais scheinen verschwunden zu sein. *Und* die Pferde.« Er wandte sich an Fauvelet: »Machen Sie eine Notiz, die Kronjuwelen zu überprüfen.«
»Aber wir werden unsere eigene Reithalle haben«, sagte Eugène.
»Gibt es da ein Klavier?«, fragte Hortense.
»Das Einzige, was wir übernommen haben, sind Schulden, fürchte ich«, sagte Bonaparte und trommelte mit den Fingern. Und ein marodes Land, das wieder aufgebaut werden musste. Und ein hungriges Volk, das ernährt werden musste.

Die Suite der Gohiers war beinahe unverändert. Ihre Bettwäsche war zerknittert, ein Becher mit kalter Schokolade stand auf dem Fenstersims. Ich kam mir wie ein Eindringling, ein Dieb vor.
»Es wird gehen«, sagte Bonaparte, als er sich umsah. »Wir werden in dieser Suite wohnen. In der unten werde ich arbeiten.«
Der Salon war dunkler, als ich ihn in Erinnerung hatte, düster und pompös. Alle paar Jahre war ein neuer Direktor eingezogen. Das Ergebnis war ein schauerlicher Mischmasch von Stilrichtungen, alle protzig. Ich wollte hier nicht wohnen, aber ich hatte eine Welt betreten, wo persönliche Wünsche keine Rolle mehr spielten. »Könnten wir sie neu einrichten?«
»Wir werden hier nicht lange bleiben«, sagte Bonaparte.
»Nein?«, fragte ich voller Hoffnung. Hortense, Caroline und

Eugène jagten die Marmortreppe hinauf und hinunter und schrien, um Echos zu erzeugen. Ich fragte mich, ob sich meine Kinder wohl daran erinnerten, dass sie während des Terrors, als das Palais als Gefängnis genutzt wurde, hierher gekommen waren, um ihren Vater zu besuchen.

Bonaparte umkreiste den Raum, die Hände auf dem Rücken verschränkt. »Sobald die neue Verfassung ratifiziert ist, werden wir in die Tuilerien umziehen.«

Die *Tuilerien*? Mir wurde bang ums Herz. Der Palast der Könige. Der Palast der Bettler war treffender. Dieses feuchte, bedrückende Gebäude hatte fast ein Jahrzehnt lang leer gestanden – mit Sicherheit ein Zuhause für Stadtstreicher und Ratten – ein Zuhause für ruhelose Geister.

»Was ist mit Barras' Suite?«, fragte ich. »Hast du sie dir schon angesehen?«

»Keine Gelegenheit.«

»Vielleicht werde ich sie mir ansehen«, sagte ich und hatte plötzlich Angst.

4 Uhr nachmittags

Bruno sprang herbei, um mir die Tür zu Barras' früherer Suite zu öffnen. »Sie sind noch hier?«, sagte ich bestürzt, ihn zu sehen.

»Madame, ich wurde hier geboren«, sagte er würdevoll.

Ich begriff. Er hatte erst dem König gedient, dann den Revolutionären, dann Direktor Barras und nun Bonaparte. Es war eigentlich nicht wichtig, wem er diente. Es war das Gebäude, dem er treu ergeben war, dem Palais selbst. »Ich bin froh, Sie zu sehen, Bruno. Ich werde Ihre Hilfe brauchen.«

Er öffnete die Holzläden, um etwas Licht hereinzulassen, und beschäftigte sich damit, ein Feuer zu schichten. Ich setzte mich auf den Sessel neben dem Fenster. Eine rote Überdecke war über eine seiner Seiten drapiert worden und verströmte einen strengen Geruch nach Amberöl. Mir fiel auf, dass ich dieses Zimmer noch nie so hell gesehen hatte. Barras liebte es dunkel. Die Sonne funkelte in den winzigen Kristalltropfen des gewaltigen Kronleuchters. Ich bückte mich, um eine Ecke des Teppichs glatt zu streichen. Der Papageienkäfig war noch da, stellte ich fest, die Drahttür geöffnet. Auf dem Tisch, neben einem Zeitungsstapel, war eine halb volle Porzellantasse mit kaltem Kaffee. Auf dem Fußboden stand ein Geigenkasten, Barras' Violine lag auf der gepolsterten Bank. Der Notenständer war umgeworfen worden. Ich erhob mich, richtete ihn auf und legte das Notenblatt wieder auf den Ständer. Alles schien vertraut und doch fremd zu sein. Ich dachte, ich hätte Barras so gut gekannt, aber nun war ich nicht mehr sicher. War er ein Royalist? War er ein Mörder? Ich konnte nicht mit Sicherheit sagen, dass er es *nicht* war. Alle Regeln waren gebrochen worden. Jetzt schien alles möglich.

Mein Bild in dem vergoldeten Bronzespiegel verblüffte mich. Ich sah eine elegante Frau in einem klassischen Kleid aus feinem Musselin, einen Schleier über den kurzen Locken. Um sich zu wärmen, zog sie den roten Kaschmirschal enger um sich. Dies war das Zuhause ihres Freundes, aber er wohnte hier nicht mehr. Ihr eigenes Heim stand leer, und sie lebte in den Räumen eines Fremden.

Das Feuer prasselte, kam in Gang. »Na bitte«, sagte Bruno und sprang zurück, um die Flammen zu bewundern.

»Ist Barras' Arbeitszimmer offen?«, fragte ich.

»Das Dienstzimmer oder das Studierzimmer? Ich habe die Schlüssel zu allen Räumen, Madame.«

»Das Studierzimmer.« Wo Barras jeden Morgen arbeitete, wo er sich seiner privaten Korrespondenz widmete.

Ich folgte Bruno durch zwei Räume zu einer kleinen Tür, die von seinem Schlafgemach abging. Sie ähnelte der Tür zu einem

Beichtstuhl. Bruno klopfte, bevor er den Schlüssel ins Schloss steckte. »Gewohnheit«, erklärte er mit einem verlegenen Grinsen. Er öffnete die Tür, zündete eine Lampe an und sprang auf seinen Platz an der Wandtäfelung zurück, die Augen starr zur Decke gerichtet.
Barras' Studierzimmer zu betreten war, als beträte man eine Höhle: dunkel und abgeschieden von der Welt. Ich atmete den Duft von altem Holz ein. Die Möbel waren schlicht – was mich überraschte, denn Barras liebte Prunk. Ich ließ die Bücherregale auf mich wirken, das Stundenglas, den Kompass neben dem marmornen Federhalter auf dem Schreibtisch, den Globus, das Ölporträt einer Frau – seine Mutter, vermutete ich, nach der Stellung ihrer Augen. Ich rückte es gerade. Die Safetür stand offen, die Inhalte geleert. Ich fuhr mit dem Finger über die Schreibtischplatte. Ich hätte gerne die Schubladen durchgesehen, aber mir war nicht wohl dabei, weil Bruno mich beobachtete. »Danke, Bruno«, sagte ich, als ich hinausging. »Nein, schließen Sie nicht ab«, fügte ich hinzu. Ich würde wiederkommen.

Nach Mitternacht

Ich weiß nicht, wonach ich suchte. Ich weiß nicht, was ich zu finden erwartete. Ich wusste, dass Barras so klug war, in den Schubladen und Akten nichts Belastendes zu hinterlassen. Daher war mir klar, dass die drei Briefe, die ich fand, mit Absicht zurückgelassen worden sein mussten – damit Bonaparte sie sah. Ich erkannte Lazares verschnörkelte Handschrift sofort. Die Briefe waren an mich adressiert. Drei Liebesbriefe.
Nun ist es mitten in der Nacht. Bonaparte ist rasch eingeschlafen. Ich habe die Briefe gelesen, sie verbrannt. (Oh, mein Herz!) Lazare hatte sie Ende 1795 an mich geschrieben, als Bonaparte mir den Hof gemacht hatte – und Barras mich bedräng-

te, eine Heirat mit ihm zu erwägen. Ich liebte Lazare wider alle Vernunft, und daher war ich blind für Bonaparte. Doch dann schrieb Lazare nicht mehr – jedenfalls hatte ich das geglaubt. In der Annahme, dass er mich vergessen hatte, gab ich Bonapartes Werben nach.

Und jetzt, mit einem Gefühl hilflosen Zorns und Entsetzens, verstehe ich alles. Barras hatte Lazares Briefe absichtlich zurückgehalten in der Hoffnung, dass ich Bonaparte heiratete. *Bien.* Damit kann ich leben, denn inzwischen glaube ich, dass das Schicksal, auf welch verschlungenen, indirekten Wegen auch immer, bestimmt hatte, dass ich Bonaparte begegnete und ihn heiratete.

Was ich jedoch wirklich erschütternd finde, ist die Erkenntnis, warum er sie zurückgehalten hatte. Dafür gibt es nur eine Erklärung: Solange Barras diese Briefe besaß, hatte er die Macht, mich zu zerstören.

21. November

Der erste Abend mit Gästen in unserem »Heim«. Ein langes, langweiliges Whistspiel mit den Konsuln: Sieyès (der humorlos, wortkarg, für sein Alter zu runzlig ist) und Ducos (der Sieyès und Bonaparte nervös beobachtete und sie abwechselnd imitierte). Nach dem Spiel zogen die Männer ihre Schnupftabakdosen hervor und diskutierten über Verfassungsrecht. Ich gähnte hinter meinem Fächer, entschuldigte mich und ging zum Fenster »um Luft zu schnappen«.

Es war eine herrliche Nacht, klar, aber kalt. Es roch nach Schnee.

»Eine Verfassung sollte kurz und unklar sein«, hörte ich Bonaparte sagen.

»Ja, kurz«, plapperte Ducos nach und räusperte sich.

Draußen hörte ich eine Ente quaken. Auf der Straßenseite der Metallgitter standen ein Mann und drei Frauen – Fortunée

Hamelin, Minerva und Madame Crény! Der Mann machte einen Handstandüberschlag: Hauptmann Charles! Ich winkte und warf ihnen eine Kusshand zu. Komm heraus, komm heraus, gestikulierten sie. Ich schüttelte den Kopf: Ich kann nicht, tut mir Leid. (Oh, so *leid*!) Sie stimmten eine Arie aus *Don Giovanni* an.
»Der Pöbel macht viel Lärm heute Abend«, bemerkte Sieyès.
Ich schloss das Fenster, die Vorhänge.

22. November

»Ich bedauere, Madame Bonaparte, Madame Tallien empfängt nicht.«
»Immer noch nicht? Bitte, ich muss sie sehen.«
Thérèses Diener schloss die Tür.

[Ohne Datum]

Jeden Morgen um acht beginnt Bonaparte mit der Arbeit, wobei er unmelodisch pfeift. Alle paar Stunden erscheint er wieder, küsst mich, sagt ein paar nette Worte, erzählt eine lustige Geschichte, nimmt einen schnellen Imbiss zu sich – Kaffee oder einen Schluck verdünnten Wein (normalerweise jedoch Kaffee) –, berät mich bei meiner Toilette und verschwindet wieder, singend.
Er ist voller Optimismus. »Meine Regierung wird eine Regierung des Elans und der Jugend sein.« Das sagt er angesichts der Bettlerhorden auf den Straßen, der Räuberbanden überall, der Schwindel erregenden Verschuldung des Landes. Kein Detail wird übersehen. Heute Morgen bestellte er aus der Schweiz importierte Bullen, um die französischen Herden zu stärken, und Bäume, die entlang aller unserer Straßen gepflanzt werden sollen. Die Minister versuchen atemlos, mit ihm Schritt zu halten, denn er verlangt tägliche Berichte.

Und nachts, wenn ein normaler Mann von den Ereignissen des Tages vollständig erschöpft wäre, nimmt er mit dem gleichen Feuereifer »unser Projekt« in Angriff. Ich bin nicht mit einem Mann, ich bin mit einem Wirbelwind verheiratet!

29. November

»Ich bedauere, Madame Bonaparte, Madame Tallien empfängt nicht.«
Empfängt *mich* nicht.

[Ohne Datum]

Die Ausarbeitung einer neuen Verfassung mit Sieyès, der sowohl langsam als auch unlogisch ist, bringt Bonaparte um den Verstand. Für einen (sehr hohen) Preis hat Sieyès endlich zugestimmt, seinen Platz zu räumen. Nun, hoffe ich, werden die Dinge in Bewegung kommen.

24. Dezember, Heiligabend

Auf den Straßen wird heftig gefeiert. Die neue Verfassung wurde bekannt gegeben. »Die Revolution ist vorüber!«, schreien die Leute, Tränen strömen.
Vorüber? Ich möchte es gerne glauben. Ich möchte diese Worte gerne glauben.

25. Dezember, Weihnachtstag

Ein sehr schönes Familientreffen heute Morgen hier bei uns: Tante Désirée, Hortense und Eugène. (Für den Marquis war es zu kalt zum Reisen.) Die Kinder und ich hatten unseren Spaß bei einem Rundgang mit Tante Désirée. Tante Désirée bewun-

derte in der Küche den schwarzen »Adler«-Kochherd mit einem Kohlenrost und das ausgeklügelte Netz von Klingelzügen, um die Dienstboten herbeizurufen. Die Kinder bestanden darauf, ihr die Geheimgänge zu zeigen. (Ich meinte fortwährend, Barras lachen zu hören.) Tante Désirée verabschiedete sich von mir mit sorgfältigen Instruktionen über den Gebrauch von Goddard-Pulver zum Polieren von Silber und die richtige Art Wände zu reinigen, die mit Brokat bezogen sind (abbürsten und dann mit Seidenpapier und anschließend mit einem weichen seidenen Staubtuch abreiben).
Nun ein ruhiger Augenblick, bevor ich mich für die Bonapartes heute Abend vorbereite. Bonaparte ist damit beschäftigt, einen Brief an den König von England zu entwerfen, in dem er den Frieden vorschlägt. Frieden! Eine optimistische Stimmung hat uns alle erfasst.

31. Dezember

Heute ist der letzte Tag des achtzehnten Jahrhunderts. Es scheint, dass jedermann in Paris (außer mir) festlich gestimmt, fröhlich, *betrunken* ist – öffentlich feiert, denn gnädigerweise hat Bonaparte gestattet, die christlichen Feiertage zu begehen. Eher klugerweise, denn es wäre unmöglich gewesen, diesen bedeutsamen Jahreswechsel zu ignorieren.

1. Januar 1800

Heute ist der erste Tag des neuen Jahrhunderts. Man stelle sich das einmal vor! Bei allem, was ich tue, bei jedem Schritt, den ich mache, stellt sich das wachsame und doch erregende Gefühl eines Neubeginns ein. Heute Morgen sind Bonaparte und ich lange in unserem großen Federbett geblieben, haben gelacht und geflüstert, gealbert und kokettiert und an »unserem Projekt« (wie er es so feierlich formuliert) gearbeitet. Vor zwei Wochen habe ich ein wenig geblutet. Ich bin voller Hoffnung.

Später

Einhundertsiebenundfünfzig Pferdedroschken haben sich in einer Reihe vor dem Palais Égalité aufgestellt, um Zuckermandeln und überzuckerte Kastanien zu kaufen. »Genau wie zu Zeiten des Ancien Régime«, sagte Eugène, während er, das Kinn mit Puderzucker bestäubt, eine Zuckermandel kaute. »Es war wohl nicht alles schlecht«, fügte er hinzu und leckte sich die Lippen.

[Ohne Datum]

Jeden Abend, ehe er einschläft, lese ich Bonaparte vor.*
Für uns ist das ein ruhiger, ein kostbarer Augenblick. Er schläft mit mir, und danach reden wir, von unserem erstaunlichen Leben, den Herausforderungen, vor denen wir beide stehen, den erregenden Möglichkeiten, die vor uns liegen. Und dann lese ich ihm vor, gewöhnlich aus seinem geliebten Ossian. Heute Abend lag der abgegriffene Lederband nicht auf seinem üblichen Platz neben dem Bett. »Ich habe ihn verbrannt«, sagte er eher kummervoll als zornig.
»Warum?« Ich war entsetzt. Bonaparte nahm dieses Buch überallhin mit.
»Es war eine Fälschung«, sagte er. »Ich habe herausgefunden, dass man es in Schottland untersucht hat.«
»Ossian hat den Text gar nicht verfasst?« Ich konnte es einfach nicht glauben.
»Nein, irgendwer hat ihn sich ausgedacht und dann behauptet,

* Joséphine soll eine tiefe, melodische Stimme gehabt haben. Wenn sie Napoléon vorlas, lauschten die Dienstboten vor der Tür.

dass Ossian ihn geschrieben hätte. Hat uns alle an der Nase herumgeführt.« Verbittert. »Das beweist nur, dass man sich auf nichts verlassen kann, habe ich nicht Recht?«
»Aber Bonaparte, die Schönheit dieser Worte – nichts kann sie schmälern. Auf gewisse Dinge kann man sich vollkommen verlassen.« Ich legte ihm die Hand an die Wange.

2. Januar

Jetzt ist es amtlich. »Wir ziehen in die Tuilerien«, teilte mir Bonaparte mit.
Das Schloss der Bourbonenkönige.
Das Schloss unseres toten Königs.
Und unserer toten Königin.

3. Januar

Mimi stand auf dem schmutzigen Kopfsteinpflaster und schaute zur Fassade des Tuilerien-Schlosses hinauf. Alle Mauern waren mit obszönen Botschaften, revolutionären Emblemen und Parolen beschmiert worden. Auf dem Pflaster waren dunkle Flecken – Blutflecken, fürchtete ich. »Was für eine Schweinerei«, sagte Mimi mit gerunzelter Stirn.
Die Türen klemmten; es war schon lange her, seit sie das letzte Mal geöffnet worden waren. Zwei Männern (dem Architekten und einem Journalisten) gelang es nicht, das Siegel zu lösen. Dann warf sich Bonaparte dagegen, und die Türen sprangen auf. Wir lachten, als wir ihn fliegen sahen.
»Wie mühelos für *Sie*, in dieses Königspalais hineinzukommen, Konsul«, sagte der Journalist. »Man könnte meinen, dass Sie erwartet wurden.«
»Regierungspalais nennen wir es jetzt«, verbesserte ihn Bonaparte.

»Jawohl, Konsul!« Er holte ein Blatt Papier hervor, einen Bleistift.
Ich spähte in die weiten Tiefen. Die Fenster waren hoch, schmutzig, einige verbrettert. Obendrein war es kalt, kälter als draußen. Und feucht. Es roch nach abgestandener Luft.
»Der schwierige Teil wird nicht sein, hier einzuziehen«, sagte Bonaparte und bürstete sich die Schultern ab. »Der schwierige Teil wird sein, hier zu wohnen. Antoine, hol die Fackeln«, befahl er dem Kutscher. »Ich muss ein Land regieren.«
»Und die Schals!«, rief ich ihm hinterher.
»Ich hole sie«, sagte Mimi und rannte, zwei Stufen auf einmal nehmend, die Treppe hinunter.
Wir wirkten an diesem Ort wie eine mittelalterliche Prozession, die irgendeinen altertümlichen Ritus zum Jüngsten Tag beging. Antoine übernahm mit hoch gehaltener Fackel tapfer die Führung und schlug mit einem Stock gegen die Wände, um die Ratten zu verjagen.
»Oh«, sagte Mimi und umklammerte meine Hand.
»Das muss die Zimmerflucht des Königs gewesen sein«, sagte Bonaparte, während er den Plan studierte. Er blickte hoch, sah sich um, maß den Raum mit Schritten ab. »Das wird mein Dienstzimmer. In dem Raum dort werde ich empfangen.« Der Raum mit dem Thron.
Wir stiegen zu einem tiefer gelegenen Geschoss hinab, das dunkler, feuchter und kälter war: die Räume der Königin.
»Ein düsterer Ort, Generalkonsul«, sagte der Journalist, und seine tiefe Stimme hallte in den leeren Räumen wider.
»Düster wie alles Erhabene«, sagte Bonaparte.
»In diesem Raum tagte der Allgemeine Sicherheitsausschuss«, sagte der Architekt, als er die Außenfläche des Kamins untersuchte. »Ich erkenne das Detail an der Vorderseite des Kamins wieder. Die Königin konnte Monotonie nicht ausstehen – alles musste prunkvoll verziert sein.«

»Ja«, sagte der Journalist, die Stimme zu einem Flüstern gesenkt. Wir waren in jenem verbotenen Reich: dem Reich der Vergangenheit.
»Dann muss dieser Raum da drüben, der Empfangsbereich, derjenige gewesen sein, wo Robespierre ...« Ich legte die Hand auf die Augen und drückte, bis ich Sterne sah, aber das Bild ließ sich nicht verscheuchen; das Bild des Tyrannen, verwundet, ausgestreckt auf einem Tisch zusammen mit Blount, seinem getreuen Großen Dänen, wimmernd, an seiner Hand leckend.
Wäre Robespierre an diesem Tag nicht gestorben, wäre ich nicht ...
Und genau in diesem Augenblick sah ich sie, die Gestalt einer Frau in Weiß, die neben dem Kleiderschrank stand.

Sie legten mich auf den kalten Boden, meinen Schal unter dem Kopf. Mimi fächelte mir Luft zu und wirbelte dabei Staub auf. Ich hustete, versuchte mühsam, mich aufzusetzen. Alle standen mit besorgter Miene über mir. »Es geht mir gut«, beruhigte ich sie.
»Sie wird sich schon erholen«, sagte Bonaparte und zog an meiner Hand.
Ich stützte mich auf Mimi. Sie war ruhig, zitterte nicht. »O Mimi, sah sie nicht zum Fürchten aus!«, wisperte ich. Die Männer untersuchten die Fenster. Ich griff an meine Brust. Ein Zittern hatte mich ergriffen und ein Frösteln; es schien aus meinem Innern zu kommen, direkt aus meinen Knochen.
Mimi runzelte die Stirn. »Wer?«
»Diese Frau am Kleiderschrank.« Einatmen, ausatmen, ein, aus. Sie hatte wie ein Mann ausgesehen, der Kiefer fest zusammengepresst, die Haare kurz geschnitten und nur mangelhaft von einer Rüschenhaube bedeckt. Sie hatte ein schlichtes weißes Kleid mit langen Ärmeln getragen. »Du musst sie doch gesehen

haben. Sie stand neben der Schranktür. Wie ist es möglich, dass du sie nicht gesehen hast?« Sie war so deutlich gewesen.
»Oh, oh«, sagte Mimi und verzog das Gesicht.
Und dann erinnerte ich mich, wo ich dieses Gesicht schon einmal gesehen hatte, diesen zusammengepressten, dem Unglück trotzenden Kiefer. In Bürger Davids Atelier – seine Porträtskizze von Königin Marie Antoinette auf ihrem Weg zum Schafott.

7. Januar

Zu beschäftigt, um zu schreiben: Tag und Nacht arbeite ich daran, die Tuilerien in einen bewohnbaren Zustand zu versetzen. Es ist erst zehn Uhr morgens, und ich habe bereits Stoff für alle Vorhänge ausgesucht, mit meinem hysterischen Koch über die notwendigen Anschaffungen für die Küche der Tuilerien geredet (alles wurde gestohlen, es gibt nicht einmal mehr einen Suppentopf) und mit Madame Campan über Protokoll und Personal gesprochen (Madame Campans Erfahrungen als Hofdame der Königin machen sie für mich jetzt unbezahlbar. Es ist so überwältigend: Allein mein Koch wird drei Hilfsköche benötigen. Kein Wunder, dass er Anfälle bekommt.)
Morgen werde ich mich um meine Garderobe kümmern.
Aus allen Ecken des Palais höre ich Barras' leises Lachen. Wir werden alle noch den Verstand verlieren.

17. Januar

Bonaparte kam mittags in meinen Salon. Er setzte sich und starrte ins Feuer. »Murat hat gerade um Carolines Hand angehalten.«
»Oh?« Offen gestanden erleichtert. Vor einer Woche hatte ich Murat und Caroline dabei ertappt, wie sie ausgestreckt auf einem Sofa lagen.

»Murat ist das dreizehnte Kind eines Schankwirts; ich möchte mein Blut nicht mit seinem mischen. Ich dachte eher an General Moreau.«

»Aber Bonaparte …«

»Vielleicht wäre es das Klügste zu warten. Möglicherweise gelingt es mir schon bald, dass sie in ein Königshaus einheiratet. Er lächelte. »Ist doch eine gute Idee.«

»Murat ist mutig«, fuhr ich unbeirrt fort. Ein fluchender Haudegen, wie es heutzutage so große Mode war. Ein Haudegen in Pfauenfedern. »Er hat dir in der Schlacht von Abukir und in Saint-Cloud brav gedient.«

»Mutig reicht nicht. Er ist nicht intelligent, er ist ungebildet, und er ist von niederer Geburt.

»Er passt perfekt zu Caroline.«

Abends

Ein amüsanter Wortwechsel. »Bist du sicher, dass du das willst?«, wollte Bonaparte von seiner jungen Schwester wissen. Caroline saß sittsam auf dem Sofa, ganz in Musselinrüschen gehüllt. »Ich liebe ihn.«

»Das sagt sich jetzt so einfach, aber als dein Bruder muss ich dich warnen. Denn wenn er, dieses Riesentier von einem Mann, nackt und in einem Zustand des Begehrens ist, wirst du nicht finden, dass er so …«

Sie brach in helles, entzücktes Gekicher aus.

18. Januar

Es ist erledigt, der Vertrag wurde in Gegenwart aller Bonapartes in Paris unterzeichnet: Signora Letizia, die fünf Brüder, die zwei Schwestern, Onkel Fesch. Und obendrein einem kleinen Beauharnais-Trio: ich, Hortense und Eugène.

Die von Haus aus ach-so-armen Brüder waren kaum in der Lage, eine Mitgift von dreißigtausend Francs zusammenzukratzen, zehntausend weniger, als sowohl Elisa als auch Pauline bei ihrer Heirat erhielten, sodass Bonaparte in letzter Minute noch eine wunderschöne Perlenkette beisteuerte. Ich runzelte die Stirn, als ich sie sah. Sie kam mir bekannt vor. Sie war mir bekannt: Es war meine eigene.

20. Januar

In den schimmernden Perlen, die lose auf einem schwarzen Satintuch lagen, spiegelte sich das Kerzenlicht wider. »Ich habe noch nie Perlen gesehen, die so …« So *makellos* waren.

»Ganz recht, Madame, dies sind die seltensten Prachtexemplare, die runde, rosa Salzwasserperle.« Monsieur Lamarck sprach mit ehrfürchtig gedämpfter Stimme. »Es ist *unmöglich*, Perlen dieser Größe und Perfektion zu finden; schauen Sie sich zum Vergleich diese hässlichen Barockperlen an, Madame: voller Blasen. Sie sehen wie Kartoffeln aus. Oder schauen Sie sich diesen Satz Süßwasserperlen an, geformt wie kleine Weinfässer. Aber *diese* Perlen …« Er reichte mir eine Lupe, zog eine Lampe näher. »Diese Perlen glänzen.« Er murmelte das Wort »glänzen« vertraulich, als gäbe er gefährliche Informationen preis. »Und *schillern*. Sehen Sie her: Regenbögen. Darin *eingeschlossen*. Genauer gesagt, Madame, ist es eine außergewöhnlich dicke Perlmuttschicht, die sie so« – er verdrehte kokett die Augen – »*hypnotisch* macht. Manche behaupten, dass Perlmutt Heilkräfte besitzt – aber das ist reine Vermutung, und wie Sie wissen, Madame, handeln wir *nur* mit Tatsachen. Sehen Sie her, Madame, eine Tatsache: Sie sind unvollkommen. Eine *vollkommene* Perle ist eine unvollkommene Perle. Wussten Sie, dass die Königin von Spanien grüne Perlen trägt?« Jetzt flüsterte er. »Ihren Juwelier sollte man hängen. Aber diese Perlen hier, Madame, diese Perlen sind ohne Frage die

prächtigsten auf der Welt. Selbst eine Königin könnte sie beruhigt tragen. Oh, verzeihen Sie.« Und zog ein riesiges Taschentuch aus seiner goldbestickten Westentasche. »Vergeben Sie mir, Madame.« Und schniefte. »Ich habe mich mitreißen lassen. Nun, wo war ich stehen geblieben – ach ja, der Preis. Der Preis beträgt fünfhunderttausend Francs.«
Ich schluckte, mein Mund war plötzlich trocken.
»J-j-ja?« Monsieur Lamarck nahm seine Brille ab und säuberte sie mit einer Ecke seines Taschentuchs. »Habe ich Sie richtig verstanden, Madame? Sagten Sie *ja*?«

Was ist bloß in mich gefahren, was habe ich getan? Meine Kühnheit raubt mir den Atem, meine Torheit erschüttert mich – meine Frechheit lässt mich schwindeln! Soviel Geld! Der Preis für einen weitläufigen Grundbesitz steckte in einer Halskette. Ich betrachte sie verzückt; es ist, als hätten sie mich verzaubert. Ich bin wie verwandelt, verhext! Wie soll ich das bloß bezahlen? Aber ich werde schon einen Weg finden, denn ich kann mich nicht von ihnen trennen. Wenn ich diese Perlen anlege, bin ich wirklich eine Königin. Grand Dieu.

Ich muss in Marie-Antoinettes Bett schlafen

21. Januar 1800

Heute Abend übergab mir Bonaparte eine dicke Akte.
»Was ist das?« Aber ich wusste es: Es war die Liste – die Namen der französischen Aristokraten, denen es nicht erlaubt war, in die Republik zurückzukehren. Jahrelang hatten Thérèse und ich unseren Einfluss geltend gemacht, damit Namen gelöscht wurden. Jeder kleine Erfolg war eine gewonnene Schlacht gewesen.
»Ich möchte, dass du bestimmst, wer herausgenommen werden soll«, sagte Bonaparte und öffnete seine zerbeulte Schnupftabakdose.
Ich starrte ihn verständnislos an. »Du willst, dass ich entscheide?« Bestimme, wer unschuldig, wer schuldig war – entscheide, wessen Leben zerstört, wessen Leben gerettet werden sollte?
»Wenn es dir lieber ist, könnte ich Duroc damit beauftragen.«
Duroc, der herzloseste von Bonapartes Adjutanten. »Nein, ich mache das schon!«

Nun, allein in meinem Boudoir, sehe ich die dicke Akte durch, lese die Namen von so vielen Männern und Frauen und bin erschüttert. Kann ich das? Ich bete um Kraft.

5. Februar

»Mach deinem Pförtner keine Vorwürfe«, sagte ich zu Thérèse. »Ich habe mich an ihm vorbei gedrängt. Darf ich hereinkommen?« Ich trat unverfroren ins Zimmer. »Wie ich hörte, hast du dein Kind bekommen, ein Mädchen.«

Thérèse betrachtete mich, ohne zu lächeln. Neben ihr lag eingewickelt der Säugling, erst wenige Tage alt. Ich stand einen Augenblick in unbehaglichem Schweigen da und erinnerte mich an Thérèse, als ich ihr das erste Mal begegnet war, an ihre so dunklen, so suchenden Augen. Kluge Augen, unschuldige Augen. Und nun müde Augen. »Ich brauche deine Hilfe beim Durchgehen der Liste. Ich wurde gebeten, die Emigranten zu benennen, denen die Rückkehr erlaubt werden sollte.«

»Zurück in die Republik?«

Ich nickte. »Aber es ist eine große Aufgabe, zu groß für mich.« Einer von Thérèses Kanarienvögel fing zu trillern an.

»Na gut, komm herein«, sagte sie schließlich. »Und zieh deinen Mantel aus«, fügte sie in gereiztem Ton hinzu, als wäre es zu schwierig, diese ungewohnt frostige Atmosphäre aufrechtzuerhalten.

Ich stellte den Korb mit Konfekt und Spielsachen ab, den ich mitgebracht hatte, und beugte mich über das Bett. »Sie ist wunderhübsch. Sie sieht genau aus wie Thermidor, als sie geboren wurde. Wie heißt sie?«

»Clémence.«

Gnade. Vergebung. »Schön.«

Thérèse berührte meine Hand. »Wie geht es dir, Rose?« Sprach mich mit meinem früheren Namen an. Meinem alten Ich. Nicht meinem neuen Ich.

»Ich lebe noch.« Ich zuckte mit den Schultern.

»Du und ich, wir hatten uns mehr erhofft«, sagte sie und deutete auf einen Stuhl neben dem Bett.

Bald darauf beichteten wir einander. Ich schüttete ihr mein Herz aus, erzählte ihr von dem trübseligen Leben im Palast, von all den langweiligen Festen, den eintönigen Zeremonien, dem Geist der Königin. »Verzeih mir«, sagte ich, als die Uhr drei schlug. »Ich hatte mir fest vorgenommen, nicht lange zu bleiben.« Es war nicht recht von mir, dieser Frau im Wochenbett mein Herz auszuschütten. Ich zog mir den Schal um die Schultern und stand auf – aber da war noch etwas, wie wir beide wussten, ein Name, der noch nicht ausgesprochen war. »Wie geht es ihm?«, fragte ich schließlich.
»Interessiert dich das?« Doch ihr Ton war merkwürdig freundlich.
Ja, nickte ich. Es interessierte mich. Trotz allem.
»Er trinkt zu viel, spielt riskant, mit seiner Gesundheit steht es nicht zum Besten – aber das war ja unter den gegebenen Umständen zu erwarten, denke ich.«
Ich spürte die Last ihrer Beschuldigung. »Du hast keine Ahnung.«
»Dann kläre mich auf, bitte.« Ihre großen Augen schwammen.
»Ich hatte meine Gründe. Mehr kann ich nicht sagen.«
Sie starrte mich lange an. »Ich weiß, dass Barras Geld von den Royalisten genommen hat, aber das war kein Grund, ihn zu hintergehen. Er mischte an allen Fronten mit. Das ist nun mal so seine Art – daraus macht er auch kein Hehl. Er hat ihr Geld genommen und es gegen sie verwandt.« Das Kind gab einen Piepslaut von sich.
»Hat er dir das erzählt?«
»Du glaubst es nicht?«, fragte Thérèse und legte den Säugling an die Brust.
Ich spürte ein vertrautes Kribbeln in meiner eigenen Brust. »Es ist vielschichtiger, als du denkst, Thérèse.« Schrecklicher.
»Er hat Lazare nicht vergiftet, wenn du das meinst. Eines Abends ist er zusammengebrochen und hat mir alles erzählt.«

»Oh?« Weinseliges Gerede, kein Zweifel – Wein und Tränen, eine starke Mischung. Wein, Tränen und Wut. Ich kannte Barras so gut. Aber nicht gut genug, wie sich herausstellte. Ich setzte mich wieder auf den kleinen Polsterstuhl neben ihrer Frisierkommode. »Aber Lazare *wurde* vergiftet?«

Sie nickte. »Von einem Mittelsmann der Royalisten.«

Ich stützte den Ellenbogen auf die Kommode und legte das Kinn in die Handfläche. Versuchte, diese Mitteilung auf mich wirken zu lassen. »Der Mittelsmann der Royalisten, von dem Barras Geld genommen hat?« Meine Worte hingen in der Stille.

Sie zögerte, bevor sie sagte: »Einer von ihnen.«

Ich betrachtete meine Freundin im Spiegel. Dann drehte ich mich zu ihr um. »Aber warum?«

»Willst du das wirklich wissen?«

Ich nickte, aber ich hatte Angst.

»Lazare fand heraus, was Barras tat. Also wusste er zu viel. Der Mittelsmann machte sich Sorgen, dass er reden könnte.«

Also doch. Ein Mittelsmann der Royalisten vergiftete Lazare, um ihn zum Schweigen zu bringen, um sein schmutziges Geheimnis zu wahren, dass Direktor Barras, der mächtigste Mann in der französischen Republik, in seinem Sold stand. »Barras verlor fast den Verstand, als er es herausfand«, sagte Thérèse und legte das Kind an die andere Brust. »Er hätte den Mann am liebsten erwürgt.«

Wann war das geschehen?, fragte ich mich und dachte zurück. Die Erkenntnis, dass Thérèse es gewusst und mir verschwiegen hatte, machte mich fassungslos. »Du hast es die ganze Zeit gewusst.« Wir hatte uns alle gegenseitig getäuscht – ein Gedanke, der mich nicht im Mindesten tröstete.

»Uns trifft alle Schuld«, sagte sie mit einem lieben, wehmütigen Lächeln.

Nur nicht Lazare, dachte ich.

»Und daran erkennst du«, sang Thérèse ihrem Kind vor, ein

Zitat aus *Candide*, *»dass die neue Welt nicht besser als die alte ist.«*

8 Uhr 30 abends

Adélaïde Hoche saß wie ein Schulmädchen gerade auf ihrem Stuhl, die Hände ordentlich im Schoß gefaltet. In ihrem Blick lag Angst. Père Hoche stand hinter ihr.

»Ich möchte Sie beide nur wissen lassen, dass ich herausgefunden habe, was geschah. Zumindest, was vermutlich geschah«, sagte ich.

Père Hoche beugte sich vor, eine Hand auf die Rückenlehne von Adélaïdes Holzstuhl, die andere Hand auf seinen Stock, einem dicken Eichenknüppel, gestützt. Mit einem Stock wie diesem könnte man töten, dachte ich.

Ich begann: »Direktor Barras hat von den Royalisten Geld genommen.« Père Hoche fluchte. »Was er beabsichtigte, wird man wohl kaum mit Sicherheit erfahren«, fuhr ich unbeirrt fort. Er hatte sowohl von der Prätendentenfraktion als auch von den Orléanisten Geld genommen. Wie es seine Art war, hatte er mit allen Parteien verhandelt, aber seine Karten verdeckt gehalten, sein eigenes Spiel gespielt. Dann, als er erfuhr, dass Beweise gefunden worden waren, die den Mittelsmann der Prätendenten entlarvten, beschloss er, von Bord zu springen. Um sich selbst zu schützen, griff er die Prätendentenfraktion an – aber der Plan schlug fehl (zumindest beim ersten Mal), und Lazare nahm die Schuld auf sich.

»Sie nannten meinen Sohn einen Verräter.«

»Es blieb ihm nicht anderes übrig, als dabei mitzuspielen, Père Hoche«, sagte ich zu ihm so liebenswürdig, wie ich konnte. Ich wusste, dass Lazare eine solche Beleidigung lieber mit Musketenfeuer beantwortet hätte. Verräter waren Abschaum in seinen Augen. Die Narbe in seinem Gesicht war der Beweis dafür, wie leidenschaftlich er sein Credo vertrat: Als Sechzehnjähriger hatte er einen Grenadier in seiner Kaserne herausgefordert, der für Bestechungsgeld spionierte. Der Spion hatte ihm die Narbe beigebracht, ein Mal, das Lazare stolz getragen hatte. »Hätte man Direktor Barras beschuldigt, wäre die Republik zu Fall gekommen. Die Mittelsmänner wussten das, daher versuchten sie Barras zu entlarven. Der Mittelsmann für die Prätendenten muss Ihrem Sohn einen Beweis vorgelegt haben, dass Direktor Barras ihr Bestechungsgeld angenommen hatte.«

Ich konnte mir vorstellen, wie tief Lazares Enttäuschung, sein Abscheu gewesen sein mussten. »Die Royalisten haben versucht, Ihren Sohn dazu zu bewegen, sich gegen den Direktor zu stellen, aber das hat nicht geklappt«, fuhr ich fort. »Er wusste, was auf dem Spiel stand. Dann muss der Mittelsmann in Panik geraten sein, weil General Hoche, ihr ärgster Feind, zu viel wusste – alles wusste.«

»Und aus diesem Grund hat der Mittelsmann ihn vergiftet«, sagte Adélaïde mit klarer und kräftiger Stimme. Sie stand jetzt am Kamin, mit der einen Hand auf dem Sims – an der blauen Urne.

Die Urne. Mon Dieu, dachte ich, als ich mich plötzlich daran erinnerte, was Fouché über Lazares Herz gesagt hatte. »Ja«, sagte ich erschüttert. Meine Kehle war wie zugeschnürt. Ich hörte das Kind lachen. Ich spähte zu Lazares Porträt hinauf, um Kraft zu sammeln. »Direktor Barras hat nichts damit zu tun.«

Die Wahrheit allerdings war nicht so simpel. Die Wahrheit war, dass Lazare, der tapfere Unschuldige, einem von Barras' habgierigen Intrigenspielen zum Opfer gefallen war.

6. Februar

Das endgültige Ergebnis der Wahl zur neuen Verfassung ist errechnet worden. Bonaparte ist jetzt Erster Konsul. Drei Millionen stimmten dafür – und weniger als zweitausend stimmten dagegen.* Es ist ein Wunder.

[Ohne Datum]

Ich erkannte an Fauvelets nervösem Blick, dass er mir etwas sagen musste, etwas, was mir nicht gefallen würde. »Es geht um Ihre Schulden, Madame. Der Erste Konsul wünscht, dass sie beglichen werden.«

»Und da schickt Bonaparte Sie?« Feigling.

Fauvelet nickte. »Ich soll Sie nach der Gesamtsumme fragen.« Er kratzte sich am Kinn. »Er wird sie bezahlen. Er verlangt lediglich, dass Sie sich sofort und zukünftig aller spekulativen Bestrebungen enthalten, Madame.«

Ich schritt um ihn herum, während er redete. Es gab wahrhaftig keine andere Möglichkeit. Meine Schulden waren so hoch, dass ich sie nicht begleichen konnte. Es waren ja nicht nur die Hüte! (Obwohl ich das Geld für achtunddreißig Hüte schuldete – wie ist das nur passiert?) Die großen Rechnungen waren beträchtlich: Die Schulden bei der Firma Bodin, ein Nationalgut, in das ich investiert hatte, und Malmaison machten allein schon über eine Million aus. Und die Perlen, mon Dieu.

Es ist erledigt: Ich habe mich aus der Firma Bodin zurückgezogen. Bonaparte beglich meine Schulden. Es gab Tränen.

7. Februar

»Verdammt, Washington ist tot«, sagte Bonaparte und warf eine Depesche auf den Tisch.

* Das genaue Wahlergebnis lautete 3.009.445 Ja-Stimmen, 1.562 Nein-Stimmen. Sieyès und Ducos traten zurück und wurden durch Cambacérès als Zweitem Konsul und Lebrun als Drittem Konsul ersetzt.

»Der Amerikaner?«
»Ausgerechnet jetzt. Jetzt muss ich öffentlich trauern.« Er sah einen Kalender durch. »Wie viele Tage bleiben noch?«
Wie viele Tage, bis wir in die Tuilerien ziehen, meinte er. »Elf«, sagte ich und studierte den Kalender. Allein schon der Gedanke an den Umzug löste Panik in mir aus. Es gab noch soviel zu tun, soviel, was in so kurzer Zeit noch erledigt werden musste. Die Wände waren noch nicht verputzt. Und die Fußböden – *eigentlich* hätten die Handwerker schon vor drei Tagen beginnen sollen.
»Großartig, zehn Tage Trauer: und *dann* der Umzug.«

14. Februar

Ein erfolgreiches Treffen mit Thérèse. Wir kommen beim Durchgehen der Liste voran. Zu zweit ist es soviel einfacher.

16. Februar

»Sie haben nach mir geschickt, Bürgerin?« Émilies Mann Lavalette stand wie bei einer Armeeinspektion vor mir stramm.
Ich bat ihn, Platz zu nehmen. »Ich möchte Sie um einen Gefallen bitten, Leutnant Lavalette. Allerdings zögere ich, weil damit ein gewisses Maß an persönlichem Risiko verbunden ist. Ich brauche jemand, der nach Österreich reist ...«
Lavalette zeigte sich überrascht.
»... um eine bestimmte Person ausfindig zu machen, einen Emigranten, dessen Name endlich aus der Liste gelöscht wurde. Ich brauche Sie, damit Sie behilflich sind, diese Person über die Grenze zurück nach Frankreich zu bringen.« Keine leichte Aufgabe.
»Darf ich fragen, um wen es sich handelt?«
»Gewiss, aber Sie müssen schwören, es keiner Menschenseele

zu verraten, nicht einmal Ihrer Frau.« Ich hielt inne, lächelte. »François Beauharnais.« Émilies Vater, der Sohn des Marquis.

17. Februar – Tuilerien

Ich schreibe dies an meinem Sekretär in dem Raum, der bald mein neuer Salon sein wird – das gelbe Zimmer, nenne ich ihn. Ich fühle mich unbehaglich, im Zwiespalt mit dem Geschmack der Königin, die diese Räume vor mir bewohnte. Jede Fläche – die Wände, die Decke, selbst der Boden – ist mit Ornamenten verziert.

Werde ich hier jemals glücklich sein? War sie es?, frage ich mich. (Ich bezweifele es.)

Ich bin erschöpft, ermahne ich mich. Es sind immer noch Kisten auszupacken, wegzuräumen. Aber das Speisezimmer und die Empfangsräume sind endlich akzeptabel, die schweren Brokatvorhänge hängen erst seit einer Stunde. Übermorgen …

18. Februar

Alles sollte schon längst für den morgigen Umzug – die große Parade, den Empfang, das Abendessen fertig sein. *Theoretisch* fertig jedenfalls. In Wirklichkeit läuft jedes Mal, wenn ich die Arbeiten überprüfe, irgendetwas schief. Erst heute Nachmittag waren die Handwerker da und haben die Teppiche gelegt. Und nun liegt mein Koch mit einem Schüttelfrost krank im Bett.

19. Februar

Eugènes Uniform wurde ausgebessert, und Hortense hat endlich den richtigen, zu ihrem Kleid passenden Farbton für die Bänder gewählt (ein schönes Blaugrün). Bonaparte eilte gerade herein, und wir gingen zum letzten Mal die Reihenfolge der

Veranstaltungen durch. »Sorge dafür, dass Hortense kurz nach der Kavallerie zuschaut«, flüsterte er mir zu. Aber er wollte nicht sagen warum.

Kurz nach 5 Uhr

»Ich hasse das alles.« Bonaparte zerrte an seiner Schärpe.
»Halt still!«
»Sie sehen majestätisch aus, General«, sagte Fauvelet, als er Bonaparte in seinen Rock half.
»Ich habe dich noch nie so … geschniegelt gesehen«, sagte ich mit einem Lächeln. Bonaparte fühlte sich in alten, abgetragenen Kleidungsstücken am wohlsten.
»Soll das etwa ein Kompliment sein?« Er lächelte nicht. »Fauvelet, Sie können sich glücklich schätzen. Sie müssen sich nicht wie ich in aller Öffentlichkeit blamieren.«
»Madame Bonaparte?« Einer der Umzugsleute deutete auf einen Berg von Kisten. »Sollen die *alle* weg?«
Ich nickte. Umziehen, zu allem anderen auch noch das. Jeden Augenblick würde ich zusammenbrechen. »Wie du selbst gesagt hast, Bonaparte, müssen dich die Leute sehen, sie brauchen ein Spektakel.«
»Dann hörst du mir ja zu.«
»Bonaparte, ich höre immer zu.« Und zwickte ihn in *sein* Ohrläppchen.
Hortense, Émilie und Caroline schwebten ins Zimmer und drehten sich, um sich begutachten zu lassen. Ich befestigte Hortenses Haarband. Carolines Kleid spannte, aber daran war nichts mehr zu ändern. (Ist sie in anderen Umständen?, fragte ich mich. Schon?) »Ihr solltet mal Joachims neue Feder auf seinem Hut sehen«, sagte Caroline. »Sie hat dreihundert Francs gekostet.«
»Was ist das für ein grässlicher Lärm?« Ich sah zur Tür.

Eugène erschien. Er saß rittlings auf einem Stuhl und schaukelte und hüpfte damit in den Raum, als wäre der Stuhl ein Pferd. Die Mädchen und ich brachen in schallendes Gelächter aus. Er sprang ab, bändigte sein »Roß« und salutierte. »Nun?« Grinste. Führte seine neue Uniform vor, die Uniform der Konsulargarde.
»Oh«, sagte Hortense atemlos, »alle Mädchen werden dir ihre Blumensträuße zuwerfen.«
»Solange sie sie nicht meinem Mann zuwerfen.« Caroline band die Schleife in ihrem Haar, damit sie besser stand. »Seht nur, wie schlaff sie herunterhängt.«
Unser Kutscher erschien im Frackrock an der Tür. »Ihre Kutsche steht bereit, Madame.«
Ich schaute zur Uhr auf dem Kaminsims. Wir waren pünktlich – ein Wunder. Ich warf einen Blick in den Spiegel: Ich hatte den Eindruck, zu stark geschminkt zu sein, wie eine Schauspielerin, die sich auf ihren Bühnenauftritt vorbereitet. Und dann wurde mir klar, dass ich ja eine Schauspielerin und dies eine Bühne war.
»Kommt, Kinder. Es wird Zeit!«, sagte Caroline zu Hortense und Émilie und rauschte mit übertrieben vornehmer Miene in den Gang hinaus.
Ich suchte Bonapartes Blick, lächelte – Kinder! –, aber er war mit anderen Dingen beschäftigt. Der Kammerdiener half ihm, seine Stiefel anzuziehen. »Ich sehe dich dann später – nach der Revue?« Und vor dem Essen, dachte ich, wobei mir einfiel: War das Silber eingepackt worden? Und besorgt: Sollte ich jetzt meine neuen Möpse mitnehmen?
Bonaparte erhob sich und zerrte an der Stiefelschlaufe. »Ich kriege meinen Fuß nicht hinein.« Der Stiefel flog weg.
Ich berührte ihn an der Schulter. Er drehte sich um, als hätte er sich erschrocken. Wenn er zu Soldaten sprach, fühlte sich Bonaparte wohl; zu Zivilisten sprechen zu müssen jagte ihm schreckliche Angst ein. Jedes royalistische Land in Europa würde in-

ständig auf einen Fehler hoffen. »Alles wird großartig laufen«, sagte ich und gab ihm einen Kuss.

Die Parade war *großartig*. Eugène sah prächtig aus (ebenso sein neues Pferd Pegasus), und die Menschenmenge geriet wegen Bonaparte außer Rand und Band. Es war ein bewegender Augenblick, als die zerfetzten Fahnen der italienischen Armee vorüberzogen. Bonaparte nahm den Hut ab und neigte den Kopf; die Menge wurde plötzlich still, ehrfürchtig. Dieser kleine Mann mit so großen Träumen hat alle unsere Herzen mit Hoffnung erfüllt. Wenn es Engel gab (und es musste sie geben, bestimmt), dann sind sie jetzt bei ihm.

Ja, sogar meine Tochter kann sich seinem Zauber nicht entziehen. Sobald die Kavallerie vorüberritt, entschuldigten sich Hortense, Émilie und Caroline, um den Puderraum aufzusuchen. Gerade noch rechtzeitig fiel mir Bonapartes Anweisung ein. »Warte, Hortense.« Die Militärkapelle marschierte auf dem Hof auf, die Blasinstrumente glänzten in der Sonne. »Nur einen Moment, *bitte*.«

»Warum?«, wollte Caroline wissen, als Hortense wieder auf ihren Stuhl mit Blick auf den Schlosshof glitt. Die Musiker der Kapelle hatten ihre Plätze eingenommen, und ein Bursche lief mit einem Schemel über den Hof, auf dem der Dirigent stehen konnte.

»Ich weiß es auch nicht.« Der Dirigent stieg auf den Schemel und hob seinen Taktstock. Die Musiker setzten ihre Instrumente an, und die Eröffnungsakkorde wurden angeschlagen. Das Stück klang vertraut, aber ich konnte es nicht einordnen.

Hortense beugte sich vor, die Hände auf den Knien.

»Können wir jetzt gehen?«, fragte Caroline, die noch an der Tür stand. Hortense hob den Zeigefinger.

»Hortense, ist das nicht dein Lied, das Marschlied, das du geschrieben hast?«, fragte ich. *»Partant pour la Syrie?«*

»Still«, schrie sie auf. »Ich will es hören!«

Partant pour la Syrie

Nº 1.

Piano.

»Wie hat es dir gefallen?«, fragte Bonaparte, als er in mein Ankleidezimmer platzte. »Meiner Meinung nach ist es ziemlich gut gelaufen.«

»Es war fabelhaft«, sagte ich. Er hatte nicht bemerkt, dass Hortense an der Tür saß.

»Warum ist es hier drin so dunkel? Wo sind die Kinder? Was hat deine Tochter gesagt?«

Ich sah im Spiegel zu Hortense und lächelte. Bonaparte folgte meinem Blick. »Oh!«, sagte er erstaunt.

Hortense erhob sich, die Hände vor sich gefaltet. »Ich fühlte mich ja so geehrt.«

Bonaparte lächelte. »Du warst überrascht? Gut. Die Musiker möchten wissen, ob du ihnen noch einen Marsch schreiben würdest.«

Hortense, die keinen Ton herausbrachte, nickte nur. Röte überzog ihre blassen Wangen. »Caroline wartet auf mich!«, schrie sie und stürzte aus der Tür.

»Meinst du, dass sie sich freut?«, fragte Bonaparte verdutzt.

»Sie ist gerührt.« Ich drückte seine Hand an meine Wange. »Dass du das getan hast, war sehr lieb von dir.«

»Das Stück ist gut«, sagte er schulterzuckend und setzte sich, damit ihm der Kammerdiener die Stiefel ausziehen konnte. »Warum hast du die Vorhänge zugezogen?«

»Die Leute schauen herein.« Kurze Zeit zuvor hatte ich einen Schrecken bekommen, als ich ein Männergesicht sah, das sich an den Eisenrost drückte. »Aber hier drin ist es auch dunkel, wenn die Vorhänge aufgezogen sind.« Die Räume liegen unter dem Boden; die Fenster sind hoch oben in der Wand. Wenn man saß, konnte man nicht hinausschauen. »Deine neuen Kniehosen liegen zusammen mit der Schärpe oben auf der Kiste.«

Kurz danach erschien er wieder, seinen Diener wie einen Schatten im Gefolge.
»Ausgezeichnet«, sagte ich, obwohl sie nicht tadellos saßen. Es war keine Zeit mehr gewesen.
Mimi kam an die Tür, reizend anzuschauen in ihrem neuen Musselinkleid. »Der Dritte Konsul Lebrun und seine Frau sind …«
»Schon?« Ich sah auf die Uhr. Es war erst fünf! Wir erwarteten die Ankunft der Gäste nicht vor sechs.
»Ich brauche nur noch einen Augenblick.« Ich stand vor dem großen Spiegel, während Mimi meine Perlen befestigte. Die Königin hatte ihr Bild in diesem Spiegel betrachtet, dachte ich.

Nach dem Abendessen mit den Konsuln (langweilig!) ging ich ins Schlafzimmer voraus, um mich auf meinen Mann vorzubereiten. Mimi schickte ich fort. Als ich allein war, badete ich und zog mir ein einfaches Flanellkleid über. Ich hatte genug von Spitzen und Gepränge. In eine Decke gewickelt saß ich am Feuer und dachte an die Frau, die einst auch so dagesessen hatte, in diesem Raum, an diesem Kamin, und auch darauf gewartet hatte, dass ihr Mann zu ihr kam. Ihr Mann: König Ludwig XVI. Ich erinnerte mich an den Tag, als er unter der Guillotine starb, an die langsamen, monotonen Trommelwirbel. Und dann erinnerte ich mich an den Tag ein knappes Jahr später, als die Königin starb, nur noch der Schatten einer Frau, verwitwet, ihrer Kinder beraubt. Sie war achtunddreißig, als sie starb, nur wenige Jahre älter, als ich jetzt bin.
Königin Marie-Antoinette. Wie seltsam es mir vorkommt, hier zu leben, an ihrem Sekretär zu schreiben. Wie seltsam und wie unwirklich.

Bonaparte kam, als die Uhren Mitternacht schlugen. »Ich läute nach dem Diener«, sagte er.

»Nein, lass das.« Ich half ihm aus seinem Mantel.
Mit seinem Nachthemd bekleidet, den Kopf mit einem meiner Madrasschals umwickelt, betrachtete er nachdenklich den Raum. »Nun denn.« Er ließ das mit Bronze dekorierte Mahagonibett auf sich wirken, ein monumentales Stück mit (hässlichen) überladenen Goldbronzeverzierungen.
»Ich kann es immer noch nicht glauben, dass wir jetzt hier leben.« Ich sagte nicht, dass ich es nicht einsehen kann, dass dieser grässliche Ort jetzt mein Zuhause sein soll.
Bonaparte ging zu dem bombastischen Bett und zog den kleinen Tritt heraus. »Komm, kleine Kreolin.« Lächelnd, die Arme weit ausgebreitet, verbeugte er sich wie ein Höfling aus der Taille. »Steige in das Bett der Könige.«

»Bonaparte, hast du nicht auch das Gefühl, als wärst du in einem Traum?« Die Mitte des riesigen Bettes war wie ein Tal; ständig rollten wir hinein. (Ich muss eine neue Matratze anfertigen lassen.)
Bonaparte, kurz davor einzuschlafen, brummte und zog mich näher heran, die Arme um meine Taille gelegt. »Ja«, sagte er gleich darauf, »ein Traum, den ich geschaffen habe.«
Ich hatte nicht den Mut, ihn zu fragen, welche Folgen dieser Traum hatte. »Ich denke dauernd an all das, was in diesem Raum geschah, an die Könige und Königinnen, die in diesem Bett geschlafen haben.« Die Könige und Königinnen, die ihr Leben verloren.
»Und ich denke dauernd daran, wie schön du bist, dass ich mehr Glück habe als einer dieser Könige.« Seine Hände gingen erneut auf Wanderschaft.
»Bonaparte, das ist mein Ernst. Es flößt mir Angst ein, hier zu sein, hier zu leben. Ich gehöre nicht hierher.«
»Du stellst Gott infrage, wenn du so etwas erklärst.« Er stützte sich auf den Ellenbogen.

Ich rollte mich auf den Rücken, sah ihm in die traurigen, ernsten Augen. »Was meinst du damit?« Bonapartes Energie, seine Träume, seine Ziele kannten keine Grenzen. War es der Glaube, der ihm Mut einflößte?
»Erinnerst du dich an das Schicksal, das man dir prophezeit hat, dass du eine Königin sein wirst?«
Die Tränen traten mir in die Augen. »Ich möchte keine Königin sein, Bonaparte.«
»Aber ich werde dich an meiner Seite brauchen«, sagte er leicht scherzhaft.
Ich legte ihm die Hand an die Wange. »Ich liebe dich.«

Ich lag stundenlang, wie es mir vorkam, neben meinem Mann und lauschte den Geräuschen der Nacht. Ich konnte die Prostituierten im Garten lachen, vor unseren Fenstern flüstern hören. Ich lag da und hörte in mein Herz hinein, in die ungewohnte, stille Dunkelheit der kalten Marmorflure.
Die Glocken hatten gerade einen Ton geschlagen, als ich es wieder spürte, dieses Frösteln. Bonaparte, der oftmals so tief schlief, dass ich fürchtete, er könnte tot sein, murmelte und drehte sich, zog die Decken um sich, als könnte er es ebenfalls spüren. Ich setzte mich auf, wachsam. Ich sah, wie ein Licht näher kam.
»Mimi?«, zischte ich. Mein Herz fing wild zu pochen an. Nur schlechte Nachrichten kamen so, in der Nacht. Ich zog die Decke um mich. Warum war es plötzlich so eisig kalt? Und dann sah ich sie wieder: dieses schlichte weiße Kleid, diese schlichte weiße Haube. Die Königin – in Gefängniskleidung. Ich stieß einen Schrei aus, streckte die Hand nach Bonaparte aus. In dem Moment, als ich ihn berührte, wich sie zurück, löste sich auf. Und dann war der Raum wieder dunkel und still bis auf das Pochen meines Herzens.

Man nennt mich den Barmherzigen Engel

22. Februar 1800

»Schon siebenundzwanzig heute Morgen«, sagte Mimi mit großen Augen.
Siebenundzwanzig Bittsteller? Gestern waren es zwölf gewesen und fünfzehn am Tag zuvor. Stolze, hungernde Aristokraten, zitternde Bettler. Weinende Frauen, sprachlose Männer, stotternde Kinder: Alle waren verzweifelt, alle brauchten Hilfe.

»Madame Bonaparte.« Das Mädchen verbeugte sich. Die alte Frau, die sie begleitete, war im unbequemen Stil des Ancien Régime gekleidet. Mit Hilfe eines Spazierstocks hielt sie sich mühsam auf den Beinen.
»Oh, bitte, setzen Sie sich doch«, sagte ich mit Nachdruck. Ihre zur Seite gerutschte Turnüre ließ sie missgestaltet aussehen.
»M-M-Madame B-B-Bonne ...«, stotterte die alte Frau, aber weiter kam sie nicht.
»*Bon à Parté*, Grandmaman.« Das Mädchen warf mir einen verlegenen Blick zu.
»Mademoiselle de Malesherbes, nicht wahr?« Das Mädchen war vor Wochen schon einmal zu mir gekommen. Ich schätzte sie auf zwölf Jahre, vielleicht dreizehn.
»Sie erinnern sich!« Sie wurde rot.
Woran ich mich erinnerte, war die bezaubernde Ergebenheit gegenüber ihrer Großmutter, deren Namen man während der Revolution auf die Liste gesetzt hatte und der es beschieden

war, in Deutschland, fern von ihrer Familie, ihren Lieben zu sterben.
Ich nahm die Hand der alten Frau. »Dann müssen Sie die Comtesse de Malesherbes sein.«
»In Deutschland nennt man Sie den Barmherzigen Engel«, sagte die alte Frau jetzt mit klarer Stimme. Ihr Griff war wie ein Schraubstock. »Ich möchte, dass Sie zu meinem Begräbnis kommen.«
Ich lächelte. »Ich hoffe, dass dies noch nicht so bald sein wird.«
»Es wird eine großartige Feier. Meine Töchter haben es versprochen.«
»Wir sind gekommen, um Ihnen zu danken«, sagte das Mädchen.
»Und Gott segne Sie!«

Nach über zwanzig weiteren Bittstellern wurde ich müde. Kein Wunder, dass Thronsessel gepolstert sind. »Nur noch einer«, teilte mir der Pförtner mit. »Mademoiselle Compoint.«
Ich legte den Kopf zur Seite. »Wie bitte?«
Er schielte auf die Karte. »Mademoiselle Louise Compoint.«
Lisette?
»Ich könnte ihr sagen, dass sie morgen wiederkommen soll, Madame.«
Ich trommelte auf die Stuhllehne – wie es Bonaparte häufig tut, kam es mir in den Sinn. Bald hätte ich wohl alle seine nervösen Marotten übernommen – sein Zupfen, sein Zucken. Vielleicht wäre ich sogar bald so unbeherrscht wie er. Wenn ich doch bloß sein Urteilsvermögen besäße, dachte ich. Sollte ich ablehnen, Lisette zu empfangen? »Schicken Sie sie herein«, sagte ich schließlich und straffte die Schultern.

Sie sah älter aus, als ich erwartet hatte. Zwischen ihren Augen waren Unmutsfalten, die ihre starke Schminke nicht verdecken konnte. Sie sah wie eine *grisette** aus, dachte ich mit einem unerwarteten Gefühl des Mitleids … und der Schuld. Ich wusste, wie es Zofen erging, die ohne Zeugnis entlassen wurden, wusste, welche Möglichkeiten sie hatten.

»Madame«, sagte sie. Vier Jahre war es erst her, dass sie genauso nervös wie jetzt vor mir gestanden hatte. »Ich bin gekommen, um Sie um Vergebung zu bitten.« Sie senkte den Kopf, eine unterwürfige Geste, die genauso oberflächlich war wie ihre Worte.

»Vergebung ist eine ziemlich große Bitte.« Ich mochte das Gefühl nicht, das über mich gekommen war, die Erkenntnis, dass ich Macht hatte und sie nichts. »Sag mir, warum du gekommen bist«, sagte ich schließlich.

»Ich möchte heiraten, Madame – aber ich brauche dringend eine Mitgift.«

Aha, natürlich, sie war gekommen, weil sie Geld wollte. Einst, in einer vertrauensvolleren Zeit, hatte ich ihr eine Mitgift versprochen. »Du bist verlobt?«, fragte ich. Ich war zornig, aber auch voller Reue. Keiner von uns war ohne Schuld, wenn man es mit der Wahrheit genau nahm.

»Beinahe, Madame. Wenn ich eine Mitgift hätte, würde mich ein englischer Jockey heiraten, sagte er.«

»Würdest du dann nach England ziehen?«

»Ja, Madame.«

»Also gut.«**

Abends

Fouché ließ sich in einen Sessel am Feuer fallen. »Entmutigt, Bürger?«, fragte ich. Der Polizeiminister hatte gerade eine Besprechung mit Bonaparte gehabt.

* grisette: ein leichtes Mädchen

** Die Ehe scheiterte, und Lisette starb in erbärmlichen Verhältnissen.

»Ich gebe mich geschlagen. Wie es aussieht, war ich nicht erfolgreich in meinem Bemühen, den Ersten Konsul von der Durchführung seines Plan, die abscheuliche Sitte des Maskenballs wieder aufleben zu lassen, abzubringen.« Er verzog das Gesicht. »Die Zunft der Wäscherinnen hat sich durchgesetzt, wie ich leider sagen muss.«*

»In dieser Hinsicht werden Sie von mir leider keine Unterstützung erhalten.« Seit dem letzten Maskenball waren über sieben Jahre vergangen. In ganz Paris herrschte begeisterte Vorfreude, die Läden stellten Kostüme, phantasievolle Kreationen, in ihre Schaufenster. Farbenfrohe Seide zu kaufen war nicht mehr möglich. Wie es schien, wollte jeder als ägyptischer Gott, Mamelucke, Türke oder Haremstänzerin gehen. Ich selbst wollte als Schmetterling gehen. Und Bonaparte – den ich schließlich dazu überredet hatte, daran teilzunehmen – als Cäsar.

»Das überrascht mich nicht im Geringsten«, sagte Fouché und klopfte auf seine Schnupftabakdose. Hergestellt aus schwarzem und goldenem Email, passte sie genau zu seinem Rock – ein modisches Detail, das bei einem schlampigen Mann merkwürdig fehl am Platze wirkte. »Aber andererseits sind Sie ja auch nicht für die Sicherheit der braven Bürger von Paris verantwortlich.«

Er bot mir eine Prise Schnupftabak an. Ich lehnte ab. »Soll das etwa ein Vorwurf sein, Bürger Polizeiminister?«

Fouché ließ seine hübsche kleine Dose zuschnappen und in seine Tasche gleiten. »Den braven Bürgern von Paris Masken aufsetzen und ihnen für eine Nacht die Freiheit lassen, alles zu tun, was sie wollen, ohne dass es Konsequenzen hat?« Er zuckte mit den Schultern. »Nous verrons.«

* Die Zunft der Wäscherinnen, eine der mächtigsten in Paris, hatte sich wegen all der Waschaufträge, die durch die Feste entstanden, für die Rückkehr des Mardi Gras (Faschingsdienstag) eingesetzt und ihren Einfluss auf die Abgeordneten geltend gemacht.

»Du hast es Émilie nicht gesagt? Sie weiß von nichts?« Tante Désirée staubte zum dritten Mal in zehn Minuten ihre Porzellanfiguren ab.
»Meinst du, ich hätte es tun sollen?«, fragte ich und schaute aus dem Fenster in den Hof. Warum verspäteten sie sich? Es war Viertel nach drei. Lavalette und sein *ganz* besonderer Schützling – Émilies Vater und mein früherer Schwager, Vicomte François de Beauharnais – hätten schon vor fünfzehn Minuten hier sein sollen, eine volle Stunde bevor Émilie eintreffen sollte. Das Warten war unerträglich.
»Als ich dem Marquis erzählte, dass sein Sohn käme, hat ihn der Schock fast umgebracht. Stell dir nur vor, wenn François ohne Vorwarnung hereinspaziert wäre? Émilie ist anfällig, sie könnte …« Tante Désirée blinzelte, schniefte. »Ach Liebes, François ist noch gar nicht hier, und ich weine bereits!«
Ich führte sie zum Sofa und klingelte nach ihrem Mädchen, damit sie Hysteriewasser brachte. »Und das Riechsalz«, rief Tante Désirée und fächelte sich Luft zu. »Ich habe das Küchenmädchen heute Morgen eigens in die Apotheke geschickt, damit wir genügend davon haben. Oh!«, schrie sie, als die Türglocke läutete. »Das sind sie.« Mit angstvoller Miene.
»Setz dich, setz dich«, beruhigte ich sie, stieß sie aber praktisch wieder auf das Sofa zurück. »Du bleibst hier.«
»Ist meine Frisur in Ordnung?«
»Du hast nie hübscher ausgesehen«, versicherte ich ihr und eilte in die Diele, wo ich Lavalette vorfand, der einem Mann mittleren Alters aus seinem Rock half. Es war François, der zwar schwerer und merkwürdig altmodisch in seiner gepuderten Perücke aussah, aber trotzdem der vornehme, sanftmütige François war. Ohne Umschweife eilte ich zu ihm und nahm, gegen die Tränen ankämpfend, seine Hände in meine; er sah Alexandre so ähnlich.

»Rose?« Er nahm mich in die Arme. Es war schon … wie lange her? Sieben Jahre, seit er geflohen war? In diesen sieben schrecklichen Jahren war sein Bruder unter der Guillotine gestorben; waren der König und die Königin enthauptet worden; hatten wir eine Herrschaft des Terrors durchgemacht und nicht nur eine, sondern drei Republiken gegründet (bemüht, die richtige zu bekommen). Und ich hatte wieder geheiratet, einen Mann, der die Nation gerettet hatte, und das Königsschloss war nun mein Zuhause. »Du hast dich überhaupt nicht verändert«, sagte er und trocknete seine Augen.

»Fou Fou?«, schrie Tante Désirée in dem Moment auf, als François den Salon betrat, nannte ihn bei seinem Kindernamen. François beugte sich vor, um der Frau, die für ihn wie eine Mutter gewesen war, einen zärtlichen Kuss zu geben. »Du siehst so alt aus!«, rief sie und bekreuzigte sich. Und dann fing sie zu heulen an. »Es geht mir gleich wieder gut, keine Sorge, keine Sorge!«, rief sie und schnäuzte sich laut in ihr riesiges Taschentuch.

François half ihr hoch und nahm sie in die Arme. Sein Kopf ruhte auf ihren frisierten Haaren, er blinzelte und blinzelte und tätschelte verlegen ihren bebenden Rücken.

»Das reicht jetzt!«, sagte Tante Désirée und wich schniefend zurück. »So. Das wär's. Ich habe geweint, und jetzt ist Schluss damit. Komm, gehen wir zu deinem Vater, damit er nicht stirbt, bevor du auch nur die Treppe hoch bist. Wusstest du, dass wir mittlerweile verheiratet sind? Du darfst mich Maman nennen.«

»Maman«, wiederholte François gehorsam und lächelte mit zärtlicher Zuneigung.

Ich suchte Lavalettes Blick. »Émilie wird um vier hier sein«, flüsterte ich ihm zu und schaute kurz zur Uhr. Nur noch fünfzehn Minuten.

»Ich werde hier unten auf sie warten«, sagte er, setzte seinen

lächerlichen runden Hut ab und fuhr sich mit der Hand über den kahl werdenden Kopf. »Weiß sie es?«
Ich verdrehte die Augen, schüttelte den Kopf und lief die Treppe hinauf.
François stand auf dem Treppenabsatz vor der Tür seines Vaters, die Hand auf dem Glasknauf. »Désirée – *Maman* – hat mir gesagt, dass ich hier warten soll«, sagte er mit nervöser Stimme.
»Geh schon, geh schon«, sagte ich, packte ihn am Ellenbogen und drängte ihn hinein.

Das Zimmer roch nach Kräuteressig und Rosen.
»Vater?«, sagte François ein wenig ungläubig. Der geschrumpfte Mann in dem Federbett war nicht mehr der strenge Patriarch, den er gekannt hatte.
»Komm, wir warten unten«, flüsterte ich meiner Tante zu.
Der Marquis streckte seine zitternde Hand aus. François drückte die Finger seines Vaters an die Lippen. Sein Gesicht glänzte vor Tränen, und seine Unterlippe bebte unkontrollierbar.
Ich zupfte meine Tante am Ärmel. »Komm, wir lassen die beiden allein«, wiederholte ich. Offen gestanden wusste ich nicht, wie viel mein Gemüt noch ertragen konnte. Aber genau in diesem Augenblick hörte ich leichte Schritte auf der Treppe – Émilie?
Sie erschien in der Tür, den Schleier über dem Gesicht.
»François, hier ist jemand, der dich sehen möchte«, sagte Tante Désirée.
Émilie wollte rückwärts aus dem Zimmer, aber ihr Mann war hinter ihr – sie konnte nicht. »Habe keine Angst, Schatz«, sagte ich und griff nach ihrer Hand.
»Émilie?« Die Stimme ihres Vaters zitterte vor Rührung.
»Nun habe mal keine Angst«, sagte Tante Désirée. »Das ist dein Vater.«
François verbeugte sich mit aristokratischer Würde. Langsam hob Émilie den Schleier.

»Nun denn, das sind genug Tränen für heute!«, sagte Tante Désirée, öffnete das Fenster und atmete tief die kalte Luft ein. »Puh!«, rief sie aus und fächelte sich. »Puh.«

[Ohne Datum]

Ein herrlicher Tag in Malmaison. Ausgelassene Spiele mit den Kindern auf dem Rasen, Bonaparte lachte. Wir diskutierten (lautstark!), wer welche Rolle in dem Stück spielen sollte, das wir aufführen wollten (Corneilles *Mélite*). Und dann am Abend Schach vor dem Kaminfeuer, Bonaparte mogelte (oder versuchte es zumindest), die Kinder hänselten ihn lautstark! »Das darfst du nicht, Papa«, platzte Hortense missbilligend heraus.
Papa. Bonaparte lächelte, suchte meinen Blick. Er sah aus, als wäre er gerade gesegnet worden.

27. Februar

»Warum lachst du?« Bonaparte stand in einer schlecht drapierten weißen Toga und einer improvisierten Krone aus goldenen Blättern um die Stirn vor uns.
Ich versuchte, das Lachen, das in mir hochstieg, unter Kontrolle zu halten, aber es sprudelte ständig über und löste erst bei Hortense und dann bei Eugène einen Lachanfall aus. Bonaparte sah so ernst aus.
»Das war's. Ich gehe nicht«, sagte er und riss sich die Krone vom Kopf. Vier goldene Blätter flatterten zu Boden.
»Bonaparte, nein!« Wir sprangen alle protestierend auf. »Es ist perfekt«, versicherte ich ihm, und dann schlossen sich Hortense und Eugène an. »Mit deinen römischen Gesichtszügen, deinem Profil siehst du darin wie ein Held aus.«
Er betrachtete uns ausdruckslos. »Und was, wenn ich fragen darf, findet ihr dann so komisch?«

»*Wir* wissen, dass du Bonaparte bist«, sagte Hortense und hakte ihn lieb unter.
»Sonst niemand«, fiel Eugène ein.
»In dieser Verkleidung wird dich niemand erkennen«, versicherte ich ihm.

Natürlich wurde Bonaparte sofort erkannt. Im Ballsaal herrschte dichtes Gedränge, doch die Menge teilte sich ehrfurchtsvoll, als er erschien. (Glücklicherweise lachte niemand.)
Ich ergriff seine Hand – sie war feucht. Menschenmengen machten ihn nervös, wie ich wusste. Vielleicht hatte er Recht, vielleicht war es ein Fehler gewesen, dachte ich. Ich blickte über die Schulter. Roustam, gekleidet wie immer, war nicht weit hinter uns.
»Ist das Émilie?«, fragte ich Hortense und nickte zu einer jungen Frau in einem mittelalterlichen Gewand und einem Schleier vor dem Gesicht. Sie stand mit ihrem Mann Lavalette (ein Ritter) und einem anderen Mann zusammen, den ich zunächst nicht unterbringen konnte. Ihr Vater François, wurde mir plötzlich klar, im Kostüm eines Revolutionärs mit langer Hose, kurzer Jacke und Jakobinermütze.
»Und ist das nicht Tante Désirée?«, fragte Eugène.
»Ich fasse es nicht«, sagte ich. Tante Désirée, unpassend als Zigeunerin kostümiert, saß neben dem alten Marquis, der seinen alten (sehr alten!) Hut aus seiner Zeit als Marinekommandant aufhatte.
»Da ist Caroline, mit Murat«, sagte Hortense.
»Ah!« Der Wikinger und die Bauchtänzerin – die sich tief in die Augen schauten. (Wer hätte gedacht, dass sich ein raubeiniger Soldat wie Murat so unsterblich in ein Mädchen wie Caroline verlieben würde – seine *Frau*?)
Ein Mann mit schwarzer Kapuze erschien vor uns: Fouché als Tod verkleidet. »Ich bleibe ganz in der Nähe«, versicherte er uns.

»Wie tröstlich«, sagte ich.
Auf einmal gab es hektische Aufregung an der Tür, heisere Jubelrufe, rüdes Gejohle. Vier als Waldnymphen verkleidete Frauen hatten ziemlich theatralisch den Saal betreten, ihre kurzen Tuniken (durchsichtig über fleischfarbenen Hemden, sodass sie nackt aussahen) endeten an den Knien.
»Maman!«, zischte Hortense. »Das ist Bürgerin Tallien – mit entblößten Beinen.« Sie wandte entsetzt den Blick ab.
Meine Ehrenjungfrauen! Gefolgt von Fortunées blinzelndem Ehemann Hamelin (als venezianischer Gondoliere kostümiert) und einem hübschen kleinen Mann im Narrenkostüm – Hauptmann Charles? Eine als Hure verkleidete alte Frau klammerte sich an seinen Arm. Die reiche, alte Madame Montaniser.
Bonaparte wandte sich an Fouché. »Diese Frauen sind halb nackt. Das kann nicht zugelassen werden.«
»Ich werde mich darum kümmern«, sagte Fouché.
Gleich würde der Contredanse beginnen. »Nein, warten Sie.« Ich packte Fouché am Ärmel. »Ich werde mit ihnen reden.«
Thérèse umarmte mich mit ausgebreiteten Armen. »Ich muss dir etwas sagen.« Ich zog sie in den Alkoven. Wie sollte ich es bloß erklären? »Es gibt da ein kleines Problem.« Ich holte tief Luft. »Bonaparte macht sich Sorgen um die … Kleidung.« Die *fehlende* Kleidung. »Daher…« Ich schluckte. »Daher ist es vielleicht das Beste, wenn du gehst, du und die anderen.«
»Aber wir sind doch gerade erst gekommen.« Sie musste die Stimme erheben, damit ich sie hörte.
Ich schnitt eine Grimasse. »Ich fürchte, dass ihr dazu aufgefordert werdet – von der Polizei –, wenn ihr nicht geht.« Am Rande der Tanzfläche erschien ein hoch gewachsener Mann, die Hand auf dem Kreuz. Er trug eine Maske – das Gesicht von Lazare Hoche. Ich presste die Hand ans Herz.
»Wir haben doch nichts Unrechtes getan«, sagte Thérèse.

Der Mann mit der Maske drehte sich um und sah mich an, dann verschwand er in der Menge.
»Es hat etwas mit ... Veränderungen zu tun«, sagte ich, mein Herz pochte wild gegen meine Rippen. War es derjenige, der es, wie ich befürchtete, sein könnte? »Neue Maßstäbe setzen.« Und persönliche Opfer bringen. Ich spürte, wie sich meine Augen füllten. Ich schluckte, atmete vorsichtig ein. Ich wollte meine Schminke nicht verschmieren. »Thérèse, bitte, verstehst du denn nicht?« Die Musiker begannen zu spielen. »Die Zeit der Legenden ist vorüber, und die Regentschaft der ...« Ich blinzelte, um die Tränen zurückzuhalten. Die Regentschaft der Geschichte, hatte ich sagen wollen.
»Hör zu«, sagte sie und nahm meine Hand, »ich verstehe schon. Ich weiß, dass es nicht leicht ist.« Sie küsste mich auf die Wangen. »Ich werde es den anderen ...«
Aber sie wurde von Fortunée Hamelin unterbrochen, deren Stirn glänzte und deren nackten Brüste wogten. »Ist das nicht wundervoll? Parbleu, was für ein Fest, Thérèse. Ouvrard verlangt nach dir. Wir brauchen noch einen, um eine Gruppe zu bilden. Ich *liebe* dein Kostüm, Joséphine.« Fortunée packte Thérèses Hand und zog sie in das Meer der Feiernden.
Ich stand einen Augenblick mit dem Rücken an einem Pfeiler da und betrachtete das festliche Getümmel. Mir war schwindlig vom Druck der Menschenmenge, den beunruhigenden Kostümen, den kalten Augen hinter den Masken.
»Madame Bonaparte, gehen Sie mir ja nicht wieder verloren.«
»Oh, Sie sind es, Fouché.« Er schlich sich immer so heran.
»Sie sollten etwas wissen.« Er war vielleicht die einzige nüchterne Person im Saal – mit Ausnahme meines Mannes. »Paul Barras ist hier. Ich empfehle Vorsicht.«
Ich nickte. Ich wusste es schon.
»Er trägt eine Maske, das dem Gesicht von General Lazare Hoche ähnlich sieht.«

Fouché brachte mich zum Haupttisch. »Ah, da bist du ja.« Bonaparte war verärgert: Der junge Jérôme, bereits betrunken, hatte einen von Paulines Liebhabern zum Duell gefordert. Er nahm meine Hand. Sein trauriges, ernstes Gesicht war irgendwie ein wohltuender Kontrast zu der außer Rand und Band geraten Fröhlichkeit um mich herum. »Warum zitterst du?«, fragte er. Ich hörte eine Frau laut lachen. Ich schaute über die Schulter zurück. Hauptmann Charles jonglierte für Madame Montaniser mit Bällen. »Hast du mit Thérèse gesprochen?« Bonaparte presste meine Finger an die Lippen.

Ich nickte und blinzelte, um die Tränen zurückzuhalten. Wir hatten nur uns beide, stellte ich fest. Aber es genügte. Ja, es war sogar sehr viel.

»Was hast du ihr gesagt?«

»Ich sagte ihr, dass sich alles verändert hätte.« Es hatte sich wirklich alles verändert.

»Konsul«, unterbrach Fouché, »ich wurde gerade darüber informiert, dass die Musiker beabsichtigen, *Chant au départ* zu spielen. Ich denke, Sie sollten …« Aber er hatte die Worte kaum ausgesprochen, als auch schon die Eröffnungsakkorde angestimmt wurden. Alle jubelten plötzlich: *Vive Bonaparte! Frieden mit Bonaparte!*

»Ich denke, dass Sie auf der Tribüne sicherer wären, Konsul.« Bonaparte griff nach meiner Hand und neigte den Kopf in Richtung der Tribüne.

»Ich?«

»Ich will dich an meiner Seite haben.«

Fouché drängte sich zur Treppe durch, Bonaparte und ich segelten in seinem Kielwasser. Als wir auf der Tribüne erschienen, brandete Jubel auf. *Vive Bonaparte!*

Über die Köpfe der Menge hinweg sah ich im Hintergrund neben den Doppeltüren ein Handgemenge. Vier Gendarme eskortierten den Mann mit der Hoche-Maske hinaus: Père Barras. Meine Kehle schnürte sich zusammen.

Der Lärm wurde lauter und heftiger. Irgendjemand hatte die *Marseillaise* angestimmt. Die Wände des Ballsaals schienen von den donnernden Jubelrufen zu beben: *Vive Bonaparte! Vive la République! Die Revolution ist vorüber!*

Ich sah Joseph und Lucien Bonaparte, als Piraten kostümiert, an einem Pfeiler stehen. Ich verbeugte mich zu ihnen. (Schadenfroh: Ja! Ich gebe es zu.) Dann spürte ich, dass jemand an meinen Saum zupfte. Es war Mademoiselle Malesherbes, meine süße, kleine Bittstellerin, als Veilchen kostümiert. Ihre Großmutter, Comtesse de Malesherbes (mit einem Narrenhut auf dem Kopf), saß zusammengesunken in einem Behindertenstuhl neben ihr. »Consulesse Bon à Parté.« Das Mädchen musste schreien, um gehört zu werden. »Meine Großmutter lässt ihnen sagen: *Lang lebe der Barmherzige Engel*.«

Ich lächelte und winkte der Comtesse zu, die mit zahnlosem Grinsen Beifall klatschte.

Ich entdeckte François in der Menge, der bei einer Venusstatue stand, den einen Arm um die Schultern seiner Tochter gelegt. Leutnant Lavalette stand wie ein Zerberus hinter ihnen. Er beugte sich hinunter, um etwas zu seiner Frau zu sagen. Émilie hob den Schleier und lächelte.

In diesem Augenblick bemerkte ich Thérèse an der Rückseite des Ballsaals, die gerade hinter Fortunée Hamelin, Minerva und Madame de Crény zu den großen Doppeltüren hinausging. Meine Ehrenjungfrauen! Thérèse warf mir eine Kusshand zu und winkte zum Abschied. »Ahr-ri-we-der-tschi!«, hörte ich Fortunées Mann Hamelin brüllen, als sich die Türen hinter ihnen schlossen.

Die Zeit der Legenden ist vorüber …

Und dann auf einmal konnte ich seltsamerweise noch die fröhlichen Gesichter sehen, aber die Rufe nicht mehr hören. Und genau in diesem Augenblick sah ich sie wieder, in den Schatten hinter den beiden Pfeilern: dieses Gesicht, dieser zusammengepresste Kiefer, diese weiße Rüschenhaube.

Ich berührte Bonapartes Arm und konnte wieder hören. Das Tosen in meinen Ohren vermischte sich mit Jubelrufen. *Die Revolution ist vorüber! Vorüber! Vorüber!*

»Lang lebe der Barmherzige Engel!« Das Mädchen kippte den Stuhl ihrer Großmutter nach hinten und wirbelte ihn herum. Die alte Frau lachte meckernd.

»Verbeuge dich«, wisperte Bonaparte und drückte meine Hand.

Ich verbeugte mich, und großer Jubel brandete auf. Ich spähte zu Bonaparte. Galt er *mir*?

»Sie lieben dich«, sagte er.

Uns, wie mir bewusst wurde.

Er reckte meine Hand in die Höhe. Wir verbeugten uns vor der jubelnden Menge.

Die Zeit der Legenden ist vorüber … die Regentschaft der Geschichte hat begonnen.

Anhang

Chronologie

9. März 1796	Napoléon und Joséphine heiraten.
11. März	Napoléon verlässt Paris, um den Oberbefehl über die italienische Armee zu übernehmen.
12.–22. April	Napoléon beginnt seinen italienischen Feldzug: sechs Siege.
Mai	Barras kauft Grosbois.
20. Juni	Désirée Renaudin und Marquis de Beauharnais heiraten.
26. Juni	Joséphine verlässt Paris, um zu Napoléon nach Italien zu reisen.
13. Juli	Joséphine trifft Napoléon in Mailand.
31. Juli	Joséphine gerät unter Kanonenfeuer.
15.–17. November	Napoléon siegt in der Schlacht von Arcole.
Ende Dezember	Napoléons Schwester Pauline trifft in Mailand ein.
8. März 1797	Thérèse reichte gegen Tallien die Scheidung ein, die anschließende Versöhnung resultiert in einer Schwangerschaft.
18. April	Siegreich zwingt Napoléon die Österreicher, einem Friedensabkommen zuzustimmen.
Mai	Joséphine und Napoléon ziehen für die heißen Sommermonate ins Schloss Mombello.

20. Mai	General Pichegru, ein mutmaßlicher Mittelsmann der Royalisten, wird zum Präsident des Rates der Fünfhundert gewählt.
1. Juni	Napoléons Mutter, zwei Schwestern und ein Bruder kommen nach Mombello, wo Pauline und Elisa heiraten.
18.–22. Juli	Barras überredet Lazare Hoche, Truppen in die Nähe von Paris zu verlegen. Als sie entdeckt werden, wird Hoche angeklagt und verlässt Paris als in Ungnade gefallener Mann.
Sommer	Eugène stößt zu Napoléons Stab in Italien.
4. September	»Journée du 18 Fructidor«, angeführt von Barras. Dreiundfünfzig Deputierte, mutmaßliche Royalisten, werden verhaftet.
19. September	Hoche stirbt in Wetzlar, Deutschland.
17. Oktober	Napoléon und die Österreicher unterzeichnen den Vertrag von Campo-Formio. Eugène bringt die Nachricht über den Vertrag nach Venedig, Korfu und Rom.
16. November	Napoléon verlässt Mailand und reist über Rastatt, wo der Vertrag ratifiziert wird, nach Paris zurück.
20. Dezember	Thérèses und Talliens Kind stirbt bei der Geburt.
2. Januar 1798	Joséphine kehrt nach Paris zurück.
3. Januar	Talleyrand gibt einen Ball zu Ehren Napoléons.
22. Januar	Eugène trifft wieder in Paris ein.

5. März	Die Direktoren genehmigen Napoléons Plan, in Ägypten einzumarschieren.
16. März	Napoléon und Joseph beschuldigen Joséphine, an der Firma Bodin beteiligt zu sein.
4. Mai	Joséphine und Napoléon reisen nach Toulon, von wo die Flotte nach Ägypten aufbrechen wird.
18. Mai	Émilie und Lavalette heiraten.
19. Mai	Die Flotte segelt ohne Joséphine von Toulon ab.
14. Juni	Joséphine trifft in dem Gebirgskurort Plombières ein, wo sie sich einer Behandlung gegen Unfruchtbarkeit unterzieht.
20. Juni	Joséphine fällt von einem Balkon und ist schwer verletzt.
21. Juli	Napoléon siegt in der Schlacht bei den Pyramiden.
24. Juli	Napoléon zieht im Triumph in Kairo ein.
27. Juli	Eugène schreibt an Joséphine aus Ägypten, dass Napoléon verdächtige Details über Hauptmann Charles und Joséphine zugetragen wurden. Napoléon schreibt in ähnlicher Weise an Joseph. Beide Briefe werden von den Briten abgefangen.
1. August	Die französische Flotte wird in der Schlacht vom Nil in Abukir von den Briten zerstört.
16. September	Joséphine trifft wieder in Paris ein.
24. November	Im *London Morning Chronicle* wird eine

	Anspielung auf den Inhalt der Briefe von Eugène und Napoléon veröffentlicht.
Dezember	Gerüchte über Napoléons Tod.
19. März 1799	Napoléon und Eugène werden bei der Belagerung von St.-John-d'Arce verwundet, Eugène schwer.
21. April	Joséphine kauft Malmaison.
Juni	Gegen die Firma Bodin werden Ermittlungen eingeleitet.
9. Oktober	Napoléon segelt in den Hafen von Fréjus an der französischen Riviera.
13. Oktober	Joséphine und Hortense brechen im Morgengrauen auf, um Napoléon entgegen zu fahren. (Sie verfehlen ihn.)
16. Oktober	Napoléon und Eugène treffen in Paris ein.
18. Oktober	Joséphine und Hortense treffen wieder in Paris ein. Bonaparte hat Joséphine ausgesperrt. Versöhnung.
9.–10. November	»Coup d'État du 18 Brumaire«. Napoléon wird Erster Konsul.
12. November	Napoléon und Joséphine ziehen ins Palais Luxembourg um.
1. Februar 1800	Thérèse bringt ein Mädchen zur Welt, gezeugt von Ouvrard.
18. Februar	Die Ergebnisse der Wahl zur neuen Verfassung werden verkündet: 3.011.007 Ja-Stimmen, 1.526 Nein-Stimmen.
19. Februar	Begleitet von Feierlichkeiten ziehen Napoléon und Joséphine in die Tuilerien um.

Namen und Personen

Agathe: Joséphines Küchenmagd
Junot Andoche: einer von Napoléons Adjutanten
Antoine: der Kutscher
Barras, Paul: einer der Direktoren; Joséphines Freund und Mentor
Alexandre Beauharnais: Joséphines erster Mann; während des Terrors unter der Guillotine gestorben
Émilie Beauharnais: Joséphines Nichte
Eugène Beauharnais: Joséphines Sohn
Hortense Beauharnais: Joséphines Tochter
Marquis de Beauharnais: der Vater von Alexandre, Joséphines erstem Mann, und François, Émilies Vater
Hugo und Louis Bodin: Joséphines Geschäftspartner
Caroline (Maria-Anunziata) Bonaparte: Napoléons jüngste Schwester
Elisa (Maria-Anna) Bonaparte: die älteste von Napoléons Schwestern: verheiratet mit Félix Bacchiochi
Jérôme (Girolamo, Fifi) Bonaparte: Napoléons Bruder, der Jüngste seiner Geschwister
Joseph (Giuseppe) Bonaparte: Napoléons älterer Bruder, verheiratet mit Julie Clary
Letizia Bonaparte: Napoléons Mutter
Louis (Luigi) Bonaparte: Napoléons jüngerer Bruder, den er wie einen Sohn aufzog
Lucien (Lucciano) Bonaparte: Napoléons hitziger jüngerer Bruder

Pauline (Maria-Paola, Paganetta) Bonaparte: Napoléons schöne und temperamentvolle jüngere Schwester

Botot, François: Barras' Sekretär

Fauvelet Bourienne: Napoléons Sekretär

Bruno: Barras' Diener

Callyot: Joséphines Koch

Minerva (Madame de Châteaurenaud): eine der Ehrenjungfrauen

Julie Clary: Josephs stille Frau

Fesch: Bonapartes (angeheirateter) Onkel

Fortuné: Joséphines erster Mops

Fouché, Joseph: Joséphines Freund, begabter Geheimagent

Gontier: Joséphines Diener

Fortunée Hamelin: eine der Ehrenjungfrauen

Charles, Hauptmann Hippolyte (»Hellwach«): Joséphines enger Freund und Geschäftspartner

Adélaïde Hoche: Lazare Hoches junge Frau

Père Hoche: Lazare Hoches Vater

Igor: Barras' Papagei

Lazare (Lazarro) Hoche: Joséphines ehemaliger Geliebter

Lavalette: einer von Napoléons Adjutanten

Lisette (Louise) Compoint: Joséphines Kammerzofe

Mimi: Joséphines Jugendfreundin, eine Mulattin aus Martinique

Mops: Joséphines zweiter Mops

Moustache: Napoléons Kurier

Napoléon (Napoléone in Italien): Joséphines Mann

Ouvrard: ein Finanzgenie

Pegasus: Eugènes Pferd

Désirée Renaudin: Joséphines Patin und Tante; sie lebt mit dem Marquis zusammen

Talleyrand, Charles-Maurice: ein ehemaliger Bischof, einige Zeit Außenminister, immer einflussreich

Tallien, Lambert: Thérèses Mann
Thérèse (Tallita, »Amazone«) Tallien: Joséphines engste Freundin, eine der Ehrenjungfrauen
Toto: Barras Zwergwindhund

Literaturauswahl

In Ergänzung zu mehreren hundert Nachschlagewerken und allgemeinen Lehrbüchern war ich beim Schreiben von *Tales of Passion, Tales of Woe* zum größten Teil auf die folgenden Bücher angewiesen. Diejenigen Titel, die ich Lesern empfehle, die mehr über Joséphine und die napoleonische Ära wissen möchten, habe ich mit einem Stern markiert.

ALLISON, ALFRED: *The Days of the Directoire*. John Lane The Bodley Company, New York, 1910

AULARD, A.: *Paris pendant la Réaction Thermidorienne.* Vol. 3-5. Maison Quantin, Paris, 1902

AULARD, A.: *Paris sous le Consulat*. Vol. 1. Maison Quantin, Paris, 1903

BARRAS, PAUL: *Memoirs of Barras, Member of the Directorate*. Vol. 1-4. Harper & Brothers, London, 1895 (Übersetzung)

BERNARD, J. F.: *Talleyrand, A Biography*. G. P. Putnam's Sons, New York, 1973

BONAPARTE, NAPOLÉON: *Letters and documents of Napoléon*. Vol. 1: *The Rise of the Power*. The Cresset Press, London, 1961 (Übersetzung)

Bonnechose, Emile de: *Lazare Hoche*. Willing & Williamson, Toronto, 1881 (Übersetzung)

Bourienne, Louis Antoine Fauvelet de: *Memoirs of Napoléon Bonaparte*. Vol. 1-4. Charles Scribner's Sons, New York, 1892 (Übersetzung)

* Bruce, Evangeline: *Napoleon and Josephine*. The Improbable Marriage. Scribner, New York, 1995 (deutsche Sonderausgabe unter dem Titel »Napoleon und Josephine« bei Scherz, Bern, München, Wien, 1998)

Catinat, Maurice, Bernard Chevallier, Christophe Pincemaille (eds): *Impératrice Joséphine: Correspondance, 1782–1814*. Histoire Payot, Paris, 1996

Cerf, Léon (ed.): *Letters of Napoléon to Joséphine*. Brentano's, New York, 1931

* Chevallier, Bernard, Christophe Pincemaille: *L'impératrice Joséphine*. Presse de la Renaissance, Paris, 1988

Cole, Hubert: *Fouché. The Unprincipled Patriot*. Eyre & Spottiswoode, London, 1971

* Cole, Hubert: *Joséphine*. Heinemann, London, 1962

Cole, Hubert: *The Betrayers: Joachim and Caroline Murat*. Eyre Methuen, London, 1972

* Cronin, Vincent: *Napoleon*. Collins, London, 1971

DUPRE, HUNTLEY: *Lazare Carnot: Republican Patriot*. Porcupine Presse, Philadelphia, 1975

GOODSPEED, D. J.: *Bayonets at Saint Cloud: the Story of the 18th Brumaire*. Macmillan, Toronto, 1965

*HORTENSE, QUEEN: *The Memoirs of Queen Hortense*. Vol. 1-2. Cosmopolitan Book Corporation, New York, 1927 (Übersetzung)

HUBERT, GÉRARD: *Malmaison*. Editions de la Réunion des musée nationaux, Paris, 1989

*KNAPTON, ERNEST JOHN: *Empress Josephine*. Harvard University Press, Cambridge (Massachusetts), 1963

MARKHAM, FELIX: *Napoleon*. New American Library, New York, 1963

MOSSIKER, FRANCES: *Napoleon and Josephine. The Biography of a Marriage*. Simon and Schuster, New York, 1964

*OMAN, CAROLA: *Napoleon's Viceroy: Eugène de Beauharnais*. Funk and Wagnalls, New York, 1966

SAINT-AMAND, IMBERT DE: *Citizeness Bonaparte*. Charles Scribner's Sons, New York, 1899

SOREL, ALBERT: *Bonaparte et Hoche en 1797*. Librairie Plon, Paris, 1896

TOURTIER-BONAZZI, CHANTAL DE (ed.): *Napoléon lettres d'amours à Joséphine*. Fyard, Paris, 1981

WORONOFF, DENIS: *The Thermidorian Regime and the Directory 1794–1799*. Cambridge University Presse, Cambridge, 1984 (Übersetzung)

Anmerkungen

Dieser Roman erstreckt sich über die umstrittensten Jahre in Joséphines Leben. Wenn sie das hat, was man einen schlechten Ruf nennen würde, dann beruht er zum größten Teil auf ihrem Lebenswandel in diesen viereinhalb Jahren – oder besser, auf ihrem Lebenswandel, wie er von zahlreichen Historikern beschrieben wird. Als ich über Joséphine zu arbeiten begann, ging ich davon aus, dass diese skandalösen Geschichten über sie der Wahrheit entsprächen. Im Laufe jahrelanger Nachforschungen und Unterredungen habe ich meine Meinung jedoch allmählich geändert. Die allgemein anerkannte Version von Joséphines Leben ist mir durchaus geläufig. Mir ist auch bewusst, dass dieser Roman eine Sicht von ihr zeigt, die einzigartig in der Literatur ist. Ich hege die Hoffnung, dass eines Tages eine Studie über Joséphine in Angriff genommen wird, die die Primärquellen nochmals überprüft, und dass dann die Gerüchte um sie neu überdacht werden.

Folgende Auszüge stammen aus authentischen Dokumenten: sämtliche Briefe von Napoléon; das Menü eines Abendessens bei Direktor Barras auf Seite 75; der Brief von Hoche, den Eugène auf Seite 176 zitiert; Dr. Martinets medizinischer Bericht auf Seite 288; der Artikel aus dem *London Morning Chronicle* auf Seite 310; der Brief, den Eugène an Joséphine auf Seite 312 schreibt; Bürger Chanoriers Brief bezüglich Malmaison auf Seite 318; die von Hortense geschriebene Partitur auf Seite 444; die verschiedenen Zitate aus Jean Astrucs *Eine Abhandlung über alle Krankheiten, die mit Frauen verbunden sind* und aus anderen

medizinischen Büchern. Zu beachten ist ebenfalls, dass die Prophezeiung, Joséphine würde Kaiserin von Frankreich sein, bereits 1797 erwähnt wird, lange bevor sie 1804 gekrönt wird.
Aufmerksame Leser werden bemerkt haben, dass das Kind Hoche in den frühen Auflagen von *Joséphine* ein Junge war, in *Tales of Passion, Tales of Woe* dagegen ein Mädchen ist. Bei den Recherchen zu diesem Roman habe ich meinen Irrtum bemerkt.
Bezüglich der Währung: Es ist schwierig, den Wert eines Franc in dieser Periode der französischen Geschichte zu bestimmen. Vor der Revolution ordnen Schätzungen den Wert eines Franc (damals ein »livre« genannt) irgendwo zwischen 1,25 und 4,50 amerikanische Dollar ein. In der Zeit nach dem Terror war die Wirtschaft instabil, und die Inflation nahm rasant zu. Im Jahr 1795 zum Beispiel, dem Jahr vor der Heirat von Napoléon und Joséphine, konnte ein Laib Brot die horrende Summe von 1.400 Francs und ein Fass Kartoffeln 17.000 Francs kosten.

Danksagungen

Zeitweise kam die Entstehung dieses Romans einer Teamarbeit gleich. Obwohl ich bei meiner Arbeit auf mich gestellt war, kam mir das kollektive Wohlwollen zahlreicher Personen zugute. Vor allem möchte ich meiner Lektorin und Verlegerin Iris Tulphome meinen Dank aussprechen für die stundenlangen kreativen Brainstormings, für ihre übersprudelnde gute Laune, ihre wertvollen Ratschläge und genialen Vorschläge. Dank auch an Karen Hanson von HarperCollins Canada für ihre sorgfältige Überprüfung, an Valerie Applebee, die sich anbot, im Lektorenteam mitzuwirken, an Becky Vogan für ihren feinfühligen letzten Schliff, und an Maja Mavjee für ihr redaktionelles Feedback in den Anfangsphasen. Herzlichen Dank an Carol Shields, die eng am ersten Entwurf mitgewirkt hat, für ihre Unterstützung und ihren Scharfsinn.

Eine Reihe von Lesern hat in verschiedenen Phasen mit unschätzbaren Informationen reagiert: Peggy Bridgland, Janet Calcaterra, Thea Caplan, Fiona Forster, Dorothy Goodman, Marnie MacKay, Jenifer McVaugh, Carmen Mullins, Sharon und Bob Zentner. Zwei Buchclubs nahmen sich die Zeit, einen Entwurf dieses Romans zu lesen und gemeinsam darüber zu diskutieren. Ich möchte den Mitgliedern des Scarborough Book Club IV in Calgary, Alberta, und des Chapters 110 Bloor S. Book Club in Toronto, Ontario, für ihre Erkenntnisse danken.

Eine Reihe von Männern und Frauen half mir bei meinen Recherchen vor Ort. Prof. Egmont Lee steuerte die Information bei, die ich brauchte, um Mombello nördlich von Mailand ausfindig zu machen. Maurice Moncet war so liebenswürdig, Grosbois (heute ein Museum) nach den Öffnungszeiten noch einmal zu öffnen und mir eine Privatführung zu gewähren. Ebenfalls möchte ich den vielen Personen danken, deren Namen ich nicht kenne und die keine Mühe scheuten, um mir zu helfen: der Hausmeister, der mich in Mombello (heute eine Schule) herumführte; der Hausmeister, der mir Joséphines Räume im Serbolloni-Palast (heute Dienststellen der Regierung) zeigte; die Männer und Frauen in Plombière-les-Bains, die mich begeistert verschiedener Wasserbehandlungen unterzogen.

Ebenso möchte ich Marc Sebanc für seine Hilfe bei den lateinischen Übersetzungen danken wie auch Simone Lee und ihrer Mutter, Prof. Valerie Lee, für die Hilfe im Italienischen sowie Translingua an der Universität von Ottawa (insbesondere Christine Hug) für die Hilfe im Französischen.

Ein ganz besonderer Dank an meine beiden historischen Berater, Dr. Margret Chrishawn und Dr. Maurice Catinat, die großzügig ihre Zeit und ihr Wissen zur Verfügung stellten.

Romanideen kommen von fern und nah. In meiner Gemeinde möchte ich ganz besonders Christina Anderman für ihre Geistergeschichte und Fran Murphy für ihre Papageienerzählungen danken. Jim und Tish Smith bewahrten einen Stapel alter medizinischer Bücher für mich auf, die mich zu eingehenderen Studien anregten. Chaz Este tauchte vor meiner Tür mit einem wunderschönen Buch über Inneneinrichtungen im achtzehnten Jahrhundert auf, das er mir bereitwillig »unbegrenzt lange« lieh.

Ich möchte auch meinen Lesern danken, insbesondere Lady Cory, die ständig fragte: »Wann erscheint es?« Für die seelische Unterstützung Dank an WWW (Wilno Woman Writers), an meine Humber-Gruppe und an die im Internet schreibenden

Freunde. Mein innigster Dank gilt jedoch meiner Familie: meinem Sohn Chet, meiner Tochter Carrie und insbesondere meinem Mann Richard. Ohne ihre Unterstützung, sowohl tatkräftig als auch seelisch, hätte ich dieses Buch nicht schreiben können.